문학과 이데올로기

최인훈 전집 12
문학과 이데올로기

초판 1쇄 발행 1980년 2월 1일
초판 8쇄 발행 1989년 12월 10일
재판 1쇄 발행 1994년 8월 25일
재판 3쇄 발행 2003년 1월 22일
 3판 1쇄 발행 2009년 12월 30일
 3판 2쇄 발행 2023년 5월 22일

지은이 최인훈
펴낸이 이광호
펴낸곳 ㈜문학과지성사
등록번호 제1993-000098호
주소 04034 서울 마포구 잔다리로7길 18(서교동 377-20)
전화 02) 338-7224
팩스 02) 323-4180(편집) / 02) 338-7221(영업)
전자우편 moonji@moonji.com
홈페이지 www.moonji.com

ⓒ 최인훈, 2009, Printed in Seoul, Korea

ISBN 978-89-320-1926-0 04810
ISBN 978-89-320-1914-7(세트)

이 책의 판권은 지은이와 ㈜문학과지성사에 있습니다.
양측의 서면 동의 없는 무단 전재 및 복제를 금합니다.

최인훈 전집 12

문학과 이데올로기

문학과지성사
2009

일러두기

1. 『최인훈 전집』의 권수 차례는 초판 발행 연도를 기준으로 했다.
2. 이 책의 맞춤법 및 외래어 표기는 국립국어연구원의 『표준국어대사전』을 따랐다. 다만, 일부 인명(러시아말)과 지명, 개념어, 단체명 등의 표기와 맞춤법, 띄어쓰기는 작가와 협의하에 조정하였다.
3. 인용문은 원본 그대로 표기하는 것을 원칙으로 하였으나, 경우에 따라 현행 맞춤법에 맞게 옮겼다.
4. 속어, 방언, 구어체, 북한어 표기 등은 작가가 의도한 바를 그대로 따랐다.
    예) 낮아분해 보이다/더치다/좀체로/어느 만한/클싸하다 등.
5. 단편과 작품명, 논문명, 예술작품명 등은 「 」, 장편과 출간된 단행본 및 잡지명, 외국 신문명 등은 『 』 부호 안에 표기했다. 국내 신문은 부호 표기를 생략했다.
6. 말줄임표는 ……로 통일하였고, 대화문이나 직접 인용은 " "로, 강조나 간접(발췌) 인용은 ' '로 표기하였다.

차례

부적 · 9
어떤 「머리말」 · 11
작가와 성찰 · 14
문학과 역사 · 27
문학과 현실 · 31
미학의 구조 · 40
천단강성론川端康成論 · 68
세 사람의 일본 작가 · 80
도스토옙스키론 · 93
스타일과 소재 · 103
행동과 풍속 · 108
전쟁소설 · 115
전쟁과 죽음 · 119
이명준에게 · 124
소설의 국도 · 128
작가와 현실 · 131
기술과 예술에 관하여 · 138
영화 「한」의 안팎 · 146
공명 · 155
말에 대하여 · 174
신문학의 기조 · 181
시점에 대하여 · 194
외설이란 무엇인가 · 204
소설을 찾아서 · 227
비평사적 축적 · 257
농촌과 문학 · 261

자기 동일성을 찾아서 · 265
부드러운 마음 · 270
야누스의 얼굴을 가진 작품들 · 281
문학은 어떤 일을 하는가 · 286
만난다는 신비스러움 · 297
일상 의식의 흐름 · 300
우리 시대의 악령 · 305
비극의 가지가지 · 309
농촌과 도시 · 314
문체와 의식 · 319
회로와 지옥 · 324
존재론과 윤리 · 328
현실의 어두운 얼굴 · 332
고독한 용기 · 336
소도구 · 341
정치와 문학 · 345
감정의 각도 · 349
문체의 형과 의미 · 352
내면의 공적 의미 · 356
추상과 구상 · 359
시대의 비전에 대한 우화 · 366
이상에게 · 371
위악적 현실 · 378
인간 존재의 현상학 · 381
박태원의 소설 세계 · 386
문학과 이데올로기 · 392
문학과 과학의 서사시적 갈등 · 418
우리는 왜 극장에 가는가 · 424
안수길의 세계 · 426

시점의 문제 · 434
현대인이 잃어버린 것 · 436
경험과 문학적 지성 · 439
프리즘의 미학 · 442
소설 『광장』을 고쳐 쓴 까닭 · 446
대화 · 454
예술의 뜻 · 457
하늘의 뜻과 인간의 뜻 · 459
소설과 희곡 · 500

해설 말멀미에 이기기 위하여 / 김주연 · 516
해설 문학은 어떤 일을 하는가 / 김태환 · 525

부적

문화라는 것은 그것이 힘을 잃었을 때는 부적符籍이라든지, 면죄부의 모습을 띤다.

힘을 잃게 되는 첫째 까닭은 어떤 문화가 그 부분만이 주어졌을 때다. 자동차의 다른 부분은 주어지지 않고 핸들만 주어진다면, 그것은 자동차를 상징하는 부적은 될망정 우리를 태울 힘은 없다.

힘을 잃게 되는 둘째 까닭은 어떤 문화 모형의 모두가 주어졌다 치더라도, 그것을 움직이는 데 드는 괴로움을 맡을 의지가 없을 때다. 이럴 때도 그 문화 모형은 움직이지 못하며, 막걸리 한 사발, 고무신 한 켤레, 감투 한 개와 바꾸고 만다.

힘을 잃게 되는 셋째 까닭은 어떤 문화 모형이 온전하게 주어지고, 그것을 움직이는 데 드는 괴로움을 맡을 의지까지 있다손 치더라도, 움직이는 기술을 모르면 넣어준 기름이 떨어졌다, 어쩌다 바퀴가 터졌다 하는 때면, 손 털고 내려와서 바퀴 밑에 들어가 낮

잠이나 자는 수밖에 없다. 그럴 때 자동차란 야자나무 한 그루보다도 못하다.

넷째 까닭은 우리가 위에 든 조건을 모두 갖추었는데도 적이 무력으로 이것을 부숴버렸을 때다. 이럴 때는 목숨을 내놓고 먼저 적을 부수지 않는 동안에는, 자동차는 역시 부적, 즉 꿈으로만 기능한다. 부서진 자동차는 용사의 꿈이 된다.

우리 문화는 위에 든 네 가지 까닭이 어울려서 아직 부적의 자리를 벗어나지 못하고 있다.

여기 실린 글들은 부분품의 재고나, 끈질김이나, 기술이나 용기가 어느 것 하나 신통치 못한 한 자동차 정비공의, 그러면서 체념의 덕도 배우지 못한 정비공의 초라한 수리일기修理日記 같은 것들이다.

어떤 「머리말」

　우리 시대는 혁명과 재편성의 시대다. 상황의 이 같은 성격에 대해서 사람들은 제 나름대로 반응한다. 그 반응의 각도는 이해관계가 결정한다. 학문이나 예술은 이해관계에 의해서 굴절된 모든 인식형과 표현형을 보고 보편적인 요인으로 분해해서 존재의 실상을 파악하기 위한 직관 모형을 만들어야 한다. 그럴 때 진리와 감동이 나타난다. 솔직히 말해서 우리는 개인적으로나 집단적으로나 어떤 모습의 허영도 영광도 내세울 만한 건덕지가 없는 삶을 반세기 이상 살아오고 있다. 개인에게는 이 이상의 괴로움이 없다. 비록 역사에는 희망이 있다 할망정 개체의 삶에는 실지로 보탬이 되지 못한다. 우리 시대의 절망과 허무는 여기서 비롯된다. 이 절망과 허무를 어떻게 극복하는가는 전혀 개인과 집단의 선택에 달려 있다. 그러나 이론과 창조의 길은 조금 다르다. 이론가나 창조자는 절망하고 허무를 생활하는 데서 나아가서 절망과 허무를 조형하지 않으면 안 된다. 그것은 인공적으로 스스로에게 강요한 '죄인적' 조작이라 해야 옳겠다. 이 같은 조작은 자연과학의 경우에는 엄격하게 세워져 있는 방법이다. 예술의 경우에는 이것이 매우 어렵다. 그러나 우리 시대에서 예술에 관계하기 위해서는 피할 수 없이 이 같은 이론적 작업을 떠맡게 된다. 전통의 연속성이 우리와는 비교할 수 없이 보장된 나라의 예술가들의 사정은 또 다를 것이다. 그러나 우리가 그들의 사상이나 예술에서 대하게 되는 독단의 가지가지——이를테면 가치계의 다원성에 대한 몰이해, 자기중심주의 같은 것은 현재까지는 우리들의 관용과 약간의 열등감에 힘입어서 통용될 수 있겠지만, 그리 오래지 않아 참을 수 없는 것이 되리라 생각한다. 자기 머리로 생각하는 것은 이 시점에서는 생물적 방어 본능이다.

  이 책에는, 필자가 지난 10년간 문학에 대해 쓴 글의 모두를 실었다. 필자는 소설을 방법으로 인생을 생각하고, 인생을 방법으로 소설을 생각하려고 노력했다. 모든 사고와 표현에서의 모든 상용형을 다시 분석하는 것, 분석할 수 없다고 생각되는 것조차 분석하는 것이 필자의 욕망이었다. 그런 결과 예술에 대한 사회학적 실증성과 기호론적 상징성을 대립 요인으로서가 아니라, 동일장同一場에서의 상보 요인으로 파악한다는 입장에 이르게 된 것 같다. 예술 현상의 모든 상면象面에서 이 같은 분석 원리의 통용을 확인한다는 것이 모든 글의 기조가 되어 있다. 이 문집은 문학론으로서 또는 입문서로서 다소의 몫을 하리라 믿는다. 각 편이 결국 같은 모티프의 반복이기 때문에 전부를 읽으면 적어도 어떤 일관한 주제를 인식할 수 있겠기 때문이다.

  끝으로, 문학에 대한 이 정도의 짐작을 할 수 있기 위해서 나는 동시대의 훌륭한 이론가들──1950년대와 1960년대에 등장한 이론가들에게서 얻은 바가 많다.　　　　　(『문학을 찾아서』에서)

1970년 12월
저자

작가와 성찰
―― 시점·가치·앙가주망

A

호머의 인물들은 근육이 탐스럽다.

두 개의 방패를 맞붙인 듯하다고 표현한 아킬레스의 가슴은 그리스의 풍족한 햇빛 아래 인간의 위엄과 삶의 기쁨을 노래하는 한 폭의 그림이다.

패배한 트로이의 왕자를 전차에 비끄러매고 들판을 질주하는 그의 전차에서 우리는 '힘'을 본다. 그리스 사람들에게 힘이란 가치였던 것이므로 그 장렬한 광경은 육체로 그려진 가치의 그림이라 해도 좋다.

이태백의 달을 보자. 거울처럼 맑은 동정호 속에 비친 달은 그가 즐겨 하는 술을 담아 오는 쟁반 같은 것이었다.

풍차를 향하여 돌격하는 돈키호테와 기겁하면서 뒤쫓아가는 산초의 머리 위로 스페인의 태양이 웃음을 보내고 있다.

그것은 불행한 트로이 성의 왕자를 비추던 마찬가지 태양이다. 바람을 안고 돌아가는 칠이 벗겨진 풍차를 우리는 눈으로 볼 수 있고 땅바닥으로 동댕이쳐진 판초의 딱한 나리의 허리를 만져볼 수도 있다.

이탈리아 어느 도회지. 좀 떨어진 교외의 별장에서 깔깔거리는 점잖은 음담 소리를 여러분은 들을 것이다. 기분이 내켜서 돌아갈 때를 기다릴 수밖에 없도록 천진난만한 예방의학(?)밖에 없던 시절, 하릴없는 유한부인들이 순번으로 돌아가면서 아마 그들의 음란한 남편들이 잠자리에서 들려주었을 이야기를 일주일하고 사흘 동안에 지껄이고 있는 모습을 볼 수 있다는 말이다.

조명이 좋지 않은 조선 시대의 어느 날 밤거리, 첩의 자식이라는 열등의식을 행동으로 극복하기 위하여 괴나리봇짐을 등에 지고 저기 모퉁이를 돌아서 가는 홍길동 도령의 뒷모습을 여러분을 볼 수 있다. 아까도 말한 것처럼 가로등이 없는 때이므로 비록 어슴푸레하게나마, 여러분이 그렇게 부르고 싶다면 묵화같이 어슴푸레한 그림자를.

스위스의 어느 거리. 꼬챙이가 땅에 꽂히고 그 끝에 새털 달린 모자가 얹혀 있다. 그 옆에는 잔뜩 눈을 부라린 창 든 병정이 두 사람. 그렇다, 서양 문학에 조예 깊은 독자를 상대로 라디오 퀴즈처럼 시큰둥한 암시를 연습해본다는 건 물론 실례다. 물론 윌리엄 텔 부자의 등장을 기다리고 있는 실러의 희곡 한 장면이다. 그 모자에 달린 깃털을 감식해볼 수도 있다. 짐승이나 새 이름에 도무지 무식한 사람은 이름을 댈 수는 없을지라도 얼마만 한 크기에 무슨 빛깔을 한 깃털이란 얘기는 할 수 있다. 보면 아니깐. 물론 장님은 빼고 말이다. 자, 우리는 몇 가지 시인(장면)을 봤다. 그렇다. 그것들은 분명히 시인이다. 왜냐하면 시인이란 눈으로 보는 것이지 손으로 만지는 것이 아니기 때문이다. 다음에 우리는 그것들을 볼 때에 아무것으로도 아니고 바로 우리의 육안으로 보았다. 아킬레스의 가슴패기의 매력은 현미경을 대면 죽을 것이므로. 이태백의 달을 보기 위하여 망원경을 준비할 필요는 없다. 달은 물속에 있으므로. 돈키호테의 상처를 확인하기 위하여 현미경을 준비하지 말라. 그의 상처는 우리의 영웅 산초의 기막힌 민간요법으로 치료하도록 돼 있다. 산초는 성급하고 욱하는 사람이다. 여러분의 그 귀중한 기재에 대하여 충분한 예의를 발휘하리라고는 아무도 보장 못 한다.

요컨대 이런 시인을 보기 위해서는 여러분이 타고난 그 육안으로 충분하다는 것이다. 아무런 보조 기재가 필요 없다. 왜? 이 그림을 그린 사람들 자신도 육안에 의한 관찰로 그린 탓이다. 그들도 보조 기재를 쓰지 않은 때문에.

이들 그림에 그럴싸한 화제畵題를 달아보자.

    아킬레스 ──────── 용기
    이태백의 달 ─────── 청명
    돈키호테와 풍차 ───── 풍자
    데카메론 마담들 ───── 음란

홍길동 군 ——————— 신분적 불합리
태수의 모자 ——————— 정치적 압제

다시 말하면 이들 그림은 화제를 허락한다. 붙일 수 있다. 제각기 그에 대응하는 정신적 내용——가치를 상징하고 있다는 점에서 어긋남이 없다.

B

다음 화랑으로 옮아가자. 연애하기를 좋아하는 임금님이 다스리는 궁중에서 아름다운 귀부인이 간통을 한다. 그녀는 사랑하고 있으면서 사랑하지 않는다고 자신을 설득시키려고 애쓴다. 이 귀부인은 정절의 덕이 화신한 어머니의 딸이기 때문이다. 그녀의 마음은 섬세한 비단의 올 같다.

크레브 공 부인의 마음의 그림을 보기 위해서 여러분은 현미경을 준비해야 한다. 그녀의 지극히 사소한 동작, 혼잣말을 참으로 이해하기 위해서는 그것들을 슬라이드 위에 올려놓고 확대해봐야 하기 때문이다. 그렇지 않으면 이 그림의 묘미를 알 수가 없는 것이다. 아킬레스의 시원스러운 동작을 보던 눈에는 지나치기 쉬운 재료로 구성된 그림이 거기 있다.

애인한테 다녀온 심부름꾼을 젊은 베르테르는 사랑스러운 눈으로 바라본다. 수고를 해주었다고 사랑스러워서가 아니다. 바로 얼마 전까지 자기 연인의 시선이 머물렀을 그 메신저의 몸에는 그녀의 눈에서 발한 어떤 입자들이 아직도 붙어 있으리라고 상상하는 때문이다.

당신은 그런 입자를 육안으로 볼 수 있는가? 이 입자들을 보기 위해서 당신의 현미경을 사용할 수밖에 없다. 그렇지 않으면 사팔뜨기와 엉뚱한 곳을 쳐다보듯이 전혀 오해를 저지르고 말 터이니.

몽롱한 불빛이 밝히는 방 안엔 아편 연기가 아련히 떠돈다. 주인공의 눈에는 오색찬란한 광경이 요지경 속처럼 바뀌어가면서 전개된다.

그가 보는 환상은 외계에 있는 것이 아니다. 그가 보고 있는 그림은 담배 연기가 만들어내는 무늬가 아니다. 그의 그림을 감상하려면 여러분은 현미경을 준비해야 한다.

그의 심리의 그림은 아편 연기가 만드는 공중의 디자인보다도 더 세밀하기 때문이다. 게다가 보통 슬라이드가 아니고 착색 슬라이드라야만 한다. 그의 심리는 환상이라는 투명체이기 때문에 확대만이 능사가 될 수 없으므로.

선량한 시민이 어느 날 이유 없이 검거된다. 서양 말로 하면 '부당하게'고 우리식으로 하면 '억울하게' 말이다. 기소를 당하고 심판을 받는다. 통 알 수 없는 노릇이다. 뚱딴지같은 소리만 지껄이는 심문관하고는 동족이면서 도무지 언어가 통하지 않는다. 이 그림은 어떻게 감상해야 할까. 주인공이 체포당하는 광경, 심문관의 표정, 동문서답하는 재판 경위, 안타까운 주인공의 얼굴, 그런 것들은 허물없는 사이니 말이지 썩 잘된 그림이라 할 수는 없다.

이 경우도 그림은 안에 있다.

'안'에 있는 그림이 문제다. 이번에는 전자 현미경이 있어야 한다.

마지막으로 한 폭을 더 보자.

더블린 시의 어떤 주민이 한가한 산책을 나간다. 발을 떼놓는 순간부터의 자질구레한 디테일이 사람 환장할 정도로 또박또박 묘사돼 있다. 엄청나게도 「율리시즈」란 제목이 붙은 이 그림에는 원본이 가지는 모험과 파란, 로맨스와 스릴 대신에 하찮은 일상사의 나열뿐이다. 이 그림은 무얼 가지고 봐야 하나?

발(足)이다.

아니 그건 거짓말이다. 발인 양 가장한 눈이다. 육안이다. 또다시 육안이다. 안에는 아무것도 없다.

A에서 하던 식으로 B화랑의 진열품들에 화제를 달아보자.

　　미시즈 크레브 상　――――　델리커시
　　베르테르 군　――――　고뇌
　　아편 상용자 씨　――――　몽환
　　카프카의 친구　――――　단절감

A화랑의 작품들이 물리상物理像이었다면 이것들은 우선 심리상心理像이다. 관찰 매개의 차이에서 오는 대상들의 변천이다. 다음에 전자가 일반적으로 승인받을 수 있는 가치라면 후자는 주로 주체적으로만 의미 있는 그것이다. 끝으로 전자가 사회성을 띤 가치

라면 후자는 모나드를 향하여 구심적으로 접근하는 가치며 단절감에 이르러서는 가치란 낱말이 허락될 수 있는 극한에까지 와 있다.

그러나 마지막 카드가 남아 있다.

더블린의 한인閑人?

이 그림은? 그 '?'는 무엇으로 메워야 할까. 독자도 생각해보라.

더블린의 한인 ──────── 무의미

난센스인 것이다. 의미가 없다. 다시 말하면 무제다. 의미의 상실. 발로 그린 그림이다. 제임스 조이스 씨는 걷고 싶었던 거다. 움직이고 싶었던 거다. 그러나 그 발은 역시 눈이다. 왜냐하면 조이스 씨는 예술가지 건각운동健脚運動 전도자가 아니므로. 조이스 씨는 사실과 예술의 경계선까지 이르렀다. 연기에 도취한 배우는 저도 모르게 무대에서 관람석으로 내려오는 찰나에 있다.

DANGER

그는 발을 뻴 염려가 있다.

그가 취한 길은 한 가지뿐이다.

'뒤로 도는 것'이다. 또 한 번 의미로, 또 한 번 육안으로.

한데 여기 문제가 있다.

C

성서에 탕아의 비유란 얘기가 있다.

성실하던 아들이 집을 나갔다가 다시 돌아온다는 얘기다. 아버지는 집에서 고생한 아들의 항의를 물리치고 가축을 잡아서 잔치를 베푼다. 아들을 다시 찾았으니 얼마나 기쁜가 하는 것이다. 죽은 아들을 새로 얻었으니 얼마나 즐거우냐는 거다. 그러나 이 선량한 아버지는 약간 오해를 하고 있다. 그 아들은 그의 아들이 아니란 말이다. 그의 아들은 부활한 것이다. 전과 다름없이(집 나가기 전과) 부지런히 일하고 순종하는 아들을 보고 아버지는 잃었던 양을 다시 찾았다고 기뻐할 것이다. 그러나 그는 그의 아들이 아니다. 그가 낳았던 아들이 아니다. 그는 새로운 인간인 거다. 회개라는 속죄의 불길 속에서 태어난 새로운 전혀 다른 인간이다. 그는 아버지의 아들이 아니라 아버지의 아들이다. 하늘에 계신 말이다. $A \neq A$는 신의 논리학이다. 우리는 그것을 변증법이라 부른다. 육안으로 돌아갈 때 신에 의해서 개안된 그것이지 호머의 육안이란 말이 아니다.

피카소의 컴퍼지션은 예술이지만 유치원생이 그린 자유화는 예술이 아니다. 왜냐하면 피카소이기 때문이다. 왜냐하면 피카소가 아니기 때문이다.

회개가 타락하면 의식이 되듯이 창조가 타락하면 양식이 된다. 신의 변증법 대신에 인간의 변증법으로 때우려는 사기에서 수습할 수 없이 분규가 넓어지고 기껏 가까워진 목표를 또다시 연막 속에 파묻는 결과가 된다.

신의 변증법이 가혹하듯이 예술의 변증법도 가혹하여야만 한다. 신의 변증법이 가혹한 것은 사실이지만 예술의 변증법이 가혹해야 한다는 것은 요청이다. 왜냐하면 인간은 그럴 수도 있고 안 그럴 수도 있기 때문이다. 그러므로 가치란 인간에게만 지워진 고행인 것이다.

신의 사전에는 그런 말이 없다. 신은 돈 귀한 줄 모르는, 따라서 별 필요도 없는 부잣집 막내아들이다.

D

예술 사회에서는 발효란 말이 애용된다. 발효란 시간의 일정한 경과를 말한다. 순간에 발효한다면 그건 발효가 아니라 요술이다. 혹은 폭발이다.

작가들더러 요술쟁이가 되라는 사람들이 있다. 혹은 자폭하라는 충고자들이 있다.

서양 명주의 양조법 안내를 어디 가 보고 와서는 왜 국산 위스키는 이 모양이냐고 도무지 세상이 쓸쓸해진다는 분들이 있다. 서양에서도 명주는 햇수와 가전의 비법으로 만들어진다고 들었다. 대량 생산이 가능한 물질에 있어서 그러하거늘 하물며 똑똑한 분자식 하나 확정되지 못한 정신의 세계에 있어서랴. 먼 후일 달나라로 주말여행을 갈 수 있는 세상에는 그런 분들의 불만이 만족될 수 있을지.

현재로선 별수 없는 일이다.

시점을 돌리라 한다. 좋은 말이다. 밖으로 눈을 돌리라 한다. 좋은 말이다, 좋은 말이긴. 작가는 이런 소리를 하나도 들을 필요가 없다. 남의 집 불구경하는 사람들 말을 듣다가는 건질 것도 태워버리기 십상이다. 전국의 화초 재배가들에게 무궁화만 재배시키자는 법률안을 꾸미고 앉아 있는 사람들이 있다. 그러지 말라.

엉터리 전회는 죽음이다. 성급히 촉진제를 쓰면 결과는 악주惡酒다. 작가가 영혼을 만나는, 그것을 찾아가는 갱도는 다 각기 있다. 저마다 있다. 시대에 민감하고 연대성을 느끼라. 좋다. 앙가주망이다. 좋다. 단, 그대는 배우다. 그대의 앙가주망은 스테이지에서다. 내려와서 하고 싶을 땐 분장을 지우고 내려오라. 그러나 내려오지 않는 것이 상책이다.

예술가가 방법론을 준비하고 작품을 써야 하는 시대는 괴롭다. 애무의 방법을 가르쳐주면서 사랑한다는 건 힘이 든다. 그러나 어느 시대건 정도의 차는 있을망정 예술가는 계몽하면서 연주한다.

앙가주망. 좋다. 다만 화종은 무궁화만이 아니라는 단서를 붙이고 가표를 던지겠다. 너무 급히 돌려서 허리를 부러뜨리면 다시는 출 수 없으므로.

E

작가란 우상 숭배자다. 그는 형상을 통하여 생각한다. 눈에 보이지 않는 것, 손으로 만질 수 없는 것, 냄새 맡아볼 수 없는 것을 그는 믿지 않는다. 앞질러 얻어진 결론은 그에게 아무 소용도 없다. 현대의 모든 사물이 합리적인 집단 운용의 원칙에서 움직이는 마당에 예술가만은 유독 수공업과 가내 생산의 초라한 공방을 지키고 앉았다. 문학의 이 같은 방법적 후진성은 우선 무엇보다도 작가 자신에 대한 비극이다. 방대한 사상을 그는 혼자서 분류하고 카드를 만들고 정리해야 한다. 더욱이 그는 일반적인 실험 안내서나 통계 숫자를 가지고 있지 않다. 그는 우상을 섬긴다. 우상은 자기다. '자기' 속을 흘러간 것만 그는 손댈 수 있다. 다른 것이 진리가 아니란 말이 아니다. 그의 몫이 아니란 것이다. 작가는 풍문을 듣고 쓸 수는 없다. 자기 이야기만이다. 시대를 말하더라도 자기 속에서 발효시키는 수밖에 없다. 자기 심장의 계기에 인도되는 수밖에 없다. 공공용 심장public use heart이란 건 아직 없기 때문이다. 그런 심장은 여태껏 두 낱만 있었다. 석가모니 씨와 그리스도 두 사람이 가졌던 것이다. 그러나 그들은 신이었다. 예술이란 '신의 모방'이다. 정확하게는 창조의 모방이다. 원래대로 말하면 이런 엄청난 일은 좀더 집단적인 방법으로 좀더 책임 있게 작업이 되어야 옳을 것이다. 신이 혼자 힘으로 창조한 그 흉내를 예술가는 하고 있다.

  비평가는 작가와 사이가 좋지 못한 걸로 돼 있다. 그들의 공격은 근본을 캐면 예술가의 이 같은 참칭僭稱——신의 이름을 자기 것으로 부르는——에 대한 반항인 것이다. 예루살렘의 대제사장들처럼 그들은 근본적으로 불신적이다. 목공의 아들이 자기들의 주인이라는 걸 그들은 믿고 싶어 않는다. 그것은 당연한 것이다. 왜냐하면 그들은 사이비 메시아를 너무도 많이 봤기 때문이다. 더 진실을 말하면 인간이 메시아일 수 없다는 것을 알고 있기 때문이다. 이 사실을 번히 알면서 작가와 비평가들은 허위의 연극을 하고 있다. 내 비유가 과대망상일 것이다. 아무도 작가를 메시아로 보는 사람이 없다. 다만 시대의 증인이고 민중의 증인이 되기를 원할 뿐이다. 이렇게 말할 것이다. 마찬가지다. 나의 수사법이 반민주적이라고 트집을 잡지 않는 한 마찬가지다.

현대는 영웅이 필요 없다 한다. 작가는 영웅이 되려 한다. 한 시대를 증언하려는 사명감은 영웅 심리 이외의 아무것도 아니다. 그것을 제거하고도 작가는 생존할 수 있는가. 문학의 공방에 데모크라시를 데려와보자. 소설의 공동 생산!

오토메이션 시대에 예술은 주체적 진리의 마지막 요새다. 천하 통일의 야망을 품은 대군이 각개격파 전술을 쓰고 있다. 단 하나의 목표에 굴복하라는 것이다. 하늘 밑에 두 임금이 없다는 것이다.

다 한집안 식구 같은 사이니 말이지 이 요새의 수비 상태는 창피할 정도다. 공성법攻城法은 뉴모드인데 막는 법은 여전히 끓는 물과 유황 방망이 정도다.

이런 급박한 사태가 당대에 살고 있는 예술가들 일대의 책임은 아니다.

어느 날 아침 깨어나보니 성은 함락 직전에 있었다— 하는 게 진실이다.

불리한 '방법'을 가지고 압도적인 현실을 감당하려는 작가에게는 이중의 난관이 있다. 그러나 회피할 수는 없다. 현대에 사는 한 그 어떤 장소에 주소를 두었건 인간의 조건이 뿌리에서 재심사를 받지 않는 곳이 없고 자기 자신 그 당사자로 출정을 요구받지 않는 곳이 없을 테니깐. 단 위증해서는 안 된다. 신문지의 흥분은 작가의 흥분일 수는 없다. 신문지의 템포에 스텝을 맞출 때 작가는 피에로가 된다.

작가의 고민은 신이 되고 싶어 한 자가 받는 징벌이다. 예술 현상에서 사회적 연대성을 추상하고 순수히 개인적인 측면에서 고찰하는 한에 있어서.

오늘날 작가란 아무 쓸모없는 작위와 더불어 막대한 부채를 인수한 상속자와 같다. 그도 할 수 없는 일이다. 자기의 객기와 허영의 소치인 바에는.

기껏 성실하게 빚을 까나가는 수밖에는 없다. 변제 방법에 대하여 더 자세한 보장을 듣고 싶은 분은 조용히 집으로 일차 내왕이 계셨으면. 아무리 빚진 죄인이라 한들 이런 장소에서야…… 그럼 또.

문학과 역사

한산섬 앞바다에 싸움이 있던 날, 이순신은 아침상에서 무엇을 먹었을까? 어느 역사책에도 그런 건 씌어 있지 않다. 그런데 나는 그게 여간 궁금하지 않다. 그런 건 알아서 무얼 하느냐 하면, 정작 무얼 한다는 건 없겠지만, 역사에 대한 흥미는 내 경우에는 이런 데서부터 시작한다. 그것을 아는 길은 영영 없으리라. 아마 영양학의 한 대목으로 연구할 수 있을지 모르겠다. 조선 때 식생활을 연대순으로 짚어 올라가서 선조 시대의 보통 메뉴를 알아내고, 또 군대에서는 어떤 식사를 했는가, 육군과 해군 사이에는 어떤 차이가 있었는가, 이렇게 알아보면 꽤 가깝게 알아낼 수 있을 것이다. 그러나 여기까지 밝혀낸다 하더라도 그날 아침에 이순신이 무얼 먹었는지는 어쩐지 알 길이 없다.

왜냐하면 한참 싸움할 때니 평상시와 같은 반찬을 먹었는지 어쩐지 알 길이 없기 때문이다. 또 그날따라 반주를 한잔했는지 안

했는지 그것도 몹시 궁금하다. 했다면 몇 잔이나 했는지, 무슨 술이었는지. 그것이 반드시 한국 술이었다고는 할 수 없다. 중국군에서 선물로 보내온 배갈이었는지도 모른다. 그렇다면 이순신은 한잔 들이켜고 카 하고 소리를 냈는지 안 냈는지 이 점도 매우 궁금하다. 안주는 무엇을 들었을까. 아마 전복이나 해삼이기 쉬웠을 것이다. 그러나 배갈이라면 돼지고기 조림 같은 것이어서 안 되랄 법이 없다. 그뿐인가, 누구 맘대로 배갈로 정했담. 왜군에게서 빼앗은 정종이었을지도 모른다. 정종인 경우에는 놈들에게서 역시 빼앗은 '다꾸앙' 한 쪽을 쩝 하고 씹었는지도 모른다.

가령 가라앉은 배에서 술통이며 다꾸앙 상자가 물 위에 둥둥 떠나오는 경우에 우리 쪽 병사들 가운데 취사병들은 우선 그것들을 압수했을 것이다. 한두 번이 아닌즉 그게 무엇인지는 알고 있었을 테니까— 이렇게 상상해보지만 모두 확인할 길 없는 영원한 수수께끼다. 이런 것을 알아봤자 한산섬 싸움의 전술적 의미라든지, 그런 것을 알아내는 데는 아무 도움이 못 될지도 모른다. 또 알 필요도 없을지 모른다. 그러나 「이순신」이란 소설을 쓰자면 이런 것을 알 필요가 있다. 아마 역사 연구에서는 민속학 같은 테두리에 속할 것이다. 이런 자질구레한 대목이 확실치 않으면 아무래도 이순신의 모습은 어슴푸레해질 수밖에 없다. 가령, 소설 속에 이런 대목이 안 나오더라도 그런 것을 알고 쓸 때와 모르고 쓸 때는 아무래도 달라진다. 어떻게 달라지느냐 하면, 사실 또 어렵지만, 말하자면 글의 낌새가 달라진다고나 할까. 정 알 수 없으면 빼버리고 쓰는 수밖에 다른 도리가 없다. 이순신의 평생에서 그만큼한 자리가 빠지는 셈이다. 소설에서 이러한 역사를 쓰는 경우에야 얼마나 빠지는 부분이 많을까. 또 빼지 않고는 도대체 역사란 적어놓을 도리가 없다. 얼마나 빼먹느냐를 셈하는 일이 역사 연구인지도 모르겠다. 그러나 빼내는 것이 걱정인 역사학은 복 받은 사정이다. 우리 역사학의 경우는 아마 거꾸로가 아닌지 모르겠다. 주워 맞출 절대량이 모자라는 것이나 아닌지. 그렇다면 서운한 일이다. 때로는 주워 맞추다 보면 다른 나라 역사의 팔다리를 집어다 맞추는 경우도 있을지 모르겠다. 그런 경우에는 거의 소설가가 하는 편법이나 마찬가지가 된다. 발자크는 자기 시대 역사를 쓴다면서 소설을 썼다지만, 말할 것 없이 비유일 따름이다. 그의 소설의 참된 재미는 당대 독자일수록 온전히 맛보았을 테고 후대일수록 몽롱해질 게 당연하다. 작가와 독자 사이에 약속되어 있는 '당대'라는 커다란 배경에 대한 이해력 탓이다. 발자크만 한 사람이기에 자기 시대를 그만큼이나 썼거니와, 내 경우로 보면, 매일매일이 더욱더 몰라진다. 소설가가 작은 일을 알려고 하는 것은 아마 사랑 때문이 아닐까 한다. 큰 바다의 거품같이 왔다 간 중생의 한 사람 한 사람, 한순간 한순간을 모두 말하고 싶은 그런 생각이 소설을 만든다. 물론 소설도 빼버리는 기술이 필요하다. 그러나 어떻게 하면 안 빼낸 듯한 착각을 주면서 빼내는가, 그것이 문제다. 역사학도 이 사정은 마찬가지겠지만, 소설은 그 속임수의 욕심이 더한 장르가 아닌가 싶다. 소설가보다는 역사가가 좀더 담담하게 도통한 것인지 모르겠다. 빼내는 기술—— 소매치기 요령 같아서 좀 무엇하지만, 아무튼 역사와 소설은 성미가 다른 형제지간으로 나는 생각하고 있다.

  형제지간쯤이라고 하는 것도 사실은 꼭 맞는 말인지는 모르겠다. 무명인의 위전偽傳이라는 근대 소설의 관습이 부르주아의 서사시라고 불린다면 옛날 양반 계급, 이를테면 조선 시대의 선비들은 왕조의 실사를 읽는 데서 그런 카타르시스를 맛보았으리라 생각된다. 그 속의 주인공들은 그들과 같은 출신이고 파란만장의 삶을 살았다는 데서는 바로 소설의 주인공과 다름이 없기 때문이다. 그러니까 유명인의 실전實傳이라는 형식의 소설로서 그들은 사서를 읽었으리라고 짐작할 수 있다. 그들에게는 소설과 역사가, 따라서 예술과 역사의식이 별개의 것이 아니었던 것이다. 현대 소설과 역사도 이 같은 행복한 결합을 위해 노력하는 것이 공동의 과제일 것임이 틀림없다.

문학과 현실

　'문학과 현실'이라는 문제 제기의 방식 스스로가 우리들에게 함정을 마련하고 있다. 현실이라는 개념의 다양성에서 오는 혼란을 피하기 위하여는 문학은 현실에 대립하는 개념이 아니라 현실의 한 계기이며, 현실은 문학을 그 속에 계기로서 가지고 있는 다층적 개념이라는 입장을 명백히 하는 것이 먼저 필요한 일이다. 이같은 뜻으로 사용할 때의 현실은 오히려 '삶'이라는 말이 지니는 내포와 외연에 합당한 것이다.

　그러니까 '문학과 현실'이란, 현실 속의 문학적 측면과 현실적 측면이라는 비교적 용법이라고 해석하고, 그와 같은 현실의 측면 상호간의 관련을 문제삼는 것이라고 할 수 있다. 이같이 본다면 그것은 곧 생에 있어서의 행위와 인식의 문제라는 것을 알 수 있으며 인식의 한 장르로서의 예술과 행위의 문제이다.

　역사의 과거에서 행위와 인식은 밀접하게 관련지어져 있었으며 순수 행위, 순수 인식이라는 발상을 시작한 것은 그리 오래된 일이 아니다. 고대로 올라갈수록 양자는 유착돼 있으며 모순은 화해의 상태를 유지하고 있다. 고대·중세의 사회에서 인정되는 제 학문의 일원적 체계, 각기의 미분화적 형태와 그러한 학문 혹은 예술과 정치, 종교와의 이중 삼중의 결합과 중복은, 적어도 행위와 인식의 분리가 본질적인 분석만으로는 달걀과 암탉의 문제처럼 순환을 거듭할 뿐이며, 시간적인 변화 속에서 관찰하는 것이 필요함을 말해준다.

인간과 세계가 같은 울타리 속에 들어 있는 데서 비롯하는 인간의 세계 인식의 순환성

다시 말하면 역사의 어떤 시기에서는 행위와 인식이 모순의 상태가 아니고 화해의 상태가 있었다는 사실이다. 이와 같은 시대에는 현실과 인식은 일대일의 관계에 있고 양자 사이에 차액이 없으며 서로가 서로를 위한 기호로써 투명화되며 '행위'는 곧 그러한 양자를 동적으로 종합한 존재였을 것이다. 바나나만이 자라고 있는 섬에 살고 있는 주민에게 식물은 곧 바나나이며 유개념은 종개념과 완전히 일치했었을 것이다. 그곳에는 부재란 없으며 세계는 완결돼 있다. 따라서 역사와 영원은 하나이며 더 정확히 말하면 역사도 영원도 생활공간과 인식이 완전히 대응하는 경우에는 상상력이란 나타날 수가 없는 것이다.

타인(타족)의 발견이 모험담에 그치는 시대

생활공간이 점차 넓어지고 타 부족과의 교통이 생김으로써 고대인의 정신에 생긴 변화는 충격적인 것이었으리라. 이 세계 말고도 또 다른 세계가 있다는 것, 바나나 말고도 또 다른 바나나가 있다는 것이 현대인이 종교적 이적을 목도했을 때의 놀라움에 비길 수 있다.

그러나 이 같은 타 세계에 대한 정보를 갖게 되었다는 것이 곧 현실적으로 지배할 수 있는 생활공간의 확대나 행동반경 확대를 의미할 수는 없다. 고대의 교통력이나 사회 구조로 보아서 특별한 부족원——즉 군사나 물물 교환 시의 대표 같은 자만이 타 세계를 볼 수 있었을 것이며, 그런 사람들도 귀향 후에는 자기가 본 바를 상상 속에서 소유할 수밖에는 없었을 것이다. 이렇게 해서 그는 현실(그가 지배할 수 있는 생활권)과 또 하나의 현실(상상 속에 보관된 견문)을 갖게 되고 여기서 그의 행위와 인식에 비로소 차액이 생겼으며 그 견문을 동족에게 들려주면서(문학하면서) '현실과 문학'의 괴리에 대해서 고민하기 시작했을 것이다.

원시 공동체 속에서의 이 같은 행위와 인식의 분열의 모형을 그 이후의 역사의 과정에다 적용할 수 있다는 것이 필자의 생각이다. 중세 이전까지의 사회는 전술한 스케치에서 본 생활공간의 확대 이전의 공동체의 삶에 해당하고, 근대 이후는 외부를 보아버린 다음의 공동체의 삶에 해당한다. 그런데 이렇게 재단하는 경우에 뚜렷한 오류를 범하고 있는 것을 알게 된다. 그것은, 전기前記의 스케치에서도 분명한 것처럼 근대 이전의 정신에도 이미 존재하는 현실과 인식의 차액을 무시했기 때문이다. 그러면 그 시대에 그와 같은 현실 부정의 계기는 어떻게 처리되었을까? '악'으로서, '터부'로서 처리된 것이 한 방법이고 다른 하나는 '종교'로서 기능하였다.

세련된 종교의 존재는 그 사회가 이미 이익 사회 단계에 있는 증거
공동체 속에서 현실적이 아닌 이미지에 탐닉하는 자는 마귀에 들린 자, 병든 자로서 격리되었고 행동에 옮겼을 때는 처벌되었다. 정지된 사회에 있어서의 부정적 정신은, 터부로서 소외된 것이다. 공동체의 현실을 부정하면서 그로부터의 박해를 면한 것이 곧 종교라 할 수 있다. 그것은 현실의 차원에서의 부정을 단념하고 현실을 스스로 초월함으로써 부정한 것이다. 그것은 현실과 인식의 차액을 현실의 차원에서 줄일 수 없다는 세계관의 표현이며 현존하는 현실을 운명으로 인식하고 현실을 움직이지 않는다는 세계관이며 그런 의미에서 종교는 현실의 체제를 긍정하였다.

그러므로 근세 이전의 사회에서도 부정의 계기는 존재하였으나 그것은 소외되었거나 허수로 치환됨으로써 삶의 변증법적 계기로서 탈락되었으므로 중세 이전의 사회를 인식과 현실의 차액이 비합리적으로 처리된 사회라고 규정하는 것이 타당할 것이다.

'근대'란, 이 같은 세계에 대한 부정의 정신이다. 그것은 현실과 인식의 차액을 초월에 의해서가 아니라 '진보'에 의해서 줄이자는 태도이며 현실과 인식의 괴리를 현실의 부정에 의해서 줄이자는

태도이며, 현실에서 탈락되었던 '부정'이라는 계기를 실수로서 계산하려는 태도이다. 정치에 대한 정치학, 경제에 대한 경제학은 현실의 정치 경제에 대한 이념으로서 존재하는 것이며, '학學'이 어용이 아니면서 환상이 아니기 위하여는 그것은 미래를 기다려서 완결된다는 의미를 가지지 않으면 안 된다. '근대'의 사고 양식에서는 행위와 인식의 괴리는 오직 역사 속에서만 해소된다고 할 수 있으며, 근대를 논할 때의 역사주의·실증주의·합리주의는 미래의 개방된 경우에만 그 의미를 지닐 수 있다.

근대 서구에서 역사(진보)의 지평은 무한히 열린 것으로 보였으며 그러므로, '합리적인 것은 현실적이며 현실적인 것은 합리적'이라고 생각되었던 것이다. 그러나 잘 알려진 바와 같이 현실과 인식의 이 같은 행복한 관계는 오래가지 못하였다. 인식의 자기 증식 속도가 놀라운 것이었음에 반하여 현실의 발전은 그것을 따르지 못하였다. 이 사실은 근대적 서구가 자기 속에 있는 부정의 계기가 현실화하는 것을 억제하는 방향으로 경화되기 시작했다는 것을 말한다. 인식과 행위, 합리적인 것과 현실적인 것은 다시 분열하기 시작했으며, 한번 해방된 추리력과 상상력은 행위 가능성과의 고려에 구속됨이 없이 스스로의 세계를 추구하였다. '학문을 위한 학문' '예술을 위한 예술'이라는 발상은 뛰어나게 근대적인 현상이다. 근세 이전에 학문·예술은 반드시 무엇을 위한(신을 위한, 종족을 위한) 것이었으며, 또 그 효용의 한계에서 인식도 정지하였으나, 근세 이후의 학문·예술은 효용의 한계를 넘어 무한히 나아가려는 충동을 가지고 있다.

부르주아의 보수화

그리고 현실과의 절연을 선언한다. 근세 이전의 사회에서의 현실 부정의 계기가 현실에서 탈락된 것과 동일한 소외 현상이지만 다른 것은, 전자에서는 정은 터부로 금압禁壓된 데 대하여 여기서는 현실화를 단념하는 '합리성'이 그 자체 내에서 비대해지고 증식하는 것은 학문의, 예술의 순수성이라는 이름으로 성행한다는 점이다. 다시 닫힌 역사의 지평선 안에서 정신은 전진을 단념하고 자기 증식에 골몰한다. 그것은 마치 건물들이 위로위로 뻗어 올라가는 현대 도시와 같다.

매재媒材의 차이
↓

감각 예술—정서→자연 매재(音 · 色 · 石)→정서화된 매재(작품)
문학예술—정서→인공 매재(언　　어)→정서화된 매재(작품)

예술과 현실의 문제도 이 같은 역사적 문맥에서 이해해야 할 것이다. 오늘날 직설적인 의미에서 예술이 행위에 영향을 줘야 한다고 주장하는 사람은 없다. 더욱이 음악이나 미술의 현실과의 관계라든가 음악의 현실 참여 같은 말은 아무도 하지 않는다. 그것은 아마 이들 예술의 매재(소리·색채·돌)가 사물이며 감각적인 것이므로 보다 보편적이며 현실의 변화 자체를 다의적으로 흡수할 수 있기 때문일 것이다. 베토벤이 그의 작품을 나폴레옹에게 바치려다가 그만두었다는 유명한 이야기는 음악이라는 장르가 그 자신의 감각적 질서만으로 자립할 수 있다는 것을 쉽게 이해시켜주는 사실이다.

문학에서는 이 같은 퇴로는 우선 차단되어 있다. 문학의 매재인 언어는 사물이 아니라 공동체의 사고형과 정서에 의해 조직된 '관념'이다. 문학 작품을 쓴다는 것은 작가의 의식과 언어와의 싸움이라는 형식을 통하여 작가가 자기가 살고 있는 사회에 대하여 비평을 행하는 것이다. 그러므로 그것은 작가의 자유가 현실에 부딪혀서 일어나는 섬광이며, 작가에게 있어서의 현실은 언어 속에서의 싸움이다. 음악가가 무기無記의 음을 조작하는 과정을 작가는 언어의 조작을 통하여 행하는 것이며, 그 경우에 언어는 현실에의 투명한 통로가 되며 이같이 하여 작가는 대지에 결박되어 있다. 언어 자체가 공동체의 효용을 위한 도구이기 때문에 언어를 택한 예술가인 문학자는 이미 공동체의 현실에 참여하고 있는 것이며, 문제는 어떤 자세로써 참여하고 있느냐이다. 그것도 음악과는 비할 수 없이 긴밀히 참여하고 있다.

그런데 문학도 예술인 한에서는 그것이 아무리 현실의 기호로서의 성격을 가진 언어를 택했을망정 예술로서의 차원을 유지하자면 현실을 부정하는 조작을 거치지 않으면 안 된다. 음악처럼 그 매재 자체가 비현실적인 사물이라는 혜택을 가지지 못한 문학은 비유와 허구라는 조작을 통하여 현실의 기호인 언어를 현실을 부정한 사물로 승격시킨다.

여기서 우리는 문학의 비극적 이율배반의 운명을 발견하게 된다. 즉 문학은 그 매재 때문에 뛰어나게 현실적이어야 하면서 예술이 되기 위하여는 현실을 부정해야 한다는 사실이다.

여기서 이 글의 첫머리에 스케치해본 역사의 각기 시대에서의 부정의 의미로 주의를 돌려보자. 거기서 우리는 정지된 사회에서의 '부정'의 계기는 '악'으로서, '터부'로서 기능하였으며, 발전하는 사회에서의 '부정'의 동기는 '미래'로서 '진보'로서 기능함을 보았다.

그러므로, 문학예술에서 예술적 조작으로서 행해지는 부정도 이러한 두 가지의 방향을 취할 수 있다고 필자는 생각한다. 다시 말하면 문학자의 예술을 통한 참여는 터부로서의 예술이냐, 진보로서의 예술이냐로 갈라질 수 있다. 터부로서의 예술도 현실을 부정한다는 의미에서 우선 예술임에는 틀림없지만 그것이 역사의 지평을 닫힌 것으로 간주하고 환상의 초월 속에 머무를 때, 그것은 필연적으로 생의 진실과 어긋나게 되며 감동을 주는 힘을 상실한다. 그리고 그 결과로서 갇힌 사회의 종교처럼 현실 긍정의 기능으로 작용한다. 진보로서의 문학예술은 자기 매재인 언어의 현실 결박성을 십자가로서 인수하고 현실의 각각의 변동에 스스로 맡김으로써 불리한(예술로서) 조건을 역용하여 스스로 미래를 향한 기旗로서 정립한다.

생물적 종과 문명적 종의 합일체로서의 인간

참여냐 아니냐의 문제는 그러므로 각자가 인간을 미래로, 열린 지평으로 인식하느냐 닫힌 지평 속에서 환상의 초월만이 가능한 존재로 보느냐는 데에 귀착된다. 얼핏 생각에 개체로서의 인간은 한정된 역사적 시간이라는, 갇힌 지평 속에 살고 있는 것 같지만, 인간을 그렇게만 본다면 인간에게서 '부정'의 계기를 간과하는 것이며, 인간은 갇혀 있음에도 불구하고 탈출하려는 존재이며, 그렇지 않다면 물체에 지나지 않으므로 인간이 인간이기 위해서는 부단히 현실을 부정하여 나날이 새롭게 사는 길밖에 없을 것이다.

미학의 구조

1 국악을 처음 듣는 서양 사람은 얼른 당장에 거기서 음악미를 느끼기는 어려울 것이다. 우리가 다른 음악에 접한 경우라도 마찬가지이다. 서양 음악은 우리 귀에 매우 익숙해져서 그럴 염려는 없다. 서양 음악에 그만큼 귀가 젖기까지는 곡을 많이 듣는다는 과정이 앞섰던 것이다. 그렇게 해서 양악의 음계가 우리에게 익숙한 약속이 되면 양악은 우리에게 즐거움이 된다. 노동이나 그 밖의 실생활에서처럼 그때마다 저항을 이기고 대상을 정복하는 수고가 없어지고 우리는 음악이라는 허구의 생활공간 속에서 노닐 수 있게 된다. 문학의 감상에서도 마찬가지다.

문학은 모사석이기 때문에 우리는 아무 준비 없이도 자연적으로 어떤 소설을 즐길 수 있는 줄 알지만 결코 그런 것은 아니다. 어떤 소설이든 그것을 감상할 수 있는 약속이 있다. 마치 모든 음악에서, 특정의 음계, 민족 선율이 있는 것처럼. 그래서 이 음계, 선율의 형에 젖어 있지 못하면 대뜸 처음으로 특정 곡을 접해도 그것을 음악으로 느낄 수 없는 것이다. 음악의 경우에 그 음계, 선율에 젖는 길은 악곡을 많이 듣는 길밖에 없다. 미술에서도 사정은 같다.

동양화면 동양화의 화풍이 있고, 또 한화면 한화의 화풍이 있다. 이것에 익는 길은 그림을 자주 많이 보는 일이다. 명화라는 것은 그 풍이 잘 나와 있는 그림이다. 이렇게, 음악이나 미술에서는 감상을 위한 준비는 감상이라는 순환이 사실로 통용된다. 헤엄을 배우려면 헤엄치는 수밖에 없다는 식이다. 이것이 예술에서의 감상의 진정한 길이다.

문학에서도 예외는 아니다. 그런데 우리는 앞서 말했듯이 흔히 문학에서는 그런 준비가 필요 없는 줄로 착각하는 경우가 많다. 이것은 잘못이지만, 여기에는 까닭이 있다. 소설을 느끼지 못하는 것을, 대개 음악이나 그림을 볼 줄 모르는 경우보다는 덜 부끄러워한다. 외국어 철자나 발음이 틀리면 당황해하면서 한글 맞춤법을 틀리게 써놓고서는 태연해하는 경우와 병행하는 현상이 여기에는 있는 것이다. 여러 가지 까닭이 있겠으나 첫째는 외국어의 문법은 정립되고 안정돼 있으나, 한글 문법은 자꾸 바뀌니, 몰라도 창피하지 않다는 생각이 있지 않을까 한다. 사실이다. 음악과 문학도 그런 경우에 비할 수 있겠다. 국악은 백 년 전이나 지금이나 국악이다. 그리고 앞으로도 그 수준형을 유지하는 것이 국악의 옳은 길이다.

그러나 문학은 이와 다르다. 문학의 음계는 백 년쯤 지나면 대개 달라진다. 왜 그럴까? 음악은 모사하지 않는다. 그래서 음악이나 선율은 불변인 채로 많은 기억을 가능적으로 포함할 수 있다. 그러나 문학은 모사한다. 대상을 모사한다고 하지만 모사는 대상 자체는 물론 아니기 때문에 아무리 우수한 모사구라 할지라도 그것의 시간에 대한 내성은 음악에 비하지 못한다. 모사의 형·양식은 따라서 부정기적이지만 재편성된다. 문학의 음계는 그 민족의 1)집단 기억, 2)철학이 특정한 수사형·설화형·인물형으로 고정된 것을 말한다. 특정한 수사형이란, 관용성·정형구·상투형·정형 성격·투영 인물·상투 전개라 불러도 좋다. '문자 쓴다' 할 때의 문자가 그에 해당한다. 이 '문자'는 '랑그langue'로서의 문자가 아니라 '파롤parole'로서의 '문자'다. 음악의 음계에서는 파롤=랑그라면, 문학에서는 파롤≒랑그로 표시할 수 있겠다. 문학이 이처럼 가변 음계에 서는 예술이라는 것에 대한 오해가 어느 시대에나 있다. 그래서 음악과 문학을 동일시하게 되고 문학을 전통 음악처럼 제작해내려는 착각을 가지게 된다.

한때 소설가 지망생들이, 소설이라면 늘 성황당과 가뭄 얘기를 쓰는 것인 줄 알았던 것은 이 때문이다. 소설을 음악처럼 발상하려 했던 것이다. 한글 맞춤법은 틀려도 좋다는 태도와 꼭 같은 것이다. 역사적인 격동이 심한 시대나 국민일수록 이런 발상은 불가능해진다. 그래서 진정한 문학자는 그 자신 음계를 만들거나, 당대에 통용되고 있는 가짜 음계의 잡초를 헤치고 전통을 발굴하거나 하지 않으면 안 된다. 이것은 이미 연주자가 아니다. 발명가나 발견자, 공학자나 고고학자다. 기술(문체)과, 전개(설화형)와, 인물(변용 인물) ― 소설을 구성하는 하모니harmony·리듬rhythm·멜로디melody인 이 세 요소의 성격을 결정하는 음계가 그 민족의 집단의 기억(역사)과 철학이다. 어떤 소설을 해설한다는 것은 그러므로, 문체와 전개와 인물에 나타난 작자의 사관과 철학을 살펴보는 작업이다. 그렇게 함으로써 독자로 하여금 그 소설의 세계에 들어설 수 있는 준비를 갖추게 한다. 이 준비는 소설 자체를 읽음으로써 동시에 진행된다고 하기는 어렵다.

위대한 소설은 스스로 해설한다는 말은 그저 인사말로라면 몰라도 실지와는 다르다. 대개 그것은 착각이다. 그 소설의 의미층의 가장 소박한 수준을 통과한 경험을 그렇게 아는 경우가 많다. 그 소설 밖에 있는 방대한 정보――문학사와 그 밖의 정보량이 클수록 작품 감상은 완전해진다. 문체 · 전개형 · 인물형의 세 요소 가운데서 문체에 대한 분석을 빼고 전개형 · 인물형의 측면에서만 『벽공무한』에 접근해보고자 한다. 문체를 논의에서 빼는 까닭은 「메밀꽃 필 무렵」의 작자인 이효석의 문장가로서의 무게에 비해서 이 소설의 문체는 두드러진 것이 없다고 보이기 때문이다.

효석은 문학적 생애를 통하여 변모가 있었다고 말하는 평자가 많다. 1920년대 우리 문학에서 중요한 경향이었던 사회적인 조건을 인간극에서 중시하는 경향에 그도 휩쓸렸다는 견해이다. 휩쓸렸다는 말이 어울릴 성싶은 것은, 그가 이 조류에서 이윽고 빠져나와, 그의 독특한 세계로 옮아왔고, 그의 중요한 문학적 성과도 후기에 씌어진 것 속에 있다는 것이다. 이 견해의 선을 따라서 이효석을 생각하는 것이 좋을 것 같다. 그 선이 어떤 것이냐는 이 작품 『벽공무한』을 풀이하는 가운데 드러날 것이다.

『벽공무한』은 연애소설이다. 연애소설이라는 말부터가 우리에게는 좀 당돌한 느낌을 주는 그런 시대에 살고 있지만, 소설의 기본형의 하나가 연애소설임은 틀림없다. 주인공 천일마를 둘러싼 재사가인들의 한 무리가 펼쳐내는 사랑의 풍속도가 이 소설의 내용이다.

이 작품을 분석하기 위해 모형으로서 「메밀꽃 필 무렵」을 살펴보자. 이 단편은 주인공의 사랑이 자연과 사회(농촌) 속에서 펼쳐지는 과정을 좋은 문체로 묘사함으로써 소설적 아름다움에 도달하고 있다. 이것을 도시하면 다음과 같이 된다.

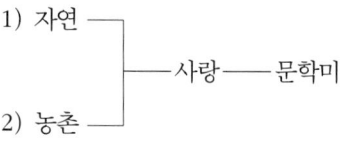

농촌의 경제적 구조는 우시장 묘사와 그의 생애의 행상력을 소개하는 대목으로 덜더함이 없이 잘 그려지고 있다. 자연의 묘사는 달빛과 메밀꽃과 달빛 어린 강물의 묘사로 절품이라 할 만하며 이후의 한국 소설에서의 유사한 장면 묘사의 한 전형을 이루었다고 해도 될 것이다. 주인공은 이런 속에서 그의 사랑을 돌이켜보고, 사랑의 결말을 발견한다. 시간 속에 뿌린 씨에 대한 회상과 아들의 발견이 한 편 속에 어울려서 이 소설의 시간적 층은 소설 구성상으로나, 인생 유전이라는 유구한 가락으로나 나무랄 곳 없이 드러나 있다. 자연과 사회와 사랑이 모두 한마을에 사는 주민처럼 서로를 알고 있고, 있을 데 있는 세계가 「메밀꽃 필 무렵」이다. 주인공은 그 세계에서 있을 만한 자리에 있을 만하게 있으며 그렇게 살고 있다. 이 세계에는 파탄이 없다. 주인공은 운명을 받아들이고 있기 때문이다. 자연과 사회와 인간이 평화의 관계에 있다. 이 세계에 당시로서 반항자가 없었다거나 불만의 여지가 없었다는 얘기가 아니라, 이 주인공의 시야에는 그런 삶의 수준은 무관한 일이라는 것이다. 그의 세계는 그것으로 닫혀 있다. 주인공의 이 같은 평화스러운 인생 태도는 이 인물의 사회적 인물상을 넘어 인생에 대한 어떤 태도의 상징으로까지 승화시키고 있다. 물론 이 인물도 사회적 형이지만 그 형의 묘사에 엄격한 실증적 좌표(농촌·자연)를 주었기 때문에 주인공은 있는 그 자리에서, 말하자면 즉신성불卽身成佛하고 있다. 이것이 소설에서의 작가의 승리의 전형적 방법이다. 소설 속의 인물을 '그 환경과의 대응에서 정확하게 평가'하는 데서 오는 소설미이다.

그러면 이런 소설미가 『벽공무한』에서는 어떻게 이루어지고 있는가를 보기로 하자. 앞의 도시와 달라지는 점을 역시 도시하면 이렇게 된다.

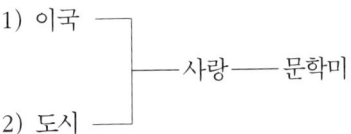

1) 이국 ┐
     ├── 사랑 ── 문학미
2) 도시 ┘

우선 농촌 이야기가 아니고 도시의 이야기다. 또 이 소설에는 자연에 대한 묘사는 큰 역할을 안 한다. 당연한 일이다. 대신에 '하르빈'이라는 이국의 도시가 들어온다. 여기서 하르빈은 단순히 지리적으로 떨어진 도시라는 의미에만 머무르지는 않는다. 그 의미는 차차 생각해보자. 우선 무대가 바뀌고 사람이 바뀐 연애소설이다. 두 작품 다 분류상으로는 연애담이고, 하나는 농촌, 하나는 도시라는 것이 바뀐 점이라는 것을 알고 다음으로 넘어가기로 한다.

다음으로라는 것은 인물들을 말한다. 천일마는 이 소설의 주인공으로 문화 사업가다. 그는 서울의 신문사가 주최하는 음악회에 하르빈 교향악단을 초청할 일을 맡고 서울역을 떠난다. 이렇게 소설은 시작한다. 그는 하르빈에서 '나아자'라는 러시아 여자를 만난다. 그들은 사랑하게 된다. 더구나 일마는 복권과 마권에 당첨돼서 약간한 벼락부자가 된다. 거기에 영화배우인 단영이 온다. 그녀는 일마를 짝사랑하고 있다. 그러나 일마는 응하지 않는다. 일마와 나아자는 결혼해서 서울로 온다. 그들은 조선호텔에 머문다. 한편 실업가 유만해의 가정이 파탄한다. 그의 처, 남미려는 일마의 옛 짝사랑의 여자다. 여기에 신문 기자 종세와 소설가 뮤동이 끼여든다. 사건이 있은 후 이들은 각기 서로 짝을 맞추어 이야기하며 행복하게 끝난다.

여기서 「메밀꽃 필 무렵」에서의 문학미의 달성 조건을 적용해보기로 한다. '인물을 그 환경과의 대응에서 정확하게 평가'했느냐 여부를 보면 되겠다. 여기서 '환경'이라면 우선 '도시'임을 생각할 수 있다. 그리고 그 도시는 1940년대의 도시이며, 일제하의 도시이다. 이런 도시에서 등장인물들은 어떤 행동 방식을 가졌느냐를 보자. 지금 돌이켜보면 1940년대의 서울이면 다사다난한 때다. 1945년을 5년 앞둔 때라는 것을 지적하는 것으로도 우리에게는 그 시대의 역사적 과정의 어떤 윤곽이 떠오른다. 그러나 효석은 이 소설의 인물들에게 우리가 언뜻 연상하는 그런 표정을 짓게 하고는 있지 않다. 천일마를 비롯한 모든 인물들은 시대를 범상한 것으로 받아들이고 있다. 지식인으로서의 자기 사회에 대한 정치적 위기감— 같은 것은 보이지 않는다. 그것은 이 소설의 음계가 아니다. 「메밀꽃 필 무렵」에서의 농촌이 운명으로서의 환경이며 고정된, 논의필論議畢의 환경이었던 것처럼 1940년대의 서울도 이 주인공들에게는 그런 장소다. 이것은 대단히 심각한 일이다.

어떤 작자가 자기 당대를 어떻게 보는가는 그 소설의 기조 저음을 이룬다. 효석의 1940년대 서울관에는 정치나 역사가 말끔히 지워져 있다. 서울은 그저 원형적 인간 환경으로 무비판적으로 취급되고 있다. 환경의 이런 단순화가 주인공들로 하여금 감정의 극을 실천할 수 있는 심리적 여력을 주고 있다. 전쟁 중에도 연애는 한다. 그러나 거기에는 화약 냄새가 스미게 마련이다. 그래서 전쟁 문학 속의 연애는 고전적 연애소설에서처럼 감정의 순수 드라마가 못 되고, 문명 비판이라는 다른 극과의 상극의 모습을 띤다. 인간 각기의 밖에 있는 요소—정치나 전쟁이 개입하는 것이다. 전쟁소설의 애인들은 그래서 늘 문명과 정치를 라이벌로 계산하는 형국이 된다. 이것은 『춘향전』 같은 데서도 마찬가지다. 라신 극에서처럼, 사랑이 순수 운명극이 되는 예는 매우 드물다.

그런데 효석의 『벽공무한』에서 우리는 시대에서 해방된 감정의 극劇을 발견하게 된다. 어찌하여 이런 기적이 일어날 수 있었을까? 무릇 인간은 어느 시공에서건 사회적 저항에 직면하게 마련이다. 이 사회적인 것이 작품에서 자취를 감추는 경우에는——즉 인간 생활에서 진실이 아닌 허구의 정적 단일 구조를 작중에 설정하기 위해서는 작자는 무엇인가를 작품에서 빼거나 보태거나 해서 보완을 해야 한다. 가령 시대를 소급해서 역사소설을 쓴다든지, 사실소설을 피하고 상징소설을 쓰는 따위이다. 『벽공무한』에서 효석은 어떤 방법으로 이 보완 장치를 마련했던가? 이 작품의 '하르빈'과 러시아 여자 '나아자'가 그것이다.

사실주의 소설로서의 부자연한 현실 감각을 보완하기 위한 기능을 하르빈과 나아자가 맡고 있다. 이 이국의 도시와 여자의 등장으로 주인공들은 현실의 세계에서 동화의 세계로 옮아갈 수 있었고 이 소설이 1940년대에 서울에 산 사람으로서는 일반적으로 진실해 보이지 않는 감정적 부력을 얻게 된다. 이 부력으로 그들은 『벽공무한』이라는 로망의 바다 위에서 가벼운 요트처럼들 움직인다. 이렇게 해서 소설은 순수한 로망의 공간을 획득한 것이다. 이것을 뒷받침하는 것은 천일마가 이 소설 속에서 계속해서 운명의 은총을 입는 것이 증명한다. 그는 복권에, 경마에, 러시아 미인의 사랑에 당첨한다. 설화형으로 하면 이것은 착한 왕자가 공주를 얻는다는 애기의 형에 속한다. 그리고 이 왕자는 아니, 왕자가 아니라 착한 농부의 아들이다. '하르빈'과 '나아자'는 여기서 '왕관'과 '공주'로, 즉 행복의 상징으로 그려져 있다.

이국 취미와 전원 취미
— 식민지인 인텔리의 하이칼라와 반동적 복고성

'하르빈'은 이렇게 해서, 이 소설에서 지리적 이름이 아니라 미의 상징으로 기능하고 있음을 본다. 사실 효석은 하르빈의 현실적 의미에는 관심이 없다기보다 부정적이다. 현실의 하르빈은 아편 장수와 갱의 소굴이라는 것을 효석은 모르지 않는다. 그러나 그런 하르빈은 효석에게는 아무 상관이 없다. 그의 하르빈은 나아자와 그의 동포인 백계白系 러시아인이 사는 고장이다. 백계 러시아인. 그렇다. 그런데 효석에게, 아니 천일마에게 백계 러시아인이란 어떤 것인가. 그것은 단순한 민족명이나 어떤 정치적 계층을 뜻하지 않는다. 그것은 '문화'를 의미한다. 천일마가 문화 사업가이며 문화를 초청하기 위해서 하르빈으로 간다는 플롯은 이러고 보면 모두 아귀가 맞는 말이다. 하르빈—궁성, 나아자—공주, 교향악단—문화라는 해석이 쉽게 나온다. 「메밀꽃 필 무렵」에서 '자연'이 맡고 있던 구실을 하는 것이 이 작품에서의 하르빈이다. 하르빈은 천일마의 서울에서의 고민을 모두 해결하는 행복의 성이다. 거기서 돈과 문화와 사랑을 얻는 것이다. '자연'의 화해력이나 치유력에 해당하는 힘을 하르빈은 가지고 있는 것이 된다. 하르빈 교향악단, 나아자——이들은 모두 한 가지 사물의 세 얼굴이다. 한 가지 사물이란 무엇인가? '꿈'이다. 하르빈은 꿈의 도시며, 교향악단은 꿈의 음악이며, 나아자는 꿈속의 선녀다. 그런 모든 것이 하르빈이라는 곳에서는 현실로 가능한 것이다. 천일마는 그 행운을 얻은 사람이다. 설화형으로서는 행운 얻기며, 인물로서는 행복을 얻은 선인―이것이 이 소설의 전개형과 인물형이다. 그리고 이런 인물의 설화에 진실성을 줄 수 있게 사용된 도구가 하르빈이라는 도시다.

앞서 본 것처럼, 천일마와 그 밖의 인물들에게는 1940년대의 서울은 보편적인 사회이며, 그 평정한 사회에서 주인공은 그보다 더 평정한 사회―하르빈에서 그의 행복을 찾는다. 서울에서 그는 정치적 고민에서 무관한 사람이었고, 하르빈에서 그는 보통 사회의 조건에서 초월한 행운을 얻는다. 천일마는 곱빼기로 행복한 사람이다. 이런 핸디캡―역사의 고역과, 생활의 평범에서 모두 해방된 데서 그의 연애는 그러한 심리적 가능성을 얻는다. 순수 감정인으로서의 드라마―즉, 문자 그대로 로맨스의 가능성이 나온다. 이 로맨스에는 초연硝煙의 냄새도 없을뿐더러 고등계의 그림자나 생활고의 땀도 없다. 전쟁과 스파이와 생활난이 없는 곳에서 인간은 아마 사랑밖에 할 일이 없을 것이고 그 사랑은 또 유리처럼 순수할 수밖에 없다. 사랑의 전후좌우에 아무 거칠 것이 없다. 투명한 사랑 그 자체의 원액 같은 유동이 있을 뿐이다. 인간이 순수한 사랑에 살려면 이만한 조건이 필요하고, 작가가 로맨스의 순종을 전개하려면 이만한 절연 처치가 필요하다.

인물과 전개의 형식을 살펴봄으로써, 우리는 효석이 이 소설을 위해서 어떤 처치를 했는가를 알 수 있었다. 행운의 인물, 이상의 도시, 행운의 연결이라는 조건의 설정이 그 처치였다. 효석이 이 처치를 어떤 생각으로 내렸는가를 생각해보자. 가장 '문화적'인 의미에서 했다고 생각해본다. 연애소설을 한 편 쓰기로 하고, 마음껏 이상적인 조건과 설정을 해서 다만 보편적인 주제——사랑의 에튀드를 썼다는 경우다. 소설의 진행이 단일하기 위한 방법의 문제로서만 생각하는 경우인데 이런 경우라면 효석은 정당하고 정확하다. 이를테면 행운의 연결 같은 것도 허용되는 것이다. 그것은 주인공이 다른 일에 감정을 쏟지 않고 사랑에만 열중할 수 있게 하기 위한 소설의 허용이다. 그는 사랑의 모르모트이며 감정의 기호로서 움직이고 있는 것이기 때문이다. 그는 모든 정력을 사랑에 쏟을 수 있게 된다. 이런 쪽에서의 해석만이 효석을 살릴 수 있게 한다. 그리고 거듭되는 당첨 같은 것을 우리는 미소로써 받아들일 수 있다. 시대의 어려움을 효석은 짐짓 모른 체하고, 마치 피아노 에튀드를 연주하듯, 시대의 그림자 없는 영원한 선율을 읊었기 때문이다. 그런데 이렇게 되자면 한 가지 조건이 있다. 주인공에게 거듭되는 우연이 주인공을 압도할 만한——즉 사랑 밖의 모든 것을 잊어버리게 할 만한 그 정도의 인물이어야 한다는 것이다. 이것을 위해서는 천일마는 목동이거나 무명의 소시민인 것이 제일 좋다. 마치 「메밀꽃 필 무렵」의 주인공처럼.

작품과 작중인물의 관계

그런데 이렇게 봐주기 위해서는 천일마는 좀 곤란한 사람이다. 사회적인 무지라는 변명을 할 수 없는 사람인 것이다. 만일 무지

한 문화인이다, 하면 주인공은 매력을 잃는다. 순간에 그는 피에로가 된다. 이 도령이 방자가 되면 『춘향전』은 가락이 달라지는 것이다. 천일마는 이 도령이 아니면 안 된다. 딱한 일로는 일마 자신이 못난 무식꾼이 아니라는 증명을 작중에서 하고 있는 것이다. 문화 사업에 대한 그의 포부라든지, 하르빈에 대한 그의 집착 같은 것이 그렇다. 천일마는 효석이 풍속적 회화로서 그렸다기에는 너무 작자의 긍정적 시선을 받고 있다. 비판하고 극복하기 위한 조형이 아니라 작가가 책임을 공동 부담하는 인물로 볼 수밖에 없는 것이다. 소견이 좁고 역사적 시야에 어두워서 그런 생활이 영위 가능하다는 식이 아니고, '소신'과 '식견'이 있어서 그렇게 살고 있다는 식이다. 이렇게 되면 용서해주려야 줄 수 없고, 핸디캡을 주려야 줄 수 없다. 첫째, 당자인 일마가 사람 욕본다고 화를 낼 것이 틀림없어 보이는 것이다. 그의 순수 무잡無雜한 로망을 가능하게 했던 조건의 하나는 행운의 연속이고, 다른 하나는 그의 '문화 취미'였다. 전자는 소설 기법으로 용서될 수 있는 것이지만, 후자는 그 정당성이 실증적으로 상식에 맞아야 한다. 순수한 연애를 위해서는 이 같은 군더더기, 실증이 필요한 부분이 없어야 하는데 불행히도 있고 보면 검토해보는 수밖에 없다. 그러면 일마의 '문화'란 어떤 것인가?

소설 속에서 천일마는 만주 · 하르빈 · 나아자 · 교향악단에 대해서 어떤 느낌을 가지고 있는가? '만주'는 위대한 변화가 진행되고 원시적인 소박함이 남아 있는 곳으로 그는 본다. 만주는 그러므로

'자연'을 상징하는 기능을 한다. 서울을 벗어나서 자연인 만주를 가면서 주인공은 미소를 짓는다. '하르빈'은 쭉정이들이 표류해서 돌아가는 애상의 도시며 큼지막한 범죄가 있는 공포의 도시다. 애상과 공포는 백계 러시아인들의 실향과 생활고의 상징어다. 그것에 천일마는 끌리면서 겁이 난다. 이 앰비벌런스(반대 감정 양립)는 하르빈에 대한 일마의 심리적 반응이 정확하면서 깊다는 것을 말한다. 그러면서 그는 이 도시에 끌리는 것이다.

애상과 공포—그것은 당시 한국인이 처한 운명의 풍경이 아니고 무엇인가? 국내에서 전혀 그런 느낌을 갖지 않고 산 일마가 하르빈에서 그것을 느끼는 것이다. 여기서 일마는 국내에서는 느끼지 못한 상황의 모습을 보는 것이다. 사회적 인간으로서 파악하지 못한 시대상에 일마는 감정인의 감수성의 형식으로 도달하는 것이다. 그러나 그것은 자신의 스산한 심상으로 파악되지 않고, 이향의 풍물로 받아들여진다. 정서로 옳게 파악한 하르빈의 인상을 다시 사회적 의미에서 캐어보지 않기 때문에 애상과 공포란 미적 카테고리만 남고 현실로서는 문제로 다가서지 않는다. 납치 사건이라는 에피소드도 이 인식을 뒤엎지 못한다. 이렇게 해서 하르빈은 강렬한 미적 성감대로서만 남는다.

'나아자'는 그러한 하르빈의 심벌이다. 그녀는 '육화된 하르빈'이다. 그녀와 결합됨으로써 '공포로서의 하르빈'은 물러나고 '애상으로서의 하르빈'도 극복되며, 공포와 애상은 '아름다움'으로 변신한다. 하르빈의 정精인 나아자는 '아름다움'인 것이다. 아름다움은, 공포와 애상이라는 거름 위에 핀 꽃인 셈이다. 그리고 일마는 그 꽃을 따서 국내로 가져온다. 공포와 애상은 '자연'인 만주 속에 남겨두고. 만주(자연) 속에 하르빈(공포와 애상)이 있고, 하르빈 속에 나아자(아름다움)가 있다.

　현실에 있어서 애상과 공포인 조국의 운명 속에서 '아름다움'이 꽃필 수 있다는 우화로서 이 소설을 읽어야 하는 것일까? 나아자와 더불어 교향악단을 데리고 온다는 애기도 심상치 않다. 교향악단의 음악 연주는 나아자의 이형동체로 애상과 공포 속에서 나온 목소리다. 음악 역시 '아름다움'이다. 일마는 하르빈에서 모두 아름다움만 가져온 셈이다. 애상과 공포는 떼어두고. 왜냐하면 이 소설은 해피엔딩인데, 아름다움인 교향악단과 나아자에게 공포와 애상이 묻어오지 않은 경우에만 그런 엔딩은 가능할 것이니 말이다.

　요약해보자. 천일마의 철학은 '문화는 아름다움이다'라는 것이다. 그의 사관은 '문화는 공포와 애상과 떼어서 즐길 수 있다' 하는 것이다. 다시 말하면 공포와 애상의 시대에도 문화는 있으며 그것을 즐길 수도 있다는 말이 된다. 해설자는 이 의견에 찬성한다. 다만 한 가지 덧붙이고 싶은 것은, 이 경우에 '문화'라는 것의 성질에 대해서 말해두고 싶은 욕심이다. 공포와 애상을 '극복'하지 않고 '차단遮斷'하고 즐기는 '문화'란 혹시 노예가 휴식 시간에 듣는 음악 같은 것이 아닐까 하는 생각이다. 노예는 노예, 음악은 음악이라는 의견이 있을 수 있고 다른 편에서는 노예의 음악은 철쇄가 부서지는 소리에서만 시작되며 사슬을 참고 듣는 음악은 음악이 아니라 아편이다라는 의견도 있을 수 있다. 그렇다면 이것은 실증할 수 있는 사항이 아니라 선택해야 하는 취미에 속한다. 취미는 각기 매개인의 신성한 천부의 개인적 권리다. 따라서 해설의 한계도 여기서 끝난다.

2 1940년대에 나오고 역시 그 무렵의 서울이 배경이 되고 있는 이 소설 『벽공무한』은 여러 가지로 흥미 있다.

천일마-문화 사업가/김종세-신문 기자/남미려-유만해의 처/유만해-실업가/단영-여배우, 천일마를 짝사랑하는 여자/나아자-러시아 여자, 일마의 처. 전신은 하르빈의 댄서/문동-소설가, 단영과 맺어짐. 이들이 주요 등장인물이다.

소설은 이들 사이의 사랑의 엇갈림을 그리고 있다. 일마가 하르빈에 가서 교향악단을 데려온다는 사건이 작품 속에서 제일 공적인 사건이고 인물들의 행동도 이 사건을 중심으로 움직이고 있다. 이 소설을 그저 몇 쌍의 남녀간의 사랑을 엮은 연애소설로 보든 혹은 보다 복잡한 주제가 교향하는 소설로 보든 별 차이는 없다. 어느 쪽이든 결국 다른 것에 언급 않고는 온전히 감상했달 수 없기 때문이다. 먼저 연애소설로 생각해보기로 하자. 이것이 우선 제일 알맞은 일일 것이다. 이 점에서는 그저 평범한 오락소설이랄 수밖에 없다. 특히 아기자기할 것도 없고 사랑의 안팎이 깊고 날카롭게 드러나 있다고도 보기 어렵다. 몇 쌍의 용렬한 남녀의 행상이 그려졌을 뿐이다. 등장인물들이 용렬하다는 것은 아무 흠일 것이 없으나 그들을 그리는 작가의 시선 역시 용렬한 데는 놀라지 않을 수 없다. 소설은 용렬한 사람들의 얘기를 용렬하게 쓴 것은 아니다. 근대 예술이 모두 그런 것처럼 소재가 용렬한 것이 되었다는 것은 소설에 있어서도 큰 함정이다. 예술가는 주인공들 자신의 용렬함을 감싸고 그들(인물)이 깨닫지 못하는 삶의 깊은 뜻을 어떤 방법으로든지 작품에 보태지 않으면 안 되기 때문이다.

위대한 인물이나 사전에 기댈 수 있었던 옛날 예술가에 비해서 이것은 말할 수 없는 고역이요 함정이다. 이 소설 속에 나오는 인물들이 자기 삶을 이해하고 있는 깊이 — 그것을 인물의 자기 발광량이라고 한다면 그 하전량은 대단치 않다. 그러나 현실로 약한 발광이 그대로 소설 속에서 허락되어서는 안 된다. 그렇기 때문에 구식 소설은 파란만장이라든지 특이한 인물을 등장시켰던 것이다. 인물의 발광량을 높이기 위한 방법이다. 그런 뜻에서 모든 소설은 영웅담인 것이다.

소설 속 인물 자신들은 영웅이라고까지는 할 수 없다면, 작가의 손에 무엇인가 강한 조명원이 있어서 주인공들의 약한 발광에 보탬을 주어야 했을 것이나 효석의 붓은 그런 힘을 보이지 못하고 있다.

독자가 만일 이 소설을 읽은 다음에 이 해설을 읽는다면 다른 생각을 하게 될지도 모르겠다. '나아자'의 존재가 우선 그런 이의를 말할 수 있는 근거가 된다고 생각해보자. 하르빈에서의 외국 여자와의 사랑은 상당히 로맨틱한 게 아니냐, 하는 의견 말이다. 외국인과의 사랑이란, 유럽 사람들과 달라서 우리들에게는 범상한 일이 아니다. 그것 하나만으로도 엄청난 주제다. 그런데 이 소설에서 주인공들은 그 주제를 너무 쉽게 생활하고 있다. 현실로도 부자연하려니와 소설로서도 너무 깊이 없는 처리법이다. '나아자'라는 여자가 하르빈이라는 도시에서 살고 있는 러시아 여자라는 실감이 나지 않는다. 무언가 효석의 붓에는 진실이 없어 보인다. 소설 속의 인물은 작가가 '나아자'라고 이름 붙였다고 '나아자'가 되는 것도 아니며, 러시아 사람이라고 소개했다고 러시아 사람이 되는 것도 아니다. 소설 속의 인물들 사이의 서로 밀고 당기는 역학 속에서 그렇게 소개된 인물이 그렇게 보여야 하는 것이다. 일마가 아무리 '문화인'이라 한들, 그 밖의 인물들이 아무리 '문화인'이라 한들 한 외국 여자를 아내로, 사랑의 적수로 보는 눈에 그렇게 저항이 없을 수 있는가. 이것은 문화인이요, 코즈모폴리턴이기보다, 어딘지 주책없는 사람들로 보인다. 이 소설이 가장 유별난 연애소설일 수 있는 설정 자체가 가장 허황한 약점이 되고 있는 것이다. 문화인이라는 말은 이 사람들처럼 국적이니, 증오니 하는 것에 대해서 지극히 관대하고, 쉽게 생각하는 태도는 아니다. 어려운 일에는 그만한 값을 치르고 넘어갈 줄 아는 까다로움을 더 강조하고 싶다. 적어도 이 사람들처럼 가벼운 몸무게를 지닌 사람들에게는 말이다. 하르빈만 해도 그렇다. 확실히 구미가 동하는 배경이다. 그러나 소설 속의 하르빈은 그림엽서보다 얄팍하다. 하르빈이니 그런가 보다 하지 동경이래도, 북경이래도 상관없을 것처럼밖에는 읽히지 않는다. 반드시 묘사의 양이 부족한 것도 아니다. 천만 마디를 썼다고 실감이 반드시 전달되는 것은 아니다. 최명익의 「심문」 같은 것을 생각해보면 알 일이다. 단편이요, 자연 장황할 수 없으나 그 속의 '만주'는 살아 있다.

또 한 가지는 하르빈에서 교향악단을 데려온다는 설정이다. 일마에게는 그것이 큰일이고 주위 사람들에게도 대단한 일이다. 그러나 작가에게까지 그럴 리는 없어야 한다. 그만한 일에 너무 호들갑을 떠는 이 사람들은 문화인인지는 몰라도 근대인은 아니다. 근대인이라는 이 말은 지식인이라 고쳐 말해도 좋다. 어느 시대든 지식인이란 약간씩은 심술궂은 사람들이다. 종교라는 생명 상징이 사회적으로 해체된 이후의 지식인은 자기가 그 앞에서 온전히 알몸이 될 대상을 가지지 못한다.

음악 앞에서라도 다를 게 있겠는가. 일마에게는 지식인으로서의 어떤 주름살 하나, 입가의 쓴웃음 하나가 모자란다. 그의 초상은 춘원이 그린 지식인상에 멀리 미치지 못한다. 허숭이나 김갑진한테서 우리는 당대의 풍속적 실감——계몽적 환상과 몰락한 계층의 우울을 느낀다. 천일마에게는 그것이 없다. 흔히 있는 일로 이 소설 속에서도 기적이 일어나고 있다. 그것은 하찮은 등장인물인 러시아 소녀 에미랴의 모습이 가장 확실한 선을 느끼게 한다는 사실이다. 이것은 역설적이지만 시사하는 바 있다. 이 소설의 실감에서는 외국인의 묘사는 에미랴쯤으로 그치는 게 허물이 없었으리라는 생각이다.

미려 · 만해 · 종세 · 단영 모두 피부 속에 내장과 생애를 가진 인물들 같지 않다. 잘난 사내 하나를 가지고 울고불고하는 것이 안타깝다는 게 아니라(세상에 흔히 있는 일이다), 그런 인물들로도 살아 있지 않다는 것이다. '살아 있지 않다'는 느낌을 가지게 되는 까닭에는 그들의 움직임에 너무 고집과 억지가 없다는 것도 한몫

거들고 있다. 요컨대 살아 있는 사람은 이렇게 쉽게 변하지 않는 법이다. 소설 한 편에서 인물들이 실수하고 뉘우치는 일까지 모두 하자니 이렇게 된다. 효석의 인간학은 이런 정도였을까. 또는 당대 한국 사람이 그런 바람개비 같은 사람들이었던가. 어느 때 사람이든 그럴 수는 없고, 동시대의 다른 작가들의 작품이 도달한 수준이 있으니 무턱대고 효석에게 관대할 수만은 없다. '연애'는 말하기도 쑥스러운 소설의 노른자위 소재다. 문인화면 난초라는 사정과 마찬가지다. 그런데 연애소설로 보더라도 멜로드라마에 머물러 있다는 게 솔직한 느낌이다. 나는 여기서 효석이 「메밀꽃 필 무렵」의 작자라는 것을 생각하고 싶다. 이 단편은 여러 번 읽었지만 역시 걸작이라고 생각한다. 이것도 사랑의 이야기다. 여기서 사랑은 생명의 깊이를 가지고 있다. '생명'과 '사회'와 '사랑' 사이에 틀림없는 균형이 있다. 농촌은 우시장의 묘사와 더불어 살아 있고, 자연은 그 농촌을 감싸고 있으며, '사랑'은 자연과 농촌 속에 달빛 어린 메밀꽃처럼 뿌리를 박고 있다. ——이런 얘기는 그만두자. 「메밀꽃 필 무렵」의 문장은 한산 세모시처럼 짜임새 고르고 손가락 끝이 들어갈 틈이 없다. 그런데 『벽공무한』의 하늘은 왜 이렇게 품위가 없는지. 그 하늘에는 아무 깊이도 없다.

  필자는 여기서 『벽공무한』에 관련해서 효석을 더 이상 헐뜯고 싶지 않다. 같은 장편이라도 『화분』 쪽이 훨씬 낫고 또 대표작도 아닌 작품에서 너무 많은 것을 요구한다는 것은 속절없기 때문이다. 그런데도 이 작품에서 배울 것이 있다면 다음과 같은 일이라고 생각한다.

첫째는, '사랑'이라는 테마가 한국 신문학에서 어느 정도의 품격을 갖추는 데 성공했는가 하는 문제다. 앞에서 「메밀꽃 필 무렵」을 끄집어냈는데 이 문제와 관련이 있다. 대체로 농촌이 무대가 된 소설에서는 사랑의 묘사는 성공하고 있다. '정'이라든지, '한'이라든지 하는 숙어에 어울리는 자연의 풍물——달·구름 사이에 균형이 있다. 인사人事와 그것의 상징 사이에 일치감이 있다. 이것은 묘사력의 문제가 아니라 근대 이전의 생활 감정과 그것을 표현하는 문학적 상투구 사이에 아직 결합력이 살아 있기 때문이었을 것이다. 험한 말을 쓰면, 전근대적 사회 구조가 남아 있다는 증거며, 그것도 겉으로야 개화요 뭐요 해도 근본 구조로는 '가장 강력하게' 남아 있기 때문이라 할 수 있겠다.

그러니까 해방 전 한국 도시 생활은 그것이 적에 의한 외적 근대화라는 조건 때문에 한국 사회의 어느 계층에 의해서도 인간적 품위나 생명력에 넘치는 애착에까지 심화될 수 없었다. 농촌 생활은 오랫동안의 민족의 고향이며 정치적으로도 독립한 나라의 지역 사회여서 자연스러운 사랑의 대상일 수 있었다. 인간의 사랑도 그와 같은 민중적 사랑 속의 한 풍물일 수 있었다. 그러나 도시의 '연애'는 한국인에게는 그것을 받아들이기 위한 아무런 전통적 패턴의 마련도 없는 '하이칼라 풍속'이었던 것이다. 이것은 아마 한국의 '도회지'가 민족의 시민 계급을 갖지 못했고, 지도 계층의 정치적 실태와 함께 정신적 지주도 상실한 데서 오는 식민지 풍속이었기 때문이다. 도시에서의 자본주의의 혈액인 '돈'에 대한 인식이 한국인의 마음속에서는 자리를 잡지 못했고 작가들 역시 그랬다.

　돈과 그것을 움직이는 세력에 대한 이해 없이는 근대 도시를 그릴 수 없다. 돈을 찬미하건 반대하건 그렇다. 돈에 대한 인식의 깊이 여하로 도시소설의 성공이 판가름된다 해도 과언이 아니다. 이것은 『삼대』와 『탁류』 그리고 『흙』을 보면 알 수 있다. 발자크 소설이 얼마나 돈타령으로 가득 차 있는가를 보면 알 수 있지 않은가. 비록 돈타령이 없는 경우에도 돈을 쥔 계층의 후예답게 이해의 감각이 살아 있는 소설——그것이 유럽의 관념소설이나 정치소설이다. 해방 전의 도시소설의 대부분이 고상한 연애소설의 경지를 만들어내지 못한 것은 한국의 시민 계층이 '문화'를 만들어낼 만한 생명력을 가지고 있지 못했음을 말해준다. 작가 역시 한국 도시의 풍속의 그 같은 좌절(작가의 책임이 아닌 역사의 좌절)을 투시하지 못했고, 따라서 '묘파함으로써 극복한다'는 정신적 승리에도 이르지 못했던 것이다. 그리고 작가에게는 정신적 승리 이외의 어떤 승리도 있을 수 없는 것이다. 오직 채만식의 『태평천하』가 희귀한 예외일 뿐이다.

　이상의 「날개」 역시 그런 명예를 주장할 수 있다. 자조도 절망의 음조로만 부를 수 있는 노래를 정상으로 부르려고 할 때 멜로드라마가 생긴다. 『벽공무한』의 실패의 진정한 까닭은 그것이다.

　효석을 깊이 연구하는 것도 아니면서 이 이상 깊은 말은 할 수 없다. 다만 이 소설——「메밀꽃 필 무렵」의 작가의 소설로서는 이해하기 어려운 허술함을 설명하고자 하니 자연 얘기의 테두리는 효석 개인의 재능이나 작품에 따른 성패보다 더 넓은 구조 속에서 논의해보지 않을 수 없게 된 것뿐이다. 계절이 허락하지 않는 꽃을 대지는 꽃피울 수 없다.

역사적 계절도 마찬가지다. 효석은 1930년의 이 계절이 그런 목소리로—『벽공무한』의 문체와 같은 정상의 목소리로 삶을 노래할 수 없는 계절임을 알았어야 했을 것이다. 그랬더라면 사랑의 얘기라도 거기에는 계절의 추위와 어둠의 그림자가 드리웠을 것이다. 그림자의 정체까지 그릴 수 있다면 그것이 사실이나 근대 소설의 정도이긴 하다. 그러나 그 경지가 불가능하다 하더라도 바쁜 상황 감각을 가질 수 있다면 그의 붓은 진실을 말하지 못하는 자가 그래도 발성할 때의 떨림과 짜증과 슬픔과 비꼬임을 나타냈을 것이고, 그것은 작품에 깊이와 그림자를 주었을 것이다. 동시대인은 그 안타까움을 알아듣는다. 우리 역사가 사실적 민주주의를 이루지 못했는데 문학이 '사실주의'를 이루라고 한다면 그것은 미친 사람이거나 생각이 모자란 사람이다. 다시금 발자크를 생각한다. 또 발자크가 살았던 시대를 생각해본다. 문화를 만드는 개인은 결코 육체의 눈으로 세상을 보는 것이 아니다. 그 당대까지 완성된 문화의 눈으로 보는 것이다. 또 그 시대가 열어놓은 지적 자유의 조명 속에서 보는 것이다. 조명탄 아래서 지형을 알아보는 보병처럼. 인공의 태양처럼 문화의 조명탄이 반영구적으로 역사의 하늘에 머물러 있는 시대를 사는 작자는 행복하다. 순간에 사라진 조명 속에서 재빨리 둘레를 돌아보고 그 기억으로 어둠 속에서 쓰는 사람은 현명하다.

발자크 시대는 굉장한 시대였다고 나는 생각한다. 역사상 가장 밝은 이성의 조명탄을 혁명은 불란서 사회의 하늘 높이 쏘아 올렸다. 거기 발자크가 있었다. 그는 이 일찍이 없던 강한 빛 속에서 사회라는 조직의 뼈다귀와 피와 오장육부를 봤다. 그것은 발자크의 행복이요, 시대의 특별한 은총이었던 것이다. 발자크는 귀족의 쇠약함과, 그들이 남긴 문화의 보편성을 보았고, 부르주아의 조야함과 건강함을 보았고, 인간의 영원한 슬픔과 비원을 보았다. 그는 '돈'과 돈을 움직이는 사람들과 돈의 한계까지를 보았다. 사실주의란, 이런 모든 것을 숨김없이 드러내는 자유이다. 그것을 후대의 우리는 '재능'이나, 자각으로 이해하고 싶어 한다. 그렇지 않다. 그것은 정치적 자유이며, 표현의 자유이다. 자유 없는 곳에 사실주의는 없다. 자유 없는 땅에서 사실주의가 가능한 것처럼 소설을 쓸 때, 멜로드라마와 관제 문학이 생긴다. 효석의 소설에 한한 얘기가 아니며 오늘의 문제다. 유럽의 '민주주의'라는 것은 '말' 속에서만 있었고 정치에서는 존재하지 않았다. 식민지를 가진 민주주의란 말의 모순이기 때문이다. 그럼에도 불구하고 불란서 혁명의 조명탄의 여명이 아직 어리고 있던 사회에는 건강한 이성의 감각이 있었고 발자크는 역사가 앞길의 어둠을 위해 밝힌 그 불빛 속에서 정력적으로 지형을 기술했다. 자본주의 사회라는 지형을. 이후의 소설은 발자크 지도의 한 귀퉁이를 각기 찢어가지고 보이지 않는 나머지를 환상 속에 그려보는 작업이었다. 발자크보다 재능이 모자라서가 아니다. 다른 계절에 삶을 받았기 때문이다.

   현대 소설이 상상력을 중시하고, 기억을 강조하고, 추론식인 문체를 가지게 된 것은 역사 자체의 어둠과 우회의 반영인 것이다. 발자크에게는 건물의 묘사조차 상징적이다. 드러난 것이 그대로 숨은 것이다. 사물이 의미다. '표현된 것'과 '의미하는 것' 사이에 분열이 없다. 그의 소설에서의 정치 음모의 묘사나 비밀경찰의 묘사의 박진함을 보면 깊은 신비마저 느낀다. 이 세상을 지배하는 숨은 구조가 이토록 명백한 묘사의 태양 빛 아래 노출된 문학이 언제 있었던가. 옛날에는 그것들은 '운명' '신의 섭리'라 불렸고, 나중에는 '부르주아' '제국주의' '부조리' '상황' 따위의 신비한 도깨비가 된 것을 발자크는 소박하고 건강하게 불렀다── '돈' '권세' '성욕'이라고. 유럽 사회가 그들이 쏘아 올린 조명탄이 밝혀낸 모습에 질겁하고, 세계의 여타 지역에 대한 압제자가 되었을 때, 이성의 태양은 유럽의 하늘에서 사라졌다.

1930년대, 1940년대의 한국의 하늘에 어떤 태양이 떠 있었던가는 지금의 우리는 잘 알게끔 되었다. 한없이 초라하고 환상적인 거짓의 등불이었다. 개화라는 말에 속았지만, 그것은 조선의 문화보다 못한 것이었다. 왜냐하면 조선 사회는 민족의 독립 속에서, 주어진 경제 단계 속에서 인간적인 상호 협력의 체제를 갖추고 있었으나 적 치하의 '조선'은 이족異族의 노예로서, 문명의 찌꺼기를 얻어먹고 지냈을 뿐이기 때문이다. 그 '문명'이 한국 지식인에게 '문화'로 비치고 개념으로 보였다는 것은 가슴 아픈 일이다. '문화'는 자존심과 불가분의 것이다. 쇠고랑을 차고 피아노를 치면 자유는 없어도 문화는 있다는 말인가. 물론 이런 택일법擇一法은 잘못이다. 어둠 속에 빛이 숨어 있고 반동의 시대에도 진보는 깃들여 있다. 기독교 변증론을 빌지 않더라도 그런 이법은 옛날부터 우리도 알고 있었다. 다만 그 이법이 기원에 있어서 정치적인 것이라는 것을 근대 한국인은 잊어버렸다. 우리 조상들은 외적과 싸워서 정치적으로 독립한 환경에서 그만한 문화적 감각에 도달했던 것이다. 그러나 정치의 결과인 문화가 오래 지나면 그것 자체로서 유리遊離해 보인다. 근대 한국인이 '개화'에 눈이 어두워진 것도 정치 감각의 쇠약의 결과였다. 발자크의 사실주의 소설이 불란서 사회의 정치적 승리의 결과였다면 그런 승리 없는 곳에 그런 소설은 있을 리 없다. 천일마의 '문화 사업'이 지금 읽는 눈에 전혀 희극으로밖에 보이지 않는 것은 당연한 일이다. 한 사회에서 어떤 지위를 누리는 개인은 그 지위에 합당한 표정을 지킬 의무가 있다. 다음 순간에 그가 거지가 되면 그때는 거지에 합당한 얼굴을 하면 된다.

지도자는 지도자답게, 거지는 거지답게 있을 때는 그것이 사회며, 문화며, 구조이다. 그 있는 자리에 합당한 표정을 지닌다는 이 기술— 그것을 전근대 한국인은 모두 가지고 있었다. 쉽게 말해 민영환은, 망국 시에 대신大臣은 죽는 것이 대신의 표정임을 알고 그렇게 했다. 어렵게 생각해서 그렇게 결단한 것이 아니라 그래야 하기 때문에 그렇게 한 것이다. 이것이 문화다. 그리고 문화인이다. '위기'나 '과도기'에 문화는 여지없이 그 가혹함을 드러낸다. 문화는 그때 어떤 계면쩍음과 자책의 그림자를 띤다. 아마 민영환처럼 순교하지 못한 '살아남은 죄'의 느낌일 것이다. 그런 시대의 최소한의 인간적 표징은 아마 그런 느낌이 아닐까? 알다시피 삶이란 치사하고 모든 사람이 망국과 더불어 죽는 예는 드물다. 사는 사람은 사는 것이요, 목구멍이 포도청인 것이다.

이 '포도청'이라는 한마디가 문제다. 포도청이지, 태평세월이 아닌 것이다. 이 한마디에 천근 무게가 걸려 있다. 그리고 이 무게를 받아들이는 것이 예술이다. 『벽공무한』에서 보이지 않는 것이 이 무게다. 농촌 운동자나 독립투사가 나오지 않아도 된다. 이 소설이 발표될 연대에 그런 인물을 내는 소설이 햇빛을 볼 수 있었을 리가 없다. 안 나오더라도 소설의 행간에 금기된 부분이 숨 쉬고 있는 기척이 있어야만 이 소설은 품위를 갖출 수 있었을 것이다. '죄인의 품위'를 지킨 살인범은 천국에 간다고 나는 생각한다. 기독교식으로 말하면 회개의 논리가 될 것이다. 살인범의 품위란, 자기가 살인범임을 인정하는 태도이다. 천일마를 비롯한 '문화인'들이 그런 표정을 가지란 말이 거듭 아니다. 그런 표정에 이르지 못한 인물들을 보는 작가의 눈은 그런 표정을 가져야 한다는 말이다. 그럴 때 작가는 인물들로부터 떨어지고 그들을 객관화하는 능력을 가진다. 이 능력은 작가의 시야가 넓을수록 커진다.

「메밀꽃 필 무렵」에서 주인공은 메밀꽃과 달빛과 물방앗간 이상의 차원을 용서받고 있지 않다. 작가는 주인공을 그가 있는 곳에 있게 하고, 그 이상을 허락지 않고 있다. 그때 주인공은 살고 애정을 느낄 수 있는 인물이 되고 우리는 효석과 더불어 보다 높은 자리에서 삶을 느낀다. 천일마에게도 작가는 그런 엄격함을 보였어야 할 것이다. 그것이 작가가 주인공을 사랑하는 방법이다. 그러나 이것은 방법의 문제가 아닌 시대의 문제였을 것이다. 시대의 하늘에 걸린 태양──거짓의 태양이, 갇힌 사람들에게는 휘황하게 보였을 것이다. 그런 정신적 허약감 속에서 사랑이나 '문화'라는 말을 믿었을 때, 효석은 그것에 속았던 모양이다. 섬세함과 약함에도 그대로의 권리가 있다. 섬세함과 약함 속에 머문다는 길이다. 그 이상의 자리를 요구하지 않을 때 그것은 권리를 가진다. 모든 인간에게 섬세함을 바라는 것이 잘못인 것처럼 모든 인간에게 강인함을 바라는 것도 잘못이다.

시가 '말'을 놓일 데 놓는 것처럼 소설은 인물을 놓일 데에 놓는 것이다. 음정의 작은 어긋남도 참을 수 없는 것처럼 소설가도 이 귀를──사회적 음정을 식별하는 귀를 가져야 할 것이다. 그것은 '본능적'으로라면 온당치 못한 표현이겠으나, 작가가 건강한 생활인으로서의 성실함을 가지면 유지할 수 있는 감각이다.

짐승들이 어둠 속에서도 적을 냄새 맡듯이 역사의 암흑기에도 사람은 소극적인 판단을 할 수 있다. 그만한 판단을 하기에도 한국 지식인은 힘이 부족했다면 또 다른 문제가 될 것이지만, 동시대의 다른 예가 있는 한, 효석에게 관대할 수만은 없을 것이다. 더욱이 오늘의 우리 소설의 문제와 견주어볼 때 이 소설의 모습은 지나간 일로만 끝나지 않는다.

천단강성론 川端康成論

 소설 『동경인』은 전후의 한 중류 가정 사람들의 이야기다. 전쟁이 끝난 다음의 사회라는 것은 어디서나 그런 것이지만, 여기서도 전쟁은 사람들의 삶에 결정적인 영향을 미치고 있다. 이 소설의 무대인 시마키의 가정만 하더라도, 전쟁으로 게이코가 과부가 된다는 데서 한 식구가 되었고, 시마키가 전후에 대중 잡지에서 한 몫 봤다는 것도 요즈음 우리나라의 대중 잡지 붐에서 짐작이 가듯이 지극히 전후적인 현상이다. 재산이며, 혈족이며, 애정이며 하는 삶의 진짜 밑받침이 하루아침에 없어지고, 금이 가버린 사회의 사람들이 싸구려 종이에 싸구려로 펴낸 싸구려 관념적 허구들을 굶주린 듯이 읽었던 무렵을, 여주인공 게이코는 그녀가 역매점을 보던 때를 회상하는 대목에서 자연스럽게 얘기하고 있다. 그런 시대를 모든 일본인이 살았다.
 암시장 · 폭력 · 절망 · 사기— 이런 것들 속에서 사람마다 저를 지켜야 했던 때다. 일본 전후 문학은 삶의 이 같은 절망과 희망 속에서 태어났고, 여러 작품들이 그것을 나타냈다. 일본의 근대사는 다른 여러 나라의 경우처럼 개화의 역사이기는 하지만, 좀 특별한 데가 있다. 서구를 배운다는 점에서는 열등감도 불안도 혼란도 있었고, 사실 그 점이 일본 근대사의 골격임에는 틀림없지만, 아무튼 민족 국가의 주권을 지킨 대로 개화했다는 점은 결정적인 중요성을 가진다. 일본의 개화가 일본 지식인들에게 문화인류학적인 수준에서 줄곧 이해되었다는 것이 바로 그 좋은 증거다. 개화가 정치적인 수준에서가 아니라 정신사적인 수준에서 의식되었다는 것을 순전히 환상적인 사고라고만 할 수는 없다. 민족 국가의 주권이 건재한 처지에서의 개화라는 것을 문화인류학적인 문제의식에서 말고 또 달리 접근할 길이 무엇이겠으며, 그 한에서 족히 현실적이었다. 그러나 그 한에서고, 반분의 의미에서만 현실적이었다.

'개화'와 '국권'

그리고 이것은 일본의 역사 스스로가 말해주고 있다. 일본이 파쇼화한 것은 개화라는 현상의 나머지 반분의 논리가 전개된 것에 지나지 않는다. 일본이라는 민족 국가가 개화라는 제도적 변화의 어느 단계에 이르렀을 때, 그들은 비로소 서구와의 정치적 맞섬이 불가능하게 됐던 것이다. 물론 이렇게, 그 맞섬이 어느 시기에 와서 돌발적으로, 한 페이지에서 다른 페이지로 넘어가듯이 일어난 것처럼 말하는 것은 잘못이다. 사실은 개화의 첫날부터, 매 페이지마다 이 정치적 국면이 같이 나갔고 일본 개화사는 객관적으로는 대외 침공사였던 것이지만, 그 침공이 자신보다 약한 나라를 상대로 행운의 잇닿음인 동안에는 지성인의 수준에서든 일반 국민의 수준에서든 근대사는 여전히 의식상으로는 정신사적인 양풍 하이칼라의 시대였던 것이다. 그들이 판국의 정치적 성격에 어쩔 수 없이 부딪힌 것은 영미국과의 날로 심한 맞섬을 피할 수 없이 됐을 때부터이며, 그 이후 그들은 여유와 관용을 가질 수 없었다. 문화의 이식 유희라면 모르되 정치적 상투에 여담도 관용도 있을 수 없는 것이다. 상당한 나이를 가진 일본의 근대 정신사가 파쇼 세력의 일어섬 앞에 그토록 맥없었던 것은 그들의 근대화가 지녔던 고질 때문이었다. 다른 민족 국가의 주권을 희생하면서 이루어진 일본의 근대 사회가 관념적 근대성── 자유를 지킬 합리적 힘을 갖지 못했던 것은 당연하다. 군부의 환상적 모험과 그 결과로 일본은 비로소 문제의 원점으로 돌아왔던 것이다. 그것이 일본의 전후였다. 일본 국민의 여러 층에 제각기의 각도로 투사된 이 전후가 전후 일본 문화의 광원이었다고 봐도 무방할 것이다. 그리고 그 투사의 각도와 층의 다름이 전후 작가와 작품의 성격을 정했다는 것도 당연한 귀결이다.

후진국 근대화에서의 이상주의적 고귀함의 부족:
공리적 속물성과 야만성에 제농할 토착 세력의 부재

정작 이렇게 전후를 규정하고 분명히 그 전후라는 시기에 발표된 이 작품을 그 기준으로 가늠하려고 할 때, 나는 어떤 격화소양隔靴搔痒의 느낌을 금할 수 없다. 우선 이 소설의 등장인물들의 계층은 일본의 중류 가정이다. 전쟁을 사이하여 인적 구성은 변했지만 그들은 전쟁 전후를 통해 여전히 중류인들이다. 그러니까 소속 계층의 바뀜에서 오는 인간 문제—라는 수준에서 이 작품에 접근할 수는 없다. 전후라는 것이 그들의 사회적 소속의 면에서는 영향한 바 없다고 할 수 있다.

그러면 전후라는 것이 그들에게 투사된 각도는 어떤가? 여주인공은 전쟁 과부다. 그러니까 공식적으로 전쟁 피해자이며 따라서 전후의 가장 전형적인 인물이라고 할 수 있을까? 그렇지 않다. 여주인공이 남편을 잃은 것이 전쟁 때문이었던 것은 사실이지만 여주인공의 의식상으로는 자동차 사고였더라도 마찬가지였을 것이다. 여주인공은 전남편의 죽음을 회상하면서(몇 번 회상하지도 않지만) 그 죽음을 전쟁이라는 것과 얽어서 생각지는 않고 있다. 자연으로서의 죽음이지, 전사를 역사라든지 사회적 현상이라고 느끼지는 않는다. 그렇지 않다면 전후에 그 흔한 무슨 평화의 모임이라느니 무슨 부인들 모임이라느니 하는 장면을 한 대목이라도 작중에 내서 여자다운 감상의 형태로 전쟁의 그림자를 비추게도 할 수 있었을 것이다. 보통 가정 부인인 게이코는 그렇다 치고, 그의 아들인 대학생 기요시에게서도 전혀 그런 티를 볼 수 없다. 그 밖의 인물들의 경우도 마찬가지다. 이렇게 해서 이 작품은 '전후'라는 광원의 사정 안에 있지 않은 것 같다는 느낌을 준다. 전후에 사는 인물들의 얘기면서 그것을 일본 근대사의 정신사적 조명에서나 정치사적 조명에서 바라보고 있는 것이 아니라면, 그러면 어떤 조명 속에서일까? 이런 질문, 이 소설이 자연스럽게 불러일으키는 질문에 답하기 위해서 우리 자신이 다른 질문을 먼저 해보는 것이 좋겠다.

  우리는 근대 소설이라는 것을 대체로 사회소설로 알고 있다. 사회소설이 뭐냐 하는 것이 또 어려운 문제지만, 한번 말해보자. 근대 이래로 사람들은 자기들이 살고 있는 시간에 마디나 매듭이 있다고 생각하게 되고, 그 마디나 매듭의 각 구분마다 시간의 질이 다르다고 생각하게 되었다. 그래서 이 마디나 매듭이 옮겨질 때마다 사람이 살아가는 성질에 격차나 이화異和가 생긴다. 비유를 쓰면, 인생이라는 것을 평야에 밋밋하게 흐르는 대하로 생각할 수 없게 되고, 지대가 높낮은 데를 오르내리면서 흐르는 것이 인생이고 거기에는 불가불 수압이 생기게 마련이며, 수압이 변하는 대목에는 갈등이 있다, 하는 생각이다. 이 갈등과 인생 유전이라는 말의 뉘앙스는 다르다. 인생 유전이라는 경우에는 갈등은 갈등이지만 밋밋하게 흐르는 대하의 굽이돎과 강변 가까운 부분에서의 소용돌이 같은 것을 말한다. 그러나 사회적 갈등은 그 대하가 고도가 다른 하상으로 옮길 때의 부대낌이다. 후자가 집단 간의 거시적 역학을 전제한다면, 전자는 개인 간의 미시적 역학을 전제한다고 할 것이다. 근대 소설이란 근본적으로 후자를 전제하고서의 인간 인식이다. 이렇게 도식화하는 것도 상당히 위험한 일이기는 하다. 근대 이전에도 사회적 뒤바꿈은 있었고 문학적 명작 또한 있었으니, 그런 문학은 그러면 무엇이냐는 것이다. 그러나 이 반문에는 대답할 수 있다. 사실이 있다는 것과 사실을 인식한다는 것은 다르다는 것이 첫째고 다음에는 뒤바꿈이라고 한마디로 말하지만, 뒤바뀜도 나름이라는 것이다. 사회적 뒤바뀜이 있었는데도 예술의 양식에 바뀜이 없는 것은 예술사상에 흔히 있는 일이다. 그렇다고 그것들이 예술이 아닌 것은 아니다.

공전(사회 변혁) 속의 자전(인생 유전)

다음에 근대라는 시기에, 혹은 근대성이라는 체제에서 인류가 경험한 바뀜의 질은 확실히 그 앞 시대의 모든 역사적 바뀜과 같은 따위로 얘기할 수 없다. 그것은 마치 곪았던 종기가 터지듯이 폭발적으로, 가속도로, 압도적인 바뀜이었다. 무엇이 곪았던 것일까? 아마 당대까지의 인류의 경험과 노동과 관념적 정제整齊가. 종기란 무엇이었을까? 아마 합리적인 따짐이 도저히 어려운 숱한 역사적 인과의 계열의 응집이다. 그것들이 '서구'라는—지구의 피부의 그 부위에서 터졌고 그 화농액—근대가 지구의 다른 곳에 비말飛沫한 것이다, 라고 비유하고 싶을 만큼 그 바뀜은 유별난 성질의 것이었다. 시간적으로 바뀜의 템포가 가속화하고, 공간적으로 삶의 전역에 걸쳐 바뀜이 기하급수적으로 다양화한다는 것이 그 성격이다. 이러한 실감에 기초한 것이 사회소설이다. 실감이라고 말하는 것은 작가가 사회적 바뀜을 알아보고 그 앎을 육화한 주인공을 다룬다는 말이다. 그런데 앞서 말한 대로, 이런 바뀜의 주제는 집단이며 사회이지 생물학적 단위로서의 개인은 아니다. 흔히 사회적 바뀜은 제도라는 매개를 통해 개인을 바꾼다고 한다. 그러나 공전과 자전을 하는 지구 위에서 개인은 그 운동을 전혀 느끼지 않는 것처럼, 바뀌는 사회의 개인도 그와 마찬가지일 수 있지 않을까. 그런데 지구의 공전과 자전을 알아보는 것은 누군가? 그것은 천문학자다. 천문학자가 그의 기구로 수식이라는 방법을 통해서 얻는 내용이 공전과 자전의 의식이다.

  사람은 과학이라는, 자연인의 감각적 한계를 넘어서게 해주는 관념적 허구를 통해서 자연인이라는 생물적 주체에서 과학자라는 주체로 자기를 조립할 때 비로소 지구의 공전과 자전이라는 거시적 리듬을 자기화한다. 이 과정을 사회소설에 적용해보자. 그러면, 사회소설은 상황적 전형이라는 관념적 허구를 통해 사회적 리듬을 옮기는 소설이다, 하는 정식을 얻게 된다. 사회소설의 주인공은 자연인 사이즈를 이기고 넘어선 주체이며, 집단의 거시적 장기적 운동 리듬을 의인적으로 표현한 관념적 거인이다. 이 점에서 ─집단의 표상이라는 점에서, 사회소설은 신화라고 보는 것이 옳고, 그 주인공은 신이며 영웅이며 거인이다. 여기서 앞서 제기한 질문에 대답할 수 있게 된다. 『동경인』은 이러한 뜻에서의 사회소설은 아니며, 자연인의 수준에서의 소설이라는 것이 답이다. 천문학자와 문외한이 공존할 수 있는 것처럼, 인간의 이 두 수준(사회인과 자연인)은 공유할 수 있다. 사실 문제로는 사회인과 자연인이라는 두 항은 배척 관계에 있지 않다. 그러나 가치문제로는 다르다. 이 두 가지 태도는 그 어느 쪽을 택하느냐로 말미암아 다른 결과를 나타낸다. 전자는 사회의 바뀜에 대해서 능동적으로 대처하고 자각된 대처가 가능하게 하는 데 비해, 후자는 수동적으로 운명화하고 자각적인 대처를 기계적인 것으로 혐오케 한다. 그리고 문학이 후자를 자연스럽게 느끼고 독자를 포함한 그 사회의 문학적 취미가 역시 그렇다면 그것은 무엇을 말하는 것일까? 아마도 그것은 일본의 개화 과정이, 그 과정이 자연스럽다는 정서를 일으킬 수 있을 만큼 능동적이지도 자각적이지도 못한 탓이었다고밖에 풀이할 수 없다.

일본 신문학에서 '자연주의'라는 사조 용어가 서구의 그것과 바로 반대의 뜻으로 관용되었다는 사정과, 즉 비사회소설적인, 비작위적인 것으로 관용되고 급기야 그런 이상형으로서 '사소설'이라는 스타일을 낳았다는 사정의 사회적 문맥을 여기 '일본 개화사의 그러한 성격'에서 찾는 것은 무리한 분석은 아닐 것 같다. 그렇게 이해할 때만이, 이 소설 『동경인』의 수법의 '자연'스러움과 침투력 있는 정서성이, 거꾸로 작가의 뛰어난 본능적 판단으로 택해진 것이라고 이해된다. 다시 말하면, 작가는 자기 사회의 문학적 감성에 가장 호소력이 있는 방법을 택했다고 할 수 있기 때문이다.

작품에 즉해서 말한다면, 문체와 주인공 시마키와 미네코의 초상이 그러한 판단을 받쳐줄 것 같다. 이 소설의 문체는 현대 한국 소설의 문체는 물론이려니와 현대 일본 소설의 그것에 비하더라도 대단히 개성적인 것이다. 감각어의 풍부한 사용, 한 문장 가운데서 관찰의 시점을 복안적으로 여러 개를 병합하는 데서 오는 효과 같은 것은 일본 소설 문장의 구어체화에 대한 저항의 의미를 가지고 있으며, 그런 스타일을 통해 비일본적인 것에 대한 비판―더 비약해보면 개화란 과정에서 형성된 취약한 온갖 관념적 허구에 대한 비판의 뜻이 있다고 할 수 있다. 민족어에 의한 문학의 기본적 임무가 그 민족어의 형을 지킴에 있다고 본다면, 이 점은 그의 문학의 본질적 부분이다. 다음에, 시마키라는 사람이다. 이 사람은 전후의 대중지 붐으로 재미를 보았다가는 중소기업의 도산 붐으로 망하는 사람인데 작중의 그의 비극은 그러한 경제적 추상의 조명과는 다른 광원의 조명을 받고 있는 느낌이다. 그의 사업의 파탄은 얼마든지 구제될 길이 있는 형편인데, 그는 마다하고 가출해버린다. 그리고 가출 전까지는 그다지 인상적으로 묘사되었다고 보기 어려운 이 사람이 가출 후에는 독자의 눈에 무엇인가 갑작스러운 후광이 비쳐 보인다. 그는 지친 사람이다. 작자는 작중에서 어느 인물을 통해 그를 그리스도 같은 인상의 남자라고 평하게 하고 있다. 지나가는 듯이 나오는 이 말을 그대로 받고 싶다. 그는 동양적 그리스도다. 그는 가출한 고타마다(여기서 동양적이니 '고타마'니 하는 것은 '동양적'이니 고타마니 하는 것에 대한 속류 동양학의 개념에서의 그것이다. 왜냐하면 많은 속류 동양학자들이 붓다가 단식을 종결하고 거리에 나와 교단을 조직한 장은 마음대로 잊어버리고 있기 때문이다). 아무튼 그는 가출한 이후 더욱 기세적棄世的이 되며, 이제야 제자리를 찾은 사람 같은 역설적 활력이 깃들여 보이며, 그 활력이 후광으로 보이는 것 같다. 그러나 후광으로 드러나는 그의 윤곽은 지친 사람의 모습이다. 이 지침을 심화시키는 후광의 광원은 어디 먼 데서, 아주 먼 데서 비쳐오는 것 같다.

그의 애인 미네코도 시마키의 암화 같은 인물이다. 가출한 시마키를 한사코 따라간다는 데에 자기 삶의 진실한 보람을 느끼는 여자이며, 시마키와의 지침과 기세의 듀엣의 상대 여성 용수踊手가 그녀다. 그녀 역시 탈속적인 데가 있고, 시마키의 후광 옆에 서면 그럴듯하게 어울릴뿐더러, 그녀의 머리에도 빛의 테가 있는 것 같다. 그리고 그 빛의 광원도 시마키의 그것 가까운 데 있는 것 같다. 동경 한복판의 동경 사람들인데도 그들은 마치 전설 속의 영원의 남녀상같이 신비롭다. 기세 속에서 비로소 부負의 활력을 띠는 인물들, 이것은 일본인의 정신사의 어느 시기에 형성된 신화적 표상이라고 이해할 수 없을까. 그렇다면 그것은 이 작자에 대해 말해지고 있는 일본적 전통이라는 설과 닿는 것이 된다. 그렇다면 작자는 사회소설적인 신화 대신에 전통적인 신화로서 그의 미학을 받치고 있는 것이라고 할 수 있을지 모르겠다. 여기서 이야기의 조금 다른 곳을 건드려보고 싶어진다.

　이 작자와 같은 뛰어난 작가가 그와 같은 비사회소설적인 제작 의식을 지키고, 그런 의식이 일본 신문학사에서 주요한 계보를 이룬다는 것을, 단순히 작가의 개성적 문학 기질이나, 서구 근대 소설사에 대한 결여태缺如態로만 인식하는 입장과 전혀 반대의 입장도 가능하지 않겠는가 하는 생각이다. 전통적 형이 자신 있게 신문학 속에 자리를 잡고 있다는 것은, 그들의 근대 과정이 앞서 말한 바 이러니저러니 하고서도 역시 민족 국가의 주권이 유지된 입장에서 이루어졌다는 그 사정, 그 자기 유지감의 문학적 투영이 아니겠는가, 하는 견해 말이다. 근대화 과정을 다시 계층별로 나누어 생각하는 입장을 접어두고, 민족 단위의 변화로서 생각할 때, 전통적 형의 그러한 건재는 우리 눈에는 일본 사회의 복으로 비치는 것을 막을 수 없다. 이런 눈으로 이 소설을 읽으면, 그 문체·풍속·정서— 그 모든 것이 전후라 하고, 바뀌었다고 하면서도 우리 사회와 비기면 엄청난 연속의 흐름을 속에 안고 있는 것을 보게 된다. 여주인공이 자기 보석점에서 지금 부리는 지배인은 아버지 보석점의 사동이었고, 소녀 시절의 목격자이며, 주종主從이라는 생리를 사는 사람이다. 이 설정이 나타내는 풍속의 수준이 아마도 이 소설의 음계가 아닐까, 나는 생각한다. 그 음계란 민족적 신화다.

  결국 그 신화를 얘기하고 있는 것이다. 사회소설이 사회학적 신화인 것처럼. 다만 그 광원이 다르다. 하나는 민족이고 또 하나는 민족 속의 보다 기능적 유별 집단이다. 물론 이때에도 그 '민족'이 과연 단원적인 보편성으로 이해해서 좋을지, 다시 말하면 그 '민족상'은 사회의 어느 집단의 주도적 의식하에 파악된 의식이냐는 분석을 피할 수 없으나, 일단 단원적인 것으로 받아들이든, 혹은 민족 신화라는 것을 '근대적 사회소설에 선행하는 사회의 사회소설'로 생각하든, 확실한 것은 그것이 일본 사회에 현존하는 현실적 및 상상적 구조에 뿌리를 박고 있다고 해도 될 것이라는 점이다. 다시 말해서, 현실적으로 존재하는 성감대에 기초하고 있다는 말이며, 그러므로 문학이다. 문학은 그것이 민족적 조건이든 사회학적 조건이든 어느 편차를 가질 수밖에 없는 것이지만(개인이 이름을 가진 특정인이듯), 제작과 감상의 출발과 도달의 접점에서는 영원한 어떤 혼돈(그것을 현실이라 불러도 좋다)에 대한 재단의 모험이며 결단이다. 독자의 편으로 보면 그것은 선택과 기호嗜好라고 할 수 있으리라. 인생의 모든 것이 그러하듯, 문학도 분석적으로는 그 존재가 나타나지 않는 순환의 체계—제 꼬리를 제 이빨이 물게 되는 회귀의 회로이다. 어느 광원을 선택하느냐에 따라 회로의 어느 모습이 떠오르느냐의 차이가 있고 그 차이는 중요한 것인데, 우리는 이 소설가의 광원을 따라가서 그 끝에 오는 것을 음미해보기로 하자.

이 해설은 『동경인』에 한해서라기보다 그의 문학 전반을 가늠하는 방안지로 써본 것인데, 아무도 방안지를 대고 문학을 감상하지는 않으리라. 독자 스스로의 판단과 즐거움을 위한 사전 사후의 도구로 쓰고 버리면 그뿐인 것쯤으로 알아주었으면 그것이 해설자가 뜻한 바다.

세 사람의 일본 작가

　전쟁 전까지의 일본의 문학에서 '사소설'이라고 불리는 경향의 작품들이 차지하는 자리는 매우 중요한 것이었다. 이 경향의 작품은 소재의 범위가 작자의 신변이거나, 허구인 경우에도 소설가 자신의 경험 반경에서 과히 벗어나지 않는 것으로, 일종의 예술가 소설이라 할 수 있는 성격의 것이었다. 소설의 기술 형식으로는 메타포나 알레고리를 싫어하는 대단히 금욕적인 문체를 지향하여 상당한 문학적 높이에 이르렀다. 서구에서의 근대 소설의 일어남과 자란 경위에 비겨서 이런 성격은 많은 문제를 가지고 있다. 유럽 근대 소설에서 루소나 볼테르 같은 경우, 로렌스, 스턴 같은 경우를 들 수 없는 것은 아니나, 대세는 그쪽에 있지 않고, 소설이란 사회의 거울로서 풍속의 만화경이며, 그러므로 작가는 작품 안에는 없어야 한다는 방법 의식이 벌써 플로베르에서 명확히 자각되었던 것이다. 사소설이 작품에서 다루는 범위를 각자의 둘레에 한

정한다는 것은 소설의 본질적 지평을 포기한 것이었다고 할 수 있다. 또 기술의 형식에서도 그렇다. 근대 작가들의 문체는 사소설적 금욕성과는 다른 것이다. 모든 상면에서 격심하게 변화한 사회의 전모를 붙잡으려 한 체계적 집념에 잡힌 작가들의 경우에는 물론이지만 플로베르와 같은 순수의 신봉자인 경우에도 서정이나 상징이 풍부하게 스며 있으며 순수라는 것이 간소하다는 것과 같은 뜻으로 의식된 흔적은 없다. 유럽 근대 소설이 일본에서 이 같은 편기를 가지고 전개된 데는 아마 다음과 같은 설명을 해볼 수 있을 것 같다.

 첫째는 사소설의 그러한 언어적 성격은 아마 전대까지의 일본문학의 전통의 소산이라는 생각이다. 일본 사람들이 오랫동안 수련하고 세련시켜온 문학적 기호가 문장의 그러한 스타일을 가장 마음에 드는 것으로 정착시켰던 전통이 사소설의 문체를 결정했다고 생각하자는 것이다. 다음 소재의 한정은 어떤가? 외국의 충격에 의해서 근대화를 시작한 모든 나라가 당면한 문제지만, 제도나 과학 같은 비교적 기계적 이식이 쉬운 방면에서는 짧은 시간 안에 형국을 갖출 수 있지만, 그렇게 해서 새로 벌여놓은 전혀 서먹서먹한 풍속을 예술적 표현 속에 승화시켜 상징으로 보존하는 것, 그렇게 해서 그 관념화된 풍속으로서의 문화가 그 사회의 정신적 통화通貨로서 합격되고 유통하게 된다는 과정은 결코 공장 하나를 세우는 것처럼 되지 않는다. 이런 경우에 대상의 범위를 좁힘으로써 순도를 높이는 길을 취한 것, 이것이 사소설의 대상의 한계에 대한 설명이 되지 않을까 생각한다.

사소설이 일본 신문학의 전부는 물론 아니다. 그러나 일본 신문학이 결과적으로 사소설의 계열이 주류화하고 문학적 달성의 높이에서도 가장 높은 자리를 차지할 수 있었고, 작가들의 제작 의식의 실제에서도 가장 신빙할 만한 자연스러움으로 느껴졌다는 점에서 일본 근대 문학의 구조를 살피는 경우에 사소설을 편의상 논의의 중심으로 삼는 것이 타당할 것이다.

 제2차 대전 후에 일본 문학은 격심한 자기비판과 재편성의 시기를 가졌다. 일본의 전후 문학사는 사소설 비판에서 시작되었다고 해도 무방할 것이다. 근대화 과정에 있는 전통 사회가 양질의 언어 예술을 최소한의 형태로 유지하는 방법이었다는 측면에서 사소설의 긍정적 의미를 일단 평가하는 것이 공평한 것이지만 그것은 일본 문학의 바람직한 형태, 유감없는 건강한 발전이라는 견지에서의 비판을 봉쇄할 수 있는 것은 아니다. 그뿐만 아니라 제2차 대전까지 이미 개화 80년의 시간을 가졌던 일본으로서는 과도기라는 이름으로 변명할 수도 없고 사실 그렇지도 않았다. 발자크의 소설에서 우리가 느끼는 것은 당대의 어떤 제도나 계층, 인물이나 사상도 작가의 예술적 비판의 대상으로서 가감이나 참작을 받는 대상은 없다는 사실이다. 귀족의 비생산적 퇴폐, 시민 계급의 조포粗暴한 에고이슴, 승려들의 허위, 농민의 보수성이 남김없이 희화화되고 당대 권력의 암흑의 측면도 예외가 아니다.
 발자크가 나폴레옹이나 부르봉 왕조에 언급하는 억양은 거리의 프티 부르주아의 흥망을 서술하는 그것과 동질이다. 대상에 대해서 아무 터부 의식 없는 정신으로 접근할 수 있었다는 당대 프랑스의 정신의 풍토, 혹은 사회적 구조가 문체의 그 같은 동질성을 결과한 것이지 미학적 노력으로 그렇게 된 것은 아니다. 이런 사회 구조가 개화 80년이 되었지만 이룩되지 못했었다는 데 유럽 근대소설의 발자크적 계열이 일본에 정착하지 못한 원인이 있다고 보는 것이 옳겠다. 전통과 이념이 유착 상태에 있고 결국 권력 안에서 그것이 통일되어 있는 사회에서는 예술가는 장인이지 풍속에서 거리를 가진 관념적 비평가는 아닌 것이다. 물론 권력도 그 풍속의 하나여야 하며 이 같은 풍속으로부터의 관념의 분리가 이루어질 때 진실한 뜻에서의 근대가 시작된다고 하겠다.

개화 이래 유럽적 휴머니즘을 봉쇄하고 파시스트에게로 달림으로써 근대 유럽의 추악한 측면을 심화시킨 일본 사회에는 그것이 균형할 만한 비판의 이념도, 비판에 대한 관용도 모두 없었다. 이런 풍토에서 풍속소설의 형태를 취하면 그것은 오락소설일 수밖에는 없으며 간신히 품위를 유지할 수 있는 경우는 자아가 사회적 평면에 확산되고 사회 구조의 매듭마다를 검토하고, 거기에 발견되는 모순을 모순이라고 지적함으로써, 소설 공간을 조형하는 길을 버리고 자아 속에서, 혹은 원초적 집단인 가족 속에서 머무는 길 밖에는 없다. 그것이 사소설이었다. 그러나 사소설은 그 좁은 공간의 밀도를 상상력 속에서 팽창시킴으로써 관념적 보상을 이룩한다는 길을 취하지 않았다.

자아와 가족이라는 대상을 일종의 순수 공간으로 환원하여 거기서의 심리적 움직임을 좇는다는 방법에서는 루소적인 환상의 세계와도 다른, 현실도 환상도 아닌 불모의 인공적 공간일 수밖에 없었다. 현실이 아니라는 뜻은 사소설 속의 현실이 현실의 뚜렷한 여러 요소를 못 본 체했기 때문에 불완전한 현실상이었다는 말이고, 환상도 아니었다는 것은 관념적 사치도 미학적 기호 탓으로 배척했다는 말이다. 이렇게 보면 사소설이 취급한 인간 존재는 내면에서나 외부에서나 지극히 가난한 욕망의 산물이었다고 할 수밖에 없다. 제2차 대전 후의 새 문학은 사소설의 이 같은 내외 면에서의 벽을 넘어서려는 활력의 표현이었으며, 그 성과도 그런 기준에서 볼 수 있다.

미시마 유키오(三島由紀夫)는 이 벽을 내면에서 넘어서는 길을 택하는 사람이다. 그의 문체가 이 사실을 잘 말해주고 있다. 아포리즘과 메타포를 풍부하게 쓰면서 굴절이 심한 문장으로 이룩된 그의 소설은 사소설적 문장의 대극점에 있는 것으로 유럽 언어의 입체적 구조를 억제 없이 도입한 것인데 그가 전후 문학에서 차지하는 자리는 언어의 승리라고 할 수 있으며, 문학의 기체基體인 언어의 기초 위에 그의 승리가 구축됐다는 것은 문학의 본질에 대해 정태적 입장을 취하는 관점에서 본다면 다른 누구보다도 확실한 보장을 가진 승리라고 보일 것이다.

그의 『금각사金閣寺』는 같은 이름의 절을 태워버리는 젊은 승려의 이야긴데 전통과 그에 대한 반항이라는 설정도 문제 집약적인 극적인 것일 뿐만 아니라 주인공의 자아의 해방을 서술하는 언어가 어지러울 만큼의 현란한 문체를 취하고 있다. 주인공은 억제와 두려움 없이 욕망의 논리를 끝까지 가며 그 끝이 금각사의 방화다.

전쟁 전의 일본 사회의 금욕성, 터부투성이며 자기를 억제하는 것이 가치의 기준이었던 상태가 패전과 더불어 급격한 반동을 가져온 것이다. 패전으로 영토와 시설을 잃었을망정 일본인들은 한정 없는 욕망의 가능성 앞에 서게 되었던 것이며, 그 후의 그들이 걸어간 길이 그 욕망의 충족의 과정이었던 것은 우리가 아는 대로다. 『금각사』는 일본인들의 이 같은 전후의 정신적 풍토에 문학적 표현을 준 것이라고 볼 수 있다. 욕망은 대상의 질량과 비례한다. 가장 화려한 대상에 도전하는 주인공은 그렇게 함으로써 자기 욕망의 확실한 충족을 느낄 수 있으며 대상과 욕망은 이 작품에서 서로 상승 작용을 하여 극점에 이른다. 이 작품이 성공한 다른 요인은 욕망의 대상으로 전통의 상징이라 할 만한 것을 선택한 데 있다. 완성되고 세련된 대상에 반항함으로써 주인공의 반항의 동작은 반사적으로 대상의 가치를 흡수하여 그 스스로가 대상이 차지했던 자리에 등극하게 되는 것이다. 근대 문학이 고전 문학에 뒤지는 것은 그 합리성에도 불구하고 정서적인 호소력이 인공적이라는 데 있다.

  고전 문학이 의지하고 있는 성감대는 오랜 시간에 걸쳐 역사가 길들여놓은 반자연화한 문학적 상징들인 데 비해서 근대 문학의 그것은 풍속화의 시간이 얕은 불안정한 욕망들이다. 욕망 자체가 불안정하거나 무리하다는 것이 아니라 풍속적 보장이 약하다는 것이며 결과적으로 그 욕망은 좌절·포기의 과정을 밟게 마련이다. 『금각사』의 경우는 대상의 성과를 흡수하여 자신의 영광으로 돌린다는 곡예를 한 것인데 생산적이라느니보다는 반사적이라는 데 그 성격이 있지만 상상력의 공간에서는 절대치의 부負의 방향은 우선 문제가 되지 않는다. 미시마는 당대의 풍속을 다룬 많은 작품들에서 일본인들의 욕망의 개화를 형상화하였다. 모든 경우에서 그의 주제는 '파계'였고 이 파계의 무대를 항상 적절하게 설정하고 언어의 세련도를 더욱 높여갔는데, 그의 발상이 일반화되고 그의 세계가 세련되어가면서 그의 문학에도 문제가 생기고 있는 것 같다. 그는 일본 고전극 '노能'의 각본을 많이 쓰고 어떤 평가評家는 그의 최고 걸작은 이들 각본이라고 할 정도의 성과를 올렸는데 이 현상은 매우 시사적이다. '노'는 불란서 고전극이 그런 것처럼 풍속과 관념의 고도의 통일을 이루어 신화적 시간을 무대 위에 현출하는 것을 이상으로 삼고 있다. 그것은 소재에 대한 왕성한 실증적 욕구의 충동이나 인간 활동의 넓은 여러 국면을 재현하려는 풍속적 섭렵이 아니라, 인간 존재의 원리적 근본 조건을 가장 집약된 형태의 행동(연기)과 언어(대사)로 이룩하려는 욕구에서 나온 것이다. '노가 본질적으로 관여하지 않는 이 측면이 근대 소설의 발생적 계기인 것은 틀림없다. 물론 문학의 본질론과 발생론은 다른 것이다.

문학이 일정한 발전의 끝에는 반드시 완성과 세련에 이르려고 하는 것은 인간의 다른 행위에서와 마찬가지다. 다만 이런 경우에 문학은 불가피하게 정태론의 입장에 서게 된다. 사회는 국가, 지역 사회, 가족 따위의 여러 집단 현상의 장인데 문학을 존재론적 탐구라고 하는 입장에 집약시키게 되면 불가불 작품의 완성과 균형에 훼방되는 불안정한 요소들을 버리지 않으면 안 된다. 태풍속에도 정적이 있지만 그 정적이 태풍인 것은 아니다. 어느 태풍도 같은 것은 없으며 따라서 어느 정적도 같은 것은 없다. 다만 '정적'이라는 말만이 같으며 따라서 문학에서 언어의 승리라는 것은 시간이 지나면 역설적으로 유동적인 상황에 대한 언어의 무력에 이르고 만다. 이것이 언어의 승리의 대가다. 근대라는 계절은 언어가 물신으로 군림할 수 있었던 인간 생활의 오랜 고정화의 시대가 끝난 데서 시작했다. 아무리 어려운 일이더라도 풍속을 회피한 신화가 아니라 풍속의 특수성을 극복한 신화를 이룬 것이 이후의 문학이 짙어지는 조건이다. 이때 풍속이란, 국가 권력과 같은 풍속의 변화에 결정권을 가진 집단까지를 포함하는 개념이라는 것은 앞서 말한 대로다. 미시마의 방법은 이 같은 방향이 아니었다. '금각사'란 실제의 절은 아마 중세기 일본의 통치자들의 시재施財로 성립된 절일 테니까 그 절이 바로 '노'의 무대가 된 적도 있었을지 모른다. 문자 그대로 거기에 무대를 가설하여 소극장의 구실을 했을 수도 있을 것이다. 소설 『금각사』에서 무대를 태운 미시마가 나중에는 그 무대를 위한 각본을 쓴다는 것은 상징적이다. 그는 자기가 부순 우상을 재흥한 것이라고 말할 수 있지 않을까.

아베 고보〔安部公房〕는 풍속의 혼란 속에서 신화를 찾으려 하는 의미에서 미시마와 같이 일본 문학의 내면화의 길에 서 있다고 할 수 있다. 미시마가 전통의 미적 질서에 회귀하는 태도를 취한 데 반해서 아베는 현대의 풍속에 밀착해서 극적 공간을 조형하려는 방법을 택했다. 그의 소설에서는 뚜렷이 실존주의의 영향을 볼 수 있다. 극한 상황 속에서 인간의 의미를 묻는다는 조작을 통해 실존주의는 존재와 본질의 갈등을 표현한다. 아베는 『타인의 얼굴』 『짐승들은 고향을 향한다』 『모래의 여인』 등에서 존재의 허무를 말하고 있다. 존재의 허무란 풍속과 관념의 견고한 정태론적 안정이 불가능하다는 인식이다.

신화의 불가능이 현대의 신화라고 하는 이 명제에는 빈틈이 없다. 빈틈없는 명제 속에 머무는 동안 극적인 공간이 문학적으로 현출하는 것은 사실이지만 이것은 불가피하게 사실주의를 포기하게 만든다. 왜냐하면 사실주의란 문학의 언어를, 상징인 동시에 객관과의 저항 위에 있는 언어로 보고 그 저항하는 객관이란 다름 아닌 당대 사회라는 실감 위에 이루어져 있기 때문이다. 당대 사회라는 현실은 그 자체로 극적인 것이 아니라 순간마다 극적으로 선택할 때만 극적이다. 현실 자체, 자연과학적인 시간에서의 현실은 빈틈투성이이며 모순투성이다. 그것은 문학적 시간의 틈을 갖다 대면 모두 '예외'에 속하는 시간이다. 진실한 리얼리즘은 현실이란 혼돈에 선택에 의한 끊임없는 질서, 진실이라는 이름의 인간의 질서를 세우는 것으로, 관념과 풍속의 어느 하나도 타방에 해소시킴이 없이 서로가 서로를 위한 저항으로서 존재한다는, 그런 형식의 존재 방식이다.

이런 존재 방식이 역사적 시간에서 실현되는 경우를 고전 문학이라고 할 수 있는데 현실(풍속)과 신화(관념)가 하나가 된 이런 현상도 사실은 자연과학적 시간처럼 객관적으로 사물로 존재하는 것이 아니라 선택에 의해 이루어진 인간적 시간이다. 현실의 어떤 계기를 강조하고 어떤 계기를 방법적으로 무시함으로써 이루어진 자연과 인간의 균형이다. 방법적으로 무시된 요소가 비대해져서 그 자신의 정당한 수치대로의 평가를 요구할 때 역사의 한 계절이 끝나고 문화의 계절도 새로워져야 하는 것이다. 완결된 신화의 시간 속에 변화를 위한 지평을 남겨두는 것이 모순을 에누리 없이 실천하는 것이 바람직한 리얼리즘이다. '열린 완결'이란 이 아포리아는, 순수 논리라는 닫힌 축에서의 표현이 아니라 관념과 풍속이 교차하는 현실의 공간에서의 이양異樣한 사실을 표기한 것뿐이다. 이 모순의 극복은 인식의 차원에선 불가능하다. 세계는 자연의 어둠을 향해 열려 있고 인간의 결단에서 완결된다. 모순의 극복은 현실을 자연과 인간이 만나는 자리로 보고 부단히 변하는 좌표점을 따라가는 데서 가능하다. 아베의 소설들이 달성한 높은 완결성에도 불구하고 그의 소설엔 라신의 세계처럼 미래의 지평이 없다. 뛰어난 존재론적 도식화에도 불구하고 이 문제에 성실하게 대처하지 않으면 그의 진실도 거짓말이 되고 말 것이다.

시나 린조〔椎名麟三〕는 일본 전후 문학의 내면에로의 심화와 확산의 과정에서 외면으로의 길을 간 사람 중의 하나다. 그는 『영원한 서장』 『심야의 주연』 『자유의 저쪽에서』 등에서 관념에로의 유폐가 아니라 관념의 확산을 통해 풍속의 전모를 개괄하려는 노력을 계속한다. 사회와 미래로 열린 이 방향에서 일본 근대 문학이 초창기에서 좌절한 풍속의 만화경으로서의 소설이란 이루지 못한 꿈을 되찾으려는 의지를 쉽게 볼 수 있다. 무슨 원리로 이 같은 전경을 담으려는 것인가? 전통적 미의식도 존재론적 도식도 아니라면 어떤 길이 가능한가? 시나의 경우에는 도스토옙스키의 원리인 것 같다. 이 원리의 선택은 매우 현명하다. 풍속의 조형에서 톨스토이나 투르게네프보다 견고하지 못했음에도 불구하고 도스토옙스키가 보다 훌륭했던 것은 그가 사회의 영혼이라 할 보다 거시적 에토스에 대한 비판력과 감성을 갖고 있었다는 데 있다. 그리고 이 같은 성향은 러시아와 같은 풍속과 관념의 중간항이라 할 만한 영향력 있는 사회적 계층이 형성되지 못했던 사회에서는 보다 사실적인 정직함을 지닌다. 톨스토이나 투르게네프는 현실에 엄연히 존재하는 요소들을 사상捨像함으로써만 완결을 얻을 수 있었던 것이다. 도스토옙스키는 비록 그 요소들을 풍속의 이름으로 명확히 부르지는 못했지만 시적인 예감으로 표현할 수 있었다. 그것을 혁명의 예감이라 불러도 좋으리라. 그러나 그 예감을 구상적인 이름으로 부르지는 않았다. 이 구상적인 이름으로 부르지 않았다는 데 아마 그의 문학적 진실이 있을 것이다. 그의 당대에 뚜렷한 모습으로 떠오르지 않은 모습이었기 때문에 그렇게 된 것이지만 일단 문학에 정착된 이상 그의 문학 속에 어른거리는 혁명의 관념은 상징화되고, 혁명의 존재론이란 완결성을 가지게 된다. 그것은 분명히 인간 존재의 전모에 관한 완결된 관념이면서 그 불특정성 때문에 어느 풍속에 유작함으로써 정체하지 않아도 된다는 열린 성격을 가진 것이 된다.

'열린 완결'은 도스토옙스키에 의해 해결된 것이다. 예언자이지만 서사 시인은 아니라는 것, 그것이 도스토옙스키다. 시나가 이

길을 따르는 한 그의 문학은 휴머니즘이란 보편적인 상징이 호소하는 정서에 의지할 수 있다. 그러나 도스토옙스키가 고유 명사로 부르려 하지 않은 그 예감을 시나가 부르려 할 때, 가령 코뮤니즘이라고 부를 때 그의 문학은 무엇인가를 잃는다. 무엇을 잃는 것일까? 아마 미래를 잃을 것이다. 코뮤니즘은 오늘날 관념이 아니라 풍속이 되었다. 문학이 자기의 공간을 지배하는 최고의 관념으로 현실의 풍속을 등극시킬 때 이미 문학은 칭신稱臣의 예를 취한 것이다. 권력을 전율시키는 예언자가 아니라 선정을 칭송하는 궁정 시인이 되는 것이다. 사회 계층 사이에 충분한 평등도 없고, 충분한 생산의 축적과 따라서 비교적 충분한 소비가 이루어지지 않은 사회에서는 풍속화된 현실이 그래도 신화로서 작용하는 관념적 창조력을 지닌다. 시나가 작품을 쓰기 시작한 전후의 세태는 그같은 극한 상태의 모습을 지녔었고 시나의 작품들은 그것이 내포한 풍속성과 관념의 괴리가 의식되지 않고 받아들여질 수 있었다. 그러나 일본 사회와 세계가 안팎으로 변화한 전후 20년의 오늘날 상황은 시나와 같은 작가의 문학이 가지는 문제를 재검토하게 만들었다.

근대 소설의 이념을 풍속과 관념의 양면에서의 터부가 없는 조형에의 의지라고 보고 그와 같은 이념의 일본 근대 문학에서의 편기적偏嗜的 형태가 사소설이라는 기준에서, 전후 문학의 기본적 방향을 대표하는 세 작가의 문학을 살펴보았다. 따라서 그들의 작품 세계는 그와 같은 편기를 교정하는 의미를 지녔으며 인간의 내외

면에 대한 터부가 없는 분석과 그러한 분석 위에서 보다 풍부한 바람직한 인간의 존재 방식을 그들의 상상의 공간 속에 조형한 것이었다. 그들의 작품에 대해서 프로크루스테스의 침대 같은 기준을 적용하려는 데 목적이 있었던 것이 아니고 풍속과 관념의 긴장한 공간, 왕성한 실증의 욕망과 그 실증을 극복한 인간적 선의의 상보적 공간이라는 이념형적 도식이 그들의 문학에서 어느만 한 달성을 이루었는가를 살펴본 것이며, 그 결과에 나타나는 성과의 양상은 어느 나라의 문학사라 할지라도 사정은 마찬가지리라고 생각되는 것이었다.

어떤 문학사의 영광은 이념의 완벽한 성취에서보다는 이념을 향한 끊임없는 운동과 활력에서 찾아져야 한다는 것은 문학사까지도 포함한 역사 자체에 대한 가장 현실적인 이해 방법이다. 그런 점으로 보면 일본의 전후 문학의 자기 변혁과 그 넘치는 활력을 저마다의 측면에서 대표하는 이들 세 사람의 작가는 그 자체로서도 읽을 만한 세계를 쌓아올린 사람들이며, 일본 문학의 장래에 대하여는 원리적인 거점의 뜻을 지니는 사람들이다.

도스토옙스키론

1. 생애

표도르 미하일로비치 도스토옙스키는 1821년 10월 30일 모스크바에서 탄생하여 같은 해 11월 4일에 세례를 받았다. 그의 아버지 미하일 안드레비치 도스토옙스키는 군의軍醫 출신으로 도스토옙스키가 출생했을 당시에는 퇴역하여 모스크바에 있는 말린스키 병원에 근무하고 있었는데 그들의 가정은 이 병원에 달린 초라한 건물이었다. 16세에 페테르부르크에 있는 육군 공병 학교에 입학할 때까지 이 집에서 살았는데 답답하고 폐쇄적인 환경이었다. 공병 학교를 졸업하고 페테르부르크 공병단에 5년 동안 근무했는데 그와 같은 사람이 이 군대 근무를 어떤 심정으로 보냈겠는가는 상상하고도 남는다. 그나마 시골에 전근당할 기미가 보이자 그는 사표를 내고 수리되었는데 그것이 1844년으로 23세 때의 일이다.

이해에 그는 발자크의 소설 『외제니 그랑데』, 조르주 상드의 작품을 번역하고 처녀작 『가난한 사람들』을 착수했다. 이 작품으로 그는 유력한 비평가 네크라소프의 격찬을 받고 단박 이름이 났다. 그는 '고골리의 재림'이라고 했던 것이다. 1840년대의 러시아 소설은 모두 고골리의 「외투」에서 나왔다고 하리만큼 고골리의 존재는 뚜렷한 국민적 문화의 상징이었는데 그에 견주어진 것은 도스토옙스키의 문화적 생애에서 가장 최초의 가장 강력한 자신을 주었다.

고골리의 작품이 그러했던 것처럼 이 작품도 가난한 하급 관리의 생활을 쓴 것인데 고골리의 태도보다 더 깊은 관점에서 그 소재를 다루었다고 벨린스키는 말하였다. 이러한 좋은 출발에 이어 1849년까지 약 10여 편의 작품을 썼는데 『이중인격』을 빼고는 처녀작의 수준에 견줄 만한 것을 쓰지 못했다.

1848년, 파리에서 2월 혁명이 일어나고 페테르부르크에 페트라셰프스키 등의 정치적 결사가 되었고, 이해에 「타인의 처」 「약한 마음」 「과거 사람들의 이야기」 「백야」 등의 작품을 발표했다.

1849년 28세 때 4월에 '페트라셰프스키회' 비밀 결사의 한 사람으로 전 당원과 더불어 검거되어 페트로파우로프스크 요새에 감금되었다. 같은 해 12월 22일, 사형 선고를 받고 사형 집행 직전에 황제의 특사로 시베리아로 4년간 유형되었다. 1854년(33세) 형기 만료까지 복역하고 이어 선고의 나머지 과형인 병역에 복무하여 1857년까지 시베리아의 세미파라친스크에서 지내고, 이해 2월에 마리아 드미트리예브나라는 전부前夫의 소생을 거느린 과부와 결혼하였다. 1857년 페테르부르크로 돌아오기까지 2편의 소설을 썼고, 1861년 『죽음의 집의 기록』을 연재하기 시작, 1862년(41세) 그 단행본이 나왔다. 이 작품은 그의 유형 생활을 객관화한 것으로 그의 인간 관찰의 깊이가 드러나 있는 가장 중요한 작품이다. 거기서 그는 유형 생활의 체계적 모순보다도 개인으로서의 인간이 가지는 괴기한 깊이를 냉철하게 바라보고 있으며, 이후 그의 작품의 주조음이 되는 인간의 선과 악이 한 인간 속에서 어떻게 갈등하나에 대한 서곡의 부분을 보여주고 있다.

1864년에는 그의 또 다른 중요한 작품인 『지하실의 수기』를 연재하기 시작했는데 이해에 아내 마리아가 죽었다. 마리아는 그의 유형 시절에 고독과 절망 속에서 매달린 첫사랑의 여자였으나 남편의 정신세계도 이해하지 못했고 폐를 앓아 죽을 때까지 그들 부부에게는 사랑은 벌써 사라진 지 오래였으나 도스토옙스키는 이 심신이 가난한 여자를 잘 보살폈다고 전기 작가들은 말하고 있는데, 괴팍한 간질병 환자였던 그의 생애에서도 이 인간관계는 가장 평범한 의미에서 그의 따뜻한 인간성을 발휘한 경우였다 해도 좋을 것이다.

1865년에 「이상한 사진」을 발표하고, 2월에 『죄와 벌』에 착수했다. 1867년(46세)에 안나 그리고리예브나와 결혼하여 곧 외국으로 출발해서 이후 4년을 돌아오지 않았다. 바덴 · 제네바 · 플로렌스 · 프라그 등지를 전전하면서 『백치』 『영원한 남편』 『악령』 등을 썼다. 1871년 『백치』를 발표하고 대작 『카라마조프가의 형제들』을 「무신론」이란 표제로 구상했다.

1871년(50세) 7월에 페테르부르크에 돌아왔다. 이후에 『미성년』 『작가의 일기』를 썼는데 1878년(57세)에 『카라마조프가의 형제들』을 쓰기 시작하여 1880년에 중단할 때까지 『러시아 통보』라는 잡지에 연재하였다. 귀국 후의 그의 가정은 안나 부인의 현명한 관리 아래에서 평온하고 그의 명성은 확고하였다.

1881년(60세) 1월 28일, 오후 8시 30분에 그는 폐출혈로 사망하였다. 3만의 군중이 영구를 따랐다.

2. 문학

다른 정신적 소산이나 마찬가지로 문학 작품이라는 것도 많은 상면象面을 가지고 있다. 어떤 작품을 감상하는 데 반드시 전통적 태도나 통로를 지적하기는 거의 불가능한 일이다. 하물며 외국 문학인 경우는 더욱 그렇다.

19세기 러시아가 낳은 작가 도스토옙스키의 경우도 그 예외는 아니다. 톨스토이나 투르게네프와도 달라서 그의 작품은 생활의 '밖'을 꼼꼼하게 그려줌으로써 어떤 시대의 풍속을 활사活寫한다는 타입의 소설가는 물론 아니다. 그가 현대 문학에 깊은 영향을 끼친 것도 바로 그의 비19세기적인 태도의 결과라고 보는 것은 별로 반대할 필요가 없는 타당한 의견으로 받아들여질 수 있다.

그는 '안'을 그린 작가이며 '안'의 깊이와 어지러움을 과격한 극한으로까지 몰고 가서 드러내 보였다. 그것은 사실이다. 도스토옙스키의 보편성은 그런 데 있음이 분명하고 시대를 달리하는 우리들 이방인이 그의 작품에 감동되는 것은 인간의 근본 구조에 대한 그의 파악이 가지는 정확성과 박력의 탓임도 또한 부인할 수 없는 일이다. 다만 도스토옙스키에 대한 이러한 규정은 너무나 잘 유포된 상식에 속하기 때문에 그의 문학이 새삼스러운 신기함의 매력을 지닐 수 없으리만큼 되어버린 현대 문학을 가지고 있는 우리로서는 그의 문학의 구조적 원리보다도 그의 경우에서조차도 분명히 느낄 수 있는 시대적 전형성의 문제가 오히려 신선한 문제로 느껴진다.

국민사적 기억은 문학의 민족 선율

외국 소설을 처음 대할 때면 누구나 느끼는 일이지만, 거기 나오는 인물들이 분명히 인류라는 데는 변함이 없지만 또한 어느 한 군데가 막혀서 완전한 소통이 불가능하게 느껴지는 그런 소외감을 맛보게 마련인데 이 소외감의 내용이 아마 역사 · 국민성 · 시대 등의 이름으로 불릴 수 있을 것이다. 그의 주요한 작품들 『죄와 벌』 『백치』 『악령』 『카라마조프가의 형제들』에 나오는 인물들은 확실히 우리 한국인과 다르고 또 동시대의 다른 러시아 인물과도 다르다. 어디가 다른가? 그 인물들은 형이상학과 윤리의 근본 문제를 문자 그대로 자기 몸을 통해 실험하고 있는 점이 다르다고 우선 말할 수 있다. 그러나 모든 위대한 소설이 다 그런 것이 아닌가 하고 되물을 수 있고 그 물음은 일리가 있다. 다른 소설들도 그 내용을 논리적으로 인식하려고 든다면 결국 형이상학과 윤리의 문제를 다루고 있다고 할 수 있다. 바다에서 고기를 낚는 애기도 철학적으로 풀이해서 못 할 것이 없다. 그래서 『모비 딕』을 철학소설이라 한다. 그러나 그것은 어디까지나 고래라는 밖의 사물을 통해서 우리들의 관념을 조형한다는 객관적 조작을 엄격히 지키고 있다.

관념의 극

도스토옙스키의 소설에서는 그렇지 않다. 거기서는 관념이 곧 사물이다. 관념이 대화나 독백이라는 틀 안에서 뛰어오르고 달아나고 이를 갈고 주인공의 다리를 물어뜯는다. 거기에는 인간과 인간을 움직이는 힘이 주관과 객관으로 나누어져서 룰에 의해서 주고받는 삶의 과정이 아니라, 그런 분화의 실마리가 어디에도 없는 인간들이 생활의 장 속에서 자기라는 개체의 울타리를 뛰어넘어 타자의 속에까지 자기를 범람시키고, 거꾸로 타자의 자기 속으로의 범람을 막지 못하고 파산해버리는, 소용돌이가 있다. 이런 인물이 『백치』인 것이다. 너와 나의 구별이 원리적으로 그에게는 생소한 개념이고, 따라서 그 구별 위에 이루어지는 온갖 약속에 걸려서 넘어지는 그는 비인——즉 성자가 아니면 백치인 것이다. 『악령』의 주인공도 마찬가지다. 그가 악한이라든가 악마라는 데 주의가 돌려져야 할 것이 아니라 악마라는 것이 왜 나쁜지를 느낄 수 없는 인간이라는 데에 문제가 있다. 『카라마조프가의 형제들』에서도 스메르자코프를 통해 이러한 인간상이 부각되어 있다.

도스토옙스키 소설의 국민사적 사실성

영국이나 프랑스의 소설에서는 같은 테마라 할지라도 충분한 억제와 상식의 멍에 속에서 전개되고 있는 풍경이 도스토옙스키의 작품에서는 벌거숭이의 모습으로 벌어지고 있다. 인간의 기본적 모순이 잘 짜인 문화적 허구와 풍속적 수면제에 의해서 완화됨이 없이 날것이 생생하게 그대로 드러난다. 게다가 근대 문학의 확고한 원칙에 따라 주인공들이 신분적으로 특별한 사람이나 역사적 인물이 아니고, 전혀 가공의 보통 인간인 경우에 이 벌거숭이의 드라마는 애브노멀하다는 느낌을 주게 된다. 여러 사람들이 동시대의 영불 소설에 비겨서 본 도스토옙스키의 특성에 대하여 말하고 있는데, 가장 들을 만한 이야기는 러시아 사회의 문화적 전통과 사회적 현상에서 그 원인을 찾을 수 있다는 주장일 것이다. 후진국 러시아의 가치 체계의 혼란에서 빚어진 정신적 드라마가 그의 소설의 세계이다. 러시아 정교라는 강대한 앙시앵 레짐의 체계와 서구 합리주의가 19세기 러시아라는 무대에서 가장 혹독한 소용돌이를 만들었던 것이다. 러시아 정교라는 이름으로 개괄된 중세적 신비주의와 근대적 합리주의의 싸움이라는 도식은 19세기 러시아의 독점 과제가 물론 아니고 서양 근대사의 주조음이지만 서구의 경우에는 좀 사정이 다른 것이 그런 싸움이 관념이나 교조의 평면에서 부패하고 폭발할 겨를이 없이 정치적 개혁, 경제적 진보, 종교적 개선 등의 방향으로 외화되고 개방되었기 때문에 사조의 교체 과정은 연속적이고 문제 해결적인 것이다.

보수와 환상을 누를 수 있는 창조적 중도 계급의 부재

이에 반해서 제정 러시아의 체제는 현실적으로 강대한 낡은 사조와 관념 속에서 창궐하는 새것 사이에 아무 통로도 없었다. 도스토옙스키가 장년으로 산 기간에 『공산당 선언』『자본론』이 나왔고 아메리카의 남북 전쟁, 파리 코뮌, 제1인터내셔널의 결성 등이 있었던 것을 생각하면 19세기 러시아 소설에 자주 나오는 진보파의 인물들이 얼마나 공상적인 세계에 살고 있었는가를 알 수 있고, 슬라브주의자들의 형상 또한 역사와 동떨어진 사람들의 모습이 아닐 수 없다. 그들 러시아 지식인이나 국민은 얼마나 풍문에 살았던가, 그 풍문의 정체를 알지 못했던가 하는 것이 따져야 할 일인 것이 아니라 그런 상태가 바로 도스토옙스키의 시대의 '사실'이며 '풍속'이었다는 점이 강조되어야 한다. 톨스토이나 투르게네프는 이런 풍속의 소용돌이에서 너무 떨어져 있었고 도스토옙스키는 너무 가깝게 있었다. 탁상공론이겠지만 어느 편도 가장 바람직한 시점이었다고 말하기 어렵다. 다만 확실한 것은 그런 이상적 정신의 관점을 지닌 작가는 실재하지 않았고, 실재하지 않는 것은 작가의 주관적 체질이 우연히 그렇지 못했던 것이 아니라 톨스토이와 도스토옙스키의 연장선상에 뚜렷이 존재해야 할 성질의 '현실' 혹은 '풍속'이 당대 러시아 사회에는 아직 도래해 있지 않았다는 사실이다. 여기에 리얼리스드라고 불러도 좋을, 도스토옙스키의 소설의 역사적 충실성이 있다. 그의 소설은 관념소설이 아니라, 관념이 풍속이 되어 있는 사회의 '풍속도'라고 해야 옳다. 도스토옙스키 자신이 반드시 이 같은 사정을 방법적으로 자각하고 있었다고 주장할 만한 근거가 있건 없건 상관없는 일이며, 도스토옙스키가 밟지 못했던 그 자신의 그림자의 머리 부분을 우리는 넘어서 있기 때문에 우리에게는 보이는 것이다. 그가 움직였던 장의 구조가.

1) 『죄와 벌』에 대하여

카뮈식 『이방인』의 선구

1866년, 그가 45세 때 발표된 작품으로 그의 본격적인 최초의 소설이라고 할 수 있다. 그의 다른 3대 걸작 『백치』 『악령』 『카라마조프가의 형제들』에 비겨볼 때 기술적으로 가장 잘 짜인 작품이다. 그 자신이 세계와 인간에 대해서 지니고 있는 철학에 입각해서 그는 전당포 주인인 노파를 죽이고 우연히 들어서는 그의 동생도 죽이게 된다. 이후 소설은 그가 자수하기에 이르는 과정을 따라가는 것으로 거의 충당되고 끝에 가서 그의 회심이 온다. 주의해서 읽으면 그의 자수는 양심과 도피라는 축을 끼고 움직이는 것이 아니라 발각의 가능성과 도피의 가능성이라는 축을 끼고 돌고 있음을 알게 된다. 살인이라는 사건은 그 자신의 머릿속에서는 새로운 차원에서 조명되지 않았던 것이다. 이 점이, 살인에 대한 주인공의 정서적 도덕적 반응의 이 특이성이 이 소설을 통속 살인극에서 빼내어 인간 존재의 무서운 허무를 다룬 소설의 반열에 끼게 한 것이다. 그것은 남에 대한 측은함의 샘물이 완전히 말라버린 무서운 인간의 이야기다. 무섭다는 것은 이런 사람이 당신의 주위에——남편으로서, 애인으로서, 부모 형제로서, 친구로서, 동포로서 존재한다면, 당신의 삶이 어떤 것이 되겠는가를 상상해보면 짐작이 갈 것이다.

문학은 주문이 아니라 기도문

작품의 끝에 가서 주인공의 정신에 변화가 온다. 소냐가 나타났을 때 그에게는 사람다운 감정의 샘이 솟아오른다. 그것은 남을 수단으로 생각하고도 자기의 행복이 있으리라고 생각한 사람이 자기의 교만을 뉘우치는 순간으로서 매우 아름답다. 이 같은 회심을 인식한다는 것이 자기 스스로의 영혼 속에서 그것을 행한다는 것은 물론 아니다. 좋은 소설을 읽었다고 다 착해지는 것은 아니지만 언젠가 착해질 만한 삶의 계기가 왔을 때, 그런 정신적 충동이 생소하게 느껴지지 않고 고향에 돌아가는 듯한 확신과 안심을 주는 몫을 할 수 있는데, 우리 시대에서 그것이 작은 일이라 할 수 있을까? 돌아가고 싶은 고향을 찾는 영혼들의 불면의 책상머리에 이 한 권의 소설이 엄격하고도 따뜻한 기도서가 되기를 빈다.

스타일과 소재
──어떤 작품 선고選考

예선에서 읽은 작품 가운데서는 다음 두 작품이 가장 좋았다.

타인의 전리품

미술과 학생들과 교수의 주위에서 일어나는 이야기를 쓴 작품 「물기」(『세대』, 1969)는 읽을 만한 문장으로 젊음의 한 생태를 그리고 있다. 그런데 그 '문장'과 '생태' 모두가 약한 것이었다. 문장이 약했다는 것은 이야기를 서술하는 이 소설의 문장이 근년에 신인들에 의해 일반적으로 확립된 스타일을 잘 구사하고 있어서 읽기에 거칠지는 않으나 소재와 씨름한 끝에 그 궤적으로 드러났다는 느낌을 주지 못하고 있다는 것을 말한다. 파도를 타고 파도에 미끄러지는 듯한 리듬은 바다의 중량과 싸운 끝에 얻은 부력일 때만 감동을 주는 것이다. 그 싸움의 과정이 약한 데서 이 소설의 문장은 가볍고 때로 명확하지 못한, 그래서 말로써 말을 좇은 것이 분명한 대목을 많이 남기고 있다.

이런 형식상의 약점은 바로 주제에 대한 처리가 약한 데서 온 필연적인 결과다. 젊은이들의 '생태'가 어떤 것이든 상관없지만 그 생태를 보는 작가의 '시점'은 상관없는 것이 아니다. '나'라는 시점을 택했다고 그 나 속에 포함된 작가 몫의 '나'까지 작중인물에게 책임지랄 수 없는 것이다. 끝에 가서 교수에게로 침대를 옮기는 '나'의 태도는 그저 그렇게 했다는 것뿐으로, 나에 의해서나 작가에 의해서나 설명이 되지 않고 있다.

전후 사정으로 봐서 설명이 안 되는 행위를 함 직한 성격으로 그려진 것도 아니다. 작자의 작품 인물에 대한 통제의 힘이 약하기 때문에 이런 결과가 왔고, 그래서 문제만이 동떨어져 보이는 것이라 봐도 좋으리라.

한국 문학에서의 순수·비순수의 개념은 미학적으로 조잡:
둘 다 동일한 '구상' 내부에서의 사회적 태도의 차이에 불과

「강계 유역」(『세대』, 1969)은 매우 힘찬 주제를 힘차게 전개시키고 있다. 불모의 지역에 사는 사람들의 감정의 윤리학이라고나 할, 추상풍의 작품이다. 우리가 흔히 쓰는 순수 문학이라는 용어법은 잘못 쓰이고 있다고 필자는 생각하고 있다. 문학에서 순수·비순수는 소재에 대한 구별로서는 부적당한 것이며, 만일 쓴다면 스타일에 대해 써야 하고, 그 경우 스타일이라는 것도 막연한 이야기가 아니라 그 작품의 모사도에 의해 가름되는 것이 제일 적당하다. 그것은 가치 개념이 아니라 양식 개념이어야 한다. 미술에서의 추

상·구상에 비기는 용어로서 순수·비순수를 가리는 것이 제일 적당하다는 말이다.

그런 분류에 따른다면 이 작품은 추상소설이다. 박상륭 씨의 작품을 방불케 하는 작품이다. 추상적인 이야기의 건너편에 작가의 강렬한 환상을 느낄 수 있고, 그 상징의 깊이도 상당하다고 생각하지만, 가장 이해할 수 없는 것은 이만한 주제를 착상한 작가가 틀린 낱말을 여러 곳에서 쓰고 있는 점이었다. 이런 스타일의 작품일수록 이런 흠에 대해서는 엄해야 할 의무가 작자나 독자에게는 있는 것이라고 생각하고 싶다. 현실에 대한 일차적인 모사를 택하지 않는 경우에는 그 작품은 가장 추상적인 뜻에서의 '말'에 모든 것을 걸었다고 봐야 한다.

말 하나, 말의 흐름 한 줄은, 구상적인 소설 속의 인물 하나, 장면 하나에 해당한다. 구상소설에서 인물에 대한 통제를 운운하는 것과 마찬가지로 말 하나에 까다로운 신경의 쓰임을 요구하는 것은 당연한 일이다.

작가로서 마땅히 일차적인 예의에 속하는 이런 점에 대해 충분한 수정을 한다면 이대로의 형태로서도 이 작품은 논의될 수 있다고 보지만 신인 작품에 대해서 선정자 자신이 자신 있는 느낌으로 추천해야 할 이런 기회에는 찬성표를 던질 수가 없다.

이 두 작품을 제외한 나머지 작품들에 대해서는 작품 자체에 대해 쓸 말은 없다. 왜냐하면 그것들은 작품 이전이라고 해야 옳을 것들이기 때문이다. 작품 이전이 되고 만 대부분의 경우에 그 까닭은 작자들의 정신적 시력의 약함이라는 말이 되겠다. 무슨 할 말을 사람이면 다 가지고 있겠지만 남에게 그 말을 할 경우에는 그 말이 상당한 말이어야 한다. 상당하다는 것은 치열하다든지, 알뜰하다든지 하는 것을 뜻한다. 치열하고 알뜰한 말, 그런 말을 가진 경우에는 그 사람은 그 말들을 공적인 말로 만들 권리가 있다고 볼 수 있다. 그리고 사람들도 그런 말을 들으려고 한다. 소설을 처음 쓰는 경우에 누구나 그런 것이지만 확립된 스타일에 의존하려는 유혹을 떨쳐버리기란 매우 어렵다.

하기는 소설이란 것이 소재는 말고 그 스타일이 무궁무진하달 수는 없다. 아마 스타일에서는 매우 기본적인 것이 편차를 약간씩 가지면서 반복될 것이다. 그러니까 작가의 몫이란 기상천외한 암호를 만들어내는 것이라느니보다는 인간의 구조상으로 필연적으로 반복되는 공적 반복을 떠맡으면서 그것을 개인(작가)의 체험으로 다시 발견하는 데 있지 않을까.

응모하는 신인들에게도 참고가 될 수 있는 얘기지만 현재 한국 소설은 저널리스틱한 뜻에서 한 고비에 다다랐다고 할 수 있다. 다른 말이 아니라 1950년대, 1960년대라는 사회적으로 뚜렷한 윤곽을 지닌 시기와, 그에 밀접히 관련된 문학적 스타일들이 그 두 시기에 뚜렷한 자리를 잡았다. 그리고 이해는 이런 시기의 마지막

해다. 아주 강력한 작품이 아닌 한 이제 놀랄 사람은 별로 없다.

달력에 따라 문학이 달라지는 것은 물론 아니다. 달력이 문제가 아니라 달력에 의해 표기된 생활이 문제인데, 1950년대와 1960년대를 통해 이루어진 문학적 건물을 모작한 작품을 의도하는 것으로 신인들의 노력이 기울어지는 것은 바람직하지 못한 현상이다. 1970년대가 어떤 시대일 것인가, 1970년대의 문학은 어떤 것이어야 하는가, 그런 것을 미리 정할 사람은 아무도 없다. 다만 1970년대의 소설을 추측해본다면 1950년대·1960년대에 황황하게 스치고만 지나갔던 자리를 더 깊이 파들어간다는 방향과 또 한 가지는 전혀 다른 소재에 의지해서 한국 소설의 모사적 대상의 영역을 넓히는 길이다.

문학에서의 '지리상 발견'과 '우주 경쟁'

어느 쪽이든 사람의 자유지만 필자의 바람을 말한다면 문학화되고 양식화되지 않은 소재의 발굴이 이루어졌으면 한다. 스타일의 새로움, 스타일의 힘이 가장 자연스럽게 나올 수 있는 것은 소재의 힘, 소재의 새로움에서일 것은 당연하기 때문이다. 새 소재에서 문학적 재미와 깊이를 알아보고 쓸 수 있는 사람—그런 눈을 가진 사람이 작가다. 그리고 신인이다.

행동과 풍속

생활에서의 미분과 적분의 끊임없는 연산

소설은 오늘날 많은 짐을 지고 있다. 인식의 다른 분야가 현대에 올수록 분화되고 있는 현상에 비추어볼 때, 소설의 상황은 비극적이라고 할 만큼 벅찬 것이라고 할 수 있다. 인식의 모든 분야가 분화에 분화를 거듭하는 것은 한마디로 인간의 환경이 확대된 데서 오는 의당한 현상이다. 인간은 도구와 언어를 사용하여 자기 환경을 확대하고 재생산하는 능력을 가진 유일한 존재여서 그 환경은 여러 수준의 약속과 층의 중복으로 이루어져 있으며, 이 같은 인공의 환경은 우리가 소박하게 생각하듯이 자연적이며 요지부동한 것이 아니다. 그것은 끊임없는 교육과 전달과 상징화의 원만한 실천을 통하여 유지되고 있는 정교한 기계 같은 것이다. 기계라는 비유도 맞지 않는다. 기계는 자기 증식도 자기 혁명도 하지 않기 때문이다. 항상 자기 속에 스스로를 부정하는 힘을 지니면서도 기계와 같이 일정한 질서를 가진 존재— 닫혀 있으면서 열린 존재, 그것이 인간이다. 오늘날 우리의 삶이 더욱 고단한 것은 인간 존재의 '열림'의 부분이 가속도적으로 진행되는 데서 자기 삶의 '닫힘'의 구조, 자기 환경의 골격의 전모를 인식하는 것이 지극히 어려운 데서 오는 상실감일 것이다. 과학이 분화하는 것은 이 '열림'이 가져온 시공의 넓이를 파악하기 위한 당연한 결과다. 이런 전반적인 삶의 경향에서 문학이라고 예외일 수는 없다. 인간의 삶에서 열림의 계기가 비대해진 사실은 결코 해로운 일이 아니다. 열린 삶의 골격과 방향을 사상과 예술이 체계와 상징 속에 적절히 옮겨놓는 데 실패할 때 그것이 불행이다. 20세기의 문학에서의 주류의 상실과 얼핏 봄의 혼돈은 이 같은 새로운 삶의 조건에 대한 도전의 성격을 지니고 있다. 간단하고 쉬운 예로 우리가 살고 있는 이 서울이라는 도시는 원시에서부터 원자력에 이르는 수많은 현실의 중층적 복합체다.

유클리드의 세계와 리만의 세계

한 가지 변화가 다 끝나지도 않았는데 다음 변화가 덮쳐서 시작되며, 그것도 각기 다른 수준에서 시작된다는 식의 이런 삶을 산 시대가 우리 역사에는 없었다. 이 같은 우리 시대의 기상을 작가에 따라 허무로, 희극으로, 비극으로, 정치적 모순의 극으로, 정신사적 병으로, 악몽으로, 해방의 시대로 표현한다. 왜 그런가? 작가들이 현실이라 불리는 이 우리 자신의 삶을 각기 다른 수준에 시점을 두고 보고를 하기 때문이다. 그러므로 현대 작가의 가치는 그가 택한 현실의 수준에서 이루어진 심도——구체적으로 말해서 다른 수준과의 정확한 조응에 있을 것이다. 꽃 한 송이를 노래하더라도 그가 진정한 작가라면 반드시 당대의 다른 수준의 현실——이를테면 핵력核力이라는 인간 능력의 엄청난 사실의 그림자를 의식하지 않을 수 없을 것이다. 어떤 작가가 현실의 어떤 수준에 시점을 정했을 때 현실의 수많은 수준들이 행간에서, 작가의 의식 가운데서 그 배경으로서 작용하고 있는 것을 알리고, 작중에서 전개되는 현실은 그런 작품 외의 여러 수준의 현실의 저항력에 의하여 자신을 유지하고 있는 그러한 상태——이것이 아마 한껏 이상적으로 요청해본 현대 문학으로서의 미학적 정당성의 기준일 것이다.

현대 문학의 입장—— 복시점과 다좌표계의 채택으로 현실의 상투적 인식에 저항

유현종 씨는 '행동'과 '풍속'이란 수준에서 현실을 다루어온 작가다. 그의 단편들은 잘 짜인 구성과 박력 있는 움직임이 특색으로, 행동이라는 수준에 집약된 인간의 진실을 참으로 단편답게 처리한 훌륭한 작품이 많다. 이미 나온 그의 단편집 『그토록 오랜 망각忘却』을 읽은 독자면 알 수 있을 것이다. 그의 신작인 「불만의 도시」에서는 그 행동이 공간적으로 사회의 가장 핵심적인 부분으로 확산되고 시간적으로도 생의 단면이 아닌, 인간의 생활의 적당한 부분이 충분히 전개되어 있다. 우리 시대의 가장 가까운 문제며 풍속이면서 충분하고 적절하게 활용되지 못한 소재를 유현종 씨가 그의 장편의 장으로 선택했다는 것은, 근대 소설의 초창기에

서 소설의 중요한 활력의 하나였으며, 줄곧 그래온 '풍속의 반영'을 가장 소박하고 건강한 의미에서 실천했다는 데 문학적 의미가 있다고 생각된다. 우리가 사는 사회에서 벌어지고 있는 이 중요한 사건들을 우리는 보도를 통해서 듣고 있지만 보도라는 것은 성격상 단편적이고 곧 화제의 밖으로 벗어나버린다. 그것들은 모든 사람들의 관심사지만 어느 특정의 누구의 관심사는 아니다. 그리고 실지 사건에 밀착한 사실은 개인의 프라이버시의 문제에 관련되는 것으로 신문이나 논픽션으로 다루기가 힘들다는 것이 우리와 같은 형의 사회의 습관이다. 이 습관의 벽을 정당하게 넘어설 수 있는 것이 소설이다. 「불만의 도시」에서 벌어지는 사건은 생생한 사실이면서 동시에 허구다.

저널리즘적 익명성을 생활의 실감으로 육화

이 소설 속의 주인공들에 의해서, 풍문의 언저리에서 감돌던 시대의 풍속이 비로소 어느 특정인의 삶의 기록이 된 것이다. 그 특정인이 곧 이 소설의 주인공이며 원래 소설의 주인공이란 우리가 아니면서 우리로서 기능해주는 그런 신비한 존재들이다. 유현종 씨의 가장 훌륭한 능력인 행동의 힘찬 추구가 마뜩한 장을 얻어서 유감없이 나타난 것을 보는 것은 유쾌한 일이다. 근대 소설은 유명인의 실기實記나 큰 사건의 추구라는 방향을 버리고 시정인市井人의 평범한 생활극을 그리는 것을 주류로 해왔다. 이런 현상은 부르주아의 상승기 시대에서는 그 앞 사회인 봉건 사회에서 갓 넘어온 터라 평범인의 생활에도 변화와 극적 갈등과 그에 대한 생생한 대결, 적응의 노력이나 의식이 있기 때문에 소설에 재미와 활력을 주는 데 큰 지장이 없었지만, 부르주아 사회의 안정과 더불어 문제의식과 위기감은 사라지고 권태와 침체가 지배하며 소박한 행동의 수준에서의 극적 진실감의 추구는 실감을 잃게 한다. 너나 나나 '행동'이랬자 뻔한 것이 아닌가 하는 실감이 지배적인 곳에서 무리하게 행동을 작중에서 조직하는 것이 이른바 통속소설이다. 문학적 높이를 잃지 않고 근대 소설의 규칙을 지키고자 한 작가들은 그래서 소설의 실감을 유지하는 어려운 노력들을 했다. 그것이 20세기 문학에서의 여러 문학적 모험들이다. 이런 모험들이 우리 문학에서는 시기상조며 겉멋이라고 하는 의견은 사태에 대한 불충분한 해석이다.

우리 시대는 세계가 올망졸망한 권圈으로 나누어져서 각기 닫힌 그 권 앞에서 사회의 변화가 그 사회의 전통적 발상형發想型에 따라 단선적으로 순서 좋게 계기繼起하는 그런 시대가 아니다. 망할 놈의 서양 친구들이 지리상 발견이란 일을 저질러놓은 이래 온갖 시간과 공간이 온갖 정서와 정신적 습관이 뒤범벅으로 섞여서 쇠죽 끓듯 하는 시대다. 우리 사회도 그런 사회다. 속에서 키운 병은 내 병이요 남에게서 옮은 병은 내 병이 아니라면 우스울 일이 아닌

가. 병뿐이면 모르되 거기는 써서 나쁠 것 없는 건강법도 있다. 이 모든 혼돈이 오욕, 그것이 어쩔 수 없는 우리 것이며 내 것이다. 이렇게 생각하는 것이 우리 시대에 대한 바른 감각이라고 생각되며 그렇기 때문에 20세기 세계 문학의 여러 모험들도 전혀 우리의 이야기며 내 문제다. 이렇게 상황의 '열림'을 강조해놓은 다음에는 또 다른 이야기를 할 수 있다. 분명히 우리들의 상황이되 상황의 그러한 수준에서만 맴돌았던 데에 우리의 전후 문학의 초조와 편향이 있지 않았을까 하는 점이다. 그것은 우리의 현실 속에서 유럽이 이미 홍역 치른 상승기 부르주아 사회의 수준이 강력하고 가장 기본적인 세력으로 움직이고 있다는 사실이다. 그렇기 때문에 현실의 이 수준에 대해서 표현을 주는 것은 사실에 충실한 것이며 작가의 의무이기도 한데 그럴 경우 역사적 시간의 다른 단계, 현실의 다른 수준의 장에 강조를 둔 문학적 기법을 요구하는 것은 잘못일 것이다.

'지구인' 수준에서의 사고:
우리 시대에서의 사고의 과장이랄 것 없는 현실적 지평

이 소설에서 동시대의 현실의 다른 수준, 상면과의 조응 의도에 대해서, 혹은 그 힘찬 전개 때문에 희생된 것은 무엇인가를 생각해보는 것도 유익한 일이며 또 다른 문학적 사색의 기쁨에 속할 수 있다. 나는 그런 기쁨을 독자들에게서 지레 뺏고 싶지는 않으며 그것보다도 유현종 씨가 그의 소설의 가장 힘찬 기법에 알맞은 현실의 장을 적절히 선택해서 생생한 공적 관심사 속에서 움직이는 주인공을 만들어낸 성공을 축하하고 싶다. 『아메리카의 비극』『위대한 개츠비』 따위의 소설에서 맛보게 되는 도시의 서사시의 분위기가 이 소설의 세계다. 어느 수준에서 접근해도 전모를 파악했다는 느낌이 들지 않는 도시적 삶에 도전해서 그 괴물의 속으로 들어가는 가장 정식의 손잡이의 하나를 붙들었다는 점을 이 소설에서 강조하는 것은 조금도 과하지 않은 일이다. 유현종 씨가 이 광맥에서 많은 채굴량을 올리기를, 그리고 그것들에 대해 더 재미난 이야기를 들려줄 것을 부탁하고 싶다.

전쟁소설

『한국 전쟁 문학 전집』(문인협회 간)이 5권으로 나왔다. 아마 전쟁 말고는 한 소재 아래 이만한 부피를 모아놓기는 어려울 것이다. 새삼스럽게 우리가 살아온 삶이 어떤 것이었던가를 생각게 한다. 살아온 삶이라고 하지마는 실상은 지금 우리는 전쟁을 돌이켜 보는 입장에 있지 않다. 아직도 우리는 이 전쟁 속에 있다. 6·25라는 날짜는 찢어버린 달력장이 아니라 오늘의 장이고 또 내일의 장이다.

많은 사람들이 이 전쟁에 대해서 썼지만 아직 우리는 다 쓰지 못했다. 6·25라는 경험은 여러 겹의 의미가 중복된 사건이었다. 가장 원시적인 의미에서 사람과 사람이 서로 죽인다는 기본적 도식 위에 그것이 같은 민족의 싸움이었다는 것, 정치적 견해를 달리하는 체제 간의 싸움이었다는 것, 그리고 국제적으로 연대되는 전쟁이라는 것— 이런 국면들이 겹친 사건이었다.

전쟁 뒤에 온 사회적 변화까지를 생각한다면 너무나 가혹한 지옥이라고 불러도 과하지 않다. 인간의 원초적 조건과 다양한 역사적 조건이 겹친 전천후 경험이라고 해야 할지 모르겠다. 비·바람·눈·지진·해일·일월식日月蝕, 이런 것이 동시에 공존하는 재난이다. 자연은 결코 이 같은 형태의 재앙 양식을 발명하지 못했으나 인간의 역사는 그것을 이루었다.

이것이 아마 현대 문명의 가장 큰 비극일 것이다. 변화가 간단한 요인의 계기적 전개라는 형식을 취하지 않고 많은 요인이 한꺼번에 움직일 때, 그 참상은 비길 데가 없다. 하기는 사태의 복잡함을 경제적으로 다루는 길도 있기는 하다. 사태를 단순화시키는 길이다. 그 극단한 정신은 이 같은 가난한 인식에는 만족하지 않는다.

전후소설의 소극적 미덕

한국 전쟁소설들이 이 전쟁에 대한 풍부하고 포괄적인 해석에는 아직 이르지 못했다는 평가에 우선 동의한다손 치더라도 적어도 가난하고 허술한 도식화를 기피한 기조를 지킬 수 있었다는 것은 높이 평가해야 할 것이다. 이 같은 성격은 한국 문학의 수준이 세계 문학이 도달한 다원적 사고와 융통성 있는 상상력의 방법에 대해 스스로를 낮추지 않으려고 한 의지라고 볼 수 있다.

세계 문학에서의 전쟁소설의 수준과 비할 때에도 우리가 경험한 사건의 전례 없는 성격을 고려에 넣어야 하고 그 사태의 어려움에 대해 신중하려고 노력한 작가들의 태도를 긍정적으로 보아야 한다. 1950년대와 1960년대의 문학 경향의 차이를 이런 기준으로도 표현할 수 있다. 그 기준이란 전쟁 경험의 어느 측면에 치중하였는가라는 기준이다.

적분에의 편향과 미분에의 편향

가령 1950년대가 이 전쟁을 사회사적—문명사적 좌표에서 정립하려 했다면 1960년대는 개인사적—일상 감각의 좌표에서 정립하려 했다는 식으로 말할 수 있다. 이 두 가지 태도의 우열을 가리기에 앞서 한국 소설이 전쟁 경험을 단계적으로 정리하는 중요한 과정의 두 단계를 작업했다는 것은 분명한 일이다. 이 같은 성과를 넘어서 더 많은 단계가 전개될 것이다.

과제—— 적분과 미분의 동시복계산이 가능한 사고 방정식의 개발

역사에 대한 질문은 질문하는 사람의 정신의 풍부함만큼한 분량의 대답을 얻는다. 현재까지의 질문에 상관없이 보다 깊고 높은 질문을 내는 것이 한국 문학의 장래에 맡겨진 과제다. 외국 문학의 경우에는 우수한 작품인 경우라도 그 작품의 온전한 모습이 전해지기 어렵다.

그 작품이 전제하고 있는 자기 나라 독자와 작가 사이의 묵계인 역사적 실감의 부분은 가려지고 소설이라는 장르의 형식 구조인 파란곡절, 줄거리 같은 장식적 기복만이 전달될 우려가 있다. 그럴 때 어떤 심각한 걸작이든 그것은 오락에 지나지 않게 된다. 오락이 나쁘다는 것이 아니라 문학의 강점은 오락에 있지 않은 바에야 그것은 배를 버리고 속만 먹는 격이 된다.

우리 작품인 경우에 이런 위험이 줄어진다는 데서만도 이 전집은 좋은 읽을거리임이 틀림없다. 대부분이 각기 작가들의 대표적 작품이어서 안심하고 읽을 수 있을 것이며, 최근의 신인들의 신작과 제5권에 실린 오유권 씨의 신작 장편소설을 읽게 된 것은 즐거운 일이다.

전쟁과 죽음

『광장』

　클라우제비츠의 말대로 전쟁과 정치는 한가지 사실이기 때문에 『광장』도 전쟁소설이라 할 수 있겠다. 1960년 10월호 『새벽』지에 전작으로 실은 소설이다. 이 작품에서 나는 그때까지 내가 생각하던 것을 가장 소설다운 형식으로 쓸 수 있었다. 주인공인 이명준은 월북한 공산주의자를 아버지로 가진 대학생이다. 그 자신으로 말하면 나이로 보든지 자라온 환경으로 보든지 인생에 대해서 많은 요구를 하는 것이 당연하며, 또 요구하면 얻을 수 있다는 생각을 가지고 있다. 하기는 그런 경향을 이명준 개인의 성격이나 이력에 돌리는 것보다 그가 살았던 시대에 돌리는 것이 옳겠다.
　8·15 직후부터 6·25까지는 한국의 현대사에서 제2의 개화기 같은 성격을 갖는다. 모든 욕망이 한꺼번에 원칙상으로는 개방되지만 현실적으로는 좌절하게 되어 있는 그런 시대 말이다. 이런 시

대에는 나중에 돌이켜보면 머쓱도 해지고 슬프기도 해지리만큼 모든 사람이 그때까지의 자기를 팽개치고 자기도 알 수 없는 무한한 것에 들려서 달려가고 싸우고 한다. 이런 시대에 침착하다는 것은 오히려 외설하고 그것이 도리어 스캔들이다, 하고 여겨지는 것이 그 속에 있는 사람들의 실감인 그런 시대이다. 『광장』은 이런 시기의 인간의 사고와 정서의 경향을 대변한 셈인데, 작품으로서 얼마쯤 성공했다면 그 공은 마땅히 시대에 돌려야 하리라고 생각한다. 생활이 정치라는 모습을 띠고 정치가 전쟁이라는 모습을 띠었던 시대다. 이명준은 이런 시대에서 자기 자신이 객체가 아니라 주체로서 살려던 젊은이였다. 그가 계몽적 관념 세계에서 주인이려던 욕망과 역사적 현실 세계에서 패배자가 된 운명을 조사시킬 지혜의 형태를 나는 아직 터득 못 하고 있다. 그것이 눈에 분명히 보일 때 다시 한 번 이런 소설을 쓰고 싶다.

「금오신화」: 어떤 원시인의 초상

이 소설은 6·25 전쟁에서 공산 의용군으로 징발되었던 남한 출신 대학생이 간첩 교육을 받고 남파되는 길에 임진강에서 죽는 이야기이다. 주인공 A도 6·25의 숱한 사람들의 한 운명을 대표한다고 볼 수 있다. 의용군이라니, 정치는 참 멋대로 이름을 붙인다. A는 거리에서 잡혀서 대열에 편입된 것뿐이다. 그는 지금 자기가 있는 곳에 대한 아무 필연성도 느끼지 않는다. 그렇다고 남한에 대해서 충성인가 하면 그것도 아니다. 남한에서 자랐으니 그곳이 자기 고장이거니 하는 것뿐이다. 정치적 당파 의식이라는 것이 아무래도 절실해지지 않는 사람이 A이다. 이명준하고는 전혀 반대되는 사람이다. 역사를 의식적인 주체로서 살면서 자기가 거기에 작용도 하고 한다는 버릇이 그에게는 없다. 이명준에 비하면 그는 훨씬 자연인이며, 개인주의자다. 그는 역사의 하늘에도 태양은 하나, 자연의 태양이라고 생각하고 있다. 그래서 그는 간첩으로 뽑혀 나오는 자기 처지도 재수 없는 것으로밖에는 생각하지 않는다. 정·부정이 아니라 행·불행이다. 그것이 그의 상황 감각이다. 인간은 생물에서부터 성자에 이르도록 자기 자신을 조직하는 여러 단계를 가진다는 그 중간쯤에 있는 사람일 것이고 전쟁은 이런 경우에 물가 등귀나 흉년·홍수 같은 것이다.

「전사戰史 연구」: 역사의 태양은 인공 '문명'의 태양

이 작품에서는 두 병사가 나온다. 휴전 무렵, 전선의 어느 초소를 지키고 있는 두 병사다. 겨울이다. 교착된 전선이 휴전으로 굳어질 그 무렵이다. 그들은 하루 종일 지루한 경계 임무 동안에 서로 고향 이야기를 주고받는다. 한 병사가 고향에서 보내온 아내의 편지를 읽는다. 보급 차량이 와서 식량을 나눠주고 간다. 적의 정찰병 둘이 다가와서 습격한다. 두 병사는 고향 생각을 하면서 영원한 고향으로 가고 만다. 적병들은 두 병사의 시체를 낭떠러지에 굴려버린다. 시체들은 눈보라를 날리면서 떨어져간다. 전사의 공식 기록에는 결코 나타나지 않는 전쟁의 한 장면을 써본 소설이다. 그들에게는 죽음이란 한 사고였을 뿐이다. 고향에서 물난리 때 죽거나 산에 갔다가 살모사에 물린 것이나 다름이 없다. 전쟁이란

그들에게는 그런 것이었다. 인간은 생물에서부터 성자에 이르도록 자기 자신을 조직하는 여러 단계를 가진다. 사람이면 이론상 모든 단계가 가능하지만 현실적으로는 각기 그중 어느 단계의 형태로서 존재한다. 시대의 윤곽이라는 것도 모든 사람에게 똑같이 분명한 것은 아니다. 자연의 태양은 둥글지만 역사의 태양은 어떤 사람에게는 둥글게, 어떤 사람에게는 세모꼴로, 또 네모꼴로 보인다. 모든 사람에게 통하는 역사의 태양이란 것이 있을까.

  자연의 태양과 같은 의미에서는 없다고 생각된다. 역사는 태양을 어떤 방법에서 받아들이기로 하느냐 하는 문제이지 태양이 어떤 것이냐 하는 문제가 아니다. 객체로서의 태양은 인간의 지식에 따라 얼마든지 달라질 수 있다. 그러나 태양에 대한 태도로서의 역사는 그 자리 그 사회에서 거기 사는 사람들의 결심에 달려 있다. 이것은 절대적이다. 개인마다 자기 마음먹기에 달렸다. 사회란 이런 각기 마음먹기가 다른 사람들의 모임인데 정치나 전쟁은 이런 사람들의 산술 평균으로 행해지지는 않는다. 어느 부류의 의사가 지배적인 것으로 군림해서 사회는 전체로서 그것에 참가한다. 아마 그럴 도리밖에는 없을 것이다. 그러나 도리—방법이 없다는 것에 너무 자신을 가져서는 안 된다. 방법은 달라질 수도 나아질 수도 있다.

  의식이 부족한데도 예를 아는 것이 군자—맹자

  위에 든 세 소설의 인물들의 죽음은 각기 다르다. 한 전쟁에서 죽은 참가자들이 각기 다른 죽음을 할 수 있다는 것이 인간의 슬픔이자 영광일 것이다. 다름 아닌 죽음이기 때문에 우리는 정치, 전쟁이라는—남에게 어떤 형태의 죽음을 요청하는 행위에서 두려움을 느끼는 관습이 길러졌으면 한다. 자기 자신이 히로이즘을 가졌다고 해서 남에게 그것을 강청强請할 수는 없다. 또 강청할 수밖에 없는 경우에는 그는 상대방의 아픔을 공감하는 사랑이 있었으면 한다. 사랑이고 나발이고 그런 건 배부른 소리라고 할 수도 있다. 배고프면서 배부른 행동을 하는 경지에까지 자기를 조직하는 것이 성자고 영웅이다. 그리고 문학이다. 지금은 급한 판국이니 닥치고 물러나 있으면 몰라도 그런 요청으로서의 문학을 터부로 아는 사회는 영원히 '급한 판국'을 면치 못할 염려가 있지 않을까.

이명준에게

이명준 형.

마음이 가난한 자가 늘 합리合理에 약합니다. 당신도 그러하였습니다. 지금 우리가 20년 전보다 더 불행하다면 정직한 말이 아니듯이 그때의 형이 그 이전의 형보다 불행했다고 한다면 그 역시 정직하지 못한 말일 테지요. 그러나 지금의 우리가 왕조 시대의 노예보다는 행복하지 않는가고 한대서 그 말을 옳게 여길 사람이 누가 있겠습니까. 지난날을 돌이켜보는 것은 더욱 행복해지기 위해서지 지금의 불행을 달래기 위해서는 아닌 것입니다. 적어도 우리가 철들 무렵에 우리는 공식적으로 그렇게 배웠습니다. 여러 사람들이 여러 말을 했습니다. 형은 그 말을 곧이곧대로 믿고 곧이곧대로 실망했습니다. 속도 없지요. 하기야 속도 생기기 전의 일이니 그럴 만도 한 일입니다. 요즈음 제弟는 가끔 생각합니다. 이 세상에서 옳게 사는 법을 배우기에는 한평생 60년은 너무 짧다고요.

다 배우지도 않고 스스로 이 삶의 학교를 물러났습니다. 그 점 하나만 가지고도 형은 한국의 수많은 고명한 비평가들이 형에게 가한 저 비판을 면할 길이 없을 것입니다. 과히 원망치 마십시오. 형은 그들에 대해 사랑이 모자랐으나 그들은 형에게 대하여 사랑이 넘치는 데서 온 일이니까요. 뭐 우리가 발뺌을 하는 것은 아니지만 형이 살았고 제가 잘 알고 있는 세상은 좀 너무한 세상인 것 같습니다.

'이데올로기'에서 '주체적 책임'의 인수를 무시했던 우리들의 염치 없는 연산

하늘만 한 약속의 문이 인심 좋게 열려 있던 시대. 그러고는 지옥만 한 추락의 낭떠러지가 열려가는 시대. 아니지요. 사람 사는 세상에 우리 세상만 괴롭단 소리가 아니지요. 그렇기로서니 우리 세대는 좀 허풍이 너무 심한 편이었다는 말이지요. 나이 스물 안팎에 글깨나 좀 뜯어봤다고 그게 맥을 추지 못하더군요. 죽을 때까지 배워야 합니다. 아마 제가 예수를 믿는다면 죽을 때까지 회개해야 한다고 말하겠지요. 표현이야 아무튼 형은 제 말을 알아들으시겠지요. 온 세상이 형에게 돌팔매질을 한들 저야 무슨 염치에 시늉인들 할 수 있겠습니까. 얼핏 보기에 형이 괴로워했던 일들은 모두 여전하고 날마다 싱싱하고 어쩐 일인지 사그라질 줄 모르는 대로입니다. 그럼에도 불구하고 나는 세상이 아주 캄캄하다고는 생각지 않습니다. 형에게 여러 가지 비판을 가한 비평가들의 말에 혹해서 제가 세뇌를 당한 것은 아닙니다. 세뇌가 아니라 작뇌作腦

라고나 할까요. 궁리하다 보니 이런 생각이 들게 되었는데 좀 들어 보세요. 무엇인고 하니, 무릇 사물이 돌아가는 낌새랄까 수작이랄까 하는 것을 가만히 보아오노라니 이게 간단치가 않아요. 형은 생각하기를 검지 않으면 희다, 춘향이 아니면 언청이겠지, 이게 아니었습니까. 아닌 것 같습니다. 그래서 형은 한강에서 울고 대동강에서 몸부림치다가 인천 항구 뱃고동 소리를 울리지 않았습니까.

그런데 대동강이란 뭡니까. 어디서 어디까지 금 그어놓은 게 대동강이요, 어디서 어디까지 말뚝 박아놓은 게 한강이란 말입니까. 모두 황해 바다에 흘러드는 물이요, 흘러들면 제 놈들이 무슨 수로 저를 도사립니까. 그렇대서 아주 그 물이 그 물이란 게 아니지요. 능라도 기슭에 굽이치는 물결이 대동강 물이 아니라는 자식은 마빡에 사쿠라 꽃을 피워놓아야 할 게고 워커힐 감돌아가는 물이 한강물이 아니라는 작자는 오뉴월에 염병해도 땀을 내는 것을 허락해서는 안 될 것입니다. 그렇기는 해도 여전히 황해 바다는 능라도 기슭에도 밀려가고 워커힐에도 닿아 있습니다. 아무리 잘났기로 한갓 수소와 산소의 화합물인 이것이 이만한 재주를 부리는데 항차 사람인 우리가 어찌 그만한 일을 하지 못하겠습니까. 임금이 죽어도 백성은 살아갈 수 있고 새 임금은 백성 가운데서 또 날 것입니다. 임금이란 것이 임금에게서만 나는 줄 안다면 좀 창피한 일이 아닙니까. 이 세상 임금은 제 아들이 아니면 임금 노릇을 못 하는 줄 압니다. 심지어는 아들도 믿지 못해서 불로장수하겠다는 임금도 있었다 합니다. 임금에게 아들이 없다고 걱정하는 어리석은 시대로 다시는 돌아가지 맙시다. 임금은 왕의 족보에서 나오는 것이 아니라 백성 속에서 나오는 것임을 믿읍시다. 비록 악한 왕들이 이 지구 위에 마음대로 금을 긋고 물길에 마음대로 줄을 치고 있는 세월 속에서도 백성은 왕을, 그들의 왕을 잉태하고 기르고 있다는 것을 믿읍시다. 내 혈통이 아니면 왕이 될 수 없다느니 내 혈통이 아니면 왕의 자리에 오르면 하늘이 용서치 않으리라느니 하는 공갈을 믿지 맙시다.

현실과 이상의 거리를 아는 철이 든 다음에 그래도 어느 쪽을 택하는가는 여전히 선택의 문제

길을 막고 통행세를 내라는 자들의 복장이 내 손바닥같이 환하다면 너무 허풍스럽습니다만 대개 짐작은 갑니다. 놀고먹고 배 장단 치는 신세가 상팔자요, 못사는 것도 팔자라는 풍속이 하도 오래 계속된지라 꼬이고 죄어든 역사의 틈바구니에서 옴치고 뛸 수 없더니, 엄청난 새 세월이 어렴풋이 다가오는 듯합니다.

소설의 국도

　신문·잡지·단행본의 모습으로 많은 장편소설이 발표되고 있다. 그런데 양으로 봐서 결코 적지 않은 이들 장편소설이 문단이나 독자에게 소설의 주류로 여겨져오지 않았다는 것은 한국 소설의 큰 문제 가운데 하나다. 이것은 요즈음 그렇다는 것이 아니라 신문학사의 흐름에서 상당히 일찍부터 돋보이던 현상이 오늘에 와서는 거의 당연한 상식으로 굳어진 느낌이다. 처음에는 작품 자체의 질에서 비롯된 것이리라고 일단 추측하더라도 근래에 오면 그런 검토의 수속이 아예 생략되고 장편소설의 발표 지면 자체가 장편의 가치를 결정하는 듯한 고정관념까지 엿보인다. 이런 문제에 대해 여러 가지 관심을 보였고 이야기도 오갔으나 근자에 이르도록 사태에는 별반 변함이 없었다.
　단편소설의 경우 추천·신춘문예가 모두 단편이기 때문에 작가는 많이 등장하였지만 일인당 작품량은 매우 적다. 단편이라도 한 작가가 수백 편을 남긴다면 문제는 다르다. 그러나 단위 구조가 왜소한 장르를 양에서도 커버하지 못한다면 소설 생산과 평가가 개인을 기준으로 해온 근대 문학의 방법에서는 작가론이라든지 유파 구분 양식 유별 같은 것을 하기가 어렵고 독자로 본다면 단편소설의 막연한 분량은 확실히 접하면서도 뚜렷한 '세계'라고 할 만한 작가나 작가군을 식별할 수 없게 된다. 개인 단편집이 잘 팔리지 않는 반면에 명작선이니 '수상 단편'이 좀 나온 것은 그런 여파에서 오는 현상이다.

시대의 전모에서의 갈망

장편소설은 성격상 이런 난점을 스스로 해결하고 있는 장르다. 상당한 길이에 걸쳐 이야기를 펴나가자면 불가불 삶에 대한 포괄적인 관찰과 언급이 있게 되며 결과로는 삶의 일상형과 매우 가깝게 된다. 이 형태가 가장 넓은 독자와의 접촉이 가능한 자리임은 의심할 바 없다. 이 넓은 지대를 메울 장편소설이 문단이나 독서계의 관심의 핵심에서 벗어나 있다는 것은 일차적으로 문학적 관심과 흐름의 방향이 잘못된 것이라고 말할 수 있지 않을까?

이러한 문학사적 시의를 탄 몇몇 출판사의 매머드 문학 전집 출간은 그런 의미에서 매우 바람직한 일이다.

장편이 이와 같은 현상에 이르게 된 것은 외적으로 고료가 싸다는 것, 표현의 자유 같은 제약이 단편에 비해 엄청나게 가중되기 때문이며 작가 편으로 본다면 역부족을 들어야 하겠으나 이것은 외적인 원인과 상관관계에 있는 것이지 결코 독립된 요소가 아니다. 그리고 리얼리즘의 가능성 문제도 미학적 가부나 기호를 넘어서 이런 저변에 논의의 참다운 장을 마련해야 한다.

　이렇게 보면 장편의 문제는 소설의 주 전장인데 현재 이 주 전장에는 밤과 안개——저조와 무관심이 자욱한 실정이다. 이렇게 씀으로써 나는 덮어놓고 단편에 대한 장편만을 내세운다든지 장편 안에서 질적인 계층 분화에 대해서 논의하지 말자는 이야기가 아니다. 다만 우리 현황은 그런 원칙론 이전의 수준에서 장편에 대한 관심이나 평가가 저조하다는 사실을 지적하는 것뿐이다. 타성에서 벗어나 현재의 장편 발표 지면의 활용, 성실성, 이런 것이 우리 작가 편에서 요청되어야 할 사실이고 비평가 쪽의 보다 많은 관심이 있었으면 한다.

작가와 현실

문학은 우주와 인생의 진리를 설화의 형식을 통하여 표현한다.

설화라는 것은 무엇인가 하면, 어떤 구체적인 사람의 생활의 전개를 말한다.

신화라고 불리는 것도 설화의 한 종류이다. 주인공이 신이라는 것뿐이다. 오늘날에는 우주와 인생의 진리를 표현하는 수단이 설화만이 아니다. 인문계와 자연계의 여러 학문이 있다.

과학이 제각기 방대한 정보량을 다루기 때문에 어떤 개인이 자기 일생에, 전공 밖의 분야에 대해서 전공 분야와 같은 수준의 정보를 가진다는 것은 사실상 불가능한 형편이다.

문학도 정보를 다룬다는 점으로 보면 이들 과학과 마찬가지 성질의 인간 활동의 하나이다. 그러나 문학을 이처럼 인식 분야의 한 가지로 파악하려고 들면 그 본질은 드러나지 않는다.

문학은 인간 생활의 먼 옛날에는 거의 단 하나의 정보 전달의 수단이었다. 그런 까닭에 우리가 문학의 본질을 알자면, 문학의 발생기로 거슬러 올라가서 그것이 지금처럼 많은 정보 수단의 하나가 아니었던 때를 그려보지 않으면 안 된다.

어느 민족이나 신화를 가지고 있다. 신화는 크게 나누어 자연 신화와 사회 신화로 되어 있다. 자연 신화라고 하는 것은 자연이 어떻게 생겼고 각각의 성질은 어떻다는 것을 말하는 내용이다. 한편 사회 신화는 자기 민족이 어떻게 시작했고, 자기 민족 생활에서는 무엇이 바람직한 일이고, 무엇이 해서는 안 될 일인가를 말하는 내용이다.

가장 초보적인 모습의 자연 인식과 사회 인식을 이야기의 형식으로 객관화한 것이 신화이다. 이것이 아마 문학의 가장 분명한 모습일 것이다.

사회의 성원은 일정한 숫자의 신화를 교육받음으로써 자연과 사회에 대한 정보를 얻게 된다. 그가 태어나서 죽기까지의 모든 행동은 이 신화에 나오는 인물들의 모범에 따르면 되는 것이다. 이런 경우에 신화가 그 사회의 구성원을 구속하는 힘은 절대적이었던 것이다. 그런데 여기서 알아두어야 할 일은, 신화가 이 같은 힘을 지녔을 때의 인간 생활이 어떤 것이었던가를 생각할 필요가 있다는 것이다.

먼저 자연환경으로 말하면, 이때의 사람들은 자연을 이용하는 범위가 아주 좁았다는 사실이다. 자연에 대해서 거의 마음대로 해석해도 결과로 봐서 달리 해석한 것이나 다름이 없었다는 사실이다. 실지 달에 가지 못하는 처지에서라면, 달 속에 선녀가 있다고 해석하건, 토끼가 있다고 해석하건, 실지 생활에 결정적인 차이가 생기지는 않는다는 말이다.

다음으로, 이즈음 사람들은 작은 집단으로 살았다는 사실이다. 구성원의 숫자가 많지 않았다는 말이다. 그들은 자기 집단의 사람들을 대개 한눈에 볼 수 있었을 것이다. 생활 범위가 좁고 구성원이 많지 못하면 어떤 결과가 오겠는가? 행동의 방식이 어느 사람이나 비슷해진다는 것이 그 결과이다. 더구나 이런 조건이 오래가면 갈수록 그러하다. 이런 상태에서 신화라고 하는 것은 거의 모든 사람에게 제2의 정신, 제2의 신경 계통이나 마찬가지였을 것이다. 모든 사람의 생활을 말로 하면 신화가 되고, 신화를 실천하면 생활이 된다. 생활과 신화는 하나가 된다. 생활의 형이 하나이기 때문에. 한 가지 신화로 족한 것이다.

여기까지는 이야기가 비교적 분명한 것 같다. 그러나 사회의 형태는 여기서 머물지 않았다.

지구상의 거의 모든 민족이 이런 사회에서 출발하여 오랜 세월에 걸쳐 더 복잡한 사회로 발전했다. 그 발전을 요약하면 생활공간의 확대, 사회 성원의 증가이다.

그 결과로, 사회 성원이 모두 비슷한 생활을 하던 상태가 끝났다.

먼저 여러 직업이 생기고, 다음에 직업마다 직위의 높낮이가 생겼다. 그뿐이 아니다. 이 직업은 그 종류가 자꾸 불어나게 된다. 이렇게 되면 한 사회의 행동 양식을 위해서 한 가지 신화로 충당한다는 방법으로는 불가능해진다.

직업에 따라서 가령 바다 이야기, 농촌 이야기, 장사하는 이야기, 싸우는 이야기, 농사짓는 이야기로 갈라진다. 또 자리의 높낮이를 따라, 민중 문학 · 귀족 문학 하는 식으로 갈라지기도 한다.

이렇게 되면, 바닷가에 사는 사람들이 산속에 사는 사람들을 이해하는 것이 어려운 것처럼, 그 두 가지 생활권에서 생긴 이야기도 같은 감정으로 이해되기는 어렵게 된다.

고대 국가라는 것은 오늘날 역사 이야기를 들으면, 오늘날의 국가와 착각하기 쉽지만, 사실은 저마다 직업이 다른 여러 부족을 무력으로 결합하고, 현물세를 징수하여 통치 집단이 군림한 일종의 공물국가 혹은 징발국가徵發國家라고 보는 것이 진상에 가까운 것 같다.

이렇게 생활의 모습이 다르고 보면 그들 사이의 신화가 서로 통합되기란 대단히 힘들다. 그런데 여기서 큰 사건이 일어나게 된다. 2000년 전쯤 해서 지구상의 문명권에 나타난 대종교가 그것이다. 즉 불교 · 기독교가 그것이다. 이들 종교는 당시까지에 있었던 신화들을 물리치고, 여러 민족을 각기 불교 · 기독교 · 힌두교 등의 큼직한 신화 속에 통합한 것이다.

이러한 신화의 블록화는 아마도 그 시기에 이들 신화가 지배하게 된 지역들이 생활권으로서 긴밀하게 통합된 사정을 정확히 반영하는 것이라고 보아도 좋을 것이다.

이러한 상태에서 한 종교와 지방마다의 전설이 공존한다. 이것은 아마도 무력에 의한 단일 세금 징발권과 폐쇄적인 지방 경제라는 사실을 반영하는 것이라 보아도 좋을 것이다.

종교와 전설이 이 시기의 문학이다. 이 시기 다음에 다른 시기가 온다. 이것이 유럽에서의 산업혁명으로 시작된 지구 사회권으로서의 발전이다. 근대 과학이 이 시기에 비롯한다. 연이어 민족국가의 경영 원리를 위한 실용적 필요에서 사회과학이 왕성해진다. 자연은 가속도적으로 이용 범위가 넓어지고, 사회의 모든 생산업은 연결되고 따라서 다른 직종 사이의 소통이 증대한다. 다른 직종은 폐쇄된 생활권이 아니라 한 생활권 안에서의 분업으로 이해되기에 이른다.

이런 추세는 이중으로 촉진된다. 자연과학의 발전으로 종래에는 전혀 다른 것으로 생각된 현상 사이에 같은 원리가 지배하고 있음이 증명된다.

민족국가의 중앙 집권의 필요 때문에 국가 영토 안에 모든 생활 형태가 서로 유기적으로 조직되고 같은 원리가 지배할 것이 요구된다. 이렇게 해서 인류는 전혀 새로운 경험을 얻게 된다.

근대의 저술가들이 가장 빈번하게 쓰는 말이 '다양 속의 통일'이라는 것이다. 현실적으로 사람들의 생활은 다양하지만, 그것을 한 가지 원리로 설명해야 한다는 필요성이다.

근대 이전 사회의 신화였던 종교와 전설은 이 일을 해내지 못했다. 까닭은 신화나 전설이나, 모두 생활형이 단순했던 사회의 신화에서 비롯한 것이며, 종교가 되고 전설이 되었다는 다름은 그 자신의 성격보다도, 그 신화가 통용된 지역의 정치적 패권 여부에 달려서 결정된 까닭이다.

말할 것도 없이 이 사회에서 가능한 통일 원리는 과학이다. 그러나 과학은 이미 신화와 같이 단일한 모습으로 세계를 설명할 수 없다. 적어도 현재까지는 그렇다. 인간 생활의 다양성을 반영해서 과학은 더욱 세분되고 전문화된다. 종교가 권위를 잃은 세계에서, 지난날에 종교가, 더 멀리는 신화가 하던 소임을 맡아보려고 노력하고 있는 분야의 하나가 바로 문학이다.

문학이 당면한 현실이란 위에서 말한 바와 같은 것이다. 이것이 현대 작가의 현실이다. 이런 현실에서 인간에게 무엇이 바람직한 일이고, 무엇이 해서는 안 될 일인가를 설화의 방식으로 말하는 것이 작가의 임무라 하겠다.

고대에서의 신화의 조건과 다른 점은 분명하다.

신화의 경우는, 한 가지 조건에 대한 한 가지 반응이다. 조건은 늘 마찬가지고, 그리고 행동도 한 가지이다.

현대 세계에서는 조건은 수시로 바뀐다. 분야에 따라 바뀌고 시간에 따라 바뀐다. 따라서 행동도 그에 따라 바뀐다. 따라서 현대 문학의 특질을 이렇게 말해보면 어떨까 한다.

즉 현대 문학의 근본 원리는 조건법이라고 말이다. 즉 '만일 무엇무엇이면, 그때는 무엇무엇이다.' 이런 식이다.

이런 조건 없이, 즉 조건의 제시 없이 주어와 술어를 연결해서는 안 된다는 것이다.

작가는 우주와 인생의 진리를 설화의 형식을 통하여 표현한다고 말씀드렸다.

앞에서 살펴본 바와 같이, 우주와 인생이라는 것은 바뀐다. 따라서 모든 시대의 작가의 임무는 자기 시대가 다른 시대와 다른 점이 무엇인가를 알아보고, 이렇게 파악된 자기 시대의 모습을 신화의 높이에까지 표현하는 일이다. 고쳐 말하면, 현대 작가는 현대 사회의 조건하에서, 신화를 만들어야 한다는 것이다.

낡은 신화를 되풀이해서도 안 되고, 현대적 조건을 부분적으로만 받아들여서도 안 된다.

현대 사회의 조건을 전폭적으로 받아들여서 그것을 신화의 모습으로 명확하게 만드는 것, 이것이 현대 작가가 현실에 대해 가지는 바른 관계라고 결론할 수 있겠다.

기술과 예술에 관하여

사람은 자연 속에서 산다. 사람 스스로도 자연이다. 다만 같은 자연에도 등급이 있어서 돌과 사람은 급을 달리한다. 사람은 살아가기 위해서는 이 자연에서 의식주를 얻지 않으면 안 된다. 의식주를 얻기 위해서 사람이 자연을 주무르는 것을 '일'이라고 한다. 사람은 자연 속에서 살기 위해 '일'을 하는 자연인 것이다. 돌이나 물 같은 것은 자연 속에서도 제일 욕망이 적은 자연이다.

이들은 태어난 대로 있게 된다. 이런 모양을 '존재'한다고 부를 수 있다. 짐승이 되면 좀 힘들게 산다. 제 힘으로 식食과 주住를 풀어나가야 한다. 이들의 삶도 돌이나 물보다는 엄청나게 힘든 '일'을 하지만 그들의 삶은 사람의 '일'에 견주면 아무것도 아니다. 어디가 다른가? 짐승들은 욕망을 타고나서 죽을 때까지 이 욕망에 매여 산다. 그 욕망의 가짓수나 모양이 바뀌는 법이 없다. 같은 종이면 몇만 년 앞이나 지금이나 그 짐승의 사는 모양은 꼭 같다. 사람은 그렇지 않다. 사람이 지금 같은 모습을 갖추기를 50만 년 된다고 친다면, 50만 년 전 사람과 지금 사람이 사는 모양은 하늘과 땅만큼한 다름이 있다. 사람이 발로 옮아가는 둘레의 넓이를 헤매면서 사냥질을 해서 겨우 하루 끼니를 얻던 것에 비하면, 오늘날 한 사람이 몇만 명의 하루 먹을 낟알을 만들 수 있게 된 일은 꿈같은 일이다.

    이런 꿈은 하루 이틀에 이루어지지 않았다. 원시인들은 한 사람이 몇만 명의 먹이를 만들어낼 수 있다고 들려주면 아마 꿈 얘기라고 했을 것이다. 이런 꿈이 이루어지기 위해서 사람은 50만 년을 지내야 했는데 그 50만 년을 짐승들이 사는 것처럼 지낸 것이 아니다. 다시 말하면 오늘이 어제 같은 그런 50만 년이 아니라, 오늘이 어제와 다르고 내일이 오늘과 다른 50만 년이었다. 사람의 일을 짐승의 '일과 다르게 한 것은 무엇인가? 사람은 자연을 다루는 가운데 더 쉽게 더 많은 일을 할 수 있게 일의 방법을 고쳐온 것이다. 사람이 생활하기 위하여 자연을 다루는 일의 방법을 이렇게 고쳐나가면, 끝없이 고쳐나갈 수 있다. 이것을 우리는 '기술'이라 부른다. '기술'은 짐승들이 타고난 재주와 다르다. 기술은 보탤 수 있고 바꿀 수 있고 더 힘을 세게 할 수 있다. 호랑이는 아무리 빨리 달리려고 해도 제트기처럼 날 수는 없다. 호랑이가 타고난 엔진은 더 이상 낼 수 없는 힘의 끝이 있기 때문이다. 사람의 기술은 아직도 얼마든지 갈 수 있고 끝을 알 수 없다. 이렇게 말하면 듣기에 모두 좋은 일뿐이지만 그런 것만은 아니다. 지금까지 얘기는 50만 년 세월에 인류의 넓이에서 본 이야기다. 사람은 아직도

70살을 살면 잘 살았다고 한다. 사람이 70살의 삶 동안에 이루어지는 기술의 고쳐짐이라는 것은, 50만 년 전과 지금이라는 두 끝을 견주어볼 때처럼 깜짝 놀랄 만한 것은 못 된다. 느리게 천천히 나간다.

달에 사람이 가서 걸어다닌다는 일은 그야말로 계수나무를 찍어 오고 옥토끼를 잡아온 일이나 마찬가지이다.

계수나무는 없고, 옥토끼도 없다는 것을 알게 된 것이기는 하지만, 그러나 별의별 일이 다 일어나는 세상인데도 사람이 달에 간 일에 얼이 빠져서 미쳤다는 사람의 이야기는 없다. 이것이 원시인이라면 틀림없이 무리 미치광이를 만들어냈을 것이다. 달에 간 일이 굉장한 일이기는 하지만 그 일을 해낼 만한 기술은 난데없는 것이 아니고 그전까지 벌써 새삼스러울 것이 없이 된 기술을 더 잘 주워 맞춰서 된 일이기 때문이다. 아마 콜럼버스가 아메리카를 찾아낸 일보다 보통 사람들에게 준 놀라움은 못했을 것이다. 웬만한 사람이면 지금 우리들이 가지고 있는 기술이 어떤 일을 할 수 있는지를 짐작으로나마 어렴풋이 알고 있다. 그러니 그다지 놀랄 것도 없는 일이다. 게다가 50만 년 후의 지금 사람이라고 해서, 모두가 모두 50만 년 사이의 사람이 이루어놓은 기술의 쌓임을 몸에 지니고 있는 것은 아니다. 전문가라고 불리는 사람과 비전문가 사이에는 거의 50만 년쯤한 다름이 있다. 오늘날에는 모든 일에 전문가인 사람은 있을 수 없다. 50만 년 사이의 일을 70년 사이에 할 수는 없기 때문이다.

그뿐 아니다. 이렇게 이루어진 기술을 오늘이라는 자리에 같이 산다고 해서 모두가 모두 누리고 있는 것은 아니다. 달나라로 가는 엔진이 있는 같은 이 지구 위에서 우리나라의 거의 모든 여자들은 시커먼 구멍투성이의 작은 달인 구공탄이라 불리는 땔감을 꼬챙이에 꿰어서 아궁이라 불리는 그 초라한 궤도에 진입시키는 기술을 날에 날마다 되풀이하고 있다. 이 작은 구멍 가진 검은 달의 궤도 진입의 기술이나, 발화의 기술, 궤도 수정 및 연착륙軟着陸의 기술은 날마다 고쳐봤자 개량이나 익숙함의 끝이 뻔하다.

어느 곳을 지나가면 거기가 끝이어서 더 고쳐보고 자시고 할 건덕지가 없다. 다람쥐 밤알 까먹는 기술이 아무리 뛰어나대서 밤알이 호두알이 되는 것도 아니요, 신선神仙 복숭아가 되는 것도 아니듯이, 구공탄이 원자 에너지가 되는 것도 아니다. 원자핵을 분열시키기 위해서는 구공탄 집게는 너무나 슬픈 연장이다. 인류라는 테두리에서의 기술의 진보와 어떤 사람 한 생애에서의 진보의 다름, 같은 때를 사는 동시대인 사이에서 기술을 누리는 힘의 다름, 이런 것 때문에 어떤 사람이든 자연은 힘들여 일해야 겨우 의식주를 내주는 인색한 물건으로 보이지, 열기만 하면 욕망의 대상이 바로 쏟아져 나오는 요술 항아리로는 보이지 않는 게 일쑤다.

아마 그래서 요술 지팡이니, 요술 방망이니, 요술말〔呪文〕이라는 물건이 나왔을 것이다. 기술은 욕망을 이루기 위해 꼭 거쳐야 하는 '돌아가는 로터리'다. 그러나 요술은 바로 욕망의 대상을 불러내는 기술 즉 요술이다. 옛날 문학은 대개 요술 문학이다. 말 한마디에 갖가지 가지고 싶은 물건이 튀어나온다. 아랍 사람들이 만들어낸 『아라비아 야화夜話』라는 문학은 사람의 이런 욕망——기술을 뛰어넘어서 말 한마디, 눈짓 한 번에 금은보배金銀寶貝, 산해진미山海珍味, 미녀가인美女佳人이 문득 눈앞에 나타나는 꿈을 그린 문학이다. 현실이 가난할수록 꿈은 푸짐하다. 근대라는 때를 지나면서 문학의 이런 모습은 차츰 바뀌어왔다.

문학의 꿈조차도 요술이 아닌 기술을 가지고 만들어보자는 방법이다. 이것이 이른바 '리얼리즘'이라 불리는 방법이다. 사람의 꿈을 이루어주는 것은 요술이 아니라 기술이며 요술의 꿈에서 깨어나 기술의 현실로 마음을 깨어나게 하자는 것이다. 이것은 옳은 일이다. 리얼리즘은 인류의 기술 수준이 그만한 자리에 이르렀다는 역사적 조건 위에서 비로소 나타난 기술예관技術藝觀(기술사관이란 말을 본떠본다면)이다.

사람의 삶에서 꿈을 이루자면 어떤 기술을 써야 하며 그것을 방해하는 사람들과 싸우자면 어떤 기술을 써야 하는가를 생각하게 하는 것이 리얼리즘 문학의 내용이다.

그러자면 삶의 모든 조건, 자연적 사회적 조건을 기술의 방법으로 해석하고 판단해야 한다. 이것이 리얼리즘의 방법이다. 이것은 옳은 방법이다. 그 탓으로 우리는 오늘날 사람의 삶의 참다운 모습, 그것을 더 참답게, 즉 꿈에 가깝게 할 수 있는 길을 가르쳐주는 리얼리즘 문학을 가지게 되었다. 그런데 모든 좋은 일이 다 그런 것처럼 이 리얼리즘 문학에도 만일 그 한계를 넘어서면 참이 거짓이 되는 조건이 있다. 그 조건이란 다름이 아니고, 예술이라는 것은 현실을 다루되 기술처럼 연속적이 아니어도 좋다는 조건이다. 작고 검은 구멍 난 달을 아궁이라 불리는 발사대이자 궤도에 진입시키는 우리들의 여자들은 그 순간, 마음속으로 달나라에 가서 마음껏 노래하면서 옥토끼처럼 깡충깡충 뛰어보는 제 모습을 그릴 수 있는 능력을 가지고 있다.

이것을 우리는 상상력이라 부르는데 이 상상은 여자의 현실, 즉 작고, 검은 구멍 난 구공탄의 현실과 연속되어 있지 않다. 바로 연속된 현실이라면 1) 아궁이(즉 발사대 겸 궤도)가 좁다든지 넓다든지 하는 지각, 그러니까 더 우아하게 진입시키자면 넓혀야겠다든지 좁혀야겠다든지 하는 판단, 2) 집게가 구부러졌다든지 짧다든지 하는 지각 그러니까 집게를 펴야겠다든지 긴 것과 바꿔야겠다든지 하는 판단, 3) 이따위 아궁이 시중이나 들게 하는 남편이란 자를 과연 평생 받들어 종노릇할 필요가 있을까 하는 추리, 4) 가만있자 우리 남편이 그렇다고 게으른 것은 아니고 바보도 아니고, 착하기로 말하면 부처님 가운데 토막 같은 사람인데 왜 나한테 이런 삶밖에는 못 주는 것일까 하는 회의, 5) 그 까닭은 구공탄과 우리 남편의 일자리를 다스리고 있는 사람들이 저희들만 편하자고 하는 데서 오는 것이 아닐까 하는 자각. 이런 식으로 끝없이 비웃 두름 엮듯 이어지는 생각이라는 것을 할 수 있는데, 이 생각이 현실적이라 불리고 싶은 동안에는 그것은 한 고리에서 다음 고리로 넘어가는 수준이 연속적이 아니면 안 된다.

그렇지 않고 고리를 건너뛰게 되면 이 생각을 현실에 옮겼을 때 현실을 움직일 수 없게 된다. 기술이란 그런 것이다. 기술상의 발견이란, 다음 고리를 찾는 일, 아니면 고리와 고리 사이를 잇는 고리를 찾는 일이다. 연속이라는 것이 기술의 방법이다. 그러나 구공탄 가는 여자는 같은 순간에 자기를 선녀로 그려볼 수 있는 힘을 가지고 있다. 이것은 비연속의 방법이다. 지금 자리에서 선녀가 되는 과정의 고리를 모두 빼고 종과 선녀를 맞붙이는 것이다. 현실에서 이런 식으로 다리를 놓으면 그 다리는 곧 무너지거나 놓아지지부터 않을 것이다. 상상 속에서는 이 다리가 놓아진다. '상상 속에서는' 그녀는 '선녀가 되고 싶어'하는 것이 아니라 '선녀인' 것이다. 이 상상의 공간에 다리를 놓는 기술을 예술이라 부른다. 여기서는 물리적 기술과는 다른 기술이 지배한다. 이 다름을 잊어버리고, 물리적 기술을 예술적 기술과 연속시키려고 할 때 리얼리즘 문학은 참에서 거짓으로 바뀐다.

  그러면 예술은 무엇 때문에 필요한가? 그것에 이를 고리도 없는데 그 고리 건너의 고리, 원칙으로 무한이라고 할 만한 고리 건너의 고리라고 할 만한 꿈을 줄 필요가 어디 있는가? 방법이 없는, 길이 없는 목표, 가도가도 닿지 못할 신기루를 무엇 때문에 허구虛構하는가?

  첫째로 사람이 꿈을 원하기 때문이다. 기술은 사람의 당대는커녕 인류 규모로 보더라도 사람의 꿈의 높이에 이를 수는 없다. 이 모자람은 언제까지라도 신기루로 남는, 사람의 조건을 맞기 위해서 우리는 꿈을 허구한다.

  둘째로 이 꿈은 현실적 효용을 가진다. 발견·발명이란 다음 고리, 빠진 고리를 찾는 일이기 때문에 사람이 지금의 고리에 상관없이 먼 고리를 상상 속에서 만들어보는 것은 현실에서의 가까운 고리를 찾는 일에 방해는 되지 않으며, 도리어 부추겨준다. 예술의 공간에서는 연속의 방법이든 비연속의 방법이든 모두 허락된다. 다만 리얼리즘의 방법으로 만들어진 예술이라 할지라도 그것이 예술이라면, 그 연속의 끝에 방향만 있고 내용이 없는 지평선이 어리게 마련이다. 이 지평선까지도 지금 도달한 기술을 가지고 풀이하자고 들면 그 부분에서 리얼리즘은 방법상의 불일치, 즉 모르는 것을 설명한다는 그 부분까지의 '연속'의 방법과 질이 다른 얼룩을 만든다. 해가 저물었으면 지평선은 그날 밤의 꿈을 위해서 남겨두어야 한다. 밝는 날, 아침 그는 그 지평선 쪽으로 기술의 걸음을 내디딜 수 있다.

그러나 그보다 앞서 당장 그날 밤 꿈속에서 그는 지평선에 닿아 있으며 거기서 온갖 꿈을 살 수 있다.

참과 거짓은 그 스스로는 가릴 수 없다. 자기가 지킬 자리를 넘어섰을 때, 더 바르게는 자기가 어떤 자리에서 다른 자리에 넘어오고서도 그것을 깨닫지 못할 때, 그러면서도 옛날 자리에서처럼 뛰려고 하면, 사람은 발을 삐게 된다. 꿈속에는 꿈의 법칙이 있으므로 꿈속에서도 다리는 삐는 것이다.

꿈에서건 현실에서건 다리를 삐는 것은 바람직하지 못하므로 성한 다리를 가지고 그 두 삶을 살려고 생각하는 사람은, 이렇게 생각할 수밖에 없다. 기술 한번 배워보고 예술 한번 즐겨보세, 라고.

영화「한」의 안팎

 이즈음에 영화를 많이 보지는 못한 가운데서도「한」을 재미있게 보았다. 다른 영화와 비교해서 그것이 어떻다든가 하는 느낌을 적어보려는 것이 이 글의 목적이 아니고 또 순수한 의미에서의 영화미 자체를 분석해보려는 것도 아니다. 이 영화가 근년에 필자가 생각해오고 있는 문제들에 대하여 좋은 사고의 재료라고 여겨지기에 영화「한」을, 말하자면 형식 주어로 삼고 그것이 시사하고 있는 문제를 자유스럽게 생각하기로 한다.「한」에는 세 이야기가 있는데 합쳐서 영화 하나로 만들어져 있다. 각기 '연緣' '정情' '원願'의 장이라는 제목 밑에 떨어져 있는 그 세 가지 이야기들을 정리해보면,

 연의 장: 죽은 아내가 남편의 재혼 생활을 방해하고 끝내 저승으로 데려가는 이야기.

 정의 장: 간부姦婦에게 남편과 자식을 빼앗긴 여자가 복수하는

이야기.

원의 장: 병든 남편을 살리기 위해 시육屍肉을 베어 오는 열녀의 이야기.

이렇게 되는데 이 같은 소재들이 모두 한결같은 수법으로 처리되고 있다. 그 수법이란 다른 것이 아니고 무형문화재의 '채집'이라는 시점이다. '채집'하는 입장에서 이야기를 전개시키고 세 이야기를 통일시켰다는 수법의 선택이 매우 적절했고, 사실 필자에게 이 작품의 성격을 논해보고 싶은 생각을 일게 한 것도 그 때문이다. 내레이션의 부분을 제하면 영화는 그 이야기 자체로서 독립한 것이고 작가에게는 아무 책임이 없이 되어 있다. 채집이기 때문이다. 또 내레이션의 부분도 지극히 양식화된 세계관과 문체로 돼 있기 때문에 구태여 작가의 사상이라고 해야 할 아무 책임도 없이 되어 있다. 사정이 이렇기 때문에 다음에 오는 문제는 영화에서 펼치는 이야기가 얼마나 충실한 것인가 하는 일이다.

세 이야기가 모두 우리들에게 익숙한 정서의 세계이다. "죽으면 당신 데리고 가겠다"는 표현은 아마 가장 우리식인 밀어의 하나일 것이다. 우리는 거기서 사랑의 깊이와 죽음과 삶에 대한 태도를 직감한다. 이것은 오랜 관습이고 우리 전설에 빈도 높이 나오는 패턴의 하나임이 틀림없다. 그러므로 이 영화가 민속적 정서에 '충실'하다는 것을 확인하게 된다. 둘째 셋째 얘기에 대해서도 같은 말을 할 수 있다. 죽은 사람이 산 사람의 세계에 연연하여 자꾸 얽혀오고 있는 그런 세계는 인간이 오랜 옛날 이 세계에 대하여 부여한 가장 환상적인 설명의 타입이며, 우리 사회에는 지금까지도 강력하게 남아 있는 원시적 질서 의식의 표현이다. 이것을 샤머니즘의 세계라고 해도 좋을 것이다. '한'의 세계는 주술적 세계이며 사자死者가 특별한 힘을 가지고 있는 세계이다. 그래서 세 이야기가 모두 그 드라마로서의 전개, 갈등의 해결이 주력呪力의 방향에 따라서 결정된다. '한'이란 인간의 합리적 행동으로는 행복을 이루지 못하고 어두운 영의 힘으로 '한'을 푼 이야기라는 점에서 한스러운 이야기들이다. '한'은 풀었지만 그런 방법으로 푼 '한'은 사람의 것이 아닌 귀신의 성풀이다.

마지막 이야기가 그중 현실적인 것이라 볼 수 있지만 지성이면 감천한다는 철학이 매우 이기주의적으로 사용되고 있다는 점에서 앞의 두 이야기의 명암을 거꾸로 한달 뿐, 같은 사고방식의 표현이다. 죽은 여자가 살아 있는 남편의, 삶의 세계에서의 행복을 용서할 수 없는 가난한 마음, 얼굴에 화상을 입어서 이미 아들과 남편을 다시 대할 수 없게 된 어머니가 그래도 남편과 자식의 둘레를 떠나지 않고 끝내 자식까지도 죽이게 되는 둘째번 이야기, 자기 남편을 위해 남의 시체를 모독하는 이기주의——이 세 이야기에 공통된 테마는 이기주의의 패배, 혹은 승리라고 말할 수 있다. 인간을 움직이는 것이 이기심이 아니라는 말이 아니고 예술적 감동의 원천인 이기적인 것과 이기적인 것을 부정하는 것의 싸움——그 끝에 오는 인간의 아름다운 패배라는 모티프가 이 이야기들에는 인연 없는 것이라는 말이 된다는 뜻이다. 모두가 눈을 가리고 싶은 사연이고, 어디 한 줄기 동물적 자아에게 구원을 약속하는 보편적인 것의 힘이 없다. 그러므로 그것들은 종교의 세계가 아니라 괴담의 차원에 머무르고 있는데 그 괴담의 철학이 우리의 윤리 감정의 매우 충실한 반영이라는 것이 몹시 우울한 이야기에 속한다는 것이다.

이렇게 각박한 이기주의 아래서는 '성공'과 '실패'는 있을망정 '승리'와 '좌절'이라는 말이 담고 있는 휴머니스트의 비극이나 '죄' '참회' 같은 종교적 의식은 나타나지 않는다.

작품 속에 '성聖'적 혹은 인도적 요소가 없으면 예술 이전以前

이것은 세련된 종교적 감정에 침윤되지도 못하고, 또 그럴 만한 생활의 여유도 없었던 전근대 사회의 사람들의 의식을 반영하는 것으로 볼 수 있다. 제1화는 그로테스크한 겉모양 밑에 결국 일부일부一夫一婦 제도의 극단——죽음의 저편까지에 연장된——을 보여주고 있다. 연분이라는 사상이 그것인데 본인들의 사랑이 중심이 되지 않고 한번 맺어진 것이 불가항력이라는 점이 강조되는 경우에는 그것은 인간의 멍에의 하나가 되고 만다. 유동을 싫어한 닫힌 사회에서의 인간관계의 표본이 아마 연분의 사상일 것이다. 스스로의 감정과 책임을 기피하고 밖에서부터 오는 힘 속에 자기를 맡기려는 힘없는 태도 속에서 그들의 삶은 한스러웠을 것이다. 한이란 합리적인 노력과 주체적인 책임에서 물러서서 자기 삶의 되어감을 자기 이외의 어떤 힘의 결과로 치부할 때 오는 감정이다. 사람을 죽여놓고는 그것이 한이라고 한다면 대단히 무서운 이야기다. 그것은 한이 아니라 죄라고 해야 옳을 것이다. 결혼 제도에서 보이는 무기력한 자아 포기의 역설적 표현이 바로 제1화의 비인적

非人的인 내용이라 할 수 있다.

제2화에서 어머니는 화상으로 못 볼 얼굴이 되어 있다. 실지로 영화에서도 어머니를 본 아들이 '귀신이야' 하면서 도망치다가 낭떠러지에서 죽는다. 사랑하는 아들에게 죽음을 주는 얼굴이라면 그 앞에는 다시 나타나지 않는다는 '배려'——그것이 아마 인간의 옳은 사랑일 것이다. 사랑은 정서라기보다는 일종의 능력이어서 그것 없이 정서의 분비만 일삼는 사람은 사랑이라는 이름 아래 부단한 살인과 상해와 사기와 절도를 일삼게 되고 우리는 그런 사람들을 노엽게 생각하게 된다. 그런 '배려'가 없는 이야기는 우리를 숨 막히게 하고, 숨 막히게 하는 것은 예술이 아니다. 예술은 숨을 열어주고 미래의 지평으로 향한 열린 세계——보편과 미래의 방향으로 열린 숨 돌릴 수 있는 세계이기 때문이다. 우리들 모두가 다 그런 배려의 능력이 있다든가, 있게 할 수 있다든가 하는 이야기가 아니라 오히려 그 반대이기 때문에 예술은 그것을 가지고 있지 않으면 안 된다. 그 배려, 그 보살핌, 이기주의에 균형하고 그것을 누르는 힘이 없을 때 예술은 세련됨과 멋, 그리고 숭고함을 잃는다. 영화 「한」이 현대인에게 예술로서 기능하는 것이 불가능한 이유는 예술을 예술이게 하는 이 부정의 계기를 수법상으로 괄호 밖으로 내보냈기 때문이다. 거기서 우리는 '채집된 사실'을 분명히 인식할 수 있지만 '창조된 진실'을 느끼지는 않는다.

앞서 말한 바와 같이 내레이션 부분도 부정의 계기로서의 몫을 하고 있다고 볼 수는 없다. "빈손으로 왔다가 빈손으로……" 하는 구절을 담고 있는 그 부분은 설화나 전설의 분위기에는 어느 것에

나 어울리게 마련인 양식화된 세리프이기 때문에 설마 작자의 태도를 표현한 부분이라고 할 수는 없기 때문이다. 내레이션의 대사 내용조차 채집된 것이며, 기록된 것이라고 하는 편이 낫다. 이렇게 해서 영화「한」은 그 내용이나 형식에서 간단한 넋두리(내레이션)를 곁들인 촌로의 괴담 한 자리라고 할 수 있겠다. 이런 까닭으로 영화「한」은 '문화 영화' '향토 영화' 성격으로서 이해되는 것이 마땅하다. 그렇게 볼 때 우리는 작중인물과 작자를 혼동하는 가장 초보적인 것이면서 웬만한 사람이면 자기는 그런 실수를 안 한다고 생각하면서, 부단히 저지르고 있는 근본적인 실수를 면할 수 있는 지점에서 이야기를 펴나갈 수 있다. 이 지점으로부터 우리는 자유스럽게 가정과 상상의 날개를 펼 수 있다. 가령 이렇게 생각해보자. 제1화에서 여주인공이 생시에 사랑한 남편에게 애절한 미련을 끊지 못하면서도 그들로부터 물러가주는 경우에 우리는 얼마나 애절한 연민의 정을 느낄 것인가. 『에반젤린』을 읽는 사람들이 눈물을 흘리게 되는 심정을 자아내게 할 것이 틀림없다. 또 제2화에서의 어머니도 마찬가지다. 아들에게 자꾸 얽혀오지 말고 반대로 자꾸 달아나고 아들이 그녀를 자꾸 쫓으면서 아버지 대를 이어, 어느새 떠돌이 광대가 되는 과정을 그린다면 역시 얼마쯤한 카타르시스가 이루어질 것이다. 제3화는 어떻게 할까.

  예술의 영원한 패턴은 선과 악의 극劇── 다만 시대마다 선악의 묘사에 정조精祖가 있을 뿐

  아내를 지극한 불교 신자로 한다. 벌레 한 마리 다치지 못하는

여자다. 남편을 살리고 싶다. 사람의 시체를 잘라내다니 못할 일이다. 그 장소에까지 가기는 간다. 그러나 내려치지는 못한다. 갈등, 끝내 시퍼런 칼날이 내려쳐진다. 그녀는 넘어진다. 자기 다리를 친 것이다. 이렇게 되면 좀 숨 돌릴 수 있는 세계라고 할 수가 있다. 숨 돌리는 정도가 지나칠 때 우리는 그것들을 대중소설적 세계——허위의 휴머니즘의 세계라 부르게 되는데 우리가 원하는 것은 물론 그런 것이 아니다. 인간의 선과 악이 팽팽하게 긴장을 유지하고 있는 세계, 어느 한쪽이 우세해진 외모를 가진 경우에도 그 반대의 요소가 숨어 있는 것을 느끼게 하는 배려가 있는 세계——그것을 우리는 인간적 세계라 부르고 예술의 세계라 부른다. 예술은 인간과 자연이 대화하는 세계이지 자연에 말려들어간 세계가 아니기 때문이다. 자기를 빼버린 리얼리즘은 반드시 야만 속으로 떨어질 수밖에 없다. 그것은 생물학적인 자연이 아니면 구질서적 자연 속에 삶의 지평을 묻어버리기 때문이다.

여기서 우리는 영화 「한」의 밖으로 완전히 나가서 다른 이야기를 해보자. 우리가 살고 있는 시대는 용기 있는 사람에게 보람을 느끼게 할 만하다기에는 너무 각박한 시대다. 무슨 일을 하든지 우리는 당황하고 자신이 없고 깊은 무력감에 사로잡힌다. 인간의 악이란 어느 시대에나 있다. 그것은 물론이며 하나 마나 한 소리다. 자기 시대의 악마의 이름을 지어내는 것은 위대한 일이다. 또 우리는 실지로 그런 비슷한 이름 짓기의 사례들을 보아오고 있다. 그 모든 것이 각기 뜻있는 노력이지만 아직도 우리는 꼭 사무치는 이야기를 듣지 못하고 있는 것도 사실이다. 그뿐만 아니다. 꼭 사무치는 이야기를 소리 높이 외치는 자유까지도 완전하지는 않다. 이것이 우리들의 '한'이 되어서는 안 되겠다는 것이 우리의 생각이다. 왜냐하면 후일의 사람들이 우리 생활을 기록해서 문화 영화를 만들어본즉 그것이 닫힌 사회에서 썩고 있는 사람들의 답답한 이야기였다는 역사가 되어서는 안 되겠기 때문이다. 인간의 미래는 열려 있고 개인의 미래도 열려 있다고 생각하고 '한'이 아니라 '죄'를 추구하고 '풍류'가 아니라 '참회'를 요구하는 사람들의 세계와 역사로부터의 우리 시대와 우리가 속한 지역들은 도전을 받아오고 있다고 우리 상황을 나는 판단한다. 왜 그렇게 되었는가를 가려내는 것은 반드시 문학만의 임무도 아니며 가능한 일도 아니다.

과도기 예술의 문제점

삶에 대한 어떤 사람들의 반응 형태는 그들의 온 역사의 모든 요소의 창조물이기 때문에 그것을 분석적으로 기술하려고 하는 경우에는 반드시 가난한 극단화의 위험을 무릅쓰지 않을 수 없다. 문학은 반대로 '삶의 전모'라는 기술적인 환기 작용을 통하여 '삶의 구조'를 표현하려고 한다. 후자는 사회학자에게도 근본적으로 요청되는 비전이지만 전자를 동반하지 않는 한, 그것은 예술은 아니다. 어떤 시대가 역사의 발전에서의 커다란 주기의 중간쯤에 자리해 있을 때 작가의 미덕은 아마 '세련'이라는 말로 잘 표현될 수 있을 것이다. 그러나 주기와 주기가 겹치는 시대를 사는 작가의 고통은 특유한 것이 된다. 그는 1) 아직 사라지지 않은 것을 0으로 간주하고, 2) 아직 현실화되지 않은 것을 실수實數로 계산해야 하기 때문이다. 1)에서 실패할 때 그는 목가牧歌 시인이 되며, 2)에서 실패할 때 그는 논픽션을 쓰는 기계가 된다. 강한 정신이 그 어느 것도 피하는 길에 리얼리즘이 있다. 영화 「한」의 밖에는 이런 동시대의 상황이 있기 때문에 이 영화가 나에게 특별한 흥미를 느끼게 한 것으로 생각한다.

공명

　한밤중 잠에서 깬다. 방금 꿈속에 공명孔明을 보았다. 장수들이 앞뒤로 지킨 속에 수레를 타고 그는 들판을 가고 있었고 나는 어느 발치에서 그의 행렬을 본 것이다. 공명이 내게로 왔다거나 혹은 꿈에서 그를 만났다고 말하는 것도 합당하지는 않다. 꿈의 들판은 누구나가 다니는 길이기에 나도 그 길을 가다가 지나치는 길에 스쳤을 뿐이다.
　잠은 달아나고 간밤에 시작한 비는 연해 오는 기척인데 멀리서 봄 우렛소리. 나는 그것이 과연 저 바깥 하늘에서 나는 소린지 꿈속에서 공명이 타고 가던 수레 소린지 분간할 길이 없다. 멀리 우람하게 부드럽게 우르륵 덜거덩 하는 소리. 나는 몸을 돌려 배를 깔고 누워서 그의 이야기를 쓰기로 한다. 공명은 어떤 사람이던가. 『삼국지』에는 여러 사람이 나온다. 공명 편으로는 그의 임금인 유비劉備를 비롯 관우關羽·장비張飛·조운趙雲·마초馬超 등과 그(공명)가 지휘한 촉蜀의 전장병이고, 적편으로는 조조曹操·손권孫權 휘하의 전인원이다. 공명은 『삼국지』의 처음부터 나오는 인물도 아니다. 유비가 그를 찾아가기는 대강 『삼국지』의 중간쯤 되는 대목으로 그때까지 그는 초려草廬에서 글을 읽고 있었다. 글이라고 하는 것은 무슨 소설책이나 시집 같은 것을 읽었다는 것이 아니고 (그런 것도 읽었음에는 틀림없다), 주로 병서兵書를 보았을 것이다. 거기에 유비가 찾아간다. 이 유비란 사람은 한漢나라의 왕손으로 『삼국지』의 세 기둥 가운데 하나인데 소설에 나타난 한에서는 큰 귀를 가지고 있다는 것과 성격이 우유부단하다는 것 말고는 별로 신통한 것이 없는 사람이다. 아무튼 그 유비가 찾아가서 공명에게 세상에 나오기를 권하는 것이다.

그런데 이 유비가 갈 때까지의 공명의 생활이 내게는 퍽 흥미가 있어 보인다. 앞서 말한 대로 그는 병서를 주로 읽은 것이라고 보아야겠는데 그 경우에 병서라는 것은 그에게 있어서 무엇이었을까, 하는 점이다. 요컨대 그것은 책이다. 그는 책을 읽은 것이다. 당시에는 이미 중국은 풍부한 생활의 경험이 고도의 반성과 사색을 통해서 저술이라는 형태로 저장되어 있었을 것이다. 공명은 그것을 읽은 것이다. 읽어서 때만 되면, 하는 생각은 없었다고 본다. 그것은 공명이라는 사람의 사람됨으로 미루어 그렇게 짐작하는 것이 아니라 당시 지식인의 정신 구조가 반드시 그런 공리적 동기와 직결해서 움직이고 있었을까, 하는 점에 나는 의문을 가지고 있기 때문이다. 중국과 같이 그 국민사國民史를 전개함에 있어서 광대한 지역에서 풍부한 인구를 가지고 할 수 있었던 종족의 경우에는 쉽사리 보편주의가 생리화될 수 있었을 것이다. 천하라고 하는 표현이 구체적으로 중국이라는 특정의 지역을 뜻하는 동시에 보편 개념으로서의 세계를 뜻하고 있음은 천하라는 말이 쓰이고 있는 모든 경우에 비추어 분명하다. 이런 대국주의가 우리 같은 주변 약소민족에게 얼마나 치명적인 작용——주체성의 관념적 상실이라는 작용을 하였는가를 말하려는 것이 여기서는 나의 목적이 아니다. 그 당시 중국 속에 있었던 한 개인으로서는 그것은 넘어설 수 없는 벽이고 그렇기 때문에 당시의 지식인에게는 보편과 특수 사이의 조화 감각이 있었으리라는 것을 가정하자는 것이다. 특수가 하나밖에 없는 섬에서는 세계 지도가 섬의 지도요, 섬이 곧 세계다.

　당시 중국의 지식인의 머리에는 중국이 그런 모습으로 있었을 것이라는 것이 나의 생각이다. 이것은 현실로 중국의 변방에 이夷가 있었고, 중국 사람들이 그것을 모르지 않았다는 사정에 의해서도 영향을 받지 않는다. 어느 시대나 자기 시대를 소유하는 것은 그 시대가 가능했던 관념적 정리력整理力의 범위 안에서이지 물리적인 의미에서가 아니었다. 물론 정도의 문제이다. 당시의 중국은 그 정도가 알맞게 이루어져 있었다. 이런 경우에는 관념은 밖에 대한 걱정을 버리고 안에서 세련과 체계화를 서둘고 거기에 전념한다. 이런 현상은 국토가 너무 작거나, 그 시대에서 이루어지는 지리적 발견이 너무 심하거나 하면 불가능하다. 이런 조건이 모두 적절하게 제외될 때 거기에 고도의 체계가 이루어지며 현실은 정신에 의해서 샅샅이 다듬어지고 정리되고 번호가 붙여진다. 현실은 바둑판처럼 한눈에 볼 수 있는 것이 되고, 어느 말을 움직이면 어디가 어떻게 된다는 것이 기술적으로 보이게 되는 것이다. 공명에게도 그것이 보였던 것이다. 유비가 찾아올 때까지 공명의 정신적 시력은 아마 완성돼 있었을 것이다. 그때 유비가 찾아왔다. 나는 유비의 청을 받은 공명의 당혹을 짐작할 수 있을 것 같다.

 이 귀가 큰 장군은 대체 무슨 말을 하는 것인가. 이 귀가 큰 남자는 제갈공명이 그 나이에 이르러 비로소 얻은 평화를 깨뜨리기 위하여 그의 앞에 앉아서 그에게 결단을 요구했던 것이다. 유비는 세 번 공명을 찾았다. 공명은 정말 괴로웠을 것이다. 삼고초려三顧草廬는 그 이후에는 야현野賢이 출사出仕할 때의 의례적 절차가 되었고 문학적 수식이 되었지만 공명의 경우에는 닥쳐든 현실이었다. 삼고초려는 문학이 아니라 현실이었던 것이다. 여기서도 우리는 모든 위대한 사람들의 경우처럼 그 행동 자체가 상징이 되는 그런 고압高壓의 긴장으로 유지되는 행위를 해야 하는 사람을 만나게 된다. 공명의 정신적 완성이 낮은 것이라면, 또 간청하고 있는 사람이 보잘것없는 경우라면 감동은 훨씬 줄어든다. 그런데 최고의 정신에게 최고의 현실이 질문하고 있었던 것이 공명에서의 사정이었다. 그는 두 번 거절하였다. 두 번만 거절한 것도 아니고 세번째를 위하여 거절한 것도 아니다. 그때마다 한사코 거절하기를 두 번씩 했던 것이다. 그와 같은 난세에 깊은 산속에서 책을 읽고 지내는 인간의 삶이 허락되었다는 것은 나에게는 놀라움이다. 더 문명이 발전했다고 하는 시절에 권력이 개인의 능력의 마지막 방울까지도 동원하고 싶어 하는 사정을 알고 있는 우리로서는 더욱 그렇다. 한 사람의 공명을 키우기 위해서 천하는 그렇게 어지러웠을 것은 아니겠지만 변화하는 자기 속에 변화의 원리를 자각하고 있는 한 개인을 가진 사회는 자랑스럽게 여겨도 좋을 것이다. 그것은 그 사회의 힘과 여유를 말해주고, 그 사회가 결코 삶을 헛되게 낭비만 하지 않고 삶의 본질을 정리하고 축적했다는 것을 말해주기 때문이다. 이것은 단순한 비유에서가 아니다.

만일 군왕의 부름에 응하지 않을 수도 있었다는 관례가 허락되지 않았다면 그런 개인의 생존 방식은 불가능했을 테고 따라서 행복이 무너지면 그만이고 그 자리에는 관례 하나도 남지 못했을 것이다. 현실의 삶의 소용돌이를 자기 정신 속에서 진실하게 반영하면서도 그 소용돌이에서 직접적으로는 비켜선 자리나 개인을 허락하는 것, 그것이 문화다. 권력의 편에서나 지식인의 편에서나 그것은 자기희생을 요구한다. 삶의 모순과 인간의 불완전에 대한 겸손한 인식을 실천하는 힘, 도덕적 힘을 전제로 하는 현상이다. 이런 현상이 제갈공명의 시대에는 존재하였다. 유비는 세 번이나 공명을 찾았던 것이다. 물론 유비에게서 선거 브로커를 찾아가는 입후보자의 이미지나, 소문난 점쟁이를 찾아가는 사업가의 이미지를 눈치 채기는 어렵지 않다. 그것이 쓸모없는 것은 다름이 아니다. 그렇게 말한다면 삼라만상은 높고 낮음 없이 물리학의 운동으로 설명하는 편이 더욱 간편하다. 간편한 것이 제일 옳은 길이 아닌 것처럼, 공명의 괴로움도 그런 메타포에 관계없이 그 자신의 전 운명을 걸고 해결해야 할 일이었다.

공명의 문제를 나는 이렇게 요약하고 싶다. 그가 유비의 방문을 받는 순간까지의 그의 삶처럼 순수하고 완전한 삶이, 유비가 권하는 삶 속에서 이루어질 수 있을 것인가? 하는 것이다. 그것은 다른 말로 하면 현실을 시처럼 살 수 있을 것인가 하는 것이었다. 하물며 그가 권고받고 있는 현실은 가짜 현실로서의 문학 생활도 아니요, 어중간한 현실인 피치자의 삶도 아니요, 현실의 에센스로서의 현실인 정치였던 것이다. 수락하든지 혹은 않든지, 수락하면 그 후의 삶을 어떤 원리로 이끌어갈 것인지, 공명은 이 갈림길에서 괴로웠기 때문에 귀가 큰 남자는 세 번이나 이 사람을 찾아야 했던 것이다. 마침내 그는 수락한다. 제갈공명은 동양화의 산수 속에서 걸어 나와 화려하고도 장엄한 군담의 주인공이 된다. 그의 순수 행위의 첫째 형태, 책읽기는 끝났다. 그는 제2의 삶을 어떤 원리로 이끌어나갔는가.

  제갈공명은 싸웠다. 그리고 이겼다. 언제나 이겼고 가장 유려하게 이겼다. 패전도 없지 않지만 언제나 그의 부하들이 그의 작전 지시를 어긴 데서 오는 패전이었고 그 자신의 위신에 직접적으로 타격을 주고 그의 머리에 둘러 있는 원광圓光을 흐리게 할 만한 패전의 장면을 우리는 『삼국지』에서 찾아볼 수 없다. 『삼국지』의 그가 등장하기 이전까지의 부분에는 어느 인물도 그만큼 압도적 무게로 사건을 지배하는 인물은 없다. 『삼국지』전권을 통해 가장 뛰어난 전사인 여포呂布도 그 초인적 힘에도 불구하고 우리를 압도하지 못한다. 여포 한 사람을 상대로 유비 삼 형제가 싸우는 장면은 여포라는 사람의 힘을 가장 단적으로 독자에게 알려준다. 그런데도 그에게서는 용렬하다는 인상을 받는다. 사람으로서 보잘것이 없고 바보인 것이다.

그 밖의 여러 인물들도 모두 상황에 대한 그들의 미치는 힘에 있어 부분적이며 약하다. 인생은 사실 그런 것이다. 자기 상황을 뚫어볼 수가 있을 리 없고 힘만 장사였다고, 또 꾀만 있다고 그들이 사건의 움직임에서 항상 이길 수도 없고 살아남을 수도 없다. 그들 등장인물들은 모두 단편적이고 우발적이고 역사의 큰 물결에 뜨고 가라앉는 다소간에 크고 작은 군상들이다. 그런 점에서 공명이 등장하기까지의 『삼국지』의 부분은 보다 사실주의적이고 서사적인 냉혹함을 지니고 있다. 그러나 공명이 등장하면서부터는 그렇지 않다. 먼저, 판도가 삼분되어 게임은 훨씬 뚜렷해진다. 마치 그 이전의 사건들은 이런 역동적인 국면으로 오기 위한 준비였던 것처럼. 그리고 공명 그 사람이 비교를 넘어선 슈퍼맨이다. 나는 그것이 근대 소설에 젖은 우리가 얼핏 떠올리기 쉬운 뜻에서의 허구라고 생각할 수가 없다. 제갈공명의 출사 전의 연구와 완성을 우리는 깔보고 얕잡아볼 아무 근거를 가지고 있지 않기 때문이다.

그는 천문·지리·용병·목민·둔전·공학·화기학 등 군사령관으로서 또 군정관으로서 정치가로서 필요한 해박한 지식을 종횡으로 부리고 있다. 그렇기 때문에 그가 등장하면서부터는 『삼국지』는 소설로서의 불투명의 매력을, 물物 자체나 사건 자체의 예측 불능한 면모를 반영하는 매력은 잃는다. 공명이 이기는 것은 정한 이치고 문제는 어떻게 이기는가만이 남는 것이다. 천재에게 방대한 현실적 동원력을 주어서 그의 행동의 장려함을 감상하는 입장에 서게 되는 것이다. 공명의 능력은 아무런 신비나 허황한 모습도 띠고 있지 않다. 분석적 머리를 가졌고, 검박한 생활에서 축적된 정력이 넘치는 천재라면 그리 되지 못할 리가 하나도 없는 그런 솜씨와 힘이다. 인간의 역사에는 인간의 꽃이라고 할 만한 인물이 얼마든지 있고 공명도 그런 사람 가운데 하나일 뿐이다. 그래서 공명의 등장 이후의 『삼국지』는 훨씬 로마네스크하고 심리소설적인 모습을 띤다. 이 비범한 인간을 매개로 하여 현실은 마침내 심리화되고 관념화되고 상징화된다. 공명이 세계이며 그의 일거수일투족은 별과 바람의 움직임과 하나가 된다. 공명이 자주 천문을 말하는 것은 『삼국지』 전권을 통해 가장 아름답고 인상적이며 위기의 시간에 항상 그의 말은 자연을 매개로 하고 있다.

기계적 메커니즘이 아닌 정신적 정보 조직의 틀이 그의 머릿속에 있어서 우주의 한쪽에서 일어난 일이 다른 한쪽인 공명의 그 틀에 진동을 줌으로써 사건을 전달했다는 것을 왜 믿지 말아야 할 것인가. 그것도 공명의 경우에는 신비한 수속에 의해서가 아니었다. 공명은 모든 정보를 손에 쥘 권한과 편리를 가진 자리에 있었다. 자기가 임명한 장수의 기질, 자기가 점검한 요새의 조건, 자기가 적대한 국가의 장수, 그가 끊임없이 밀정을 통해 동태를 파악하고 있던 상대국의 고관들의 움직임에 대하여, 건강 상태에 관하여 그가 예견을 표시했다고 해서 과연 믿지 못할 일이라 해야 할 것인가. 그렇지 않다. 우리가 보고 있는 인물은 자질에 있어서 뛰어나고 국가의 최고의 공직을 차지하고 있는 인물로서 신문지 한 장으로 국내외 정세를 더듬어야 하는 현대 소설의 주인공이 아니기 때문이다. 이런 모든 조건은 합쳐져서 더욱더 공명이라는 인간으로 하여금 뛰어난 행위를 가능케 한다. 그의 행위, 그것은 전쟁이다.

그의 초인적 능력 때문에 전쟁의 기술과 과정은 합리화되고 투명해지고 상징화된다. 적벽赤壁의 싸움이 시를 위한 끊임없는 모티프가 되고 있는 것은 그 싸움이 시였기 때문이다. 그 싸움에서 전사한, 익사한 수많은 왕 서방·이 서방 들이 시였다는 것이 아니다. 공명이라는 실존한 허구의 프리즘의 매개 때문에 그 프리즘의 이쪽에 있는 독자인 우리에게는 왕 서방·이 서방 들은 시로서 보이는 것이며 그들은 낭자하게 떨어지는 꽃 이파리들로 보인다는 것이다. 좀 자장면 냄새는 나는 꽃 이파리들이지만. 그러나 우리와 왕 서방들 사이에 위치한 프리즘인 공명 그 사람은 현실의 인간이면서 동시에 시이다. 그 자신이 시인 것은 우리의 힘도 그의 부하들의 힘도 아닌 공명 자신의 현실적 능력 때문이다. 자기 자신의 현실적 능력으로, 시인의 문장의 힘으로서가 아닌 스스로의 능력으로 시가 되고 있는 인간, 소설 미학의 육화로서의 인간, 그것이 제갈공명이다.

이제야 나는 알 수 있다. 어느 눈 내리는 겨울 저녁에 그의 오막살이를 찾은 큰 귀를 가진 남자의 청을 받고 몇 날 며칠을 잠 못 이룬 끝에 마침내 그의 삶의 새 국면을 맞기로 했을 때 공명이 어떤 결심을 하였는가를. 그는 놀랍게도 현실을 시처럼 살리라는 결심을 유보 조건으로 그 길을 택했던 것이다. 현실을——정치와 전쟁을 순수하게, 완전하게, 투명하게, 추상적으로, 상징적으로 살리라, 하는 이 놀라운 결심. 그 결심을 가능하게 한 맨 첫째 이유는 아마 자기 자신에 대한 믿음이었을 것이다. 자기 능력에 대한 믿음이라는 원시적 명쾌함의 감정을 그는 가지고 있었다고 봐야 하며,

회의하면서 미지의 운명에 도전한다는 생각은 없었다고 나는 생각한다. 자신이 없는데도 한다는 것은 원시적 고전적 인간인 공명에게는 악덕 이외의 아무것도 아니었겠기가 쉬우며 우리들의 약점을 그에게 돌려야 할 만큼 우리가 위선적일 필요는 없기 때문이다.

 자기 한 몸에서 현실과 싱징이 하나가 되었던 인간. 공명은 그런 사람이었다. 공명 이외의 어떤 인간도 이 이원을 그에게서처럼 허심탄회하게 조화한 경우를 발견할 수 있는 예는 없다. 대부분의 권력자는 그가 가진 권력이 아무리 강대했더라도 그들은 불안했으며 자신이 없었다. 왜냐하면 그들은 공명만큼 명석한 정신을 갖지 못했기 때문이다. 대부분의 문학자는 그의 문학적 재능이 아무리 뛰어났어도 그들은 불안했으며 자신이 없었다. 왜냐하면 그들은 공명만큼 강대한 권력을 갖지 못했기 때문이다. 공명은 그 두 가지를 다 가지고 있었다. 그가 가진 교양이 세계 최고의 것이었고, 그가 가진 권력이 인신人臣으로 최고의 것이었고, 그가 기동機動한 공간이 가장 넓은 것이었으므로 존재의 모든 음계는 공명을 동심원의 중심으로 하여 완전히 겹쳐 있었다. 그는 역사상 가장 행복한 지식인이었다. 물론 공명이 지식인이라는 것은 우리들의 척도에서다. 그에게 있어서 경국經國은 일종의 순수 행위였으며 우리말로 하면 앙가주망—그것도 회의 없는 앙가주망이었다고 나는 생각한다. 한 걸음마다 건다(賭), 그런 심리는 공명이 모르는 단 한 가지 일이었다. 출사의 순간을 사이한 그 순간에만 망설임이 있었다. 그것도 망설임이다. 그러나 꽃망울 하나가 자기를 열 때에도 망설임은 있는 것이다.

조조가 생전에 공명과 싸운 마지막 싸움에서 조조는 크게 졌다. 그의 군대는 흩어지고 그는 참모 몇 사람과 소대 정도의 병력을 데리고 달아났다. 늘 하듯 공명은 퇴로에 복병을 두었다. 조조는 복병에서 간신히 빠져나오자 껄껄 웃으면서 지금 이 자리에 복병 한 부대만 더 두었더라면 나는 골로 갈 것인데 공명도 거기까지는 생각 못 했다고 한다. 그 말이 떨어지기가 무섭게 복병 한 부대가 더 나타난다. 조조는 질겁해서 달아난다. 그러고는 또 공명을 비웃는다. 그때마다 또 복병이 나오고, 이러기를 몇 차례 끝에 부하는 정말 측근 두세 사람만 남는데 조조는 또 웃는다. 이때 측근자들은 조조가 죽이고 싶도록 미웠을 것이다. 그 방정맞은 웃음마다 복병을 불러냈으니 환장할 것이 아니겠는가. 진짜로 복병은 나타났다. 관운장이 그의 앞을 가로막고 조조를 잡으려 한다. 조조는 옛날에 자기가 관운장에게 베푼 호의를 들추면서 눈감아주기를 빌붙는다. 옛날에 운운은 관운장의 단기천리單騎千里를 말하는 것으로 그때 조조는 그를 쫓지 않았던 것이다. 말인즉 틀리지 않기 때문에 관운장은 우물쭈물한다. 그 사이에 조조는 달아나버린다. 공명은 관운장을 직무 유기로 목을 베려 하나 유비의 간청으로 살려준다. 그런데 실은 관운장이 조조를 살려줄 것을 알고 그를 거기에 배치한 공명이었던 것이다.

조조는 운이 다하지 않았으므로 관운장에게 신세 갚음이나 시키자는 것이다. 이쯤 되면 신선놀음이지 전쟁이 아니다. 여기서 공명의 전쟁관은 뚜렷하게 나타난다. 그런 중요한 목이면 막무가내인 콱 막힌 장수를 두어, 조조를 잡고 볼 일이지 관운장 같은 휴머니스트, 대중 소설적 인물을 둘 것이 무엇이란 말인가. 오히려 직무 유기를 따짐받을 사람은 공명이다. 공명의 말은 천문을 보니 조조의 운이 다하지 않았으므로 잡으려야 잡히지 않으리라는 것이다. 아마 그랬을 것이다. 그의 천문은 곧 인문을 곁들인 것이었을 테니 물러가는 길의 조건과 쫓는 부하들의 능력을 살핀 종합 판단이니 천문에 나타나지 않았을 리가 없는 것이다. 우리 같으면 그렇더라도 그런 마음은 못 냈으리라. 공명은 냈다. 공명은 천문을 알고 있었기 때문이다. 그래본 다음의 패卦까지도 알고 있었기 때문이다. 그에게는 전쟁도 순수 행위였던 것이다.

그는 멀리 남만 지방을 쳤을 때도 매우 야릇한 싸움을 하고 있다. 그는 토후들의 왕을 여러 번 사로잡는데 그때마다 놓아주는 것이다. 적으로 하여금 충분한 리턴 매치의 기회를 주는 선수권자의 모습이다. 이것도 고등 전략이라면 그만이지만 실지로 그렇게 하기는 매우 어려운 일이다. 공명은 그렇게 하고 있다. 그에게는 충분한 정보와 힘이 있었을 것이고 싸움은 도박이 아니므로 몇 번을 하나 이길 건 틀림없었기 때문일 것이다. 그렇게 하고 있는 그에게 있어서의 전쟁이란 무엇을 뜻하는 것이었을까. 만일 저를 못 믿는 사람이라면 감히 그렇게 하지는 못했을 것이다. 비록 믿음이 있더라도 적을 부수는 것만이 속셈이라면 이런 번거로운 수속은 필요 없었을 것이다.

정치에는 깊은 수가 있어야 하는 것이지만 이것도 정도의 문제다. 공명은 결과와 과정은 똑같이 중요한 것으로 보고 우러나지 않은 충성이 무슨 충성이며, 기득권의 불양보에 입각한 겨룸이 무슨 평등인가고 그는 생각한다. 이것은 마키아벨리스트의 생각이 아니라 시인의 생각이다. 그런 생각이 시인으로 하여금 현실에서 지는 쪽에 서게 한다. 공명은 시인으로 행동하면서 이긴 오직 한 사람이다. 현실에서 지고 정신에서 이겼다느니 하는 궤변이 아니라 명실 더불어 이긴 것이다. 토인의 왕이라고 깔보아서 그렇게 한 것일까. 조조는 토인의 왕이 아니었다.

시인으로서의 공명의 면목은 출사표에서 전모를 드러낸다. 출사표를 읽고 울지 않으면 충신이 아니라 한다. 출사표를 충성 테스트를 위한 거짓말 탐지기처럼 여기는 것 같아 썩 좋은 말이라고는 못 하겠지만 분명히 이것은 좋은 글이다. 그런데 이것은 '글'일까? 아니다. 그것은 '행동'이다. 공명은 '출사'라는 시제로 글을 지어 바친 것이 아니라 군사 행동을 원하는 공문을 제출한 것이다. 행동을 요청하는 행동——그것이 출사표라는 행동이었던 것이다. 그것은 의사 표시였던 것이다. 의사 표시가 멋지다고 해서 그것이 의사 표시임을 그치는 것일까.

그럴 리는 없다. 그의 출사표가 지금도 우리를 움직인다면 그것은 명문이어서가 아니라 그것이 '글'과 '행위'를 넘어선 현실 자체, 순수 행위이기 때문이다. 그 시점에서 촉蜀이라는 나라가 그 생명력의 모두를 들어서 움직여야 할 일이 무엇인가를 뚝뚝하고 강력하게 발성한 인간의 육성이기 때문이다. 『삼국지』 전권은 출사표 한 장으로 흘러들어가서 이 글을 사물로 높여놓는다. 『삼국지』라는 문맥 속에서 출사표는 빼도 박도 못 하는 흔들림 없는 주춧돌이다. 그것은 종이 한 장이 아니라 중국의 비바람이 거기에 뭉친 순수 결정이다. 현실이 된 언어이며, 언어가 현실이다. 이것은 유비類比나 변증법적 반성으로 그렇게 풀이된다는 것이 아니고 사실이 그렇다는 것이다. 사실처럼 우리를 놀라게 하는 것은 없다. 행동이 시가 된 경우── 출사표는 그래서 놀라운 '사실'이다. 그것은 문학과 현실의 동떨어짐을 모르는 드물디드문 사람, 공명의 순수 행위이다. 그만큼 권력을 갖지 못했던 사람들은 그것을 명문이라 불렀고, 그만큼 글재주를 갖지 못했던 사람들은 그것을 충성이라고 불렀다. 그러나 공명에게는 그것은 행동이었다. 마치 그가 진중에서 부대를 향해 지휘봉인 백우선白羽扇을 올리는 것이 에누리 없는 행동인 것처럼, 그것은 공명에게는 가장 평범한 행동이었으나 우리에게는 철학과 문학의 기교를 다해도 늘 손가락 새로 빠져나가는, 자기 그림자를 밟는 것 같은 못 이룰 술래잡기였으므로 선禪을 만들고 생볼리즘을 만들었으나 끝내 객관적으로 정착시키지 못하는 요술에 속한다. 까닭은 쉽다. 우리가 공명이 아니기 때문이다.

오장원五丈原에서의 공명처럼 장엄한 인간이 또 있을까. 그는 늘 하듯 천문天文을 보고 자기 명운命運이 다하였음을 안다. 그는 제단을 쌓고 명命을 연장하려 한다. 여기서 우리는 공명의 어쩔 수 없는 인간의 한계를 본다고 나는 해석하고 싶지 않다. 왜냐하면 공명에게 있어서 기도라는 것, 그 자신이 집전하는 그 기도라는 것은 그의 힘 밖에 있는 요행이 아니라 그의 능력 안에 있는 능력으로 천지를 향한 용병이기 때문이다. 그의 생애에서 그는 항상 대인對人 로켓, 대지對地 로켓만을 사용했으나 지금 처음으로 대천對天 로켓을, 그의 비밀 무기를 쓰고자 한 것이다. 오늘날 원자 무기를 가지고 있으면서도 함부로 쓰지 않는 것이나 다를 바가 없는 것이다. 어떤 바보 같은 그의 부하 장수가 보고하러 황급히 들어왔다가 그 제단의 불을 차 넘어뜨렸을 때 우리 가슴에서도 분명히 불이 꺼진다. 그 어둠. 그 슬픔. 아니 우리 가슴에서가 아니다. 거기에, 암흑의 장중帳中에서 우리는 한충무후漢忠武候 제갈공명의 비통한 탄식을, 그 신음을 우리 귀로 듣는다. '대사大事는 끝났다.' 사실로 끝난 것이다. 연극이 끝난 것이 아니라 사실이 사실로 끝난 것이다. 그의 순수 행위의 둘째 형태, 행동은 끝났다.

제갈공명의 싸움은 그러나 다 끝난 것은 아니다. 그는 자기 군대가 흩어지지 말고 다치지도 말고 물러가기를 바랐다. 그의 적수였던 중달仲達이 물러가는 촉군蜀軍을 쫓아갔을 때 길가의 산비탈에서 그는 이상한 축조를 보게 된다. 그것은 돌을 벌려놓아 병兵이 진陣을 치고 있는 형국을 만들어놓은 것이었다. 중달은 만류를 물리치고 그 위진僞陣 속으로 말을 몬다. 갑자기 먼지바람이 일며 한 떼의 군마軍馬가 그를 에워싸고 달려든다. 그는 이 진중에서 신병神兵들에게 이리저리 쫓기다가 겨우 어떤 노인의 안내로 그 속에서 빠져나온다. 노인의 말인즉 몇 해 전 공명이 이 진을 쳐놓으면서 뒷날 위나라 장수가 여기서 목숨을 잃을 테니 살려주지 말라 했다는 것이다. 공명은 이 노인이 자기 말대로 중달을 살리지 않으리라고 생각했을까. 관운장을 조조의 길목에 배치했던 공명이 그때도 관운장더러 조조를 살려주지 말라고 각서까지 받았던 공명이. 중달은 더 쫓지 않았다. 우리라도 더 쫓을 수 있겠는가. 사마중달에 대한 이 마지막 엄포가 공명의 마지막 행위였다. 이 마지막 행위는 마지막이라서가 아니라 아주 중요한 뜻을 지닌다. 이미 죽은 공명으로서 현실의 인간을 움직이는 행위를 한 것인데 그는 어떻게 하였는가.

몸을 잃어버린 마음은 어떻게 '행동'을 만들어냈는가. 유치한 유령들처럼 남의 꿈속에서나, 정신이 흐린 비몽사몽간에 산발하고 혀나 빼물고 놀래주는 그런 잡스러운 짓을 한충무후가 할 수 있었겠는가. 없다. 대신에 공명은 돌들을 행동시켰다. 돌들에게 미리 뜻을 주어 숨겨두었다가 그들의 디데이에 그대로 행동하도록 돌들을 정확히 짜놓은 것이다. 육체를 잃었을 때 공명의 순수 행동은 더욱 뚜렷하게 완성된 것이다. 현실의 군병을 부릴 능력과 권리를 잃었을 때 그는 돌이라는 매재媒材에 의한 허구의 이미지를 지휘하여 행동한 것이다. 이것이 그의 전 생애의 맺음이자 그의 미학의 육화이며 불멸의 행동이었다.

행위의 셋째 형태, 허구도 끝났다. 원환圓環은 닫혔다. 행위와 시의 구별을 몰랐던 사람, 이 사람과 비슷한 유일한 국사상의 인물은 충무공 이순신뿐이다. 초인적인 능력, 인품의 공명정대함, 그리고 백의종군에서 나타난 그 비마키아벨리스트로서의 면목이 두 사람의 친근성을 비쳐준다. 그러나 다르다. 이순신은 공명만한 권력과 병력을 갖고 있지 않았다.

공명은 문자 그대로 출장입상出將入相했다. 촉 전군全軍의 최고사령관이었다. 군기의 처음에서 끝까지 그의 한 손에 가지고 있었다. 이에 비해서 이순신은 수군 사령관에 지나지 않았다. 다만 수군 사령관, 야전의 지휘관이었다. 군략에 대해 쇠통 무식한 조정의 문관들의 말 한마디로 간단히 자리에서 물러나야 하는 문관 정부 아래의 한낱 장수였다. 그의 위로 층층 어른을 모신 몸이었다. 공명 위에는 한 사람밖에 없었다. 일인지하만인지상이다. 문무 관리의 목을 붙이고 떼는 것은 그의 손이었다. 공명의, 신하로서의 이 같은 강대한 자리는 또 특별한 사정이 있다. 그는 창업지신創業之臣이다. 맨주먹으로 나서서 천하를 세 토막으로 갈라 하나를 차지하고 있는 지금의 나라는 누구에게서 물려받은 나라도 아니요, 태평세월에 그저 얻은 땅도 아니다. 비마키아벨리스트일 뿐 강력한 인간이랄 수는 없는 유비에게 힘이 된 것이 공명이었다. 힘없는 정치가는 정치가가 아니다. 그 힘을 유비에게 준 것이 공명이었다. 공명의 강력한 인간적 힘이 적에게서 땅과 하늘과 사람을 뺏을 수 있었고 그 땅과 하늘과 사람이 촉이었다. 조강지처는 괄시 못 하는 법이며 창업지신은 막보지 못한다. 세속의 탈을 쓰기 전에 맨몸뚱이와 몸뚱이를 서로 보인 사이, 인간의 비력非力의 심연을 나란히 서서 겪은 사이, 그것은 일종의 공범이다. 그들은 비단옷과 휘날리는 군기와 어마어마한 벼슬의 이름이 어디서 왔는가를 서로 알고 있다. 그것들이 태어날 수 있었던 피와 부끄러움과 허구虛構함을 알고 있다. 서로가 알리라는 것을 서로가 알고 있다. 죽음에서 살아난 삶, 패전에서 이끌어낸 승리. 모든 있는 것은 없는 것에서부터 홀연히 나오더라는 그 실감. 심연의 그 어쩔한 다산의 태 같은 신비를 안 사람은 이 세상은 두렵고 아득한 것에 말미암는다는 사정을 알게 된다.

이런 경험을 더불어 겪은 사이 그것이 공범이다. 삶을 죽이는 공범만이 공범이 아니다. 삶을 살리는 짝패 그것도 공범이다. 범한다는 것은 누군가를 밀어낸다는 것이며 그것이 삶이다. 공명과 유비는 그런 사이였다. 이런 사람들은 막보지 못한다. 동지이며, 군사軍師이며, 재상이며 했던 군신지간이란 신분 사회에서 실존의 숨결이 살아 있을 수 있는 드문 경우 가운데 하나였을 것이다. 봉건 사회의 저 번지르르한 대의명분의 실체를 이루고 있는 저 거짓에서 해방될 수 있는 행복을 공명은 가졌다. 그의 충절에는 구김살이 없다. 그에게 있어 그것은 관료의 자기기만적 환상의 이데올로기가 아니고 스스로 넘치고 솟구치는 목숨의 한 이름이었기 때문이다. 그 흔한 술수의 세계에서 단 한 번 모함에 든 적도 없다. 그것은 공명의 인간이 그의 능력이, 그의 성품의 절대함이 모든 약함에 뻗쳐와서 그 약한 삶조차 눌러 죽여버리는 음모를 튕겨버린 것이다. 이순신은 이 모든 행복한 조건들을 가지지 못했다. 이순신은 물론 비극의 사람이었다. 그의 비극은 사람이 만든 것이었다. 공명도 비극의 사람이었으나 그것은 하늘의 뜻이었다. 무슨 한을 말하겠는가.

그래서 그의 페어플레이는 적에게 베푸는 갤런트리로 나타나지 않고 적에게 당하는 순교로 나타났다. 공명의 생애의 어느 구석에도 순교자의 냄새는 없다. 그렇다면 이순신은 공명보다 우리들,

이 불초不肖의 우울한 근대적 지식인에 가깝다(충무공이여 실례를 용서하소서. 다만 '문학적' 비유에 '지나지 않습니다')고 할 것이다. 그것은 선조宣祖는 유현덕劉玄德이 아니었다는 말도 된다. 알겠다. 귀만 커서 왕이 됐을 리야 없다는 것을. 언젠가 커다란 귀를 가진 선조 왕에게 이순신이 출사표를 바치는 꿈을 꾸어보는 하룻밤을 가져보고 싶은데 그것은 공명에게는 관계없는 일이고 그것보다 이 글을 맺으면서 무슨 결론 비슷한 말을 해야겠는데 무슨 말을 할까. 별로 신통한 말이 없다. 신통한 행동 하나 없는 삶이니 당연하다. 그러면 그 대신 인사나 하자. 한충무후漢忠武侯 제갈량 공명諸葛亮孔明이여, 만수무강萬壽無疆하시라.

  쓰기를 마치고 나는 바로 눕는다. 고단하다. 아주 고단하다. 그렇다. 이 길로 그가 지나간 수레 자국이 남아 있을 그 들판으로 가서, 그 길목의 풀숲에 편히 앉아 내 글을 한번 읽어보기로 하자. 그런데. 나는 문득 놀란다. 아니다. 중달이 아니다. 위진 대목은 중달에 관한 게 아니었다는 것이 생각난다. 그것은 오나라 대장 육손陸遜에 대해서 어복포魚腹浦에서 쓴 계략이다. 분명히 그렇다. 그러나 인제야 졸음이 참을 수 없이 밀려온다. 생각을 지탱할 수 없이. 옳다. 거기서. 거기 가서 생각해보자. 그 들판에서. 좀 전의. 수레 자국이. 남아 있을. 그.

말에 대하여

안녕하십니까. 회신이 늦어서 죄송합니다. 그동안 형의 편지뿐 아니라 이 삶이 나에게 보낸 뭇 편지에 회신을 내다 보니 사실 틈이 없었습니다. 형의 편지가 제일 긴요하지 않은 것이어서가 아니라 제일 긴요한 것이기 때문에 미루어둔 것입니다. 저는 긴한 일일수록 뒤로 미는 버릇이 있는 것 같습니다. 그러나 너무 그러면 삶이나 친구들이 화를 낼 것 같아서 늘 적당한 시기에 타협하곤 합니다. 또 형의 편지에 회신을 내는 데 곤혹을 느낀 것은 형의 의견이 제 것과 다르기 때문이 아니라 너무나 같기 때문입니다. 그래서 풍부한 형의 글을 가난하게 만들까 저어한 것입니다. 그러나 말해봅시다. '말'에 대해서 우선 말하고 다음에 '유희'에 대해서 적으면 되겠습니다. '말'에 대해서는 졸작 「낙타駱駝섬까지」(『월간문학』, 12월호)에서 인용하는 것을 허락해주십시오.

"네. 우린 '마을'이라는 이미지가 희미해진 다음에는 그에 대신할 무슨 모습을 안 갖고 있지 않아요?"

"맞습니다."

"지구의地球儀란 건."

"좀 허황한 것 같지요?"

"허황하진 않겠지만. 지구인이 타고 있는 배가 지구니깐."

"너무."

"'마을'처럼 눈으로 볼 수 없으니까 우리가 소속하고 있는 공간을 종잡을 수 없단 말이지요."

"그렇습니다."

"그러니까 머릿속에다 '마을'을 만들 수밖에—"

"머릿속에다요?"

"그렇지요."

"어떻게 말입니까?"

"'말의 마을'을 만들어야지요."

"'말의 마을'이라뇨?"

"신념 같은 것 말입니다."

"믿음 말입니까?"

"어떤 비전 말입니다."

"세계상像 말입니까?"

"그렇지요. 머릿속에 가지고 있는 '마을' 말입니다."

"지구란 말인가요."

"아니지요. '말의 지구地球' 말입니다."

"'말의 지구地球요?'"

"'말의 배' 말입니다. 어떤 '말의 배'를 타고 있는가에 따라 다르지요. 가장 넓고, 튼튼한 '말의 배'를 만드는 것."

"네."

"그게 시인이다."

"'말의 배'를 만든단 말이지요?"

"그렇습니다. '말의 배'는 말의 항구에 정박해 있습니다. 그 배를 타려면 말의 바다를 항해하는 기술이 있어야죠."

"멀미가 나는군요."

"멀미에 견뎌야죠. 말의 바다를 두려워하고 땅에 집착하면 우린 집니다. 말멀미에 센 사람들이 늘 이깁니다. 말의 바다에서 말의 폭풍과 싸우면서 말의 항구로 찾아가는 말의 배."

"알 만합니다."

"땅의 확실함만큼 말의 확실함을 아는 동안에는 멀미가 안 나지요. 자기가 탄 말의 배는 늘 자기가 함장입니다. 한눈을 팔면 말의 배는 난파하지요. 그리고―"

"―그리고?"

"그리고 남의 배에 구조받아서 잔심부름이나 하게 되면 배 없는 선장, 배 없는 배꾼이지요."

"S형의 배는 잠호인가요?"

"네, 참호 모양의 배지요."

"모두 하나씩 배를 가진 셈인가요?"

"그렇지요. 그러나 시인은 그들이 모두 한 배를 타고 있는 것을 가르쳐야 하겠지요."

"한 배를요?"

"안 그렇습니까?"

"그러나 각기 다른 배를 가진 게―"

"그러면서도 한 배라는 것을."

인용이 장황했지요? 하나 별 험한 뱃길도 아니잖습니까? 형이 항해하고 있는 말길에 비기면. 형의 편지에 의하면 형의 배는 십자가 모양의 배라고요? 좋습니다. 아무나 그게 형의 배인 바에야. 'ㅎㅏㅇㄹㅗㅇㅏㄴㅈㅓㄴㅇㅡㄹㅂㅣㄹㅁㅎㅏㅇㄹㅗㅇㅏㄴㅈㅓㄴㅇㅡㄹㅂㅣㄹㅁ'

다음에는 '유희'에 대해서 말씀드릴 차례지요. 또 한 번 인용하는 것을 용서해주십시오. 역시 같은 작품입니다.

우리는 낙타섬의 높은 봉우리―즉 혹에 이르는 길을 올라간다. 바위산이다. 민간인들의 초가집이 여기저기 보인다. 산길 중간에 막사가 있다. 거기를 둘러보고 또 교실을 본다. 이 교실은 섬의 어린이들을 위해 해군이 운영하고 있다. 나머지 길을 걸어 올라가서 레이더 초소에 이른다. 커다란 반사경 밑에 레이더가 장치된 건물이 있다. 병사들이 설명해준다. 섬 그림자와 배의 모습이 모두 그림자로 나타난다. 이 레이더의 사정거리 안에 있는 모든 물체의 움직임이 실루엣으로 보이는 것이다. 24시간 그림자만을 들여다보고 있는 생활이다. 창문으로 멀리 우리가 타고 온 배가 보인다. 그 창문이 토치카의 총구멍으로 보이면서 옛날에 내가 근무한 휴전선 초소가 떠올랐다. 산 그리고 산. 그런 말이 거기서는 정말 어울렸다. 금렵구이자 귀농선에서도 앞으로 나와 있기 때문에 보통 인간의 생활과는 완전히 떨어진 곳. 30리쯤 남쪽으로 나가서 부대 사령부가 있는 읍 소재지는 여기 사는 사람들에게는 큰 도회지다. 일주일에 한 번쯤 그곳으로 가는데, 처음에는 귀영 시간이 되면 좀 초조했으나 이윽고 빨리 귀대해서 내무반에 눕고 싶다는 생각으로 일찌감치 볼일을 끝내고 들어오게끔 되고. 생활하는 장소에 대한 사람의 애착은 짐승과 같다. 돌아오는 길에서 늘 느낀다. 수풀이 이만큼 보존돼 있는 곳은 여기뿐일 것이라고. 우리 강산에서 군대에서 쓰는 땔감은 모두 무연탄이기 때문에 나무를 다칠 필요가 없다. 식목일마다 나무를 심기는 할망정. 외금강의 맥이 뻗은 곳이라 산 모양이 미끈하다. 나무는 역시 소나무가 대부분이고. 한여름에 보급로 산길에서 꿩이 슬금슬금 기어 다니는 것을 보는데 그것만으로는 틀림없이 한가한 풍경이다. 꿩 말고는 토끼·노루가 많고 어쩌다 멧돼지가 덫에 걸리게 되면 성찬을 즐기게 된다. 24시간 빈틈없는 경계. 이곳의 보초는 모든 보초의 보초인 셈이다. 가끔 신문 기자나 높은 양반들이 찾아와 보고는 모두 깊은 감명을 받았다면서 돌아간다. 왕년에 신문을 화려하게 수놓던 요란한 이름이 붙은 옛 싸움터가 이 일대지만 머리 위를 흘러가는 구름은 아랑곳없이 미끄러져간다. 레이더병들의 모습에서 나는 그 시절의 나를 보았다. 나는 레이더를 들여다보았다. 움직이지 않는 섬들과 그 사이를 이동하는 배 그림자들. 그림자의 마을. 만일 온 세계를 담는 레이더가 있다면, 아마 그런 레이더가 있을 것이다. 미국과 소련에는. 그들은 이 지구 위의 움직임을 감시한다. 대륙의 그림자들과 배와 차량의 그림자들. 밤의 도시를 찍은 사진에 헤드라이트 빛이 줄처럼 보이는 것처럼 모든 나라들의 가장 교통량이 많은 지역의 움직임은 어떤 일정한 형태로 보일 것이다. 모든 사람과 차량이 늘 같은 길로, 같은 순서로 다닐 테니깐. 그것이 그 나라의 실루엣이다. 움직이는 팽이처럼. 새나 고기들이 무리를 지어 움직이는 그림자가 가끔 소동을 일으킨다는 것이다. 그림자만으로는 그게 비행긴지 배인지 알 수 없기 때문이다. 그림자라는 공통 인자만으로 단순화된 세계—그림자의 음악이다. 모든 사물이 평등한. 모든 사물이 단 하나의 질서만으로 구성된 세계. 그 그림자를 해석해서 구체적인 세계로 번역하는 일. 말의 레이더에 세계를 비추는 일. 말은 레이더보다 훨씬 많은 정보를 담는다. 그림자에서부터 시작해서 '뜻'에 이르는.

그렇습니다. 인용이 장황해졌지요. 문학에서 유희라고 하는 것은 '말'의 두 극인 '그림자'와 '뜻' 가운데서 '그림자' 쪽에 초점을 맞추고 볼 때의 문학 작품의 모습이라고 하면 어떨까 합니다. 결국 또 '말'에 대해서 얘기하게 되는군요. 이번에는 사용법의 차원에 대해서. 왜 그렇게 하느냐 하면 통용되는 '뜻'이 가짜일 경우가 많기 때문에 현상학적 환원을 하는 것이지요. '그림자'라는 무기형無機形으로. 바른 뜻을 옳게 이끌어내기 위한 순결을 위해서, 말을 닦는 것이지요. 안개와 바람과 그런 속에서 자기 배의 모습을 확실히 보기 위해서지요. 레이더는 어떤 천후나 연막 속에서도 물체의 본모습을 전해줍니다. 욕심을 버리고 '그림자'라는 수준 하나만 지킨 미덕 탓이지요. 본모습이 뭡니까. 형의 경우에는 십자가라지요. 좋습니다. 아무려나 모양이 단순한 게 그럴듯합니다. 진짜일 공산이 크지요. 진짜 배를 타고 가니 형의 항해도 성공률이 높습니다. 'ㄱㅜㅣㅅㅓㄴㅇㅢㅎㅏㅇㄹㅗㅇㅏㄴㅈㅓㄴㅇㅡㄹㅂㅣㄹㅁㄱㅜㅣㅅㅓㄴㅇㅢㅎㅏㅇㄹㅗㅇㅏㄴㅈㅓㄴㅇㅡㄹㅂㅣㄹㅁ'

신문학의 기조
── 계몽 · 토속 · 참여

한국의 근대사 자체가 그러했던 것과 꼭 들어맞는 일이지만 우리 신문학사도 계몽이라는 정서를 가지고 시작된 것 같다.

여기서 계몽이라고 하는 것은 우리가 흔히 쓰는 뜻보다 조금 넓게 해석한 입장에서 말하는 것이다. 이광수가 흔히 이 이름으로 요약되는데 그것은 대체로 타당한 통설이라고 생각한다. 그는 근세 이후의 우리 사회나 개인의 가장 큰 목표를 개화라고 본 것이며 이 점도 관념적인 면에서는 아무 나무랄 데가 없다. 문제는 관념적이라고 표현해야 할 것 같다는 데 있다. 유럽의 근대적 정신의 가장 기본적인 성격은 물신화를 끊임없이 배격한다는 데 있다.

현실과 기호의 일대일 대응에서의 해방

그들은 이런 방법, 정신으로 중세를 지배한 가톨릭을 비판했으며 나아가 사회를 바꿔버렸다. 어떤 관념이 그 자체로서 실체적인 힘을 가진 듯이 작용하는 역사적 습관의 힘에 저항해서 그런 관념의 현실적인 기초에 눈을 돌리고, 결국 어떤 관념을 조작하고 있는 세력의 기능적 부적임을 간파했던 것이다. 자연에 대한, 사회에 대한, 정신에 대한, 중세 사회의 엄격한 관념 체계에 대한 이 같은 방법적 성찰을 가한 결과로 거기서 자연과학과 사회과학과 프로테스탄트와 그리고 근대 문학을 탄생시켰다. 이것이 유럽 근세사에 대한 통설이며, 유럽의 역사적 문맥에 서는 방법과 실천 사이에 불일치가 없다.

$C = C_1, C_2, C_3 \longrightarrow C_n$ $C = $ 문화
$C_1, C_2, C_3 \longrightarrow C_n = $ 특정 문화

그러나 유럽의 근세의 이 같은 역사 안에서의 열매가 비유럽 사회에 전달되고 모방되었을 때, 이것도 인간 역사에서 늘 보는 일이지만, 왜곡과 당착이 작용했다. 유럽의 근대정신은 관념의 실체화에 저항하고 관념에다 항상 실증된 풍속의 추를 달아놓음으로써, 관념이 인간의 대지에서 떨어지는 것을 막고, 관념이 인간의 행동의 정확한 계수량일 것을 요구했다는 것은 유럽의 근대적 인식이 대단히 동적인 것이었다는 뜻이다. 동적이란 말은 어떤 관념이 즉자적으로 실체로서 인정되지 않고 그 관념 내부에 방법과 풍속이라는 두 개의 모순되는 극을 가지고 있다는 뜻이다. 그래서 이 같은 구조를 가지는 관념은 그것이 검증의 과정을 통해서 자기 속에 있는 풍속적 부분을 끊임없이 고쳐가고 심지어 바꿔갈 것을 원한다. 그것은 방법과 풍속적 부분의 결합 상태일망정 유합癒合

상태가 아니라는 데 그 뛰어남이 있다. 어떤 관념 속에서 풍속적 부분이 더 이상 방법적 순수성을 만족시키지 못할 때 그 풍속적 부분은 관념이라는 원자 속에서 쫓겨나고 그 빈자리에 대해서 보다 이상적인 안정도를 가진 풍속이 들어와서 이 원자의 구조를 지켜 나간다. 문화와 문화의 옮김과 받음에 있어서는 말할 것도 없이 이 방법과 풍속이 떼어져야 하며, 받아들이고 알아볼 가치가 있는 것은 이 방법적 핵이다.

문화의 보수화 → 반동화 → 미신화

그러나 물론 이것은 무리다. 관념이라는 원자의 두 입자인 방법과 풍속을 분리할 수 있는 정신적 장치―능력을 근세의 우리 선배들에게 요구한다는 것은 지금 위치에서의 우리들의 환상이다. 그 능력이란 이른바 주체성이다. 주체성이란 무엇인가. 그것은 관념이 그것에 의해 형성되는 현실 감각이며, 방법과 풍속 사이에 존재하는 긴장이라고 할 수 있다. 관념을 구성하는 방법과 풍속 부분 사이에 미치는 이 장력張力은 관념이 이루어진 현실적·역사적 행위의 과정을 반영하고 있는 것인데, 이 미묘한 힘은 그 현실적 풍토에서 떨어져 다른 땅에서 유통시키려고 할 때는 그 미묘한 살아 있는 힘은 사라지고 방법과 풍속성이 유합해버린 일원적인, 즉물적 존재―즉 일종의 부적이 되고 만다. 부적은 그 귀신이 살던 데서 놀아야지 딴 고장에 가면 신통력은 사라져버린다. 왜냐하면 부적에 힘이 있는 것이 아니라 부적을 보장하는 주체―귀신이 힘을 가지고 있기 때문이다. 유럽적 관념의 힘의 원천인 귀신이 무엇인지를 우리들의 선배는 알지 못했다. 유럽의 근본적 관념 체계가 신문학의 상상력의 근원이었다고 보고 그 관념 체계가 이원적 변증법적 구조의 장력을 잃을 수밖에 없는 형태로 적용되었다는 것은 문학으로서는 더없이 불행한 일이었다. 간단한 예로 초기의 신시에서 개화 사회를 표현한 개화 언어인 관념어들은 살아 있는 문학적 신빙성을 획득하지 못한 '하이칼라 말'이며, 초기 소설에서는 계몽적 인물——즉 관념어를 사용해야 하는 인물의 행동은 소설 속의 한국 사회 속에서 '양복쟁이' 티를 벗지 못하고 있고, 이 사정은 근본적으로는 현재에 있어서도 마찬가지이다.

어떤 보편적인 문화도 현실적으로는 어떤 국민의 특수 문화이다

신문학의 출발이 계몽적 정서에서 출발했다는 것은 유럽적 근대 관념이 그 원동력이었다는 말이며, 유럽적 관념이 그 본래의 방법과 풍속의 가변적 결합이라는 성격이 자각되지 못하고 받아들여졌다는 것은 관념과 그것이 형성된 사회와의 유기적 관계까지 투시할 힘이 없었다는 것이며, 그런 한계가 근본적인 것이기 때문에 계몽이라는 이름은 흔히 말하듯이 이광수의 문학적 개인적 성격이 아니라 현재에서도 그 극복이 문제인 신문학의 전반적 기조라고 해야 할 것이다.

관념=방법+풍속이라는 도식화에서 가늠할 때 방법에 편향한 것이 앞에 말한 경향으로 나타났다면, 한편으로 풍속 쪽으로 편향한 경향을 쉽사리 지적할 수 있다. 그 가장 두드러진 예가 이른바 '농촌 문학'이라는 계열이다. 이 계열에는 두 갈래가 있다. 하나는

'야학당'파이며, 하나는 '성황당'파다. 야학당 쪽은 말하자면 앞에 말한 '양복쟁이'가 농촌에 가는 이야긴데 도시에서도 우스운 사람들이 시골에 갔으니 더 말할 나위가 없다. 만일 그 주인공들이 정말 유럽의 근대 관념의 구조를 터득했다면 한국 농촌의 문제가 구급약 주머니나 국어 독본을 가지고 해결되리라고 생각하지 않았을 테고, 유럽 정신의 뛰어난 방법 정신을 구사하여 한국 농촌을 해부했다면 현실상이 드러났을 테고, 그 현실상을 반영한 힘 있는 관념을 얻을 수 있었을 것이며, 그런 관념은 유효하게 그들의 행동을 이끌 수 있었을 것이다. 그러나 이것도 그들에게는 무리한 일이었다. 나머지 '성황당'파는 또 다른 길을 갔다. 이들이 전형적으로 관념=방법+풍속이라는 등식에서의 풍속 편향을 철저히 걸어버린 사람들이다.

그들은 가장 역사적 유기성을 지닌 풍속인 농촌이라는 대상을 다루면서 유럽적 방법이란 군더더기를 아주 떼어버렸다. 그들이 농촌을 본 눈은 한국 농촌이 개화라는 문제를 안고 있는, 그리고 어떤 형태였건 개화가 진행되고 있는 사회에 포함된 집단으로 보지 않고, 문학적 접근에 가장 용이하게 담겨져오는 고정한 민족의 고향이라는 눈이었다. 이것은 외견상 풍속에 밀착한 것 같지만 그렇지 않다. 사실로서 변화하는 농촌 사회에서 변화하는 측면을 가려버리고 밀려나고 있는, 나날이 소멸되는 측면에 조명을 주고 그것을 작품에 담는다는 것은 실증적인 의식의 반대이며, 그들이 그린 농촌은 현실이기보다 문학적 환상이라고 하는 것이 옳을 것이다. 그것은 개화 이전의 한국 농촌의 방법과 풍속의 융합 상태의 표현인데 이 경우 방법이란 운명론이며, 풍속이란 봉건 사회였던 것이다. 현실로 진행되고 있는 사회적 변화를 작품의 시야 밖으로 밀어낸 대가로 얻어진 안정된 장 속에서 운명의 극을 조작한다는 이 방법은 신문학의 고민과 문제의식과는 근본적으로 무연한 것이다.

음악과 문학에서의 '음계'의 내용도耐用度의 차이

예술은 일반적으로 특히 근대 이전의 역사에서는 상징적인 기능을 수행한다. 그것은 생활을 통해서 얻어진 경험을 세련화해서 정신의 만족과 위안을 준다. 사회생활의 틀이 오랫동안 고정해 있을수록 생활과 예술 속의 상징과의 관계는 직접적인 것으로는 느껴지지 않는다. 그것은 원래 생활에서 나왔는데도 생활에서 초월한 독자적인 힘을 지닌 듯이 이해된다. 음악 같은 추상적 분야만이 아니라 문학에 있어서도 마찬가지다. 문학의 주인공들은 우리의 초상이며, 문학의 매체인 언어는 일상어가 세련된 것 외의 아무것도 아닌데도 주인공들은 신화의 인물처럼 그 언어는 신비한 주문처럼 느껴진다. 그 인물들은 그 작품 속에 갇혀 있으며 빠져나올 아무 출구도 없어 보인다. 그 작품의 문맥 속에서는 그것이 사실이다. 즉 그 작품에 설정된 조건이 그들의 운명이기 때문이다. 그 조건이 현실적으로도 타당할 때는 그런 고도의 운명극은 사실적이라 할 수 있으며, 우리가 고전이라고 부르는 작품에서 받는 감명은 어떤 정신이 자기 시대의 조건을 정직하게 극한까지 계산한 감각을 작품에 반영시킨 데서 오는 그 생활인의 감각의 박진성이 전달되기 때문이다. 그것은 당초에는 날카로운 문제의식이라는 방법과 그 작가의 당대 풍속의 충동에서 빚어졌기 때문이다. 그러나 작품 밖의 사회가 변화됐는데도 그에 맞춰 작품 조건을 설정하지 않고 전통적인 작품 조건 속에서 예술을 만들 때 그 예술은 엄살을 부리고 있는 것이며, 엄살에 대해서 감상자는 인색한 법이며, 그것을 보고 감동하지 않는다.

고전에서 전달되는 것은 '풍속'이 아니라 존재론적 '구조'

이 같은 예술은 그 비당대성에 대한 보상을 양식적 안정도에서 찾으려 하게 된다. 그것은 낡은 방법으로 낡은 풍속을 되풀이되풀이 연기해 보이는 예술이며, 방법과 풍속의 유합이 가져온 예술적 관념의 표현이다. 그것은 근대 예술의 집념인 방법과 풍속의 에누리 없는 균형을 통하여 불안한 안정을 유지하는 긴장한 상징이 되는 길을 버린 대신에, 변화가 진행되고 있는 사회나 시대에서 결코 건강한 정신의 표현이랄 수 없는 세련과 안정의 외관을 준다. 신시에서 토속어의 계열이 양식적으로 덜 위험해 보이고, 탐미적 농촌소설이 사실감의 착각을 주는 것은 이 때문이다.

언어의 이중성―원시와 문명

문학은 삶의 정수를 표현하는 것을 언제나 목표로 삼는다. 삶의 본질을 표현하는 것은 물론 문학뿐이 아니다. 그것은 예술이면 어느 것에나 들어맞는 말임에는 틀림없다. 다만 문학의 경우 그 감상이나 전문적 평가를 하는 데 혼란과 반발을 일으키는 까닭은 예술로서의 본질론적 차이에서 오는 것보다는 문학이 택하고 있는 매체인 언어의 특별한 성격에 말미암은 바가 더 클 것 같다. 언어는 인간의 삶의 안팎 사상事象들에 대한 우상抽象의 결과로 나타난 것은 틀림없지만 그 추상의 질은 가령 미술의 경우와 비교하면 전혀 성질이 다른 것이다. 이것은 언어가 형태나 색채 혹은 음보다 추상의 도가 못하다는 것이 아니다. 그 도가 아니라 질이 다르다고 해야 할 것 같다. 언어는 그것이 추상이면서 동시에 구체라는 두 얼굴을 가지고 있으며 따라서 언어는 '기호이면서 이미지이다'라는 말로 바꿔도 좋다. 이것을 이 글에서 채택한 관념의 구조 도식을 빌려 다시 설명한다면 '언어는 방법이면서 풍속이다'라고 할 수 있다.

언어가 방법이기 때문에 번역이라는 것이 가능하며 동시에 언어는 풍속이기 때문에 번역은 반역이며 예술이 아니라는 현상이 일어나는데, 이 현상은 언어라는 존재를 일원적인 것으로 파악하는 한, 이해하기 힘들지만 언어가 방법과 풍속의 이원적 구조를 가지는 존재라고 보면 쉽게 알 수 있는 것이다. 미술이나 음악은 문학과 비교한 의미에서는 뛰어나게 물신적인 예술 관념(악상樂想·화상畵想)이 그 이상의 구조 분해를 허용하지 않는, 즉물적인 존재로서 작용하는 예술이다. 그렇기 때문에 음악이나 미술은 어떤 의미에서든 '번역'이 불가능하다. 왜냐하면 음악적 관념에 있어서는 방법과 풍속이 완선히 유합되어 그것을 분리하자고 들면 음악적 관념 자체가 허무로 화해버리기 때문이다. 음악도 인간의 소산인 만큼 원리적으로는 풍속과 그것을 질서화하는 방법의 결합물임에 틀림없는데도 방법과 풍속의 구조 분해가 사실상 불가능하며, 그 풍속적 부분을 분리할 수 없기 때문에 음악적 관념의 경우에는 음악으로부터 음악 밖의 풍속으로 나아가는 길도 없고, 밖에서 안으로 들어가는 길도 없는 닫힌 회로이다.

그러므로 음악은 가장 보수적 예술인데 이 같은 순수한 유합 상태는 문학에서는 불가능하다. 문학적 관념에서의 방법과 풍속의 불안한 구조에서는 아무리 고전적 세련에 이른 경우라 할지라도 그 풍속적 부분은 문학 밖의 현실 풍속과 완전한 절연 상태를 유지할 수 없으며, 현실의 풍속과의 격차가 심해질 때 문학 속의 풍속적 부분은 곧 패러디화되고 만다. 어떤 시대의 예술이 패러디의 성격을 짙게 가지고 있다면 그것은 1) 소극적으로는 예술이 전통적인 예술적 관념의 풍속적 부분에 대하여 그 당대 사회의 현실 감각으로 비판을 가하고 있다는 징후이며, 2) 적극적으로는 아직 현실 감각에 어울릴 만한 풍속적 부분을 방법화하지 못하고 있다는 징후이다. 모든 시대의 문학은 이 두 부분의 분열을 극복하는 것이 그 기능이라고 해도 무방하다. 그래서 문학은 까다로운 시인에게는 항상 믿을 수 없고 불안한, 부단한 점검으로 조율을 해야 하는 예술 장르로 비친다. '꽃'이라는 말은 분명히 한정된 내용을 가진 말이면서 동시에 그것이 발언되는 풍속에서 분리되면 아무것도 전달하는 것이 없는 무이다.

말의 이 같은 허무에다 목숨의 무게를 주는 것, 그렇게 해서 언어를 그 무중력의 공간에서 이끌어내어 땅에 비끄러맴으로써 자기 시대를 산 사람들의 기념비로 삼는 것, 이것이 아마 근대 문학의 기본적 신념일 것이다. 이런 신념이 문학이 발생한 처음부터 있었던 것은 아니다. 문학적 관념의 두 부분인 방법과 풍속이 분열할 여건을 가지지 않았던 시대를 우리는 역사에서 지적할 수 있는데, 그런 시대 속에서는 문학의 역사성에 대한 반성은 나올 수 없었다. 문학이 만들어지고 쓰이는 사회 자체가 움직이고 변화될 때에 비로소 그 이전까지의 양식적으로 완성된 문학은 새로운 삶의 조건 ― 풍속에서 떨어진 그 자신의 한계 때문에 당대를 사는 사람들의 정신에 밀착하지 못하고 떠돌게 된다. 삶에 의해서 전면적으로 관계 지어지지 못한 언어는 다시 무중력의 공간으로 달아나려 하기 때문이다. 그리고 그런 언어들은 삶의 땅 위 하늘에 풍선처럼 떠돈다. 그 풍선은 땅에 있는 사람들의 눈길에 얽히고 그들의 희망에 의해서 떠 있는 것이 아니라 현재의 삶에서 떨어져버린, 무연한, 그곳까지 올라간 사연을 알 수 없는 존재가 되고 만다. 물론 이것은 극단화한 비유지만. 본질적으로는 그런 상태인 것이다. 근대 작가의 예술가로서의 특성은 자기가 택한 예술의 매체의 이 같은 무허화·무중력화·수사화를 깨뜨리고 예술에다 현재의 무게를 주는 일―1)당대가 가지고 있는 2)당대까지에 인간이 획득한 3)이 세계에 대한 4)모든 정보량의 정화이도록 하는 작업에 있다.

인간의 정신 능력의 어느 한 면만을 떼어서 매체로 삼는 미술이나 음악과는 달리 인간 정신의 포괄적인 능력을 전면적으로 대표하는 도구인 언어 속에서 삶의 정화된 모습을 나타내야 하는 문학은 그러므로 자기 자신을 끊임없이 넘어서는 작업이다. 이 같은 정신이 근대 유럽의 방법이며, 인간의 역사상 처음으로 뚜렷한 깨달음을 가지고 관념을 방법과 풍속으로 찢는 용기와 슬기를 보여준 것이며, 그 선구자로서의 영예는 영원하다.

이데올로기(문화)와 권력(정치)

그들이 지금도 그 방법에 충실한가 어떤가는 다른 문제다. 그런 것은 우리가 알 것 없다. 우리는 이 방법 정신이 옳다고 생각하며, 그것을 에누리 없이 나, 남에게 들이대기를 바란다. 방법 정신이란 정신 차리고 살려는 사람의 자기 환경에 대한 모험 감각이라고 할 수 있다. 그것은 복습이나 반복이 아니다. 사태의 본질을 분명하게 하기 위해서 관념=방법+풍속이라는 극단한 도식화를 한 것이지만, 그렇다고 해서 문학이 끊임없는 유동뿐이라면 양식은 성립할 수 없고 문학적 관념은 그의 구조 요소인 방법과 풍속 사이의 불안정 때문에 결국 성립이 불가능하다는 결론에 이르려는 것은 아니다.

방법과 풍속의 이 상극상잔相克相殘을 해결하는 길은 아마 주기라는 개념을 쓰면 될 것 같다. 변화가 무원칙하거나 우발적이 아닌 한에서는 삶이란 변화하더라도 경향과 질서에의 방향을 가지고 있는 벡터Vector일 것이 분명하다고 가정하겠다. 인간의 삶의 진행이 자의적이 아니라는 가설, 당분간(주기 내)은 태양이 여전히 동녘에 뜨리라는 가설 위에서 변화 속에 경향을 미리 알아보고 정리하는 것이 현대 작가의 예술적 모험이다.

진리에의 귀속

이 정신—현실 감각에서 우러나온 이 모험의 정신, 방법과 풍속의 불안한 균형의 현기증에 끝까지 견디는 신경, 그 밖에는 인간의 진실에의 길이 없다는 정신이 '참여'의 의미라고 나는 해석한다. 그것은 반드시 정치 편중을 뜻하지 않는다. 그렇지 않고 문학의 소재인 여러 풍속의 하나로서의 정치라는 풍속에 대한 기피와 편중을 동시에 물리치는 정신이다. 그 까닭은 정치를 기피하는 문학은 무엇인가를 숨기고 있으며, 정치를 편중하는 문학도 무엇인가를 숨기고 있기 때문이다. 이 글에서 채택한 도식을 빌어 설명한다면 현재화顯在化한 어떤 풍속도 비판이라는 방법 정신의 눈으로 볼 때 영원한 유합을 허용할 만큼 안정한 것이라고 볼 수 없기 때문이다. '참여'라는 표현에서 '정치'가 그렇게 걸린다면 참여의 뜻은 하나님의 정치에 대해서라도 방법과 풍속을 분리해서 검토하려는 정신 이외의 아무것도 아니라고 말하는 것이 좋겠다. 더 글자에 즉해서 말하면 '참여'에서 참여하겠다는 그 장소는 어떤 풍속에 대해서든 그것을 분석하겠다는 비판의 의지라는 형태에 의해서만 생명의 핵심은 오염을 벗을 수 있고, 그와 같은 방법적 분리에 의해서만 생명의 물신화를 막을 수 있다는 '방법 정신'에 참여한다는 뜻이라고 하면 맞다.

야만인의 단순 반사 아닌 문명인의 비평 감각

신문학사라는 흐름 속에서 '참여'를 규정한다면 '계몽'과 '토속'에서의 방법과 풍속의 유합적 물신화를 극복하고 에누리 없는 순수한 비판이라는 방법으로 '양복쟁이'도 '바지저고리'도 아닌 한국인의 인간으로서의 감각을 예술적으로 선취하고 그런 감각의 기조에서 작품을 만들자는 의지이다. 참여란 말에 사로잡혀 그것을 어떤 풍속화한 실체에 몰입하는 이미지로 생각할 것이 아니라 참여를 방법 정신으로 이해하고, 그것은 다름 아닌 끊임없이 자기를 넘어서며 앞으로 나아가는 인간의 자연적 사회적 삶의 방식의 방법적 자각이라고 생각해야 옳을 것이다. 이런 방법을 적용한 결과, 만일에 정치가 그 시대 주기의 가장 심층을 흐르는 기본적 풍속이며, 그 풍속이 잘못되었기 때문에 문학의 가장 두드러진 비판이 정치에 쏠리게 된다면 그것은 할 수 없는 일이다. 그것은 방법의 책임이 아니라 풍속의 책임이기 때문이며, 방법은 대상에 대해 가림이 없기 때문에 바로 방법이다. 정치는커녕, 만일에 고양이가 문제라면 고양이도 비판해야 할 것이다.『임제록臨濟錄』은 말한다.

> 안팎으로 만나는 자를 모두 죽여라. 부처를 만나면 부처를 죽이고, 스승을 만나면 스승을 죽이고, 나한을 만나면 나한을 죽이고, 부모를 만나면 부모를 죽이고, 친척을 만나면 친척을 죽여야만 비로소 해탈할 수 있다.
> 向裏向外 逢著便殺. 逢佛殺佛 逢祖殺祖 逢羅漢殺羅漢 逢父母殺父母 逢親眷殺親眷 始得解脫. 不與物拘 透脫自在.

관념을 방법과 풍속의 유합으로 물신화하지 않을 때 비로소 의식은 자유를 얻는다.

시점에 대하여

 시점은 소설의 기술 형식을 반성한 개념인데, 이것은 다음과 같은 내용을 가진다고 볼 수 있다.

주체

 누가 얘기하는 것이냐, 하는 뜻에서 쓰일 때의 시점이란 말의 내용이다. 소설은 인생에서와 마찬가지로 누군가가 무슨 행동을 하고 있는 것이 그 내용이다. 소설 속에서 이루어지고 있는 행동의 주체——즉 등장인물 자신이 얘기하는 경우를 1인칭 소설이라 부르고 소설에는 등장하지 않는 제3자——즉 작자가 보고하는 경우를 3인칭 소설이라 부르고 있다. 전달자가 소설의 안에 있는가 밖에 있는가에 따른 구별이다. 이것이 기본적인 정의지만 여러 가지 변형이 있다. 1) 작중 화자라는 것이 있다. 이 경우는 얘기가 등장인물에 의해 전달되는 것은 사실이지만, 그 등장인물이 얘기의 주인공은 아닌 경우다. 『마농 레스코』 같은 것이다. 이때는 형식적으로만 따지면 얘기는 어디까지나 작중 화자의 인생 경험이며, 작중 화자가 전달하는 것이지만 실질적으로는 마농의 애인의 1인칭 고백인 것은 분명하다. 작중 화자는 가주어인 셈이다. 혹은 이중의 1인칭 소설이라고 할 수도 있겠다. 2) 원탁 화자라는 것이 있다. 『캔터베리 이야기』 같은 것이다. 1인칭 소설 여러 개가 한 소설의 내용을 이루고 있는 경우다. 염주식 연결법이라 부를 수도 있겠다.

감수성의 사회적 계층성

각기 소설 사이에는 아무 관련이 없고 다만 얘기하는 주체가 한자리에 모였다는 형식만으로 한 소설 속에 묶여 있으며 각 화자가 그 얘기의 주인공일 수도 아닐 수도 있다. 아닌 경우에는 1)의 응용이라 해야 하겠다. 이 경우에도 복수의 화자들에 중점을 두면, 살롱에 모인 여러 사람의 담론 풍경이라는 패턴을 볼 수 있으나 그것은 역시 형식이고, 실질은 그들의 얘기 내용이라 보는 것이 옳을 것이다. 중심은 화자들에게 있는 것이 아니고 그 내용에 있기 때문이다. 또 형식적으로는 이 복수의 화자들은 한자리에 모였다는 최소한의 상호 관계가 있으나 역시 그것도 작품의 형식이지 실질은 아니라고 보는 것이 옳다. 소설의 이 같은 초기 형태는 아마 행동과 인식, 경험과 반성을 분리하는 데 어려움을 느꼈던 당시 사람들의 인식론적 심정을 나타내는 것이라 생각된다. 이런 태도는 한편 여러 계층이 각기 폐쇄적으로 고립되어 동일한 수준에서의 교섭이 불가능했다는 사정을 나타내는 것이기도 하다. 여기서 소설은 그 기초에 판단의 동질성이 요구된다는 것을 알 수 있다.

위치

다음은 시점이란 말이 서술에 대한 거리를 나타내는 경우를 알아보자. 1인칭인 경우에는 등장인물의 내면에 대한 서술은 자연스럽게 이루어지지만 3인칭인 경우에는 서술이 내면에까지 미친다는 것은 확실히 허구이다. 작자는 인물들을 밖에서만이 아니라 안에서 보는 것이 되는데 이것은 실지로는 불가능한 일이다. 실생활에서는 결코 있을 수 없는 능력을 작자는 사용하고 있으며 소설이라는 약속 아래 우리는 그것을 받아들이고 있다. 이 방법이 연극과 영화에 비교해서 소설의 독특한 점이라 할 수 있다. 영화에서도 심리 묘사니 분석이니 하는 말을 하지만 소설과 같은 뜻일 수는 없다. 단일 시점과 복수 시점의 구별은 서술의 범위가 인물에 내재해 있는 경우에 그 내재가 한 인물에 한정되었느냐, 여러 인물에 걸쳤느냐에 따른 것이다. 한 인물의 내면을 통해서 이야기할 때는 사실상 1인칭 소설과 같다. 3인칭이면서, 여러 등장인물이면서, 그들 인물의 내면에까지 서술의 범위를 넓히는 경우에 그것을 전지全知 시점이라고 부르고 있다.

소설 공간은 인공의 공간 — 사르트르의 모리악 비판은 형식적으로는 무의미

이렇게 되면 소설의 공간은 물리적 제약에서 완전히 벗어난다.

소설가는 모든 인물의 내외면에 대해 모두 알고 있으며 다른 말로 하면 전능의 시점이라고 할 수 있다. 원리상으로 전능의 시점은 허용되는 약속이지만 대부분의 소설은 이 자유랄까 권리를 완전히 쓰는 예는 드물다. 왜냐하면 말 그대로 전능하려면 이 세계 모두에 대해 언급해야 하는데 그것은 이 세계만 한 원고지의 양을 필요로 하는 까닭이며, 그런 이유 말고도 그와 같은 완전한 자유는 소설에 반드시 유익하지도 않기 때문이다. 왜냐하면 어떤 사물 속으로도 들어갈 수 있는 자유는 언어의 긴장과 저항에서 오는 효과를 약화시키기 때문이다. 전능의 시점은 허구의 약속이므로 그것이 가능하냐 않냐의 시비는 무의미하고, 위에서 말한 절제의 측면에서 그 사용을 적절히 조종하는 문제만이 있을 뿐이다. 조종한다는 것은 단순히 양적인 절제만을 뜻하는 것은 아니다.

문명인의 의식은 야만인의 눈으로 보면 대단히 '비인간적'이며 '반자연적'

서술되는 대상에 따라서, 다시 말하면 대상의 질에 따라서 조절되는 것이 좋다. 가령 원시인에 대해서 내면 묘사를 얼마나 할 수 있겠는가. 아마 그의 행동에 나타나지 않은 어떤 잉여가 그의 내면에 남아 있다고 생각하는 것은 무리한 상상일 것이다. 이럴 때는 시점은 인물의 속으로 들어갈 필요가 사실상 없다. 서술을 내면에까지 넓힌다는 것——시점을 내면에 둔다는 것은 인간이 경험을 언어라는 형태로 축적하고, 개인적 경험이 아닌 경험, 즉 교육이나 정보를 통한 경험을 다량으로 소유하게 되는 경우에 효용을 가지게 된다. 한국 소설에서는 이 내면의 서술이 심리 분석이라는 선을 넘어가는 경우가 별로 없었는데 신문학의 어느 시기까지는 그런 현상은 객관적 타당성을 가진다. 왜냐하면 현실적으로 소설에 취급된 인물들의 내면이 심리 분석 이상의 추구를 가능케 하는 종류의 인물들이 아니었기 때문이다. 이러한 풍속적 타당성을 원리적 터부로까지 확대하려는 것은 그러나 잘못이다. 행동과 밀접한 분량 이상의 의식이나 사고의 분량이 소설에 들어오는 것을 혐오하는 고정관념은 1)현재까지의 타성에 대한 믿음 2)소설을 연극과 같은 것으로 알고 있는 데서 3)실생활의 균형을 소설 속에서도 요구하는 의擬사실주의에서 온 것으로 생각된다. 소설의 체격은 현실과 결코 같지 않다. 소설은 현실에 입히기 위한 양복이 아니다. 그것은 원리적으로는(약속상으로는), 현실보다 무한히 작아도 좋고, 현실보다 무한히 커도 좋다.

시점

서술하는 시간적 기준이라는 뜻에서 사용될 때의 시점이다. 소설은 진행형으로도 쓸 수 있고 회상형으로도 쓸 수 있고 미래형으로도 쓸 수 있다. 현재형, 과거형, 역사적 현재 할 때, 시점이란 말은 서술적 '시점'이라는 뜻으로 사용되고 있다. 1인칭 소설에서 현재형을 사용한다면 논리적으로 모순이겠지만 역사적 현재라는 것이 허용되고 있다. 행동에 대한 표현은 과거나 미래 말고는 있을 수 없는데 현재형으로 서술한다는 것은 허구의 약속이다.

소설의 시공은 자연인의 감관의 규모에 맞춘 것이 아니라, 그것을 확대·축소하는 자유스러운 방법 공간 — 과학의 방법론과 동일

이때 시점은 현재에 밀착하는 것으로 보고 행동과 언어는 하나가 된다. 그때 언어는 행동의 표현이 아니라 행동이다, 라는 허구가 진행되는 것이다. 여기서도 소설의 시간이 결코 현실의 시간이 아님을 알 수 있다. 현실의 시간이 가지는 불가역이 극복되는 것이다. 소설이 남의 경험을 사는 것이라는 것은 이런 뜻이다. 타인의 시간을 사는 것이다. 실생활에서는 타인의 시간을 함께할 수는 없다. 그것이 소설에서는 가능하다. 그렇기 때문에 시점의 진행형과 과거형도 형식적인 것일 뿐이지 사실은 서로 반대의 뜻으로 옮아갈 수 있다. 진행이라 하지만 사실은 작가에 의해 보고되고 있는 것이며, 과거라 하지만 그것을 보고하는 작가의 의식은 현재인 것이다. 겉으로 취하는 형식이 현재, 과거, 하는 모습을 지녔을 뿐이다. 소설의 참다운 시간은 일상의 시간이 아니다. 그것은 허구의 시간이다.

기호 공간에서 사물의 기호(언어)를 재구성

인간이 소설이란 형식을 생각해내지 않았다면 자연으론 존재치 않는 시간이다. 그렇지 않다면 우리가 아닌 타인의 시간에 우리가 어떻게 참여할 수 있겠는가. '옛날 옛적에' 할 때도 그것은 현재의 얘기며, '지금 그는' 할 때도 그것은 옛날의 일이다. 우리가 얘기에 대해서 강한 욕망을 가지는 것은 일상의 시간에 묶인 우리를 소설은 다른 시간으로 인도하기 때문이다. 인간은 아무리 노력하

고 진보하더라도 이 역사 안에서 자기를 완전히 실현할 순 없다. 자기의 자연적 시간이란 미미한 것이다. 우리는 그 속에 갇혀 있다. 소설의 시간은 여기서 우리를 해방시킨다. 우리는 그 속에서 심연에서부터 천공에 이르는 시간을 모두 가질 수 있다.

약속

마지막으로 시점이란 말이 가지는, 소설의 창작과 감상이라는 문화 현상의 근본에 전제되고 있는, '약속'이라는 뜻을 살펴보기로 한다.

소설의 음계—— 음계의 복수성 계급 선율·민족 선율의 문제

소설을 만들고, 그것을 읽을 때 작가와 독자 사이에는 어떤 약속이 있는가? 1) 서로가 인간이라는 약속이 있다고 봐야 한다. 이것이 가장 큰 약속이다. 사람의 얘기를 사람이 듣고 있는 것이다. 이 신뢰나 평등이 없는 곳에는 소설 현상은 성립할 수 없다. 2) 같은 언어 속에 있다는 것이 전제되어 있다. 엄밀하게 말하면 국어는 번역될 수 없으며 닫힌회로다. 문학은 국어라는 마을 속에서의 낱말들의 삶이다. 3) 사고형의 동질성을 전제하고 있다. 선악善惡· 미추美醜의 기준이 같아야 전달이 가능하며, 논쟁이란 것도 이것을 전제하고 있다.

선악·미추는 객관적인 것이 아니라 선택한 사실이다. 논쟁의 차원에서 결정되는 것이 아니라, 생활이 다르면 생각도 다르고 느낌도 다르다. 소설은 이 사고형에서의 동질성을 전제로 한다. 4) 그것은 시대성이라는 표현으로 바꿀 수도 있다. 동시대인 사이의 수수授受 행위인가, 시대를 격한 호사 취미인가 하는 문제다. 고전을 읽을 경우에 그것이 감동을 준다면, 시대를 격한 작자가 우리에게 들려주는 얘기에서 풍속의 차이 때문에 수긍할 수 없는 부분은 탕감하고, 인간이라는 가장 큰 테두리에서 대화가 이루어지고 있는 것이라고 할 수 있다. 인간에 관한 일은 인간에 대해서 무연한 것이 하나도 없기 때문이다. 그러나 이것도 정도 문제다. 작가와 독자 사이에 함께하는 부분이 적으면 적을수록 작품은 전달의 기능을 해낼 수 없다. 작품의 좋고 나쁨은 접어두고 무엇보다 전달이 안 되는 것이다. 극단적으로 말하면 전달이 불가능할 때 작품이 좋은지 나쁜지를 어떻게 알 수 있겠는가. 그러나 실지로는 그런 일은 있을 수 없다. 완전히 전달이 불가능할 때는 그것은 문학이 아니고 수수께낀데, 어려운 작품을 수수께끼라고 부르는 것은 비유일 뿐이다. 문학적 약속인 소설이 어렵다거나, 혼란하다는 것은 그 약속의 내용이 흔들리고 있다는 것을 말한다.

음계의 혼란

인간관의 혼란, 국어의 혼란, 사고형의 혼란, 시대의 혼란이 있을 때는 소설에도 혼란이 온다. 그 혼란은 전대까지의 안정된 소설의 형태와 변화한 현실 사이의 간격 때문에 일어난다. 소설은 이러저러한 내용을 이러저러하게 써야 한다는 약속을 지킬 수 없게 되고, 한편에서는 '약속과 틀리지 않으냐' 하면, 다른 편에서는 '정하면 약속이지 별것이냐' 하게 된다. 이런 경우 문학은, 방법적인 약속인 언어의 마을에서의 생활이 사실은 공동체의 생활을 반영하고 있었다는 것을 어쩔 수 없이 깨닫게 된다. 소설 자체에 대한 인식론적 반성이 나오게 된다. 닭이 알을 낳듯, 꾀꼬리가 노래 부르듯 작품이 작가에게서 나오지 못하고, 벙어리가 말을 배우듯, 증명을 하듯이 글을 짓게 된다. 소설의 이 같은 고비는 기법상의 결함이라는 정태적 차원에서의 현상이 아니고, 변혁기에 있어서의 약속의 휴지화에서 오는 현상이라고 볼 때만이, 그 참뜻을 알 수 있다. 이것이 시점이란 말이 가지는 제일 넓은 뜻이다.

'시점'에 대해서 여러 가지로 생각해봤는데, 내가 한 풀이부터가 일관한 시점에서 진행되었는지가 미상불 의심스럽다. 그런대로 앞서 말한 바에서 주의할 데를 다시 적어본다면, 시점에 대해 얘기한 여러 가지 대목들이 각기 절대적으로 떨어져 있는 게 아니라 서로 자리를 바꿀 수 있다는 점이다. 1인칭과 3인칭, 안과 밖, 과거와 현재, 영원과 시대성 — 이렇게 나누어보기는 하지만, 그것들은 서로 자리를 바꿀 수 있다. 한 개념을 따라가노라면 그 반대의 것으로 옮아가버린다. 이것이 제일 중요한 요령이다. 왜 이런 되돌아옴이 일어나는가? 그것은 아마 문화란 것을 생각하면 짐작이 가지 않을까 생각한다. 소설도 문화 현상의 하나이기 때문이다. 문화는 사람이 만든 것이지만, 만들어지면 독립해서 존재하며 거꾸로 우리를 지배한다. 인생이 예술을 닮는다는 것은 그런 말이다.

모든 사물의 역설적 존재 방식 — 변증법

인생이 시점이고 문화는 피시체被視體인 것은 아니다. 그 반대이기도 하다. 문화가 시점이고 개인이 피시체이기도 한 것이다. 우리가 소설을 읽는다는 것은, 동시에 소설이 우리를 읽고 있는 것이다. 이 순환은 작가-작품-독자라는 계系에서는 풀리지 않는다. 이 계에는 한 허구가 약속이 잠입해 있기 때문이다. 작가-독자는 현실의 사람인데 그 사이에 작품이라는 허구의 요인이 끼여 있다는 말이다. 현실인 양 처신하는 허구인 작품은, 실은 작가나 독자와 같은 뜻의 현실이 아니다. 작품에 대해 이견이 생겼을 때는 이 작가-작품-독자라는 허구의 계에서 떠나 작가-독자라는 실인생實人生의 계를 살펴봐야 한다. 그때 여러분이 문학 계약설의 신봉자가 될지 어떨지는 아마 여러분의 '시점'에 달려 있을 것이다.

외설이란 무엇인가

닫힌 세계와 열린 세계

꿀벌이 자기 보금자리인 벌집에 다가오는 적을 향해 날아가서 침을 쏘고 죽을 때, 그에게는 망설임이라는 것이 있을까? 만일 있다면 그의 행위는 히로이즘을 필요로 한다. 그러나 그는 망설임 없이 그렇게 한다. 생명의 한 개체가 자기의 죽음과 이어진 행위를 선택에 의하지 않고, 반사적으로 실천하는 경우에 그 행위는 한 잎의 꽃 이파리가 떨어지는 것과 다를 바 없는, 자연의 행동이다. 원시 부족의 전사들의 전투에 임해서의 행위도 아마 비슷한 것이었으리라. 문학에서 그려진 전사들도 올라갈수록 꿀벌을 닮고 내려올수록 히로이즘에 물들어 있다. 그리고 오늘날에 있어서는, 전사의 죽음이란 아마 피하고 싶은 괴로운 허영이 아닐까?

문명과 모럴의 함수 관계

 이 문제를 생각하는 데 요긴한 대목은, 나의 생각으로는 꿀벌들의 삶의 닫힌 성격과 사람 세상의 열린 성격이 아닐까 생각한다. 꿀벌들의 세계는 일과 싸움과 아이 낳기가 도식적으로 나누어지고 바뀌지 않게 되어 있다. 그들의 생명의 조건은 일단 완성되고 닫혀 있다. 인류 전사前史라고 부를 만한 오랜 사이의 인간의 삶도 비유적인 한계에서 본다면 꿀벌과 같았다고 할 수 있다. 계급적으로 나누어지기까지는 않았던 모양이지만, 군집 동물의 노동과 성생활과 별로 다를 것이 없었던 것이다.

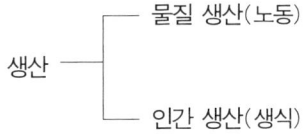

 노동과 성性의 조건이 닫힌 상태에서 머물러 있었기 때문에, 노동에서의 강자와 약자가 생기지 않을 수 있었고, 설령 생기더라도 무시할 수 있었을 것이다. 이런 상태에서는 평등이 존재했을 것이다. 그리고 노동 조건이 매우 어려웠기 때문에 성은 여유 없는 긴요한 공적인 뜻을 지닌 채 놀이라는 형태를 취할 수 있었을 것이다. 이런 사회에서는 역시 성은 '평등'한 생산 행위였을 것이다.
 가령, 모든 탈 없는 부족원은 비슷한 노동량, 비슷한 식량으로 비슷한 체격을 가졌을 테고, 가령 병이 들면 죽는 율이 높았을 테니까, 죽기 아니면 살기라는 생명의 정직한 극단의 두 극이 두드

러지고, 그 사이의 여러 중간 단계는 드물었을 것이다. 동물 사회에서의 병든 동족에 대한 냉혹한 처리는, 그런 상태를 떠올리는데 도움을 준다. 또 전혀 자연의 멋대로의 움직임에 따라 일하던 그들은 먹이를 구하는 일 이외에 쓸 수 있는 짬이 그렇게 많지 못했을 것이며, 고달픈 휴식을 취해야 했을 것이다.

이 같은 모든 조건이 그들의 시간을 엄격하게 닫힌 것으로 만들고, 유類와 개체 사이에 벌어짐이 없는 상태를 유지시켰을 것이다. 유의 유지라는 큰 목표 아래에서 모든 노동과 성이 이루어졌을 것이다.

몫의 가변성可變性 · 다변성多辯性

이런 상태는 인간이 도구를 만들어냈다는 사실에 아주 집약적으로 나타나고 있는바 환경 정보의 불어남과 더불어 이윽고 무너져간다. 그리고 인간 역사의 오늘에 이르는 기간은, 말하자면 그러한 가난한, 닫힌 유토피아의 거듭되는 무너짐의 과정이라는 잣대로 재어볼 수 있다.

문명의 역설

이런 무너짐의 결과는 한마디로, 노동과 성의 평등이 무너졌다는 것이라고 말할 수 있겠다. 그리고 이 불평등은 사회 전체로서는 인간의 노동 능력이 절대적으로는 커져오는 데서 이루어졌다는 데에 우리들의 괴로움이 있다.

생물학적인 유지에 빠듯했던 시대에 사회가 가졌던 힘에 비하면 놀라운 힘—환경을 이겨가는 노동의 능력을 가지게 되었는데도, 오늘날의 우리는 유와 개체의 분열, 건전한 성과 병적인 성의 분열이라는 문제를 앓고 있다. 이것은 인간의 힘의 가난함에서 온 탈이 아니라, 인간의 힘의 풍부함에서 온 결과며, 인간의 조건의 닫힘에서 온 결과가 아니라 인간의 조건이 열려가는 과정에서 온 결과이기 때문에, 사람에게만 있는 괴로움이며, 문제이다.

생물적 종과 사회적 종

강자와 약자, 한가한 자와 바쁜 자가 생긴 곳에서 온 결과다. 그리고 이 강약, 한망閑忙은 그 자체 가만히 있지 않고 그 속에서 유동적이며, 시대라는 주기 사이에서 또 유동적이다. 우리의 불행은 그러므로 꿀벌들이 모르는 불행이다. 우리는 어느 개체이건 여왕벌·일벌·싸움벌의 몫을 모두 할 수 있다. 이 몫의 가환성과, 몫의 다변성이 인간에게만 지워진 운명이다. 만일 보다 나은 몫을 차지할 수 있는 가능성이 처음부터 막혀 있다면 인간의 불행은 없다.

신분제 사회의 역설적인 안정성은, 적어도 어느 기간 동안 인간이 스스로를 꿀벌의 사회와 같은 것으로 여긴 데서 온 현상이다. 그러나 이 사회가 자리 잡혀 있었다는 것은 다른 시대—우리 시대와 비교해서의 일이며, 이 기간에도 역시 같은 계급 안에서는 겨룸과 싸움이 있었다. 그것이 권력 투쟁이었다. 또 비록 그 한계가 스스로의 최저선의 삶을 달라는 것으로밖에는 나가지 못했을망정, 계층 간의 싸움이 있었던 것도 사실이다. 농민 반란, 노예 반란이 그것이다.

이처럼 몫——사회적 역할, 사회적 지위의 가변성이라는 역사의 흐름에 들어서버린 인간의 역사는, 원시 사회와 같은 닫힌 안정한 구조를 놓쳐버리고, 길건 짧건 주기적으로 재조정이 필요한 불안정한 구조를 각각으로 타고 넘지 않으면 안 되기에 이르렀다.

회전하는 팽이

우리 시대는 이런 흐름이 이어져온 이 도달점으로서 여기에 있게 된 것이다.

사회 성원의 역할이 불안정한 속에서도, 어떤 최저한의 안정이 없이는 사회는 유지되지 않는다. 인간 사회는 원칙적으로 무한히 열려 있으면서 동시에 스스로 혼돈에 떨어지지 않기 위한 안정을 가져야 한다. 이 안정의 표준은 아마 어떤 시대에 있어서의 노동과 휴식 사이의 균형에 근거한다고 할 수 있겠다. 계층이란, 전체 사회의 노동과 휴식의 절대량 가운데, 어떤 집단에게 공인된 노동과 휴식의 양이라 말할 수 있다.

특권의 기원과 상속

사회의 모든 성원이 기껏 일해야 하루에 한 사람의 끼니를 넘지 못하는 양밖에는 얻어오지 못하는 관계를 벗어난 모든 시기의 인간 사회에서는, 누군가의 휴식을 위해서 누군가가 일한다는 현상을 피할 수가 없다. 역할의 불평등은 덮어놓고 불합리한 것은 아니다. 보다 나은 몫과 자리는 대체로 그 기원에 있어서는 그럴 만한 이유들을 가지고 있다. 가령 부족이나 사회의 안전에 크게 이

바지한 상여로서의 형태가 있을 수 있다. 그러나 그 기원에서 합리적인 것이 그 연속의 과정에서도 합리적인 경우는 드물다.

노동과 성의 유희화

사회는 노동과 휴식의 사회적 배분 상태가 균형을 잃게 되면, 무슨 수로든 자기를 바로잡지 않으면 안 된다. 이 같은 위기에 선 사회에서는, 성의 배분도 균형을 잃고 있다. 우리가 성이라는 현상에서 눈여겨보게 되는 것은 한 개체의 성의 능력에는 한계가 있다는 점이다. 그것은 밥주머니와 같아서 어떤 차는 데가 있다. 한 인간이 온전히 스스로의 힘으로만 살려고 하는 경우, 그는 노동과 성 사이에 불가불 가진 시간을 나누지 않을 수 없다. 그러나 그가 다른 사람의 노동에 의지할 수 있다면, 그의 성의 한계는 넓어진다. 이 확대가 증대되면 그 성은 실용의 질을 넘어 다른 것 — 말하자면 놀이 같은 것이 된다.

문명의 현 수준

성은 생산이라는 인간의 자연적 행위의 한계에서 해방되어, 다른 것 즉 유희가 된다. 그러나 이 경우에는 단순히 놀이라는 그 현상 자체에서 긍정·부정의 뜻이 나오는 것은 아니다. 어떤 인간의 성이 놀이가 될 수 있다는 것이, 다른 인간의 성이 가난하고 고통스러운 것이 되고, 다른 인간의 지나친 노동 위에서 이루어진 것이 아닌가 어떤가 하는 점에서만 그것은 문제가 된다. 그런데 현재까지의 인간의 문명의 힘으로써는 그러한 상태, 다른 인간의 희생 없이 어떤 인간이나, 인간의 집단이 성을 놀이로 만드는 것은 불가능한 것이 뚜렷하다.

극단으로 말하면 노동 시간이 0이 되고 생산량이 무한대가 될 때만 모든 인간에게 평등하게 성이 놀이가 될 수 있고 따라서 그런 꿈으로 그려보는 극단점까지의 사이에 있는 모든 역사적 시기는 불가불 노동과 유희로서의 성 사이의 규제가 필요하며, 그러므로 현실적으로는 어떤 성의 유희화도 부당하며, 사람답지 않다고 할 수 있다. 그럼에도 불구하고 어떤 사회에 성의 유희화의 '현실'이나 '사상'이 있다면, 그것은 비인간적 현실이며 꿈과 생시를 헛갈린 환상적 사상이다. 환상적이란 인간의 건강한 생명 방식——노동과 휴식의 균형 있고 평등한 배분에 어긋나는 생각을 말한다.

공동체 성원으로서의 정확한 권리 · 의무 판단—— 윤리

이런 생각은, 이런 환상은 인간의 현실적 삶을 그릇 이끌고, 신기루까지의 거리를 잘못 가르쳐주기 때문에, 그것이 신기루가 지금 거기에서 가능한 것처럼 착각을 일으킴으로써 죽음을 가져오기 때문에 나쁜 것이다. 모든 시대에 지배적 계층에 의해서 강조된 성의 터부는 사회 성원이 성에서 본래적 단계인 생산의 선을 넘어가는 것을 막음으로써 사회의 필요 노동을 잡아두려는 배려였다. 그러한 배려가 가해진 나머지의 시간을 유희에 소모하고 그 소모량을 계층별로 나누었던 것이다. 여기서 주의가 필요할 것 같다.

문명의 진화 과정에서 인간의 두 가지 생산인 노동과 생식 가운데 생식만이 유희화의 길을 걸었다는 것은 아니다. 노동 역시 유희화의 경향을 취해왔고 그것이 여러 종류의 오락 유희이다. 유희란 고통 없는 노동, 즐거운 노동이라고 할 수 있겠다. 성에 수반된 쾌감은 원시인이나 현대인이나 다를 것이 없기 때문에, 노동의 유희화가 질적 변화인 데 비해 성의 유희화는 양적인 연속인 것처럼 생각되기 쉬우나 그것은 잘못된 생각이다. 노동은 고통, 성은 즐거움이란 대립적 인식은 역사적 인식 — 불평등이 존재하기 시작한 역사 안에서의 태도이며, 원시인들에게 있어서는 노동과 성은 둘 다 어떤 절박한 것, 당연히 치러야 할 두 가지 사실이 아니었을까?

불모의 이원론적 악순환

꿀벌이 히로이즘 없이 전사하는 것처럼, 여왕벌도 엑스터시 없이 교미한다. 행동이 심리의 중복이나 대립이 없는 일원적인 사실 — 꿀벌의 노동과 교미는 그런 단원적 '사실'이다. 거기에 있는 차이는 땀과 호르몬뿐이며, 고통과 즐거움이 아닌 것이다. 땀이 고통이며, 내분비선이 기쁨이라는 인식은 이미 선택이 가해진 심리적 '태도'이지, '사실'이 아니다. 그런 점에서 현대인의 성과 원시인의 성은 다른 것으로 봐야 한다. 다른 것이란, 원시인의 성은 자연으로서의 사실이며, 문명인의 그것은 선택이라는 점에 있다. 그렇기 때문에 성의 터부라는 것도 바로 사회적 태도로서의 성의 문제이지 자연으로서의 그것이 문제된 것은 아니었다.

같은 이치로 성의 유희라는 것도 노동의 유희와 똑같은 의미의 사회적 사실이지, 결코 자연의 연속이나 노출 따위로 표현될 연속적 사실이 아니라고 해야 한다. 노동과 성의 관계를 이렇게 규정해가는 것은 노동과 성은 서로 분리될 수 없으며, 그것을 분리해서 생각하는 데서 빠지게 되는 잘못을 피하기 위해서다. 그 잘못이란 성을 사회적 태도에서 분리시킴으로써 인간을 전체적으로 파악하는 기반을 상실하고, 문화냐 생명이냐 역사냐 자연이냐, 예술이냐, 하는 저 불모의 이원론——원래 분리할 수 없는 것을 분리한 데서 오는 악순환이다.

가치계의 대립

분열과 대립은 '노동과 성' 사이에 있는 것이 아니라 '조화된 노동과 성'과 '분열된 노동과 성'이라는 두 그룹 사이에 있다. 그리고 분열된 노동과 성이란 앞에서 말했듯이 비인간적인 관계와 다를 바 없다. 이런 비인간적인 인간관계 속에서 그 비인간성을 두둔할 수 있는 것으로 생각하는 태도와 생각, 그 비인간성에서부터 벗어나는 일이 노동이나 성의 어느 한 영역에서 분리되어 독자적으로 이루어질 수 있다고 하는 환상이 그 시대의 위선·미신·통속이며 참다운 종교·학문·예술은 시대의 그러한 비뚤어짐을 바로잡는 몫을 맡는다.

외설·비인간적 성의 태도

비뚤어짐을 바로잡는다는 것은 무슨 말인가? 여기서 우리는, 원시인들이 닫힌 안정 속에서의 유토피아(가난한)를 살았다면, 역사 시대의 인간은 열린 불안정을 가능성으로 바꾸어 비뚤어짐의 부단한 바로잡음과 보다 안정된 유토피아(풍부한)에의 길을 가진다는 것을 믿어야 하며 그것이 문화의 힘이며, 구원이다. 문명사회는 무한한 죄의 가능성 위에 무한한 구원과, 질적으로 높아진 자기 사회의 회복의 길이 열려 있다는 역설적 상황에 놓여 있다.

야만한 평화와 문명한 부재

원시인들의 삶이 사사무애事事無碍의 삶이었다면 문명인의 삶은 고해苦海가 바로 자해慈海라는 역설의 삶이다. 이것은 악이 곧 선이라는 말―일원적인 동어반복이 아니다. 현재를 악하게 만든 것은 자연적으로 그러한 것이 아니라, 문화文化라는 인공으로 그렇게 되었기 때문에, 사람이 맺은 것은 사람이 풀 수 있다는 말이다. 또 노동과 성이 대립하는 것이 아니라, '원시적 노동과 성'과 '문명한 노동과 성'이 대립하는 것이기 때문에 한 시대의 노동과 성의 구조는 끊임없이 따짐을 받아야 한다는 것을 말한다.

외설의 문제는 바로 이 같은 문맥 속에서의 문제이다. 외설이란 비인간적인 성적 태도, 문명인에게만 있는, 따라서 비인간적 삶의 태도의 방식이다. 외설이란, 어떤 사회의 전반적 불균형을 성이라는 방법적 분석의 시야에서 바라본 것이지, 그 자체로서 분리되어 존재하는 어떤 실체가 아니다. 외설이란 외설한 '인간관계'며 외설한 '인간' 외설한 '사회'이다. 압정은 외설한 정치며, 외설은 압정의 성이다.

문학에서의 외설 규제

문학이 외설하다는 것은 어떤 경우를 말하는 것일까? 어떤 문학이 그 속에서 성적 이미지를 많이 다룬다는 말일까? 그렇지 않다. 사실로서의 외설과 문학으로서의 외설을 구별하는 기준은 예술가가 자기 소재인 성을 인간의 상황의 전체적 문맥 속에 바르게 놓았는가 그릇되게 놓았는가로 갈라진다. 과거의 에덴과 미래의 유토피아의 사이에 위치하는 현재의 죄와 구원이 맞물린 상황을 감상자가 알아볼 수 있게 성이 다루어졌을 때, 그 예술가는 성의 인간적 의미를 바르게 다루었다고 할 수 있다. 그 작품에서의 성의 장면이 어떤 인간관계의 함수로서 취급되고 있는가를 계산하는 데서, 얼마나 정확한가 하는 데서, 예술과 외설은 갈라진다.

정확한 윤리 판단이 문학미의 근본
① 문학에서의 '판단'이란 '묘사' '형상화'를 의미
② 혹은 정확한 형상화란 정확한 윤리 판단의 문학적 형태

문학에서 다루어진 성이 그 사회의 전반적 위선, 미신, 통속적 환상에 굴복하고 있을 때, 그러한 성의 장면은 외설한 것이다. 1) 위선이란 어떤 층은 성을 노리개 삼으면서 다른 층에게는 못 하게 하는 것이며, 2) 미신이란 성 자체가 인간관계(노동과 휴식의 분배 관계)에 상관없이 선하거나 악한 듯이 생각하는 태도이며, 3) 환상이란 사회 전체의 인간관계와 관련 없이 성적인 관계에서의 행복이 가능한 것처럼 생각하는 경우이다. 1)은 속임수이며, 2)는 몽매이며, 3)은 자기기만이다.

성이 가장 외설해지는 것이 위선 속에서이다. 속이고 있는 데서 성은 무엇인가 부끄러운 것이 된다. 미신 속에서 성은 주물화되며

인간은 성의 노예가 된다. 자기만족 속에서 성은 다른 인간을 배신하는 범행이 된다. 그는, 자기가 행하는 성이 바로 가까이에서 부르는 다른 생명이 구원을 요청하는 부르짖음을 못 들은 체하는 상황 속에서 이루어진다는 것을 알고 있다. 그럴 때 그의 성은 남 모르는 도둑질의 성격을 띤다. 승려들이 첩을 두면서 금욕을 설교할 때 성은 외설해진다.

이런 '사실'을 문학이 소재로 삼는 경우에, 작가가 그 승려의 표면적인 태도, 형식적인 사기와 그의 타락을 대립시켜 그리면서 그 모순을 부각시키도록 그린다면, 그것은 진실한 문학이다. 작가는 외설한 사실을 진실한 관계 속에서, 그 외설의 인간적 의미를, 외설한 자와 타인의 관계를 잘 알 수 있게 씀으로써 외설한 성이란, 정직하지 못한 인간관계와 같은 것임을 밝힌 것이다.

소설에서의 주인공의 몫과 작가의 몫

작품 속에 그려진 사실로서의 외설에 작가의 비판이라는 진실이 작용함으로써, 작품 속의 외설은 작가의 소망, 바른 인간관계를 소망하는 의지의 표현이 된다. 반대로 같은 승려의 타락이라는 사실을 두고 당사자 간의 교섭이라는 한계 안에서, 그것도 그들과 타인들 간의 관계를 빼고 그려가는 경우에는 그것은 문학으로서도 외설이 된다. 사실로서의 외설에 문학이 먹혀버려서, 결과적으로 작품은 부정에 대한 부러움이 된다. 현대 도시에서는 타인과 내가 같은 울타리에 떨어질 수 없이 서 있다는 연대감이 희박해지는 탓으로, 우리는 부정을 부러워하면서 사실은 그 부정의 대가를 우리들 자신이 치르고 있다는 안속을 모르고 지낸다.

예술은 인간이 인간을 부르는 소리

인간의 공동생활이 간단히 한눈으로 볼 수 없기 때문에, 제 닭 치는 장님처럼 우리는 스스로의 삶을 더럽히면서 깨끗해지고 있는 것으로 착각한다. 사회생활이 복잡해졌다는 것은 질서를 위한 노력이 더욱 어려워졌음을 뜻할망정 필요 없어졌다는 말은 아니다. 이런 노력의 어려움에 위축되었을 때, 그런 정신에 의해 씌어진 작품의 성은 외설한 모습을 띤다.

판단의 기준

어떤 경우를 상상하더라도 변함이 없는 기준은 문학의 외설 여부는 소재로서의 작품 속의 성적 사실로서가 아니라 작가의 시점에 달렸다는 원칙이다. 그리고 그 시점의 정당성은 인간은 에덴에서는 이미 쫓겨났다는 상실감과, 미래에는 유토피아의 형태로서 에덴을 회복할 수 있다는 소망과, 그러나 현재로서는 인간은 에덴과 유토피아의 중간에 있으며, 에덴에서 쫓겨난 그 원인—문명을 가지고 타락할 수도 진보할 수도 있다는, 문명은 지옥으로 떨어지는 미끄럼판도 될 수 있고 하늘로 올라가는 사다리도 될 수 있다는 어려운 인간의 좌표를 똑똑히 알고, 생명의 온전한 회복을 위한 믿음을 가졌느냐의 여부에 있다.

믿음이 현실적으로 가능하다는 보장은 없다. 여기에 히로이즘이 등장할 여지가 있다. 그것은 가능성이 있으나 필연적이라고 단정할 수는 없는 상황에서의 인간의 생명력인데 그것이 히로이즘이다. 노동과 성이 유희가 되는 유토피아에의 권유와 고무—— 그것이 예술이다. 현실의 불가능을 예술 속에서 해결하는 것, 그러므로 그것은 현실과의 단절이어야 하며, '예술은 현실에서 벗어난 별유천지別有天地이다'라는 견해는 예술이라는 현상을 예술 현상이라는 작가와 작품과 감상이라는 세 모멘트 가운데서 작품에만 치우쳐서 추상으로 생각하는 데서 오는 생각이다.

예술 작품이라는 객관화된 매개물은 작가가 만들었고 남이 감상한다. 예술은 이 세 모멘트가 작용하는 회로이며 일관 작업이다. 그것은 1)인간이 2)인간을 3)부르는 소리이다. '고무鼓舞'라는 말이 재미있다. 이 말을 글자대로 해석해보자. 북 치고 춤춘다는 말이다. 언뜻 풍류 같고 유희 같다.

별유천지까지는 몰라도 선거철에 니나노 하는 부녀자들의 모습을 연상하기 어렵지 않다. 그러나 이 말 '고무'의 뜻은 물론 북돋는다는 것으로서 북 치고 춤추고 논다는 말이 아니라, 격려한다, 어떤 다른 행동으로 이끈다는 뜻이다. 이 말은 오히려 싸움에 나가기에 앞선 전사의 일단의 모습을 떠오르게 한다. 그것은 북 치고 춤추면서 적을 주살하자는 환상이 아니라, 현실적으로 적을 무찌르려는 다짐이며 전의의 깃발이다.

나는 예술을 고무라고 생각하고 싶다. 고무에서 '무무巫舞'로 이르는 과정이 아마 인간 사회의 분열과 모순의 심화, 예술의 관념화를 잘 말해주는 것이 아닐까. 무무까지도 실은 우리가 생각하듯 현실과 유리된 것은 아니고 퇴락한 모습으로나마 고무의 후예이며, 유토피아에의 길이 막혔던 사람들의 구원의 소망이었다.

그렇다고 해서 거기 주저앉아서 한술 더 떠서 무무가 예술의 본질이라고 주장한다면 본말 전도이며, 송장이 생명의 본질이라고 하는 것이 되지 않을까. 미라를 만든 사람들은 생명의 해탈이 아니라 생명의 완성을 원했던 것이다. 육체가 움직임을 버린 다음에도 멈출 수 없었던 생명에의 의지가 미라다. 그것은 옛 인간들이 우리를 생명에로 부르는 목소리다. 너희도 죽어라 하는 이야기가 아니라 천년 후의 너희들하고도 동시대인이고 싶다, 하는 시간에의 도전이다. 예술의 동시성이라 해도 좋을 것이다.

바른 성과 외설의 개념적 기준

모든 예술은 진정한 예술인 한, 모두 동시대인의 예술이다. 인류라는 동시대인의 예술이기 때문에 우리는 고전을 이해할 수 있다. 예술은 당대의 통념과 위선과 환상을 넘어 생명의 영원한 메시지를 호소한다. 당대의 풍문을 이기고 생명의 광장에 나오는 힘, 그것이 예술의 힘이며 당대의 통속의 풍문에 매인 예술의 대용품이 통속이며 외설이란 통속의 예술이다. 예술이란 문명이라는 과도기의 세대에도 맥맥히 흐르는 1)에덴의 기억이며 2)에덴의 상실감이며 3)유토피아에의 의지이며, 인류 역사의 연속성의 증인이며 죄와 재앙 가운데서의 뉘우침이며 회복의 전의이다.

기도하는 전사의 초상

문학에서 성이 바르게 다루어졌을 때 성은 생명의 노래로서 활달하고 스스러움 없이 '노래'되는 모습을 취하며, 혹은 현재의 성의 비인간성에 대한 뉘우침과 고통의 모습이 되고, 혹은 아름다운 인간관계로서의 성을 향한 다짐이 된다. 이러한 밝음, 앰비벌런스 ambivalence, 성실성은 문학의 독자들이 훌륭한 작품들에서 알아볼 수 있는 것들이다.

『25시』의 주인공의 아내가 러시아 병사들에게 윤간을 당한 일을 남편에게 고백했을 때 남편이 보인 반응 —— 동정과 위로에 가득 찬 조용한 태도를 우리는 이해한다. 그리고 그들의 아픔이 우리의 아픔이고 그 죄, 그 두려움 역시 우리 자신의 것임을 느끼게 된다. 작가의 슬픔과 비판에 의해서 그 외설한 사실이 놓일 데 놓였기 때문이다 —— 이상과 같은 것이 대체로 바른 성과 외설을 가르는 개념적 기준이겠으나 개개의 문학 작품에서의 그것이 구체적으로 어떤 것인가는 그렇게 단순한 것은 아니다. 왜냐하면 이 같은 원칙은 고양이 목에 방울을 달아놓는 것이 좋겠다는 것이어서 아무도 반대할 리가 없겠지만 어떻게 다른가 하는 기술상의 문제는 또 다른 문제며, 문학 작품에서도 시와 소설의 경우가 또 다른지 확실히는 모르겠다.

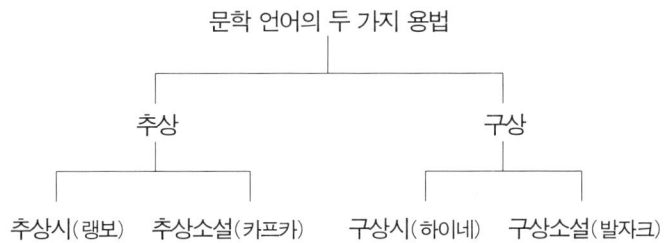

막연하나마 필자의 생각으로는 시는 에덴과 유토피아를 다루기에 적합하고 소설은 현재를 다루기에 어울리지 않는가 생각한다. 시는 인간의 상황을 거의 언어 자체의 상황에까지 추상하려는 것이 가능하기 때문에 그런 추상화라는 기술적 노력 자체가 인간관계에 대한 비판과 투시의 의미를 가진다고 주장할 권리가 있기 때문에, 영광과 승리를 단적으로 노래해도 기술적 처리가 엄밀하기만 하면 작가의 강인함을 믿을 수 있기 때문이고, 소설은 언어의 구조와 그것이 지시하는 인간관계가 끊임없이 서로 반사하는 관계에서 이루어지기 때문에 현대의 모습인 죄와 소망의 앰비벌런스의 현기증을 보다 움직이는 현장대로 붙잡을 수 있기 때문이다. 물론 이런 기술적 차이 자체가 절대화돼서는 안 될 것이며, 시든 소설이든, 태도와 기술이 늘 작품의 전체에 불가분하게 연관되어 있을 것은 말할 필요가 없겠다.

외설의 한국적 수용

편집자가 필자에게 바라는 것은 외설의 문학적 한계와 그 한국적 수용이라는 것이었는데 그 전반은 앞에서 얘기한 것으로 허술한 대로 메워졌다 치더라도 아직 절반이 남아 있다. 한국적 수용이라는 것을 필자는 다시 두 가지 측면으로 나누어보겠다. 1)은 한국 문학에서의 성의 문제이며, 2)는 보다 광범하게 활자 미디어에 의해 표현된 성의 현황을 다루는 것이다. 그런데 3)은 원칙론이 아니고 문학사에 즉해서 실증적으로 다루어야만 흥미를 줄 수 있는 일인데, 바로 말해서 필자는 그만한 연구를 전혀 한 적이 없고, 이 글을 쓰기 위해서 하루 이틀에 할 수도 없는 일이다.

문학과 성이라는 문제는 문학을 다루는 데서 취할 수 있는 기본적인 시점 가운데서도 가장 중요한 몇 가지 가운데 하나라고 할 것이므로, 문학사를 이 시점 하나로도 정리하자면 못 할 것도 없을 성싶은 그런 작업이다. 이 글을 쓰다 보니 단편적인 인상을 적는 태도로 시작하지 않았기 때문에 갑자기 문학사의 에피소드를 이것저것 끄집어낼 수도 없고 불가불 할애하기로 하겠다.

남은 것은 활자 미디어 일반에서의 성의 처리 문제인데, 나는 이 점에 대해서는 별로 말할 필요를 느끼지 않는다. 왜냐하면 앞에서 말했듯이 문학에서의 외설 여부는 소재로서의 외설, 사실로서의 외설 문제가 아니고 현실에 대한 이차적 조작 현실의 비평으로서의 문학이라는 현상 속에서의 성의 문제였기 때문에, 그것은 '문학이라는 비평' 자체에 대한 비평이며 가장 나쁜 경우에도 대개 작가의 비력非力이라든가 착각 같은 까닭이 있는 것이며, 논리가 통하는 세계이다. 그러나 문학이 아닌 활자 미디어 일반에서 외설의 문제는 문학이 아니라 '사실'이다.

우리가 날마다 대하는 매스 미디어가 제공하는 성의 이미지의 범람은 이제 새삼스럽게 이것이 외설한가 아닌가를 따지는 것은 실성한 사람이 아닌 한 우스운 얘기가 될 것이다. 매춘 지대로 가서 여기가 매춘 지대냐 아니냐를 따지는 것이 훨씬 회의 정신의 표현이 될 것 같다. 보통, 일반 미디어가 보수적이고, 문학이 성의 문제에서는 항상 급진적인 문제를 일으킨 것이 외국 문학사의 고전적 통례인데 그 점에서 한국 문학은 완전히 사실에 의해서 '추월'당한 것이 현상이다. 한국 문학은 여러모로 현실에 대해 질접한 패배의 잔을 마셔왔는데, 성에서라고 예외일 리는 없는 모양이다.

문학 자신으로서는 겸손하게 반성해야 옳을 줄 안다. 한국 문학이 겁나게 성을 파헤치면서 그러한 성의 무서움과 어둠을 한국적 삶의 전모 속에서 그려냈더라면 사실로서의 외설을 막을 수 있지 않았을까 하고 반성해야 옳으리라. 그러나 사실로서의 외설의 홍수가 과연 문학에게 책임을 지워야 할까 하는 문제는 아무래도 지나친 겸손에서 오는 회의 정신이 될 것 같다.

예술과 현실은 상보적 존재

이것 역시 고무를 너무 예술적으로 풀이하는 식이 될 것이다. 고무가 결코 북이나 치고 춤이나 춘다는 말이 아니라 행동을 요구하는 행동이듯이 지금 바로 진행되고 있는 성의 범람은 문학이라는 고무가 아닌 다른 고무, 즉 살자는, 아름답게 밝게 살자는 고무가 아니라 어두워도 좋으니 그럭저럭 살자는 무무 같은 것을 누군가가 벌이고 있는 것이 아닌지 모르겠다. 찢어진 북과 남루한 옷을 걸치고 그래도 '고무'를 지키겠다고 하는 나의 동업자 여러분을 생각하면 이 판국과의 대조가 무언가 쭈뼛한 것을 느끼게 한다.

어떤 가역 회로

예술과 현실 사이에 있는 밀접한 관계는 작가—작품—감상이라는 회로가 생생한 관계로서 존재하는 사회에서는, 예술은 현실의 구체적인 한 요소이며, 현실과 예술은 대립적인 사물이 아니라 상보적인 사물이다. 땀과 내분비는 간이라는 동일한 샘에서 흘러나온다. 이것은 주어진 사실이지 우리가 결합시킨 것이 아니다. 우리의 삶은 땀과 내분비가 모두 고르게 조절되었을 때 만족을 얻는다. 아마 땀과 내분비가 일치하는 시대가 없을지도 모른다.

유토피아에 대한 이러한 신중한 생각은 현재나 가까운 장래에 대해서는 옳은 얘기지만, 인간의 미래로서는 반드시 그럴지는 알 수 없다. 사람이 죽으면 흙이 된다는 것은 너무나 신비한 충격이며 무상하다는 감각이 우리에게 보편화돼 있지만, 그 대신 흙일 수 있는 것이 우리의 몸과 같은 신비한 기계로까지 스스로를 조직할 수 있다는 놀라움은 반대로 줄어져 있다. 죽음의 덧없음만 돋보이고, 삶의 신비한 가능성이 겸연쩍은 것으로 되어 있는 사회는 무엇인가 힘을 잃고 있는 것이다. 역사의 추진력이 인간 자신에 의해서 발견되고 유지되어온 것을 잊고 있는 것이다.

문명은 개발된 원시── 문명과 원시는 대립 개념이 아니다

역사의 추진력 하면 우리는 곧 경제라든가 기술 같은 것을 떠올리게 되는데, 보다 근원적으로는 역사의 추진력은 생식이라고 하는 것이 옳을 것이다. 사람이 사람을 낳는다는 행위에 의해서 인간이라는 현상의 이어감이 있게 되기 때문이다. 무리살림과 새끼 낳기의 두 가지가 인간의 가장 근본적인 구조라고 하는 것이 옳으며, 그러므로 이 구조를 근원적 문화라 불러도 좋을 것이다. 이것을 문화라고 부르는 데는 현대인에게는 좀 이상스럽게 들릴지 모르지만, 인간이란 생명 현상 자체가, 이 우주와 더불어 당초부터 비롯된 것이 아니고, 오랜 시간을 통한 형성의 소산이기 때문에, 얼핏 생각에 자연이라고 하기 쉬운 인간 존재 자체가 문화라는 말이다.

기억되고 기록된 역사에 집착하기 쉬운 우리로서는 그 이전을 전사 시대라든가 하는 표현으로 처리하고 있지만, 이것은 엄밀한 파악은 아니다. 물리적 자연에 저항하면서 특정의 존재 형태를 유지하고 연속시키는 '생명'이라는 현상은 '자연 속의 자연'으로서 이중의 자연이며, 우리가 말하는 문화란 바로 이 이중성으로서의 사회이다. 이 수준에서는 사람과 짐승 사이에 다름이 없다. 근원적 문화의 수준에서는 사람과 짐승은 동계 문화에 속하는 존재이다. 아마 인류는 오랫동안 이 수준에서 살아온 것 같고, 역사의 그다음 단계는 도구의 사용으로 비롯된 것 같다.

외설은 너와 나의 그림자

여기서 도구가 가지는 뜻은 근원적 문화에서의 '이중성의 자연'이라는 이중성의 조직에 또 한 겹의 조직이 덧붙여졌다는 것을 말하며, 이 수준에서의 인간을 '삼중의 자연'이라고 불러도 좋을 것이다. 동물과 더불어 있는 이중의 자연, 혹은 근원적 문화의 중요성은 적어도 현재까지는 인간 현상의 기본 구조라는 점과 그럼에도 불구하고 이 단계가 이미 조직된 단계이며 문화이기 때문에, 물리적 타성墮性의 세계가 아니고 1)개체에 의한 자기 유지의 노력을 필요로 하며, 2)개체의 '죽음'이 있는 점이다.

인류학적 상상력을 부활시킨 것

'개체의 노동'과 '죽음'이란 근원적 문화, 생물학적 수준에서의 모멘트는 현재의 높은 문화에서도 변함없는 구조의 요인이다. 다만 인류의 전사 시대가 대단히 오랜 시간에 걸쳤다는 이유 때문에 이 단계가 비작위적인 인상을 주게 되고 문화와의 대립 개념으로 이해되는 사태가 생겼을 것이다. 이 근원 문화의 시대의 가장 중요한 문화적 행사는 생명의 유지와 생식의 행위였을 것이다. 노동이래야 기껏 채취의 단계였기 때문에, 분업에 의한 불공평도 생길 수 없는 반면, 생식 행위도 생활에서 동떨어져 이루어질 수 없었을 것이니 성의 생활은 어딘가 운명적 공적인 성질의 것이었으리라. 이것은 오늘날 우리가 동물의 성의 생활을 대할 때 코믹한 느낌으로 굴절되어 인식할 수 있는 진실이다.

노동과 성은 인간의 존재의 근본 요인이자, 평등한 요인이었던 것이다. 1중重의 자연인 물리적 자연의 저항에 맞서면서 자기를 유지하는 생물학적 존재 자체가, 이미 2중의 자연, 조직된 자연이며, 유사 시대 이래의 인간은 3중으로 조직된 자연이라고 할 수 있으리라. 우리 사회는 이 4중의 자연의 한 부분인 농업 사회까지는 그 단계 안에서는 합리적인 역할의 구조를 가지고 있었다. 현재의 대중 사회는 새로운 기술의 단계에서의 인간관계이다.

현재의 우리 사회는 문명 없는 사회

우리 사회의 오늘은 우리 사회의 역사상 노동과 휴식과 성의 배분이 어느 시대보다도 양식화되지 못한 시대이며, 그러므로 가장 불행한 시대이다. 가능성이 가장 큰 시대가 현실로서는 가장 괴로운 시대라는 이 사실은 아마 과도기가 겪는 수난이겠지만, 우리로서는 이 과도기를 겪지 않겠다든가, 겪지 않을 수 있다는 환상에 매달릴 것이 아니라 과도기 자체를 어떻게 처리하느냐 하는 방법의 문제를 생각하고, 사회의 모든 성원에게, 사람다운 이웃이 되기 위하여 손잡기를 요구하는 일일 것이다. 외설의 문제도 그것은 우리 밖에서 벌어지는 구경거리가 아니라 바로 내 문제라는 것, 내가 그렇게 허락하고 있다는 것, 한 줄의, 한 권의 외설은 너와 나—즉 우리들의 외설한 인간관계의 어김없는 그림자라는 것, 무무는 우리가 불러다 시키고 있다는 것, 이런 사실의 인식으로 항상 되돌아가서 생각해야 할 것이다.

소설을 찾아서

소설은 사람이 살아가는 이야기이다. 사람이 살아가는 이야기라고 하면 연극이나 서사시나 역사 같은 것도 모두 소설이라고 할 수 있다. 사실 그렇다. 소설이 무엇인가를 말로 정하려고 할 때마다 으레 생각은 갈래갈래 흩어진다. 이러저러한 것이 소설이다, 라고 말할 수 없어서가 아니다. 무엇이라고 말해놓으면 곧 그 반대의 방식으로도 말할 수 있다는 생각이 떠오르고, 그뿐 아니라 그 대립하는 두 가지 사이의 수없이 많은 입장을 가지고 소설을 정의할 수 있기 때문이다.

소설—삶의 구조 모형

그때 우리는 문득 생각한다. 이렇게 수없이 정의할 수 있는 비슷한 것이 있다. 그것이 곧 삶이다. 소설이 사람이 살아가는 이야기라면 삶을 닮았다는 것은 당연한 일이라고 생각하게 된다. 이

동어 반복은 그러나 전혀 소용없는 말장난은 아니다. 여기서 소설은 우리 밖에 있는, 우리가 없어도 혼자 있는 어떤 것이 아니고, 우리가 있음으로써 있는 것, 그러면서 우리는 아닌 것이라는 성격을 찾을 수 있기 때문이다.

그러나 삶을 한마디로 정의할 수 없다는 느낌은 과연 무조건의 진실일까? 다시 말하면 어떤 사람이나 어떤 시대에나 사람은 삶에 대해 그런 어수선한 느낌을 가졌던 것일까? 그렇지 않은 것 같다. 삶을 무어라 말로 하기 어려운 어수선한 갈래갈래 흩어진 것이라고 하는 느낌의 방식 자체가 결코 언제나 어디서나 누구나 그렇다고 할 수가 없다. 같은 나인 경우도 때로 삶은 분명한가 하면, 때로는 석연치 않아진다. 하물며 시대를 달리하면 이런 다름은 더 심해진다.

그것을 우리는 다름 아닌 각기 시대의 소설을 오늘날 읽고 비교해 보면 알 수 있다. 『춘향전』(인쇄한 형태로 대하는 『춘향전』은 소설 이외의 아무것도 아니다) 『삼국지』 『오이디푸스 왕』(각본으로 읽는 『오이디푸스 왕』은 역시 소설 이외의 아무것도 아니다)은 삶에 대한 각기 다른 울림을 전한다. 『삼국지』나 『오이디푸스 왕』같이 오래된 것도 삶에의 근본적 태도가 오늘날의 훌륭한 소설과 별다를 것이 없지 않은가, 할 수도 있다. 사실이다. 그러나 다르다. 삶을 전혀 밝고 아름답게 생각하는, 『삼국지』나 『오이디푸스 왕』과 맞서는 입장이 아니라 하더라도 비록 비슷한 삶의 인상에 서는 현대 작품인 경우에도 그 비극성, 어둠, 숙명에는 다른 울림과 빛깔이 있다. 그리고 그 차이는 양적으로 어떻다는 한도를 넘어서 설령 미미한 차이라 할지라도 결코 양보할 수 없는 그런 성질의 것이다. 이런 차이가 어디서 오는가에 대한 규명에 앞서서 그런 차이가 있다는 결과는 뚜렷하게 느껴진다.

우선 이런 차이를 가져오는 조건을 역사라는 말로 부르기로 하자. 또 그러한 차이를 단계적으로 배열하는 성싶은 어떤 흐름을 또 '역사'라 부르기로 하자. 그리고 그런 흐름의 처음에서부터 오늘, 우리, 나까지를 포함하는 모두를 또 역사라고 부르기로 하자. 이렇게 해서 역사라는 말로 사실상 모든 것을 부르고 있는 셈이 된다. 그것은 기록된 역사까지도 포함하는 어떤 신비한 전체――신비하다는 까닭은, 그것을 우리가 느끼는 부피만큼은 정밀한 인식의 방법이 없다는 데서 그렇게 부를 수밖에는 없는 것이기 때문이다.

과학이나 역사학을 우리는 가지고 있다. 그러나 그것들이 생략과―― 같은 말이지만 추상의 대가로 얻어진 대용물인 것을 우리는 알고 있다. 그러나 내가 원하는 것은 역사, 혹은 삶의 내용을 되도록 원형에 가깝게 그 생생한 느낌을 죽이지 않고 인식하는 그러한 인식의 형태이다. 그것이 소설이라고 나는 생각한다. 소설도 삶 그 자체는 아니다.

그것도 대용물이며 복사이며, 닮은꼴이다. 그러나 원형에 가장 가까운 것이다. 혹은 원형에 가장 가까워야 한다는 주관적 집념을 아직도 버리지 못하고 있는 인식의 형태라고 생각한다. 어떤 인식의 형태가 자기 태도의 가능성에 대하여 '주관적'이라는 회의적인 제스처를 해 보이는 것이 예의에 어울리는 것처럼 느껴질 만큼 우리가 살고 있는 삶은 방대하고 어수선하다.

생활공간의 확대

그런데 모든 시대의 사람들이 그렇게 느꼈을까 하는 의문이 다시 떠오른다. 그렇지 않았다. 역사를 거슬러 올라갈수록 그렇지 않다. 그런 거슬러가는 길에서 우리는 신화를 만난다. 이야기의 형태로 된 가장 오래된 것이다. 여러 연구의 결과, 신화는 오늘날 우리가 접해서 상식적으로 느끼는 그런 식으로 옛사람들에게 그것이 받아들여지고 있었던 것은 아니라는 것을 우리는 알고 있다. 어떻게 받아들여졌다는 말인가.

신화가 보다 포괄적인 기능으로 받아들여졌다는 말이다. 그것은 보다 많고 깊은 것을 뜻했다. 그것으로 사람들은 삶을 직관하고 판단하였던 것이다. 신화를 통하여 그들은 야만에서 깨어났던 것이다. 이런 사정은 물론 설명할 수 있다. 그들 고대인은 우리보다 훨씬 적은 정보량을 가지고 삶을 영위했다.

신화 ─ 정수적 초상

신화나 설화의 인물이나 기술의 방법은 단순하고 큼직하게 무더기가 지어져 있다. 그것들은 강력하기는 하지만 우리들의 삶의 느낌을 표현하기에는 너무 헐렁하고 거친 것도 사실이다. 우리도 거기서 감동을 느낄 수는 있다. 그러나 그러자면 그 순간에 우리는 많은 것을 버리지 않으면 안 된다. 어린애와 놀기 위해서 잠깐 어린이가 되는 것과 같다. 그러나 그 놀이는 여전히 즐겁다.

여기에 아마 문제가 있다. 우리는 옛사람과 한자리에 설 수도 있으면서, 또한 그들을 넘어서 있다는 사실이 우리의 문제를 어렵게 만든다. 문학의 기능을 지난 시간 속에 접근시키면 거기에는 현재의 상황보다도 훨씬 견디기 쉬워 보이는 안전과 향수가 기다리고 있는 듯이 보인다. 그럴 때 문학은 추억이 된다. 잃어버린 것에 대한 그리움이다. 잃어버린 것에 대한 그리움을 로맨티시즘이라 부른다면, 근대 이전의 문학의 거의 모두가 로맨티시즘이라 할 수 있다. 성경을 비롯한 많은 고대 설화가 한결같이 잃어버린 낙원, 무릉도원에 돌아가고 싶다는 소망을 근본 주제로 삼고 있다. 인간의 행복의 극치가 이미 지나간 시간 속에 있었고, 사람이 바랄 수 있는 행복이란 그 낙원으로 돌아가는 것이라는 주제가 근대 이전의 모든 문학적 발상의 원형이 되고 있다. 계급적 분화가 시작할 수 없었던 원시 사회에 대한 집단 무의식의 표현이라고 그것들을 부를 수 있으리라.

  욕망의 비현실적 달성이라는 뜻에서 문학은 그야말로 꿈이었던 것이다. 신화·전설·설화에는 꿈이 중요한 역할을 하고 있다. 그들은 꿈속에서 무릉도원을, 재사가인을, 권세를, 보물을 얻으며, 또 행복에 대한 예언과 지시를 받는다. 꿈은 옛날에 이미 이루어졌던 완료한 것에 이르는 길이며, 완전의 시간에로의 첫 단계이었던 것이다. 좋고 훌륭한 것이 과거에만 있었다는 이 발상이 지배 계급의 현상 유지의 소원을 표현한 것이라고만 하는 것은 너무 근대적인 생각이다. 원시 사회가 깨어진 이후, 역사 시대의 모든 시기는, 근대에 이르기까지 인간이 잃어버린 그 시간으로 돌아가는 길이 현실적으로 가능하다는 전망을 가질 수 없었다. 그것은 지배층이나 대중에게나 마찬가지 인간의 조건이었다.

귀족 문학의 양의성

귀족 문학의 우수한 작품의 대부분이 염세적인 현실 도피의 가락을 가지고 있는데 그것들은 퇴폐라고 하기보다는 객관적으로 유토피아의 실현 조건이 성숙되지 못했던 시대에서의 인간의 성실성과 나아가서는 에너지의 표현이었다고 나는 생각한다. 퇴폐라는 것에서는 엄밀한 의미에서 아무것도 생산되지 않는 것이다. 포식하고, 취하고 그리고 잠드는 생활에서 문학이 나올 리 없기 때문이다.

근대 이전의 우수한 문학들은 모두 엘레지라 할 수 있는데 그것은 역사의 어둠 속에 갇힌 인간들의 인간다운 발전과 소망의 표시이며, 방법이 없었던 시간에도 소망은 버리지 않았던 사람들의 부르짖음, 꿈이었다. 결과적으로 그것이 누구에 의해 즐겨졌는가 하는 문제도 부정적으로만 생각할 필요는 없다. 시심詩心이 있는 통치자가 그것이 없는 자보다는 나았을 것이기 때문이다.

종교—공동체의 이상 모형—관념적 형으로서 전승되는 원시 자화상

옛날의 우수한 문학은 그런 진보적이고 보편적 가치를 가진 것이었다고 하는 것이 옳다. 율법이 없는 곳에 죄는 없으며, 방법이 없는 곳에 실현이 있을 수 없기 때문이다. 종교 같은 것도 그러한 역할을 한 것이다. 그것이 타락한 측면 또한 할 수 없는 것이다.

이런 판단, 과거의 정신적 표현 따라서 문학까지도 포함한 모든 정신적 표현이 가지는 효용에 대해서 살피자면, 종교에 대한 바른 평가 없이는 불가능하다. 오늘날까지 남아 있는 세계적 종교가 보여주는 관념 세계는 그 이전까지의 인간의 모든 삶의 정보가 거기에 집대성된 것이기 때문이다. 아마 동물과 같은 조건에서 생활을 출발시킨 인간이 그의 생활을 통해 얻는 삶에 대한 판단을 원시 종교에서부터 시작하여 대종교들의 수준까지 우주 정보를 세련시킨 과정은 그 시기가 사고의 분절화를 능숙하게 구사하지 못하던 시대인 만큼 기록도 없고, 있는 것도 거의 동어 반복으로 보이는 그런 형태이지만 결과로서 우리가 보고 있는 대종교의 관념 세계는 거의 정신의 완전한 발전이며 궁극의 전개라고 해도 무방하다.

우리가 아직도 정확히 추산하지 못하는 아득한 시간에서부터 대종교들의 세계에 이르러 인류는 제1기의 역사를 완성시킨 것이라고 볼 수 있다. 불교나 그리스도교가 완성한 관념 세계는 지극히 정확하고 깊은 과학이었다고 할 수 있다. 그것 즉 종교를 나는 관념과학이라고 부르고 싶다.

불교의 완전히 합리적인 세계 해석은 놀랄 만하다. 현상을 몇 개의 요소로 귀납하고, 그 요소마저 실체를 부인하여 완전한 기능적 함수로 보고, 그 함수 관계조차 실재하는 것으로는 보지 않기에 이른 불교의 이론은 인간 스스로의 생리적 구조가 변하지 않는 한, 그 이상의 사색이 불가능한 극한을 완성한 것이다.

그리스도교의 경우도 마찬가지다. 모든 잡신을 한 신 속에 종합하여 우주를 단 하나의 원리로 설명하기에 이른 과정은 가히 지구와 우주의 지점을 설정한 것에나 비길 수 있는 위대한 인간적 정신의 승리라고 부를 수밖에는 없다. 그것은 인간의 조건에 대한 가장 넓고 합리적인 해석이었던 것이며, 계급의 차이에 관계없이 받아들일 수 있는 견해였다.

태양이 만인을 고루 비추듯이, 대종교는 모두 세속적 계급을 부인하고 있다. 개개인의 이해관계에 상관없이 적용되는 원리를 과학이라고밖에 달리 부를 도리가 없다. 종교 말고는 근대 이전 사회의 어느 분야에서도 그와 같은 합리적인 원리가 적용된 곳은 없다. 이 시대의 모든 예술이 종교의 테두리 안에서 움직인 것은 당연한 일이다. 가장 과학적인 세계관에서 모든 예술가들은 창작했던 것이다. 우리가 과거의 예술에 접근할 때 가장 위험한 대목이 이 점이라고 생각된다.

우리는 예술이 종교적 기반에 섰다는 것을 곧 비합리의 기초에 선 것으로 착각하기 때문이다. 그 반대다. 그들은 자기 시대의 가장 합리적 세계관 위에 서 있었던 것이다. 대종교들의 세련된 정신적 합리성은 그 밖의 여러 후진적인 사고 양식을 비판하는 척도가 되었던 것이다. 문학에서도 같은 현상이 진행되었다. 우수한 문학은 대종교의 세계와 조응되어 있으며 인간의 삶에 있는 혼돈과 미신을 대종교가 도달한 정신의 높이에서 비판하고 정리함으로써 생활하는 인간에게 그들의 삶의 뜻을 밝혔던 것이다. 과거의 뛰어난 문학은 밝음과 용기를 그 속에 지니고 있다. 밝음—어둠과 혼돈을 이긴 정신의 청명함이며, 용기—우연과 위험에 견디고 넘어서려는 어른스러움이다. 거기는 감상과 기계주의가 없다. 합리적으로 세계를 이해한 다음에도 남는 위험 부담은 아무에게도 돌릴 수 없으며, 자신이 짊어지겠다는 용기와 겸손을 볼 수 있다.

  종교에 대해서 이 같은 점을 강조하는 것은 근대 이전의 문학이 가지는 위대한 힘을 설명하기 위해서다. 그들은 세계를 설명하는 원리를 가졌기 때문에, 강력한 질서의 구조인 문학을 만들 수 있었다는 점을 설명하기 위해서다. 힘찬 예술은 통일된 세계상의 상징이며, 그런 세계상에 대한 신념이 없는 곳에서는 나올 수 없다. 대종교들은 원시 사회에서의 집단 표상을 종교적 심벌로 높이고 당대를 말세라고 규정하고, 인간을 종말론적 존재 즉——낙원에서 추방되었으며 회개와 자각에 의해서 스스로마다의 소외를 극복할 존재라고 파악함으로써 완전히 정확한 역사적 판단을 한 것이다. 그 판단이 실증적 언어가 아니고, 상징적 언어로 이루어졌다는 것뿐이다.

  원시 사회에서 '본능'이었던 감각이 이익 사회에서는 '도덕' '양심'
  이렇게 해서 우리는 고대 문학에 울리는 기조음인 잃어버린 낙원에의 그리움을 이해할 수 있다. 그것은 실증적으로는 원시 사회의 상태에 대한 집단 무의식이 표현된 집단 표상이며, 관념적으로는 우주의 구조 원리이며 방향 감각이었던 것이다. 그렇게 해서 사람들은 모든 지나간 시간을 통일하는 지점을 가지고 있었으며, 과거는 그 모두를 지닌 채 현재에 연결돼 있었던 것이다. 대종교가 성립되었을 때 인류는 그들의 모든 지난 시간을 관념적으로 요약하고 질서화해서 잊어버림 없이 지닐 수 있는 형태로 만든 것이었다. 그들은 세계를 소유한 것이다. 관념 속에서 세계는 모두 조명되었으며 설명된 것이다. 이것이 대종교들의 의미이며, 그것들이 성립한 다음의 사람의 역사는 전혀 새로운 차원에 들어섰던 것이다. 그 새로운 차원의 역사의 연장 위에, 저 근대라는 시기가 온 것이다.

근대라는 시기는 다른 우주계에서 유성의 파편처럼 날아와서 인간 역사의 어떤 지점에 충돌한 것이 아니다. 대종교에서 집대성된 인간의 역사의 성과가, 천여 년 동안이나 잘 유통되고 보급되어오는 끝에서, 마치 종기가 터지듯 역사의 안에서 역사 자신의 힘으로 곪아 터진 것이다.

이렇게 말함으로써 나는 종교가 역사의 원동력이라고 말하려는 것은 아니다. 종교가 역사의 밖에 서서 밀어주거나 하늘에 떠서 인도하는 별 같은 것이라는 말도 아니다. 종교는 근대 이전의 세계에서는 인간의 경험과 능력과 학습의 수준을 가장 공평하고 완전하게 기록하는 부기 체계였다는 말이다. 그러므로 종교가 실체적으로 역사의 원동력이었다거나, 역사가 종교의 주머니 속에 든 소유물이었다는 것이 아니고, 현재에 있어서도 우리가 타당한 표기법을 가지지 못하고 있는 이 역사라고 하는 전체에 대한 표기법이며, 기호이며— 기압계였다는 말이며, 그 기압계의 눈금은 상징의 기호로 새겨져 있었다는 말이다. 근대까지에 인류는 이미 이 표기법을 완성하고 있었으며, 기압 측정 장치를 가지고 있었던 것이다. 그러므로 모든 시대의 종교인들은 역사의 기상을 관측하고 경보를 낼 수 있었던 것이다. 근대까지에 이루어진 인간 능력의 상징 기호로서는 다른 하나의 기호 체계, 즉 수학을 빼놓아서는 안 될 것이다. 그러나 근대를 사회 혁명과 근대 문학에 관련하여 살피려는 경우에는 종교에 대한 강조는 시인될 수 있으리라 믿는다.

종교라는 기호 체계로 역사를 설명하는 능력을 갖추고 있었다는 것은 우선 두 가지 뜻에서 강조될 필요가 있다. 첫째로 근대 계몽주의는 대종교들의 상징 언어들을 보다 실증적인 사람의 말로 바꾼 것뿐이며, 상징 구조에서 보면 대종교의 논리와 완전히 들어맞는 것이 당연하다는 점을 깨달을 수 있기 때문이다. 군소 사상가들을 언급할 필요 없이 헤겔의 체계를 지적하는 것으로 족하다. 헤겔의 체계는 기독교 신학의 인간적 번역이며, 그 뒤에 온 사람들과의 관련하에서 말한다면, 보다 인간적 실증적 기호 체계를 위한 과도기적 역할을 했던 것이다.

이렇게 해서 역사를 안에서 이해하고, 과거라는 것에서 현재가 나오는 과정을 연속적으로 이해하는 데 도움이 된다. 그런 이해가 둘째 번 결론을 이끌어낸다. 유럽의 사상이 그러하다면 비유럽권에서의 근대라는 것이 유럽이라는 '밖'에서 물체처럼 날아들어서 우리들의 역사와 어떤 지점에 충돌함으로써 근대화가 시작되는 것으로 파악하고, 그런 발상 위에서 근대화를 추진하려는 발상이 얼마나 비역사적인 태도인가 하는 반성을 우리에게 가져다주는 점이다.

이 점이 중요하다. 만일 그렇게 생각한다면, 근대화라는 것이 서양이 우리들에게 놓아주는 주사 같은 것이라면, 우리는 언제까지 가더라도 그 주사에서 해방될 수 없을 것이다. 근대화를 밖에서 들여오는 것이라고 발상하는 한, 우리 혈관 속에는 유럽적 기술의 흐름이 순환할망정 우리 자신은 그 순환 체계의 밖에 소외된 순환 계통의 껍데기, 순환 계통을 보호하는 주머니에 불과할 것이다.

유럽의 계몽사상이 그리스도교의 혁명적 부활의 형식을 취했다고 말했다. 다시 말하거니와 그 표현은 유럽의 근대라는 역사적 변화가 그리스도교라는 관념이 실체로서 계몽사상이라는 관념으로 옮아갔다는 것을 말하는 것이 아니다. 유럽 근대라는 인간의 삶의 전체적인 변화의 매듭 이쪽과 저쪽이 각기 그리스도교 및 계몽사상이라는 기호로써 표현되었다는 것이다. 역사라는 전체적 직관의 대상은 손으로 만져볼 수 없는 이상 기호로써 표현될 수밖에 없으며, 우리는 그 기호를 소유하는 것이 아니라 그 기호를 넘어서 그 건너편의 경험을 직관해야 하는 것이다.

원시 공동체의 직관

유럽의 경우에 시대적 변혁의 앞뒤를 표현한 상징 기호가 내적으로 연속한 것이었다는 것은, 이 직관의 내용이 스스로를 지양하면서, 그러나 흩어짐 없이 고스란히 새 시대로 넘어왔다는 것을 의미한다.

앞서 부기 체계라고 말했거니와 그것을 사용해서 말한다면 과거라는 흘러간, 그들이 살아온 모든 시간이 새 장부에 고스란히 이월되었다는 것을 뜻한다. 이들의 집단 표상이, 민속적 기억이, 마술적 공포가—요컨대 역사라는 밑천을 들여서 얻은 모든 경험이 파괴됨이 없이 보다 밝은 조명과 견고한 장치 속에 넘어왔다는 것을 말한다.

외국에 다녀온 사람들이 말하기를 그들은 상상외로 보수적이라고 말할 때, 또는 우리가 신생 국가라고 불릴 때 우리는 아픔을 느낀다. 그것이 문제의 핵심이기 때문이다. 한편은 인간이면 의당 그럴 조건에서 산다는 말이며, 한편은 기묘한 기억 상실의 조건에서 산다는 말이기 때문이다. 그것이 마치 창조된 순간의 아담처럼, 아담의 갈비뼈에서 나온 순간의 이브처럼 어리둥절한 상태다. 아니 에덴의 시간은 역사의 시간이 아니었기 때문에 그것하고도 사정은 같지 않다. 역사의 시간 속에 사는 시간은 그런 기억의 진공, 그런 의식의 결핍 상태 속에서는 살 수가 없다. 마치 지구의 인력이 없이는 살 수가 없는 것처럼.

개화와 국권

여기에 개화기 이래의 한국인의 정신적 비극이 있다. 사람은 빈손으로 왔다가 빈손으로 가는 것이지만 그 두 손 사이에는 잔뜩 들고, 지고 사는 것이다. 이 들고 진 것이 없는 인간이란 팔랑개비 같은 인간이다. 들고 지는 그 무게가 곧 역사이며, 인간이 동물과 갈라진 다음의 역사적 시간 속에서는 그것, 역사적 기억, 과거의 무게 없이는 인간은 살 수 없으며, 그것은 인간의 안에 있는 인간 자체이다.

이 같은 의미에서의 기억은 이러저러한 각개의 기억이라는 식의 풍속적 기억을 말하는 것이 아니다. 그것은 암기하는 역사다. 그런 것이 아니라 정신에 실려오는 시간의 무게, 생명의 전 중량, 덜 신비한 표현을 빌리면 역사의 연속 감정이다. 역사라는 것을 연속적 전체로 느끼는 이 감정이 인간 생활의 근본 감각이며, 생명력과 이성의 모태다. 그것은 인간 생활을 전체로서 질서화하고 방향을 주기 때문인데, 고전 문학은 이런 근본 감각 위에 이루어졌던 것이다. 이것은 인류의 보편적 감각이며, 집단생활을 하는 '인간의 존재 방식의 직관'이라고 할 수 있으며, 그것은 인간의 경우에는 학습과 생활을 통해 얻어지고, 문화라는 이름으로 표기되는 집단 기능이라고 할 수 있다. 그것은 사회적 변화를 겪고 지양되기는 할망정 끊어져서는 안 된다. 기억 상실한 개인을 상상하면 될 것이다.

  자기 일대에 인류의 경험을 모두 얻어야 한다는 것은 사실상 폐인이라는 말이 된다. 한국의 개화가, 민족사가 안에서 곪아 터지는 형식이 아니고, 수술당한 형식이었다는 것은 이 역사의식의 연속성을 끊긴 것이 된다. 수술의 고통에서 깨어나보니 상처는 아물었는데, 자기 자신이 누구였던가를 잊어버리고 만 것이다. 어떤 사회적 변화가 그 사회의 오랜 역사의 여러 요소가 어울려서 이루어졌을 때는 그 사회는 스스로 운동하고 조종한다. 역사라는 것은 한 개인은 물론이요, 한 세대나 한 시대의 힘만으로 움직이는 것이 아니라, 과거의 모든 시간의 힘으로 밀려나가는 것이기 때문이다. 이 과거의 시간 혹은 전체적 직관, 혹은 연속 감정과 단절되었을 때는 그 사회는 자기 행위를 유기적 연속의 형식으로 진행시키지 못하고, 기계적 가산加算, 미봉, 찰나적 반사, 모방의 연속으로써 하게 된다. 물론 이 시간, 직관, 감정, 기억이라고 하는 말들을 사회학적 용어로 표현하는 것이 더욱 시대를 명백히 할는지는 모른다. 말하자면 민족·계급·주권·가치 같은 것으로 말이다.

그러나 시간·직관·감정·기억 같은 관념어는 미학과 사회학의 양쪽에 걸린다는 점에서 보다 적절할 수도 있다. 왜냐하면 사회학적 개념도 문학비평에서는 결국, 상징 기호에 지나지 않고, 보통 사회학에서 이해되는 범위를 훨씬 넘은 이념적 기호로 사용하는 것이 옳기 때문이다.

자연수를 실체화하지 말고 미분과 적분의 함수로 파악할 것

문학에서 '로베스 피에르'라고 쓸 때는, 그것은 프랑스 혁명에서의 부르주아적 극좌파를 의미하는 동시에 그것을 넘어서, 지양하면서, 보편적인 정치적 극단파, 더 나아가서 극한 희구의 감정을 상징하는 울림으로 쓴 것이며, 또 그렇게 받아들여지는 것이 옳은 것이다. 이런 뜻에서 문학은 가장 구체적이면서 추상적인 정신의 가장 넓은 진폭을 사용하는 장르이다. 그것이 비유라는 말의 뜻이다. 작가의 역사의식은 역사적 변화를 역사학과 같은 정도의 엄밀한 조건에서 정확히 받아들이면서도 그것을 넘어서 그것―그 변화들조차도 보다 높은, 보다 깊은, 보다 먼 것의 비유로써 포섭할 수 있어야 한다. 그런 시선의 조명을 받은 사실만이 문학이며, 그렇지 않을 때 그것은 선전문―감상과, 기계주의와 은폐와 거짓의 율법 조문이다.

어느 시대에나 작가는 이 모순된 극단을 한 몸으로 이겨내는 작업을 하는 것이며, 그 작업이 성실하게 이루어진 것이 문학으로 남는 것이다. 작가가 청개구리이기 때문이 아니다. 작가는 어떤 시대가 자랑하는 선보다 더 높은 선을, 어떤 시대가 발표하는 악보다 더 깊은 악을 보도록 몫을 맡는 인간의 부분이며 감각이기 때문이다. 이 같은 감각의 전수·학습 유지가 그의 무기인데, 이런 감각이 자기 사회에 보이지 않을 때 그는 그것을 알아내고 캐내서 공적인 것으로 만들어야 한다. 고전 작가들의 경우 그런 감각의 표현이 잃어버린 낙원에의 꿈, 무릉도원이었으며, 그 원리에 의해 그들이 속세라 부른 현실을 비판했던 것이다. 그러면 근대라는 시기에 이 역사의식은 어떤 변모를 받았다는 것일까?

계몽사상은 일체의 현상을 경험적으로 분석적으로 이해하려 하였다. 이런 입장에서는 종교적 세계관은 처음부터 끝까지 부정되지 않으면 안 된다. 헤겔의 철학이 분열된 것은 그의 합리적 체계 속에는 종교가 맡고 있던 인류 의식을 보장할 요소가 없었기 때문이었다. 전체와 부분을 화해시키는 기능을 인간 자체에 구할 때, 근대적 사회는 특히 그 몫을 맡기에 부적당한 사회였다. 사회적 변동을 통해서 각 계층이 날카롭게 싸운 끝에 성립한 근대 국가에서는 만인은 만인에 대하여 싸우는 것이라는 믿음을 가져왔고, 과학적 발견과 사회 환경의 변화는 오늘과 어제를 같은 연속으로 받아들이는 것을 어렵게 만든다. 이와 같은 사정을 반영하여 근대 문학은 잃어버린 공동체의 시간에 대한 감각을 잃어버린다.

현실 생활은 더욱 다양하고 변화에 차감에 따라서 문학은 그 현상을 기록하기에 바빠진다. 그러나 현상을 기록하고 정리한다는 의미에서라면 근대적 세계에서는 문학보다 훨씬 유능한 방법들이 발전돼 있다. 문학은 그것들과 경쟁할 수가 없다. 지난날에 문학이 맡고 있던 기능은 모두 분업적으로 나누어진 듯이 보이며 문학에 고유한 기능을 순수하게 찾은 결과로 우리는 상징파의 시나 앙티로망에까지 이른 문학의 모습에 이르고 있다. 문학이 성실하게 자기 상황에 충실하려 하면 할수록 이 같은 귀결은 불가피한 것으로 보인다. 그리고 자기 장르에 충실하려는 이 같은 분업의 경향은 근대적 인식의 모든 장르에 공통한 현상으로서, 모든 문학도 자기가 무엇인가 하는 인식론적 탐구에 막대한 정력을 쓰면서도 자기 자신을 보다 큰 체계에 소속시킬 길을 잃고 있다.

문학 – '세속 사회'의 종교–전체주의와 문학과의 본질적 라이벌십

현대인은 살고는 있지만, 왜 사는지는 모르는 삶을 살고 있다. 그것을 소외라고 부르고 있다. 종교적 심벌을 사용함이 없이 삶의 뜻을 묻는 것, 그것이 근대 문학의 주요한 테마가 되어왔다. 질문은 있으나 유권 해석은 없었다. 이런 질문의 반복과 좌절을 통해서, 근대 문학은 조금씩 자신을 키워온 것 같고, 어떤 새로운 울림을 정착시켜온 것 같은 생각이 든다. 그 울림이란 돌아갈 곳이 없다면 그것은 미래에서 찾아야 하며, 잃어버린 시간의 이름을 이미 도그마로써 부를 길이 없다면 그것을 우리의 책임으로 불러야 할 것이 아닌가 하는 생각이다.

이것이 결론으로는 아무 새로운 것이 없는 것은 계몽사상의 발상이 바로 그것이기 때문이다. 그러나 인간은 계몽사상에서 선언한 인간의 권리가 어떤 것을 뜻하는가를 근대 이후의 시간을 통해서 겪었고, 그 경험의 과정을 문학이 정착시켰고, 그 가락이 문학

의 가장 넓은 보편 감정이 되게 한 것이다. 이렇게 해서, 고전 문학의 근본적인 태도가 바뀐 것이다. 역사 속에 구원이 없다면 인간이 그것을 만들지 않으면 안 된다는 생각이다. 그리고 이것 말고는, 역사의 의미를 생각할 수 없다는 생각이다. 이것은 단순히 고전 세계에서 과거에 설정되었던 이념의 시간, 집단 표상의 공간이 미래로 옮겨졌다는 것만을 의미하는 것은 아니다. 만일 그렇다면 미래의 시간이란 영원히 연장될 수 있는 것이니 개인적 차원에서는 구원이 될 수 없는 것이다. 새로운 공동체의 의식은 미래의 시간과 연결됨과 동시에, 현재의 공간에 이미 있는 것이다. 그렇게 해서 실존주의에서의 '남'의 문제가 제기된다. '남'에 대해서 인간답게 연결되었을 때 이미 인간은 미래를 완성한 것이라고 할 수 있다.

문학(그 밖의 모든 인간적 인식도)이 걸어온 길
①방법의 육화(위인전)에서→ 육신 속에서의 방법의 추출(범인 평전)로→ ②문학의 세속화→ ③풍속과 방법의 분리

그러므로 현대 작가의 문제는 자기 시대가, 자기 작품의 인물들이 '남'과 어떤 연대의 형식에 있는가를 점검하는 일이다. 그는 그 점검을 통해서 인간이 얼마나 인간답게 있는가를 계산하는 것이 된다. 현대 문학은 인간의 밖에, 과거에 멀리 존재하였다고 상정되었던 시간의 가치를 현재에 집약시키고 개인에 집약시킨다. 공동체의 회복은 얼핏 보매 역설적인 방법으로밖에는 가능하지 않은 것 같다. 미래에 있어서의 보장이나, 현재에서의 어떤 집단적 규

범도 절대적인 보장이 되지 못한다. 그것들이 얼마나 상대적인가를 인식하고 그 인식의 차가움에 견디는 용기만이 순수하게 믿을 수 있는 보장이다. 이 용기는 강요될 수도 없고 문학은 또 그럴 힘도 없다. 문학은 자기가 설정한 관찰의 소재 속에서 이 용기가 얼마나 실현되었는가, 반대로 그 용기가 얼마나 좌절되었는가를 확인하고 기록함으로써 독자에게 현대인이 자기들이 어떤 자리에 서 있는가를, 우리 삶의 느낌을 전하는 것이다. 그렇기 때문에 현대 문학에서의 용기는 어떤 전대 문학의 그것보다 거룩해 보이고, 그 좌절은 보다 끔찍해 보인다. 왜냐하면 신이나 심판자 없는 용기와 좌절은 그것으로 끝나는 것이기 때문이다. 뉘우침이나 되풀이의 기회가 없는 행위는 그것으로 완성된 것이며, 현대 문학은 이 인간의 조건을 확인하고 구원이 밖에서는 오지 않는다는 조건을 승인함으로써, 고전 문학의 그것과 다를 바 없는 고귀함을 얻는다. 그것은 우주와 역사에 자기를 연결시키고 그것들과 화해한 것인데, 고전적 세계처럼 세계와 역사의 궁극적인 해결이 밖에 있으며 자기는 그것을 소유한다고 하는 입장을 버리고, 자기 스스로를 문제의 매듭이며 지점이라고 생각하는 태도의 변화에서 온 결론이다.

  여기에는 개인적 허영이나 존대라는 비난을 할 여지가 없다. 이것은 개인적인 정신주의를 뜻하는 것이 아니라 인간이 할 수 있는 일과 할 수 없는 일을 사실대로 본 것뿐이기 때문이다. 인간이 정신적 태도만 바꾸면 어떤 일이든 할 수 있다는 말도 아니다. 그의 정신적 태도를 변화시키기 위해서는 어떻게 해야 하는가를 알고 있는 것은 인간뿐이며, 더 정확히는 자신뿐이며, 그가 일을 하는 것은 그의 용기에 달렸으며, 아무도 남이 그를 구해줄 수 없다는 말이다. 그리고 인간의 연대가 이 같은 가차 없는 인식 위에서 이루어질 수밖에 없다는 것, 여기서 속이는 것은 파멸이라는 것을 뜻한다.

근대적 정신의 모색의 과정에서 토로된 이 같은 스산한 결론들은 아직 충분히 명확한 상태로 자리 잡혔다고는 할 수 없다. 이 같은 결론은 다른 말로 하면 격심한 변화가 통상화한 세계에서 사람이 할 수 있는 일은 그 변화를 거부하는 일이 아니라, 그 변화를 견디고 보다 바람직한 변화를 위해서 스스로 키를 잡아야 한다는 것인데, 이것은 인류의 습성에는 아직도 자연스러운 리듬이 아니며, 그런 용기를 더욱 위축시키는 것은 변화를 조종하는 유효한 방법을 개발하지 못하고 있다는 실정일 것이다.

소외 ①분업 사회의 인간이 제가 사는 사회의 전체상을 보지 못하는 상태 ②분업 사회가 구조적 통일성이 약해진 상태

소외라고 하는 현상은 현대 인간의 역사의식의 문제라고 생각된다. 역사의 흐름과 개인의 삶의 흐름을 유기적으로 연결시키는 방법이 없다는 데서 오는 현상이다. 문학의 기능은 오늘날 이 소외를 인식하고 넘어서는 수단의 하나라고 말해서 좋을 것이다. 그것은 수단이지 현실적인 소외의 해결 자체는 아니다. 문학은 그 자체가 해결이며 수단은 아니라는 말도 있다. 문학을 감상할 때의 우리들의 정신 상태에 즉해서 우리는 직관적으로 어떤 화해감 같은 것을 느끼는 것이 사실이다. 생활과 예술을 분석적으로 대립시

켜, 현실에서는 소외의 극복이 불가능하더라도 문학 속에서는 가능하며, 그것이 문학의 기능이라는 이론은 삶이라는 자리에서는 분리시킬 수 없는 요소를 분리시키는 것은 방법적인 허구이며, 문학을 실체화하자는 것이 아니라면 예술의 내적 구조의 풀이로서는 옳다.

이론에 앞서 훌륭한 문학은 무엇인가 바람직한 기능을 수행하는 것이 사실이며, 모든 작가는 이 장르의 형식에 대한 직관적인 신뢰 위에서 일을 해왔다. 문제는 그 직관을 어떻게 이론화하느냐는 것이다. 문학을 현실적 해결이나 해탈이라고 보는 것에 무리가 있다면 다른 해석을 생각하는 것이 좋다. 나는 다음과 같이 생각하고 있다. 언어에서 시작해서 상황에 이르는 거리, 혹은 상황에서 언어에 이르는 사이가 오늘처럼 헝클어지고 어수선하고 겉돌아가는 때가 우리 역사에도 그리 많지 않았을 것이다.

말 ─ ① 말은 인간이 발명한 제2의 시공時空
　　└ ② 말은 의식의 마을

말에서 현실로, 현실에서 말로 하는 식으로 갈라보기는 하지만 현실과 말이라는 두 개의 물건이 딱 갈라서서 시합하듯 주고받는 식으로 우리의 삶이 움직이는 것은 아니다. 말과 현실이 자연과학의 대상들처럼 객체적인 분할이 불가능하게 어울려서 움직이는 것이 보통의 삶이며 건강한 것이라 할 수 있다.

언어의 혼란이란 것은 생활의 혼란을 다른 말로 한 것이기 때문이다. 말과 상황의 이 '보통 상태'라는 살아 있는 모습이 그대로 통하지 않는 경우가 있다. 하나는 말을 재료로 예술을 만드는 작가의 경우고, 다른 하나는 시대가 변환기에 있는 그 당대를 사는 사람들의 경우다. 두 경우가 모두 비교적으로 설정해본 이른바 '보통 상태'가 아닌 '이상 상태'에 있다고 봐야 하겠다.

  문학자의 경우는 이 '이상 상태'는 시대가 안정돼 있건 흔들리고 있건, 그 작업의 성질로 보아서 어느 시대에나 계속되고 있는 셈이다. 그 까닭은 문학이 말이라는 것을 통해서 사람의 삶의 근본 인상을 전하려 하는 것이기 때문이다. 이 근본 인상은 뭇 잡것, 잡티 때문에 일쑤 흐려지게 마련이다. 그 잡티는 말을 멋대로 쓰는 데서, 나쁘게 쓰는 데서 비롯한다. 나쁘게 쓴다는 것은 무슨 욕심이 있어서 미친 척하고 바른 입을 가지고 비뚤어진 말을 한다는 말이다. 말로써 말이 많으니 말을 말까 한다는 것은 문학자가 맡은 몫이 아니고, 그가 할 일은 어지러워진 말을 위해서 말을 닦는 일이다. 말을 닦는다는 것이 문학의 전부다. 그리고 이 닦는다는 말이 무한한 뜻을 지닌다. 헝겊이나 들고 말을 문지르고 앉아 있는 것에서 비롯해서, 말에다 먹칠을 하려는 패거리, 말을 휘둘러 살인을 하려는 작자들에게서 말을 지키는 것, 그것이 정 어려울 때는 말을 위해 죽는 것까지도 '닦는다'는 말 속에는 들어간다. 진리를 위해 죽는다는 것은 말을 위해 죽는다는 말이다. 한 사람의 목숨 그것이 말이 되게 하는 것, 그렇게 해서 사람의 동네를 혼돈이라는 홍수에서 지키는 방파제지기 같은 사람들이 역사상에는 가끔 나타난다.

  가장 훌륭한 말을 한 사람들이 그 말을 보장하기 위해서 죽거나 죽는 거나 다름없는 처지가 돼야 한다는 말은 원래 말이란 죽음에 대한 용기를 담보로 목에서 나온, 목숨의 다른 모습이지, 흰 데 검정 자국을 낸 것이 아니기 때문이다. 그것을 전문으로 맡아보는 것이 문학자다. 말이란 원래 그런 것이었으며, 옛날에는 말을 맡은 사람이 제사장이며, 학자며, 노동의 지휘자였던 것이다. 원시인들의 말에 대한 태도는 우리가 생각하듯이 미신이 아니었다. 미신이란 그들보다 앞선 미신을 믿는 우리 생각이고, 그들의 경우에는 빠듯한 실감이며, 온 힘을 다한 자연과의 싸움의 전리품이었다. 자기 승리의 표시였으며, 확보한 영토의 패말뚝이었으며 성벽이었다.

우리는 오늘 그들보다 앞선 미신 속에 살고 있다. 나중 태어났으니 앞선 것은 당연하고, 그렇다고 미신은 일반이니 나아진 것은 없다고 할 수는 없으니, 정도의 차만 있다면 앞섰는가 뒤섰는가밖에는 잘나고 못남을 가릴 기준은 없다. 우리가 앞선 것은 그들보다 말을 더 혹사해서, 말을 착취해서, 확대 재생산을 한 데 있다고 할 수 있다. 그런 말이란 목숨이며, 다름 아닌 사람들의 '생활'의 다른 말에 지나지 않기 때문에, 그것은 바로 쓰여야 하며 바로 나누어져야 한다. 바로 쓰고 바로 나누어주는 기술은 원시 사회에 비할 수 없이 어려운 것이 우리가 사는 이 상황이다. '밥'이란 말을 원하는 사람에게 '돌'이라는 말을 주든지 돌을 밥이라 하는 사람들의 편을 든다든지, 하는 알고 모르는 실수와 죄를 저지르지 않는 조심과 연구와 용기, 그것이 현대 작가의 의무이다.

말을 '닦는다'는 일은 이 같은 줄줄이 이어진 매듭과 매듭들의 그 모두이지 그 어느 첫, 두 매듭만을 의미하지 않는다. 줄이 헝클어지고 풀려나왔을 뿐이지, 끝이나 처음이나 줄은 줄이다. 처음만 줄이고 끝은 줄이 아니라면, 모를 얘기다. 말을 줄의 처음만이라든지, 끝만이라든지 토막 내서 저 좋게만 쓰려 하지 않고, 말을 처음에서 끝에 이르는 모두, 더 바르게는, 아직 채 풀리지 않은 말까지, 아직 손에 잡히지 않는 매듭에 대한 예방까지를 넣은 그 모두를 말이라고 생각하고, 이 모두의 모두인 말에 대한 지난날의 협잡과, 지금의 협잡과, 미래의 협잡을 막기 위한 자기의 희망과, 지혜의 무게를 말에 보탬으로써, 말을 닦는 것이 작가가 할 일이다. 그렇게 해서 우리 이웃들에게 이 세상에 대한 잡티 가신 근본 인상을 보여주는 것이다. 바르고 착하고 아름다운 삶에로 이웃을 청하고 자기 스스로에게 다짐하기 위한 '깨어남,' 그것이 문학이다.

  오늘날의 자리에서 문학의 본질을 발언하려는 노력이 어려운 것은 당연한 일이라고 생각된다. 왜냐하면 인류는 오랜 옛날의 게마인샤프트에서 너무 오래 벗어난 채로 살아왔고, 그것이 쉽사리 없어지리라는 징조도 없다. 문학은 목가일 수도, 엘레지일 수도 또는 선전문일 수도 없다. 이상적으로 말한다면 그것은 현실의(과거든 현재이든 미래이든) 찬가이려 할 것이 아니라, 문학 자신이 찬가가 되도록 애쓰는 것이 옳다.

  ①Icon으로서의 문학
  ②문학자―Icon 조각공

  현실의 어떤 것에 맞춰서 자기를 높이려 할 것이 아니라 그 자신이 가장 높은 것이 되어 보임으로써 현실이 자기 자신의 아름다움을 그것—문학에 맞춰보고 측정할 수 있도록 하는 길이다. 이것은 어렵다. 그러나 어렵지 않다면 문학은 쓸데가 없다. 우리는 오늘날 문학의 본질에 대한 정의가 왜 갖가지인가를 알 수 있다. 그 까닭은 우리가 현실로는 이익 사회에 살고 있으면서, 이념으로는 공동 사회를 그리고 있기 때문이다. 현대 사회의 인간은 저마다의 이해관계의 눈으로 이 세계를 본다. 이해관계의 수만 한 수의 세계관이 있다고 할 수 있다. 그러면서도 우리는 아직, 이런 이해관계가 없어진 공동 사회에 대한 꿈의 감각을 지니고 있다. 이 감각의 관리자가 현대 작가이다. 근대 이전의 사회에서 작가는 물론 이념의 편에 섰다. 그러나 그들은 현실과 맞서서 현실의 건너편에 예술의 나라를 세웠다. 왜냐하면 그들의 눈에는, 현실의 인간 조건은 정해졌으며 또 불변이라고 생각했기 때문이다. 그리고 중요한 것은, 그 예술의 나라를 현실에 대립하는 것으로 의식하는 사이에, 예술이 마치 모사론적인 뜻에서 인간의 밖에 있는 듯이 생각한 곳에 그 관념성이 있다. 언어 실재론적인 이 인식론적 소박성을 바로잡는 것이 현대 문학이다. 근대라는 시간을 겪은, 그리고 그 발전상의 현재에 있는 우리는 현실의 인간 조건에는 변할 수 있는 점, 변하게 해야 할 일들이 있으며, 그런 사실을 못 보는 예술적 초월은 속임수이며, 타락이라는 것을 알고 있다. 속임수니 타락이니 하는 표현 대신에 보다 물리적이며 기능적인 말을 써도 좋다.

　어느 장르의 예술이건, 그 예술에서 약속된 저항의 극복이 곧 작품인데, 저항이 크면 극복에 쓰이는 힘도 크며 그 힘이 곧, 작품의 힘이다. 어떤 예술이 스스로 저항에 대면하지 않고 저항의 산물인 스타일(기성의)이라는 모의模擬 저항에만 의지하면 감동은 줄게 마련인데, 생활이란 모사 대상을 매개로 하는 문학의 경우에는 이 원칙은 치명적이다. 문학에서 약속된 저항이란, 어떤 밖의 사물이든 그것은 언제나, 반드시 작가의 의식 속에 의식으로서 들어온 다음에, 상징으로서 표현되어야지 물건을 들어다 옮기는 것처럼 일상의 생활에서의 전달이어서는 안 된다는 규칙이다. 인간이 할 수 있는 일에 대해서 끊임없이 찬성하면서도 어떤 역사적 시간에 대해서도 '순간이여 멈춰라' 하는 저 유혹적인 말을 하고 싶은 충동을 누르는 것—이것이 우리들의 할 일이다. 이것이 현대 작가의 책임이며 용기이다. 만일 절대가 있다면, 작품 중의 인물이나 사회에가 아니고 그것들을 다루는 작가의 이 책임감과 용기에 있다. 이것은 자기 당대까지에 도달한 인간의 전리품에 대해서 인색해서가 아니라, 인간의 미래의 가능성에 대한 겸손 때문이다. 우리는 수많은 우상들을 보아왔기 때문에 번쩍거리는 것이 모두 금이 아니요, 세상에 나쁜 사람이 따로 있는 것이 아니요, 사람은 모두 나쁠 수 있다는 이 슬픈 지식을 이제는 버릴 수 없다. 미개 사회에서 공동체가 깨어진 이래 인류가 살아온 이익 사회에서의 경험이 이 쓰디쓴 감각을 우리에게 키워주었다. 환경과의 싸움에서 얻어진 이 감각을 아끼면서 이 분열을 극복하는 것이 주어진 조건이다. 그러므로 근대적 예술은 예술 작품이 인간 밖의 자연물과 같은 의미의 실재를 가진 존재가 아니라, 그것이 향수되는 인간관계—작자와 감상자 사이에서의 묵계, 공동의 희망, 뜻의 맞음 등등의 주체적 의지의 참여로서만이 존재하는 희망과 사랑의 약속이라고 생각한다. 당나귀가 음악을 듣고 화를 내거나 염소가 한 편의 시를 먹어버리는 것은 그 때문이며, 솔거의 그림에 날아든 까마귀의 착각도 이 때문이다. 까마귀는 인간의 약속을 알 수 없었기 때문이다. 예술은 역사적 시간, 이익 사회에 묶인 인간의 분열된 분석론적 시간을 예술이라는 선의와 사랑의 시간 속에서 이겨내어 되찾아진, 또는 꿈꾸어진 공동체의 시간이다. 이익 사회에 의해서 주어진 조건 모두를 떠맡으면서 저 하늘로, 아름다운 공동체로 날아오르려는 씨름—그것이 문학이다. 예술은 이익 사회의 시간을 현실적으로 바꿀 수는 없으며(마술이 아니므로), 인간의 의지 속에만 있다는 의미에서는 관념적인 허구이며, 한편 그것은 인간의 의지에 호소하여 이익 사회의 시간을 바꿀 수 있으며 인간의 공동적 염원에 확고한 근거를 가지고 있다는 뜻에서만 실재적이다. 어느 경우에든 예술은 간접적이며, 마술처럼 직접적·물리적 능력을 갖고 있지 않으며, 인간의 정신이란 지점을 통해서만 힘을 지닐 수 있다. 이익 사회의 예술의 고민은 그 분화된 미로 때문에 공동의 광장으로 나오기가 힘들다는 점이다. 광장을 향한 의지의 고귀함이 부족한 경우도 있겠고, 또 넘치는 교통량과 통행금지 따위 때문일 수도 있다.

감각 예술의 원시성

그것이 소외의 조건들이다. 음악이나 미술은 이익 사회의 시간이 이념의 공동체의 실현에 대해서 부과하는 현실적 조건의 모두를 반드시 떠맡지는 않는다. 그들은 조건을 단순화시키고 상징화시켜서 보다 저항이 약한 인공의 공간을 만든다. 그래서 그들의 목소리, 그들의 몸매는 보다 가볍고 우아하다. 문학도 그렇게 할 수는 있다. 상징파나 카프카를 생각하면 된다. 그러나 문학의 음계는 카프카에서 발자크까지의 모두를 포함한다. 그것들이 모두 현실이라는 이름으로 불리는데, 문학 이론의 혼란은 그것들이 각기 현실이 아니어서가 아니라 자기만이 현실이라고 주장하는 데서 일어난다. 그것들은 각기 현실이지만, 현실 자체는 아니다. 다만 그런 음계의 창에 의해 한정된 '광장의 퍼스펙티브'일 뿐이다. 그 어느 것이 더 나은가 하는 본질적 차이는 없다. 그렇기 때문에 예술이 사회에서 맡는 기능이 무엇이냐는 문제는 본질론이 아니라 역사적 효용의 입장에서 해결할 수밖에 없다. 본질과 효용은 다르다. 같은 본질의 사물이 여러 가지 효용을 지닐 수 있다. 그 사회의 실정, 즉 감상자의 삶의 질—이익 사회로서의 좌표에 따라서, 그 좌표 내의 그 사람의 좌표에 따라, 예술은 오락—기도 사이의 모든 기능을 가지며, 더 정확히는 한 개인에 있어서도 오락—기도 사이의 모든 기능이 중첩된 상태로 예술은 받아들여진다고 할 수 있다. 다만 삶의 전모를 단순한 형태로 직관할 수 있던 미개한 공동 사회로부터, 인간은 이해관계가 보다 분화된 이익 사회, 더욱 더 분화되는 사회로 나아가고 있다는 것이 역사의 실정인데, 예술이 만일 자기확산에서 오는 자기 상실을 두려워한다는 이름 아래, 어떤 음계 하나에 고립하려 한다면, 그 자체가 자기 상실로 이끌어질 위험성이 있다.

문학 예술의 문명성

삶의 모든 음계를 울리게 하면서 그것들을 하나로 묶는 감각을 어떻게 유지하느냐, 또는 어떤 음계 하나에 집약적으로 의지한다 치고 그것이 보다 큰 전음계와 격리되어 있지 않다는 알리바이를 어떻게 작품 속에 마련하느냐—이것이 작품에서의 현실 설정이라는 말의 뜻이라고 나는 생각하는데 그것은 작가마다의 방법론에 속하는 사적인 문제이리라. 그보다도 문학의 매개인 말에 의해서 필연적으로 문학에 떠맡겨지는 조건의 음역의 전폭에 대한 눈뜸 여부가 현대 문학의 기능에 대한 논의의 갈림길이 되는 공적 표적이라는 점을 강조하고 싶다. 문학이 선구(禪句)나 종교적 신비 체험이 아니고, 말의 전개를 통해서 종합적 직관에 이를 수밖에는 없는 이상, 그 한에서는 문학도 인식이며 인식인 이상 분석적일 수밖에는 없다.

상황을 단순화시키는 것은 자기기만

직관이 아니라 분석인 바에는, 삶은 그 경우 방법적으로 대상화되어 객체로서 나타나며 객체에 대해서는 관찰자는 필연적으로 한정된 관찰 위에서 접근할 수밖에 없다. 그리고 이런 위치의 수는 원칙상 무한하다. 물론 그런 위치를 모두 사용할 수도, 그럴 필요도 없으나 그것이 한두 가지에 국한될 수도 없는 일이다. 이것은 인간의 삶의 전모를 파악하는 것은 불가능하다는 이야기가 아니고 사회적인 존재, 인간은 그 사회적 존재 양식을 줄곧 넓히고 나누고 해왔기 때문에, 따라서 그들은 보다 헝클어진 미궁 속에 있기 때문에, 그들이 삶의 전모를 관측할 수 있는 지점에 닿기 위해서는 보다 많은 우로를 거쳐야 한다는 객관적 사정이 문학적 인식론에 반영되어야 한다는 실효의 문제다. 이 우로의 과정 없이는 현대인에게 문학은 구원도 될 수 없을 것이며, 좋은 경우라야 어떤 선의의 울림 정도가 남을 것이다. 바늘허리 매어 쓰지도 못하고, 고생 끝에 낙이라고 속담에도 있다. 그런 우로의 미궁 속에서 작가가 정말 길을 잃고 쓰러지거나 지쳐서 주저앉아버리는 경우도 있겠지만 그것도 할 수 없는 일이다. 왜냐하면 작가는 쉬운 쪽이 아니라, 어려운 쪽에 걸었기 때문이다. 무엇을 믿고 거는가. 모든 인간은 분석 이전에 하나이며, 공동체이며, 죄가 있는 곳에, 분열된 사회 자체에, 분열된 의식 자체에 구원과 각성의 가능성은 내재해 있다는, 구하면 얻어지리라는 저 삶의 신비한 직관을 믿고 그렇게 한다.

비평사적 축적
──『현대 한국 문학의 이론』(김현 · 김치수 · 김주연 · 김병익 공저)

 작품을 비평한다는 것은 그 작품을 보다 넓은 문맥 속에 정확히 놓는다는 것을 말한다. 따라서 비평의 필요조건은 먼저 그 '문맥'의 정립에 있고, 그다음 충분조건으로서 '정확히 놓는다는 작업'이 온다.
 저자들은 그 '문맥'을 '한국사'라고 제시하고 있다. 결론 자체만 따진다면 이것은 콜럼버스의 달걀 같은 이야기지만, 언어에 의한 모든 표현은 근본적으로 그런 것이며 문제는 이 같은 결론에 이른 과정에 있다. 이 책의 가장 많은 부분이 그 '과정'의 해명에 바쳐지고 있다. 저자에 따라 접근의 각도가 다르지만, 동일한 방법론에 의해서 결론에 도달하고 있다. 필자들의 방법론이란, 한국의 현대사를 외부의 충격에 대한 응전의 과정으로 파악하고, 문학사를 그러한 국민사의 관념적 반영으로 보면서 국민사와 문학사의 걸음걸이의 바람직한 일치와, 비난되어야 할 공전 혹은 탈선을 추적한다는 방법이다. 이런 사고의 과정을 저자들은 지난 10년간에 두드러진 성과가 있었던 것으로 알려진 국학계의 업적들을 원용하면서 전개하고 있다. 문학사의 문맥을 국민사라고 파악한다는 것은 근대 문학의 보편적 전제이기 때문에, 문제는 이러한 일반적 전제의 구체화에 있다. 국민사에 있어서 어떤 흐름이 바람직하고 어떤 흐름이 그렇지 못한가, 하는 것을 가리는 문제다. 이것은 간단한 것이 아니고 특히 문학으로서는 큰 함정이 숨어 있는 부분이다. '역사'란 것을 역사'학'이 완전히 기술할 수 있다고 하는 입장을 시인한다면, 문학은 자립할 여지가 없으며 문학은 역사학 속에 용해되어버린다. 필자들은 국민사를 국민 문학사의 문맥으로 논리상으로 받아들이면서도, 현재의 국사학의 실증적 성과 자체를 절대화하는 태도는 신중히 피하고 있는데, 이것이 이 책의 가장 큰 값이며, 종래에 수없이 있었던 비슷한 방법론을 넘어선 점이 아닐까 한다. 이 같은 관점은 1부에 실린 「문학사와 문학비평」(김주연), 「사회과학과 문학」(김병익), 「한국 문학의 가능성」(김현), 「농촌소설 별견」(김치수) 등의 논문에서 특히 집중적으로 보이며, 그 밖의 논문도 이러한 태도를 전제하고 있다. 역사를 문학의 문맥으로 삼으려는 종래의 태도들이 한결같이 헤어나지 못한 미망은 '존재한 역사'와 '씌어진 역사'를 동일시함으로써, 문학의 몫을 스스로 팽개치는 결과를 가져왔던 점에 있다. 문학의 문맥으로서 역사를 잡는다는 것은 문학이 '씌어진 역사'로서의 역사학을 밝히고 한편 역사학이 같은 문맥 안에 있는 문학을 밝힌다는 대화의 관계에 놓임을 인식하는 일일망정, '존재한 역사'에 대한 언어적 기술의 양면인 '문학'과 '역사학'의 어느 한쪽이 다른 쪽을 일방적으로 재단하는 형태일 수 없음을 저자들은 강조하고 있다. 이런 태도에서 당연히 '리얼리즘의 문제' '소재의 문제'를 둘러싼 해묵은 쟁점에 대한 저자들의 태도가 도출되는데, 그것은 문학의 본질적 기능인 '상상력의 옹호'라는 것에 귀착할 것이다.

이 같은 기본적 태도로 2부에서 주로 1960년대의 문학이 다루어지고 있는데, 이 책에 실린 한에서는 문단 전반에 대한 객관보다도 문제의식에 치중하여, 1부에서 전개한 원칙들에 보다 밀착한 현상들을 집중적으로 다룬 논문들로 이루어져 있다. 지난 10년 동안에 저자들의 문제의식이 공전하지 않을 수 있었던 실작實作의 계열을 제시함으로써 문학적 상황을 정리하고 계열화하려는 노력을 하고 있다. 3부는 필자들이 발표한 작가론을 싣고 있는데, 이것은 그들의 관심의 전부라느니보다는, 그들의 방법의 도달 거리와 유효성을 재어본 조준 사격이라고 하는 편이 적당할 것이다. 여기서 대상으로 삼은, 연대적으로 띄엄띄엄한 작가들의 성격으로 전후를 충전充塡하면 필자들이 가지고 있는 문학사의 전경을 짐작할 수 있게 한 구성이다. '문맥'의 정립에 따른 다음 작업은, 작품을 '정확'하게 놓는다는 비평 단계에 해당할 것이다.

논문들을 읽고서 받는 일반적인 인상은 어떤 비평사적인 축적의 느낌이다. 그것은 아마 저자들의 능력의 무게뿐만 아니라, 선행한 모든 문학적 양식이 어우러진 조응 현상인 것 같으며, 이 점이 필자들과 우리 문학을 위한 가장 큰 행복으로 생각된다. 필자들에 의해서 이루어진 이 같은 이론적 성과는 신문학의 전개 과정에서 제출된 주요한 문제들에 대해서, 높은 수준에서의 요약과 바람직한 견해를 포함하는 것이며, 이후의 문학론들에 대해서 가부간에 그에 대한 태도 결정을 요구할 권리를 갖는 성질의 것들이다.

논문들의 성과와 관련해서 지적되어야 할 또 한 가지 측면이 있다. 그것은 이 논문들이 1960년대에 두드러졌던 국학國學의 일반적 성과에 있어서, 문학 분야에서의 주요한 기여라는 성격을 가진다는 점이다. 이것을 보다 큰 문맥에서 표현한다면, 1960년대의 문화적 내셔널리즘에서의 문학적 유파라 할 수 있겠다. 개화 초기, 식민지 기간, 해방 후 한국의 문화적 내셔널리즘의 이 같은 단계적 전개에서 1960년대의 양상은 어느 때보다 생산적인 시기였던 것 같으며, 앞 단계에서의 축적과 과제들에 대해서 높은 수준의 계승과 발전이 있었다. 저자들의 작업은 이 같은 일반적 상황에서, 방계 국학 부분인 국사학에 대해서 동시대인으로서의 대화를 능동적으로 요청했다는 명예를 지닌다. 이러한 공적 역시 충분히 평가되어야 할 것이다.

농촌과 문학

「섬진강」(『현대문학』 10·11)에서 유현종 씨는 그 자신의 문학적 광맥의 또 다른 광구를 보여주고 있다. 이 작품에는 주인공 '거돌'을 그려나가는 가운데 한국 농촌의 간추린 역사가 펼쳐져 있다. 한국 농촌의 운명인 가뭄과 수리水利에 대처하기 위해서 농민들은 어떻게 행동하였는가를 알 수 있게 얘기하고 있다. 이야기는 처음 듣는 것도 아니고 특별히 극적인 것도 아니다. 한국의 농촌 문제가 소설에서 다루어질 때는 몇 가지 형이 있어왔다. 1)농촌 사회=사회 원형이라는 묵계 아래에서, 잘 알려지고 친숙한 토속적 이미지를 그대로 존재론적 클리셰로 구사함으로써 인간의 운명극을 만드는 길이다. 이 길은 만일 사회의 생활 형태가 고정불변하다면 가장 확실한 음계의 몫을 할 것이다. 사회는 사실상 그렇지 못하기 때문에 농촌에 대한 이러한 문학적 양식화는 근대 소설의 발전을 위해서 바람직하지 못하다. 2)다른 한 가지는, 농촌을 사양 산업 지대로 보고 생활 형태의 변화가 집단적으로 조정되지 못했을 때의 인간 문제로 파악하는 길이다. 이 경우에는 농촌은 '도시의 원죄'가 있다. 신문학에서 농촌 문제가 바른 수준에서 다루어진 작품은 이 계열에서 나왔다. 바른 수준이란 사회생활의 형태가 주기적으로 양식을 달리한다는 근대적 인식——따라서 특정 사회를 사회 자체와 형이상적으로 유착해서 취급하는 목가로서의 전근대형 문학의 사회의식을 극복한 근대 서구 소설의 '의식의 수준'——이라는 뜻이다. 1) 형型의 소설이 바람직하지 못하다는 것은 이 같은 '의식의 수준'에로의 개안을 가로막기 때문이다. 그러나 2) 형에도 함정이 있을 수 있다. 그것은 농촌에 대한 일종의 성역 의식인데 그것이 심하면 '대지에의 사랑'류의 감상에 빠진다. 이것은 1) 형의 재현이요 뒤집어놓은 모습에 가까워지기 쉽다. 1)과 2)를 구별하는 척도를 든다면 재해에 대한 작가 의식의 차이라고 하면 되겠다. 1)에서는 그것이 천재라면 2)에서는 인재로 다루어진다. '인간'이라는 집단 명사가 '자연'에 대해서 집합론적 단위로 대치될 수 있기 위해서는, 그 사회의 인간 문제가 무시될 수 있을 만큼 무모순적이거나, 자연 제어력이 극히 유치한 단계에 한한다. 그렇지 못한 시대에는 거꾸로 인간 문제가 전면으로 나온다. 우리 시대는 물론 이 시기에 속한다. 한국 농촌을 이런 수준에서 다뤄서 옳은 결론에 도달하기 위한 또 하나의 조건은 반드시 도시와의 연관 관계 속에서 농촌을 그려야 한다는 점이다. 가장 기계적인 문제지만 그러기 위해서는 먼저 상당한 길이를 가진 소설이 되어야 한다. 사실소설의 경우에 농촌의 역사를 그리는 데는 현실의 한국 근대사의 시간 폭을 그릴 수밖에 없기 때문이다.「섬진강」은 2) 형의 소설인 것은 분명하다. 그러나 중편임에도 불구하고 어떤 시간의 흐름의 부피까지 조형하지는 못하고 있다. 그렇게 하고자 했다면 묘사를 더 함축성 있게 하든지, 아니면 훨씬 길었어야 가능하지 않을까 생각한다.

이 작품을 작자의 다른 작품과 비교했을 때 흥미 있는 것은 주인공 '거돌'이 유현종 씨의 도시소설의 인물들과 같은 형의 인물이라는 점이다. 생활에 대한 원시적이고 건강한 사랑을 지닌 인물 말이다.

하기는 뭇 일에 이 사랑이 첫째다. 이 사랑 자체는 설명될 필요가 없는 목숨의 기능이다. 작자는 많은 소설에서 줄곧 이런 인물을 그려왔다. 생명의 근본에 대한 감각, 죽음에 대한 공포 같은 인간의 그것이자 문학의 근본 감각이 흐릿해진 시대에, 그의 이 같은 특성은 귀중한 소질이라고 나는 생각한다.

그의 문제와 한국 소설의 문제는 그러나 이 같은 바른 감각을 토대로 그 위에 놓여 있다. 생활에 대한 사랑을 지녔는데도 왜 이 세상에는 슬픔과 무서움이 가시지 않는가에 대한 보다 슬프고 보다 무서운 '인식'이 그것이다. 그 인식은 어떤 선의, 어떤 고귀한 동기에서 출발했건 과학적이 아닌, 슬프고 무서운 것을 눈가림하는 것을 거부하는 것이어야 한다. 어떤 진보적 주장보다도 진보적인 인식, 그것이 문학적 인식이다. 문학에는 타협이나 정략이 없다. 적전敵前에서도 반군을 비판하는 것 ── 그것이 문학이다. 그것이 허락되지 않을 때, 그 상황은 문학이 불가능한 상황이다. 슬픈 일이지만 그렇다고 지구가 망하지는 않는다. 그래도 지구는 돌기 때문에.

자기 동일성을 찾아서
── 김윤식 · 김현 저, 『한국문학사』를 읽고

　김윤식 · 김현 두 사람에 의해 이루어진 『한국문학사』는 10년 전만 하더라도 아무도 엄두를 낼 수 없었을 것이다.
　이와 같은 일이 공저의 형식으로 이루어졌다는 것도 뜻깊은 일이다. 자연과학 쪽에서는 흔한 일이지만 인문과학에서 이 같은 공동 작업이 이루어졌다는 것은 높은 협력과 보편적인 이해와 바탕 없이는 어렵기 때문이다. 이 같은 바탕이란, 이 책의 경우에는 한국사를 한국 문학의 의미론적 문맥으로 본다는 저자들의 공통의 믿음이며 방법론이다.
　말해놓고 보면 콜럼버스의 달걀 같은 이야기다. 한국 문학이란 다름 아닌 한국인의, 한국어에 의한, 생활의 성찰이기 때문이다. 그러나 이 같은 뚜렷한 진실에 의해 문학사를 쓰는 데 방해가 된 눈가림들이 있어왔다.
　그것이, '이른바 한국사에서의 근대의 기점' 문제와 신문학과 고전 문학의 '접속' 문제였다. 이것은 방패의 안팎을 이루는 문제로, 같은 일을 한 가지는 역사 쪽에서 한 가지는 문학 쪽에서 보았을 때 나타나는 문제다.

한국에서의 근대(물질 생산 양식의 변화 및 이에 따르는 사회적 변동)를 속에서 자란 것으로 보느냐 이식으로 보느냐가 전자의 문제며, 이른바 신문학을 자생적인 변동으로 보느냐 옮겨 심어진 것으로 보느냐의 문제가 후자다.

저자들은 이 관건 문제에 대해 한국의 근대화는 내재적·자생적인 것으로, 신문학도 전대 문학과 본질적으로 이어지는 것으로 본다. 그리고 외세의 영향을 세계사에 있어서 보편적인 일인 정치적·문화적 충격으로 다룸으로써 국민사의 연속성과 제 국민 사이의 상호 영향이라는 일을 이론적으로 풀었다.

이것은 빛나는 학문적 이룸이다. 이 난관을 풀지 못했기 때문에 여태까지의 문학사는 국수와 사대의 두 극 사이에서 한국 문학의 참다운 자리를 찾아내지 못하고 헤맸다고 볼 수 있기 때문이다.

저자들의 이 같은 높은 이론적 이룸은 두 가지 점에서 가능하게 된 것으로 보인다. 첫째는 먼저 나온 문학사들의 시행착오 자체가 그들의 과제를 처음부터 밝혀주는 몫을 맡았음을 잊어서는 안 될 것이다. 진리는 오류 속에 얽혀 있는 것이기 때문이다. 둘째의 조건은 한국 사학이 근년에 이룬 성과를 빌려 쓸 수 있는 자리에 있었다는 점이다. 종래의 문학 이론들의 수공업적이며, 자가 생산적인 영세성을 버리고, 필자들은 방계 과학의 성과를 객관적인 공유재산으로 인식하고 이것을 그들의 기술의 바탕으로 삼는 이론적인 태도로 가질 수 있었던 데 대해서 축하하지 않을 수 없다.

  이런 눈으로 본다면 이 저작은 근대의 개국 이래 한국인이 자기의 인간적 자기 동일성identity을 알아내려는 노력의 연장선상에 이루어진 축복받을 공동의 전리품이라 불러도 좋을 것이다.

  방법론 스스로의 막강한 위력은 이 저자들로 하여금 한국 문학의 전통적 문제들에 대하여 명쾌한 논단을 가능케 하고 있다.

  한국사의 리듬을, 자체 내의 구조적 모순을 해결하려는 노력의 기복起伏의 과정으로 보고 문학을 그러한 리듬의 가장 선명한 정신적 지표로 보기 때문에, 모든 작품·작가는 이 대의에 비추어 값이 매겨져 있다.

  각 시대의 작가에 언급하는 과정에서 저자들의 방법론의 뛰어남은 스스로 밝혀지고 있다. 우리가 작품을 읽은 다음에 느끼는 감동과 특정 문학적 입장 사이의 갈등이 거의 느껴지지 않는다. 우리는 어떤 소박한 독자의 기호라도 마땅하게 이론화될 수 있는 폭넓은 방법 정신을 이르는 곳마다 찾을 수 있다. 각 시대의 뛰어난 작가들이 프로크루스테스의 침대에서처럼 방법적 독재의 희생이 되지 않고, 그들이 정당하게 바랄 수 있는 자리가 주어지고 있음을 독자들은 볼 수 있을 것이다.

  지금 이 시즌에서 바랄 수 있는 가장 분명한 태도, 자유스러운 상상력에 의해 조선 후기에서 현대까지의 한국 문학의 파노라마가 펼쳐진다.

  자체 내의 문제와 외국의 영향이라는, 삶에 대하여 어느 사람들에게나 나타나는 안팎의 '도전'에 대하여 어떻게 한국인이 맞싸웠는가를 밝히고 있는 것이다. 문학사가란 '문학 작품을 주인공으로 사용하는 소설가 혹은 서사시인'이다. 소설이나 시에서와 마찬가지로 그의 기량은 각기의 등장인물을 얼마나 바르게 값을 매기느냐에 달려 있다. 등장인물에 대한 값 매김의 정확성이 그의 판단력의 표시며 얼마나 다양한 인물을 시야에 가졌느냐가 그의 상상력의 폭을 나타낸다. 이 저서처럼 한국 문학의 역사에 나타난 재능들을 폭넓게 끌어안으면서 그것을 그저 앞뒤로 벌여놓기가 아니라, 그것을 하나로 묶는 원리로 통제할 수 있었다는 것은 우리 사회의 지적 성숙의 표현에 다름 아니다. 우리 문학의 해묵은 숙제들——현실과 문학, 참여와 순수, 도시와 농촌, 전통의 단절과 계승에 대하여 저자들은 '문학사의 기술'이라는 포괄적인 방법으로 해결해 보인 셈이다.

저자들의 「남는 문제들」이라는 항목에서 밝혀놓은 문제들 역시 여러 가지 시사와 여운을 남기는 부분이다. 이 부분을 1)지적 탐구의 자유와 2)그 축적으로서의 정신사적 시야의 완성 및 3)그러한 축적이 이루어질 때 그것이 문학에 미치는 영향으로서의 문학에 대한 기술적 접근의 가능성이라는 말로 나는 받아들인다. 어떻게 하면 그렇게 할 수 있을까? 내 짐작은 다음과 같다. 기술적 접근이란 것은 보편적 가치를 대상에 적용하는 분석과 계량의 조작이다. 필자들의 표현을 빌리면 보편적 의미강 속에 작품을 정위하는 과정을 말한다. 보편적 의미망이란 어떤 것일까? 그것은 모든 국민사가 그의 하위 현상이 되는, 상위 원리로서의 인류사적 시야라고 할 수 있지 않을까? 이 같은 시야 속에서 바라볼 때 모든 국민사와 국민 문학사의 자기 동일성은 그 자신의 종적種的 자기 동일성이 허용되면서 보다 높은 유적類的 자기 동일성에 의해서 비교되고 계량될 수 있을 것이다.

  이것이 나의 경우에 이 저서의 여운이 뜻하는 내용이다.

부드러운 마음
── 김현 저, 『한국 문학의 위상』

    우리 시대에 글을 쓴다는 것은 숱한 안팎의 우상과 싸우는 일이며 높이 밝혀진 불빛 없이 사물을 보고 알아내는 일이다. 빛나는 것들은 그것이 빛난 강도만큼 그 속에 지닌 오류도 컸고, 밝은 것들은 그 스스로의 속에서라기보다 자기 밖의 광원을 되비춘 환상인 경우가 너무나 많았다. 그러나 진리를 알기 때문에 쓴다기보다 진리가 뚜렷하지 않음에도 불구하고 더듬거리면서 써야 한다는 것이 자기 당대의 운명이라면 사람은 그것을 받아들이지 않으면 안 된다. 김현 씨만큼 이런 사정을 곧바로 받아 안고, 정력적으로 정직한 사고의 길을 걸어온 사람도 그리 많지 않다. 그가 요즈음 펴낸 『한국 문학의 위상』을 읽으면서 나는 두 가지 점에서 놀라웠다. 첫째는 그의 관심사가 필자의 그것과 크게 다르지 않다는 것이고, 둘째는 그 관심사를 필자가 엄두도 낼 수 없을 만큼 깊고 넓게 풀어내고 있다는 느낌이었다. 이런 느낌을 되새겨보는 일은 즐거운 일이 아닐 수 없다.

　김현 씨는 이 책의 첫머리를 아주 정확하게 시작하고 있다. 「왜 문학은 되풀이 문제되고 있는가」라는 이름을 가진 이 장에서 그는, 국내외에서 '근대'라는 시기에 이들 사회가 겪은 사회적 변동을 그것의 추진력이자 지표인 '정신사적 혼란'이라는 매개항을 통해서 명료하게 간결하게 문제의 핵심으로 끄집어올린다. 사회적 변동─이것이 근대 이후의 모든 사고와 표현의 주제임을 밝히면서 문학에 대한 인식론적 탐구라는 것도 이러한 근대라는 시기의 본질적 운동의 하위 현상임을 말한다. 간명하지만 본질적인 주제는, 뒤에 이어지는 장에서 그 뜻이 더욱 자세하게 드러나는데, 이런 부분에서 예전 같으면 미학·역사·사회학 등의 서로 다른 분야에서 동떨어진 채 다루어질 문제들이 서로 연관지어져 다루어짐으로써 어떤 글보다도 문제되고 있는 시기의 현실의 현실성에 가까운 인식에 이르고 있다. 저자 개인의 인간적 고민을 자연스럽게 끼워 넣으면서 펼쳐지고 있는 이 부분의 높은 설득력은 어디서 오는 것일까? 필자는 그것이 방법론의 타당성에서 오는 것이라 보는데, 그 방법론은 우리 신문학사의 모든 논쟁을 꿰뚫고 있는 논점과 관련된다. 어떤 시기의 문명이든 그것이 유효하게 작용하고 있는 사이에는 그 문명의 구조를 이루는 유기적 부분들은 자기에게 걸맞은 자리와 무게를 가지고 상보적으로 움직이지만 문명이 변화기를 맞는 전후에는 그런 부분들이 구심점을 잃고 서로 절대화되는 경향을 지닌다. 이렇게 해서 인간의 인식은 객관론·주관론·방법론이 서로 그것 자체의 환상적 독립을 주장한다. 유럽이 근대 이후에 겪은 객관론적 진보주의, 주관론적 보수주의, 주체 없는 방법론 등은 모두, 통합력을 잃어버린 의식의 자기 분열의 모습을 보여준다. 자유냐 필연이냐 하는 문제는 후진 러시아의 도스토옙스키에게 있어서 형이상학적 악몽의 모습을 띠고 있을 뿐 아니라, 카뮈와 사르트르에게 와서까지도 여전한 이분법二分法dichotomy의 옷을 벗지 못하고 진흙탕에 빠진 코끼리처럼 커다란 자국을 내며 비틀거리는 형편이다. 사람이 자기 몸의 모든 비자율신경을 의식하지 않으면서도 건강한 생활을 할 수 있는 것처럼 건강한 시기의 문명도 자신의 구조 원리를 반드시 분석적으로 자각하는 것은 아니라기보다, 그것은 불가능한 것이다.

  그러나 변동기를 사는 인간은 원리적으로 불가능한 일, '인식'보다 무한히 큰 '생활'을 완전히 분석적으로 파악하려는 집념에 사로잡힌다. 생활을 인식하려는 행위 자체가 안 된 것이 아니다. 생활이란 인식과 표현의 회로이기 때문에 그것은 당연한 인간 행위다. 그러나 이러한 당연함이라는 것과 그것의 완전한 이룸이라는 것은 다른 문제다. 현실은 무한한 변수에 의해 이루어져 있고, 모든 인식은 기지既知의 변수 안에서의 조건 판단이라는 사정이 오랫동안 근대 이후의 인간들의 인식의 지평에는 떠오르지 않았다. 이것이 계몽기의 사고의 본질적 징후이며, 유럽의 근대·현대사에서 나타난 이 의식의 극은, 개항 후의 우리나라 역사에서도 그대로 나타난다. 더구나 자생적 근대화가 중단되고 따라서 자생적 근대 사상이 주역의 자리에 있지 못한 이 기간의 우리 문명은 '유럽'을 또 하나의 절대항으로 받아들인다는 덤이 하나 붙어 있기까지 한 것을 생각하면 우리가 살아온 세월은 곱빼기로 집단적 정신병의 계절이라 불러도 틀리지 않다. 김현 씨는 이 사정을 우리 신문학사의 문맥에서 이광수를 비롯한 주요 작가들의 작품 세계를 분석하는 과정에서 실증적으로 밝히면서 「문학 텍스트를 어떻게 이해할 것인가」라는 장에서는 보다 분명한 문제 파악에 이르고 있다. 다음과 같은 부분을 보자.

텍스트가 의미를 가지고 있다면 그것은 어떻게 전달되는 것일까? 어떤 해석학자들은 텍스트가 갖고 있는 의미를 의미meaning라고 부르고, 독자가 거기에 부여하는 의미를 의의significance라고 부른다. 그 해석학자들의 이론적인 결함은 그 둘을 개념적으로 분류하여 그들 사이의 관계를 무시한 데 있다. 텍스트가 갖고 있는 의미는 일종의 개념적 실체이다. 그것은 독자가 그것을 작동시키기 전까지는 정보를 제공하지 못한다. 독자가 그것을 작동시키는 순간 그것은 운동하는 역동적인 힘이 된다. 의의는 그러니까 작용하고 있는 의미이다. 다시 말해 운동화한 의미이다. 텍스트가 의미를 갖고 있다고 확인시켜주는 것은 그 운동화된 의미 때문이다. 의의와 의미는 그러므로 분리되어 설명될 개념이 아니라, 의미는 의의를 통해서, 그리고 의의는 의미를 통해서야 그 가치를 부여받을 수 있는 시계의 톱니바퀴와 같이 서로 엇물릴 하나의 개념이다. (p.73)

필자는 이 대목이 이 책에서 저자의 방법론을 말하고 있는 가장 분명하고 중요한 곳이라고 생각한다. 누구의 눈에나 뚜렷한 것처럼, 위의 인용된 글의 뒤에는 소쉬르의 랑그langue와 파롤parole의 개념과 사르트르가 문학의 본질적 기능으로 생각한바, 독서란 작자와 독자의 서로 순서를 달리한 자유의 실현이란 개념이 뒷받침돼 보인다. 저자는 곧 이어 다음과 같이 말한다.

의미를 작동시키기 위해서는 네 단계의 작업이 필요시된다고 할 수 있다. 〔……〕 이 네 단계의 작업은 두 단계로 압축될 수 있다. 언어적 국면과 통사론적 국면을 이해하는 작업은 언어학적 약언을 살피는 작업이며, 의미론적 국면과 정황적 국면을 살피는 작업은 의미 부여를 가능케 하는 여러 체계 중에서 하나를 선택하는 개인적인 정황적 국면을 드러내는 작업이기 때문이다. (p.73)

두 단계의 첫번째 부분을 소쉬르적 부분, 두번째 부분을 사르트르적 부분이라 불러볼 수도 있을 것이다.
마지막으로 저자는 누가 텍스트에 의미를 주는가를 물으면서 그것은 결국 문학적 체제라는 개념을 불러낸다고 말한다(p.75). 여기서 말하는 문학적 체제가 구체적으로 무엇을 말하는지를 좀더 부연해 주었더라면 하는 생각이 드는데 문맥과 누리의 방향을 따라간다면 '장르'라는 개념을 말하는 것이 아닐까 한다. 즉 의미 부여자는, 작가·독자·언어——이 세 가지의 어디에도 전유되지 않고 그것들 모두의 유기적 회로인 문학이라는 장르, 더 정확히 말하면 문학 현상이라는 인간 행위의 회로 전체에 주어져야 한다는 것이다. 여기서 저자는 근대적 사고의 함정인, 선조성·분열성을 극복하고 골드만의 집단적 주체라는 개념보다도 더 넓은 사고의 지평에 서 있는 듯이 보인다.

　방법론적 성찰의 부분이 끝나고 이어지는 '한국 문학은 어떻게 전개되어왔는가'라는 장이, 이 책의 주요한 전개 부분을 이룬다. 이 부분에 대해서는 필자는 저자와 같은 해박한 실증적 연구를 따라갈 힘이 갖춰져 있지 못하다. 다만 소박한 독자로서 그에 의해서 요령 있게 기술된 매력적인 한국 문학의 원근법을 즐기는 데서 벗어나지 못하겠다. 다만 분명하기는, 이 부분에서 그는 오늘날 한국 역사학이 힘들여 이루어놓은 성과를 그의 방법론의 의지에 따라 생산적으로 원용하고 있다는 점이다. 경제사를 가장 외적인 풍속으로 이해하고, 그 '풍속'의 의식적 상관물로서 '이념'을 설정하고, 그 이념의 주체로서 정치적 계층을 파악한다는 저자의 방법은, 앞 장에서의 방법론의 정확한 활용이다.

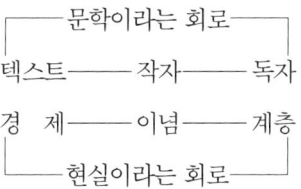

　이와 같은 대응표를 만들어본다면 이것은 골드만이 머리에 그리고 있는 것과 매우 닮은 것이 된다. 다만 골드만에게 있어서 아직

도 떨쳐지지 못한 발출론적發出論的 발상이 경제의 우위 대신에 이 회로의 모든 항이 상보적이라는 것과, 작자와 독자가 사실은 같은 회로 속의 시간적 선후 관계이지, 다른 회로(이를테면 자기와 남, 나무와 물처럼)에 속한 두 사항이 아니며, 따라서 그 둘 사이에는 대립 관계는 없다. 이념이 공중에 떠 있을 수도 없고, 계층이 이념을 옷이나 모자처럼 누구에게 맡길 수도 없기 때문이다. 회로라는 말의 가장 옳은 뜻에 따라 이 세 항은 인간 현상이라는 연속된 사건의 비아인슈타인적 관찰 시점에 대해서 현실이 내보이는 제한된 얼굴일 뿐이다. 인간 현상이란 말하자면 네온사인이나, 분수 같은 것이어서 그것을 움직이는 그것을 어느 각도에서 멈추게 했을 때 '주관이라든가, 객관이라든가, 방법이든가' – '텍스트 · 작자 · 독자' – 또는 '경제 · 이념 · 계층' 같은 분석적 단위라는 화석의 모양으로 파악될 뿐일 것이다. 인간 사고에 본질적으로 내재하는 이 같은 관찰의 화석화에 대한 저항을 대문명은 모두 시도하고 있는데, 선의 방법은 그중에서도 가장 세련된 것 중의 하나이며, 견신見神 · 명상 같은 모든 종교에 두루 보이는 신비 체험들은 생의 전체성에 참여하려는 방법에 다름 아니다.

김현 씨는 문학의 기능을 이러한 전체성을 가난하게 만드는 것에 대한 저항과 균형 기능으로 이해하고 있다. 저자에 의하면 문학적 이념이라는 것은 근대의 불행한 병인, 이념이 현실을 완전히 파악할 수 있다는 미망 대신에 그러한 미망에 대한 저항이 된다. 문학은 정치와 그것이 내미는 이데올로기의 억압으로부터 인간을 자유스럽게 하는 힘이라는 것이다. 한국 문학의 전개를 뒤따라가면서 저자는 한국 문학이 우리 역사 속에서 보여준 의미를 뚜렷이 보여준다. 그것은 인간의 자유가 어떻게 꿈꾸어지고 어떻게 지켜지고, 넓어져야 하는가를 표현한 인간 행위를 의미한다.

7장인 '문학에 대한 논의는 어떻게 전개되었는가'는 앞의 장들에서 이야기된 주제들을 비평사를 개관한다는 형식으로 총복습하고 있는 부분이다. 가령,

> 이광수의 위대성은 문학을 정치에 종속된 것에서 분리해내서, 정치와 맞서는 위치에 그것을 올려놓은 것이다. (p.75)

는 말은 문학과 현실은 '과'라는 접속어로 이어 붙일 두 개의 사물이 아니라, 문학은 현실이라는 회로에 들어가 있는 현실의 유기적한 부분임을 말하는 것에 다름 아니며, 우리가 앞서 그려본 대응표의 메시지를 다른 말로 나타낸 묘사이다. 이러한 태도는 김환태를 말하는 부분에서도 마찬가지다.

> 관념비평의 경직성은 자유를 얻기 위해 상상력의 자유를 억압하려 한 이론적 결함에서 생긴 것이었으나, 상상력을 중요시하면서도 그는 그것의 뿌리인 자유를 보지 못한 것이었다. (p.186)

상상력의 뿌리가 자유라는 것은 사르트르의 기본 명제의 하나였고, 저자가 텍스트의 의미를 추구한 부분에서 원용되었다고 논리적으로 말해질 수 있는 개념이었음을 떠올릴 수 있는 즐거움을 주

는 대목이다.

「우리는 왜 여기서 문학을 하는가」라는 장이 맨 끝에 온다. 여기서 저자는 그 특유의 핵심적인 화제를 아주 솔직하게 내놓는 방식을 취한다. 그 화제란 '억압 없는 사회'라는 논의이다. 이것은 다른 책을 여기서부터 쓰기 시작할 수 있는 화제인데 저자는,

> 문학에 대한 나의 모든 논의가 더욱 선명해지기 위해서는 그 문제들에 대한, 그것들이 문제로서 제기될 수 있는 문제인가에 이르기까지 철저한 반성이 있지 않으면 안 된다. (p.197)

고 말하면서 이 매력적인 책을 끝내고 있다. 억지로 가려는 마음이 없는 물처럼, 그의 사고는 여기까지 흘러온 힘을 지닌 채 새로운 수평선을 바라보면서 자기의 꿈을 말하고 있다. 그것은 부럽지만 바다에의 꿈을 잃지 않는 강물 같은 마음이다. 이런 마음은 저자 개인에게 있어서나, 한국 문학의 이론적 의식의 전개에 있어서나 결코 쉽게 얻어진 열매가 아니다. 저자가 문학이라는 장르에서 일하기 시작한 처음부터 그와 가까운 자리에서 그의 일을 관찰할 수 있었던 필자에게는 그가 걸어온 길에 대하여 약간의 감회가 없지 않다. 저자는 외국 문학도로 출발하면서 일찍부터 외국 문학의 연구가 우리 문학에 대해 가지는 의미라는 문제를 자기에게 과제로 내놓고, 이 문제의 행복한 해결을 위해서 필요한 과정을 비켜섬이 없이 걸어오고 있다. 그의 모든 글이 특징 있게 보이는 것 가

운데 한 가지는 그가 문학 이론의 구축이라는 일을 생활하는 지식인의 한 사람인 개인으로서의 자기 자신과 떼어놓지 않았다는 일이다. 우리 시대에 이런 태도는 결코 이론 형성에 부차적인 의미만을 가지는 것이 아니다. 이 글의 처음에서 얘기한 것처럼 커다란 문명의 변화 주기에 있는 우리들의 생활은 생물에게 부자연스러울 만큼 생활에 대한 이념적 분석과 이념의 뿌리에 얽힌 생활의 영향이 부단한 점검을 받지 않으면 그 어느 쪽이 다칠 위험이 넓고 깊게 깔려 있다. 그것들은 여러 모양으로 나타날 수 있지만 그 뿌리는 모두 하나며, 현실〉인식이란 근본적 조건을 잊어버리고 운산運算하는 데서 온다. 빛나는 것들은 그 빛을 가지고 눈을 속이려 하고, 덩치 큰 것들은 그 크기를 가지고 사람의 기를 누르려 한다. 규범이 새로 마련되고 있는 반용해 상태의 우리 현실에서는 때로는 자아와 타자 사이의 분계점도 아직 안정돼 보이지 않을 때가 있고, 그런 착각은 이론에서나 생활에서나 거의 정치적 실각에까지 비유될 만한 위험을 지닌다. 아니 비유가 아니라 지난날에, 오늘에, 우리 문단사는 그런 실례를 너무나 많이 드러내주고 있다. 필자가 김현 씨의 이론적 탐구를 가깝게 지켜보면서 가끔 감동하는 것은 그가 이론적 생활자로서 가지고 있는 자질과 관련된다. 그는 이론의 탐구가로서의 제1차적 생활은, 바로 이론의 진리성의 심화, 그것이라는 건강한 판단을 흩트려 보인 적이 없다. 우리 현실이 아무리 황급하게 변하더라도 이론가란, 자기 자신이 먼저 곧이들을 만한 설명이 아니면 함부로 추측을 해서는 안 되며 그것을 공론의 형식으로 내몰아서도 안 된다는 규칙을 그는 잘 지켜왔다.

이 또한 부드러운 마음이 아니고 해내기 어려운 몸가짐이다. 굳어 버린 것들이 우리의 삶에서 너무 큰 자리를 차지하려 든다. 그것들은 여러 모습으로 우리의 넋을 흐리려 한다. 김현 씨는 그런 것들을 '경직'된 것이라 부르면서 그것들이 자유·상상력·명징성의 적이라고 인식하고 있다. 그것은 마음 가난함으로부터의 해방이다. 부드러운 마음은 자기가 속한 사회의 공적인 정신적 부를 그것을 공적이라 부르면서 떳떳이, 그러므로 자기 것이라고 부르는 태도에서 나온다. 우리 역사와, 그 문학적 유산에 대한 그의 사랑 때문에 그는 그것들을 풍부한 재산으로 만들고 있고, 우리 작가들에 대한 사랑 때문에 그는 그들을 더 잘 이해할 수 있는 자리를 스스로 마련하고 있다. 사로잡히지 않는 부드러운 마음이란 것은, 비록 형이상학적인 또는 수양론적인 문제의식에서일망정 우리들의 선배 지식인들이 문명인으로서 이상적인 상태로 그려온 마음가짐이다. 그런 경지에 이르렀다는 것은 그의 이론적 태도에 오히려 욕이 되겠고, 말하자면 그런 경지에 대한 그의 사고의 운동의 벡터는 늘 건강하다고나 말하면 크게 실례를 저지르는 것이 안 될 수도 있을지 모르겠다. 그렇다면 이 책은 그런 부드러운 벡터가 한국어라는 공간을 흘러간 부드러운 궤적이라 불러서 좋을 것이다. 사실 이 책은 이만한 내용을 부드럽게 써 내려가고 있다. 이 글을 맺으면서 이런 생각이 든다. 행복한 시대의 감상자라면 저자의 이 기술의 스타일만 가지고도 넉넉히 하고 싶은 말을 펴나갔을 것이라는 생각이다. 그러나 이것은 필자가 저자만 한 부드러움을 못 가진 바에는 시대는 어쨌건 어쩌는 수가 없는 일이었다.

야누스의 얼굴을 가진 작품들
―― 어떤 서평

전후의 세계 여러 나라의 소설들을 읽고 생각하게 되는 것은, 정신의 과도기라는 현대에 소설이라는 장르가 맡고 있는 몫이 대단히 소중한 것이라는 느낌이다. 아마 로런스가 말했다고 기억되는데, 소설은 특히 오늘 같은 세계에서 가장 강력한 인식의 방법이라 할 수 있다. 이 전집에 실린 소설들만 해도 우선 재미가 있다. 재미라는 말은 이 경우에는 작가들의 정신이 현실과 만나는 과정에서 매우 힘 있게 움직이고 있으며, 결코 현실이 심각하다고 해서 소설도 수동적으로 눌려서 생기가 없는 것일 수는 없다는 말이다. 소설이 예술로서 남는 길은 그것이 현실을 가장 가까운 거리에서 다룬다는 데 있지 않고, 가장 가깝게 대하는 현실에 얼마나 능동적으로 대응했느냐 하는 정도, 그 응전의 생명력의 강도에 있을 것이다. 그 강도가 높은 것일 때, 우리는 재미있는 소설을 만들 수 있는 것이 아닐까. 가령 이 전집의 영국 편에 들어 있는 『콜

렉터』 같은 작품만 해도 아주 재미있는 소설이다. 더할 수 없이 심각한 얘긴데, 더할 수 없이 재미있는 것도 사실이다. 이 소설은 영화도 들어와서, 소설과 비교하면 생각하는 점이 많다. 영화에서는 여주인공의 내면은 다루어지지 않고 있어서 스릴러로서의 면을 주축으로 드라마가 엮어지고 있다. 모든 정신적 곡절이 행동에 흡수되어 강력하게 펼쳐지고 있었다. 그러나 소설을 보면 여주인공의 독백이 소설로서의 중요한 자리를 차지하고 있어서 충실한 내면을 가진 정신과 내면이 없는 물리적 인간과의 만남에서 빚어지는 공포가 잘 나타나 있다. 이것이 진실한 주제인 것인데, 이 주제가 소설 이외의 형식으로 옮겨지면 어쩔 수 없이 빼고 지나가게 되는 것을 면치 못한다. 이런 점에서 소설만이 가지는 영역은 귀중한 것이며 인간의 탐구에서 가장 이상적인 인식 방법이라는 것도 그대로 받아들일 수 있는 말이다. 인간에 대한 이런 인식의 과정에서 재미를 느끼게 한다는 점에 작가의 예술가로서의 역량이 있는 것이며, 소설의 효용은 바로 그런 것이다. 그다음으로 생각되는 점은 그들의 발성의 음정이 매우 안정돼 있고 그것은 결코 그들의 개인적인 역량에만 귀착시킬 일이 아니라고 여겨지는 점이다. 이것은 중요하다.

소설을 부르주아의 서사시라고들 한다. 부르주아라는 역사적 계층이 왕성한 활력을 가지고 부를 쌓고, 권력을 인수하고, 삶의 여력을 기울여 새로운 그들의 생활력歷에 어울리는 감수성으로 인생을 사색하고, 아름다움을 추구한 결과로 이룩된 문화의 한 부분으로서 소설을 생각할 때, 이것은 생소한 것이 아닌 반면에, 예술을 통시적으로 발생론적으로 이해하는 힘이 부족한 것이 우리들의 문학 이론에서 모자라는 감각이다. 이것은 우리들의 사고의 경향이라든가, 문학적 기질이라든가 하는 관념적인 조건하에서 오는 결과가 아니다. 소설이 부르주아의 서사시라고 할 때에, 현실적 전제인 '부르주아'라는 역사적 현실이 우리의 경우에는 결여되었거나, 기형적인 데서 오는 현실적인 당연한 귀결이다. 한국 작가들의 일반적인 고통은 체계로서 주어진 소설이라는 양식에 어울리는 현실적 기반으로서의 근대 시민사회의 생활력의 쌓임이 없는 곳에서 소설적 발상을 해야 한다는 데 있다. 귀족이 없는 곳에서 귀족적 양식인 궁정 음악을 창작해야 하는 경우를 생각해보면 알 수 있다. 문학은 음악에 비할 수 없이 구체적인 것이어서, 체계화된 수법을 통달했다고 해서 생활로서의 경험이 없는 세계를 만들어낼 수 있는 것이 아니다. 소설가에게는 그러므로, 자기가 살고 있는 사회가 타율적으로든 자력으로든(작가의 사고에 의해서든) 안정된 것일 필요가 있다. 이것은, 쏘아 맞히기 위해서는 나뭇가지에 앉은 새가 움직이지 말아줘야 한다는 이야기가 아니고 이동 목표에 대한 사격법은 고정 목표를 대할 때의 그것과는 달라야 한다는 말이며, 달라야 한다는 사실을 안다고 해서 적절한 사격법이 쉽게 체득되지 않는다는 말이다. 이런 점에서 나는 이들 작가가 디디고 서 있는 전통이라는 것이 매우 부럽다.

어려움이 많을수록 용사에게는 보람이라고 큰소리해봤자 꿩 잡는 게 매라고, 예술가에게는 작품의 완성도가 문제이지 여타의 조건은 요컨대 예술 외적인 참고에 지나지 않는다. 일생에 한 번도 결전을 못 해보고 밤낮 척후 탐색 활동만 하다가 만 군인이 있다면 얼마나 쓸쓸하겠는가. 아마 나의 환경을 이렇게 말하는 것은 상당한 과장과 오류를 범하고 있는 것은 사실이겠지만, 적어도 반분의 이치는 있는 말이라고 믿고 있다.

  소설이 도구냐 유희냐 하는 것은 보편적인 논쟁거린데, 나는 소설은 도구와 유희를 양극으로 가지고 있는 야누스라고 생각하고 있다. 동화銅貨의 양면과 같은 것이다. 한 면이 있다는 것은 다른 면이 있다는 것을 자동적으로 전제한다. 어느 한쪽으로 이론을 일원화하려는 것은 사실에 맞지 않는다. 소설은 유용하면서 재미있는 것이다. 그것이 어느 한 면만이 두드러지게 드러나는 것은 소설 자신이 그렇게 한다는 것보다도 그 소설이 만들어지고 있는 시대나 사회가 그렇게 만든다고 보는 것이 옳다. 어떤 사회가 모럴의 심한 위기를 겪고 있든지, 정치적으로 권력의 기초 자체가 의문시되고 있다든지 하는 상황에서는, 뛰어난 소설을 읽고 사람들이 고개를 끄덕이면서 말하는 독후감이 재미있다는 표현으로 나오지는 않을 것이며 옳다든가 맞았다든가 하게 될 것이다. 또 사회의 그러한 분위기가 일단 가시고, 생활의 근본에 극적인 변화가 일어날 징조가 없어지면, 문학은 주어진 조건을 불변의 룰로 전제하고 그 조건 속에서 놀게 된다. 이런 경우에 아래로는 오락 문학, 높게는 고전주의라는 양식이 문학의 지배적 기조가 된다. 라신의 비극을 보고 사람들은 인간의 운명을 변혁시켜야 하겠다고 결심하지는 않았을 것이고, 다만 후련한 마음과 작가의 솜씨에 대한 찬사를 주고받으면서 극장 문을 나섰을 것이다. 결국 재미있다는 이야기다. 이상론은 쉽다. 유익하고 재미있는 소설. 좋은 소설은 그런 것이라는 점은 문학사가 증명하고 있다. 이 전집에 실린 소설들은 유익하면서 재미있는 것들이 많고, 그렇게 되는 조건을 생각하면서 읽어가니 나에게는 이중으로 유익하고 재미있는 독서 경험이었다.

문학은 어떤 일을 하는가

　오늘 제가 말씀드릴 '문학은 어떤 일을 하는가'는 대단히 광범위한 논제가 되겠습니다만, 몇 가지 구체적인 예를 들어가지고 문학이란 어떤 것이고 또 어떤 일을 하려고 하는 인간 행동인가 하는 것을 같이 생각해보기로 하겠습니다.

　먼저 여러분이 혹시 보셨는지 모르지만, 제가 오래전에 읽은 책 한 권으로부터 얘기를 시작할까 합니다. 이탈리아인으로 기억되는 어떤 작가가 쓴 『사랑의 학교』라고 번역된 이 책은 청소년들을 위한 여러 가지 좋은 얘기가 많이 적혀 있는데, 그중에 한 가지 얘기가 오늘 우리의 주제와 관련이 있지 않을까 해서 말씀드리겠습니다. 이 얘기의 내용은 대충 이러한 것입니다.

　많은 사람이 탄 여객선이 평화롭게 바다를 항해하던 중에 거센 폭풍우를 만나 배가 침몰하려는 극한 상황에 이르게 되고, 배가 침몰 직전 선장의 판단에 의해 구명보트에 탈 수 있는 최대의 인원이 타게 됩니다. 그러나 작은 구명보트에 못 탄 많은 사람들은 그대로 배 위에 남게 되는데, 그중에는 이 소설의 첫머리에서 배가 평화롭게 가고 있을 때 우연히 만나 긴 항해의 무료함을 달래며 서로 친하게 지내던 어린 소년·소녀가 있었습니다. 그런데 구명보트가 꽉 찼지만 조그만 어린이 한 명을 태울 자리가 있다고 하여 두 소년·소녀는 서로 사양을 하고 양보를 하다가 결국 소녀가 보트로 가게 되고, 소년은 배와 함께 그대로 침몰해갑니다.

이렇게 전달해서는 별 감동이 없는 얘기인지 모르겠습니다만, 이것이 그 책에는 대단히 잘 묘사되어 있고, 그때 제가 볼 당시에는 많은 감명을 받았습니다. 지금도 역시 이것을 얘기라는 형태로써 씌어진 인간의 행동 중에서 아름다운 장면으로서 사랑이라는 것이 이렇게 아름다운 경지로까지 갈 수 있다는 얘기 중에 하나로 기억하고 있습니다.

그런데 제가 지금 이 얘기를 꺼내는 것은 다름이 아니라, 우리가 만일 사람이 아니고 새라든지 갈매기의 눈으로 방금 소개했던 장면을 보았다고 상상할 때, 갈매기의 눈에는 이러한 인간과 인간과의 사랑을 중심으로 한 장엄하고도 아름다운 이 윤리적인 문제가, 이 심각한 장면이 난파선과 인간이라는 동물들의 움직임으로서 물리적으로만 보여질 뿐, 이 종합적이고 구체적인 인간 현상의 한 단면인 이 사건이 의미하고 있는 그 심오한 본질을 알지 못한다는 것입니다. 이것으로써 우리는 인간이 영위하고 있는 모든 행동은, 가령 우리가 호흡을 한다든지 밥을 먹는다든지 하는, 생물로서 기본적으로 가지고 있는 생활의 모습에 해당하는 이외의 모든 행위 또는 이런 행동조차도 이미 물리적인 차원의 행동이 아니고, 더 나아가 생물적인 차원의 행동도 아니고, 거기에 무엇인가 또 다른 층이 더 보태진 어떠한 것이 있다고 할 수 있습니다. 그런데 이 물리적인 부분과 생물적인 부분 위에 덧붙여진 부분이 바로 문화와 문명의 부분이 되는 것입니다.

따라서 인간의 행위를 분석해보면 가장 기초를 이루고 있는 물리적인 부분과 또 그 물리적인 부분 위에서 이루어지고 있는 생물적 부분, 그리고 이런 물리적·생물적 기초 위에서 이뤄지고 있는 문화적 부분이라는 세 가지로 나누어볼 수 있으며, 또한 모든 행동에 이 세 부분이 서로 겹쳐 있는 것을 알 수 있습니다.

이 문화적인 부분이라는 것은 인간 외의 다른 생물들은 이해할 수 없는 것으로 윤리와 기술에 해당이 되겠는데, 윤리란 사람과 사람 사이에 어떤 순서를 가지고 어떤 일을 누가 얼마나 하는가, 즉 인간 생활에서 일어나는 관계에 관한 인간 사이에서 맺어진 행동의 기술이라고 말할 수 있겠고, 기술이라는 것은 순수한 의미의 기술로서 인간이 자연을 움직일 때 생물의 생득적인 기관뿐만 아니라 모든 도구와 절차를 사용하는 다른 생물들이 개발하지 못한 특유한 능력의 체계로 이 두 가지가 인간 행위에 있어서 문화적인 부분에 해당되겠습니다.

인간의 행위가 다른 생물의 행위와 다른 것은 인간이라는 것은 어떠한 행위가 외계에 실천되기 이전에 자기가 어떤 행위를 하겠다 하는 물리 표상(心象)을 마음속에 가지고 있다는 것입니다. 그러니까 인간이 어떠한 행위를 할 때에 물리적인 부분이 외부의 가시적인, 촉각이 닿을 수 있는 형태로 진행되고, 인간의 내부에서는 자기 행위에 대한 윤리 판단과 또 물리적인 행위를 기술적으로는 어떠한 수단을 통해서 어떤 방법으로 하겠다는, 다시 말해 자기가 이용하기로 마음먹은 기계적인 수단에 대한 판단이 있게 되는 것입니다.

이와 마찬가지의 방법을 통해서 물리적 심상이 결과적으로 그 표면적인 겉 행동의 모습하고 일치하게 되는데 그 사이에 윤리적이고 기술적인 부분이 문화가 되는 것입니다. 물론 이와 같은 단계들은 순간적으로 연속되어 있기 때문에 실제로 우리가 하는 행동은 몇십 년씩 해온 대단히 익숙한 행동이기에 일일이 어떤 구체적인 행동을 위한 심상을 머릿속에 떠올리고 난 후 윤리 판단과 기술 판단을 한 다음에 손발을 놀려 행동하지는 않지만, 이제까지 접해보지 못했던 새로운 환경에서 새로운 행동의 절차에 의해 행동의 대상을 치러내야 하는 경우에는 이러한 절차를 밟게 되는 것입니다.

그렇다면 이와 같은 인간의 행위에 대하여 여러 가지 방법으로 접근할 수 있겠지만, 이를테면 윤리학의 내용으로 이것을 접근한다든지 혹은 자연과학적인 측면에서 이것을 접근한다든지…… 이렇게 하여 여러 가지 과학이 생기는 것인데, 저는 여기서 이것을 기호 행위라고 하는 관점에서 접근해보려고 합니다.

인간의 행동이라는 것을 다시 한 번 간추려보면 두 가지로서 나눌 수가 있겠습니다.

첫번째는 현실 행동으로 이것을 설명하기는 복잡하겠지만 간단히 정의하면, 외계에 대해서 물리적인 외계 자체의 변화만을 또는 외계의 물리적인 변화 자체를 최종적인 목적으로 하는 인간 행위라고 할 수 있습니다. 아까 얘기한 『사랑의 학교』에서 예를 들면, 그 사건의 깊은 뜻은 둘째 치고라도 큰 배에서 작은 배로 옮겨간다든지 바람이 불거나 노를 젓는다든지 하는 모든 자연의 행동에 유사한, 외계에서 물리적인 자연 자체에서의 어떤 목적 수행을 위해서 움직이는 일체의 인간 행위를 현실 행동이라고 할 수 있겠습니다.

둘째로는 기호 행동이 되겠는데, 이것은 제가 지금처럼 강연을 하는 것이나 우리가 책을 읽어 문자라는 기호를 통해서 무엇인가 정신적인 내용을 간접적으로 전달하는 것, 또는 어떤 장소에 모여 신의 말씀을 듣거나 신상神像에 대한 예배를 본다든지 하는 이런 일체의 것들을 기호 행동이라고 볼 수 있습니다.

기호 행동이란 것을 설명하기 위해 얘기를 조금 더 단순화시켜, '말한다'고 하는 데에 국한시켜 설명해보면, 제가 지금 얘기한다고 하는 이 말은 음악 대신으로 들려드리는 것도 아니고, 이 마이크를 통해 여러분의 귀에 옮겨가고 있는 음파라고 하는 것은 내가 하고 있는 행동의 수단으로, 나는 음파라는 물리적인 수단을 매개로 해서 이 대기 속에 있는 소리가 전달된다는 현상을 적당히 일정한 법칙에 의해서 조정함으로써 어떤 중요하고도 복잡한 인간 사이에서만 약정돼 있는 여러 가지 뜻을 여러분들에게 전달하고 있는 것입니다. 그러니까 제가 지금 말을 한다고 하는 이 기호 행위, 말이라고 하는 기호를 통해서 하고 있는 이 행위는 위에서 분류한 현실 행동하고는 뚜렷이 구별이 되는 것입니다. 가령 현실 행동은 눈에 보이는 현실적인 목적 자체, 즉 물리적인 운동 자체가 그 최종적인 목적임에 반해서 제가 지금 말을 하고 있다 하는 것은 음파를 이용한다든가 문자를 쓴다든가 하는 물리적 부분은 부차적인 것이 되어 얼마든지 변할 수 있는 것이고, 본질적인 것은 말의 내용으로, 이 중요한 말의 내용을 말이라는 기호를 통해 전달한 것입니다.

여기서 인간 행위에 대한 분석을 이 정도로 마치고, 오늘의 주제로서 기호 행위의 일종인 문학에 대해 말씀드리기로 하겠습니다.

문학은 예술이라고 하는 기호 행위에 해당되는 것으로, 간단하게나마 예술이란 무엇인가에 대한 정의를 내려야겠지만 그 먼저 예술을 얘기함에 있어 대단히 좋은 비유가 될 수 있는 종교에 대해서 잠깐 말씀드리기로 하겠습니다. 우리가 어떤 날을 택해서 어떤 장소에 모여 어떤 사람의 얘기를 듣고 고개를 숙이기도 하고 일정한 내용을 가진 노래를 부른다고 할 때, 이것은 단순한 물리적인 현상의 묘사이고 이 사건의 핵심은 어느 주일 교회라고 하는 신의 집에 신을 믿는 인간들이 모여 신의 가족으로서 신을 예배하고 신의 뜻을 따르며 신과 하나의 몸이 되기 위해 일정한 의식을 행하는 것입니다.

아까 기호 행동을 간단히 설명했는데 조금 더 부연해서 분석해 보면, 기호 행동은 다시 현실을 위한 기호 행동과 현실로서의 기호 행동으로 나눌 수가 있습니다. 현실을 위한 기호 행동이라고 하는 것은 결국 궁극적인 목적이 물리적인 어떤 변화를 최종적인 결과로 예견하고 있는 행동을 말합니다. 예를 들면, 우리가 여기서 그냥 밥을 먹는다면 이것은 분명히 현실 행동입니다. 그러나 '나에게 밥을 다오' 이렇게 말을 한다면 이것은 기호 행동입니다. 이렇게 목소리 자체는 기호 행동임에 틀림없으나 그것이 목적하는 바는 바로 밥을 먹고 싶다는 것으로, 바로 이 자리에 밥이 있다고 하면 중간에 개재하는 기호 행동을 하지 않고 즉시 식사를 했을 것인데 밥이 없기에 달라고 한 것같이 기호 행동 중에 많은 부분이 현실을 위한 기호 행동이 됩니다. 또한 이러한 일상생활의 대부분을 차지하는 많은 기호 행동뿐만 아니라 우리가 과학이라고 부르는, 예술과 종교를 제외한 일체의 과학적인 행위, 즉 실험을 한다든지 학문적인 저술을 한다든지 하는 이러한 사회과학적인 혹은 자연과학적인 모든 행동이 모두 현실을 위한 기호 행동에 속합니다. 그런데 사실 이러한 것들은 비록 전문적이고 복잡한 체계가 되었다 하더라도 그것은 양적으로 복잡해졌을 뿐이지 질적으로는 현실 행동과 다름이 없는 것이며, 이와 같은 것을 현실을 위한 기호 행동이라고 미뤄놓는다면 인간의 기호 행동 중에 남는 부분이 예술 행동과 종교 행동이 됩니다. 따라서 우선적으로 설명이 더 용이하고 인간의 오랜 경험으로서 더 큰 비중을 차지하고 있는 종교를 말씀드렸던 것입니다. 그러면 우리가 종교에서 목적하는 것이 무엇인가?

우리가 당장의 현실을 위한 현실의 이러이러한 욕구를 요구하는 것을 종교 행동이라고 부른다면 종교 행동과 다른 기호 행동을 구별할 수 없고, 또한 기호 행동과 현실 행동을 구별할 수 없을 것입니다. 인간 생활의 이러저러한 부분적인 욕구만을 가지고서는 무엇인가 다 나타낼 수 없는 부분이 인간의 생활 속에는 있는 것이며, 종교라고 하는 것은 바로 그것을 해결하려는 것이라고 말할 수 있겠습니다. 이를테면 현재까지도 우리는 종교라고 하는 것은 거의 인간이 다른 동물하고 갈라진 직후부터 가지고 있는 관념이고 의식임에도 불구하고 다른 것은 모두 비상한 발전을 했다 하면서도, 가령 물리학에서 소립자를 발견했다든지 생물학에서 유전인자를 발견했다든지 하는 과학적인 실험이나 기계 사용으로도 또는 고급한 수학적인 계산으로도 신이란 존재가 어떤 것인지 규명하기는 어렵고, 신이라는 것이 가지고 있는 인간과의 관계를 이해하는 방법은 거의 종교가 처음 발생했을 때에 바로 그 방법 자체를 똑같이 지금 현재까지도 되풀이하고 있는 데 지나지 않습니다.

저는 종교에 대해 깊은 경험은 없지만 예술을 창작하는 사람으로서 미루어보건대 종교 행위의 핵심이라고 하는 것은 궁극적으로 이와 같은 이론이라든지 추리 같은 것으로는 도달될 수 없는 것이라 생각합니다. 물론 비상하고 성실한 신학적인 사고로 종교에 대한 광범위한 연구가 필요할 것입니다. 또한 필요하든 안 하든 간에 현재 종교 행위에 참여하고 있는 대부분의 사람들은 잠재적으로나마 이러한 사고의 과정을 거쳤다고 볼 수 있습니다. 그러나 그러한 사람들이 어떤 절대자에 대해서 그 존재를 시인하고 그와 자기와의 사이에 어떤 필연적인 관계가 있다고 보는 것은 결국 둘에다 둘을 보태면 넷이다 하는 식의 수학적인 사고에 의한 추리 이전에 어떤 의미로는 증명할 필요도 없이 인간 자신에게 존재하는 직관적인 지식이라고 생각합니다. 이러한 것을 위해서 인간은 종교라고 하는 특별한 기호 행동을 하고 있는 것입니다.

　기독교를 상징하는 기호가 십자가라는 것을 우리는 이해하고 있는데, 이 십자가가 기독교를 전혀 모르는 사람이나 생물의 눈에는 막대기 두 개를 엇갈려놓은 대단히 간단한 물리적인 물체에 지나지 않겠지만, 십자가는 바로 기독교라고 하는 체험의 핵에 속하는 커다란 우주적이고 인간적인 의미를 지닌 모든 내용을 간단히 두 개의 막대기로 표시한 것으로 기독교를 이미 아는 사람의 입장에서 볼 때는 십자가를 보는 순간에 그가 일생을 통해 쌓은 종교적인 체험의 전량이, 그가 교양으로서 또는 인간의 체험으로서 가지고 있는 종교적인 모든 내용이 순간적으로 다 동원되어 십자가를 이해하게 되는 것입니다. 십자가라고 하는 간단한 기호가 그렇게 깊고 심각한 종교적인 내용을 전달하는 상징으로서 강력한 역할을 하는 것입니다.

　그런데 예술이라고 하는 것은 종교와 거의 같은 내용을 전달하는 것이 아닌가 생각됩니다. 다만 요즈음의 예술과 옛날의 예술이 다른 것은, 몇백 년 전만 하더라도 인류가 살아온 이 수십만 년을 통해서 예술과 종교라고 하는 것을 분류해서 설명할 필요가 없었습니다. 그러니까 예술이란 것은 종교를 위한 기호의 일종으로서 하나님을 더 찬송하기 위한 것이 음악이고 시이며, 하나님의 얘기를 글로 적은 것이 문학이고, 하나님의 일대기를 사람이 흉내 내어 보여주는 것이 연극이었습니다. 옛날의 모든 예술가들은 다 그렇게 행동을 했고, 하나님을 그리고 신앙을 활용하기 위한 수단으로서 일체의 예술 행동이 있었던 것입니다.

그러나 오늘날에는 이를테면 신 없는 종교라고 할까요? 인생의 절대적인 의미 또 이 우주 속에 있어서의 인간과 종교의 의미 등 이런 것에 대해서 인간들이 무엇인가 설명할 수는 없으나 수십만 년 동안 가지고 왔던 어떤 신비한 체험과 그리고 신비한 체험을 조직적으로 다듬어놓은 이미 기존해 있는 종교들의 기호에서 벗어나서 자기 손으로 우주 속에서의 인간의 자리 또는 인간과 인간 사이의 바른 관계 같은 것들을 알아보려고 노력하기 시작한 것이 소위 근대 예술이나 현대 예술의 모습이 아닌가 생각합니다.

문학이라고 하는 것은 이와 같은 예술 중에서 말을 기호로 삼아 지금까지 얘기한 종교가 이루고자 했던 것과 거의 차이가 없는 인간의 최종적인 신념, 인간의 최종적인 안식처, 그리고 인간의 최종적인 행위의 어떤 규칙을 발견하려고 노력하고 있는 기호 행위의 일종이라고 말할 수 있습니다.

그래서 비록 어떤 기성의 종교를 가지고 있지 않는 예술가라 할지라도 그 사람이 예술이라고 하는 것의 오랜 기원과 그 본질에 생각이 미칠 때나 실제로 어떤 것을 창작을 할 때, 정신적인 내용이라고 하는 것은 종교가들이 때로 자기가 놓칠 뻔한 절대자의 모습이나 절대자와 자기와의 관계 같은 것을 끊임없이 다시 수립하고 자기보다 더 크고 더 객관적인 어떤 질서 속에 자기를 참여시키려고 하는 그러한 정신 행동하고 별다른 것이 없으리라 생각합니다. 다만 그것을 성경이라든지 불경 또는 예수의 일대기 등과 같이 기존의 대문명이 만들어낸 대종교들의 기호나 상징체계가 아닌, 전혀 기왕에 수립되어 있지 않은 특유한 한 작품 한 작품마다 새롭게 신의 모습을 이 우주의 공간 속에서 발견하려고 하는 인간의 기호 행위로서, 저는 예술이라는 것을, 그리고 문학이라는 것을 그것대로의 의미가 있는 인간 정신의 모험으로서 이해하고 있습니다.

만난다는 신비스러움

 삶의 핵은 만남과 헤어짐이다. 우리는 살면서 수없이 만나고 헤어진다. 그 사람의 그릇과 운명에 따라서 만남의 대상은 갈라지고 천차만별이다. 같은 만남에도 그 사람의 성격과 경력에 따라서 그리고 삶을 느끼는 힘의 깊이에 따라서 만남은 바람처럼 가벼울 수도 있고 바다처럼 깊을 수도 있다. 나는 온달 이야기를 만남의 가장 극적인 모습으로 보고 싶다. 만난다는 부조리, 선택하지 않았는데도 만난다는 신비함. 만남을 모두 계산하면서 사는 사람은 없다. 우리가 헤아릴 수 있는 만남은 기계적인 것일수록 설명이 쉽고 일상적인 것일수록 자연스럽다. 그러나 사람은 살다 보면 특이한 만남을 몇 번 겪는다. 사람과의 만남, 시대와의 만남, 사상과의 만남— 그리고 우리가 이 세상에 산다는 것은 이 세상과 만나 있는 상태다. 새로운 환경과 만날 때마다 우리는 만나 있다는 사실의 놀라움을 경험한다. 온달과 평강공주의 만남을 인간의 근본적 경험의 한 원형으로서 보자는 것이 이 작품에서 전하고 싶은 느낌이다. 두 사람이 신분의 차이, 성격의 차이를 넘어서서 평등하고, 편견 없는, 처음 이 세상에 나온 사람 같은 놀라움으로 서로를 발견하려는 안간힘을 말해보고 싶다. 기성 개념을 일체 쓰지 않고 사람의 '만남'을 설명한다는 것이 얼마나 어려운가를 나는 느꼈다. 손에 잡히지 않는 경험, 자기가 만나고 있기 때문에 자기를 볼 수 없다는 짜증스러움, 안타까움, 상대방을 아무리 요구해도 시원치 않고, 자기를 아무리 주어도 후련하지 않은 안타까움— 그것이 만남의 깊이에 눈뜬 사람의 지옥이다. 사막의 갈증, 신분의 비극이 아니라 육체의 비극, 천체와 천체 사이의 고독과 같은 인간의 조건을 돋보이게 하고 깊게 하는 보조 수단으로서만 풍속이나 시대는 필요하다. 평강공주의 신분을 나는 그렇게만 이용하였다. 삶의 어려움을 가장 철저하게, 에누리 없이, 상투적인 표현을 빌리지 않고, 끝까지 직시하는 감정의 단위로서 취급하기에 그녀는 알맞다. 왜냐하면 귀족이나 승려 같은 고대 지식인의 문명사적 의미는, 미래 사회에서 모든 사람이 그들과 동등한 생활적 수준을 보장받을 때 가능하게 될 일을 그들은 신분의 혜택으로 미리 허용받았다는 점이다. 그것이 진정한 의미의 특권이다. 삶을 철저하게 생각하면서 산다는 특권이다. 모든 갈대가 생각할 여유를 가진 것은 아니다. 우리는 천년이 지난 오늘 그녀의 신분을 질투하지 않는다. 다만 인간의 정밀하고 고도한 단위로서 그녀를 극劇 속에 불러낼 뿐이다.

여기서 보는 공주는 특권을 가진 여성이 아니라 인간의 조건에 가장 순수하게 반응해 보일 수 있는 여자일 뿐이다. 만남과 헤어짐에 대한 감각이 무디어진 시대에서 그녀를 통하여, 우리들 자신을 신화의 인물로 다시 발견해보고 싶다.

일상 의식의 흐름

①부르주아 사회의 지식인이 귀족 지식인과 다른점
②생활의 빈민이며 정신적 귀족

신인 최창학 씨의 「창」(『창작과비평』 11집, 1968)은 한 출판사 교정원의 일상을 기록하고 있다.

이 작품은 다음과 같은 점이 주목을 끈다. 1)주인공의 생활이 그의 직장을 중심으로 서술되었다는 점이다. 이것은 아무렇지 않은 것 같지만 그렇지 않다. 도시의 주민을 그린 소설의 많은 부분이 정직이 없는 사람이거나 학생 따위를 주인공으로 그려오는 것을 보는데 이런 경우에 소설은 생활의 윤곽을 잃기 쉽다. 「창」은 시종여일하게 직장이라는 '장場' 속에서 주인공의 생활을 서술하였기 때문에 작품이 자동적인 통일을 얻고 있다.

이 결과는 주인공의 산만한 의식의 기술이 작용하는 한계를 만들어줌으로써 지극히 추상적인 내용들이 자연스럽게 한 개인에게

귀속되게 보인다는 것으로 나타나고 있다. 주인공을 그의 직업이라는 테두리 안에서 움직이게 한 것, 이 점이 이 소설의 가장 주목할 점인데 아마 우리 작가들이 '도시'라는 현상에 대해서 쉽사리 해결하지 못한 귀속의 길을 열었다고 생각된다. 2) 그러나 이것은 너무 과장한 평가가 될지 모르겠다. 아마 그런 과장의 원인은 주인공이 내면의 현상에 어울리는 장을 적절히 선택하는 데서 오는 인상일 것이다.

```
문학의 묘사 대상 ─┬─ 외계
                  └─ 심상
```

사실 그러고 보면 출판사란 참 시적인 기업이다. 인간의 의식의 생산물이 거기서 다루는 상품이다. 인간의 내면에 대한 기술량이 증대되고 그것도 심리 분석의 정도를 넘어서 의식에 생멸하는 관념과 이미지를 외계의 풍경과 동일한 오브제(물체·대상)로 취급하는 관습을 성립시킨 현대 소설의 주인공이 제일 좋아할 만한 작중 상황이다.

주인공 '상常'은 이런 환경에서 반사적 생활을 해나가고 있다. 3) 반사적이라고 하는 것은 명실 더불어 그렇다. 그가 직책이 교정원이란 데서 오는 외적 결과인 동시에 그의 내면의 상태와도 일치한다.

작중에 주인공은 거리를 지나다가 간판의 오자를 수정해가는 대목이 있는데 그 밖의 행동에서도 그의 행위에는 어딘지 교정원의 눈이라고 할 만한 감각이 스며 있는 것이 느껴진다. 그의 생활력은 그렇게밖에는 나타나지 않는다. 그것은 창조적이라느니보다는 비평적이라고 하는 표현이 어울리는 생명의 방식이다. 그리고 주인공의 경우 이 비평이란 말은 교정적이란 구체적인 윤곽을 가지고 있다. 그는 자기 습작들을 대하면서도 마찬가지다. 창조자의 도취는커녕 초심자의 감상도 없다. 자기가 정말 이런 것을 대단한 것이기나 한 것처럼 여기는 것으로 독자가 오해할까 봐서 약간 성급할 정도로 야유를 해 보인다. 그럴 때 작가의 소심한, 부끄럼을 타는 모습이 언뜻 보인다.

윤리적 공해에 침식된 병든 시민상

이런 부끄럼이 작중에 끼워진 노트에 대한 독자의 반발을 무마시킨다. 대가연한 교설이 아니라 가난한, 병든 습작자의 잡기라는 형식으로 그것들은 우리들의 마음으로 들어오는 통관증을 청구한다. 4)이상과 같은 작품의 구조를 통해서 우리는 이 작품의 주조음을 듣게 된다. 그것은 허무와 권태의 가락이다. 주인공의 내면의 허무는 그의 외설벽으로 나타난다. 그는 사물을 성적 이미지로 치환하며 그 성적 이미지에서는 생산성과 가치가 제거되어 있다. 그것이 외설이다. 도시에 사는 가난한 인텔리의 내면의 풍경이 짙은 외설의 색조로 제출되어 있는 것이다.

감상도 이상도 환상도 없다. 그는 성 속에 갇힌 인간이다. 5)무엇이 그를 성 속에 가두고 있는가? 작가의 기술의 경향에 따른다면 그것은 주인공의 병이다. 병든 육체의 생명력은 성이라는 외곬을 택하고 그 외곬에서도 외설이라는 외줄기를 택한다. 주인공의 병을 상징적으로 해석해서 그의 내면의 허무를 드러내는 것이라고 한다면 이 소설에 무수히 나오는 외설한 대목들은 동시에 우리가 살고 있는 사회의 풍속을 반영하고 있다. 가령 길거리를 지나는 사람들에게 쥐여주는 성병 치료 광고 같은 것이다. 6) 주인공을 가두고 있는 이 안팎의 성은 동시에 문학적 수법으로서의 성이기도 하다.

성·권력과 같은 인간관계의 기본 인자를 방법적으로 추출하되 비유적으로 의인화·과장하는 것은 엄격하게 '비사실'의 수법 속에 한정시킬 때만 효과적

이 말은 가령, 작중에서 주인공이 '구토'라는 말을 즉물적으로 수용하는 대신에 소설의 제목으로 받아들이는 장면이 있는데 작가의 세계 파악의 한 방법으로서의 성이라는 감각을 말하는 것이다. 여기에 아마 이 소설에 관해 이야기할 수 있는 관건이 있을 것이다. 인간의 성은 닫힌 조건인 동시에 열린 조건이다. 그것은 타인과 돈과 권력과 윤리와 연결돼 있다. 중편이라는 이 소설의 양에도 불구하고 거기에는 타인·돈·권력·윤리 따위의 조건 앞에서 주인공의 결단을 요구하는 사건은 일어나지 않는다. 그의 병만 하더라도 만일 치료비라는 조건이 문제된다면 전혀 다른 모습을 드러낼 것이다. 언어가 추상인 것처럼, 소설도 어느 시점을 택함으로써 의미 있는 형상을 구축할 수밖에 없는데 자기가 택한 시점의 질과 위상을 항상 점검하는 것은 현대 작가의 의무일 것이다. 이 점검을 통해서만 비로소 '너무나 문학적'인 문학을 끊임없이 극복

할 수 있다. 신인 작가의 제1작에 언급하면서 이런 어마어마한 말을 하는 것은 이 작가를 능력 있는 사람으로 느꼈기 때문이다.

우리 시대의 악령

　오유권 씨의 「몸으로」(『세대』, 1969. 11)는 깨어진 계를 제목 그대로 몸으로 갚는 이야기다. 그의 소설의 인물들이 늘 그런 것처럼 이 여자의 경우에도 생활하는 데 꼭 필요한 만큼의 분량밖에는 의식이나 정신이라 할 그런 것을 갖고 있지 않다. 계가 깨어졌는데 수습하는 길은 돈 있는 사람한테 시집가는 것이 이 과부한테 제일 손쉬운 일인데 작품의 끝 대목으로 봐서 과부가 그렇게 하리라는 것을 독자는 알 수 있다.
　팔자가 바뀌는 그 대목을 소설은 이웃 여편네와 과부 당자의 간단한 대화로 처리하고 있다. 이러고저러고 망설이느니 안 망설이느니 할 것도 없이 그의 또 하나의 작품 「토착민」(『월간문학』, 1966. 11)에서도 사정은 마찬가지다. 손자 장가들이려고 식구를 덜기 위해 아버지를 생매장하러 갔다가 순간적으로 자기가 음독해 버리는 이야기다. 끝에서 이루어진 이 사태에 이르는 작품의 흐름은 물이 흐르고 구름이 흐르듯 자연스럽다.

아버지 생매장을 망설이는 대목도 무슨 고민이니 어쩌니 하는 그런 식의 것이 아니고 넋두리 같고, 덤덤한 생활의 대화 같고, 그런 투다. 마을의 원성의 표적인 '탱자나무 집'에 대한 주인공네 식구의 심정도, 못사는 까닭이 그들 탓이니, 하는 것과는 멀다. 이 두 작품 모두에서 느껴지는 놀라운 단순함, 그 단순함이 풍기는 힘, 이런 것은 아마 주어진 조건을 주어진 것으로 보고 그것을 '몸으로' 당하는 것을 두려워할 정신이니 의식이니 하는 것이 모두 풍화해버린 상태에서 오는 것 같다.

이런 상태도 의식은 의식이지만 그것을 의식이라 부르는 것은 반사 작용을 의식이라 부르는 것과 별로 다를 것이 없다.「토착민」의 끝에서의 반전도 역시 의식의 갈등이기보다는 '몸으로' 해결한 모순의 타개법이다. 이것은 아름답다. 종種의 영속을 주어진 조건의 개선에서가 아니라 그 조건을 할 수 없는 것으로 보고 개체의 희생으로 군식구 하나의 자리를 냄으로써 뒷자손이 들어앉게 하는 것, 이것은 아름답다. 그러나 그 아름다움은 주어진 조건이 현실적으로 바뀔 근거가 없을 때 얘기지 그렇지 않을 때는 아름답지도 않고, 나아가 불안스럽다.

순교와 굴종의 차이

그런데 우리가 사는 세상은 그 조건이 바뀔 수 있는 세상이고, 바꿔준다느니 하는 세상이기 때문에 이것은 아름답지 않다. 자기희생까지는 서럽고 안타깝다고나 한다 치고, 이런 사람들이 급기야 남을 희생시키게 될 때, 그것도 희생시켜야 별수 없는 같은 처지의 이웃의 '몸으로' 자기 자리를 얻으려고 할까 봐 불안스럽다. 그때에는 이런 유의 생활은 자기희생의 반대의 극에 서게 되고, 그것을 악이란 이름 말고는 달리 부를 수 없을 것이다.

강용준 씨의 「악령」(『월간문학』, 1969. 11) 속에서 우리는 우리가 결코 의자연에까지 풍화된 닫힌 사회에 살고 있는 것이 아니라 이미 '자연'에서 이룩한 '역사'의 시대에 살고 있다는 증언을 듣게 된다. 이야기는 반공 석방 포로가 15년이 지난 오늘에도 그의 상처는 아물지 못했다는 것이다. 그의 상처란 수용소에서 겪은 경험이다. 작품은 그 경험 자체에 대해서는 새삼스럽게 지루한 설명을 하지 않고 있다. 그것은 전후 문학의 정예 메뉴였고 가장 심각한 테마였다.

① 1950년대의 문학의 정예 소재를 내면화
② '사실'의 심상화

10여 년이 지난 오늘에 이 테마를 정공법으로 다시, 처음 전하는 얘기처럼 써도 얼마든지 상관없는 일이지만, 이 소설이 택한 형식도 매우 뜻있게 여겨진다. 겉으로 보기에 닦이고 가려진 것 같은 오늘의 일상의 바닥에는 그 시대의 옛 상처가 아물지 않고 도사리고 있으며 아직도 이 현실의 핵심은 거기, 그 상처 속에 있다는 것을 작품의 형식 자체가 표현하고 있기 때문이다.

그것은 오히려 효과적이었다고 생각된다. 가슴 아픈 사연을 다 잊어버린 옛날의 애인에게 잠깐 자리에서 폼 잡고 울부짖어야 미친놈밖에 될 게 없고, 되려 슬쩍 미친 체하는 게 그나마 절실할 수도 있다. 이 주인공이 어느 날 길 가는 사람을 붙잡고 "나는 공손히 두 손을 합장하며 제발 우리는 각성하자고 말했다 한다"는 식으로 발광이 시작된 것이라든지, '말했다 한다'는 간접적인 사후 전달이나가 모두 우스꽝스러운 효과를 느끼게 하고 있다.

  그가 말하는 악령들—붉은 수용소에서, 흰 수용소에서 그리고 그를 고쳐준다는 의사의 얼굴에서 악령들의 거처는 그렇게 변모하지만 여전한 그 악령들이라고 작가는 확인하고 있다. 인생에서 우리들 개인이 악령을 만나는 길이 갖가지인 것처럼, 시대 또한 각기 그 악령 경험을 가진다. 악령은 아마 보편적인 어떤 것이겠지만 개인과 시대가 만나는 악령은 저마다 특수하고 구체적이다. 그럴 때 그 개인과 시대는 '악령'이라는 말을 그들이 만난 그 특수하고 구체적인 얼굴로 기억한다. 그것이 그 개인과 그 시대의 치명적인 구체적 기억에 스스로를 구속시켜 그것을 언어가 움직이기 위한 저항체로 삼는 것—이 '구속'이 문학에서의 이른바 앙가주망이라고 나는 생각한다.

비극의 가지가지

　이병주 씨의 「마술사」(『현대문학』, 1968. 8) 속에서 우리는 한 실패한 인생의 회고담을 듣는다. 비 때문에 갇힌 나그네들이 주막에서 인생담을 주고받는다는, 소설 기술의 발생적 원형을 상기시키는 조건 말고도 이 작품은 여러 가지를 생각게 한다. 주인공 '송인규'는 자기가 그 지경이 된 원인에 대해서 여자를 삼가지 않았다는 장인적 터부의 파계 건밖에는 들지 못하고 있는데, 슬퍼지는 이야기다. 그는 자기 스승인 인도인 '크란파니'의 큰 마술은 배우지 못하고 손끝 장난밖에 익히지 못한 데 그의 생의 비참이 빚어졌다고 알았어야 할 것이다. 인도인 크란파니의 상像은 엑조티시즘(이국풍)이란 적절한 방패 뒤에서 예술의 진정한 효용이라 할 긍정과 미의 상징으로 그려져 있다.

　그의 마술——그것은 인도를 위해 죽어도 좋다는 신념이다. 목숨을 지닌 개체의 대부분에게는 불가능한 그 심술의 경지를 이룬 사람이 작중의 크란파니샹이며, 이 이상의 마술이 어디 있겠는가. 또 그 자신 분명히 말하고 있다. "당신도 범인이 할 수 없는 직업을 가져야 돼요. 그래가지고서 독립 운동을 해야 합니다." 또, 송인규는 스승의 데릴마누라를 실례하는데, 이런 경우, 범속의 윤리를 무시할 수 있도록 하는 생명의 정의는 한 가지밖에 없다.

윤리와 기술

그런 반칙에도 불구하고 송인규가 비할 수 없이 뛰어난 일을 한다는 보상이다. 송인규는 그것도 아니다. 역사와 우주의 진리를 가르쳐준 한 뛰어난 인도인 지사의 개인적 행복을 깨뜨려버리고, 대인풍의 마음씨를 가진 내레이터에게 손재損財를 시킨 것이 송인규가 인류에게 기여한 전부다. 보은 조로 얻은 보화를 지시대로 쓰지 않아 재앙이 되는 이야기—라는 민화의 기본 패턴의 하나를 환기시키는 이 주제를 좀더 개념적으로 명제화하면, 윤리에서 소외된 기술의 비극이라 할 수도 있겠다.

마지막으로 내레이터의 친구의 말, 최소한 송인규는 화술의 마술사란 말은 어떤가? 송인규가 자기 이야기에다 하다못해 대동청년단에라도 들어가서 '큰 마술'에 취해봤더라는 허구라도 삽입했다면 모르되 여색을 삼가지 않아 눈이 멀었다고밖에 자기 인생을 조형할 수 없는 것으로 보아 송인규의 예술 감각은 고작 「메밀꽃 필 무렵」의 그것이니 그의 화술도 그만한 것이다. 이 경우에는 이 작품은 장인 의식을 벗어나지 못한 예술가의 비극을 그린 예술가 소설이라 할 수 있다. 풍향에 따라 빛깔을 달리하는 호수처럼 이런 여러 가지 감상을 가능케 하는 것은 이 소설이 삼백 장이라는 스페이스를 선용하여 읽을 보람 있는 경험의 실체를 확보하고 있는 좋은 소설이라는 증거라고 생각한다.

신상웅 씨는 「병사의 휴가」(『세대』, 1968. 3)에서 자기가 말하고 싶은 농도 깊은 주제를 가진 작가임을 입증하고 있다. 그는 지난번 작품인 「히포크라테스 흉상」에서도 군대라는 소재를 적절하게 사용하고 있었는데 이번 작품에도 한 병사의 경험 속에서 우리는 우리가 살고 있는 시대의 기상을 잘 느낄 수 있다. 주인공은 자기 집·친구·스승·여자—이렇게 보통 휴가 온 병사면 으레 찾아볼 대상을 찾아다닌다. 자기 집을 찾아다닌다는 것은 당돌하지만 이 작품 속의 사정은 그렇게 돼 있다. 그는 찾아다니는 어느 대상에서도 그의 휴가의 시간을 충전시킬 실체를 찾지 못한다. 물리적으로나 체질적으로나 그렇다. 우선 그의 집은 물리적인 위치를 옮겼고 친구는 그가 현역의 병사답게 뿌듯하게 지닌 사적인 흥분이랄 만한 감정을 쓰다듬어주기를 거부하며 아버지와 스승은 그들이 얼마나 허망한 권위였던가를 절감시켜줄 뿐이며, 여자는 다른 남자와 어울려버렸다. 이 도시의 어느 한 군데 그가 의지할 곳이 없다.

①극(사물에 대한 위기적 인식)의 조건으로서의 극한 상황
②사건 자체가 극적(전기적)인 경우
③분석의 시점이 극적(해석적·비평적)인 경우

전시가 아니라도 병사의 시간이라는 것은 늘 팽팽한 것이며 약간 비극적인 데가 있다. 그가 병영 속에 있을 때는 이 비극의 시간

은 조직의 시간에 가려서 그 자신의 고독과 상면할 기회를 주지 않는다. 그 조직에서 낙오되었을 때 그는 자기와 마주치게 된다. 휴가란 일종의 합법적인 낙오라고 할 수 있다. 그동안에는 그는 일을 자기가 해야 된다. 그리고 시간은 제한돼 있다. 그럴 때, 그런 시간 속에서 일어나는 사건들은 보통 경우보다 훨씬 선명하고 강하게 삶의 본질을 드러낸다. 병사의 시간이 따로 있어서 그것이 특별히 절박하고 극적이라느니보다는, 본래 누구에게나 사실은 그런 본질로 있는 삶의 시간의 모습이 어떤 각도에서는 유난히 잘 눈에 들어온다고 말하는 것이 옳겠다.

이 작품의 성공은 보통 흘려보며 사는 이 우리 삶의 시간의 허망함을 적절한 틀 속에 압축해 넣음으로써 가혹한 시간의 구조를 느끼게 하는 데 있다. 좀더 기술적인 면에 대해서 말한다면 작품 전체가 집·아버지·스승·친구·애인—우리 생활의 거점이라 할 만한 이런 조건을 차례로 점검하는 과정에서 집적돼가는 공허감의 부피를 정확하게 따라가는 문장의 호흡에 틈이 없고 끝에서 술 취한 병사의 입을 통해 사실은 주인공도 마찬가지일 울분을 발산시키는 처리 같은 것이 이 작품에 긴밀감과 품위를 주고 있다고 말할 수 있다. 우리 세대는 군대에게서 많은 신세도 졌고 많은 멍도 들었다. 더 많은 사람들이 더 많은 관점에서 더 오래 이 조직에 대한 이야기를 해도 지나치지는 않다.

①외적 공적인 것의 내면화·객관화
②역사의 객체에서 주체로

박태순 씨는 「무너진 극장」(『월간중앙』, 1968. 8)에서 4·19의 실감을 되새겨보고 있다. 이 작품의 성과는 4·19라는 공적이며 집단적인 성격의 사건을 상당한 정도로 주체적인 경험 속에 포섭했다는 데 있다고 생각된다. 극장을 부수는 장면에 끼여들어서 하룻밤을 지내는 경험을 4·19에 얽힌 개념적인 언어를 쓰지 않고 개인의 사건으로 서술하면서도 그것이 가지는 공적인 의미의 중대성을 행간에 스미게 하고 있는데 이런 소재에 대한 서술의 방법으로는 가장 타당한 태도인 것 같다. 그는 이달에 세 편을 쓰고 있는데 어느 작품에서나 자기 경험을 보다 넓은 시야로 열린 구조 속에서 분석해보고 있다. 이런 태도는 소설의 세계를 항상 풍부하고 갇히지 않은 시간과 연결시킬 수 있는 힘을 주리라고 생각했다.

농촌과 도시

농촌소설 ┬── 전원소설 계열─비농촌인의 시점에 선 낭만 취미
       └── 사회소설 계열─농촌을 다만 인간 사회의 한 케이스로 다루는 입장

「축생도」(김정한, 『세대』, 1968. 10)에는 가물과 병 속에 고달프게 살아가는 농촌의 삶이 있다. 김정한 씨는 첫 작품인 1930년대의 「사하촌寺下村」이래 줄곧 농촌을 다루어왔고 지금으로서는 수가 많지 않은 농민 작가의 한 사람이다. 필자는 김정한 씨가 작금년에 발표한 작품 몇 편과 「옥심이」「기로」 등을 읽었을 뿐으로 그의 문학의 전모에 대해 말할 자격은 없다. 다만 읽은 범위 안에서 말해보자면 그 작품들은 농촌 문학의 계열 가운데서 농촌을 구실 삼은 탐미적 신비의 세계가 아니고 언제나 농촌을 농업이라는 노동에 종사하고 있는 생산 집단으로 파악하고 작품에서 벌어지는 사건도 그런 생산 관계의 움직임 속에서 다루어지고 있다.

「사하촌」에서의 소작 쟁의, 「옥심이」에서의 도로 공사, 「기로」에서의 수리 공사, 「모래톱 이야기」의 토지 소유 관계, 「유채」에서의 특용 작물 재배―예외 없이 농촌 사회의 노동 조건이 드라마의 바탕을 이루었다. 「축생도」에서는 농촌의 의료라는 면이 '축생도'라는 제목을 붙이게끔 할 만한 것이라는데 사실 이 작품의 상황에서는 '축생도'랄밖에는 없다. 더욱 괴로운 것은 「사하촌」의 농촌이나 「축생도」의 농촌이나 조금도 다른 데가 없다는 점이다. 그 가뭄이 그 가뭄이요, 그 기우제가 그 기우제다. 「사하촌」의 첫머리가 영감이 신경통에 쓰려고 미꾸라지를 다지고 있는 장면인데 수의사가 짐승 째던 칼로 사람을 돌봐줘야 하는 「축생도」와 어디가 다른가. 1930년이 1968년이 되었는데 농촌은 달라지지 않았다고 할 수밖에 없다.

한국 농촌이 보낸 30년의 시간은 자연의 시간처럼 구조를 되풀이했을 뿐으로 아무 변화도 가져오지 않았다. 수리 공사가, 도로 공사가, 특용 작물이 있었는데도 변하지 않았다는 것은 어찌 된 일일까? 농촌 문제의 전문가가 아니더라도 여기 대해서는 대강 짐작을 할 수 있다. 그 30년이라는 세월 속에는 식민지 시대가 있었으니 농촌이 확대 재생산의 힘을 기를 수 없었고 독립 후의 경제도 농촌의 희생 위에서만 가능한 약한 생산인 것이 실정이다. 한국 농촌이 보낸 시간도 결코 자연의 시간이 아니라 역사의 시간이었다. 정체가 있었다면 그것은 농촌의 시간이 자연이어서가 아니라 그 시간이 불행한, 혹은 부정한 시간이었기 때문이다.

①근대적 초기에 있는 사회에서 도시는 농촌적이며, 농촌은 도시적
②그러므로 우리 농촌소설의 방향은 농촌에서의 도시화 경향을 추적하는 일

농촌이라는 소재를 인간의 생물학적 원형에 가장 가까운, 따라서 인간의 조건의 가장 간단한 관찰의 장으로 파악하는 문학적 입장에서는 이러한 정체가 작품의 미학적 완벽성에 아무 지장이 안 되겠지만, 농촌을, 1)시대적으로 역경에 선 생산 형태에 종사하는 사회로 보고, 2)그와 같은 조건으로 민족 사회 속에서 일종의 스케이프 고트(속죄 염소)의 자리를 강요당해왔고, 3)스케이프 고트라는 운명이 강자들의 이기주의적 삶을 위한 희생이라는 점에서 우리 민족의 근세 이후의 불우한 역사를 상징하고 있는, 4)민족의 과거와 현재를 가장 풍부하게 간직하고 있는 문학적 장으로 파악하는 입장에서는 이러한 정체를 가져온 시간의 구조를 이루는 불행과 부정과 책임을 분석하는 것이 가장 구체적이며 보편적인 국민 문학의 방법이라고 여겨질 수 있다. 김정한 씨는 이런 신념을 실천해온 작가로 생각된다.

「포대령砲大領」(천승세, 『세대』, 1968. 10)에서는 도시의 이야기를 듣게 된다. '포대령'이라는 별명을 들었던 이 퇴역 군인은 자기의 바뀐 환경에 적응하지 못하고 있는 도시 생활자를 대표한다. 이것은 단순한 실직의 이야기가 아니고 신분의 변화의 이야기다. 객관적으로는 분명한 실직인데 주인공은 그것을 실직이라는 사회적인 사건으로서가 아니라 영광의 상실이라는 정신적인 사건으로 이해하고 있다. 퇴역이라는 사실에 대한 이 두 가지 시점의 갈등

이라는 설정이 이 소설을 희극으로 성공시키고 있으며, 동시에 도시 생활에 대한 비판이 되게 하고 있다. 도시의 삶은 유동의 삶이다. 포대령의 과장된 과거 집착은 이런 도시의 본질과 대조되는 입장에서 더욱 처참하게 떠오른다. 포대령의 과거 집착의 과장된 형상화는 또 다른 것을 생각게 한다.

그와 같은 정신 상태가 반드시 이상이냐 하는 것도 미상불 생각해볼 일이다. 농촌 사회에만 생산 관계의 고정이 있는 것이 아니라 도시에도 그것이 있다. 그리고 도시의 건강함의 척도는 무한한 변화의 가능성에 못지않게 변화의 불가능에도 있다.

이원적 원리의 상호 보완―유기적 구조의 건강 조건

도시의 계층 구조가 심히 불안하다는 것은 그 사회가 뿌리 없는 식물과 같아서 실은 자기 자신의 유기적 필연성에 의해 움직이고 있는 것이 아니라 자기 사회 밖의 힘에 의해서 방향과 속도가 좌우되고 있다는 징후이기 때문이다. 포대령만 하더라도 그만한 전공에 그만한 활달스러운 인품이라면 사람 같은 사람들이 사람 같은 삶을 살고 있는 사회에서라면 훈장 달고 식전에 참가하고, 명예직을 몇 개씩 가지고 보이스카우트나 사열하고, 약간 황당한 데는 있어도 국민정신의 진작에 애교 있는 기여는 할 만한 무슨 회고록 같은 것을 출판하고 전실 부인은 기왕 별세(작중에서)했으니 할 수 없이 묘령의 부인(물론 댄서 출신이겠지만)과 재혼하고―이것이 규모 있는 부르주아 사회의 통속적 풍속일 것이다.

우리 사회의 환상성

풍자소설이나 전위소설이란 이런 속물 사회에 대한 비판으로 그린 안정의 밑에 깔린 심연(존재론적이든, 사회학적이든)을 지적하는 일인데 애당초 전제가 될 안정이 없다면 심연이고 지랄이고 할 나위가 없다. 현실이 풍자소설 같은 사회에서 지속성 있는 가치에 매달리려고 할 때 그 개인이 필연적으로 당하는 비극의 슬픔과 헛됨을 이 작품은 잘 붙들어 보여주고 있다. 존재하지 않는 부르주아 사회의 존재하지 않는 명예의 규범의 환상에 헛되이 순교한 환상의 기사 포대령의 명복을 빈다.

문체와 의식

박태순 씨는 「정든 땅 언덕 위」(『문학』, 1968. 9)에 아름답게 군림하고 있다. 그의 통치 아래 놓인 이 작은 빈민 왕국의 주민들은 그들의 꾀죄죄하고 슬프고 비참한 모습을 지닌 그대로 후광을 뿜고 있다. 어느 빈민촌이나 그러한 것처럼(혹은 어느 인생이나 그러한 것처럼), 소설 속에서 벌어지는 사연은 결코 밝은 것이 아니다.

'너나없이 억척스럽게 가난'하고, 열여섯 살로서 술 담배를 벌써 배웠고, 요새는 어떤 몹쓸 계집애하고 괴상한 짓도 하고 있는 영곤이 엄마의 걱정이며, 폐병 3기인 최경대 씨네 집이며, 193호 과부댁네 사정이며, 나합돈 영감네 집안이며, 참 안되고 딱한 집뿐이다.

그런데도 작자의 안내를 받아 이 동네를 한 바퀴 돌고 난 다음에 우리가 받는 인상은 매우 아름다운 그림들이 진열된 화랑을 미술에 조예 깊은 사람의 해설을 들으면서 구경한 다음 같은 느낌이다.

이것은 앞에서 '작자의 안내를 받아' '사람의 해설을 들으면서'라고 한 것은 그저 그렇게 말한 것은 아니다.

실지로 이 소설에서 작자는 온몸을 완전히 드러내고 독자들 앞에 걸어가면서 주인공을 비롯한 등장인물을 소개하고 동네를 안내하고 있는데 그 문장이 보통 소설과는 거꾸로 작자의 육성을 감추지 않은 버젓한 것이다. 작자는 등장인물의 누구도 두둔하지 않고 아무에게도 책임질 만한 언질을 주지 않고 있다. 선역도 악역도 마찬가지다.

줄거리로 보면 『춘향전』의 패러디인 이 작품은 원전의 양식을 세태에 적용하여 유동하는 현실을 언어의 리듬 위에 얹어놓는 데 성공하였다. 문체는 우아하고 흥겨우며 작자는 모든 사물 위에 작용하여 작품이 무어랄까 '생의 요란스러운 그리고 점잔빼지 않는' 삼삼한 방울 소리 같은 음향을 내게 하고 있다.

디킨스나 『흥부전』을 연상시키는 '가난'의 상징화

그래서 우리 곁에서 일어나고 있는 이야기면서 고전적인 안정감을 느끼게 한다. 대상의 고정 없이는 세태소설이란 불가능한데, 현실을 그런 눈으로 볼 수도 있는 작가가 등장했다는 것은 여러 가지로 생각게 하는 바가 있다. 현실을 양식화하는 힘을 어떤 소설의 언어가 가지게 되었다는 것은 아무리 강조해도 다할 수 없는 뜻 깊은 일이다.

다만 한 가지, 마지막 한 줄, 막이 내리는 순간에 이루어지는 정의도의 등장은 필자의 의견으로는 없는 이만 같지 못하다. 그러나 이것은 옥에 티 정도인데 만일 불필요하다면 기계적으로 떼어낼 수 있는 부분이기 때문이다.

나종애의 수난에 대해서도 "그리고 그것은 정의도 때문에 두들겨 맞은 것이기도 하고, 오빠 나종열 때문에 또는 아버지 때문에, 또는 전혀 관계도 없는 여러 사람들 때문에 두들겨 맞은 것이기도 했다"고 말해주는 대목으로 공정함을 잃지 않는 한도에서는 따뜻한 동정도 보여주고 있다. 좋은 소설을 읽어서 아주 즐겁다.

정을병 씨의 「까토의 자유」(『현대문학』, 1966. 9)는 박태순 씨의 성공을 다른 방법으로 이룩한 뛰어난 작품이다. 시저 집권의 전야를 그린 이 소설은 최고의 무대, 최고의 인물, 실명이 가지는 신빙성이 삼두마 전차처럼 장대하게 작품을 이끌어가고 있다. 장 머리마다 붙인 인용도 효과를 돋우고 있다.

중편소설이지만 흡사 『쿠오바디스』의 축소판을 읽는 느낌이다. 이러한 효과는 역시 소설이 가지는 이점인 소재의 안정성에 있다(혹은 소재가 안정된 것같이 보이는 환각에 있다). 왜소해진 현대인의 감각으로는 '까토'의 종말이 비극일는지 모르지만 작중의 까토 자신에게는 그렇지 않다.

그는 우람스럽게 자기 자신의 죽음의 의식을 스스로 거떡없이 집행하고 있다. 여기도 '양식'이 있음을 보게 되는데 이번에는 '신념'의 양식이다. 까토와 같은 유덕의 고대인에게는 그것은 일상의 진리였지만 그러한 인물을 소재로 택한 소설에 대해서는 예술적 양식감이라는 최대의 덤을 안겨준다.

사회의 물리학과 화학

①모든 사회는 물리적 구조 윤곽은 같지만 화학적 내부 분자 운동 상태는 다르다

②모든 인간 사회는 계급 사회지만 계급 간의 이동도는 다르다

③그 차가 사회 제도의 종차(種差)

④종차 결정 요인은 생산력

산문의 경우, 양식은 일상성에서의 진리를 매개로 한다는 좋은 증명이다. 이 작품이 오늘의 현실에 대한 어떤 조응을 보이는 것으로 느껴진다면, 그것은 시대는 다를망정 서양의 어떤 시대의 뚜렷한 구도가 스스로 그 속에 살고 있기 때문에 그보다는 훨씬 불투명하게 밖에는 보이지 않던 우리의 현실을 조명하여 정리해 보여주는 기능을 수행할 수 있기 때문이라 생각된다. 그러나 도식은 수많은 사실을 떠맡을 수 있다. 역사는 기계적인 순환은 아니기 때문에 도식에는 표기할 수 없는 시대적 편차식을 가산해서 셈을 하지 않으면 안 된다. 작품에 즉해서 말한다면「까토의 자유」는 '우리의 자유'로 그대로 환산되지는 않는다는 말이다. 이 말은 정을병 씨의「까토의 자유」의 장점이 아니라 역사소설 일반이 지니는 성격이다.「까토의 자유」는 '우리의 자유'는 무엇이며 어떻게 하면 그것을 가질 수 있는가를 생각하게끔 강요하는 데 뜻이 있다.

그러므로 이 소설을 바로 즐기는 법은 까토의 신념의 내용이나 그것을 이루기 위한 전술의 적부 여부를 따지는 것이 아니라 스파르타쿠스를 일단 접어두고 로마의 기존의 체제 안에서 보다 나은 자와 보다 못한 자 사이에서 일어난 신념의 의식으로 보는 길이다.

로마에서는 로마인이 하는 대로 하라고 속담에도 있다.

이청준 씨의 「바닷가 사람들」(『청맥』, 1966. 9)은 소년의 눈에 비친 생활을 통하여 착실한 감동을 전해주고 있다. 그는 어떤 소재를 택하든지 객기 가신 문장으로 대상의 중요한 부분을 정확하게 붙잡을 수 있는 능력이 있어 보인다. 아무 과장이나 군소리 없이 대상인 소년에게 젖어들어서 바닷가의 자연과 거기 있는 어떤 생활을 조용하게 떠올려주었다.

회로와 지옥

「관동댁과 그 아들 내외」(오유권, 『현대문학』, 1966. 10) 속에는 우리들이 귀성했을 때 얼마든지 보게 될 우리 집안의, 이웃의, 일가 집들의 살아가는 모습이 벌어지고 있다. 귀성한다고 해서 호남선 차표를 반드시 살 필요는 없다. 앉은자리에서 우리들의 마음속으로 귀성하면 우리는 그들과 만날 수 있다.

작자가 '갸' 하면 독자는 '갸' 하고 '거' 하면 '겨' 하고 받을 수 있는 그러한 삶이다. 작품의 소재 속에 작자는 들어앉아 있다. 소재를 상징화한다거나 비켜서서 우습고 흥겹게 해학화한다거나 하는 예술적 성심조차 버리고 있으며 그러한 전혀 무방비의 자세 때문에 안심하고 그 속에서 호흡할 수 있는 예술적 공간을 만들어주고 있다.

"우리가 밭을 매고 와서 밥상을 받게, 나는 혼자 부숭에 가서 묵고 있었소. 시어머니가 우르르 쫓아나오더니 '네 이년 오늘 밭

매다가 어디 갔다야' 내 머리를 휘어 감고 부엌 바닥에다 쿵 안 찧소. 얼마나 놀라고 아플 것이오. '가기는 어디를 가라우' 하게, '다 들었다 이년! 바로 말해라.' 머리를 쿵쿵 찧으면서 가슴을 찧고 배를 찧고 하요 그래. 어따 어머니 꼭 죽겠습디다."

여주인공이 시어머니의 린치를 받는(그래서 애기가 떨어졌다) 장면인데 전편이 모두 이렇게 생생하다. 오유권 씨가 선물하는 차표를 들고 안심하고 열차에 몸을 싣자. 안심해도 좋다. 이것은 '야미'표가 아니므로.

관념의 고압 회로

「뙤약볕」(박상륭, 『문학』, 1966. 10)은 관념의 고압 회로다. 원시 촌락의 실기實記의 형식을 하고 있지만 독자는 얼마든지 달리 해석할 수 있도록 사건·문장이 상징적이다.

이것은 기독교 신학의 우화화로 볼 수도 있고 존재론의 육화라고도 볼 수 있고 정신현상학으로도 볼 수 있고 그 밖에 무한히 해석이 가능한 세계다. 이런 스타일이나 테마가 처음이라서가 아니라 이런 스타일이나 테마를 가지고 성공했기 때문에 이 작품은 읽어서 즐겁다.

오유권 씨의 귀성열차를 타던 때처럼 홀가분하고 무심한 심사로 이 작품 위에 손을 대면 손끝은 순식간에 새카맣게 탄화해버릴 것이다.

고압의 전류가 흐르고 있는 이 소설의 회로에 들어오자면 독자는 이 소설은 또 다른 종류의 소설이라는 것을 미리 알고 그에 합당한 접근을 해야 하는데, 그러자면 그 회로 자신이 일관된 구조를 지녀야 한다. 이 소설은 그렇게 만들어져 있다. 그러므로 이 소설 속에서 느닷없이 이웃 사람을 만날 위험은 전혀 없다. 모든 사람의 이야기이면서 아무의 이야기도 아니기 때문이다. 소설에서 이렇게 풍속을 깡그리 빼버리면 소설은 어디로 갈 것인가? 이 작품은 그렇다 치고 이 이상 더 무슨 이야기를 쓸 수 있을 것인가 하는 질문은 하고 싶지 않다.

추상소설

독자로서는 소설의 한 극을 추상해서 성공시킨 작품을 눈앞에 가지고 있는 것으로 만족하고, 그러한 질문은 '소설'과 박상륭 씨 두 사람에게 맡기는 것이 좋다.

「새」(안수길, 『신동아』, 1966. 10)는 앞에서 본 두 작품과 비기면서 읽으면 대조가 되는 점이 드러난다. 살림 속에 아주 파묻혀버린 것도 아니고 환상의 구름 속으로 올라가지도 않은 곳에 있는 이야기다. 주인공의 꿈을 그린 화려한 부분이 살림 속에서 점점 왜소화돼가서 급기야 새장 속의 한 쌍의 새가 되는 과정을 통해서 화려하지도, 그렇다고 아주 허망한 것도 아닌 우리들의 일상의 그 '비극단非極端'이 드러나 있다. 사람은 대개 이렇게 사는 것임에 틀림없다. 그 어느 편의 독주도 허락하지 않고 그것을 참아내면서 이겨가려는 것이 이 소설의 윤리다.

「국가」(전병순, 『현대문학』, 1966. 10)는 매우 간단한 덫을 사용해서 국가라는 이 괴물을 사로잡았다. 덫인즉 사지가 절단된 오뚝

이 모양의 불구자인데 이 사람을 우리들의 눈앞에 들이댐으로써 국가로 하여금 꼼짝없이 꼬리가 잡히게 만들어놓고 있다.

광장에서의 의무를 다하지 않을 때 밀실의 평화도 없다

우리들의 양심의 한계, 그 양심의 대리 기관인 국가의 한계를 잡담 제하고 드러내 보인다. 국가라는 가장 추상적이면서 구체적인 대상에 대해서 생각게 하는 이 소설은 우리들에게 가장 낯익은 이미지를 사용해서 소시민적 양심의 아픈 데를 건드린다.

「임종의 소리」(이범선, 『현대문학』, 1966. 10)에는 짧은 시간 속에 내비친 생의 지옥이 있다. 남편의 앞에서 '배신자. 사기사. 가장 지능적인 위선자'라고 속으로 외치고 있는 여자의 이야긴데 그 남편인즉 '성실한 교육자였을 뿐 아니라, 하나님의 일을 하기에도 충성'되었던 사람이다. 남편이 임종을 앞두고 "아! 순희! 그리운 순희! 너만을 사랑하고 그리며 살아왔는데, 이제 끝나는군! 보고 싶다!"고 한 말이 그녀를 지옥에 떨어뜨린 것이다. 순희는 그녀의 이름이 아니었기 때문이다.

고인의 영결식에서 미망인이 이 일을 생각하면서, 자기의 결혼 생활 전부를 부정하면서, 격심한 감정을 체험하는 과정을 세심하게 보여주고 있다. 미망인의 과거와 미래의 시간이 이 소설의 시간인 현재에 집약되어 한 상을 이루고 있는데 그 상의 이름은 지옥이다.

존재론과 윤리

「실종」(김성일, 『문학』, 1966. 12)에는 현대인의 황량한 모습이 뛰어난 솜씨로 표현되어 있다. 이것은 권위가 사라진 시대에서 사람이 어떻게 살 수 있는가 하는 문제, 모험이 사라진 시대에서 사람이 최소한 자기에게 차례진 생명의 실감(자기의 동일성)을 어떻게 유지할 수 있는가 하는 문제에 대한 날카로운 질문이다.

주인공이 공과를 나온 설계사로 되어 있는 것은 매우 적절한 설정으로 보인다. 그가 다루고 있는 일은 비약이나 모험을 허락하지 않는 엄밀한 합리의 세계다. 누가 해도 계산은 같아야 하고 담당자를 바꾸거나 교대로 맡아본대도 상관없는 일인 것이다. 주인공이 작중에서 전임자의 일을 얼른 알아보는 것은 이중으로 상징적이다.

장기 이식과 인간 이식―존재론적 공포

이중이라는 뜻은 사무 내용뿐만 아니라 타인의 생명의 내부까지도 규격품처럼 대리할 수 있다는 무서운 이야기가 되기 때문이다. 실종된 주인공의 내부에 과연 타인에게 양보할 수도 없고 타인에 의해서는 대리될 수도 없는 어떤 부분이란 것이 있었느냐를 묻고 있는 것이 이 소설의 테마를 다른 말로 표현한 것이 되겠다. '실종'한 것은 바로 '개인'의 의미이며 그러한 의미가 없거나 불가능할 때 개인은 실종돼 있는 것이며, 모든 사람은 각기 자기 자신에 대한 동명이인일 뿐이라고 할 수 있다.

작중 인물과 작자의 위치의 반전── 소설의 실체의 노출

실종된 자기를 회복하기 위하여 내레이터는 서글픈 모험을 연출하고 있다. 동굴에서 남녀 주인공이 만나는 사건은 동화적인 아름다움을 지니고 있다. 내레이터가 여주인공에게 소유의 포기를 권고하는 대목도 암시에 있어서 좋고 그 대목에서 유머러스한 맛이 나게 한 것은 더욱 좋았다. 특히 마지막 부분에서 테마의 전개가 주인공에게서 일전하여 내레이터로 옮겨진 것은 매우 훌륭한 솜씨였다.

정서화된 직선적 이미지로 전달할 수 없는, 소피스티케이티드하고 불안한 추상적 이미지를 이만큼 표현할 수 있는 것은 테마의 숙지와 완전한 계산, 그리고 흔히 처녀작이 지니고 있는 그것 같은 청결한 문장의 힘이었을 것이다.

「푸른 하늘」(박태순, 『문학』, 1966. 12), 「정든 땅 언덕 위」에서 행차 뒤의 나팔처럼 표연히 끝 부분에 등장했던 사나이, 그 '정의도' 씨를 여기서 만나다니 매우 즐겁다. 이름도 '지만'이라고 대지

만 틀림없는 '의도' 씨다.

나종애의 수난을 만들어준 장본인, 야속한 사람, 거출국去出國한 지 수삭에 모호한 편지질만 하던 사나이. 강원도 방면에서 활약한다더니 서울에 있었던 것이다. 지만인즉슨 정의도인 지만이는 서울에서 매우 심각한 경험을 하고 있다. '다방엘 다니면서 홍차에 넣는 것을 파는 일'을 하면서 한편으로 철규라는 친구의 인도로 요지경 속 같은 서울 살림을 시작하는 것이다.

이 작품은 서울 살림의 산뜻한 도식화, 명쾌한 문장으로 독자를 즐겁게 하여준다. 철규를 중심으로 지만이까지 낀 사기 · 악덕 · 부도덕—이런 도시의 악의 형태가 감상 가신 깨끗한 선으로 처리되고 있기 때문에 한결 아프게 제시되고 있다.

이것이 위험한 상태다. 자비하신 부처님은 염불 소리가 서투르다고 선인을 박대하지는 않을 것이다. 그러나 예술은 신불을 향한 염불이 아니다. 그것은 인간을 향한 인간의 목소리다. 메말랐으면 메마른 대로 야속하면 야속한 대로 인간의 풍속에 따르면서 호소하는 길밖에는 없다.

귀수불심鬼手佛心—— 저술가의 작업 규제

예술에 사조라는 것이 생기는 것은 이 때문일 것이다. 예술에서의 유머 · 새타이어 · 패러독스 · 시니시즘 등의 긍정적 의미의 근거는 여기 있다. 귀수불심이다. 그러나 본말이 바뀌어 불수귀심이 돼서는 곤란하다. 불심의 증거를 항상 가지고 사정없이 귀수를 휘두르는 것—이 균형이 유지되는 한 우리는 아슬아슬한 곡예까지도 찬성한다. 이 작품 「푸른 하늘」이 어렵다는 것이 아니다.

  이 작품의 세계는 그런 한계까지는 충분한 여유가 있다느니보다 너무나 건강할 정도다. 불심의 증거를 아래와 같은 대목에서 본다. 마지막에 지만이는 철규로부터 떠나기로 작정한다. "지만이는 그때 참으로 이유가 분명치 않은 슬픔을 느꼈다. 그것은 흐리터분한 정신 상태 속에서 스스로가 굉장히 거추장스럽다고 생각되었기 때문이었다." 이 느낌을 잃지 않는 한 지만이는 구원받을 수 있을 것이며 나중에도 좋은 세월을 보게 될 것이라고 믿고 싶다.

현실의 어두운 얼굴

「이 엄청난 비정을」(유주현, 『현대문학』, 1966. 12), 작품의 거의 마지막 부분을 읽기까지는 아주 꺼림칙하고 불쾌하기조차 한 서술이 진행된다. 소도둑놈의 넋두리. 그것도 짐승에게 물을 먹여서 온몸이 부어오르게 한다는 대목은 독자에게 아픔까지를 강요한다. 그런데 작품의 마지막 부분에 이르자 우리는 작가가 마련한 놀라운 함정에 빠진 것을 발견한다.

구조의 유기성

대수롭지 않은 것 같던, 좀 허세가 섞인 것 같던 문장까지도 다시 돌이켜지면서 긍정하게 되고 만다. 이런 결과를 가져오게 하는 대목은 비인非人 '이낙훈李洛薰'이 푸주 이야기를 하는 곳과 마지막에 있는 주인공의 말이다. 물을 열 바께쓰나 먹어서 퉁퉁 부어오른 소. 그렇게 근수가 늘려진 소를 저며서 파는 사람들. 이런 일에 대해서 고삐를 쥐고 보고만 있는 주인공—이들 일련의 몽타주가 빚어내는 느낌은 어떤 노여움이다.

작품의 전반에서 느꼈던 불쾌감은 여기서 새 감정으로 승화되는데 그것은 아마 '정의감' '통회痛悔' 같은 언어가 표현하는 내용에 가깝다고 하겠다. 죽은 소의 눈, 작자가 제시한 이 눈을 우리는 꼭 읽어야만 할 것 같은 강박관념을 가지게 하는 힘을 이 소설은 지니고 있다.

「나는 복두장이」(최인욱, 『문학』, 1966. 11), 이 작품의 인상도 전자와 비슷한 것으로 보인다. 두 작품의 차이를 말한다면 앞의 것이 보다 다면적인 데 비해 이쪽은 읽어서 그대로인 것이 하나고, 그보다 더 중요한 차이는 전자는 범행의 탄로라는 형식으로, 말하자면 복두장이가 자기 속을 털어놓는 기술적 설명을 가지고 있는데 비하여, 이 작품에서는 독자에게만은 고백되어 있으나 현실적으로는 속을 못 푼 복두장이로 남아 있다는 점이다. 이런 차이에도 불구하고 이 두 작품이 주는 감명의 질은 비슷한 것인데 아마 진실이라는 방에는 여러 문이 있지만 들어와보면 다 한자리에 앉게 되는 모양이다.

동시대인의 기억이라는 공음계

「분열 시대」(송원희, 『문학』, 1966. 11)에는 내레이터의 따뜻한 눈으로 돌이켜봐진 한 '젊은 순결'의 초상이 있다. 새삼스럽지도 않은 이야긴데도 허심한, 그래서 별수 없이 새삼스럽게 가슴이 아파지는 회고담 같은 분위기가 살아 있다. 작자의 체험일 것이라는 추측이 아니다.

체험이든 아니든 마치 체험 같은 효과를 작품 자체가 풍기도록 하는 데 성공했다는 이야기다. 내레이터가 작중 주인공의 생각에 완전히 동조한 것도 아니고, 그의 애인이 완전히 됐던 것도 아니게 설정한 것도 적절했다고 보인다. 그의 동지나 애인의 회고담이라면 제삼자인 독자로서는 모두 곧이듣게는 되지 않겠기 때문이다.

어지럽게 흔들리는 시대, 아직도 흔들리고 있는 시대의 그 앞쪽에서 먼저 희생된 순결한 젊음. 의심스러운 교리를 남에게 강요하는 것을 피하기 위해서 자기를 죽인 사람. 그랬대서 문제는 해결되지 않는다고 독하게 말하고 싶지 않다. 해결은 이런 죽음 위에서만 가능하다고 말하는 것이 좋다. 해결은 우리의 문제고 죽음은 '최준'의 운명이었다고 말하는 것이 정확하겠다.

방법의 의미

「그토록 오랜 망각」(유현종, 『현대문학』, 1966. 11)은 문자 그대로 일련의 영상을 몽타주하여 청춘의 한 타입을 기록하고 있다. 만일 주인공들의 의식을 따라가는 정통적 기술을 했더라면 매우 치졸하고 보잘것없었던 통속적 사건들이 수법의 기계적 비정성 때문에 신선하게 제시되고 있다.

「대리 복무」(송기숙, 『현대문학』, 1966. 11), 형을 대신해서 군대에 들어와 두번째 복무를 치른다는 구체적인 사건을 통해서 소외된 인간이라는 테마가 무리 없이 살아 있다. 발 고린내. 형의 전우와의 만남. 아버지와 동명이인인 신병. 고시에 자꾸 떨어지는 형.

돼지가 되고 싶다는 환상. 빗나간 선의. 대검 뭉치. 피. 그리고 마지막의 코믹한 자기 부정(이자 자기 긍정)들이 어울려서 어두운 상황 감각의, 히스테리컬한, 그러면서 발바닥을 간질이는 고문처럼 괴로운 희화를 이루고 있다.

「보유」(승지행, 『문학』, 1966. 11)도 앞의 작품과 같은 질의 심상의 토로다. '대리'와 '보류'는 화투장의 안팎 같은 말이다. 자기 삶을 보류당한 것이 대리 삶이며 남의 삶을 대리해주는 것이 자기 삶의 보류이겠기에 그렇다. 노한 음성의 힘찬 연결과 기본적으로 정확한 판단이 이 독백에 가까운 작품을 일상의 언어로 떨어질 위험성에서 막고 있다.

모티프의 반복

「우산을 접으며」(황순원, 『문학』, 1966. 11), 늙은 피아니스트의 욕망의 사연이 펼쳐져 있다. 검은 고기와 여자가 꿈속에서 보았다는 검은 신부복이 서로 조응하여 주인공의 마음을 암시하는 몫을 하고 있으며 끝에서 고기를 쥐어 죽이는 장면은 다시 한 번 주인공의 마음을 암시하는 역할을 적절히 수행하고 있다.

고독한 용기

시정의 은사

최인욱 씨의 「남재거사南齋居士」(『신동아』, 1966. 8)는 소설 속에서나마 이런 사람을 대하는 것이 어쩐지 느긋해지는 그런 사람을 이야기하고 있다. 한통장 남재 선생은 남의 일 돌보기를 즐겨한다. 동네의 관혼상제에서 소풍 가는 아이들 날씨 걱정에 이르기까지 천하의 기쁨이 그의 기쁨이요, 천하의 근심이 그의 근심인데 그의 천하는 그의 동네다(몇 통인지는 모르겠다). 그런가 하면 전문가가 막히는 『요재지이聊齋志異』의 난소難所를 넘을 만한 교양이 있고, 그의 아호가 송진우 씨의 작품인 것을 보면 전력도 수상쩍다. '남재 선생은 좋은 분'이며 '그리운 인간상'이다. 아무튼 월남 간 자제분의 무운장구와 박 강사와 그의 술상에 아무쪼록 예의 쇠불알이나 끊이지 않기를 아울러 빌고 싶다.

이범선 씨의 「그의 유작」(『문학』, 1966. 8)은 불출세의 화가의 모습을 그의 육촌동생의 애정 어린 붓으로 추묘追描하고 있다. 어느 집안에나 이런 타입의 형님이나 삼촌은 하나씩 있는 법이고, 그런 사람에 대한 자연스러운 육친의 정과 존경 어린 추억이 이 작품의 가락이다. 고흐나 고갱 같은 사람들의 생애처럼 퍼세틱한 데가 없고, 조용하고 티 없는 한 젊은 화가의 생애는 오히려 운명 앞에 다소곳한 한 선비를 생각게 한다. 죽으러 가면서, 말뚝에 감긴 쇠고삐를 고무신 끝으로 늦춰놓는 모습은 한국 사람이 심중에서 동경하는 이상적 인간의 한 타입을 생각게 한다. '참 무심한 양반'이며, '그리운 인간상'이다. 이 사람이 오래 살았더라면 남재 선생 같은 사람이 되지 않았을까 하고 생각해본다.

어떤 초상

이문희 씨의 「기식」(『현대문학』, 1966. 8)은 철들 때까지 남이 안 먹는 별난 것을 다 먹는 버릇을 가졌던 용수라는 사람의 이야기다. 그의 별난 것이란 날것대로인 녹두·팥·아주까리·복숭아 씨·왕개미 똥구멍·개구리 알·구렁이·살모사·개 젖 따위로 "용수 못 먹는 것이 뭐 있간듸" 할 정도다.

주인공은 외사촌누나의 똥까지 먹으려다 대오각성, 기식 취미를 버리고 방향을 술로 돌려서 술고래가 된다.

작품을 읽어보면 그의 기식과 술은 그의 고독의 피난처임을 알 수 있다. "불쌍한 내 자식이 혼자 토방에서 짚신짝을 가지고 놀면서 새까만 손으로 이따금 토방의 흙고물을 파먹는 것이었다." 이것이 전편으로 통한 주인공의 초상의 기조다. 주인공의 어머니는 그를 낳자 세상을 떠났고, 그는 유모의 젖으로 자란다.

그의 기식 취미는 어머니의 애정에 굶주린 사람의 보상 행위라고 보아서 무리가 없다. 외사촌누나의 똥을 먹으려는 데서 독자는 조마조마해지는데, 주인공이 그 유혹을 이길 때 독자는 안도의 숨을 쉬게 되고 작자에게 감사하고 싶어진다.

마지막 장면의 부친의 정이 어린 칵테일을 마시면서 보여주는 주인공의 기원은 감동적이며 작자의 윤리 감각의 정확성에 다시 감사하고 싶어진다.

이 작품은 우리 풍토의 흙냄새와 정서의 훈김이 서린 풍성한 낱말들의 흐뭇한 잔치다. 유머러스하고 리드미컬한 이 소설의 맛은 직접 읽으면서 즐기기를 권한다.

어두운 심상

이청준 씨의 「무서운 토요일」(『문학』, 1966. 8)은 '나'와 '아내'가 있는 어두운 심상 풍경을 즐길 만하게 그려주고 있다. 아내의 메마른, 그러면서 그 이상의 노력에 인색한 태도와, 주인공의 그에 동조할 수 없는 안간힘이 어울려 숨이 막히는 분위기를 느끼게 한다. 사격장 장면을 알맞게 쓰고 있기 때문에 그의 사랑의 좌절감이 훨씬 돋뵈고 음영陰影을 가져본다.

그를 향해 꺽둑꺽둑 걸어오는 사격용 타깃의 환영은 그의 좌절감의 상징으로서 테마를 잘 설명해주면서 현대인의 마음속에 서려 있는 허무의 얼굴을 그린 것이며 '괴로운 인간상,' 그러나 '우리의 얼굴'이다. 눈꺼풀로 덮인 검은 시계에 붉은 반점 같은 것이 수 없이 그 타깃의 주변에 얼룩졌다고 쓴 부분은 아름답다.

유현종 씨의 「거인」(『문학』, 1966. 8)은 앞의 어느 작품과도 다르다. 이 소설에는 근육이 있다. 억울하게 실직한 기관사가 당일치기 스페어 운전사로 열차를 끌고 가다가 기관차 고장을 만나는 이야긴데 많은 부분이 기관차의 동작, 조작 묘사에 쓰이고 있고 그런 부분이 신선하다.

현대 소설에 힘찬 초상을 어떻게 도입할 것인가?

이유는 간단하다. 대부분의 소설이 다소간에 손때가 묻은 소재를 다루고 있는 데 비해서 유현종 씨는 선뜻 날것을 디민다. 가령, 작품 가운데 한 대목 "고치지 못할 고장이오. 앞으로 나가면 위험하니 뒤로 서서히 빠져들 나가시오. 노인과 어린애들은 앞세우시오. 나는 기관사요, 기관사요." 터널 속에서 주인공(기관사)이 객차 꼭대기를 기어 다니면서 승객들에게 대고 대피할 것을 이르는 장면인데, 노동과 집단행동의 이만한 장면도 우리 소설에서는 아주 보기 드문 광경이라는 것을 우리 소설의 관심 있는 독자라면 수긍하리라.

'나는 오입쟁이요' '나는 철학자요' '나는 갈보요' '나는 화냥년이오' 하는 주인공은 푸슬히 만나지만 "나는 기관사요, 기관사요" 하는 소리는 이채로운 것이다. 그것은 집단의 연대의 목소리다. 거짓말 같은 '고조선의 농군 역사力士'의 재래再來며 그리 됐으면 오죽 '좋으랴 싶은 영웅상'이다. 유현종 씨의 소설이 갖는 직선적인 의미에서의 현실 감각을 비싸게 사고 싶다. 문학이 소재에 있지 않고 소재 처리에 있다는 것은 말할 것도 없다. 그러나 이 원칙론에 안주해서 낡은 소재를 낡은 처리법으로 다루기가 쉽고 그때 문학은 썩는다. 낡은 것을 새롭게 본다는 것은 소피스티케이티드한 관념의 조작을 작가의 편에서나 감상자의 편에서나 요구한다. 원칙적으로 그것은 미적 가치에 아무 관계가 없지만 전달의 범위가 좁아진다는 점은 면할 수 없다.

 소재의 신선함은 이 문제를 가장 건전한 의미에서 건전하게 풀어 준다. 우리 소설의 문제의 하나인 이 같은 국면을 맡기에 알맞은 작가의 한 사람으로서 유현종 씨를 생각하고 싶으며 그럴수록에 작품의 논리적 구조나 미적 가치에 대한 정당하고 치명적인 공격에 대해서 유현종 씨의 작품이 스스로 방어할 수 있도록 만들어지기를 바란다. 이 작품「거인」의 경우도 마찬가지다. 그러면서도 "노인과 어린애들은 앞세우시오. 나는 기관사요, 기관사요"를 비싸게 사고 싶다는, 이 두 갈래의 바람, 모두가 그대로 받아들여지기를 바라고 싶다.

소도구

소설은 사회의 거울이 아니라 분광기

안수길 씨는 「기름」(『월간문학』, 1968. 12) 속에서 한 대의 석유난로를 시켜 우리 살림의 한 장면을 사열査閱시키고 있다. 작품에 쓰인 소도구인 석유난로는 작가의 부탁을 받고 주인공 장수네 살림살이, 식구의 구성, 어제오늘의 이 집안 형편, 창수와 그 아내의 사람됨, 석탄 문제에 관련한 간단한 경제학, 그리고 사람과 사람 사이의 믿음의 불안정을 테마로 한 토막극— 이런 일들을 살펴나간다. 독자는 이 사열관의 익숙한 안내를 따라가면서 그와 같은 사실들을 관찰할 기회를 가진다. 현실이란 혼돈 속에 석유난로라는 시점을 주어 그 현실의 구조를 알게 하고 있다. 시점의 질이 극히 생활적인 것은 사실이지만, 그것이 작가에 의해 방법적으로 선택되고 계산된 허구임에는 변함이 없으며 그러므로 소설이다.

이호철 씨의 「적막강산」(『창작과비평』, 1968. 겨울)에서는 '그

자'를 통하여 우리 강산의 기상의 적막도를 측량하고 있다. 여기서 '석유난로'의 역할을 하는 것이 '그자'다. 그자는 주인공 두 사람의 현재의 살림, 지난 이력, 지금의 심정, 이런 것을 밝혀주는 역할을 한다. 바라보이는 이층집 방, 거기 사는 그런 여자, 그 여자를 찾아오는 그자, 그들이 벌이는 그 일, 그 일을 보는 두 사람—

이렇게 그자를 둘러싸고 이 도시의 한구석이 차곡차곡 구성을 가지게 되고 작품의 끝에 가면 독자는 어떤 구도에 대응하는 감정의 부피가 마음속에 괴게 되는 것을 발견한다. 그런 감정의 부피는 끝에서, 울진 공비의 라디오 뉴스라는 마지막 일필로 어김없는 구도 속에 단단히 수용되고 있다.

박태순 씨의 「별명」(『사상계』, 1968. 12)에서는 '이북에 계신 아버지가 돌아가셨다는 소식'이 석유난로의 역할을 하고 있다. 약현이의 살림살이, 오만달 씨와의 관계, 약희의 직장 생활, 고향 사람들—주인공이 관련을 맺고 있는 이 같은 생활계를 입체적으로 분석해주는 것—물론 '소식'이 분석하는 것이 아니라, 소식에 반응하는 약현이의 반성과 어울려서 작품의 진행 자신이 분석하는 것이지만—그런 역할을 하는 것이 그 '소식'이다. 소시민이라는 상태에 눌려 있는 약현이의 생활, 누구나 다 그런 것처럼 그 역시 이 생활이 괴롭다.

생활의 시약으로서의 '사건'

오만달 씨의 자랑스러운 태도 같은 것도 다 상대방의 말 좋아하는 기분까지 계산하고 치부하는 그런 사람의 짜증스러운 감정의 흐름을 우리는 보게 된다. 아버지의 '소식'이라는 소도구가 없다면 이런 흐름은 그저 흐름인 대로 흘러가는 모습으로 나타났을 것이다. 그런데 그 소식이 개입하자 흐름에는 굽이가 생기고 솟구치고 그리고 다시 흐른다. 그 소식을 약현이는 제 누이에게 던져보았다가 거기서 튕겨져 돌아온 실감으로 스스로를 달랜다. 그것이 이 세일즈맨의 변명이다. 그 변명은 건강하고 옳다. 사랑하는 사람이 죽었는데도 모진 목숨은 살아야 한다는 치사함의 슬픔—에 대한 변명으로서는 현재 우리가 생각해낸 것으로는 그 정도면 대견하다 하겠기 때문이다. 이런 모든 것을 우리는 사열관인 '소식'의 덕분으로 알게 된다.

소설의 인식론

박상륭 씨는 「나무의 마을」(『월간문학』, 1968. 12)에서 나무의 마을의 토막극·기상氣象·변명을— 그 마을의 식구인 '산배나무의 귀신'을 통해 보여주고 있다. 이 '귀신'이 여기서는 석유난로다. 더 어울리게 말하면 '석유난로의 귀신'이다. 왜냐하면 그는 산배나무에 대해 말하고 있는 것이 아니라 산배나무의 귀신에 대해 말하고 있기 때문이다. 산배나무에서 귀신을 이처럼 떼어내는 것에 대해 어떤 뜻이 있는가. 있다. 산배나무와 귀신을 융합시킨 대로 다루면 우리는 흔히 나무들의 마을의 극과 기상과 변명을 알아듣지 못하거나, 헛갈리거나 하기 쉽다. 그 결과 나무들의 마을의 일상에서 소외되고 그것에 주술적으로밖에는 접근 못 하고 따라서 두려움을 갖게 된다. 두려움은 무력감을 거쳐 다시 소외를 확대 재생산한다.

 그런데 '귀신'을 이렇게 떼어내면 나무의 마을은 이 매개자를 통해 질서화되고 대화할 수 있게 되고 우리의 동무가 되게 한다. 작가는 우리를 위해 그런 일을 해준 것이다. 걱정되는 것은 생나무들이 상륭 씨의 꿈에 나타나서, 왜 우리의 물신성을 박탈하고 개화시켰느냐고 하면서 상륭 씨를 십자가에 달겠다고 달려들지 않을까 하는 점이다. 그런 악몽이 없도록, 그의 잠의 머리맡을 시신詩神이 지켜주기를 희망한다.

정치와 문학

국민사와 사실소설

이해(1968년)에는 기록될 만한 작품들이 많이 나왔다. 먼저 안수길 씨의 『북간도』의 완결은 작가에 있어서나 한국 문학사로서나 축하할 일이었다. 우리 역사상 유일한 식민지였던 북간도의 이야기는 당시 한국 역사의 압축이며 어떤 형태로든 간에 기억되어야 할 경험이다.

우리 사회가 지금 겪고 있는 혼란은 소설 『북간도』 속에서 움직이고 있는 사람들이 지니고 있던 활력과 생활 감각을 창조적으로 발전시키지 못한 데 있다고 표현해볼 수 있다. 사실적 수법을 택한 소설들에 있어서 소재가 지니고 있는 성격은 대체로 작품의 성격과 일치하게 된다. 절망적 소재를 다루면서 희망을, 퇴폐한 소재를 다루면서 건전한 빛을 작품이 발하게 한다는 것은 이론적으로 불가능하지 않지만 관념적이고 보다 소피스티케이티드한 기교에 치우친 한 조작을 필요로 한다.

『북간도』와 관련해서 말한다면 그런 감수성과 장면은 『북간도』 이후에 오는 문제라고 보는 것이 옳겠다. 작중에 상당한 부분을 차지하는 당시의 상황에 대한 개략적 기술도 타당한 것으로 여겨진다. 북간도 자체가 주인공이라고 볼 수 있는 이 소설에서 그 부분은 주인공의 용모 묘사에 해당하기 때문이다.

유주현 씨의 『조선총독부』는 『북간도』의 대칭적 시점에서 쓴 동시대의 기록이라 할 만하다. 또한 이 소설은 우리 문학사가 너무 난쟁이 같은 모습으로만 '문학'을 의식해오고 있는 습관에 대해서 좋은 자극이 되었다. 국민 생활의 여러 국면을 보다 광범하게 취급하고 보다 기성의 문학적 틀에서 자유롭게 기술하는 움직임을 환영하고 싶다.

외국 식민지 기간에 겪은 우리 국민의 감정생활이 해방 후에 많이 작품화되지 못한 것은 무슨 까닭일까? 당시에 적치하에서 발표된 작품들이 불가피하게 충분한 표현을 못 했을 것을 생각한다면 신문학은 그 자신이 그 기간에 출발했고 성장한 중요한 국민사의 부분에 대하여 문학적 표현을 주지 못하고 있는 것이 된다.

국민사에서의 정통 의식과 이단 의식

신문학과 고전 문학과의 관계가 단절이냐 연속이냐 하는 문제도 구조 미학이나 관념 형태의 검증과 아울러 이런 측면에서의 접근도 생각해봐야 하지 않을까. 『북간도』와 『조선총독부』는 국민사와 문학사간의 대차 관계에서의 문학의 빚을 결제하는 성격의 작품들이었다.

비분석적 문체

방영웅 씨의 「분례기」는 성적 폭력과 남편에게 짓밟힌 한 농촌 여자의 이야기를 쓰고 있다. 이 작품의 매력의 주요한 부분은 부사를 풍부하게 거느린 간결한 문장으로 장면을 이어가고 있는 데서 오는 상쾌감과 세부적 관찰의 정확성에서 오고 있다. 소설 문장의 기성의 어떤 투에도 편승하지 않은, 그러면서 사물과 행동의 이미지를 분석적으로 구성하지 않고 한마디의 우리말로 방불하게 지적하는 힘은 높이 평가되어야 할 것이다. 에스페란토로 창작하는 시대가 오기까지는 국어의 특질을 유지하고 세련시키는 일은 각기 국민 문학의 기본적 임무의 하나임에 틀림없다.

그러나 '똥례' 자신의 자기 비극에 대한 앰비벌런트한 태도와 '용팔'의 불투명한 성격 때문에 주제의 일관성이라는 소설의 논리적 기본 조건의 전개에서 납득할 만한 카타르시스를 못 느끼게 하고 있다고 느껴졌다.

지난가을 갑자기 문학의 사회 참여 얘기가 여기저기서 들리기 시작했다. '사회 참여'란 말은 말썽을 일으키는 다른 문학적 용어가 모두 그렇듯이 그 내용에 정설을 보지 못하고 있는 말이므로 그것을 문학 작품의 그 사회의 정치적 측면에 대한 접근도로서 한정하고 생각해보기로 한다.

문학은 인사人事·자연·명계冥界 어떤 것이든 소재로 삼을 수 있다. 따라서 인사의 일부분인 정치도 예외는 아니다. 소재로서의 정치를 택하는 경우에도 작가의 태도는 여러 가지일 수가 있다. 다만 모든 경우에서 불가결한 단서는 작가의 정치적 입장은 현실의 어떤 정치 이론, 정치 현실이라 할지라도 백지위임적인 신임, 절대적인 신뢰를 부여하는 것이어서는 안 된다는 점이다. 작가의 정치적 입장은 '정치적 유토피안'의 그것이어야 한다고 표현하면 어떨까. 어떤 현실의 정치도 궁극의 것으로 받아들여서는 안 된다는 것이 근대인의 정치 감각이기 때문이다.

문학의 공간은 현실의 공간을 판단하는 인공 공간

이 입장이 궁극적으로 고수되는 한 작가는 작품에서 어떤 경향의 정치적 견해도 취할 수 있어야 한다. 왜냐하면 정치적 문학은 정치가 아니고 정치에 대한 견해이며 그것도 '유토피안적 견해'라고 한다면 이것을 막고서 어떻게 '열린사회,' 다시 말하면 민주주의적 사회라고 할 수 있겠는가.

어떤 작품이 전기한 요건을 갖춘 경우에도 현실로써 막아야 한다면 그 사실은 그 사회가 지니는 '자유의 가용량'의 문제이지 어떤 작품이 '문학'이냐 아니냐의 문제는 벌써 아니다.

감정의 각도

「외길」(유우희, 『현대문학』, 1967. 12)을 읽는 인상은 예의 바른 슬픔이구나 하는 것이었다. 슬픔은 어떻게 표현되든 간에 슬픈 일임에 틀림없다면 동정심을 일으키게는 한다. 그러나 한편으로 좋은 소리도 잦으면 귀찮다는 것도 사실이다. 잦은 경우보다 더 민망한 것은 슬픔의 표현에 너무 억제가 가해지지 못했을 경우라 하겠다. 그것은 일상생활에서도 남자다운 억제력의 결여나 여자다운 은근함이 모자란 표시로 민망스러운 일이다.

'예'로서의 문화

자기의 아픔을 되도록 남 보기에 흉하지 않게 가리는 예의, 남의 아픔을 되도록 조심조심 다루는 보살핌—행동에 있어서의 이 같은 세련됨이 넓은 뜻에서 '문화'라고 부르는 것일 게다. 이 소설의 주인공들은 서로가 서로를 그렇게 대하고 있고 그런 작중인물들을 작가 역시 그렇게 대하고 있다. '플롯'의 진행도 완만하고 조용하며 문체는 완곡하고 여러 겹의 굴곡을 지니고 있다.

 그는 황 선생이 지금 하염없이 내다보고 있는 창밖에서의 일을 대강은 짐작할 수 있다.
 그 창밖엔 변두리에 속하는 서울 시내의 일부가 한기를 섞은 석양에 으스스 떨고 있었다. 그런가 하면 맞은편 산기슭의 판자촌 일대론 벌써 까무레한 저녁 빛이 내리고 있었다. 굽어볼 필요도 없이 눈만 내리깔면 가능한, 텅 빈 운동장엔 한산한 바람만이 일고 있는데 어쩌면 가시철조망을 넘어 들어온 동네 조무래기들이 오늘도 그 한편 모퉁이에 있는 포플러나무를 올려다보며 손가락질이라도 하고 있을지 몰랐다. 그렇다면 황 선생은 그 어린아이들이 며칠 전에 띄우다가 얹힌 채 꺼내지 못하여 이젠 거의 형체를 알아볼 수 없게 된 가오리연 때문이라는 사실을 알 수 있을 것이었다. 어쩜 방과 후에 일어난 그날그날의 일을 종합해보면 재미있기도 했다.
 그러나 황 선생이 그 자신처럼 창가에 머무르지 않으면 안 될 서글픈 사실이 그 내부에서 싹트고 있음을 알았을 때 그는 더없이 착잡한 표정으로 이 또 하나의 자기 자신을 바라보고 있었다.

방법에 의해서 분광된 현실의 다채로움
이것은 작품의 첫 부분이다. 두 인물과 그 배경이 '그'에서 '황 선생'으로 다시 '그'에게로 돌아오는 서술의 '리듬' 속에서 아름답게 표현되고 있다. 그 아름다움은 주로 창밖의 풍경을 서술한 부분이 1) '그'의 마음속에 있는 공간이면서, 2) 또 '황 선생'이 보고 있으리라고 '그'가 추측하는 상상의 공간이며, 3) 실지 두 사람의 밖에 있는 공간이기도 하며, 4) 마지막으로 이 이야기의 기조를 이루는 분위기의 질을 정해주는 상징적 공간이기도 하게―― 그렇게 세 겹의 균형을 보여주고 있는 데서 오고 있다. '가오리연'은 이 네 개의 인력이 지배하는 자장 안에 확실히 놓여 있으며 그 확실함이 아름답다. 이 같은 기술적인 성공은 이 소설의 소재에 있다고 생각된다. 교사라는 직업. 경제적으로 높은 위치는 아니지만 정신적으로는 높을 것이 기대되는 사람들의 이야기 때문에 슬픔의 이 같은 완곡함이 자연스러워 보인다는 말이다. 괴로움도 많고, 박한 보수에 불만도 많을 사람들이 그 환경 속에서 이만큼 점잖게 슬픔을 처리해 보여주는 문학적 구도를 설정한 작가에게 축하를 드리고 싶다.

  다만 세상에는 이런 예의 바른 사람들만 있는 것은 아니다. 사람들이 예의 바르게 슬픔을 앓을 수 있는 환경을 만들기 위해서 그런 작업을 반대하는 사람에게 반대하는 사람들의 이야기를 쓰는 것이 이른바 저항 문학, 가장 협의의 참여 문학이라는 것이리라고 생각된다. 그런 경우에는 이야기는 달라지며 겉보기 예의만을 요구하는 것은 옳지 않겠다. 돼지 잡는데 먹따는 소리가 안 나겠으며 육식은 즐겨하나 살생은 반대라고 한다면 그것은 예의가 아니라 위선이기 때문이다.

문체의 형과 의미

「이 풍진 세상을」(이문구, 『신동아』, 1970. 8)에서 작자는 허영과 그것을 이용한 사기를 얘기해준다. 먼저, 인물의 한 사람의 독백을 내고 본문이 다음에 오는 형식을 취했다. 일인칭과 삼인칭을 연결한 이 형식은 흔히 그런 것처럼 얘기를 그럴듯하게 믿음성 있게 읽히는 효과를 가지고 있다. 내용은 족보 사기라고 할 만한 것으로 세태 풍자로서 훌륭하다. 그러나 이런 식의 허영은 물론 있다손 치더라도 현재로서는 좀 절박하지 못한 소재인 것 같다. 그보다도 이번 작품에서도 여전한 이 작가의 문체에 다시 주의를 기울이게 된다.

문학의 음계로서의 관용 수사계의 가변성

현재는 주류라고 할 수는 없겠으나 한때 한국 소설의 표준 성조 聲調라고 할 만했던 문체를 계승하고 있는 많지 않은 작가 가운데

한 사람이다. 전통적인 일상어·판소리·민요·노랫가락 따위의 맥을 따르는 이 문체는 술처럼 정직한 것이어서 한국 사람이면 여부없이 취하는 사맥辭脈이다. 대체로 이런 문체는 그 근원인 토속적 소재에 기울어지려는 당연한 경향을 가지는데 역사에 민감한 소설 장르에서는 이것은 큰 함정이다. 문체가 가지는 이 특정 소재에의 경사를 극복하고 이 문체를 소재에서 분리해서 방법으로 자각하고 보편적으로 어느 소재에나 적용시킬 힘을 갖추게 된다면 대단한 업적이 될 것이다.

해방 후 많은 작가들이 기성 문체와 새 소재의 균형을 해결하지 못하고 주요한 관심의 장에서 물러서고 만 것을 보아왔다. 이문구 씨는 이런 마당에서 다시금 이 계열의 문맥의 저류에서 솟아오른 작가다.

더구나 요즘 몇 작품에서는 그 소재도 다양하고 인물형도 단일하지 않다. 도시 얘기를 쓴 전작前作도 성공이었다. 원칙적으로 언어는 정치사나 사회사의 템포와 일치하지는 않는다. 정신사적인 자신이 없을 때만 문학 언어가 정치·사회사의 언어의 템포를 맞추려고 드는 법이다.

문체를 특정 소재에서 분리하여 보편적 내용력耐用力을 줄 것

한국인의 말투를 지닐 수 있는 것만으로도 작가로서는 큰 명예지만 마지막 결판은 말투나 문체 자신이 해결하기보다는 역시 작가의 정신적인 높이가 결정할 것이다. 그리고 그런 높이에서 씌어진 걸작의 퇴적에 의해서 좌우될 것이다. 이 문체의 풍속 환귀력

에 저항해서 이 문체가 다각적이고 고도의 조형력이 있다는 것을 실증해줄 만한 작품을 계속 써줬으면 한다.

「가을비」(서정인, 『월간중앙』, 1970. 8)에는 병든 생활의 그림이 펼쳐져 있다. 병들었다고 해서 별다른 것이 아니다. 바로 우리들 저마다가 그런 것처럼 그런 삶의 꼼꼼하고 섬세한 기록이다. 여기에는 작품 전체의 충전된 삶의 우울한 그림자가 있다. 충전의 전원은 앞의 이문구 씨의 경우에서도 그랬지만 우선은 그의 문체에 있다. 풍속적인 '현재'와 상상력에 의해서 현전된 부재의 '욕망' 사이의 긴장이 이 전원의 양극이다. 이 사이에서 일어나는 발전 현상이 이 작품의 심상이며 인물들의 내면 풍경이다.

이 같은 효과를 그의 문체는 전통적인 수사구의 원용 없이 구축해나가고 있다. 이 같은 문체는 있을 만한 까닭이 있어서 개발되는 것으로 안다. 근대 사회의 인물들이 대체로 자기의 사회적 존재와 합리적 희망 사이에 거리를 느끼고 있다는 현실적 근거가 그 까닭의 첫째다. 둘째는 수사구의 정석을 고정시키지 않음으로써 변화에 대한 적응력이 있다는 점이다. 그러나 여기도 문제는 있다.

만일, 시라면 몰라도 소설의 조형 대상인 사회적 인물상이라는 것은 과도기 사회에서 과장될 위험이 있는 만큼 그렇게는 유동적인 것이 아니다. 그렇기 때문에 이 문체가 적당한 보수에로의 지혜를 준비하지 않는다면, 다시 말하면 문학적 언어를 자연계 과학의 언어와 같은 무기성에 지나치게 접근시키려 하면, 사회적 인간을 '상像'으로서 조형하는 것이 불가능한 지경에 이를 것이다. 이 경우에 '보수'란, 풍속적 드라마, 윤리적 관심, 스토리의 전개를 말한다.

문체에서 무기성을 추구하면 전위소설에 이르는 것이 논리적 필연
이 계열의 문체의 성패도 역시 문체 자체에 있다느니보다는 이 문체를 구사한 사회학적 판단력의 고저심천高低深淺에 달려 있다. 말하자면 이 작품만 하더라도 여주인공에 대한 작가의 섬세한 인생론적 인식이 주인공의 품위를 지탱하고 있는 것이지 문체만의 정서적 환기력에 의지하고 있는 것이 아니다. 물론 이 말은 사실의 한계에 머무르려는 경우에만 해당하며 여기서 더 나아가도 카프카, 반소설의 길이 열려 있으며 현대 문학의 수준은 이것도 충분히 소설임을 승인하고 있다.

내면의 공적 의미

「밤」(박연희, 『신동아』, 1967. 11)에는 '민족사의 밤'에 해당하는 기간에 소년 시절을 보낸 한 기억의 회상이 담담하게 이야기되어 있다. 민족사의 밤을 산 사람들의 삶도 물론 한결같지가 않았다.

정서적 지각과 논리적 지각 — '분화된' 정서로서의 '논리'

이 소설의 주인공의 경우에는 그 '민족사의 밤'이 이 소설의 미학적 구조의 근본적인 층을 이루어주고 있다. 소설에서 소년은 사촌형의 기억을 더듬고 있는데 그 형은 항일 운동자로 나와 있다. 소년기의 저 몽롱한 의식의 시대에 저마다 가지게 되는 우상은 잘만 표현된다면 어떤 것이든 상관없는 것이다. 이 소설의 주인공의 우상인 사촌형인 경우에도 소년의 애정이 쏠리는 까닭은 물론 항일 투사이기 때문이 아니고 의젓한 손위 형제에 대한 어린이다운 그리움이다. 그 '의젓함'은 소년에게는 생물학적인 단적인 매력으로 작용하였으리라. 한 젊은이가 어느 소년의 눈에 '의젓해' 보이게 한 정신적 내면과 그 정신적 내면의 사회적 의미라는 층은 소년의 의식의 사정거리 밖에 있는 것이기 때문이다.

작품을 읽고 우리가 느끼는 감정은 따라서 두 가지 층으로 이루어진다. 1)소년의 개인적 정서와, 소년의 의식으로서는 포섭할 힘이 없고 따라서 소년과는 심리적으로는 무관한 일이지만, 작품의 구성 계기로서는 중요한 구실을 맡고 있는, 2)사회적 부분이다.

이 두 계기의 어느 한 면만을 강조하는 것은 작품의 다면성을 놓치게 되는 길이다. 그러나 가령 이 작품에서의 사촌형에게서 항일 청년 예술가라는 조건에서 '항일'이라는 것을 빼고 이 작품을 구성했다면 작품의 성질은 달라졌을 것이다.

소설에서 택해지는 미성년의 시점의 의미

앞서 얘기한 대로 소년의 심리적 반응에 대해서는 굳이 '항일'이라는 조건이 중요한 몫을 차지하지 못하는 것이므로 그래도 소년의 편으로서는 같은 성질의 회상이 가능한 것이고 그런 감정도 공적인 의미를 주장할 수는 있다. 다만 그 경우의 공적인 의미란, 사회적이라는 표현보다는 더 적절히 '자연적인'이라든가 생물학적인 '친화력親和力' 같은 말로, 혹은 견해에 따라서는 '호모 섹슈얼' 같은 말로 하는 것이 옳을 것이다.

그런 경우에도 엄밀히 말해서 전통화한 관념적 반응 형식을 통해서이고 그 '전통화'가 뿌리 깊을 때 자칫 그 관념적 매개 작용의 습관화에서 오는 무의식성 때문에 그런 형상을 자연과학적 의미의

'자연적' '친화력' '호모 섹슈얼'로 착각할 위험성도 자각하면서라면, '공적인 것'을 편의상 자연적인 층과 사회적인 층으로 나누어 생각하는 것은 우리처럼 자연과 사회가 모순의 상태로 대립하고 있는 과도기 사회에서 한 행동이(예술도 포함해서) 어떤 종류의 공적인 층에 '참여'하고 있느냐를 밝혀내는 데 도움이 되지 않을까 생각한다. 작품「밤」은 우리의 공적인 경험인 '민족의 밤'이, 소년의 영웅인 사촌형의 수난을 통해 상징화함으로써 작가의 역사의식과 작중인물의 심리적 진실이 잘 소화된 경우라고 생각된다.

추상과 구상

역사 · 문명 · 기술

생명의 단위는 개체를 최저 단위로 인류에까지 이른다. 인류가 단위라는 말은 이를테면 다른 천체에 사는 생명과 대비하는 경우를 생각하면 된다. 또 붓다나 그리스도 같은 경우에는 직관적으로 자아를 인류와 겹치는 존재로 알고 행동했었다. 관념적으로 오늘의 인류 의식을 앞질러 가졌던 것인데, 그들은 특별한 강자들이고 역사의 리듬은 서서히 생명 단위의 크기를 팽창시켰다. 개체라는 단위에서 인류라는 단위에까지 넓어진 역사의 걸음걸이는 아마 노동 집단의 크기와 비례했다고 보아진다. 작은 노동 집단에서 큰 노동 집단으로. 노동 집단의 크기를 규정한 것은 무엇일까? 기술의 수준이다.

인류에까지 넓혀진 생명 집단의 성원들 서로간의 관계를 규정하는 윤리의 형태도 변해왔다. 윤리의 기능 자체가 변하지는 않지만 그 방법과 형태가 달라진다. 작은 집단에서는 윤리 의식은 거의 본능적인 감각의 형태로 존재한다. 자기와 집단을 동일시하는 것은 감각적으로 어렵지 않다. 그러나 인류에까지 집단이 넓어지면 이미 육체적 감각의 파악력만으로는 윤리 감각을 지닐 수 없다. 윤리는 높은 훈련 끝에 얻어지는 문명 감각이라고 하는 형태를 취한다. 이런 문명 감각을 몸에 붙이기 위해서는 대량의 정보를 처리해서 판단해야 한다. 그 판단 작업의 방법 체계를 과학이라 부르고 있다. 문명인이고자 하는 한, 윤리란 이미 일목요연도 명명백백도, 우러나는 것도 아니다. 그것(윤리)은 기술이다. 배워서 익혀야 하는 정신의 포즈다. 이것이 아마 가장 엄격한 태도일 것이다. 그러나 대부분의 사람이 이렇게 하기는 불가능하고 또 그렇게도 하지 않는다.

문명과 교육

좀더 대중적인 방법으로도 처리되는 윤리 감각의 습득은 아마 이렇지 않을까 한다. 즉 보다 작은 집단에서의 윤리적 심벌만에 의지해서 그것을 보다 큰 집단 관계에 정서적으로 투사해서 그 투영으로 윤리상을 짐작하는 방법이다. 이런 방법도 대충 소임은 해낸다. 그 사회가 비교적 공명한 질서 속에 있는 한에서 그렇지만, 반대로 불의한 경우에는 이 소박한 방법은 아주 무력하다. 또 불의까지 안 가도 시시각각 집단 내부의 이해관계를 감시하고 그에 어울리는 행동을 하기를 원하는 경우에는 역시 무력하다. 개 옆구리 차던 요령으로 제트기를 운전할 수는 없다.

소설의 미분학과 적분학

현대 문학의 고민은 여기에서 비롯된다. 예술은 '구상적이어야 한다'는 원시 촌락적인 습관에 젖어온 한국 소설은 여러 가지 방법으로 '정보량의 과다'와 '구상'이라는 모순하는 요소를 결합하려고 애써왔다. 대개의 경우 구상을 이루는 가장 전통적인 방법인, 필요한 정보량을 모두 사용해서 구상을 전개한다는 길이 아니고 정보량 자체를 줄인다는 쪽을 택했는데 그 결과는 두 가지로 나타났다고 하겠다. 양을 줄인다는 것은 양에서 그치지 않는다. 필요한 질량을 쓰지 않았을 때 나타나는 문학의 모습은, 촌락의 정서거나 혹은 도시에 흘러와 사는 촌락민의 이미지다. 아니면 이 분간의 재즈나, 외신 가십 1행 속에서 태어난 듯한 인간 이전의 청소년의 이미지다. 촌락민이나 재즈족 자체가 묘사되었다는 데 문제가 있지 않다. 그들을 보는 시점이 문명 감각의 높이를 얻지 못하고 대상에 몰입해 있다는 데 문제가 있는 것이다— 상황 판단에 필요한 정보량을 충분히 구사해서 종합적인 판단을 내릴 수 있는 힘이 작가에게 부족된 듯싶었다는 것이 먼저 지적되어야 할 것이다.

리얼리티 ─┬─ 구상
　　　　　└─ 추상

이뿐이 아니다. 필요한 정보량이 구애 없이 사용될 수 있는 지적 자유의 양이 우리 사회에 부족하다는 것도 사실이다. 이 같은 사정으로 구상소설은 전후 20년이 지난 오늘, 시대와 문명의 높이에 어울리는 예술적 달성에 이르지 못했다고 생각한다. 다른 길은 없는가? 있다. 리얼리티=구상이란 고정관념을 버리면 된다. 리얼리티라는 말을 가치 개념으로, 구상이라는 말을 방법(혹은 양식) 개념으로 이해하면 된다. 그러면 곧 구상에 반대되는 방법인 추상이 떠오른다. 리얼리티=구상 혹은 추상이다. 구상과 추상은 가치의 높낮음이 아니라, 방법의 '차이'인 것이다. 이것은 미술과 음악에서는 이미 해결된 문제다. 또 리얼리티=구상이라는 고정관념에서, '낡은 구상 심벌'을 보편 상징이라고 주장하는 것보다는 '새 추상 심벌'을 보편 상징으로 주장하는 것이 이치에 맞는다. 그 생소함 때문에 자연히 낡은 정서와 갈라질 수 있는 한편, 비록 구체적은 아닐망정 미지와 미래를 향하게 되기 때문이다. 구상적인 상황상狀況像을 보는 작가적 시력의 구축을 위한 실험의 길을 열어주고 정보의 자유로운 유통 구조가 열려가는 데 따라 구상적인 풍속적 심벌로 대체해갈 수 있다는 이점도 있다. 그렇게 구상화된 심벌은 클리셰cliche화되고 오락이 되고 이윽고 다시 무너진다는 과정이 건강한 예술의 움직임이 아닐까.

전후 30년에 문학 이론이나, 창작상의 몇몇 유파가 갈라서서 온 것이 사실이지만 양식상으로 보면 모두 같은 당이라 할 수 있었다. 가치 의식의 내포에 관한 실체론적 대립은 있었으나 양식상의 혁명적 대립은 없었다. 참다운 변화에는 반드시 방법의 변화가 있다. 전후 문학의 유파 사이에 방법에 있어서만은 행복한 일치가 있었다는 점에서 거슬러 올라가서 그들이 주장한 '가치'들이 정말 싸울 만한 거리가 있는 '차이'였던가를 규명하는 작업도 생각해봄 직한 일이 아닐까.

　이런 관점에서 이제하 씨의 「유자약전」은 추상소설의 한 전형이라고 생각된다. 1) 미술이라는 분야에 한정되었지만, 문명이 도달한 현재의 높이에서 서술되고 있다는 것 2) '전기'라는 양식을 패러디 감각에 의해 조작함으로써 정신의 힘과 우아함을 지니고 있으며 3) 미술사적 정보를 언어의 유동감과 환상적인 이미지 속에 옮겨 실음으로써 폭이 넓은 상상의 아름다움을 표현한 것 4) 이 같은 측면이 작중인물인 '유자'를 '신화적인 깊이를 가진 평범인'이라는 눈부신 형상으로 만들 수 있었다는 것을 지적할 수 있겠다. 분석을 위해 이렇게 갈라보지만, 물론 이해를 위한 도식일 뿐이다.

　전기의 문투가 패러디적으로 쓰임으로써 얻어지는 시적 효과

　작품은 첫줄부터 끝줄까지 당겨놓은 활처럼 팽팽하다. "남유자의 본명은 문자文子, 1942년 밀양생, 여섯 살 때 부산으로 이사해서 거기서 S여중고교를 다녔다. 부친은 남신조 화백이다." 이 첫 대목에서부터 쉽사리 독자는 어떤 리듬과 기조 선율을 느낄 것이다. 리듬은 한 문장 안에서만이 아니고, '~다녔다'로 끝나는 첫 문장과, '부친은~'으로 시작하는 두번째 문장 사이에도 걸쳐 있다. 'S여중고교'라는, 지극히 산문적인, 알파벳과 한글 표기의 복합명사조차도 시어詩語의 빛깔을 대뜸 지닌다. '위인의 출신교' '유적' '연고' '성지' 같은 장엄하고 공적인 빛깔을. 이 리듬과 빛깔은 작품 전체를 흐르고 빛나고 있다. ─80평의─20평의, 40평의─하는 식으로 유자를 묘사한 대목은 숨 막히고 어지럽게 아름

답다. 심리와 성격과 관념과 풍속과 상징 사이의 울타리가 모두 무너져버린 미의 공간을 '유자'의 모습은 자유롭게 움직이고, 증폭되고, 변주된다. 그리고는 "1천 평의 공간 속에서는 유자의 소리만이 〔……〕 '나는 애기를 날 수 없어요' 하는 소리만이 종처럼 묻어온다"는 것이다.

현실의 수준의 복수성에 대한 지각

'유자'라는 가공인의 위전僞傳과 미술사적인 화제와, 언어의 무봉한 흐름이라는 삼중주의 끝, 작품의 끝에서 우리는 마지막으로 총정리식인 감동을 받아야 한다. "그런 와중에서 한숨 돌리려고 쭈그리고 앉은 창 저쪽으로, 하학 시간인지 교문이 미어져라 몰려나오는 기백 명의 단발머리 여학생들이 일제히 입들을 벌리고, 고구마튀김들을 아귀아귀 먹고 있다." 이렇게 끝난다. 이 대목은 채국동리하 유연견남산採菊東籬下 悠然見南山에서 두 구 사이에 있는 단절과 전조에 완전히 일치한다. 작품의 끝 대목에서, 지금껏 흘러온 언어가 보여주던 유자라는 허상이 폭포처럼 부서지면서 사실은 작가의 정신의 운동, 정신의 흐름이었다는 것을 드러낸 것이다. 마지막에 와서 부상한 작가의 의식의 평면 위에 떠오른 '일제히 벌린 입들과 고구마튀김'은 그 당돌함 때문에, 작가의 의식을 자침처럼 확실히 가리킨다. 이런 이야기를 지금까지 서술해온 주체, 한 정신, 문명의 높이에서 혼돈에 저항하고 있는 한 인간의 존재를 확인시켜주는 것이다. 이 치보癡保의 도시에서 우리들과 같은 낯빛과 괴로움을 가진 한 인간을 신화의 인물의 반열에 올려놓아

준 시적 주력의 성공을 축하한다. 1960년대에 씌어진 가장 아름다운 소설의 하나이다. 1942년 밀양생 남유자 본명 문자는 써 명冥 할지어다 엇쇠.

시대의 비전에 대한 우화

「비돈飛豚」(최상규, 『현대문학』, 1970. 9)은 주인공이 육고간 주인과 같이 삼륜차를 타고 시골에 가서 돼지를 사오는 얘기를 추리면 그뿐이지만 읽을 만한 소설이 모두 그런 것처럼 이 간단한 줄거리의 앞뒤가 빈틈없이 짜여 있어서 어떤 '경험'을 했다는 느낌을 준다. 제목으로 돼 있는 '비돈'이라는 이미지와 삼륜차 운전사의 전복 사고가 겹쳐서 보고되고 있는데, 주제를 지적한다면 이 대목이 그에 해당하겠으나 읽은 느낌으로는 지나치게 강조돼서 희극적인 효과를 준다.

화성 편성의 혼란

이 효과와 작품의 다른 부분의 꼼꼼하고 호감이 가는 삶의 진행의 묘사와는 어울리지 않는다. 주조는 두 인물의 돼지 구입의 생생한 묘사에 두고 '비돈'이라는 이미지를 좀더 가볍게 다루는 편이 작품에 균형을 주지 않았을까 하는 것이 감상가의 의견이다.

묘사는 비평

「토요일 오후」(홍성원, 『월간문학』, 1970. 9)는 빠른 풋워크로 대상을 비평해나간 끝에, 자기 자신의 포즈──부끄럼이라는 감정을 발견하고 있다. '묘사'라고 하는 것이 대상의 복사나 반영이 아니고 대상에 대한 주체의 비평이라는 것을 느끼게 하는 스타일이다.

원칙으로 어떤 문장이건 그것이 문장의 본질이다. 다만 비평 '대상'이 일정하고 변함이 없으면 '대상─비평'의 관계가 따라서 고정되고 사이에 있는 하이픈이 생략되고 대상과 비평이 유착해버린다. 그러면 '비평'이 마치 '대상의 속성'인 것처럼 편의상 취급이 된다.

그것이 클리셰(상투어)다. 그러나 이 '대상─비평'의 두 항의 어느 한쪽이 변하면 위에 말한 편의상의 유착은 해체되고 새 비평에 의한 정형구가 생겨난다. 지금의 우리 주변의 생활은 끊임없는 재평가를 해야 할 사물로 가득 차 있기 때문에 이런 스타일이 생겨나는 것이다.

이 작품은 그런 것을 생각게 한다. 마지막에 주인공이 이르는 '감정─부끄러움'이 이 소설의 주제요 내용이겠으나 그 진정한 뜻은 읽어봐야 알 성질의 것이지, 한두 마디로 요약할 수가 없다.

「모범 동화」(최인호, 『월간문학』, 1970. 9)는 매우 상징적인 소설이다. 상징적이라 함은 이 소설에 있는 바와 같은 소년은 실지로 있음 직하지 않으나, 이 소설의 성격은 현실로는 있음 직하지 않은 고도의 집중을 가설해서 어떤 주제를 강조하기 위한 것이라는 뜻이다.

'천재'에 의해서 끊임없이 폭로되는 '범인'의 실태라는 것이 되겠다. 이 범인이 작품에서처럼 무력한 사람인 경우에는 천재는 승리한 대신에 괴로움을 맛봐야 한다.

범인이 가령 권력을 가질 경우에는 반대로 천재는 그런 뾰족한 비판의 결과로 '순교'를 하게 된다. 이 작품에서는 전자의 경우다. 그래서 소년은 자기의 희생자를 위해서 운다. 그렇게 하지 않으면 안 될 소년의 성격이 본인에게도 슬픔이요 고독이다. 피해자가 무력한 범인이고 소년이 그를 위해 운다는 배합 때문에 이 소설은 슬프다.

①양식의 자각적 구사력
②작품의 양식적 일관성

마지막 문장은 이 소설의 조調가 사실의 그것이 아니고 상징의 의미 공간이라는 것을 분명히 보여주고 있다. 말하자면 구상소설이 아니라 추상소설인 것이다. 박상륭 씨의 화풍을 연상케 한다. 제목을 「모범 동화」라고 한 것도 이 작가가 자기 작품의 성격에 대한 비평 감각이 있는 증거로 생각해도 무방할 것 같다. 모범→허구→전형으로, 동화→상징→신화로 해석하면 알 수 있지 않겠는가. 더 설명을 가하면 여기서의 소년은 풍속적 사실이 아니라 베버 사회학에서의 '이상형' 같은 몫을 하고 있다. 문학의 묘사가 실은 비평인 것처럼 소설의 모든 인물도 실은 상징인 것이다. 그것이 소설 인물의 미학적 기능이다. 그것이 현물과 기호가 다른 점이다.

「추적」(신상웅, 『현대문학』, 1970. 9)도 위에 든「모범 동화」와 같은 조의 소설이라고 생각할 때만, 이 소설의 분위기에 들어설 수 있다. 동화가 인생론적인 것이라면 이 작품은 보다 시대적인 것이라고 할 수 있다. 인생론이나 시대론이나 소설이면 다 그것을 가지지만 스타일이 구상이냐 추상이냐는 차이는 있다.

사실소설의 조건

대체로 인생의 본질, 시대의 본질 같은 것이 사실소설에서 묘사될 수 있자면, 1)고도의 문화와 2)고도의 정치적 관용이 있어야 한다. 1)은 고사하고 2)가 현재로서 충족돼 있다고 할 사람은 없을 것이다. 그렇기 때문에 우리 생활의 중추인 정치나 역사적 대세 따위를 소설 속에서 파탄 없이 취급하기가 매우 어려운 것이 현재 한국 소설의 문제다. 이 점에서 타협한 사실소설이 이른바 멜로드라마다. 역시 감각에 충실하고 타협도 않고 그러면서 사실주의는 불가능할 때「추적」과 같은 모습의 소설이 나온다.

이 소설을 추상소설이라고 하기에는 좀 무리가 있지만 사건의 설정이 지나치게 극적인 것, 추적의 과정이 충분히 친절하게는 그려져 있지 않은 점, 그러면서 어떤 감정의 격렬함이 행간에 엿보이는 것 같은 점으로 보아 현실의 한 일부를 작은 세밀화로 꼼꼼하게 의도한 것이 아니라 보다 전체적인 시대의 비전에 대한 우화寓話 혹은 우화寓畵를 뜻했다고 볼 수 있겠다. 우화寓畵는 대개 사실적으로 안 그리는 법이고 그렇다면 추상에 가깝다고 해도 틀리지 않다고 생각한다.

이상에게

생활과 예술의 회로

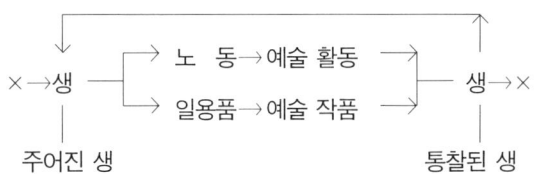

「백자 도공 최술」(정한숙)은 고려 끝 무렵, 조선조에 산 한 공장 工匠의 이야기를 쓰고 있다. 사실 여부는 알 필요도 없고 이 소설을 즐기는 데 도움도 될 것이 없다. 아름다움을 만들기에 들린, 가장 의당하게 예술가다운 한 '선인'의 모습을 현전시키는 데 성공하고 있다. 문장은, 이야기 속에 자주 나오는 도자기 만드는 공정의 성질을 닮고 있다. 좋은 흙을 정성스레 체로 쳐서 물을 뿜고 이겨서 빚어 그림을 그리고 상감을 박고, 가마에서 굽는 공정——이 작업이 가지는 소박함과 정성스러움, 흙의 감촉, 가마의 훈김 그런 것과 걸맞은 느낌을 주는 문장이다. 요업이란 것은 가장 오래된 예술이자 가장 생활과 가까운 데서 나온 예술이다. 처음에는 생활의 필요에서 나온 이 생산을 예술에까지 높이게 된 것인데, 예술의 발생과 따라서 본질을 최단 거리로 이해시켜주는 예술이다. 예술을 만들고 있는 예술가를 그린 예술이 이 소설이다. 그런 타입의 소설을 예술가 소설이라고 편의상 부른다면 소설과 인생의 본질을 최단 거리로 그릴 수 있는 노동 집약적 형식이라고 할 수 있겠다. 게다가 선인의 전기라는 형식을 택했기 때문에 의제擬制된 믿음직스러움의 덕을 보고 있다. 소설 속에서, 도자기에도 시세의 기운이 비친다고 인물의 한 사람은 말하고 있지만, 도자기란 것이 가장 비관념적인, 비역사적인 예술인 것도 사실이다. 흙·물·불·공기가 엉겨서 된 물건이니 바슐라르 식으로 말한다면 가히 구조주의적인 예술이다. 정권의 바뀜에서도 최술이 피해 없이 살아남아서 새 왕조용의 미를 생산하는 데 기여하게 되는 플롯은 그런 점에서 상징적이다. 고려청자와 고려조, 이조 백자와 조선조 사이에 이데올로기적인 등가 관계를 발견하려는 것은 희극에 속할 것이다.

등가 관계라고 강조되는 것은 사실은 그 향수자들의 오기가 아니면 시간의 앙금이랄까, 사용의 편의에서 오는 안전감에 지나지 않는다. 참다운 높이에 이른 아름다움이란 그렇게 인색하거나 매정스러운 것이 아니다. 혹은 미를 사물화私物化하거나 '소유권을 부적화'하려는 마음에 대해서만 매정한 것이다. 예술인 한, 문학에서도 사정은 본질적으로 전혀 같다. 문학의 경우에는 불행하게도 장벽이 있다. 그것이 도자기 같은 사물의 객관성에 도달할 수 있는 길은 무한히 어렵다.

'사물화事物化'와 '춘추필법'

설령 도달한 경우에도 그것은 사물화와 어용화의 수난을 면하기 어렵다. 그러나 참다움에 이른 문학이라면, 그것은 결코 당대를 전폭적으로 지지하지 않는다. 그런 점에서는 매정스럽다. 도자기의 경우보다 어렵다는 것은, 도자기의 경우에 그 빛깔·무늬·감촉에 해당하는 것이 문학의 경우에는 이중이기 때문이다. 도자기에서는 그릇의 아름다움과 그 감각적 실태는 음악에서처럼 분리할 수는 없다. 그러나 문학의 경우에서도 분리할 수 없는 것은 마찬가지지만, '감각적 실제'의 질이 다르다. 흙처럼 단원單元 균일한 매재媒材가 아닌 언어는 자기 속에 흙―관념 사이의 모든 인공 감각을 포섭하고 있다. 문학의 본령을 그대로 나타낸 작품은 그러므로 그 감각의 폭과 높이에 의존한다. 문학에서 가장 높은 감각은 관념―혹은 윤리 '감각'이다. 윤리 판단의 정확성이 가장 높은 문학의 감각이다. 문학이라는 이름으로 옹기만을 구워서는 안 된다.

①윤리― 인간 사회의 구조 원리
②양심― 윤리의 내면화

그것은 문학의 감각적 층의 하나(옹기와 공유하는)에 대한 점검이라는 방법적 자각이나, 혹은 문학으로서는 좌절이라는 자각이 있는 경우에만 승인되어야 한다. 이 작품의 경우, 최술이 도공이었다는 것은 그의 행복이고, 최술을 왕조의 교체기에 걸쳐 살게 한 비평적 설정은 정한숙 씨의 양식이다.

「가감법」(최상규)은 배부른 사람의 음식 투정처럼, 행복한 사람의 궤변을 잔뜩 늘어놓아 독자의 약을 올려놓고는 끝에 가서 멋있는 뒤엎음으로 구원을 마련해주었다. 마지막 패러그래프를 읽는 순간에 독자의 의식은 이 소설의 첫 줄부터의 느낌을 온통 고치게끔 순간적으로 강타당한다. 투정, 궤변, 약이 올랐던 것 — 이 모든 것이 마지막 기쁨을 위한 함정이었던 것을 알게 된다. 더 기쁘기 위한 속임수다. 단편소설의 정석의 하나라고 할 수 있는 이런 플롯의 극적인 짜임이 이 소설의 힘이지만, 한편으로 문제의 질이 그 힘을 힘이 되게 하고 있는 점을 즐기는 것이 감상의 요점이 아닐까 한다.

① 불성실을 비평하는 태도의 상실
② '불완전한 대상'을 분석하는 방법의 완전

정확하지만 까다로운 이 문장 자체가, 주인공의 불만 내용의 까다롭지만 성실치 못한 성격을 뒷받쳐주는 효과를 낸다. 그런 서술이 이야기를 모두 차지하고 나가다가 끝에 가서의 뒤엎음 때문에 또 한 번 다른 효과를 가져온다. 그 효과란 다름이 아니다. 이 주인공이 지금 누리고 있는 행복은 그만큼 까다롭게 보호되고 순열 조합된 은혜라는 점을 반전해서 설명하는 것이 된다는 말이다. 주인공이 마지막에서 보여주는 순수한 낭패감이 없다면 그의 넋두리, 그의 연극은 배부른 자의 트림이나, 삶을 두려워할 줄 모르는 '돼지'의 투정에 지나지 않는다. 돼지다운 포석은 완벽하다. 처음 장면의 계집아이와의 거슴츠레한 수작, 소년에 대한 호모 섹슈얼한 시선, '권'에 대한 시선의 붕괴감, 그 붕괴감이란, 호모 섹슈얼리티·나르시시즘·사디즘·마조히즘의 칵테일이다. 목욕탕에서 권을 보는 시선을 분석한 대목은 이 소설에서 가장 빛나는 부분이다. 그러나 그 시선의 윤리적 의미는 가장 부패한 것이며, 도살해서 가죽을 벗겨버리는 길밖에는 구원할 방법이 없는, '돼지'의 포만한 감각이다. 독자의 의식은 이런 연이은 포석에 말려들어가면서 구역질을 느끼게 된다. 그런 끝에 오는 극적인 뒤엎음이기 때문에 독자의 구원은 그만큼 크다. 그것은 작자의 윤리적 판단의 건강함에 대한 동감이다.

주인공과 작가의 구별

음담이란, 가장 정결한 사람에게만 허용되는 권리라는 도덕률을 말하기 위해서 이런 얘기를 썼을 것이라고 독자로 하여금 생각하게 만든다. 다만 주인공에 대한 동정을 더 완벽하게 만들자면 그가 도중에서 마음을 고쳐 돌아오게 했으면 하는 생각도 있지만, 그것은 주인공에게 빠져버리는 대중소설 독자의 어리석음이기 쉽다. 왜냐하면 주인공은 작자가 아니며 따라서 주인공이 늦게 돌아옴으로써 져야 하는 책임——그는 돼지였다는 돌이킬 수 없는 불명예는 작자에게는 관계없기 때문이다. 아내가 집에 있었다는 것은, 아내의 미덕이며 주인공에게는 우연이며 그가 현실적으로 불행을 면한 것은 그의 공이 아니다. 주인공이 스스로 빠진 함정에서 바른 감각으로 돌아오게 한 '설정'이 작가의 양식이며, 독자의 구원이다. 그것으로 족하다. 작가와 독자가 살면 그만이다. 주인공은 아무렇게 돼도 상관없다. 이 점이 대중소설과 '소설'의 갈림길이다. 그리고 소박한 독자와 소박한 비평가들이 빠지는 함정이다.

「기정사실」(윤정규)과 「오늘 밤의 결판」(방영웅)은 '오늘 밤의 결판'은 '기정사실'이라고 말하면, 읽은 독자라면 맞다고 할 것이다. '그날 밤의 이야기'라는 같은 주제를 같은 수법으로 쓰고 있다. 아마 이런 예는 그리 흔하지 않을 것 같다. 쌍둥이처럼 닮은 소설이다. 사물이 객관적으로 존재한다는 것은 그 사물에 대하여 자타가 같은 인상을 가질 때 확실해진다는 철학 명제의 확립을 위해서도 기여하는바 절대적임을 의심치 않게 하는 희한한 예증일 것 같다.

시사적 소재를 처리하는 방법

특히 윤정규 씨의 경우에는 그의 모든 작품에 일관한 방법이 이 작품의 방법이다. 다만 그의 보다 긴 작품들의 경우에는 같은 풍자라 할지라도 스페이스가 있기 때문에 시사적인 소재가 작품 속에서도 충분한 설명의 여유가 주어진 데 비해서, 이런 짧은 작품에서는 그것이 불가능한 데서 오는 한계를 염려하고 싶은 생각이 든다. 이 작품에서 겨누어진 현실 사건은 전혀 동시대인으로서의 독자들의 예비지식으로서의 정보에 의지하고 있으며 그것도 전혀 간단히 그 정보를 호명하고 있을 뿐 부연하지 못하고 있다. 이런 경우 '그 일'을 모르는 사람에게는 이 작품의 묘미는 우이독경이 된다. 이것은 무릇 풍자소설의 '기정사실'이지만 그러나 그 손실을 되도록 줄이고 효과를 되도록 높이는 방법을 개발하는 것이 이 타입의 소설의 '앞날의 결판'을 결판낼 것이다.

아무튼 '그날 밤의 결판'이 「오늘 밤의 결판」과 「기정사실」 같은 결판으로 기정사실이 되었다는 것은 유쾌한 일이며 풍자소설이라는 기정사실이 오늘 밤의 결판만으로 끝나는 것이 아니라 문학상의 결판에서도 전혀 의도하지 않은 재미있는 결판을 기정사실로 만들었다는 것은 이미 결판난 기정사실인 만큼 내일 밤이나 또 그 내일 밤의 결판을 기정사실로 만들려고 할 때 과연 그날 밤의 결판을 오늘 밤의 결판이나 기정사실처럼 결판을 내는 것이 설사 오늘 밤의 결판처럼 반드시 되리라는 판단을 기정사실처럼 결판을 내는 오늘밤의 결판이라 할지라도 기정사실은 기정사실이라고 결판을 내려 한다고 하면 어차피 그렇게 결판을 못 낼 것도 아니지만 어찌 보면 기정사실이 기정사실이라고 결판을 낸다는 이 기정사실의 결판을 결판한 기정사실의 결판 속에는 기정사실로서의 결판이 가지는 기정사실의 결판에서 오는 기정사실의 결판을 결판답게 기정사실을 결판해야 하리라.

위악적 현실

「재산」(김송, 『현대문학』, 1967. 10)에는 찻집을 차렸다가 실패한 집안의 이야기가 담담하게 서술되어 있다.

대상과 수법의 낙차

이 소설은 오기도 겉멋도 없이, 표리가 없어 보이는 주인공의 시점을 중심으로 험한 세상을 너무나 순박한 눈으로 붙잡아주었기 때문에 우리는 현실 인식이 심각하지 못하느니 하는 잘난 소리를 뇌까리게 되는 대신에 어떤 허점을 찔린 듯한 삭막감을 느끼게 한다. 반드시 적당한 것인지를 미상불 한번 따져볼 만한 위악의 투구를 쓰고 살고 있는 우리들의 어제오늘의 감정에 대하여, 철부지들처럼 재산을 날려버린 어느 집안의 이야기가 지옥을 그린 '크레용'화처럼 우리를 착잡한 기분에 잠기게 한다.

「요람기搖籃期」(오영수, 『현대문학』, 1967. 10)에는 언제나 누가 쓰든 틀림없이 상당량의 그리움을 읽는 사람의 가슴에 살아 있게 하는, 소재가 안정된 문장으로 다듬어져 있다. 한마디로 말해서 인공적으로 미화된 어린 날의 고향이다. 골라서 쓴 여운 있는 낱말이며, 비약을 주어서 부드러운 탄력이 생기게 한 문장은 충분히 즐길 만하다. 산에 가서 고기를 구할 심산이 아니라면 그것으로 충분하다.

「회색이 흐르는 포도」(이건영, 『동서춘추』, 1967. 10)는 앞에 든 두 작품과 비겨서 딴것은 그만두고 문체가 다른 것만으로도 다른 감수성을 가진 세대를 느끼게 한다. 유사한 기술의 형태로 보다 세련된 성공을 거둔 몇 사람의 작품들을 이미 가지고 있는 우리 눈에는 새삼스러울 것은 없고, 그런 이름들에 또 한 사람이 추가되었음을 확인하게 되는데, 색채가 범람하여 조형을 위태롭게 하고 있다는 느낌을 준다. 색채의 범람이 불가하다는 것이 아니고 그에 어울릴 만한 통제력이 좀더 충분히 발휘되었더라면 하는 아쉬움을 갖게 한다는 말이다.

선禪경험의 분석

「징그럽던 날의 고목」(박용숙, 『현대문학』, 1967. 10)은 매우 힘들었다는 인상을 가지게 한다. 길지 않은 작품인데도 길이를 느끼게 하는 원인의 하나는 삼대에 걸쳐 주제를 전개한 데서 오는 효과인 것 같다. '징그러운'이라는 감각을 주인공이 자아의 존재 감정과 일종의 우주 감각의 합으로서 이해하게 되는 과정을 그리고 있다.

할아버지는 동학당에의 투신으로, 아버지는 현실에의 순종으로 받아들인 그 생명의 계시를 주인공은 어떻게 발전시키겠는가는 소설에는 나와 있지 않다. 소설의 중심은 주인공 자신의 문제인 그 감각과 씨름하는 가운데서 그것이 자라나는 개인을 넘어서 부친에게로, 조부에게로 소급하게 되는 탐색의 광경을 보여줌으로써 어떤 연속과 반복의 '패턴'을 발견하는 데 놓이고 있다.

  이 소설이 주인공의 생활의 엄밀한 뜻에서의 산문적 부분에 대한 설명이 약한 편인데도 불구하고 무게를 느끼게 하는 것은 우리가 알고 싶어 하면서도 너무나 근본적인 질문이기 때문에 쑥스러워지는 문제를 다루고 있기 때문이다. '징그럽다'는 감각은 방향을 잃어버린 현대 사람들이 스스로의 있음에 대하여 감각적 확인 이상의 인식을 갖지 못하고 있다는 뜻으로도 읽을 수 있는 것으로, 그다음에 올 문제는 작자와 독자가 다 같이 생각해내야 할 문제다.

인간 존재의 현상학

　강준식의 「증세」(『문학과지성』, 1970, 창간호)는 눈을 끄는 증세를 보여주고 있다.
　주인공 정화린鄭和麟은 풍속적 생활의 한 단위, 단위라기보다는 여러 가지 인상에 대해서 반응하는 감각의 묶음이라고 하는 편이 옳겠다.

인간을 감각의 단위 수준에까지 퇴행시킨 현대 사회의 혼돈

　개인의 해체를 나타내는 데도 여러 길이 있을 수 있다. 정통적인 방법은 주인공의 윤리적인 위기를 설정해서 주인공의 인격의 위기나 해체를 그리는 방법이다. 이럴 때 위기다, 해체다 하지마는 위기는 넘어서게 마련이고 해체는 재구성되게 마련이다. 윤리와 생활의 태양은 또다시 떠오르는 것이다. 이 작품의 경우에는 이와는 다르다. 정화린의 증세는 윤리보다 한층 깊은 차원에서 일어나고 있다. 그는 사물을 거의 윤리의 눈으로가 아니고 피부의 감각으로 받아들여나간다.

피부라기보다는 오히려 장기 감각이라는 편이 어울리겠다. 묘사도 외골격적인 기성의 문체와는 거꾸로 감각기의 밖에 있는 대상과 안쪽에 형성되는 인상이 경계선을 넘어서 범람하고 있다. 모든 생물은 자신의 세계를 가진다. 대체로 그의 감각기에 맞먹는 환위環圍가 그의 세계다. 그 세계에는 원근과 경중이 있다.

①환위→사회(신화 · 이데올로기)→소설의 음계
②배척할 것은 이데올로기가 아니라 비과학적 이데올로기

그의 세계는 작으나마 우주 전체 속에 정위돼 있다. 안정되고 정확한 세계다. 우주의 법칙이 달라지지 않는 한 그의 세계는 정통적인 것이다. 풍속의 모사를 벗어날 수 없는 바에는 소설은 늘 이런 환위를 전제로 하고 있다. 소설이란 그 환위 속에서의 사건이요 역사다. 다른 감각계를 가진 생물에게는 이 환위의 언어는 전달되지 못한다. 생물의 경우에는 종의 환위를 개체가 자기 당대에 더 발전시킨다든가 역사적으로 개혁한다는 일은 없다.

진화론은 종의 '성립'의 이론이지 '개혁'의 이론은 아니다. 현재의 지구상의 많은 생물은 태양계의 일정한 항상 조건의 장구한 보호 밑에서 서서히 발효된 식물들이다. 만일 태양계가 원리를 달리하는 계로 바뀌면 현재의 생물들은 자신을 진화시키는 것이 아니라 멸망할 것이고, 연후에 새 종이 서서히 생길 것이다. 인간 사회는 생물과는 달리 환위를 스스로 확대해왔다. 인간의 촉수는 유성에까지 도달하고 있다. 우리 자신이 너무나 초라한 역사적 몫을 맡고 있기 때문에 이런 일들이 허황스러워 보이는 것이 사실이나 인류 규모에서는 현실이 그렇다. 우리 아니라도 이런 인류의 유적類的 생활의 실감이 그대로 풍속의 감각으로 일상화되고 있는 데는 어디도 없을 것이다. 생물로서의 개체는 공자 시대나 지금이나 이 목구비에 다름이 없기 때문이다.

유로서의 감각인 기술 문명과 개체로서의 감각인 육체 감각 사이의 거리가 이 세기에 들어와서 인간의 방향 상실에 이바지해오고 있다. 이 위기는 추상적인 것이 아니고 정치나 생활의 매개를 거쳐서 그렇게 되고 있다. 기술의 힘은 인간의 환위를 확대한다.

환위는 우리가 쓰는 말로—'공동체'로 바꾸어보면 더 이해가 쉬워진다. 공동체의 확대가 우리 시대의 도전이다. 전문화, 분업의 극대화라는 말은 공동체의 확대의 다른 표현이다. 기능이 확대된다는 것은 개인이 관여하는 세계 공동체가 확대된다는 말이기 때문이다. 원시인들은 부족마다 다른 무기를 사용했다. 같은 무기라도 장식을 넣어서 주체화했던 것이다. 그것이 문장紋章이다. 오늘날 우리는 적과 우리가 모두 같은 무기를 쓰고 있는 세계에 살고 있다. 무기만이 아니라 말이, 의식주가 점점 같아진다. 그런데도 엄연히 적과 우리다. 문장만 다르다. 미래는 예견할 수 있다.

생활과 문장의 일치다. 의식주의 스타일이 같아지면 한 공동체가 되고 말 것은 틀림없는 일이다. 그러나 그것은 내일이나 모레의 일은 아니다. 더욱이 우리같이 소국인 경우에는 제일 마지막에 차려질 공동체다. 워싱턴이나 모스크바에서 여름이 끝나갈 무렵 아마 우리에게 봄이 허락될 것이다. 지구인의 의식이 현실화되고 공상과학 소설의 세계에서 해방되어 리얼리즘 소설의 풍속적 저음이 되는 것을 막고 있는 것—그것이 정치다. 역사의 우연에 아직 틈틈이 묶인 민족 정치라는 단어다. 인류의 기술적 달성도 이런 형의 정치의 수단으로밖에는 존재할 수 없는 것이 우리가 사는 세계다. 그 세계 속에서 우리는 초라하고 미칠 것처럼 억울한 환위에 산다. 그럼에도 불구하고 미래의 그림자는 우리 주변에 드리워져 있다.

과학적 논리의 달성도와 정치적 현실 사이의 격차

달 정복 뉴스의 형태로, 핵폭탄의 풍문의 형태로, 공산권 안에서 흘러나오는 해빙의 풍문의 형태로 이데올로기 시대가 이미 임종했다느니, 생존 중이라느니, 부활했다느니, 하는 풍문의 형태로—대학에 금방 입학해서 담임선생 없는 학교생활이라는 변화도 한 인간을 어리둥절케 하는데, 이만한 변화가 자기 생의 전모에 대한 전망을 가지고 싶어 하는 의식 있는 인간에게 변조를 안 가져올 리 만무하다. 그가 환위에 민감하면서 살려는 인간인 한 이 소설의 주인공은 그런 인물이다. 그런 문명사의 문맥에서 이해하고 싶다. 그와 같은 추상의 음계 속에 놓을 때에만이 소설의 메시지는 전달된다. 그것을 요구할 수 있는 권리를 이 소설의 대상 해체적인 문체가 가지고 있다.

이 같은 극한의 인간 점검을 통해서 작자가 어떤 풍속적인 윤리의 수면으로 부상할 것인가는 다음 작품의, 그리고 그의 능력의 지속력의 문제이기는 하지만 이 작품을 즐기는 장애물이 되어서는 안 된다고 나는 생각한다. 이 작품은 '인간 존재의 현상학'이지 '국민 존재의 정치학'을 표현하고 있지 않기 때문이다. 모든 표현은 그 표현이 택한 문맥과 수준 안에서만 평가되어야 한다. 표현은——자기가 방법적으로 제외한 수준의 사실——즉 표현하지 않은 것에까지 책임이 물어져서는 안 된다.

박태원의 소설 세계

1938년에 나온 박태원의 단편집 『소설가 구보씨의 일일』의 세계를 잠깐 살펴보기로 하자.

별 할 일도 없이 겨울의 한강에 나가 서성거리는 나(「피로」) 동경 거리에서 굶주린 배를 안고 헤매는 성준삼(「사흘 굶은 봄날」), 남을 속이지 않는 대신에 자기 자신을 속이고 엄벙뗑하고 한평생을 지내 가려는 자기 자신에 괴로워하는 철수(「옆집 색시」), 연달아 같은 윤락의 길을 걷는 가난한 자매(「성탄제」), 약한 자에게 입힌 본의 아닌 상처 때문에 괴로워하다가 약한 자가 반드시 자기가 생각한 것처럼 약한 자가 아님을 알고 기뻐하는 철수(「5월의 훈풍」), 담배 한 개비 때문에 친구를 미워하다가 그런 자기가 딱해서 자기 넓적다리를 북북 피가 나게 긁을 수밖에 없는 진수(「딱한 사람들」), 집을 나간 아내 때문에 애를 태우는 남편(「전말」), 돈 때문에 미워하게 되는 가족과 친구와 이웃의 이야기(「거리」), 처첩

간의 갈등 속에서 자기를 풀어내지 못하고 윤락의 길을 참고 사는 향이(「길은 어둡고」), 여급 노릇 하는 여자에게 얹혀사는 무직 인텔리(「비량」), 젊음에도 불구하고 이미 인생에 지쳐 있는 자기와 자기 주변의 사람들 속에서 무엇인가 찾아 헤매는 구보씨(「소설가 구보씨의 일일」).

  이것이 이 단편집에 나오는 사람들이고 이야기들이다. 어느덧 40년 전 서울 풍경이다. 대개 여자들은 윤락의 길을 걷고 남자들은 직업이 없이 떠돌며, 굶주림과 자기혐오 속에서 헤매고 있다.

  이 무렵의 소설을 비롯한 모든 일제 강점기의 소설들이 그렇듯이 이러한 불행의 근본적 까닭에 대한 뚜렷한 묘사는 없다. 물론 그것은 불가능한 일이었다. 산문을 가지고 인생을 묘사할 때, 작가가 모르고 그랬다면 할 수 없겠지만, 인생의 근본 문제에 대해 입을 다물어야 하는 조건에서의 산문 문학이라는 것은 좁은 의미에서의 리얼리즘이라 부르기보다는 불가피하게 상징 문학이 되어 버리고 만다. 인생이 왜 불행한가를 물어가면 그 한 고비에서 반드시 정치의 문제와 부딪치게 마련이다. 작가가 정치 문제를 성찰하고 그것을 표현할 수 있을 때에 비로소 리얼리즘은 가능하다. 작가에 따라서는 직접 정치적 의견을 말하지 않는 경우도 있을 수 있다. 그러나 그럴 때에도 그는 어떤 정치적 입장을 당연한 것으로 전제하고 있다는 독자와의 사이의 묵계에 의존한다면 그것도 결과적으로는 정치적 입장을 나타낸 것이나 마찬가지가 된다. 정치적으로 안정된 나라에서의 산문 문학이 여기에 들어갈 것이다. 그러나 일제 강점기의 우리 산문 문학은 이 점에서 작가의 정치적 입장에 대한 약속이 대단히 불안정한 문학이었다.

첫째로 정치적 표현을 할 자유가 없었다. 둘째는 그렇다면 잠정적으로 작가가 지닌 정치적 견해가 어떤 것인가를 짐작할 만한 근거가 반드시 명확하지는 않았다. 다시 말하면 작가의 세계관이 그야말로 산문적으로 질서정연하게 정립되어 있었는가는 의문이다. 왜냐하면 통틀어 20세기란 시간이 산문적으로 명확한 세계관이 아직까지도 정서화整序化되지 못한 시대고 보면 그런 뜻에서의 완벽성이라는 검토에 견딜 작가는 처음부터 있을 수 없기 때문이다. 20세기 유럽 문학이 장르의 자기 동일성에 대한 인식론적 탐구로 빠져들어간 것은 지극히 당연하고 건강한 길이었다. 기성의 이데올로기를 믿지 못하고 자기 손으로 진리를 얻으려고 하면, 비록 본말이 거꾸로 될망정 '인생을 문학에다 표현'하는 것이 아니라 '문학을 통해 인생을 탐구'한다는 비상수단에 호소할 수밖에 없기 때문이다. 이런 넓은 문맥에서 보면 일제하의 한국 문학에서 유일하게 산문적 정치 표현을 의도한 한국 프로 문학조차도 너무나 가난한 이론일 수밖에 없었다. 오늘날에도 불가능한 일이 그때에 불가능한 것은 필연적이었던 것이다.

그러나 이론에 앞서 인생이 있고, 이론화는 어쨌건 불행은 뚜렷이 보이는 법이다. 그리고 예술의 장르라는 것은 어떤 의미에서 작가 개인의 힘을 넘어서 인생의 진실을 비치는 힘을 가지고 있다. 작가가 자각적일 때 거기에 비치는 상은 더욱 뚜렷이 초점이 잡히게 마련이지만 그렇지 못할 경우에조차 장르의 힘은 어느 정도 자동적으로 제 소임을 다한다. 여기에 대한 자각이 모자랄 때, 환원주의의 한 형태인 모든 종류의 통속 예술이 생긴다. 거꾸로 작가가 자기를 억제하는 조심성을 지키면 서툴게 맞춘 초점보다도 되레 여운을 남기는 생산적 애매성이랄까 하는 느낌을 주는 상을 만드는 일이 허다하다. 박태원의 예술은 그런 경우로 보인다. 그가 전혀 무자각했다는 말이 아니다. 적어도 이 소설집에 관해서 말한다면 당시의 표현의 부자유라는 외적 조건을 작가 자신이 스타일리스트로서의 본능적 신중성으로 승화시켜 잘 역용하고 있다는 말이다. 모든 인물의 불행이 튀어나지도 않고 겉돌지도 않고 그들의 생활환경 속에 잘 어울리게 묘사될 수 있었던 것은 비록 박태원이 뛰어난 사상가는 아니었을망정 그가 정직한 눈과 따뜻한 마음과 그리고 예민한 예술적 손의 소유자였음을 잘 보여주고 있다. 지금 읽어도 그의 작품은 무리가 없다. 오늘도 옆집에서 일어나고 있는 일 같다. 낡아진 데가 많지 않다. 작가의 손이 겉돌지 않았기 때문이다. 1930년대의 민족 자본과 1970년대의 민족 자본의 차이 같은 경제 환원주의적 입장만으로 다할 수 없는 단단한 부피가 남아 있다. 결과적으로 그가 파헤치지 않은 부분은 독자 편의 상상력을 위한 영역으로 넘어온다. 예술적으로 불평할 수 없는 처리가 된 셈이다.

그의 장편소설인 『천변풍경』은 이 『소설가 구보씨의 일일』에 나오는 단편 속의 인물들을 한곳에 모아놓은 이야기다. 이름은 다르지만 같은 인물들을 청계천변이라는 한자리에 모아놓고 짜임새 있는 공간 속에서 살게 만든 구성이다. 그의 필치는 여전히 섬세하고 따뜻하다. 정치적 부자유를 슬기롭게 활용한 한 사람의 예술가의 총명한 눈빛이 고루 퍼져 있는 뛰어난 풍속도가 『천변풍경』이다. 일제시대의 문학의 한 정점으로서의 자리가 주어져 마땅할 것이다.

 필자가 박태원에 대해 아는 바는 순전히 이 두 작품에 대해서뿐이다. 그가 해방 후에 월북한 경위라든가, 일제하에서 특히 일제의 강제적 문인 징발, 협력 강요의 시기에 그가 어떤 몸가짐을 했는가에 대해서도 필자는 알지 못한다. 그러나 그 시기에 어떻게 처신했건 그 행적은 위에 든 두 작품집의 가치와는 무관하다. 위에 든 작품에서 보이는 것보다는 그의 정치적 처신이(월북이라는 행위가) 과격해진 것은 많은 흥미를 자아내게 한다. 박태원의 시대까지 넣어서 개화기 이래의 우리들 한국 사람은 많은 빛나는 것을 보았다. 그것이 반드시 금이 아니라는 것을 검토할 틈이 넉넉하지 못한 채로 그 빛나는 것에 대해 무엇인가 몸짓을 해 보여야 할 경우가 또한 많았다. 프로 문학이 일어날 때라든지, 2차 대전에서 일제가 승승장구하던 서전序戰 무렵이라든지, 해방 직후라든지—눈을 부시게 하는 큰 우상들이 채찍과 꿀을 한 손에 하나씩 갈라 들고 덮쳐드는 속에서 혹은 예배하고 혹은 숨었던 것이 문인을 포함한 한국인의 상황이었다. 바람직하기로는 박태원이 위에서 살펴본 자기 작품의 여운 부분에서 어디까지가 표현의 부자유에 의한 것이고, 어디까지가 그의 사상적 미비에 의한 것인가를 시간을 들여 점검하면서 그의 예술을 더 키워나가는 것이 아니었을까? 그러나 그는 그렇게 하지는 않았다.

 그는 너무나 크게 빛나는 '밖'의 빛에 눈이 먼 모양이다. 그것이 아무리 빛나는 것이라 한들 '밖'은 그대로는 예술적 '안'이 될 수 없겠는데도. 왜냐하면 그 '밖'이 이루어지는 데 쓰인 힘은 그 '밖'의 공간에서만 작용하는 것이지, '안'을 위해서는 '안'의 법칙을 '안'에 맞게 제 손으로 찾아내야 하기 때문이다. 장작개비로 거미줄을 때리면 배기는 거미줄이 있을 턱이 없지만, 그것은 거미줄을 다룬 것이 아니라 없애버린 것이다. 예술은 거미줄 같은 것이다. 그리고 박태원은 그것을 다루기에 누구보다도 '빛나는' 힘을 가진 손이어서 그 어떤 힘도 부러워할 것이 없었는데도 아마 '남을 속이지 않는 대신에 자기 자신을 속이고 엄벙뗑하고 한평생을 지내게 되는' 것이 아닌가 하는, 정당한 공포이기는 하지만 그러나 그렇다고 해서 그 공포를 문학 이외의 방법으로 메우려고 하는 것은 적어도 문학과는 상관없는 일이라는 믿음을 지키지 못하고 만 모양이다.

 이 글은 필자가 이 훌륭한 문학적 선배의 작품 제목을 빌려 쓴 인연으로 청탁을 물리칠 수 없어서 쓴다는 것 말고는, 그리고 위에 든 작품에 대한 필자의 애정 말고는 아무런 내세울 만한 자격(연구자로서의) 없이 쓴 글이다. 그의 행적과 문학을 전반적으로 소개하지 못한 것에 대해서 독자들의 해용海容을 바란다.

문학과 이데올로기

1 사람의 핏속에는 어느만 한 짙기의 소금기가 있어야 한다. 이 소금기가 지나치든지 거꾸로 모자라든지 하면 몸에 탈이 생긴다. 해멀미 같은 것은 높은 온도 때문에 몸의 소금기가 땀에 섞여 날아가 핏속의 소금기가 모자라는 데서 오는 탈이다. 사람의 핏속에 이렇게 소금기가 있고, 있어야 하는 까닭은 사람이 사람이라는 종으로까지 진화되는 오랜 사이에 한번 거친 것으로 짐작되는 어느 고비——다시 말하면 사람의 조상이 바다에서 살았을 때의 상태를 그대로 간직하게 된 것이다. 또 사람의 태아는 아기집 속에서 보내는 열 달 동안에 몇 고비의 탈바꿈을 하는데 그 한 고비에서는 태아는 아가미를 가지게 된다. 이 아가미는 다음 고비에서는 없어지고 말지만, 모든 제대로 자라나는 태아는 이 고비를 반드시 거친다. 이 또한 사람의 조상이 젖먹이 짐승으로까지 진화되는 사이에 겪은 바다살이 적의 퇴물을 나타내는 것이라고 생물학자들은

말하고 있다. 한 종이 새끼를 낳는 데는 이렇게 어느 만큼의 품는 시간이 있어야 하고, 그 시간은 또 그 종이 이루어지기까지에 거친 뛰어난 몇 가지 고비를 줄여서 재연한다는 형식을 빌린다. 이런 일들을 개체 발생은 계통 발생을 되풀이한다고 부르고 있다. 이 일은 매우 깊은 뜻을 지니고 있다. 첫째로 이것은 고등한 생물에게만 있는 일이다. 낮은 것에서 높은 것에로 올라가는 데는 몇 억이라는 시간에 걸친 싸움과 슬기가 뭉쳐져서 비로소 이루어졌고 한번 종이 이루어지고도 그 개체는 죽지 않고 끝없이 살지는 못하며, 자기와 같은 개체를 새끼 낳기를 통하여 남기는 길밖에는 없다는 것을 말한다. 그리고 이 새끼 낳기는 기성의 성체가 마술사가 모자 속에서 비둘기를 집어내듯이 나타나는 것이 아니라, 비록 줄여서일망정 자기 종의 계통 발생을 되풀이한다는 길밖에는 없다. 이 같은 개체 발생의 시간표가 DNA라고 불리는 유전 정보 물질이다. 이 물질이 생명의 재료가 되는 단백질에 대하여 얼마만한 양으로 어느 방향으로 어떤 시차를 가지고 합성하라는 지시를 내린다. 그런데 이렇게 말하면 벌써 조금 풀이를 간추린 흠이 있는 것이, 지시라고는 하지만 우리 연구자들이 계산할 수 있는 것은 대강의 테두리를 짐작한다는 것뿐이고, 말 그대로 모든 순간, 모든 미세한 분화를 일으키는 지시의 분절화는 어떻게 이루어지는가는 아직도 모르는 그대로다. 그러니까 그 모르는 만큼의 움직임은 우리들 관찰자에게는 아직도 모자 속에서 나오는 비둘기처럼 분석의 길이 막혀 있는 마술과 같은 셈이다. 어쨌든 알려진 이만한 테두리의 연구를 가지고 말하더라도 생물 현상의 결과적인 용의주도함과 그것이 제대로 살아 움직이는 조건의 엄격함은 감동적이고도 남는 바 있다.

사람을 뺀 다른 모든 생물의 용의주도함·엄격함은 그러나 여기까지다. 그들은 애초에 DNA에 지시된 바대로 자기를 이루어내고, '쐬어진 바대로' 움직이고, 먹고, 새끼를 품고, 계통 발생의 되풀이에 쓰이는 시간이 지나면 낳는다. 생물은 여기서 끝난다. 그들의 종이 이루어진 그 어느 먼 옛날 옛적부터 지금껏 그들은 이 시간표를 되풀이한다. 생물은 DNA의 노예라고 할 수 있겠다. 그는 DNA라는 감옥에 갇혀 있다.

사람도 이 생물적 바탕을 다른 생물과 나누어 지니고 있으며, 근본적으로 그 위에서 살고 있는 것은 사실이지만, 사람은 이 생물적 삶이라는 원 밖에 또 하나의 껍질인 문명적 삶이라는 외원을 붙이기 시작하고 그 외원의 두께는 자꾸 두꺼워질 뿐 아니라, 부피를 가진 이 원주는 어떤 주기를 가지고 불가불 그 앞뒤의 원주하고는 서로 갈라놓지 않을 수 없는 고비를 넘어오고 있다. 생물학적인 그것보다는 훨씬 덜 세련된 것이기는 하나 그 나름대로의 진화─즉 사회적 진화라는 이름으로 사람의 역사는 불려도 좋다. 이 진화에서 가장 중요한 것은 이 진화는 생물의 개체 안에서의 살갗으로 에워싸진 닫힌 공간 속에서의 진화가 아니라, 그 기체 단위의 생물적 조건은 불변 상수로 두고 그러한 개체 사이에서의 진화라는 점이다. 이 같은 진화에 대해서는 DNA는 아는 바가 없다. DNA는 모든 생물이 신진대사를 통하여 자기 성분의 호메오스타시스를 늘 한결같이 지킬 것을 지시할 뿐이지, 그것을 채집을 통해 하라든가, 경작을 통해 하라든가는 지시하지 않고 있다. 생물들은 단 한 가지 방법만으로 이 지시를 받는다. 즉 독수리는 닭을 먹고, 사자는 사슴을 먹고, 사슴은 풀을 먹는다. 다만 사람만이 먹는 것과 먹는 것을 얻는 방법을 자꾸 바꾸어오고 있다. 이 바꿈의 부분을 우리는 문명이라고 부르고 있다. 문명은 사람이 생물로서 타고난——DNA에 의해 움직이는 행동 부분이 아니고, 인간의 개체들이 무리를 지어 살면서 그들 사이에서 진화시킨 제2의 호메오스타시스이기 때문에 그것의(문명의) 개체생적 유지나 개체생적 발생(즉 후대에 의한 계승)이라는 것은 순전히 후생물 단계에서의 약속과 그 약속의 교습에만 의존한다. 문명 행동의 생물·물리적 부분을 문명 '행동'이라 부른다면, 이것——즉 문명인의 신체의 운동, 기계의 조작, 기호의 구성은 물리적으로는 생물적 행동과 구별되지 않는다. 그러한 행동을 지시하는 의식은 문명 '의식'이라 부를 수 있을 것이다. 이 의식을 $(DNA)'$라고 쓰기로 하면 다음과 같이 쓸 수 있다. 즉 사람의 행동$=DNA \times (DNA)'$ 혹은, 행동$=(DNA)(DNA)'$이다. $(DNA)'$는 DNA와 너무 비슷한 성질이 보인다. DNA가 자기 속에 계통 발생의 단계를 기억으로서 지니고, 그 기억의 되풀이에 의해서만 개체를 발생시킬 수 있는 것처럼, 문명 유전 정보라고 할 $(DNA)'$도 그 자신 속에 역사적 진화의 기억을 지니고 있다. 먼 옛날의 어느 날에 원시 인류가 돌멩이 한 개를 집던 그 순간부터 먼 옛날 어느 날 저녁에 원시 인류가 나뭇가지를 서로 비벼서 불을 일으킨 그 첫 겪음에서부터 지금에 이르는 동안의 모든 기억의 총체——그것이 오늘날의 우리가 지니고 있는

(DNA)′의 내용이다. 달로켓을 쏘아 보내는 우주 기지의 요원의 (DNA)′라는 것은 바로 이런 것이어야 한다는 것이 논리적인 계산이다. 그러나 여기서 큰 위험이 지적되어야 할 것이다. 유감스럽게도 (DNA)′는 DNA와는 다르다. DNA는 정보이면서 실재이기도 하다. 그것은 자동적으로 자기를 완성시키지만 (DNA)′에는 그러한 필연성이 없다. 그것은——(DNA)′는 배우면 있고 배우지 않으면 없다. 비행기를 타지 않고 발로 걸어서도 사람은 자기를 운반할 수 있다. DNA와 (DNA)′ 사이에는 '선택' '습득'이라는 단절이 있다. 이것은 '의지'에 의해서 연속되는 것이지 물이 아래로 흐르는 듯한 물리적 필연성에 의해 접합되어 있지는 않다. 둘째로 (DNA)′는 생물의 개체 발생과는 달리, 그것(당해 문명)의 성체 형태 즉 최종 형태만으로 이식·전달이 가능하다는 성격을 갖는다. 위에서 우리는 서술의 편의상 사람의 문명이 마치 단일종 내에서 연속적으로 진화했듯이(생물학적 의인법의 가정 아래에서) 말했지만, 사람의 문명의 진화는 알다시피 그렇게 된 것이 아니다. 그것은 숱한 서로 다른 주체에 의해서 부분적으로 이루어진 것들이 서로 이식·통합·축적·정리되어온 물건이다. 문명의 주역들은 어느 동안 혁명적인 문명 정보를 보태고는 자기들 자신은 아주 없어지기도 하고 자기들이 만들어놓은 높이에서 굴러 떨어지기도 했다. 그것이 가능한 것은 DNA와 (DNA)′가 분리 가능하다는 데 있다. 이렇게 분리 가능하기 때문에 어떤 높은 (DNA)′도 그것에 이르는 넉넉한 전前단계를 거치지 않은 인간 집단에게 습득시킬 수 있는데 그렇게 할 수 있는 현실적 바탕은, 어떤 야만인도 인류

로서의 DNA의 기본형은 같으며, 어떤 야만인도 '언어'라는 전달 수단을 가지는 단계에까지는 이르러 있다는 사정 때문이다. 그렇게 해서 자동차를 발명하지 않은 사람도 자동차를 몰 수는 있다. 같은 까닭으로 자생하지 않은 어떤 (DNA)´도 그 마지막 모습, 과실로서의, 즉 계통 발생의 사다리의 마지막 모습만은 사람이면 누구나 누리고, 부리고, 흉내 낼 수 있다는 일이 생긴다. 이것은 생물의 개체 발생에서는 될 수 없는 일이다. 문명 개체의 발생에서는 이것이 된다. 계통 발생을 되풀이함이 없이 개체가 발생하는 것이다. 그런데 제대로 된 말의 뜻을 가지고 따질 때 이런 개체를 과연 개체라 할 수 있겠으며, 한 걸음 나아가 과연 개체가 발생했다는 객관적 사실조차도 인정할 수가 있을까? 다시 한 번 생물의 경우를 살펴보기로 하자. 생물이 개체를 발생시키려고 겪는 저 까다로운 우회는 무슨 까닭일까? 그럴 필요가 있어서 그러는 것임에는 틀림없다. 그렇지 않으면, 다시 말하면 계통 발생을 되풀이하지 않고서는 개체를 발생시킬 다른 길이 없고, 또 어느 단계를 빼먹으면 결과로서의 성체에서 그만한 부분이 힘을 잃게 되기 때문이다. 그와 같이 흠이 있는 개체 발생을 한 개체는 엄밀한 뜻에서 그 종의 개체가 아니라는 말이며 더 심하게 말하면 그 종의 개체는 발생하지 않았다는 말이 된다. 그렇다면 눈앞에 보이는 물리적으로 그 종의 외형을 지니고 그 종에 특유한 습성을 외견상 틀림없이 내보이고 있는 그 존재는 대체 무엇일까? 우리는 다행스럽게 그러한 존재를 부를 이름을 가지고 있다. 그것은 로봇이다. 로봇이란 자기의 필연성을 자기 '밖'에다 가진 존재이다. 그에게 사람에 맞먹는 의식을 준다는 것이 불가능한 바에는 그가 아무리 정밀할망정 그는 부풀려진 기계에 지나지 않는다. 먼저 말했다시피, 사람의 문명은 역사에 생멸한 서로 다른 주역들에 의해 공동으로 이루어진 것이기 때문에 엄격하게 말하면 이 (DNA)'에 관한 한 현재 지구 위에 사는 어떤 인간군도 이상적인 문명인일 수 없는 것은 뚜렷한 일이다. 그러나 이 같은 원리적인 불가능은 상대적으로는 중요한 편차를 지니고 있고 이 편차가 중요한 것은 생물적 개체의 목숨은 10년 단위, 한 사회 체제의 목숨이 100년 단위, 한 문명의 기간이 1000년 단위라는—— 생물적 진화의 시간에 비하면 너무 숨가쁜 것임을 생각한다면 그것이 지니는 뜻, 파괴적 힘은 너무도 호되다. 무슨 말인가 하면, 상대적으로 문명의 계승·창조가 연속적인, 그러한 정도의 뜻에서 자생적인 사회의 삶과 그런 사회에서의 과실이 충격적으로 옮겨 심어진 사회에서의 삶은 그 힘, 쾌적도에 있어서 굉장히 다르다는 것이다. 전자에서는 (DNA)'는 그 속에 지닌 계통 발생의 제諸 사다리의 왕성한 활성화에 힘입어 그 (DNA)'는 그렇게 부를 만한 힘을 지니고 개체 사이에서의 행동이 그 (DNA)'의 힘대로 움직인다면, 후자의 사회에서는 비록 껍데기는 비슷하지만 그 효용의 총량이나 방향이 껍데기만 보고 짐작하는 바와는 생판 다른 것일 수 있다. 비유해본다면 스프링 같은 것을 들 수 있을 것이다. 테가 하나밖에 없을 때는 우리는 그것을 스프링이라고 부를 수가 없다. 어느만 한 튕길 힘을 지니자면 어느만 한 수의 테가 겹쳐서 나사 방향으로 이어져 있어야 한다는 것이 스프링의 스프링 됨이다. 개체 발생이 계통 발생을 되풀이하는 방식은 이와 같은 공학적 원리에서 비롯된 것임을 짐작할 만하며 문명 개체 발생 또한 이 법칙을 따르는 것이라 볼 수는 없을까?

2 개항 이래 우리 사회는 충격적인 (DNA)′의 변화를 겪어오고 있다. 근자 2,3백 년 전부터 유럽에서 일어난 가속적인 (DNA)′가 유럽 밖으로 퍼져나온 역사의 한 부분에 우리도 휘말려 오면서 살고 있다. 그리고 이러한 변화는 주권국 사이의 문화 교류 같은 팔자 좋은 상태로 이루어진 것이 아니라 정치적 독립을 빼앗기면서 이루어졌다는 데서 혼란과 괴로움은 곱빼기가 되었다. 더구나 정치적 제도라는 것 자체가 (DNA)′의 중요한 구성 인자의 하나이고 보면 사태는 더욱 괴기한 것이 된다. 가령 개화기의 사람들 눈에 비친 영국의 모습을 예로 들어보자. 우리는 영국을 산업혁명의 나라이자 민주주의가 가장 잘 이루어진 나라라고 첫눈에 받아들인다. 그러나 그러한 나라의 산업이 밖으로 나왔을 때 다른 나라의 토착 산업 구조를 무너뜨리고, 그 나라의 무력이 그러한 붕괴를 감싸주기 위해서 동원될 때에, 그것을 당한 사람들의 머리에는 혼란이 올 수밖에 없다. 민주주의라는 것은 대체 무엇인가? 유럽적 문명의 어느 곳이 보편적이고, 어느 곳이 특수하냐 등등의 물음이 일어나게 된다. 유럽적 (DNA)′라고 하는 것을, 그것을 이루고 있는 제 인자 중의 어떤 한 군데 가령 논리적 대변 부분만을 가지고 알아보려고 하면 다른 부분은 다 가려지고 만다. 그리고 그러한 접근은 할 수 있는 것이지만, 그것은 (DNA)′에 대한 한 가지 분석 기준일 뿐이라는 방법론적 깨달음이 없으면 곧 함정이

되고 말뿐더러 사실이라는 것에 의해서 보복당하게 된다. '유럽적 (DNA)'라는 것은 그것을 알기 위해서는 엄격히 말하면, 유럽이 되는 길밖에는 없다. 왜냐하면 유럽적 (DNA)'는 그 속에 그것이 개체로 발생하기에 이른 계통 발생적 사다리를 가지고 있고, 그 사다리의 가로막대의 숫자는 욕심대로 말하자면 바로 무한하기 때문이다. 욕심대로라는 것은, 만일 그 실체에 가깝게 가려면 계통 발생의 모든 단계를 세분하면 할수록 더 좋은 결과를 얻게 되겠기 때문이다. 영국 시인 엘리엇이 영국 문명이란 영국 자체라고 한 말은 이런 뜻이다. 말 그대로 그것은 기침 소리며, 걸음걸이며, 안개며 하는 것들까지가 참여하고 있는 살아 있는 호메오스타시스를 말한다. 이런 것을 어떻게 옮겨온다든지, 옮겨간다든지 할 수가 있다는 말일까? 그런 착각과, 또는 그런 어느만 한 가능성의 바탕은 인류의 대부분이 언어를 가지고 있고, 그렇게 되자면 필연적인 '인류'로서의 기본적 경험을 가지고 있다는 데 있다. 언어라는 것은 그 자체가 이미 (DNA)'이다. 그러면서 그것은 더 복합적인 (DNA)'의 표기 수단도 된다. 오히려 그 자체가 (DNA)'이기 때문에 더 복합적인 (DNA)'의 표기 수단이 된다고 하는 것이 옳겠다. 마치 사슴만이 사슴을 낳고, 사람만이 사람을 낳듯이 근본적으로 동형의 존재끼리만이 서로를 대표할 수 있기 때문이다. 그러나 우리가 DNA의 모든 분절을 해독할 수 없듯이 언어라는 것도 경험의 요약이기 때문에 행간이라 부를 만한 부분, 독일 철학식으로 말하면 지양되어 포함되어 있기는 하나 형태적으로 표현되기까지는 않은 부분, DNA의 사다리에서 말한다면 숨어 있는 사다리,

혹은 아직은 그것을 볼 수 있는 현미경이 없어서 관측되지 않는 사다리들을— 언어도 또한 가지고 있다. 우리가 '나무'라고 부를 때 이 기호가 대표하는 내용은 실지의 '나무'에 비해서 가난한 것은 접어두고라도, 그 알고 있는 내용조차도 나무라는 형태의 소리나 글자를 가지고 환기할 수 있는 힘이라는 것은 대단히 불안정하다. 시험 치는 학생은 자기가 알고 있는 것조차도 기억 속에서 다 끄집어낼 수는 없는 것이다. 그러나 우리는 '나무'라는 말을 기억하고 있다는 것만으로 나무를 다 아는 것처럼 또는 더 나아가 나무를 차지하고 부리는 힘을 가지거나 한 것처럼 여기기까지 한다. 다른 문명과 만났을 때의 가장 큰 함정은 그 문명을 배울 수 있는 가능성의 바탕인 이 '언어'라는 수단이 바로 환상의 바탕이 된다는 모순 때문에 만들어진다. 언어는 (DNA)′의 (DNA)′로서 사람의 경험을 정리하고 분류하는 방법이기는 하지만, 그것은 엄밀하게는 DNA처럼 자체가 완전한 자립적 정보라는 것과는 달리, 경험의 쌓임에서 추상되어진 보다 근원적 기억의 기호 체계이기 때문에 자기의 창고인 원물原物과의 끊임없는 맞춰보기라는 재고 조사를 게을리 할 때는 곧 빈 딱지가 되고 만다. 그렇다면, 기침 소리나 걸음걸이까지가 들어 있는 그 창고를 근본적으로 약식의 장부에 지나지 않는 언어를 통해서 어떻게 가질 수가, 즉 자기 의식 속에 지닐 수가 있겠는가? 이러한 깨달음을 많은 비유럽 사회가 여러 가지 길을 거쳐 가지게 되면서 그들은 자기 사회의 전통에 눈을 돌리고 끊어졌거나 묻혀 있는 것들을 다시 잇고 캐어내는 길을 통하여 자기들의 기억, 곧 자기들의 (DNA)′를 되찾으려고 한다. 이것이 옳은 길임은 말할 것도 없다. (DNA)'라는 것이 그토록 까다로운 것이어서 제대로 움직이자면 양화되고 가시화되고 하지 못한 사다리까지도 무슨 수를 써서든지 활성화시키지 않으면 안 된다고 할 때, 그것은 거의 종교적 직관이나, 계시나 신비 경험에 가까운 빛깔을 띠게 된다. 그러나 인류가 그렇게도 오래 애용해온바, 경험을 종교의 형식으로 정리한다거나, 주고받는다는 능력이 차츰 더 약해지고 있는 형편에서는 아무리 그것(기억)의 본질적 뜻이 보편적일 수 있다고 하더라도 기성 종교의 표상은 (DNA)'의 기호로서의 현실적 가용성은 넉넉한 것이 못 된다. 이런 사정하에서 비유럽 사회들이 자기들의 전통에 대해서 뜯어보게 될 때 그들에게는 놀라운 세계가 나타난다. 모든 것이 있지 않은가? 우리 선대들은 이미 옛날에 우주를 풀이하고 사회를 뚫어보고 윤리의 바꿈 없을 틀을 마련하고 있었구나. 그뿐이랴, 기술과 과학도 놀라운 세련성에 이르고 있어서 그대로 두었더라면 우리 속에서 근대 유럽의 모든 과학적 발전과 기술의 혁명이 일어났을 것은 필연적이었을 듯이 보인다. 경제의 발전도 유럽 지역에만 특수하게 일어났던 것으로 알았던 농업 사회 속에서의 수공업의 점차적 증대와 독립 및 도시의 산업 지역화와 같은 사실들이 비유럽권에서도 뚜렷이 이루어져나가고 있었다. 정치 제도에서도 신분 제도에서 벗어나려는 움직임은 바야흐로 안으로부터의 개혁을 차츰 익혀가고 있었다. 이런 모든 일의 현실화에는 비록 이르지 못할망정 그런 행동들에 대한 준비로서의 의식은 사상의 모습으로 널리 퍼지고 토론되고 있었으며, 사상이 있다고 하는 것은 그 사상의 주체가 있다는 말인데 그 주체들이 그만한 의식의 높이를 공상 속에서 만들어냈을 리는 없고 보면, 현실에서도 많든 적든 그런 원칙 아래 움직였을 것이다. 그렇다면 그 공상들은 이미 현실의 시간표로서 움직이고 있었다는 등등의 사실들이 연이어 밝혀지고 보면, 이런 사실들이 모여서 이루어지는 모습은 상당한 수준의 잘 짜인 (DNA)′에 다름 아니다. 더구나 그것이 자생의 것이라는 데서 오는 사실감은 사람들에게는 깊은 느낌을 주게 된다. 이 느낌은 거의 종교적 계시에 맞먹는 것이 된다. 이런 느낌은 틀린 것이 아니다. 이 느낌 속에 본질적으로 중요한 뜻이 숨어 있기 때문이다. 자기 조국은 자기 임이요, 애인이라고 말한 민족주의자들을 모든 근대 사회는 저마다 대개 몇 사람씩은 가지고 있다. 거기서 그들은 충분히 분화되고, 게다가 근원적인(종교처럼) 깊이까지 가진 (DNA)′를 느꼈기 때문에 그들에게는 그 느낌을 나타내기에 사람의 가장 근원적 행동인 사랑이나 종교의 표상이 자연스럽게 떠올랐던 것이다. 모르고 있다가 새로 알게 된 이 (DNA)′는 그 계통 발생의 모든 고비가 자기 속에서 살아 움직이는 양 느껴진다. 감추어진 고리까지도 가끔 제 힘으로 찾아지기까지 한다. 개체 발생이 마땅히 그러해야 하는 그런 모양으로 어떤 민족적 (DNA)′는 그 민족의 성원에게는 느껴지고, 상당한 정도는 사실이기까지 하다. 그것이 상당한 정도이기는 하나 완전하다고 할 수는 없는 까닭은 DNA와 (DNA)′의 다름에서 자동적으로 나오는 결론이다. DNA는 생물체 속에 심어진 타고난 시간표이지만, (DNA)′는 기호와 상징체계를 통해 생물 개체의 살갗 밖에 있는 매체에 기록된다는 형태로 존재하며,

생물 개체가 그것을 자기 것으로 만들자면 먼저 해독법을 익히고, 그렇게 익힌 해독 능력을 가지고 해독한다는—— 우리가 습득·학습이라고 부르는 길을 밟아야 한다.

그렇다면 자국이라 해서 자국 문화를 자동적으로 자기 것으로 만드는 길은 없고, 다만 접근하기 위한 조건이 유리하다, 불리하다는 상대적 다름이 있을 뿐이다. 그러나 이런 사정은 얼마 동안은 마음에 떠오르지 않는다. 자기 사람이면 자기 문화에 무조건 맞는 것이고, 그것이 으뜸 좋은 것이라고 생각하게 될 때, 온갖 위험이 따르게 된다. DNA와 (DNA)'의 혼동, ——DNA는 일단 더 이상의 계통 발생상의 진화가 끝난 것임에 비해서 (DNA)'는 원칙적으로 진화에의 길이 끝없이 열려 있고, 열려 있어야 한다는 데 대한 깨달음이 없는 데서 오는 탈이 생긴다. (DNA)'를 멈추어진 것으로 알게 되면 그것은 다소간에 현재 그 사회에 살아 움직이고 있는 (DNA)'와의 사이에 편차가 난다. 현재 살아 있는 (DNA)'라고 하는 것은 많은 경우에 자생이 아닌 외생外生의 (DNA)'가 자생의 그것과 복합되어 있는 상태이기 때문에, 이럴 때에는 자기 동일성에 대한 계산 착오가 생긴다. 말하자면 사자가 자기를 양이라고 생각한다거나, 독수리가 자기를 고래라고 생각한다는 식이다. 이런 착각은 현실을 통하여 비싼 값을 치르고 고쳐지거나, 더 탈이 심해지거나 하게 마련이다. 이것은 자생·외생의 개념이 훨씬 복잡한 관찰을 거쳐서 보다 세분된 단계를 가지고 구성되어야 한다는 것을 말한다. 그것은 '자생'이라는 것이 새로운 로봇이 되지 않기 위해서 필요한 처리 방법이다. 앞서 말한 것처럼 로봇은 자기의 존재 이유를 자기 밖에 가지고 있는 물건이다. 지금 문제에서 그 '밖'이란 '과거'라는 것이 될 것이다. 현재라는 한 점은 무한한 적분과 무한한 미분을 함께 허용하는 그런 존재라고 하는 원칙이 여기서 확인되어야 한다. 그 말은 개체 발생을 위해 되풀이되는 계통 발생의 사다리의 단段의 숫자를 원칙적으로 무한히 불려간다는 뜻이다. DNA에 있어서도 고등 생물의 그것은 부모와 자식, 자식 서로간에 조합이 다르지만 박테리아 같은 것은 분열 전후의 것이 모두 같다고 하는데 (DNA)′에서는 이 같은 조합의 특수도가 비할 수 없이 큰 것이 당연한 일이다. 특수도라는 것은 이 경우에는 계통 발생상의 숨은 사다리에 해당할 것이다. 고등한 (DNA)′일수록 그것의 자기 동일성은 필요한 사다리 수의 증감에 본질적으로 의존한다. 때로는 마지막 한 개의 사다리가 질적 변화의 결정권을 쥐는 것이어서 그 한 개가 채워지지 않았기 때문에 99개가 제 힘을 내지 못하는 일이 있을 수 있다. 이러한 사정은 우리가 실례로서 우리 둘레에서 흔히 보아온 것들이다.

한 가지 예를 들면 한국의 정치사에서 1960년 후반에서 1961년 전반 사이의 반년 남짓한 짧은 동안을 빼고는 지방 자치 제도는 실현된 적이 없다. 근대 유럽적 정치 제도에 있어서 지방 자치가 빠진 것을 가리켜 과연 그것을 유럽형 정치 제도라고 부를 수 있을 것인가? 지방 자치제는 근대 민주주의의 일부가 아니라 바로 원칙이다. 이것을 아마 DNA에 대한 M-RNA의 몫에 견줄 수 있을 것이다. M-RNA란 DNA의 지시를 단백질에 매개하는 시행 물질을 말한다. DNA가 원칙이라면 RNA는 방법인 셈이다. 방법이 없는 원칙이란 것은 불완전한 존재인 인간의 사고에만 있는 형이상학적 환상일 뿐이지, 현실주의자인 자연은 그런 존재를 알지 못한다. 그렇다면 그 짧은 사이를 빼고는 한국에는 근대 유럽형 정치 제도라는 개체는 발생한 적이 없다고 보아야 할 것이다. 지방 자치라는 방법이 없는 데서 국민의 주권은 그 말의 온전한 뜻에서 '행사'될 길이 없었다고 보아야 하지 않겠는가? 이것은 엄밀한 원칙론에서 보아 틀림없는 말이다. 그런데도 해방 후 수십 년 동안 우리는 무엇인가 근대 유럽형 정치 제도 비슷한 것을 눈앞에 가져왔고 그에 의해 삶을 꾸려온 양하는 느낌을 갖는 것도 사실이다. 그만한 무엇이 있었다는 것을 부정할 수는 없다. 그러나 그것은 그저 그만한 것이었다는 점이 날카롭게 깨달아져야 할 것이다. 그뿐만 아니라 그만한 것조차도 지방 자치제의 부재 때문에 변질되었다고 봐야 하지 않을까? 흔히 말하는 대로 이것을 전체는 부분의 합이 아니라 적積이라면 더욱 그것은 당연한 결과다. 다시 이것을 이 글에서 써오는 이론 모형의 궤도에 옮겨본다면 근대 유럽형 정치 제도라는 개체 발생에 필요한 계통 발생의 중요한 고리가 빠져 버렸거나 억제되었기 때문에, 아무튼 발생하기는 한 해방 후 한국 정치라는 이 개체는 혹시 그 개체의 종의 계통 발생의 어느 진화 단계에 머문 기형아에 지나지 않는 것은 아니었을까? 이것은 적어도 (DNA)'의 성격을 이해할 수 있는 응용문제의 뜻을 지니는 것이라 생각된다.

3 문명 정보로서의 (DNA)'에 대한 위와 같은 이해 속에서 보

아 문학이라는 제도는 무엇을 하려는 것일까? 먼저 (DNA)′와 문학의 관계를 살펴보기로 하자.

인간 현상의 분류

```
                  ┌ 현실 행동(A)
(DNA)′→행동 ┤                     ┌ 현실을 위한 기호 행동(B)′
                  └ 기호 행동(B) ┤
                                       └ 현실로서의 기호 행동(B)″
```

문명인의 모든 행동은 당연히 (DNA)′의 표현이다. 이와 같은 것으로 생각되는 '행동'은 두 가지로 나뉜다. 첫째는 현실 행동인데, 이것은 사람의 살갗 바깥의 물리적 외계에 물리적 변화를 일으키는 것을 본질적이며 최종적인 목적으로 하는 행동이다. 집을 짓는 것, 밭을 일구는 것, 생식을 위해 상대를 찾는 것 등이 모두 그것이다. 기호 행동은 이와 달리 (DNA)′ 자체의 전달을 본질적이며 최종적인 목적으로 삼는 행동이다. 행동 이전의 정보 자체의 전달을 위한 행위이기 때문에 그것은 그것의 물리적 형태나 운동 자체에 목적이 있는 것이 아니라 그러한 것들을 매개로 하여 재귀적으로 (DNA)′ 자신을 환기하기 위한 행동을 말한다. 이 기호 행동은 다시 두 가지로 나뉜다. 하나는 현실 행동을 지시하기 위한 (DNA)′의 전달을 목적으로 한다. 그러므로 이것은 형식으로는 기호이지만 실질에서는 현실 행동의 회로와 이어져 있다. 즉 현실을 위한 기호 행동이다. 이는 타인에게 지시한다는 처음 목적에서 점차 복잡해지기는 하지만 근본적으로는 현실 지향의 행동이다. 모든 일상 전달과 과학적 표현이 여기에 들어간다. 기호 행동의 다른 하나는 '현실로서의 기억 행동'이다.

  이것은 정의 자체가 모순이기는 하다. 기호 행동이 이미 현실 행동이 아니라고 분류했다면, 그 하위 분류항이 어떻게 상위류와 다른 것일 수 있는가? 그러나 여기서 '현실로서의'라는 정의는, 말하자면 절대치는 같지만 부호가 부負일 수 있다는 수학상의 규칙을 빌려서 이해하면 되겠다. '현실로서의'라고 했지만 그 현실은 '현실 행동'의 그 공간이 아니라 (DNA)´ 안에서 현실과 꼭 같은 자리가 된 시공간을 말한다. 거꾸로 말하면, (DNA)´ 자체를 우리는 '현실을 위한 (DNA)´´'와 '현실로서의 (DNA)´´'로 나누어서 발전시켜왔다고 볼 수 있다. 이러한 기호 활동이 우리가 일상생활에서 늘 부리고 있는 상상력 또는 그것의 의도적 강화형인 예술이라고 부르는 기호 활동이다. 예술의 한 분야인 문학에서 '꽃'이라고 기호가 표현되었을 때는 그것은 들에 있는 꽃을 꺾어오라는 이야기가 아니다. 그것은 우리 의식 속에 있는 '꽃'이라는 정보, 꽃이라는 (DNA)´를 환기한다. 그리하여 1)그것이 부負의 공간의 일이라는 것에 상관없이 2)정正의 공간의 힘을 빌림이 없이 3)정의 공간의 '꽃'의 모사로서가 아니라 4)그것 자체가 자족한 자립한 꽃으로서 존재케 하라는 방법적 약속——즉 제도이다. 즉 (DNA)´는 물리적 존재가 아니라 정보임에도 불구하고 예술이라는 제도 속에서는 인간에게 갖추어진 상상력이라는 의식 작용을 의도적으로 강화하고 조립하여 그 정보를 마치 존재인 것처럼 통용시킨다는 말이다. 약속인 이상 여기에는 아무 모순이 없다. 형이상학적인 실체를 주장하는 것이 아니라 고유한 목적을 위한 가정이기 때문이다. 이 가정이 너무 장구한 세월 동안 유지되어왔기 때문에 가정이 실체 같은 환상을 주어왔다고 해서 이 가정의 정당성이 다쳐지는 것은 아니다. 사람들이 예술이라는 개체 발생의 어떤 사다리를 빼먹었다는 것뿐이다. 게임을 하다가 반칙으로 이기려고 하는 것과 같다. 볼이 아니라 저쪽 선수의 정강이를 걷어차는 순간 그는 게임의 세계에서 벗어나서 정글의 주민이 되었다는 것뿐이다. 극장에서 징이 울리고 막이 올라가면 거기에 벌어지는 것은 인생의 모방이나 반영이 아니라 그것은 바로 거기서 지금 일어나고 있는 인생 그것이다. 그것이 정(+)의 인생이냐 부(-)의 인생이냐의 따짐은, 징이 울리고 막이 오른다는 절차를 경계로 하여 따지지 않기로 약속한다는 것이, 극장의 자리에 앉아 있다는 행동의 의미이다. 운동장 스탠드에 앉는다는 것은 아래에서 움직이는 선수를 다만 선수로서만 본다는 것을 말한다. 그가 집안에서 효자라고 해서 그의 반칙을 눈감아준다거나, 그가 동네의 망나니라고 해서 그의 득점을 무효로 돌리지는 못한다. 그런 일들은 선수가 거기 서기 이전과 이후에 따져질 문제이지, 흰 줄 안에 서 있는 사람에 대해 따질 일이 아니다. 예술품과 예술가 사이에도 이런 일은 일어난다. 그 예술품의 작자로서의 예술가는, 그 밖의 행동—즉 '현실 행동'과 '현실을 위한 기호 행동'을 하는 주체와는 다른 주체, 즉 예술가라는 주체이다. 한 몸을 쓰고 있지만, 그들은 전혀 다른 (DNA)'에 의해 움직이는 '개체'이며, 이것은 배우라는 직업에서 제일 눈에 띄게 나타난다. 그는 자기 역에 '씌인' 사람인데, 그 빙의의 재료는 그의 몸과 그의 현실적 (DNA)′이고, 그 주체는 '그의 역의 (DNA)′′이다. 여기서는 그의 이른바 현실 의식까지도 그의 상상 의식의 수단이 된다. 비현실을 현실로서 통용시킨다는 약속 아래 이루어지는 인간 행동, 그것이 예술이며 따라서 예술은 유희이다. 그 유희가 얼마나 잔인할 수 있느냐는 그 안에서의 장면의 문제지, 예술이라는 장르의 자기 동일성의 문제는 아니다. 이것은 정(＋)의 현실에서도 마찬가지다. 현실은 잔인하기도 하고 아름답기도 한 것이며, 그 어느 한쪽을 실격 현실이라고 할 수는 없지 않은가?

  사람은 왜 이런 기호 행동을 하는 것일까? 그렇다. 예술은 기호 행동이다. 그것은 상상적 (DNA)′를 불러내는 것을 본질적이고 최종적인 목적으로 삼는다. 사람은 왜 상상적 (DNA)′를 가지게 되었는가라고 고쳐 물어도 되겠다. 그림에서 보는 것처럼 사람의, 적어도 뜻있는 모든 행동은 (DNA)′의 표현이다. 행동의 '뜻'이란 다름 아닌 '(DNA)′′를 말한다. 마지막 항인 '현실로서의 기호 행동'을 일단 젖혀놓은 남은 두 항을 보면 그것들은 아주 제한된 (DNA)′밖에는 실현하지 않고 있다는 것을 알게 된다. 보통 생활에서의 '현실 행동'이나 '현실을 위한 기호 행동'은 그 당장에서의 효용을 크게 벗어나지 않는다. 그런가 하면 과학적 현실 행동——즉 실험이나, 실험 결과의 기호적 표현도 그 과학이 택한 기술 기준에서 논리적으로 벗어나서는 안 된다. 모든 것을 기술하지 않는다는 것이 '과학'의 약속이다. 그러니까 '이 형태의 행동'에 의해 표현되는 〈DNA〉'의 질량〈어떤 문명이 지금 가지고 있는 〈DNA〉' 라는 부등식이 얻어진다. 이 사정은 이 유형의 행동을 가지고는 원리적으로 해결할 수 없는 편차이다. 이 편차를 고유한 수단에 의해 해결하려는 것이 예술이다. 그 고유한 수단이란 기호의 고유한 사용을 말한다. 다른 기호가 어떤 특정의 〈DNA〉'를 전달하기 위해 쓰이는 데 비해서, 예술에서의 기호는 기호가 가리키는 〈DNA〉'가 정보로서가 아니라 존재가 되는 것을 승인한다는 서품 의식과 같이 사용된다. 그런데 존재라고 하는 것은 무한히 이어진 관계의 사닥다리다. 그것을 어디서 어디까지를 개체라고 판단하는 것은 일정한 기준에 의해 제한하는 것에 다름 아니다.

실지로 우리는 다른 유성과 대비할 때 우리의 현실을 그저 지구라고만 표현한다. 이런 요약은 인식과 표현의 모든 단계에서 이루어지며, 그런 요약 없이는 인식과 표현 자체가 이루어질 수 없다. 이러한 요약의 벽을 뛰어넘는 것이 예술적 기호의 운용법이다. 예술이 환기코자 하는 〈DNA〉'는 이러저러한 〈DNA〉'가 아니라 바로 〈DNA〉' 그 자체이며, 그보다 더 옳게 말하자면 그 전쥰〈DNA〉'를 존재에까지 승격시키는 것이라고 하면 예술이 하고자 하는 일은 〈DNA〉' 자체를 넘어서 우주 자체를 환기하는 것이라는 말이 된다. 왜 그렇게 하는가? 인간이 유로서 도달한 에누리 없는 높이에 자각적으로 서서 우주의 전량과 맞서보는 시간을 갖기 위해서, 문명인의 개체 발생의 이상형을 가지기 위해서, 〈DNA〉'의 모든 사다리를 활성화해서 〈DNA〉'의 전량을 직관하기 위해서다. 이러한 목적을 위해서는 물론, 징 소리를 울린다든지, 막을 올린다든지, '옛날 옛적에'라는 말을 앞에 붙인다든지, 표지에 '예술 총서'라고 쓴다든지 하는 것만으로 되는 일이 아니지만 본질적으로는 그러한 단순한 의식 선언에서 출발한 것이며 그것들을 더 세련시키고 효과를 높인 것이지 본질적으로 다른 것은 아니다. 왜냐하면 현실로서의 기호 행위인 예술이 사용하는 기호도 현실을 위한 기호와 물리적으로는 같기 때문이다. 음악과 소음은 물리적으로는 동일한 물질이며, 다만 음악은 약속에 의한 전폭적인 믿음이라는 관습을 불러낼 수 있는 조건 반사의 회로 속에 있다는 데서 본질이 달라진다.

문학의 경우를 예로 든다면, 문학은 언어라는 기호를 예술 일반과 같은 약속 아래 사용함으로써 우주를 불러내려는 예술의 한 가닥이다. 줄여서 말하면 언어의 고유한 사용법이 문학이다. 문학은 언어를 어떻게 사용한다는 것인가? 그것은 이렇게 말해볼 수 있지 않을까 한다. 문학에 어떤 낱말 하나를 쓸 때, 그것은 언제나 존재하는 낱말 모두를 잡아끌기 위한 고리와 같이 그렇게 사용된다는 말이다. '꽃'이라고 썼다면, 그것은 '꽃'이라는, 말의 우주의 그 부분을 튕겨서 말의 우주 모두를 공명시키기 위해서 쓴 것이지 우주 속에서 꽃을 집어내기 위해서 쓴 것이 아니다. 다시 (DNA)'의 비유로 돌아간다면, 예술은 그 형식상의 대소를 막론하고 그것이 환기하고자 하는 것은 현재까지에 쌓인 (DNA)'의 전량이다. 왜냐하면 그렇게 함으로써만 문명인이라는 개체생을 완전하게 발생시킬 수 있기 때문이다. DNA가 벌써 그런 것처럼 (DNA)'도 다른 어떤 예거적 수단을 가지고도 그 총량을 기호화하지 못한다. 예술은 이 문제를 일거에 풀려고 한다. (DNA)′의 사다리를 하나하나 끄집어내려는 길을 버리고, 자체를 전체로써 충격하는 것이다. (DNA)′라는 정보를 존재에로 승격시킨다는 것은 마치 꽃을 나타내기 위해서 현실의 꽃을 그림틀 속에 갖다놓는 전위 화가의 의도를 떠올리게 한다. 이때 화가가 노리는 것은 그 현실의 꽃은 현실의 꽃으로서 사용된 것이 아니라 꽃의 심상을, 우리의 비유로 하면 꽃의 (DNA)′를 환기하기 위한 매체로 썼다는, 그러니까 이 '현실의 꽃'은 '꽃'이라는 '말'과 같은 의미에서 사용한다는 그러한 결의 혹은 새 약속의 강요를 뜻하는 것이다. 이 약속이 미술이라는 장르의 관습에서 너무 벗어난 것이 아닌가 어떤가는 따질 수 있는 일이지만, 거기에 절대적 기준은 없다. 모든 (DNA)′는 그런 약속 위에 서 있는 것이기 때문이다. 문학은 언어를 그렇게 사용함으로써 언어에 의해 환기되는 (DNA)′가 로봇의 머리에 심어진 입력량이 아니라, 무한한 존재를 무한성을 줄임이 없이 복제해서 공명할 수 있는 존재의 상사형이라는 것을 직관하고자 한다. 사람이 로봇이 아니며 로봇처럼 되는 것을 막는 일을 언어라고 하는 인간의 중요한 기호의 고유한 사용에 의해서 달성하려는 인간 행위가 문학이다. 그것은 완전한 언어 사용법이고자 하기 때문에 역설적으로 현실의 공간 아닌 약속에 그 현실적 바탕을 두고 있다. 그것은 현실 의식 쪽에서 보면 본말 전도의 통찰된 '꿈,' 조직된 '환각'이다. 그렇기 때문에 그것은 현실을 위한 (DNA)′가 아니라 현실이 된(비록 약속의 공간에서일망정) 그런 (DNA)′이다. 그렇다면 마지막으로 이런 (DNA)′는 그림에서의 다른 인간 행동의 가닥

―― '현실 행동'과 '현실을 위한 기호 행동'과 어떤 관계를 가지는 가? 어떤 '관계'를 가지는가 하는 물음을 이들 항을 각기 닫힌 회로라 보고, 이 회로 사이에 어떤 변환이 가능한가라는 물음으로 받아들여 해결해보기로 하자. 첫째, 이들 사이의 무조건 교류는 논리상 불가능하다. 왜냐하면 그것들이 저마다 고유하게 움직일 수 있는 것은 일정한 배타성 자체에 바탕하기 때문이다. 그러나 사물은 일정한 조건이 주어지면 변화할 수 있다. 그 일정한 조건이란, 그 항이 가지는 고유한 힘이 잃어진다는 조건을 감수하고 그것의 살아 있는 회로가 해체된 다음 그 부분품 혹은 잔해에서 무엇인가를 건지는 일이다. 이럴 때 피아노 연주가 팔의 운동으로 변환된다거나, 시의 창작이 글씨 쓰기의 훈련이 된다거나 하는 희화화라는 수준까지 내려갈 수 있다. 이런 변환 가운데 가장 생산적인 이용이 아마 문학 작품을 여러 인문과학의 대상으로 삼아서 그들 과학의 문맥 안에 들어오는 한도 안에서 새 (DNA)'의 소재로 삼는 일이며, 이런 방법 가운데서도 예술로서의 문학에 가장 가까운 시야 속에 머물 수 있는 변환이 미학 · 문학비평이 되겠다. 그것들은 예술로서의 문학에 가장 긴밀히 초점을 맞춘 과학이지만 예술로서의 문학 자체는 아니다. 그래도 또 묻는 사람이 있을 것이다. 그 기호 행동의 다른 가지에로의 변환이 아니고 현실 행동으로 변환은 있을 수 없느냐고, 희화화된 변환보다 조금 더 생산적인, 다시 말하면 예술의 풍부함, 힘 같은 것이 되도록 많이 지양되면서 그것(예술)이 방법의 공간 아닌 현실의 공간의 행동에 힘이 될 수는 없겠느냐고, 이런 물음에 대해서는 다른 물음을 맞세

워보기로 하자. 가령 한 곡의 현악곡을 듣고 이것을 전쟁하는 일에 어떻게 힘이 되게 변환할 수가 있을까? 히틀러는 스탈린그라드에 갇힌 독일군에게 베토벤의 교향악을 보내주었다. 그때의 독일군이 그 음악을 듣고 그들의 전투력에 어떤 본질적 변화를 일으켰는가? 일으키지 못했다. 베토벤의 음악과 당시의 독일군의 현실적 필요라는 두 항 사이는 너무나 떨어져 있었기 때문에 아마 담배 한 대쯤한 진정 작용은 했는지도 모르겠다. 그러나 이 사태는 조금 복잡하다. 독일군을 히틀러의 군대라고만 보지 말고 인간으로서, 독일이라는 영원한 공동체의 한 부분으로서, 그런 개인들로서 본다면, 베토벤의 음악은 달리 들렸을 것이다. 스탈린그라드의 패전 후에도 독일은 있고 인생은 있다는 강력한 희망의 목소리로 들렸을 것이다. 이것은 베토벤의 음악에 훨씬 가깝다. 그러나 그 음악의 (DNA)′ 전량이 아니기로는 마찬가지다.

 음악은 그렇다 치고, 문학은 훨씬 사정이 다르지 않겠느냐는 물음도 있을 수 있다. 문학은 인생의 모방이라지 않느냐고. 그러나 예술로서의 문학에 대해 말하는 이상, 원리는 예술 모두에 일관해야 한다면, 정도의 차이는 있을망정 본질적으로 사정은 마찬가지다. 문학 속에 있는 상황에서 얻은 (DNA)′를 현실의 그와 매우 닮은 상황에 옮기려고 하는 경우에도 그것이 조잡하지 않은 문학 작품이라면 그것의 현실적 변환에는 원칙적으로 무한한 회수의 변환을 거쳐야 한다. 왜냐하면 예술적 기호라는 것은 어떤 특정한, 일의적인 적용이 불가능하게 하기 위하여 만들어진 기호 회로이기 때문에, 그 역순 운동은 논리적으로 그 자체의 부정인 일의성으로 될 수밖에 없기 때문이다.

  그러나 문학을 현실적인 힘으로 변환하는 길이 마지막으로 단하나 없는 것은 아니다. 있다. 그 길이란 문학을 문학으로서 받아들이고 작동시키는 길이다. 사람이 사람을 낳고, 새가 새를 낳는 것처럼 문학이라는 장르를 개체 발생시키는 길은 문학 작품이라는 계통 발생 회로를 따라가는 길밖에는 없다. 여기서 현실까지는 우리가 문학과 현실을 각각 존경하면 할수록 무한한 거리가 벌어져 있다. 사람은 물론 극장의 막이 내린 다음에는 극장의 문을 나오게 마련인데, 이 극장 문 안에서 얻은 무엇인가를 극장의 문 밖으로까지 지니고 나오는 길이 없을까? 있다. 그리고 사람들은 그것을 실천하고도 있다. 우리는 막이 내린 순간에 순간적인 명상에 잠긴다. 이 거의 초시간적인 시간 동안에 겪는 의식이, 예술에서 최대의 것을 얻어가지고 현실로 돌아오는 가장 힘 있는 변환의 길이라고 생각된다. 극장의 막이 오르는 순간, 극장의 막이 내리는 순간에 일어나는 이 변환은 그 변환의 이쪽저쪽의 실질보다도 그 형식적 능력 자체가 더 주의할 만하다. 왜냐하면 약속의 회로를 그토록 짧은 시간의 의식의 노동을 가지고 열고 닫는다는 것은 그것이 비상한 단위 효율을 가진 노동 능력임을 말하기 때문이다. 그렇다면 이 능력은 (DNA)'라는 개체의 발생을 무한한 사다리를 가진 계통 발생의 되풀이라는 방법으로 수행하려는 예술의 방법과 동질이며, 그런 능력이 막의 이쪽과 저쪽에 순간이나마 공존한다는 것은 무엇인가 예술 공간의 내용이 현실 공간 속에 변환되어 넘어왔음을 말한다. 아마 이 '순간의 경험'이 가장 확실하게 기술할 수 있는 예술의 효용이 아닐까?

* 이 글에서는 '이데올로기'에 대해 직접 풀이한 바 없으나, 이데올로기란 말을 글 속에서 쓰인 (DNA)'란 개념의 동의어, 또는 현실적 (DNA)' 때로는 상상적 (DNA)' 등으로 바꿔 놓고 이 글을 읽어도 무방하다.

문학과 과학의 서사시적 갈등

요즈음 얘깃거리가 되고 있는 '복사 인간'의 문제는 두 가지 측면에서 따져볼 만하다.

첫째는 그것이 가능하냐 하는 문제다. 물론 필자는 그것을 단정할 지식은 없다. 다만 보도된 것들을 종합해보면 지금의 기술 수준으로서는 어려운 일로 생각한다. 그리고 앞으로도 그 가능성은 쉽게 이루어질 것 같지 않다. 그러나 이루어질 것 같지 않다는 말은 '완전한' 복사 인간의 발생에 대해서 말하는 것이다. 즉 불완전한 단성 생식은 원칙적으로 해결된 것이나 다름없다. 다만 조직 세포의 핵을 난자에 흠집 없이 옮기는 일이 어렵기 때문에 이런 조건에서 만일 실험을 한다면 복사하려는 인간의 일부는 닮아도 다른 부분이 불구가 되어 결국 발생한 개체는 괴물이 될 수 있다는 데에 가장 큰 문제가 있을 것이다. 아무튼 오늘내일 복사 인간을 만들어낼 수 없다는 것과 만일 실험을 한다면, 거기서 생기는 개체는 인공적으로 만들어낸 기형아들이 될 것이라는 점이 현재로서 거의 확실한 일일 것 같다.

그러나 이런 얘기 자체는 만일에 그런 실험이 인도적으로 허용된다면 하는 전제에서 하는, 순전히 기술적인 짐작이다. 지금 단계에서도 본질적으로 문제되는 것은 그런 실험이 허용되어도 좋은가 하는 문제인데 답은 명백하다. 인간의 탄생에 대해서 이러한 실험은 허용되어서는 안 된다는 것이다. 인간 외의 생체를 가지고 하는 단성 생식의 실험은 과학적 연구의 테두리에 들 것이지만 인간을 대상으로 이러한 실험을 한다는 것은 현재의 우리 문명의 수준에서는 틀림없이 정신병자의 불장난 같은 것에 다름 아니다. 생명의 기원, 그 미래는 여전히 우리에게 신비로 남아 있는 이상 문명이 의지하고 있는 근본적 바탕인 생명의 존엄성에 대하여 함부로 모험을 해서는 안 되기 때문이다.

인류 사회가 이와 비슷한 문제에 부딪힌 것은 원자력의 개발 때였다. 문제의 심각성 때문에 한 국가의 정책이나 국방 문제를 넘어서서 바로 인류 사회 자체의 존립에 관계되는 문제가 핵에너지의 개발 문제였고 지금도 사정은 마찬가지다. 핵의 문제는 그러나 공포는 공포일지라도 물리적인 문제다. 그것은 인간의 밖에서 일어나는 공포다. 인간은 여전히 그 공포의 밖에서 그것을 막을 수 있다는 느낌을 우리는 가진다. 그런데 복사 인간이라는 문제는 공포임에는 틀림없지만, 그것은 이번에는 인간의 '안'에서 오는 공포라는 느낌을 준다. 인간은 오랜 진화 과정을 거쳐 양성의 생식 세포의 결합에 의한 자기 복사라는 형태에 도달하였고, 인간의 문명은 이 바탕 위에 이루어지고 있다. 모든 인간 속에는 남과 남이 어울려 있는 것이다. 그런데 똑같은 자기를 찍어낸다는 것은 인간의 생활 형태를 하등 생물의 과정까지 퇴화시킨다는 것을 말한다. 현재의 문명 형태는 형태대로 유지하고, 생식만 단성 생식을 한다는 것은 양립할 수 없는 일이다.

또 한 가지 착각하기 쉬운 것은 복사라고 해서 어떤 인간의 기억까지를—즉 그의 후천적 자기 동일성까지를 복사할 수 있는 것인 양 생각할 수 있는데 물론 그런 것은 아니고 생물로서의 육체만의 복사가 문제가 되는 것이다. 그러니까 원물原物과 복수는 생물적 구성만 같을 뿐이지 전혀 독립된 기억을 가진 혹은 가지게 될 남인 것이다. 아마 많은 사람에게 그릇된 관심을 가지게 할 바탕은 이 착각 때문이 아닐까 한다. 사람은 옛날부터 불로장생을 바라왔다. 아니면 그것의 다른 형태인 부활을 바라왔다. 그러나 지금 얘기되고 있는 복사 인간은 그런 바람과 아무 상관이 없다. 다만 육체적으로 완전히 같은 타인이 타인의 삶을 살게 된다는 것뿐이다. 인간이 꿈꾸어온 영생이나 부활은 그런 것이 아니다. 자기의 기억을 가진 채로의 영생이나 부활이었지 자기 기억이 말살된 닮은 육체의 영생이나 부활이란 것은, 사실상 새로 탄생한 아이들이 새로 자기 인생을 시작한다는 것이나 다를 바 없다.

인류 사회는 미·소에 의해서 달 왕복이 이루어졌을 때도 핵에너지 때 못지않은 충격을 받았다. 그때도 사람들은 흥분하고 인류의 미래와 연결시켜서 많은 이야기가 있었다. 인류가 변하지 않을 조건으로 삼고 살아온 커다란 기둥이 흔들렸기 때문이다. 그런데 지금 우리는 우주 개발을 예사로운 일로 알고 살고 있다. 이것은 대단히 위험한 일이다. 대단한 일이 일어나고 있는데 보통 사람들의 일상 감각에는 수용할 수 없을 만큼 대단한 일이기 때문에 실질적으로 그 사람에게는 그런 일이 없는 것이나 마찬가지라는 것은 대단히 위험한 일이다. 왜냐하면 보통 사람의 감각에 없는 것이나 마찬가지라고 해서 그 일은 객관적으로도 없어지는 것은 아니기 때문이다. 문명의 그러한 성과를 관리하고 이용할 수 있는 사람들에게는 그것은 엄연히 있는 것이고 그것을 가지고 그만한 대단한 일을 할 수 있는 힘이 된다. 핵에너지가 그렇고, 우주 개발이 그렇다. 오래지 않은 과거까지만 해도 인간이 자연을 움직이는 힘에는 사회의 성원들 사이에 본질적 차이는 없었다.

  그들은 자기들의 생물학적 능력에 어울릴 만한 문명 정보를 비슷하게 공유하면서 살아왔다. 인간의 한 무리가 다른 무리를 억압하는 것도 생물적인 한계가 있었다. 그러나 문명의 성과가 엄청나게 축적되어서, 대부분의 인간에게는 없는 것이나 마찬가지고 큰 조직을 움직이는 사람들만 그러한 성과를 사실상 독점하게 될 때는 문제는 심각해진다. 자국의 핵에너지의 비밀을 다른 나라에 넘겨준 과학자의 마음속에서는 진실한 뜻에서 과학의 시대에서의 뛰어난 인간이 겪는 서사시적 갈등이 벌어졌을 것이다. 서사적이란 뜻은 자기 행위가 자기가 속한 종의 집단적 사활과 직결되어 있다는 뜻이다.

  참다운 뜻에서의 종교적 갈등이며, 우리들이 개인주의적인 형식으로 감각하는 윤리적 결단의 근거도 사실은 그것에 다름 아니며 다만 그 책임이나 결과의 범위가 좁다는 것뿐일 것이다.

위안이나 환상의 건덕지가 하나하나 거두어진다는 것은 좋은 일만은 아니다. 인류는 한때 평범한 모든 사람이 자연에 대하여 소박한 놀라움으로 살았었고 다음에는 인간 속에서 태어난 위인들의 능력에 대하여 소박한 존경을 가지고 살아왔다.

이런 때에는 인간으로서 가장 중요한 그러한 감각——자연에 대한 생생한 놀라움이나, 인간에 대한 마음으로부터 우러나는 존경 같은 감각들이 평범한 사람들의 손 닿는 데 있었다. 사람들은 그런 감각을 가지고 살다가 죽었다. 지금의 우리는 이런 감각을 가지지 못한다. 자연은 아직 열리지 않았지만 언젠가는 모두 열릴 것 같은 막연한 생각 때문에 우리 눈앞에서 보이지 않게 되고, 한편 사람은 모두 무력하다는 생각 때문에 사실은 대단한 힘을 사람이 공동으로 가지게 되었다는 사실을 잊어버리게 된다. 그래서 한때 우리가 가졌던 삶의 요령을 우리는 잃고 있다. 우리가 가졌던 삶의 요령이란 다름이 아니고 인간이 만들어낸 것은 인간이 함께 만들어낸 것이기 때문에 그것을 가장 가까운 자리에서 관리하고 있다는 것을 기화로 멋대로 처리해서는 안 된다는 생각이다. 한때 사람들은 권력이라는 작용에 대해서 그런 착각에 사로잡힌 적이 있었다. 왕이 하늘에서 내려온다는 생각이다.

오늘날 우리는 핵에너지며 우주 개발이며 복사 인간이며 하는 것이 모두 먼 나라의 이야기, 우리 밖에서 일어나는 일로 생각하기 쉽다. 그러나 그들이 인류의 공동의 성과에서 가장 가까운 자리에 있달 뿐이지 그것은 어느 누구가 독점할 성질의 것이 아니다.

그 성과에까지 이르기 위해서 이 지구상에 산, 그리고 살아 있는 모든 사람들이 공동의 권리와 의무를 지고 있다. 유전공학은 얼핏 듣기에 허황한 얘기처럼 들릴 수도 있지만, '핵'이나 '우주'의 문제와 마찬가지로 벌써 꿈 얘기로만 돌릴 기술적 단계가 아닌 것 같으며 더욱 날이 갈수록 모든 사람들의 생활에 크고 작은 영향을 주게 될 문제임에는 틀림없기에 필자는 늘 그 내용을 힘닿는 한 알아보려고 애쓰기로 하고 있다.

우리는 왜 극장에 가는가
——「아일랜드」 공연에 부쳐

　이 작품이 잘되려면 연기자·연출자·관객 모두에게 상상력의 의미에 대한 깊은 깨달음이 있어야 한다.
　섬이라는 상황이 무엇보다 그렇다. 감각에 보이는 것이 제한돼 있기 때문에 그들과 세계의 다른 부분과의 관계는 상상력에 기댈 수밖에 없다. 또 극중극이라는 소재도 그렇다. 갇힌 세계에서 지어내는 또 하나의 세계란 상상력에만 의존하는 현실이다. 작중인물이 전화를 하는 흉내 역시 감각적 환경이 제한된 자리에서 나타나는 상상력의 놀이이기 때문에 그 대목도 이 극의 주제를 다시 되풀이하고 있는 것이다.
　이처럼 이 희곡에서는 상상력은 인간이 희망을 잃지 않기 위한 본질적 능력으로 써지고 있는 것을 볼 수 있다. 그들이 이 힘을 잃는다면 그들에게는 감각적 현실에 대한 수용밖에는 남지 않는다. 널리 알려진 『안티고네』의 주제라든가, 이 작품 속에 인용되는 그

한 부분의 구체적 메시지 같은 건 사실 그리 중요하지 않다. 주인공들이 그 '전설'을, 호도쉬의 말처럼 장난이라 생각지 않고, 현실이라고 정말 믿어야 하는 입장의 차이, 세계를 받아들이는 복잡성의 차이 그것이 이 극의 흐름이다. 이 흐름의 성격을 잘 파악할 때 작중의 현실은 관객의 현실이 될 것이다. 다른 사람의 자리에 서 보기 위해 사람들은 극장에 가고, 연극은 관객의 변신을 위한 빈 그릇이 될 각오를 갖고 거기서 우리를 기다리고 있기 때문이다.

안수길의 세계

문학 작품은 사람이 만든다. 그 사람을 작가라고 부른다. 역사는 사람이 만든다. 그 사람을 생활인이라고 부른다. 사람이 만든 것들이 여부없이 겪는 함정이 있는데, 그 함정을 '소외의 함정'이라고 부를 수 있을 것이다. 그렇게 해서 '역사'라는 것이, '문학'이라는 것이 마치 식물같이 자연의 풍물처럼, 동물 같은 자동 조직처럼 움직이는 물건처럼 다루어지는 인식의 관례를 피하기는 무척 어렵다. 일종의 의인법이다. 이 의인법은 그 방법의 테두리 안에서는, 즉 사물은 어느 한 방법으로는 결코 그것의 온전한 모습을 다 가릴 수 없고 필요에 따라서 한 방법을 택해서 그 방법의 도달 거리 안에 있는 측면을 밝혀낼 뿐이라는 자각을 가지고 그 방법의 테두리를 넘지 말아야 하고, 또 방법의 테두리 안에서는 안 미치는 구석이 없어야 한다는, 이런 조건 밑에서 운영될 때에는 생산적인 작업이다. 찬성할 수 없는 주장들의 대부분은 이 작업 조건을 지키지 않는 데서 온다. 문학이나 역사라고 하는 개념도 인간이, 살아 있는 개인들이 자연적 사회적 저항을 물리치면서 지어놓은 인공의 시공들이다. '문학'이라는, '역사'라는 것이 우리들 밖에서 움직이는 것은 아니며, 우리 자신의 삶을 말을 가지고 편의를 생각해서 불러볼 때 그렇게 되는 것이다. '역사'란 역사책 속에 있는 것이 아니라 이 지구에, 이 우주에 물리적으로 이루어진 자국이며, 운동이다. 대전쟁이든 작은 일상사이든 그것들은 질량 불변의 법칙에 의해서 더도 덜도 없이 항재恒在한다. 다만 1차적 자연과 달라서 인간 현상은 자연적 질료(자연과 육체)를 인간의 의지로, 인간의 희망에 따라 조립하는 것이기 때문에 이 조립이 해체되거나 조립의 기술이 잊히거나 할 때는 인간 현상은 곧 무기無機의 자연, 1차적 자연으로밖에는 비치지 않게 된다. 폐허라는 것이 주는 감회의 본질은 여기에 있다. 자연 속에서 일으켜 세운 것이 자연으로 돌아가 있는 현장—— 그것이 폐허다. 과학은 인문계든 자연계든 문학자의 눈으로 보면 폐허를 자연의 눈으로만 보는 형식주의자로 보일 때가 많다. 돌이 무슨 질質이고 온도가 어떻다는, 습도가 어떻다는 그런 방식의 논의다. 문학자에게는 유정有情하지 않은 것이 없다. 산천초목도 울고 웃는다. 종교적 인간에게는 우주는 어떤 살아 있는 것의 얼굴이요 말로 비친다. 죽음은 과학에서는 현상이지만, 문학에서는 자기 안에 있는 조직이다. 문학은 그처럼 인간적 감각의 전량全量이고자 하기 때문에 원리적으로 과학일 수가 없다. 과학일 수 없으면서 인간적 현상을 가장 깊은 수준에서 밝히려는 이 문학이라는 작업이 한 개인에게 맡겨져 있다는 것은 문학의 연구에서는 그 작가의 생애라는 것이 본질적 자료라는 것을 결과한다. 안수길 선생의 문학이나 생애도 아마 지금부터 그런 본격적 연구의 대상이 되겠지만, 준비가 없는 필자의 이 글은 상식적인 소묘일 수밖에 없다.

연보를 보면 안수길 선생은 두 번 퇴교를 하고 있다. 첫번은 1927년 함흥보통학교에서 맹휴盟休 사건으로 자퇴한 것이고 두번째는 1929년 경신학교에서 역시 학생 운동으로 퇴교당하고 있다. 선생의 생전에 그에 대한 이야기를 들어보지 못한 일이 아쉽지만, 연대와 사건의 성격만 가지고도 이 두 번의 퇴교가 뜻하는 바는 뚜렷하다. 즉 민족주의에 입각한 항일 학생 운동이라는 객관적 문맥이다. 나라를 잃은 한국의 젊은이들이 누구나 겪었던 커다란 소용돌이 속에 그도 휘말렸던 것이다. 게다가 젊은 시절이다. 학문이나 예술이란 것이 무색투명한 의식의 작업이 아니라 정치권력과의 부단한 알력 속에서 이루어진다는 사정을 지울 수 없이 깨닫게 될 수밖에 없었을 것이다. 사람이 인생에 대해서 어떤 인상을 가지게 되느냐는 문제에서 젊은 날의 겪음이 차지하는 비중이 큰 것을 생각한다면 이 두 번의 퇴교는 그에게 이후의 인생관을 형성하는 모태가 될 경험이라 해서 지나치지 않을 것이다. 역시 연보에 따르면 그는 학업을 중단하고 1945년의 해방까지의 사이를 간도에서 보내고 있다. 이 역시 생활자로서나 예술가로서나 보통의 경우가 아니다. 그는 학생 운동 때문에 학교를 그만둔 다음에는 인생의 첫 단계를 국외에서 보내고 있는 것이다. 알다시피 당시의 만주라는 곳은 독립 운동의 주 무대였다. 적점하의 본국에서 장기화돼가는 적점이 민족 성원의 각층에 대해서 불가불 미묘한 굴절을 강요하던 시절이었고 만주 역시 적치하였으나 상대적으로 국내에 비겨서 만주에는 독립 운동의 맥이 여러 모습으로 살아 있었다. 그러니까 안 선생은 그의 학생 시절의 지향에 대해서 본국에 비해서 훨씬 일관된 풍토에서 지낸 것이 된다. 이렇게 해서 그가 학생 시절에 겪은 개인적 좌절은 큰 테두리에서 떳떳한 명예였고, 그것은 여러 사람과 더불어 견디고 싸워야 할 운명임을 확인할 수 있었을 것이다. 이때까지의 생활이 그의 인생과 문학의 주 광맥이라고 필자는 생각한다. 그만하면 한 사람의 생애의 줄기를 잡히게 하기에 족할 만큼 결정적이랄 수 있는 것이다. 그의 『북간도』 제작은 전기적으로 보아 필연적이었다.

또 하나 이 시기까지의 그의 생활에서 이끌어낼 수 있는 이야기는 그의 거주 지역에 대해서 생각해볼 수 있는 역사적 의미다. 함경도나 만주라는 곳은 조선 초까지만 해도 한국사의 경외 지역이다. 세종 때에 육진이 비로소 안정되었다고 하니까 그때까지의 한국인의 의식에서 이 지방은 먼 오랑캐의 땅이었다. 그런데 문제는 이 오랑캐의 땅이 실은 민족의 실지失地요, 조금만 역사를 거슬러 올라가면 경외가 아니라 경내였다는 사실에 있다. 고대 삼국 시대에 있어서의 동족 의식의 실상에 대해서는 아직도 모르는 일이 많지만, 언어, 신화 체계, 인종이 모두 동계라는 것을 가지고 볼진대, 삼국의 역사와 판도가 한국인의 역사적 기득권이요 구체적 출발의 공간이었던 것은 틀림없다. 통일신라의 '통일'이란 사건은 불가불 착잡한 느낌을 주는 사실史實일 수밖에 없다. 이후의 한국사는 절대적으로 줄어든 영토 때문에 중국 민족과의 대등한 경쟁자로서의 자리를 아주 잃어버리고 말았다. 군사적으로, 경제적으로 비교가 될 수 없었던 것이다. 함경도는 그나마 통일신라 후 잃었던 민족의 영토를 되찾은 가깝고도 낯선 땅이요 만주는 아예 남의 땅으로 굳어버린 고장이다. 한 작가가 이런 고장에서 태어나서 생활인으로서의 출발을 그곳에서 했다는 것도 그의 예술을 지배하는 큰 힘을 가졌음도 부인할 수 없다. 『북간도』는 이런 각도에서 보아도 그의 전기와 뗄 수 없이 맺어져 있는 열매다. 그는 민족사의 고대와 중세와 현대에서 모두 '실지'가 된 땅에서 그의 인생과 예술을 출발시킨 것이 된다. 선생의 첫 창작집인 『북원』의 분위기는 단순한 풍토적인 것이라고 보기 어려운 광막한 애정 같은 것을 담고 있는데, 말하자면 격세적 귀향 의식이라고나 할 그런 분위기는 뿌리가 있다고 볼 수 있다.

전기에서 보이는 사실들, 학생 운동, 망명지에서의 삶, 사적 실지 의식—이렇게 보면 작가 안수길은 어떤 집단의 운명의 큰 테두리와 고비가 그대로 개인적 생애의 그것들하고 용케도 맺어진 경우를 대표한다. 대표한다는 것은, 학생 운동한 사람이 그 혼자가 아니요 함경도에 나서, 만주에 산 사람이 그 혼자가 아니라는 것은 당연한 상식인데, 이 상식은 안수길이라는 사람이 작가였다는 데서 상식 이상의 것이 된다는 말이다. 문학은 그것을 사실의 극 쪽으로 밀고 가면 그 개인의 전기, 그 개인이 속한 집단의 전기—즉 실지의 개인사나 실지의 집단사와 일치하게 되고, 그 반대의 추상 쪽으로 밀고 가면 개인에 대한 존재론적 탐구, 어느 시공이라는 특수성이 일의적으로 정의되지 않아도 좋은 유적類的 인간의 신화가 된다. 이것은 하나가 다른 하나 속에 섞여 있다는 형태로 있는 것이며 어떤 문학 작품도 공유하는, 분석의 기준에 따라 그 어느 쪽이 돋보이게 된다는 그런 방식으로서 존재하는 것이기는 하지만, 분석을 위한 기준으로서는 방법상 분리할 수 있는 것이 사실이다. 실체가 없는 추상이 가능한가라느니, 존재론적으로 요약하자면 할 수 없는 사실이란 없다느니 하는 것이 모두 분석 기준을 실체화해서 이해한 데서 빚어지는 논점의 혼란이다. 어떤 사실계 작품이든 그것을 철학이나 신화나, 논리적 형으로 환원해서 이해하는 것이 가능하다. 그러나 상대적으로 어떤 작품은 특수성을 더 돋보이게 주장하고, 어떤 작품은 보편성을 더 돋뵈게 한다. 안수길 선생의 경우는 첫번째 형에 속하는 예술이라 하는 것이 옳을 것이다. 그의 생애는 1910년의 망국에서 오늘까지의 역사를 생활인의 건강한 감각으로 이해하고 문학이라는 형식으로 정착해나가는 과정이었다. 『북간도』를 고비로 그의 문학은 자기가 겪은 20세기의 우리 사회의 역사를 충분한 사실적 원근법 속에 담아보려는 방향으로 나간다. 그렇게 해서 『통로』 『성천강』이 씌어진 것이다. 이 두 작품은 함경도에서의 개화 망국에 이르는 시기를 원숙한 붓으로 그리고 있다. 아마 작가로서 바랄 수 있는 완성의 한 본보기이자 우리 소설사에서 국민사에 대한 서사시적 표현을 준 작품군 속에서 뚜렷한 첫 자리를 가지는 작품들이다.

  이 계열이 그의 문학의 특수한 문학사적 방향이었지만, 물론 그의 소설 세계는 이에 그치지 않는다. 월남 후의 생활 속에서 풍속의 질박한 조형을 꾸준히 밀고 가는 작업이 다른 큰 맥을 이루고 있다. 대부분 신문소설인 이들 작품의 세계는 보통 도시 생활자의 이야기들인데, 신기할 것도 없는 평범한 이야기들이 물리지 않게 독자들의 자기 성찰감을 만족시켜주고 있다. 아마 선생만큼 꾸준하게 신문소설의 질과 양을 지탱해나간 작가는 없는 줄 안다. 신문소설에는 여러 가지 제약이 있는데도 그는 이 제약을 잘 활용하여나갔다. 그의 세계의 세번째 맥은 지식인 소설이다. 여기서 그는 자기와 가장 가까운 계층의 희망과 좌절을 다루고 있다. 잘 알려진 「제3인간형」은 당시의 문학 의식에는 참신한, 기품 있는 소설이었다.

그의 작품 세계를 그 소재에 따라 이렇게 나누어볼 때 뚜렷해지는 것은, 이 모든 소재적 분류에도 불구하고 그 작품의 일관성이다. 굳이 글과 사람의 일치 여부를 가릴 필요는 없다. 자연인으로서의 인격과 작품의 기술자로서의 인격은 기술상 다른 것이다. 흔히 붓을 가다듬는다고 할 때 그 가다듬어지는 주체는 반드시 그 사람의 전 생활과 일치할 필요는 없는 기술의 주체이다. 작풍을 말할 때는 이 기술의 주체에 대해서 말하면 될 것이다. 이런 주체로서의 작가 안수길의 품격은 성실하고 강인한 상식인이었다는 것이 필자의 생각이다. 보통 생활자의 감각에서 너무 동떨어진 세계는 그의 본질적 관심사가 아니었다. 보통 생활자가 그 보통의 생활을 성실히 꾸려나가면서 겪는 문제들이 그의 작품 세계의 주조를 이룬다. 그의 소설의 어떤 문제든 결국 이 주조에 돌아오고 만다. 혼란과 해체의 시대에 평상심平常心을 지닐 수 있었던 것이야말로 그의 능력이었다.

자연인으로서의 인격과 문학의 기술자로서의 인격은, 원칙적으로 별개의 것이라는 말은 그 둘이 하나가 되지 못한다는 말이 아니다. 사람에 따라 그 두 인격 사이의 거리는 여러 가지일 수 있다. 안수길 선생의 경우는 그 거리가 매우 가까웠던 것 같다. 내가 선생을 알고부터의 관찰에 의하면 그렇다. 그의 풍모에서 제일 사람을 끄는 것은 웃는 모습이다. 턱을 쳐들싸하고 활짝 웃는다. 별달리 까다로울 것이 하나도 없이 보이는 그런 웃음이다. 술을 곁들여 이야기에 흥이 나면 잔기침을 하면서 오른쪽 무릎을 들썩들썩하는 몸짓 같은 것도 언제 비롯한 것인지는 모르지만, 필자가 선생을 알고부터의 선생의 나이에 매우 어울리는 모습이었다. 그는 쉼 없이 쓴 작가였다. 몸이 약했다고 하지만 결국 약한 사람이 그렇게 많이 쓸 수는 없는 일이다. 그는 자기가 산 생애의 뜻을 넓게도 보려고 애쓰고 꼼꼼하게 살피기도 하면서 그의 문학의 폭을 그렇게 넓혀갔다.

　누구보다도 필자 자신은 안수길이라는 사람을 작가로서나 인간으로서 객관화하는 습관에 익숙지 못하다. 흔히 말하듯이 사람이란 자기 기쁨은 당연해 보이고 자기 불행은 난데없어 보인다. 문학이란 형태로 삶을 본다는 것은 지독하게 잔인한 일도 참아야 한다는 것일 텐데 그가 삶을 마친 지 바로 어제인 지금 이런 상식이 아직 얼른 몸에 배지 않는 느낌이다. 그래서 이 글을 쓰면서도 너무 겉돌아 보인다. 이렇게 어려운 일을 말에 정착시킨다는 일 중에서도 가장 고지식하게 삶의 실감을 옮기려는 문학이라는 기술은 선생의 말마따나 '어려워요'일 수밖에 없는가 보다.

시점의 문제
— 어떤 선평

「조건부」

소재가 새로워서 믿음직한 데 비해서, 그 소재를 다룬 주제 의식이 너무 얕은 데다가 끝맺음은 너무 무겁다. 현실과는 달라서 소설에서는 인간이 왕이다. 왕의 죽음은 함부로 있어서는 안 되고, 있자면 작가의 의식에 의한 깊은 진혼鎭魂 처리가 있어야 할 것이다.

「건너지 못하는 강」

이 작품의 가장 큰 허물은 작자 자신이 작중 현실을 건너서지 못한 데 있다. 소설은 작가의 의식에 의해 극복된, 완성된 공간이다. 주인공을 비롯한 모든 인물은 어떤 허물도 다 가질 수 있지만, 작자까지 그것에 묻혀서는 안 된다.

「분토糞土」

재미있고, 주제 의식도 분명한 편이다. 그러나 필요한 깊이에까지는 이르지 못하고 있다.

「혐의의 늪」

모든 부분이 끄는 힘을 지녔고, 신빙성 있는 환기력도 가지고 있는데도 그것들 모두가 쌓여도 어떤 뚜렷한 모습도, 깊은 뜻도 이루지 못하고 있다. 그 까닭은, 1)기술의 시점이 주인공을 통한 것인데 2)주인공은 매우 상황에 대한 인식이 모자라거나, 얕거나, 알맞지 못하거나 하달밖에 없는데 3)그 주인공의 시점에 겹쳐 있는 작자의 시점까지도 그 테두리를 벗어나지 못하고 있기 때문이다. 주인공이 무력하다는 것과 무력한 주인공을 작자가 어떻게 보는가는 다른 차원이다. 적어도 작자는 주인공의 무력함을 알고 있지 않으면 안 된다. 이 앎이 없으면 소설은 마치 돌을 그리기 위해서 진짜 돌을 주워다가 틀에 매달아놓는 것과 같은 일을 하고 있는 것이 된다. 돌을 그린다는 것은 돌보다는 더 많은 것을 지닌 작가의 의식이 그 돌을 자기의식 속에서 자리를 주는 것을 말한다. 그런데 진짜 돌을 갖다 놓는다면 작자는 아무것도 말하지 않는 것이 된다. 예술이란 현실과 꼭 같은 물건을 만들어내는 기술이 아니다. 현실에 대해서 작가가 어떻게 생각하고 있는가를 말하는 의견의 표현이다. 예술이 현실과 비슷해 보인다는 것은 위험한 일이다. 왜냐하면, 그것은 현실이 아니라, '현실'이라고 헛갈릴 만큼까지 사람들을 중독시킨, 작가 의식 이전의 '상식'이거나 '미망'이기 쉽기 때문이다.

현대인이 잃어버린 것

　유한이란 것은 아무리 더해보아도 무한은 되지 못한다. 유한에는 언젠가 끝이 있다.
　어림잡아 말한다면 옛사람들에게는 이 감각이 지나치리만큼 깊게 스며 있었다. 무상無常──영원한 것은 없다는 앎이다. 이런 앎 때문에 일어나는 폐단이 많았던 것은 사실이다. 그러나 가시가 있다고 해서 장미꽃의 아름다움이 없어지는 것은 아니다. 이런 앎이 옛사람들에게는 모든 행위의 바탕이 되었다. 절제라든지 사랑이라든지 하는, 사회를 사회로서 있게 하는 규범들은 이 같은 존재의 유한에 대한 인식이 없이는 이루어질 수 없다. 이런 시대에는 사람들은 자연과 매우 가깝게 지내고 있었다. 사람도 자연의 한 부분이라는 것이 눈에 보였고, 그래서 그들은 자연을 의인화하는 데에 아무 거침이 없었던 것이다. 자연을 연구해서, 그 법칙을 알고 응용하는 일이 많아짐에 따라 사람들은 차츰 자연과 멀어진다. 멀어진다는 것은, 자연과 인간의 동질성을 잊어버린다는 말이다.

유한한 앎이 우리 마음을 속이게 된다. 속인다는 것은 우리 존재가 유한하다는 것을 잊어버린다는 말이다. 그러면 어떻게 되는가. 우리는 교만해진다. 그리고 자기가 가진 것이 영원토록 없어지지 않을 것처럼 살아간다. 그러나 그렇게는 되지 않는다. 언젠가 있었던 것은 없어지고, 나하고는 상관없을 것 같던 일이 문득 나타난다. 그때 사람들은 놀란다. 그는 아무 준비 없이 이런 일을 겪게 되었기 때문이다. 개화 이후의 우리는 백인들이 만들어낸 것들 과학, 정치 제도, 그들의 종교 같은 것들이, 마치 그것들을 알기 전의 우리 삶에는 끄트머리도 없던 것이거나, 그렇지 않더라도, 우리 조상들의 삶과는 차원이 다른 무엇을 가져다줄 것처럼 생각해왔다. 마치 유한을 넘어선 무한과 같은 것을.

그러나 섭섭한 일이지만 세월이 흐른 지금, 우리는 백인들의 그 학문·예술·종교 들도 모두 우리의 옛 삶과 다름없는 유한 속의 제상諸相이었던 것을 깨닫기에 이르렀다. 이것은 유럽의 문명과 만난 모든 비유럽권이 고통을 겪으면서 배운 진상이다.

우리가 잃어버린 것은, 서양에 대한 동양이라든가, 중국에 대한 우리 역사라든가 그런 것이 아니다. 그런 것을 다 알고 나서 우리가 역사의 어떤 시기에 얻었던 문명 감각—인간의 삶에는 절대적 차이는 없다는 것, 나아가서 인간과 자연 사이에도 그런 차별은 없다는 점—이것을 우리는 오랫동안 잊어왔다. 이것을 다른 말로 종교 감각이라 불러도 좋을 것이다. 굳어버린 교조주의와, 용기 없는 신물 숭배는 모두 참다운 종교 감각을 잃게 하는 것들이다.

이 감각이 없는 삶도 삶이긴 하지만, 그것은 인간의 본질인 평화에 어긋나는 삶이다. 이 감각은 우리에게 어떤 이익을 가져올까? 세상을 과학적으로 볼 수 있는 부드러운 마음을 지닐 수 있게 한다. 제행諸行이 무상한 이 삶에서 제일 슬기롭고 강한 것은 부드러운 움직임이다. 이 삶에서 서로 사랑하던 사람과 갈라지는 슬픔에 견디기 위해서도 부드러운 마음이 있어야 한다. 모진 마음은 받아야 할 것을 안 받으려고 애쓸 것이고, 그것은 새로운 슬픔을 만들어낼 것이다. 바람직하지 못한 업業의 순환을 끊어버릴 수 있는 부드러운 마음을 되찾는 것이 현대인의 행복의 첫 조건이다.

경험과 문학적 지성

체험이란 것은 누구에게나 값진 것이고 그래서 우리는 그것을 적어두고 싶어 한다. 그리고 어떤 체험이든 그것만으로 따로 떨어진 체험이란 것은 없고 따지고 보면 많은 사람의 운명이 서로 얽혀 있다. 어떤 체험이든 그것이 체험인 바에는 개인의 것이면서 모두의 것이라는 것이 체험의 본질이다.

한국인의 베트남 체험이라는 것도 이 점에서는 마찬가지 성격의 것인데 그것을 기록하는 경우에, 기록의 목적에 따라서 어느 측면이 강조되게 마련이고 그 비율에 따라 그 기록의 성격도 결정되게 마련이다.

베트남 체험을 소설로 다루는 경우에도 따라서 작가마다 그런 비중이 다르게 마련인데 다른 형태의 기록이 아닌 소설만이 가지는 특성이 강할수록 체험의 예술화가 성공했다고 말할 수 있을 것이다. 박영한의 『머나먼 쏭바강』을 읽고 느껴지는 것은 개인적 체험을 말하고 있는 것이 모두의 체험을 말하고 있는 것이 되고, 모두의 체험을 말하는 것이 개인의 체험을 말하고 있는 것이 된다는 그러한 서로 부추겨주는 효과가 강하게 고루 퍼져 있다는 점이다. 한 가지 예를 들면 이 소설에서 한국군 병사들과 미군들 사이를 그린 대목들은 매우 신선하다. 까닭은 한국군과 미군의 관계를 보는 눈이 어딘가 새로운 데가 있고, 그 새로움이 많은 사람들이 공동으로 체험한 것에 바탕을 두고 있다는 말이 된다. 그런 대목들은 단순히 '베트남'에서 드러난 한국군과 미군의 관계에 대한 한걸음 나아간 관찰이라는 것을 넘어서 무엇인가 더 보편적인 것—그러니까 다른 여러 가지 것들에 대해서도 적용될 수 있는 어떤 요령이랄까, 미의 느낌 같은 것까지도 불러일으키게 한다. 뛰어난 소설에서 우리가 받는 느낌이다.

'베트남'에 대해서 많은 사람들이 많은 형태의 글을 썼다. 모두 그만한 진실을 지닌 글들임에는 틀림없다. 그러나 소설이 아닌 모든 글은 원칙상 '그만한' 글이면 족한 것이지만 소설이라는 형태의 글에서는 그 글 속에 '그만한' 것이 아닌, 바로 베트남 그것이 완전한 부피로 들어 있어야 한다. 이것은 글의 분량만을 가지고도 이룰 수 없고, 대상에 대한 파악의 정확성만을 가지고도 이룰 수 없다.

체험이라는 것이 지니는 깊이를 존중하고 그 존중이 그대로 소설이라는 형식에 대한 존중으로 드러날 때 우리는 경험이 가장 믿을 만한 형태로 기록되었다는 든든한 느낌을 갖게 된다. 이 소설은 당대의 생활을 묘사하면서 그러한 느낌을 주는 데 성공하고 있다. 이 성공은 두 가지 점에서 축하할 만하다. 첫째는 순수하게 문학적 의미에서다. 한국 소설이 이만한 정신의 자유와 관찰의 부드러움을 지닐 수 있다는 것은 소설이라는 형태로 마음의 건강을 가다듬어보는 버릇을 가진 사람들의 기쁨이 아닐 수 없다. 축하해야 할 점의 다른 한 가지는 좀더 일반적인 성질의 것이다. 많든 적든 우리 역사의 지울 수 없는 한 장면이 베트남이라는 땅에서 이루어진 바 있다. 많은 사람들이 거기서 어떤 기간 동안 저마다 무엇인가를 하다가 돌아왔었다.

한국인의 베트남 체험 속에는 되씹어볼 만한 값진 것들이 많았다. 이것이 비나 바람처럼 그저 지나가버렸거나(비나 바람도 그저 지나가는 법은 없지만) 가령 정치적·군사적·경제적 따위의 어느 한 측면만으로 정리되거나 평가된다면 우리는 체험의 많은 부분을 그대로 흘려버리는 낭비가 되었을 것이다. 일이라는 것은 마음 가지기에 달려 있는 것은 아니지만 어떤 일을 겪고 난 다음 그 일의 본질에 다가설 만한 인식을 가질 수 있다면 다음번에 그와 비슷한 일을 겪게 될 때 우리는 훨씬 그 일을 잘 다룰 수 있게 된다.

다시 말하면 베트남에 갔던 사람들의 경험이 우리 모두에게 이로운 것이 될 수 있게 했다는 점에서 『머나먼 쏭바강』은 우리가 자신에 대한 자존심을 가질 수 있는 한 증거를 만들어주었다는 뛰어난 역할을 하는 흔치 않은 소설이다. 훌륭한 소설이 하나 탄생하였다.

프리즘의 미학

　반드시 소설만 그렇달 것이 아니라 표현이라는 것은 표현자라는 프리즘을 매개로 해서 굴절된 사물의 인상이다. 여기서 사물이랄 때는 자연일 수도 있고, 사회일 수도 있고, 또는 그 굴절의 구조 바로 그것일 수도 있다. 그러니까 아무튼 그것은 의식 속에 있는 것이다. 그러나 과학의 표현은 이 매개 과정 자체는 묶음표 속에 넣는다고 할까, 지워버린다고 할까 한다는 입장인 데 견줘본다면, 문학이 그 속에 있는 장르인 예술이라는 것은, 이 매개 과정 자체가 피매개물을 씨줄이라고 한다면 날줄처럼 걸려 있어야 한다는 것이 본질이며, 이 '장르'(표현으로서의)의 효용도 바로 거기에 있다.

　그래서 이런 장르적 본질을 강조하다 보면 피매개물보다도 매개 과정 자체를 더 앞세우고 싶어지는 경우가 있다. 오늘날처럼 표현의 대량 생산 때문에 주인 없는 언어가 방대하게 제공되고 예술조차 그에 휩쓸릴 위험이 있는 시대에는 '장르'에 대한 이 같은 방법론적 강조는 본질적 의미가 있다. 필자는 이런 의견을 가지고 있기 때문에 이제하 씨의 소설을 즐겨 읽는다. 그의 소설은 이제하라는 '프리즘'의 생김새를 빠뜨리는 일이 결코 없기 때문이다. 이번에 읽은 「근조謹吊」(『문학과지성』 가을호)에도 이 프리즘의 존재는 뚜렷하다. 말할 것도 없지만 이 프리즘은 있다는 것만이 미덕이 아니라, 잘 짜인 것일수록 좋다.

이제하의 프리즘은 이 작품에서도 잘 짜여 있다. 작품을 가지고 말한다면 화장터 굴뚝에서 고인의 모습을 한 뭉게뭉게 거대한 연기가 나온다는 대목과 마지막 대목의, 선생의 부름에 그만 대답을 하고 마는 대목이 이 작품의 타원의 초점이 되고 있는데 이 두 대목은 같은 의미로 되풀이하고 있다.

그것은 자기의 시인으로서의 동일성의 확인이다. 살아 있을 때의 열 갑절만 한 크기로 피어오른 고인의 연기는 바로 고인에 대한 주인공의 사랑과 긍정에 넘친 '조안吊眼'에 비친 심상이며, 그 심상의 소유자는 다름 아닌 주인공이기 때문에 결국 주인공 자신의 마음이다.

마지막 대목은 아무 풀이가 필요 없는 글자 그대로의 자기 긍정이다. 무릇 글을 쓴다는 것은 자기를 긍정하는 태도이며 그 긍정의 값은 그 '자기'의 내용에 있다. 주인공의 자기의 내용은 '시인됨'이다. 그 밖의 어떤 측면(한 인간은 여러 측면을 가지기 때문에)에 대해서는 주인공은 어떤 주장도 변명도 하고 있지 않다. 선배의 묘 앞에서 받은 사제私製의 신화도 바로 시인으로서의 자격에 대한 환상적 믿음이다.

그 무덤의 소리도 주인공 자신의 소리임에 틀림없다. 기술한다는 행위는 기술자가 자기 안에서의 자기 분열을 다시 극복한다는 형식이기 때문에 '연기'라느니 무덤 속에서 나온 '소리'라느니로 객관화할 수밖에 없지만, 이런 것들의 장르적 의미는 매개자의 소재, 피매개체라는 성격을 말한다. 그것이 원래 예술에서의 소재의 뜻이고 이제하 씨는 방법론적으로 그것을 날카롭게 드러내 보이는 데다 그의 제작 행위의 초점을 맞추는 것이다. 그의 소설에서의 피매개체 즉 상식적 표층 부분이 늘 환상적으로 처리되는 것은 그 때문이다. 아마 그 부분을 일차적 상식에 맞춰 그리는 것은 그로서는 몹시 부끄러운 일인지 모르겠다 싶게 그는 이 점에 까다롭다.

시인 혹은 표현자가 책임질 수 있는 것은 그 표현의 공간 안에 갇힌 환상——혹은 현실의 반영이라도 좋다(매개자도 현실의 일부니까)——뿐이다. 그렇게 해서 어떤 인간은 존재의 공간 속에서 자기 자신을 비끄러매는 말뚝, 혹은 닻, 혹은 하중을 얻는다. 무슨 시인만 그렇다는 것이 아니다. 정치가는 정치가로서, 장사꾼은 장사꾼으로서, 사냥꾼은 사냥꾼으로서 저마다 그런다는 뜻이다. 그런 저마다의 자기 정위 속에서 시인은 시인임을 골랐다는 것뿐이다.

그리고 이제하가 이 작품에서 보여주는 어떤 짜증 같은 것은 이 말뚝·닻, 혹은 하중(그의 경우는 시인으로서의)을 얻는 일을 어렵게 하는 것들, 말하자면 진흙탕이라든가, 추錘로서 쓸 물건의 무게가 규격대로 안 됐다(즉 필요한 함유량을 속인 악덕업자들의 사기)라든가 하는 것에 대한 짜증인 셈이다. 시라는 것이 없는 것보다는 있는 것이 나을 수밖에 없는 한 그 짜증의 의미는 줄지 않을 것이며 그의 애독자들에 대한 성실성도 줄지 않을 것이다.

소설 『광장』을 고쳐 쓴 까닭

　문학 작품——소설·시·희곡은 작자라고 불리는 사람이 혼자서 짓는 것이라고 지금은 알고 있다. 그렇게 된 지도 오랜 일이다. 그러나 알다시피 아주 옛날에는 노래나 이야기는 오랫동안에 여러 사람이 비슷한 이야기나 느낌을 이리저리 뜯어 맞춰서 만들어지는 것이 예사였다. 신화·전설·민요 같은 것들이다. 우리는 이것도 문학이라 부르고 있다. 혼자 만들었든, 여럿이 만들었든, 하룻밤에 지어냈든, 천년 걸려 이루어졌건, 말을 가지고 기쁨과 슬픔을 나타냈기 때문이다. 이런 작품들은 혼자 만들어낸 작품이 쉽사리 지니지 못하는 힘을 가지고 있다. 닦이고 닦인 끝에, 문학 작품이 마땅히 그렇게 되어야 할 가장 효과가 좋은 모양으로 다듬어진 데서 나오는 힘이다.
　현대 작가는 이런 흉내를 낼 수 없다. 그 까닭은 매우 간단하다. 삶의 모습이 너무 빠르게 움직이고 있기 때문에 한 가지 소재에 무

작정 매달려 있을 수 없기 때문이다. 이 문제를 푸는 길은 얼핏 생각하기에 없지 않아 보인다. '집단 생산'의 작업 형식을 빌리면 될 것 같기 때문이다. 그런데 실은 이 해결은 해결이 아니라 파괴라고 불러야 할 사정이 있다. 현대의 삶이 빨리 움직인다는 것은 신화나 전설이 만들어지던 시대와 마찬가지 모양의 삶이 그저 움직임이 빨라만 졌다는 말이 아니다. 시간을 잣대로 해서 나타내면 현대의 삶을 그 빠르기로 이름 지을 수 있지만, 한편으로 공간을 기준으로 나타내면, 현대 생활의 특징은 그 다양성이라 불러야 할 것이다.

그러니까 여러 사람이 달라붙어서 한 가지 모양의 삶을 작품으로 만들어낸다면 '집단 생산'이 힘을 쓰겠지만, 백 사람이 백 가지 모양의 삶을 다루어야 한다면, 정확히 혼자서 한 가지 소재를 다루는 것과 마찬가지가 된다.

그래서 현대 작가는 별수 없이 혼자서, 이 다양한 현대 생활의 어느 한 군데를 골라잡아, 상당히 빠르게 그것을 보편적인 감동의 형식으로 다듬어내는 일을 하지 않으면 안 된다. 한 군데라고 하지만 그 한 군데는 자꾸 시간에 따라 모양이 바뀌는 한 군데다. 그러니 속도가 요구된다. 한 군데를 빠르게 그러나, 그 한 군데를 모르는 사람도 알아먹게 쓰지 않으면 안 된다. 대중 문학이란 것은 특수한 소재를 특수한 테두리에서 쓴 것들—일반성이나 상징에까지 이르지 못한 것들이다. 생활의 확대에 반사적으로 반응한 데에 그치고 그것을 더 보편적인 원리를 가지고 뒷받침하지 못하고 있다. 이렇게 되면 문학은 그것이 원래 하고자 하는 일을 하지 않고 있는 것이 된다. 문학은 상품 이름이나 광고 노래처럼 그것이 나타내는 물건이 없어지면 없어져도 좋은 일회적인 소비재가 아니다. 이상적으로 말하면, 영원히 없어지지 않는 무한 운동 장치 같은 것이다.

  변하는 것을 소재로 하면서 효력이 변하지 않는 것을 만드는 모순을 실천하고 있는 것이 문학이다. 이 모순은 인간의 조건을 이루는 것이기 때문에 피할 수 없는 것이고, 그 모순 자체가 문학을 성립시키는 해결의 바탕이 되고 있다. 모순이 곧 해결의 바탕이 될 수 있는 것은 인간의 삶은 끊임없이 변하고 있지만, 인간의 삶에는 전혀 변하지 않는 지평선이 있기 때문이다. 그 지평선은 모든 개인은 죽는다는 조건이다. 이 조건이, 인간의 삶의 확대, 다른 말로 하면 변화, 또는 속도에도 불구하고 어떤 인간이든지 처지가 다른, 다른 사람의 삶을 이해할 수 있게 하는 바탕이다. 작가가 하는 일은 다양화되고, 빠르게 움직이는 현대 생활의 어떤 부분을 (한꺼번에 모든 일을 다룰 수는 없으므로) 이 공통의 바탕과 이어지도록 물길을 터주는 일이다. 이 회로 구성의 기술이 현대 작가들이 힘을 쏟는 내용이다. 20세기 문학의 혼돈과 방황은, 이 기술 개발을 위한 그만한 숫자의 연구 보고서들이다. 많은 사람들이 이 회로 구성 기술은 전시대의 기술로 다시 돌아감으로써 해결될 듯이 생각했지만, 그것은 불가능하다. 빗자루를 타고 달에 갈 수는 없다. 그것은 해결이 아니라 공간의 무한성에 겁을 먹은 나그네가 욕망을 버리고 주저앉아 옛날을 그리는 꿈 같은 것이다. 사람들은 신화를 만들던 시대의 사람들이 신화에서 느낀 감동이, 지금 남아 있는 그것을 읽고 우리가 느끼는 감정과 같은 것이었던 줄로 생각한다. 삶이 그렇게 쉬우면 오죽 좋으랴만, 그렇지 않다. 신화는 그것을 만든 사람들이 그들의 키에 맞춰서 만든 옷이다. 그 사람들의 피와 땀을 먹고 살이 찐 우리들에게는 너무 작다. 거기다 붙이는 증폭 장치의 고안——그것이 현대 문학의 내용이다. 거의 모든 복고주의는 이 장치가 없는, 증폭 처리가 없는 껍데기의 흉내다. 그것이 옛사람들에게 불러일으킨 느낌이 거인이라면, 그것이 우리들에게 불러일으키는 느낌의 양은 난쟁이밖에 안 된다. 이런 껍데기는 그러니까 정확하게 말하면 오늘날의 상품 이름이나, 광고 노래와 같은 것이 된다. 바람에 날려 난쟁이 나라에 떨어진 거인의 쪼그라진 미라처럼 여러 사람이 여러 실험을 했고 그 성과는 차츰 쌓여가고 있다. 20세기 문학은 참으로 건강한 문학이다. 길잡이 없는 바닷길에 지치지 않고 나선 유럽 사람들이 건강했듯이.

  소설을 써오면서 나는 위와 같은 생각들을 하게 되었다. 누구나 인생을 모두 알고 난 다음에 인생을 시작하지는 못한다. 현대에서 무엇인가 말을 한다는 것은 참으로 어려운 일이다. 남도 말고, 내가 지어낸 작품들을 내가 읽어볼 때마다 괴로워진다. 나는 그것을 가지고 내가 소설을 만들어온 현대 한국말이라는 것이 상품 이름이나 광고 노래의 가사보다 그렇게 썩 나은 어떤 틀이나 본때를 만들지 못하고 있음을 차츰 알게 되었다. 문학자에게는 역사의식은 심미 의식과 직결되지는 않는다. 그 사이에는 매개항이 있지 않으면 안 된다. 그것이 언어 의식이라 하겠다.

  나는 미국에 있는 동안에 꽤 시간이 많았다. 처음에는 미국 자체를 좀 알아볼까 했으나, 걸릴 시간에 견주어 실속이 없을 것 같아서, 곧 그만두고 전부터 지녀오던 내 자신의 문제의식의 흐름을 따르기를 이어가기로 하고, 『광장』을 또 고쳐 쓰는 일을 시작했다. 그 결과가 이번에 문학과지성사에서 나온 판이다. 이 일감을 통해서 군데군데 이야기를 고치고 빼고 하기도 했지만, 주된 일은 한자로 만들어진 말을 한자 어원 아닌—또는 아니라고 내가 알고 있는—말로 고쳐 쓰는 것이었다.

현대 한국 소설은, 다른 자리의 문자 표현물들이 국·한문 섞어 쓰기를 하고 있는 이 마당에서는 난처하고도 어려운 수렁에 빠져 있다. 국민의 문자 생활에서 소설만이 다른 표기법을 쓰고 있는, 아마 세계에서 하나밖에 없는 일을 하고 있다. 물론 한국 소설의 한글 전용은, '날틀'식이 아니라, '비행기'식이다. 그리고 그 밖의 문자 표현물들은 한자로 '飛行機'라고 쓰고 있다. 한글 표기일 바에야 '날틀'이라고 해야 옳고 힘이 있다. 그러나 '비행기'가 자연스러운 까닭은 한편에서 그 어원인 한자로 '飛行機'를 쓰고 있는 데에 있다. 이런 체제 밑에서는 한글로 쓰기는 두 가지 나타냄의 작용을 한다. 첫째는 한자 어원을 모르거나, 의식하지 않고, '한자 어원의 말의 한글 표기'를 읽고 쓰면 어쩔 수 없이 그 표현은 얕고 곧 못쓰게 될 힘밖에는 없는 나타냄이 된다. 상품 이름이나, 광고 노래에 쓰이는 말쯤의 깊이밖에는 가지지 못한다. 둘째는, 한자 어원을 알고, 의식하면서, '한자 어원의 한글 표기'를 읽고 쓰게 되는 경우는 굉장히 사치한 일을 하는 것이 된다. 이것은 진짜는 은행에 맡겨두고 가짜 반지를 끼고 다닐 때의 그 가짜 반지와

긴 사람과의 사이하고 같아진다. 겉보기에는 진짜 같지만 정말은 가짜고, 가짜지만 사실은 진짜의 상징이라는 관계다. 이것은 수사학에서의 '비유'의 본질과 같다. 이 야릇한 표기법 그 자체가 바로, 그것만으로 최소한의 문학적인 조작의 몫을 하는 셈이다. 이것은 너무나 위험한 일이다. 종교적인 믿음은 개인마다의 영혼이, 그때마다 절대자와의 외로운 맞섬을 거쳐 지켜져야지 '면죄부'로 가름돼서는 안 되듯이, 민주주의는 국민의 손으로 걸음마다의 투표에 따라 지켜져야지 누군가에게 맡겨서 움직이게 한다는 '대의정치'만으로는 지켜지지 않듯이, 그처럼, 문학적인 심미 의식도 글의 지음새의 창조적인 고안에 의존해야지, 표기의 이중장부 제도에 기대는 것은 문학을 안에서 좀먹는 일이 된다. 죽음에 이르는 길은 넓고 수월한 것이다.

그러면, 어떻게 하면 좋은가? 아무 길도 없다. 에스페란토를 만드는 일이 아닌, 한국이라는 고장의 언어생활은 논리학 연습이 아니라 현실의 사회적 세력들의 구체적인 이해관계의 찌, 지표 같은 것이다. 그것은 모든 사회 행동이 그런 것처럼 그 여러 세력들의 정치 실력에 따라 판가름될 것이다.

그러면 나는 어느 편인가? 나는 국·한문 섞어 쓰기를 하면서 한글과 우리 고유의 말의 테두리를 차츰 넓힌다는 쪽이다.

그런데 소설에서는 이렇게 하려고 하면, 앞에서 말한, 이중 표기법에 의한 부당 이득에 길들여진 소설 독자의 언어 의식의 저항에 부딪히게 된다. 어떤 이득이든지 한번 얻으면 놓지 않으려 하는 법이다. 이것을 무릅쓰고 소설에서 섞어 쓰기를 할 용기는 나에게는 없다.

한국 소설의 한글 오로지 쓰기를 따르면서, 그것이 표기 제도의 부당 이득에 기대려는 염치없음에서 벗어나려면, 한 가지 길밖에는 없다. 한글 오로지 쓰기의 바로 그 원칙을 뿌리까지 따라가는 것, 한글 표기만이 아니라, 한자 어원의 말을 우리 고유의—또는 그렇다고 마음이 받아들이는—말로 바꾸는 일이다.

『광장』을 고쳐 쓴 작업 원칙은 이것이다. 여기서도 나는 어려움을 보아야 했다. '비행기'를 '날틀'이라고 바꾸면 그만이 아니다. 그 두 가지 말이 뜻하는 '밖'의 사물은 하나지만 '비행기'라 쓸 때와 '날틀'이라 쓸 때의, 그 '밖'의 사물에 대한 '안'의 느낌—곧 표현자의 느낌은 다른 것이다. 말이 무서운 것이 아니라, 그 뒤에 있는 군이, 이렇게가 아니라 저렇게 나타내겠다는, 그 골라잡는 주체인, 인간의 의지가 무서운 것이다. 말에는 이미 그 쓰는 이의 뜻에 앞서 다른 사람들이 그 말에서 바라는 뜻, 버릇이 있다. 이 뜻·버릇·타성이 쓰는 이의 속셈과 같으면 좋거니와 그렇지 못하면, 틀을 갖추려다가 얼을 잃는 것이 된다. 이른바 우리 고유의 말에는 한두 사람의 힘으로 거스르기 어려운 버릇·이데올로기·타성에 억세게 업혀 있다. 우리가 우리 고유의 말, 민중의 말이라고 생각하고, 따라서 본능적으로 믿는 말투에는 뜻밖일 만큼 같은 시대의 지배 계급의 사고방식의 거꾸로 된 모방인 측면이 얽혀 있다. 이런 함정도 또한 피해야 했다. 그럴 때에는 서툴고 거칠더라도, 나는 내 뜻이 굽어지지 않는 말을 쓰거나, 한자 어원의 말을 그대로 두거나 하였다.

『광장』 고쳐 쓰기에서 한 나의 일은 이처럼 우리말과 표기법이라는 큰 문제에서, 그 한 군데인 소설 표기의 테두리에 머무는 일이었고, 그와 어우러진 일들의 초입에 발을 들여놓은 것인데, 이 과정에서 얻어진 여러 가지 문제들은 두고두고 생각해볼 계획이며, 이 같은 손에 닿는 일감을 넘어선, 언어 문제 모두에 걸친 연구 같은 것은 아직 아무 마련이 없다.

대화
── 「옛날 옛적에 훠어이 훠이」에 대해

문　이 이야기는 우리나라 전설이라지요?

답　평안도에 내려오는 이야깁니다.

문　어느 시대입니까?

답　뚜렷하지 않습니다. 그러나 적어도 조선 중기 이전이면 어느 때라도 좋지 않겠습니까?

문　왜 중기입니까?

답　중기 이후라도 좋지만, 장수라든지, 용마 같은 신비한 존재가 자연스럽기 위해섭니다.

문　이것은 신비극입니까?

답　그렇습니다. 중세 서양에서의 성극·이적극 같은 것입니다. 우리들에게 전해 내려오는 신적 존재들 중에는 이 '장수'라는 존재는 제일 점잖고 생활과의 관계도 합리적인 종교적 상징입니다. 구약과 신약 성서의 상징체계 전량과 맞먹는 우리의 종교 자원이라고 생각합니다. '장수'는 우리 신화 체계의 주신입니다.

문 왜 그렇습니까?

답 '장수'는 사람들의 고통을 해결하기 위해 내려온 하늘 사람입니다. 생활의 근본 문제를 초인적으로 해결하는 존재니 가장 높지 않습니까?

문 그러나 그는 사람의 손으로……

답 그 점이 이 계통 전설의 뛰어난 구조입니다. 장수는 결국 그를 맞이할 인간의 태도와의 관계 위에서만, 일을 할 수 있다는 뜻이 아닙니까?

문 그러니까 기계적인 외적 해결이 아니라는……

답 맞습니다. 그러므로 극적인 것입니다.

문 '장수'라는 것은 우리 자신의 꿈이라고 할 수 있겠군요.

답 옳습니다. 옛날 사람들은, '힘'이라든지, '아름다움'이라든지, '앎' 같은 것은 자기 밖에 있어서 자기들은 그것을 맞아들이거나 마다하거나 할 수 있을 뿐이라고 생각했지요. 당신 말을 빌리면 운명을 외적인 것이라고 생각했지요.

문 운명은 내적인 것입니까?

답 내적도 외적도 아닙니다. 우리가 극복한 자연과 일을 내적 운명이라 부르고, 이기지 못한 것을 외적 운명, 또는 그저 운명이라고 흔히 부르지요.

문 그러면 이 이야기는 우리가 이기지 못한 자연의 이야기군요.

답 이기지 못한 우리 마음의 이야기이지요.

문 마음의?

답 마음은 자연입니다.

문 무섭고 슬픈 얘깁니다.

답 그것이 극입니다.

예술의 뜻

현대인들에게 본능적인 믿음을 불러일으킬 만한 종교는 이미 없는 것 같다. 사실 이것은 대단한 일이다. 사람이 있어온 이래로 정말 속마음에서부터 나오는 소리로 불러볼 신의 이름 없이 사는 시대라는 것은 여태껏 있어본 적이 없다. 더구나 한 사회가 공동의 종교적 기반을 가짐이 없이 산다는 것은 사람의 역사에서 보면 지극히 짧은 기간밖에 안 되는 어제오늘의 일이다.

그렇다고 해서 정치라고 하는 것이 현대인의 의식에 차지하는 자리라는 것이 종교를 대신할 만한 것은 못 된다. 사람을 종교처럼 깊이 사로잡는 정치는 분명히 위험한 것이고, 한편 사람에게 깊은 참여를 허락하지 않는 정치라는 것도 바람직하지 못하다. 아마도 정치가 차츰 그 힘의 한계가 드러나면서 권력의 운용이라는 뜻에서의 순수한 정치에서 사회의 성원이 얻을 수 있는 것이 제한돼 있다는 것을 알게 되었기 때문에 우리는 정치를 종교처럼 믿을 수는 없게 되었다.

과학 기술이라는 것도 신의 얼굴을 대신하기는 아직 어렵다. 무엇보다 과학은 그 정직성 때문에 지금 당장 전지전능하다는 태도를 취하기를 스스로 거부한다.

예술은 과학처럼 현실의 시공에서의 행동이 아니라는 약속 아래 이루어지는 것이기 때문에 전지전능하다. 현실의 정책적 고려에서 벗어나 있는 것이 약속이기 때문에 어떤 유보 사항도 없이 정의를 실현한다. 또 특정의 신의 이름 아래 인간의 운명을 좌우한다고 선언하는 것은 아니기 때문에 언제나 사람의 편에 서서 인생과 우주를 생각한다.

예술은 도그마 없는 종교며, 당파심 없는 정치며, 불가능이 처음부터 없는 과학이다——다만 꿈의 시공 속에서.

하늘의 뜻과 인간의 뜻
── 연극평론가 한상철 씨와 나눈 말

때: 1979년 2월 8일 오후 4시
곳: 공간사 회의실

한상철(이후 한) 출국 비자 관계로 바쁘실 텐데 시간을 내주셔서 감사합니다. 3월초에 뉴욕 주립 브로크포트 대학 연극부 학생들에 의해 공연되는 최 선생의 희곡 「옛날 옛적에 훠어이 훠이」는 1976년 극단 '산하'가 공연했던 작품이고, 그해 한국일보 연극 영화 희곡상까지 수상하신 작품인데, 그것이 다시 외국인에 의해 공연된다는 사실에 대해 우리 연극계로서는 주목하지 않을 수가 없군요. 대본 자체도 그들이 번역해서 공연한다고 들었습니다.

최인훈(이후 최) 예. 작년 여름에 영문 대본을 그쪽에서 보내왔어요. 그래서 그것 보고 간단히 의견을 적어 보냈지요. 그 대본에 의해 지금 리허설이 진행되고 있겠죠.

한   그쪽에선 「옛날 옛적에 훠어이 훠이」를 보고 무엇이 그렇게 매력 있었다고 하던가요?

최   글쎄요. 연락이 잘 안 되기도 해서 자세한 것은 아직은 모르지요. 그쪽에서 교환 교수로 한국에 머물다 간 분이 있는데 그 사람이 연락을 해와 꼭 두 번 만났어요. 그 사람이 출국하기 직전이라 작품 자체에 대한 얘기는 전혀 못 했지요. 그 사람 자신 한국말을 모르고 관극觀劇만 하고선, 옆사람에게 내용은 전해 들었겠지만 알고 감상한 건 아니라고 봅니다. 그저 좋았다는 얘기이고, 어디가 어때서 좋았다는 얘기는 없었어요. 그 사람이 그 무렵 미국 문화원에서 강연을 한 번 했다는데 그때 혹 무엇이 좋았다는 얘기는 했을지도 모르죠. 저는 참석을 못 해서 못 들었지요.

한   문학 작품이란 것이 오랜 문화적인 축적蓄積 정서의 함축 등에서 솟아나오는 게 아니겠어요. 더구나 「옛날 옛적에 훠어이 훠이」 같은 것은 한국인의 오랜, 결이 든 생활 속에서 우러나온 형태의 연극인데 외국인의 눈에 상당히 매력 있게 보였다는 것은……

최   아마도 이런 이유에 있지 않느냐 생각합니다. 거기선 번역본을 자작해 쓰고 있는데 문예진흥원에서 희곡 작품들을 영어로 번역해낸 책이 있어요. 외국인들은 제목을 「훠어이 훠이 long long time ago」라고 번역했는데 여기선 의역해서 「대속자 Redeemer」라고 했어요. 가령 추측해보건대 미국인들이 어떤 데서 문화적인 유형의 차이에도 불구하고 전달이 가능하겠느냐 하면 'redeemer'라고 본 데서 가능하지 않았느냐 하는 생각입니다.

대속자, 그 영원한 좌절

한 이를테면 장수將帥 얘긴데 그런 원형이 구라파의 전설 속에서 많이 보인다 그래요. 독일 쪽에서는 'Ur-Child,' 원초적인 아이죠. 그런 설화가 있대요. 그런 의미에서 'Ur-Child'란「옛날 옛적에 휘어이 휘이」의 장수와 같은 인간의 고통, 인간의 힘으로서는 해결할 수 없는 고통을 초인적인 능력을 가진 자에게 의탁하고자 하는 심정에서 창조해낸 인물 같아요.

최 예수교 관례 중에도 아기 예수가 예수라는 인물의 통합적인 인상 중 중요한 부분을 차지하고 있는데요. 가톨릭에서는 마리아가 늘 아기를 안고 있는데 십자가상의 예수에 못지않은 중요한 이미지를 갖고 있다 할 수 있죠. 그런 형태로도 머리에 전달되는 그 무엇이 있을 수 있으니까요.

한 실제로 서양의 중세 연극을 보면 아기 예수와 양을 바꿔치기하는 얘기가 나오는데요. 상당히 코믹한 내용이긴 하지만요.

최 이 얘기도 한국인이 살아오면서 그 의식 속엔 대속자라, 죄의식이라 하는 점은 안 돼 있고요. 그냥 민중은 무고한 것으로 보고 그런 억압받는 민중들을 장수가 와서 구함으로써 세상의 정의를 실현시킨다는 거지 백성들의 죄를 대신한다는 것은 우리 전설에는 없는 부분이죠. 전설 자체가 그런 얼굴로서 강조돼 있지 않지만 하나 그렇게 해석할 여지는 있죠. 왜냐하면 장수가 결국 일을 하지 못하고 현세의 힘에 의해서 늘 제거당한다든가 인간들의 죄를 대신해서 무고한 아이를 희생시킴으로써 이 세상은 또 지속해나간다든가 하는 것 말이죠. 다시 말하면 권력 쪽에 약간의 공포감을 주고 민중한테도 뭔가 이루어지지는 못했으나 또 다음 아이를 기다리는 생명의 영원한 지평에 대한 희망을 준 거죠. 비참한 최후를 마침에도 불구하고 민중들이 그 전설을 버리지 않고 계속 전해 내려온 것은 좌절을 영원히 되풀이한다는 자체에 조금이라도 의미가 있다고 생각해서였다고 봅니다. 때문에 최소한의 대속자라는 의미를 붙일 수도 있겠죠. 번역한 분은 나에게 아무 상의도 없이 제목을 '대속자'라 의역했는데 작품을 처음 대했을 때 주제를 어느 정도 그런 점으로 느끼지 않았나 생각됩니다. 미국 사람들이 봤을 때는 그런 뜻에 기반을 두고 봤을 테고요.

한 서양 사람들이 예수를 스스로 자기네들 손으로 죽이고 우리들도 우리 손으로 장수를 죽인 셈인데 죽이고 난 다음의 태도들이 상반된 것 같아요. 저쪽 사람들은 죽인 후 그렇게 환호를 하고 삶의 평화를 되찾았다는 반응은 안 보이는데요. 「옛날 옛적에……」에서는 온 군중들이 나와서 장수가 죽은 것을 환호하고 생의 불안에서 완전히 해방되고 자유로워졌다, 일상의 삶으로 돌아갔다는 즐거움이 있죠.

최 그것 역시 간단하지 않은 것 같아요. 서양은 그로부터 2천 년 동안 계속 뉘우치고 있지 않느냐 하는 말씀이신데 그것은 기독교에 관련한 얘기고 유대교에 대해서는 우리 한국 사람과 마찬가지 같아요. 예수를 유대교의 이단자라, 가짜 선지자라 생각했기 때문에 자기네들의 일상생활에서, 유대교율律의 엄격한 규율에 위배되는 귀찮은 존재라 해서 그를 죽이고 차라리 이쪽 도적놈을 살려주자는 정도였으니까요. 때문에 유대교는 우리와 경우가 같은 것 같아요.

한 보편적인 차원에서야 다 마찬가지 아니겠어요. 일종의 그러한 변증법 말이죠. 이를테면 그네들의 현재의 삶의 문제를 자기네들 손으로 해결할 수 없으니까 장수와 같은 초월적인 능력을 가진 존재의 나타남을 고대하고, 막상 그런 존재가 등장하면 제거하고, 등장을 기다리고 나타나면 또 제거하고…… 이를테면 자기네를 구원하러 온 자인데 자기네 손으로 제거한다는 것은 굉장한 아이러니 같아요.

최 그렇죠. 왜 도스토옙스키의 『카라마조프가의 형제들』 중에 한 에피소드로 대심문관의 전설이란 게 있잖아요. 예수가 재림해 왔는데 장로들이 예수를 붙잡아 감금하고 왜 왔느냐 하죠. 어리석은 사람들이란 어마어마한 진리와 상면한다는 건 아무나 할 수 없는 일이라 믿고 있어서 언젠가 재림하리라는 기대로만 평화스럽게 잘돼 있는데 왜 진짜 나타나서 우리에게 고통을 주느냐 따지는 게 있어요. 그와 똑같은 아이러니죠. 일상의 평화를 지키고 싶은 사람들이 진리의 100퍼센트 실현을 선지자가 요구했을 때 나타내는 반응이랄까, 일종의 말없는 민중의 소리를 장로가 대변했다 할 수 있죠.

한 그런 인식은 일종의 비극적 인식 아닙니까. 일상 속에 머물러 있는 사람들은 일상의 테 속에 안주하고자 하지 그 테 자체가 아무리 불합리하다 해도 이미 습관에 젖어왔다는 사실만으로 안주를 벗어나려고 하진 않죠. 그 자체가 허위란 사실을 비극은 보여주는데 비극적 주인공은 그 테를 깨고 바깥으로 나가고자 하는 거죠.

최 바로 그 사람이 어디 하늘에서 난데없이 내려온 것이 아니라 인자人子, 사람의 뼈를 통해 내려왔다는 식으로 반드시 태胎 속, 사람 속에서 나왔다는 그런 태도를 취하는 것은 모순된 거죠. 결국 민중 자신이 그런 사람을 탄생시키는 거죠. 그래놓고서는 다시 죽인다는……

한 만일 그 장수가 예수처럼 성장한다고 가정해보면 결국 그런 서양 연극에서 오랫동안 지켜오고 있는 비극적 주인공이 되지 않느냐는 건데요.

우리 비극의 현세성

최 우리 것에서는 그런 성장 얘기가 없다는 거죠. 싹이 일어났을 때 거기서 비극의 종말까지가 다 되는 거죠. 살해가 되지 적어도 30세까지 자라서 뭐 어쨌다는 얘긴 없어요.

한 그와 관련해서 본다면 우리에게는 서양 연극에서 말하는 tragedy 같은 게 없다는 것 아니겠어요. 우리 쪽에 '비극적'이라는 게 있다고 보시는지요?

최 사실로서는 존재한다는 것이 사실 아니겠어요. 역사로 보나 무엇으로 보나. 그러나 문학으로서, 사고의 패턴으로서 분명하게 자각돼서 주장자와 반대자로 나누어져서 극적인 갈등을 가질 만큼, 그래서 보다 높은 차원의 인식에 도달하는 그런 것은 없겠느냐는 질문이신데요. 두 가지로 말하고 싶어요. 하나는 그런 것이 없다는 통설을 믿고 싶고요. 그러나 유학자들의 행동 유형, 가령 무얼 하다가 안 돼서 약사발을 마시기는 하나 자기주장을 굽히지 않는다든가 하는 것 말이죠. 조광조趙光祖라든가 왕조의 개혁자들, 의병들, 민충정공이니, 일단은 내세울 수 있는 한국의 비극적 유형이라고 할 수 있지 않느냐 생각하는데요. 그러나 유교라는 이념 때문에 생각해볼 여지는 예수교에서 말하는 절대자와는 달라 유자儒者들의 경우 자기가 하느님으로 생각하는 건 아니니까요. 왕 밑에서의 개혁 정치를 한다 할 때 정치적 색깔이라든가 여러 가지로 해서 문학적으로 서양 비극이 보여주고 있는 최종적 처절한 모습 같은 것은 부족하지 않나 생각합니다. 비극적 정서의 에너지라는 게 사실로서도 있었고 유교의 인간상 속에 뚜렷이 바탕이 있는데도 불구하고 한국적 비극성의 현세성 때문에 서양 문화에 있어서의 비극의 주인공처럼 비극적인 완전한 파멸이라든가 감히 상징적인 부활의 형태를 취하지 못하고 중간 형태나 유동 형태로 있다 세속에 흡수됐지요. 일종의 비극의 세속화 같은 거죠.

한 그러한 삶의 패턴 때문에 우리에게 소위 하나의 문학 작품으로서의 비극을 남기지 못한 게 아닌가 하는 생각이 들어요.

최 한국의 머리 좋고 성격이 고결한 사람들이 현세 정치를 완전히 부정하는 입장에 도저히 서지 못하고 자기 자신의 왕조적인 신분 의식이라든지 유교 자체의 반종교적인 의식 때문에 그런 에너지는 어느 정도까지는 비등해서 끓어올랐다가 정치적인 사고방식 속에 용해돼버리는 것, 가령 왕한테 배척을 받을 적에 내가 옳긴 하지만 왕이 저렇게 말하니 나는 굳이 원망하지 않겠다는 건데 철저한 태도라 볼 수 없죠.

한 희랍에서의 비극은 인간의 위치를 신의 다음가는 위치로 봤는데요. 사람을 그렇게 대단하게 봤다는 건데 우리 쪽에서는 그러한 인식은 안 되지 않았었는가 생각됩니다.

최 그런 입장으로 본 것은 자연이었지요. 오히려 우리는 자연을 닮으려 했지 자연을 지배하려는 생각은 못 했죠. 그런데도 불구하고 장수 설화가 있었다는 건 대단한 일 아니겠어요?

한 「옛날 옛적에……」는 우리나라에서 보기 드문 비극적 작품이라 보는데 그것은 장수 설화가 있었다 해도 그것을 보는 작가의 시선, 의식이 끄집어냈다고 볼 수 있겠죠.

최 그렇죠. 오히려 우리를 구원할 것은 풍수지리설이라든지 우리 힘과는 관계없는 신비한 누가 있어서 해주려니 하는 통속적인 차원에서 전승되고 또 되풀이되고 주체화한 게 아니냐 하는 거죠. 장수라는 게 우리의 한이라든지 꿈이라든지 배태해서 된 게 아니겠어요. 당대에 뭔가 생각해볼 만한 문제가 있다면 지성과 관계되겠죠. 휴머니즘이라든가 인본 사상이라든가 그러한 것이 그럴 만하게 살찌고 마지막 형태로서 정립 못 했다는 점.

한 저쪽은 인간을 앞세웠고 우리는 자연을 앞세웠는데 인간은 늘 자연 속에 매몰돼 있었지 하나의 인디비주얼 individual, 개체로서는 앞세우지 못했죠. 그건 그렇고 장수 설화는 언제 들으셨는지요.

최 아주 어렸을 때, 국민학교 정도에 다닐 쯤해서 막연하게 들었지요. 시골에서였으니까 얘기가 많았는데 그 후에 보니까 책에도 나오더군요.

한 최 선생님 작품은 거의 설화나 민담을 소재로 하고 있는데요. 그러한 얘기를 처음 들었을 때 제일 먼저 왔던 느낌 같은 것을 지금 기억하실 수 있는지요.

최 지금은 기억 못 한다는 게 옳은 애긴데 추측하건대 지금 어린아이들처럼 로봇 태권 브이라든가 하는 만화의 영웅, 그런 것하고 비슷하게 생각했겠죠. 근래에 와서 생각해보니까 그것이 상당히 한국의 신화·전설·민담 중에서 우선 양적으로 보아서 가장 고르게 퍼져 있고 제일 빈도가 많아서 중시돼야 할 것이라 봅니다. 대개가 고부간의 문제가 어떻고 형제간이 어떻고 하는 가정적인 것들이 많은데 장수 설화는 권력의 기본 구조, 세대간의 기본 구조, 이런 것과 관련된 민담·전설 중에서도 수위에 있을 사고형이나 정서를 가늠할 때 중시해야 할, 사람들의 잠재의식의 한 표출, 공적인 빛깔을 띠고 있는 것으로 봐야 하지 않겠나 하는 생각입니다. 단군 신화라든지 주몽 신화, 온조 애기라든지 신라의 박혁거세 애기라든지 개국의 설화들, 개국의 영웅들 그런 사람들과 막연히 어떤 친분성을 느끼죠. 개국 영웅들이란 대개 후세에서 받드는 사람들일 것 아녜요? 이상적 지도자죠. 장수 설화란 곧 그때마다 어떤 개국을 새로 하려고 하는 개국 영웅으로 볼 수 없겠느냐는 거죠. 기본 질서를 파괴하고 새 왕조를 건설하려는 자들이죠. 그것이 바로 민중들의 당시 군림해 있는 왕조에 대한 일차적이고 근본적인 시선의 표시라 하지 않겠느냐는 거죠. 감히 그렇게는 못 했지만. 홍길동 전설 같은 것은 그 사람의 사상은 어쨌든지 간에 나중에는 왕이 부르니까 작위를 받고 변방으로 물러갔다 그래요. 그 시대 속에서 그렇게밖에 못 했는데 여긴 그게 아니죠, 그래서 죽음을 당하는 거죠. 왕의 충실한 신하가 되기 위해서 장수가 나오는 게 아니니까요.

한 낡은 것, 겨울은 사라지고 새로운 봄이 오는 건데 그것이 엄청난 고통을 가지고 오죠.

최 한국 농민들이 두 가지 형태의 기본 전설을 가지고 있다고 보는데 풍요에 관계되는 신의 계열들, 그것은 체제와는 저촉되는 게 없으니까 늘 평화스러운 가운데 존경받을 수 있는 신의 계열들이었을 거라는 거죠. 다른 한쪽 계열은 풍요와는 관계없죠. 상당히 권력 지향적인 전설이랄까, 한국 민중들의 정치의식의 기본적이고 가장 중요한 표출 형태가 아닐까 해요.

장수 설화의 정치성

한 그래요. 그래서 전 「옛날 옛적에……」를 보면서 제일 먼저 느낀 것이 이건 굉장히 정치적이다 하는 거였어요. 대개 우리 쪽에서 정치의식이다 하면 정치의 실천에 대해서만 관심을 갖고 그 자체에 참여하고 참여하지 않는 것을 가지고 주로 얘기를 하는데요.

최 한국의 전설이나 민담·민요 다 보세요. 정치 자체에 대해서 동등한 자격으로 발언했다 할 수 있는 건 전무한 것 아녜요. 연극은 일단의 체제 속에서 부자간의 갈등, 형제간의 갈등, 고부간의 갈등, 계모와 계자간의 갈등, 이런 거지 이제 같은 그런 건 없었어요. 완전히 민중은 소외돼 있었기 때문에 그런 거거든요. 때문에 이 얘기는 유일하게 그런 원시적이고 기본적인 형태로서 남아 있는 정신의 실현으로 볼 수 있잖겠는가 하는데요. 한국의 개국 설화의 영웅들의 이미지에서 어떤 울림을 들을 수 있지 않을까 생각해요. 환청인지 모르지만.

호머의 『일리아드』 『오디세이』라든지 북구 전설의 영웅담이라든지 그 민족의 최유년기에 있어서의 가장 간단한 형태의 모습은 한국의 양반 문학엔 없어요. 홍길동조차도 이미 문명화된 그런 장수의 모습에 지나지 않고 전무한 상태라 할 수 있죠. 그런데 장수가 머리가 똑똑하다든지 인격이 고결한 것으로 표현 안 되고 그냥 장수라 표현돼 있는 거예요. 장수란 뭔가 굉장한 힘을 가진 사람이라든지 자비라든지 하는 모습으로 문명화돼 있지 않은 형태거든요. 때문에 그런 얘기들이란 민족의 초기의 기억에 관련된 것이 아닌가 생각되는데요.

한 그런 점에서도 저쪽은 우리와 차이가 있어요. 문명이 발달하면서 최초의 영웅이라는 형태는 퇴색했음에도 불구하고 영웅이 지니는, 일상성에서 초월한 한 존재에 대한 집요한 추구는 서양에선 계속해서 내려왔거든요. 그것이 그 사회를 변혁시키는 모티프가 됐죠.

최 간단한 얘긴데 왜 '히어로'라 하지 않아요. 우리 시정에서 볼 수 있는 삼류·사류 소설에서의 주인공을 히어로라고 하는데 그건 문제가 있는 것 같고요. 서양에는 문예 작품에서 그 주인공을 영웅이라 하잖아요. 아무리 밑바닥이 뭐래도 그것의 미학적 의미는 영웅이란 것이고 일상성에서 뭐라도 돌출한 어떤 것이 있어서 일상적 삶에 다른 차원의 빛깔을 던지는 데 의미가 있는 거지요. 그야말로 직업에 관계되는 것이나 소시민을 다루었다 해서 소설이라고 볼 필요는 없지요. 그렇다면 자기가 생활하는 게 소설이지 다른 거 뭐 있겠어요? 영웅의 맥이 쭉 있는데 원초적이고 서사적인 면에서 어느 정도는 현실에서 몇 센티 올라와 있는 그런 모습이죠.

한 그런 힘이 자기네들 사회를 계속해나가는 모티프가 됐지요. 우리 쪽에서는 그렇게 안 됐지요. 그런 점에서도 「옛날 옛적에……」는 다시 한 번 생각해볼 작품이에요.

최 조선 500년은 노인이 권위 있는 시대 아니었겠어요. 공자나 맹자나 노자나 다 노인들의 모습 아니겠어요. 실제 사회에서도 그렇고. 그런데 애기라는, 어른도 되지 않은, 나이를 먹지 않은 것에 가치를 주는 일은 적어도 문화 전통에는 없던 거죠. 장유유서長幼有序의 순서가 바뀌었다 할까, 아이가 세상을 구한다니 유교의 그런 것하고는 계열이 바뀌어 있는 것에 틀림없다 할 수 있지요.

때 묻지 않은 민족의 원형

한 그 근원이 문명이라는 일종의 허위 속에 세뇌돼버린 것 같군요. 장수 설화뿐만 아니라 최 선생님이 자주 다루는 설화를 작품 세계와 관련해서 한번 말씀해주시죠.

최 제가 난 곳은 함경북도 회령입니다. 어렸을 땐 그냥 문학소년이었겠죠. 설화 같은 얘기와 관련해서 말하자면 어느 소년이나 다 마찬가지겠지만 전 특히 희곡을 쓰기 시작하면서 문득문득 생각해낸 건데 그땐 소설도 아니고 주로 옛날 얘기들, 우리나라 옛날 얘기도 있겠지만 그림 동화나 아라비안나이트, 북구 신화 동화집을 즐겨 읽었어요. 물론 나이 들어 톨스토이나 도스토옙스키에게 영향을 많이 받았겠죠. 그런데 가령 당신 어디서 영향을 많이 받았느냐 하는 질문을 받으면 상당히 곤혹스러워져요. 지금 이 나이가 돼서 나하고 비슷한 나이로 해서 죽은 사람들의 정신 상태에 지금 내가 내려져 있다는 애기를 하기도 겸연쩍고, 실지로 갭이 있는 것 같고 해서 앞으로 같으면 그런 말 할 적에 이야기들, 신화나 전설 그런 것이 나한테는 제일 강하게 뚜렷하게 살아 있는 감수성의 원천으로 작용하고 있다고 말하고 싶어요.

한 소설은 고도의 지적인 작업이라 할 수 있는데 특히 최 선생님의 작품은 아주 고도의 지적 연마에서 우러나온 작품인데 그것이 희곡 쪽으로 오면 소설과는 전연 작품 세계를 달리하고 있거든요. 특히 희곡을 읽으면서 느끼는 것은 아주 어렸을 때 가졌던 심성이란 거예요. 그것이 성장하면서 상당히 오랫동안 소설이란 문학 속을 거치고 난 다음에 고도로 깎이고 연마돼서 세련되게 나왔다 뿐이지 그 심성의 원천은 굉장히 어린 시절에 있는 게 아닌가 하는 생각이 들어요.

최 그런 질문에 대해서 답변을 만드는 감이 있어서 안됐지만 아까 그 애기, 전연 거짓말의 진술은 아니고 결국 소설 애긴데 소설이란 것이 적어도 내가 손대본 한에 있어서는 성이 차지 않았던 것 같아요. 뭔가 땅 밑에 진액이나 용암 같은 게 막혀 있어서 그걸 어떻게 끄집어내보고 싶은데 소설을 쓴다는 것은 소설이란 방법에 의해서 분출돼야지 소설이란 파이프의 옆을 통해서 분출돼서는 소설을 비평하는 분들이 용서하지 않거든요. 억지로 그동안에 파격적으로나 룰을 깨면서라도 여러 가지 많이 해봤는데요. 지난 1973년에 『태풍』이라는 소설을 하나 썼어요. 그전에 『소설가 구보씨의 일일』을 썼는데 그 두 소설을 가지고 그동안에 뭔가 자기 속에 있는 것을 소설로 집성하려고 하는 것을 어느 정도 할 수 있었던 걸로 생각해요. 『소설가 구보씨의 일일』은 소설가 자신을 주인공으로 한 일종의 예술가 소설이고 『태풍』이란 것은 완전히 소설적인 기승전결과 스릴이 있다든지 로망까지 주어가면서 앞에 했던 실험적인 근대 리얼리즘 소설의 독자들이 눈살을 찌푸릴 그런 것을 의도적으로 완전히 억제해가면서 그동안에 하고 싶었던 문학적인 주제를 집대성해놓은 것인데요. 한 5년 전에 그런 소설을 나는 썼는데 한국의 소설 비평가들이 다 바쁜 분들이기 때문에 그걸 읽을 틈이 없어서 뭐 이렇다 할 코멘트를 받아본 적이 없는데요. 나의 주관으로는 성실하게 나의 소설 독자들로서 유심히 보는 사람이라면 완전히 논리적인 맥락이 있고 자기 문제를 독자 앞에서 단계적으로 자기 생체 해부 같은 걸 해 보여준 한 피크로서 보여주고 싶은 것이 바로 그 두 작품이에요. 그걸 다 쓰고 나니까 그다음에 소설에서 무얼 해야 하겠는가 하는 게 전혀 가늠이 서지 않아요.

톨스토이가 가진 큰 사상이라든지 도스토옙스키가 가진 것이라든지 카타르시스가 안 돼요. 그래 그 무렵에 조금 뒤로 돌아가지만 1970년에 제가 쓴 것이 온달 설화를 바탕으로 한 「어디서 무엇이 되어 만나랴」인데 저는 온달을 바로 장수로 생각했어요. 아까 우리에게 장수가 전혀 없다고 했는데 좀 예외가 있다면 말이죠. 한국의 신화든 전설이든 삼국유사든 삼국사기든 조선 시대, 고려 시대이든 말할 것도 없고 한국의 문학적인 문장화된 어떤 영웅의 형상화 중엔 온달처럼 차일디시childish한 게 없어요. 바보 온달이라 하잖아요? 왜 가장 위대한 것에 바보라는 성격을 주었느냐 말이죠. 지략이라든가 전략이 뛰어났다는 게 아니라 바보라는 거예요. 다시 말하면 어린애 같은, 모양을 크게 한 어린애라는 거예요. 그 모양 크게 한 어린애도 제대로 끝을 마치지 못하고 도중에서 그냥 죽어버리죠. 그것에 상당히 제가 신경이 쓰이더군요. 한국의 영웅상 중에서 마음이 끌리는 것이 실재의 인물 중에서 가령 강감찬이니 을지문덕이니 이충무공이니 이쯤 되면 전부 다 한 시대에서 한가락 하시던 분들이니 이미 사사로운 지평에 놓기는 뭣하단 말이에요. 을지문덕 같으면 당대 최고의 무장이라든가, 최고의 정치가, 최고의 문장가란 말이에요. 기록에 봐도 그렇고 적장에게 주는 한시漢詩까지 남겼으니까요. 온달의 경우에는 거의 민족의 최초의 개국 시대의 영웅들과 같은 때 묻지 않은 원형으로서의 영웅이죠. 그런 것에 뭔가 흥미를 느꼈다는 거죠. 한국 설화나 전설 중에서 내가 어떤 맥에 흥미가 있는가, 한국에 기왕에 전래되는 이야기 중에서 어떤 것에 흥미를 가질 만한가 생각해봤죠. 대개 보통의 소설가들은 현대 소설을 어느 정도 쓰다가 어느 시기에 오면 역사소설을 쓰고 싶어서 이순신 장군이니 강감찬이니 이렇게 끌어오는데 나는 그런 데는 구미가 현재까지는 안 당겨요. 이미 지어져 있는, 완성된 그런 데는 말이죠. 사람들은 그런 데서 뭔가 문학적인 관심을 끌려 하는데 나 자신 비켜나 있는, 기록 자체로서는 영세한, 한 부족의 얘기에 지나지 않는 그런 데서 무한한 문학적 영감을 얻었다 할까요.

한 그런데 그걸 왜 소설에서 다루지 않고 희곡으로 다루게 됐는지 그 얘길 좀……

소설과 희곡의 거리

최 아무래도 소설은 역사소설임에도 불구하고 민화 스타일이나 전설 스타일로 쓸 수 없고 만약 연재라도 한다면 자기도 알지 못하는 디테일을 집어넣어야 소설이 된단 말예요. 온달 시대의 디테일이나 단군이 뭘 먹었는지 걸음걸이가 어땠는지 그걸 어떻게 알아요. 집어넣는다는 데서부터 나는 허위가 시작된다고 생각해요. 그럴 바에는 현대 인물을 하지 뭐하러 고대인을 소화시키려 들어요. 이제는 고대인이라 해서 그렇게 할 생각도 안 나고 또 현대 소설의 토대, 리얼리즘이라는 토대가 구속하는 거라 현대 소설을 쓰면서조차도 구속받았는데 고대 소설을 쓴다는 건 일종의 전략이란 생각이 들어요. 본질적인 얘기는 주제라는 것은 형식을 요구하니까 이제 같은 그런 데는 역시 희곡이라는 형식이 필요하다는 생각이 들었어요. 이론적으로는 어떻게 하는 건지 연구를 못 했지만 직감적으로 희곡이란 희곡 대본을 쓰는 사람의 힘, 연극하는 배우의 힘, 이런 것을 넘어선 가외의 힘이 보태지는 장르라고 봐요. 형식 자체가 가지고 있는 창출력, 혹은 축적된 그것 자체의 양식화의 능력, 양식이 갖고 있는 표현은 다 못할망정 표현을 증폭시켜주는 개방성, 그런 것이 있는 것 같아요.

한 희곡도 서양의 경우 근대 이후에는 리얼리즘에서 자연주의까지 정치하다 할 만큼 일종의 생활인이 돼서 표현했는데 소위 드라마, 넓은 의미에서의 드라마, 장르로서의 드라마라는 것을 최 선생님은 가장 행복하게 요리하고 계신데요. 말하자면 드라마란 장르가 요구하는 것에 최대한 조화를 이뤄나가고 있는데 사실은 우리가 오랫동안 접해온 드라마의 스타일은 리얼리티, 리얼리즘의 드라마란 말이죠. 이미 다 버리고 우리 시대의 하나의 모드가 되고 있는, 우리 한국의 경우에 하나의 중요 모드가 되고 있는 스타일을 버리고 드라마가 가지고 있는 장르의 힘을 포착하는 것이 최 선생님이 성공하신 열쇠가 되고 있는데……

최 지금 제가 소설을 해온 이유라는 게 바로 한국적인 심성의 근원이란 뭔가 하는 거였어요. 문명사적인 탐구의 소설, 문화사적인 탐구로서의 소설, 소설이란 형태를 지닌 한국 정신사의 탐색, 이런 건데 소설이란 가장 자유스러운 형태니까 그런 주제를 다룬다고 해서 안 되는 것 없죠. 그런데 서양의 대소설이란 걸 보면 대개 본인이 수련을 통해서 얻었다든지 전통적이고 기본적인 교양을 통해서 바탕을 쌓고 있는데 대소설의 집필자들이란 자기 민족이라든지 문화가 이미 자기 손에 들려 있어요. 거기 대해서는 새삼스러운 언급이 필요 없이 비옥한 대지가 마련돼 있으니까 작가는 거기에 이야기·로맨스·갈등이라는 기술적인 씨를 뿌림으로써 그것이 자라나기를 기다리는 거예요. 그런데 어떻게 작가라는 것이 그 이야기의 대지조차도 만드는 것이 가능하겠는가 말이죠. 그런 어처구니없는 대문제 의식을 가지고 그동안 추구해온 것이 나의 소설의 역정이에요. 그런데 가령 희곡이라는 장르를 택하고 내용조차도 이미 축적된 것에 일단의 문학적인 도태 과정을 거친 전설이니 민담이니 신화니 하는 걸로 소재를 잡는다면 소설이 가지고 있지 못한 대지를 그냥 공짜로 얻는 셈이죠. 소설을 쓰다 보니 대지라는 것은 인간이 만드는 게 아니라는 생각이 들었어요. 앞으로의 세계는 어떻게 될는지 몰라도 적어도 아직까지의 인간의 역사의 형태, 생활의 형태, 예술의 형태는 대지라는 걸 전제하고서 그 위에서 인간의 목소리로 울고 웃고 하는 것이지 자기 발밑에다 대지를 만든다면 인스피레이션을 만들겠다는 것, 예술은 그게 아니라는 거죠. 그런 의미에서 그것 자체가 비극적인 불모의, 씨를 뿌려도 그만한 열매가 자라거나 꽃이 피지 않는 작업이 소설이었어요. 때문에 희곡이라는 장르와 한국의 전통적 이야기라는 소재를 택하면서 그동안의 모순이랄까 난관을 해결했다 할 수 있죠.

한 결국 희곡이 소설에서의 작업의 연장이라 볼 수 있겠는데요. 어떤 결정적인 계기라도 있었는지요?

최 문학적인 역정의 필연적인 단계로서 왔다는 게 제일 명쾌한 답변이 될 것 같군요. 예술가의 일이니까 사적인 것이 사적으로만 그치지 않고 작품에도 연관이 됐을지도 모르죠. 제가 희곡을 쓰기 시작한 무렵을 전후해서 개인적인 불행을 많이 당했어요. 이별이라든지 근친의 죽음이라든지 아이들 중에 사고를 당한다든지 그것이 2, 3년 안에—— 아마 비극은 몰려다니길 좋아하는 모양이죠? 제가 미국 가 있는 동안에 그런 일이 계속 일어난 건데 그런 것에 혹 심리적으로 영향을 받았는지 모르죠. 막이 올랐을 때 볼 수 있는 「옛날 옛적에……」의 조명과 비슷한 색깔이 아니었나 생각됩니다만.

한 「봄이 오면 산에 들에」는 어쩌면 작가의 호흡이고 작가의 리듬, 삶의 패턴이 아닐까 하는데 이를테면 동양 사상과도 일맥상통하는 것, 제일 중요한 모티프를 이루는 '바람'을 들 수 있겠는데요. 형체도 없는 이것이 작가가 가지고 있는 정신세계와 무관하지만은 않을 듯한데요.

최 바람이라 하면 어떤 허무 같은 걸 느낄 수 있겠는데요. 뭔가 근본을 알 수는 없지만 눈앞에 확실한 변화를 주고 어디로 가는지도 모르게 떠나가는, 붙잡아둘 수도 없는 그런 데 혹 마음이 끌렸는지도 모르죠. 하지만 그것보다도 바람이란 자기 자신의 정신을 가지고밖에 대항할 수 없는 어떤 대상으로 본 거죠.

한 미국에서의 생활이 최 선생님의 희곡 작품을 낳게 한 데 영향을 끼친 건 아닌지 모르겠군요. 「옛날 옛적에……」를 미국에서 쓰셨다고 했는데, 그때의 작가의 심경을……

최 말도 잘 통하지 않는 곳에 가 있으니 더 '한국적인 것'에 마음이 끌렸는지도 모르죠. 기왕에 쓴다면 「어디서 무엇이 되어 만나랴」와 같은 계통의 것을 좀더 완결된 형태로 이뤄보고 싶었고요. 1966년 전후해서 「놀부뎐」을 썼는데 판소리 가락에 의해서 썼어요. 그것이 5, 6년 후 「어디서 무엇이 되어 만나랴」와 같은 데로 이어지고 그다음 「옛날 옛적에……」로 이어졌다고 볼 수 있죠.

한 얘기의 방향을 잠시 돌려 개화기 이래 예술가들의 정신사적 문제에 대해서 말씀해주시죠.

예술가의 비전

최 예술가뿐만 아니라 생활하는 사람도 다 어떤 세계에 대한 비전이란 걸 가지고 있을 것 아닙니까. 생활인이건 과학자건 예술가건 비전을 가지고 있는데 그게 어떤 형태건 질의 고하를 막론하고 각각 조금씩 다르다 할 수 있겠지요. 생활인으로서 가지고 있는 생의 비전과 과학자에게 과학이라는 테두리 안에서의 필요한 무엇과 예술가가 필요로 하는 또 전제하고 있는 생의 비전이랄까 이런 위에서 각기 생활하고 과학하고 예술하게 되는 건데요. 그런 것은 어느 시대의 사람이나 가지고 있게 마련인데 우리 경우에 한 백 년 안쪽에 생활한 한국인이 가지고 있는 생의 비전이라는 게 어느 부류의 사람을 집어내서 봐도 상당히 헝클어지고 질서 정연하지 못한 그런 상태가 아니었던가 저는 생각합니다. 그렇더라도 생활하는 사람이라든지 과학하는 사람들의 사정하고 예술하는 것은 조금 다르겠죠. 과학 같은 것은 원래 보편적인 데를 향해서 자꾸 순화되는 게 그 성격이라 할 수 있으니까 한국의 과학, 미국의 과학, 인도네시아의 과학, 이런 것은 요즘 점점 더 보편화되고 있다고 할 수 있겠죠. 과학자에게야 국적이 있겠지만 과학이야 무슨 국적이 있겠어요? 그렇게 전 생각하는데 생활하는 사람의 경우도 그렇죠. 무슨 자각된 의식이 없더라도 생활이라는 게 뭘 인식한 다음에 생활한다고는 할 수 없으니까, 부딪쳤을 때 현재 가지고 있는 인식을 가지고 우선 생활을 해야지 머릿속에 형이상학이 구축되기 전에는 밥을 안 먹는다든지 이럴 순 없거든요. 그러나 예술가인 경우엔 조금 다르지 않은가, 예술가의 경우 예술이란 것이 생활처럼 조금 덜 세련된 의식을 가지고 덮어놓고 우선 해놓고 봐야겠다는 행위의 성질도 아니고 또 과학 모양으로 속에 쌓여온 유기적인 축적이 없더라도 어느 정도 보편적인 체계이기 때문에 빨리 흡수나 전달이 가능한 것도 아니고 그것이 고도의 어떤 의식의 세련을 필요로 하면서도 생활의 뿌리와 연결돼 있는 그런 자극이라 생각되는데요. 예술을 그런 거라 생각할 때는 개화 이래의 우리 사회에서의 예술이라는 형태를 직업으로 가지고 일해온 사람들의 상황이라는 건 어려운 환경이었다 말이죠. 그런 것이 대체로 말할 수 있는 개화 이래의 예술가들의 정신사적인 배경이었다 하겠는데 그런 상황에서라도 얼마나 더 위기적인 것으로 받아들였느냐, 어느 수준에서 비전의 혼란이란 것을 실존적인 위기로 생각했느냐가 문제되겠죠. 작가들·예술가들이 저마다 접근의 각도가 다르겠지만 제 경우 여러 가지 조건이 겹쳐가지고 그러한 동일성의 위기랄까 심각하게 생각하지 않을 수 없었어요. 거기에는 이제 말한 일반적인 상황이 근본적으로 전제됐을 테죠. 제가 한국 문화의 중심지에서 생육生育된 게 아니고 문화적인 일종의 공백 같은 데서 유년·소년 시대를 방황하다가 월남했다는 사실도 역시 작용해서 우리나라 역사 자체로서나 개인사적인 환경이 공교롭게 일치하는 같은 패턴을 보여주는 그런 것으로 작용했어요. 그래서 제가 생활인의 입장에서만 살아왔다면 그런 것이 심각하게 의식의 표면에 떠올라서 문제가 안 됐겠지만, 예술이라고 하는 것이 문제가 없는 데서 문제가 반드시 발굴돼야 한다는 본질을 가지고 있는 만큼, 거기다 객관적인 조건까지 곁들였으니까 주관적인 동기의 절실성도 있는 정신 상태가 아니었나 생각해요. 원래 같으면 대사상가라든지 그런 사람들이 붙잡고 해야 할 것을 소설가라는 자격을 가지고 소설이라는 형식을 가지고 모든 인간적인 인식이나 근본에 있는 세계에 대한 개인의 비전이란 것이 손에 쥐어지지 않는다고 느껴졌기 때문에 그것을 만드는 자체를 가지고 시간을 많이 쓰지 않았나 생각합니다. 이를테면 식물을 기른다고 할 때 이미 있는 땅 위에 종자를 뿌린다, 종자 개량을 한다 하면 모르지만 땅을 만들어내서 씨를 뿌린다면 그 사람은 넓은 의미에서 지질학자라 할까 아니 땅 자체를 만드는 창조자라 할 수 있겠군요. 그런, 말이 되지 않는 그런 상황을 자기 것으로 받아들였다는 거죠. 과장은 있겠지만 이를테면 위기의식으로 받아들였다는 거죠. 다른 말로 하면 개인이 가지고서 출발해야 하는 정체성이랄까 자기 동일성이라든가 하는 것을 자기 손으로 만들어야겠다는 일종의 문화적인 콤플렉스, 문화사적인 강박관념을 내 작품의 모티프로 회고할 수 있을 것 같아요. 그러다 보니까 소설이란 것이 제 경우엔 이름을 붙인다면 탐구적인 경향의 소설이 됐어요. 소설이란 다 탐구적이겠지만 여러 가지 빛깔이 있을 수 있고 소설의 바탕 자체를 만드는 것에까지 나갔으니까 말이죠. 전위 예술이라는 것의 뿌리에 있는 그런 문제의식 같은 걸 가지고 그것의 성과야 어떻든 동기나 일관된 문제의식으로 시종했다는 생각이에요.

고향 상실의 심상

『소설가 구보씨의 일일』이라든지 『태풍』이라든지 하는 정도의 작품에 이르러서 어떤 탐구 작업이랄까 시추 작업이라든가 일단은 마무리가 되지 않았나 그런 성격을 가진 작품을 전 1973년 전후해서 쓴 것 같아요. 그다음 미국에 한 3년 체류한 다음에 쓴 것이 「옛날 옛적에 훠어이 훠이」인데 희곡의 세계를 따로 써야겠다고 생각한 것은 두 작품에서 어떤 논리적 형태 비슷한 것과 자기 자신의 비전을 어느 정도 객관화시켰는지는 모르지만 미흡한 것이 아니었던가 하는 생각이 들어서였어요. 뭔가 나타내고 싶었던 것은 용암 비슷한 혼돈에 훨씬 질량이 큰 것이었는데 소설 자체의 양식이 요구하는 것은 본질적인 한계가 있는 거니까, 소설은 소설로서 씌어지고 읽혀야 하는 약속은 있으니까 그런 형태로는 다할 수가 없었던 거지요. 그런데다 한 3년 동안 침묵하는 사이에 여러 가지 남아 있는 힘들에 대한 새로운 분출구를 생각했던 것 같아요. 그 결과 쓴 것이 「옛날 옛적에 훠어이 훠이」인데 저는 그 작품을 쓰고서 많은 분량의 표현을 한 것 같은 느낌을 받았어요. 소설을 가지고 다 채울 수 없었던 감을 상당히 이루어놓은 것 같은 생각이에요. 그 이후 비슷한 맥에 속하는 작품을 현재까지 써온 거죠. 언제까지 계속될는지 모르지만 현재 제 생각으로는 앞으로 몇 편쯤 더 같은 광맥이랄까, 발굴 시점에서 더 끌어올릴 수 있는 걸 가지고 있고 방법론적으로도 다른 걸 생각해볼 것 없이 양적으로만 쏟아보고 싶은 내적인 충동을 가지고 있어요.

한 최 선생님의 작품 경향은 한국인의 정서나 한국인의 의식의 원형적 세계를 탐구하는 건데 현대 한국인이 살아가는 모습에 대한 작품은 아직 희곡엔 오르지 않고 있는데요. 지금 진행하고 있는 작업이 일단 마무리 지어진 다음, 한국이 뿌리내리고 있는 토양의 성격을 찾아낸 다음에 그 토양 위에서 자라고 있는 현대인을 다룰 모양으로 생각됩니다만.

최 그렇게 논리정연하게 전망하긴 어렵지만—뭐 그렇게 말할 수 있겠어요. 제 소설의 세계는 현대 한국인을 다루고 있는 거고 어떤 의미에서 현대 한국인을 현대 한국인답게 다루려고 하다가 여러 가지 문제가 생긴 경우라 하겠는데요. 언젠가 희곡의 형식으로도 현대 한국인의 이야기를 쓰면서 이제까지 썼던 희곡하고도 내적으로 연결된 그런 세계가 될 수 있다면 상당히 바람직한 일이 되겠죠.

한 최 선생님의 소설을 평하는 분들을 봐도 그렇고 제가 느끼는 것도 그런데 이를테면 남북 분단이라든지 고향 상실이라든지 역사적 사건들, 역사가 우리한테 결정적으로 부여한 사건들이 소설 속에서는 상당히 강하게 주제가 돼서 나타나고 있는데 희곡에서는 그렇게 보기 어려운 것 같아요. 물론 소설에서 다룰 수 있는 것과 희곡에서 다룰 수 있는 것과 다르기 때문에 그렇겠지만 소설과 희곡 쪽에 작가의 주된 관심이나 흥미가 다른 건지, 있다면 어떤 이유에서인지요? 이런 얘길 할 수 있겠죠. 남북 분단이라든가 고향 상실이라든가 희곡 속에서도 찾아보려면 있기야 있어요. 「봄이 오면 산에 들에」 같은 것, 어머니가 집에 찾아와서 부르는 소리와 같은 부분은 그쪽으로 해석한다면 단연코 남북 분단의 설움을 얘기했다고도 볼 수 있는데요. 그렇게 본다면 너무 궁색한 해석이 될 것 같고 그것보다도 오히려 근대적 상황이 있기 전의 한국인의 정서나 의식, 훨씬 더 원초적이고 보다 더 근본적인 의식이나 인간의 감성을 희곡 속에서 보여주는 게 아니냐 하는 거죠.

최 희곡의 세계를 말할 땐 그렇게 볼 수 있겠죠. 가령 서양 문학을 보면 고향 상실만 하더라도 '실낙원'이라는 이디엄이 생길 만큼 서양 근대 문학 중의 키노트 중의 하나란 말이죠. 실낙원이야말로 고향 상실의 얘기고 방황하는 인간의 얘기를 다룬 다른 작품들을 보더라도 근대 서양 사람들이 그러한 정신 상황을 겪은 게 아닌가 생각돼요. 기독교적인 비전의 품속에 있다가 그것이 깨져버려 방황하는 정신의 초상들을 『실낙원』이나 『파우스트』 같은 데서 찾아볼 수 있는데 밀턴의 『실낙원』은 직접 종교와 연결돼 있고 『파우스트』의 경우에도 기독교적인 세계에로의 복귀라고 해야 되겠죠. 그런 자기들의 근대적인 새로운 상황에 대해서 심각한 심층적인 곳에서 자기 확인을 한다는 게 주제가 돼 있었는데요. 서양의 근대라는 것, 그 연장으로서의 현대라고 하는 곳에는 도시가 어떻게 발전했느니 지리적인 공간이 넓어졌다느니 하는 사회학적인 자기 인식의 밑바닥에는 그보다 더 포괄적인, 종교적인 비전이라는 게 늘 밑받침되고 준비된 상태로서 그 사람들은 현재에 이르고 있다는 거죠. 우리 경우에 개화기 문화의 심도가 낮다고 보이는 것은 그 밑바닥에 흐르는 구조 자체까지는 우리가 돌볼 겨를이 없이 자유연애다, 정치적 자유다, 과학의 생활화다 하는 인생 전체를 포괄할 수는 본질적으로 없는 것이 홍수처럼 밀려들어왔고 거기에 예술가들도 홍수에 밀리면서 생활하고 창작하다 보니까 당연히 예술의 요소임에는 분명하나 그것만으로는 충분조건이 아닌 상태가 아니었던가 나는 봐요. 아까 말씀대로 제 희곡에서 일단은 그런 풍속적인 것들이 해석이 불가능한 것은 아니나 소재 자체의 연대성을 본다든지 취급하는 방법으로 볼 때 오히려 원형적인 것이 느껴진다 하는 것은 이를테면 어떤 시차를 가지고 있기는 하나 내 경우에 한정시켜 얘기한다면 이래요. 서양 문학의 넓은 폭이라 할까 깊은 심도 중에는 의당히 존재하는 것으로 돼 있던 인생의 비전에 있어서 풍속적·표피적인 것과 함께 필수불가결하게 갖추어야 할 부분에 관심을 쏟고 그것을 떠맡을 것을 자기의 몫으로 생각했던 거예요. 소설에 있어서의 문제의식이 그대로 연장됐다고나 할까요. 다만 그동안의 실험을 밑거름 삼아 희곡의 경우에는 좀더 소설보다 낭비가 적은, 좀더 원초적인 뿌리 쪽에 힘을 더 기울인 형태가 결과적으로 그런 맥락을 형성한 게 아닌가 생각합니다.

한 고향 상실이란 문제만 하더라도 남북 분단이란 피치 못할 역사적 사실 때문에 생기는 고향 상실보다는 이를테면 최 선생님 작품 중에서 가장 중요한 인물이 어머니란 인물인데요. 그 어머니란 인물이 고향을 상실했다는 것과 연관이 되고 단순히 역사적인 상황을 초월해서 보다 본질적인 문제와 연관이 되는 게 아닌가 하는 생각이 드는데요.

최 아까 말씀하신 대로 작가의 개인사적인 것이 전혀 개입 안 됐다고는 할 수 없겠죠. 개인적인 것을 보편적인 것으로 만드는 것이 예술이라고 할 수 있을 테니까요. 여러 가지 뿌리가 작용했겠으나 결과로서 나온 어머니라는 희곡 속의 이미지는 그러한 심층적인 해석까지도 가능케 하는 의미의 어머니라 할 수 있겠죠.

한 소설이나 희곡의 경우 집필하실 때 어떤 아이디어와 씌어진 작품과의 관계를 좀 여쭈고 싶은데요. 대체적으로 아이디어가 있어서 글을 쓰는 사람이 있고 어떤 사람은 아이디어는 씌어진 다음에 오는 것이라는 부류가 있는데, 어떠세요? 최 선생님의 경우는……

최 제 경우에는 작업의 버릇이 쓰기 전에 머릿속에 담겨 있는 것이 많지 않은가 생각돼요.

한 최 선생님 작품 속에서 주제랄까 작가의 사상이랄까 그 못지않게 중요한 것이 언어의 사용일 거예요. 그것은 종래 우리나라에서 나온 여러 가지 희곡들이 언어를 사용하고 있는 방법과 전혀 다른 특이한 방법을 채택하고 있는데요. 우선 작가가 유일한 도구로 삼고 있는 언어, 그 언어는 소설가로서의 언어, 극작가로서의 언어가 있겠는데 언어에 대한 얘기를 한 말씀……

극작가로서의 언어

최 언어에 대해서는 여러 가지 말이 있을 수 있겠는데 언어라는 게 내용의 부호로 봐야 되겠죠. 물속에 고기가 있고 찌가 있듯이 언어가 있는 거지 언어 자체가 자동적인 창조력을 가진 건 아니겠죠. 그런 의미에서 내용과 연결이 되는데 현대 독자인 경우에 소설에 있어 어떤 사람이 평을 하려고 하는 내용이 작가의 언어로써 도배질하듯이 다 돼 있는 것처럼 생각할 수 있다는 거예요. 그런데 그것은 그 당장의 한정된 명확한 뜻만을 가진 언어가 생활의 언어라 한다면 전문적인 언어는 그것이 포함하는 내포가 많고 외형도 많고 함축적이어야 하는데 소설 독자인 경우 표현된 것만을 가지고서 그걸 내용의 모두로 알려고 하는 것이 있고요. 또 필자가 그런 요구에 응하려는 경향이 생기고 현대 소설이라는 게 자꾸 부피가 늘어나잖아요. 그런데 어떤 의미에서 양이 아무리 늘어나도 본질적인 해결은 많이 얘기한다 해서 많이 전달되는 건 아니죠. 그 뭔가 양적으로 한계가 있는 걸 가지고 한계 없는 뭘 표현하려는 테크닉을 발견하는 것이지요. 예술로서 언어의 사용법은 좀더 차원 높은 거죠. 그런데 현대 독자들은 그런 데 나쁘게 길들여져서 희곡과 같은 형식에서조차도 그렇게 받아들여요. 희곡이라는 대본에서도 그렇고 그것이 공연됐을 때 배우들의 많은 얘기 자체에 즉각적인 의미를 가지고 울고 웃자는 식이에요. 근대 리얼리즘 이후에 그런 거죠. 가령 입센 같은 이가 『인형의 집』에서 노라라는 여자를 통해 문제를 제기했는데 자칫하면 입센의 모든 작품을 갖다가 문제극으로서, 사회 문제를 드라마화한 것으로만 쉽사리 받아들여지기 쉬운데요. 사회극으로서뿐만 아니라 결혼 문제를 다룬 극으로서 정치극으로서 사회학적인 가족 제도의 붕괴로서 여러 가지 다룰 수 있겠죠. 그러나 역시 예술인 한에 있어서는 그 이상의 무엇이 있어야 하고 입센의 극은 그 무엇이 있는 게 확실하고, 나중의 발전을 보더라도 그 사람 자신이 뭘 느껴서 최초의 것을 벗어버리고 신비극 비슷한 데까지 접근할 정도였으니까요. 주의 깊은 독자나 주의 깊은 연출가가 보면 『인형의 집』이라든지 『민중의 적』이라든지 그런 식으로 공연해왔다는 걸 알 수 있겠죠. 그런 생각을 저는 소설에서부터 가지고 있었기 때문에 희곡에서는 처음부터 어떤 식으로 해야 되겠는가 조금은 사전에 짐작을 유리하게 가지고 있지 않았나 생각해요. 그래서 그런 함정을 피하기 위해 어느 정도 생각을 가지고 사실 쪽에 눈이 이끌려서 하는 식이 아닌 희곡, 또 공연됐을 때 연출자가 희곡에서 어느 정도 강제를 받아서, 쉽사리 대사를 주고받고 하다가 이러저러하게 끝났다 하는 식이 안 되게끔 했죠. 연출을 하는 데 저항을 느껴서 희곡을 애초부터 스토리가 있더라도 스토리의 진전이 거창하게 되지 말도록 여러 가지 장애물을 만들어놓았어요. 이를테면 말을 더듬더듬하는 게 그 사람의 성격 구성에도 필요해서 그렇기도 하나 그보다도 연극 자체가 좀 어떻게 말이 더듬거리는 것처럼 막히는 데가 생기면 그걸 극복하고 다음으로 나가고 하는 식으로 말이라는 것 자체에 의미의 전달 이상의 비언어적인 것까지도 곁들여보려고 하는 시도를 했어요. 비언어적이란 이를테면 행동이랄까 연극적인 언어라고 하겠죠. 또는 동작도 될 수 있는 대로 여기서 저길 가기 위해서 걸어가는 식이 아니라 가령 어떤 렌즈를 일부러 초점을 흐리게 해서 이중 삼중의 떨림이 있는 것같이 보이게 하는 수법을 노렸다고 할까요. 이렇게 뭘 했을 때 그 동작이 스위치를 움직이기 위해 손을 움직였다고 되지 않고 우주의 별이라든지 유성들의 운동으로 보이는 멋이 깃들이도록 노력해봤어요. 연기에도 주의해서 그런 경우에는 다 설명하기 어려우니까 지문에 그런 설명도 약간 곁들이거니와 지문 자체를 공기 압력 있는 데서 경쾌하게 움직이는 식의 문체가 아니라 우주 공간에서 어떤 유영에 해당하는 것처럼 순간순간의 어떤 균형을 간신히 유지해가면서 다음 액션에 넘어가고 하는 식을 하기 위해 행을 가른다든지 좀더 시적인 리듬을 기술 자체에 주려는 의도를 가지고 있었지요. 아무튼 소설이라는 무한한 자유를 줬을 때 막상 그 자유를 가지고 어떤 질서에까지 도달한다는 것은 정신사적인 비전이 결여된 작가일 경우에 대단히 어려웠다는 거예요. 자유를 마음대로 하라고 했는데도 불구하고 그 자유가 오히려 불모의 자유였다는 거예요. 그런 의미에서 거꾸로 자기가 자유라고 생각했던 자유 중에서 쓸데없었던 것을 자진 포기해버리고 손이라든지 통제 불가능한 부분을 가지고 역설적으로 뭔가 자유가 원래 실현하려고 했던 무한한 것, 그런 것을 암시하려고 했다 할까요. 정복하지 못한 상태로 정복한, 정복하지 못한 상태로 정복하려고 하는……

한 최 선생님의 연극적 상상력은 참 뛰어나다고 생각하는데요. 그게 바로 연극인데 근대 리얼리즘, 내추럴리즘 이후에 언어가 모든 걸 설명하려고 하고 언어에 의해서 모든 걸 해결하려고 들었잖아요? 현재 우리가 리얼리즘을 잘못 이해해서 말로써 모든 것이 명쾌하게 해결된다는 생각을 하고 있는데요. 그런 의미에서 참 답답하고 어느 의미에선 뚜렷한 한계가 있는, 가장 비연극적인 그런 희곡으로부터 새로운, 소위 연극만이 가질 수 있는 연극적 언어, 연극적 세계를 창출해낸 상상력은 우리가 아무리 칭찬해도 부족하다 생각할 수밖에 없을 거예요. 이를테면 지문 자체를 운문화시키는 건데요. 지문이 지문으로서 지시만 하는 별도의 것이 아니고 그 지문 자체도 하나의 작품 속에 절대로 빠져서는 안 되는 한 부분으로 존재하고 있단 말이에요. 그것이 「어디서 무엇이 되어 만나랴」에서는 말이 많은 연극이었죠. 그다음에 「옛날 옛적에 훠어이 훠이」에 오면 말이 많이 줄어들고 줄어들다 못해 말을 더듬는 형편이죠. 그러다가 「봄이 오면 산에 들에」에 오면 말은 없어지고 아까 말한 연극적인 언어, 바람 소리, 등장인물의 몸짓, 움직임을 가지고 말을 대신한단 말예요. 아주 극단적인 경우라 얘기할 수 있는데요.

최 우리의 개화사의 단계라든지 예술의 현재 상황으로 봐서 그런 것이 누군가에 의해서라도 진지하게 탐구돼야 하고 관객·독자들도 그런 것을 요구하고 또 성의를 가지고 이해하려고 하는 점이 보였어요. 비평가라든지 독자들에서 그런 게 보이니까 이제까지 해왔던 걸 가지고 좀더 작품마다 새로운 노력을 계속하고 싶은 생각이에요.

한 『율리시즈』에서 제임스 조이스가 언어를 종래의 형태로부터 파괴, 해체해가고 있는데 현대 작가가 그가 도구로 삼고 있는 언어에 대한 탐구라고 말할 수 있죠. 극작가 쪽에서는 사무엘 베케트 같은 사람이 언어에 대해 근본적인 해체 작업을 해가고 있는데 그런 것과 관련해서 한 말씀……

최 저는 소설에서는 아까 말씀드린 대로 우리 소설의 통상적인 관습에 비하면 다른 것을 하긴 했으나 저는 기껏해야 『율리시즈』 정도의 것을 소설에서 해봤고 거기서 더 나간 것은 해보지 못했는데요. 그것을 『율리시즈』나 『피네건즈 웨이크』에 해당하는 단계를 연극을 가지고 해결했다 할까 대체했다 할 수 있죠. 『피네건즈 웨이크』가 그것 자체로서 충분히 문학에 있어서의 언어의 문제에 대한 그야말로 문제의식을 영원한 질문으로서 나타냈다는 위치를 가지고 있다는 건 사실이나 그것이 과연 어느 정도 조이스가 뭔가를 해결했다고 생각했는지에 대해서는 의심스럽게 생각하는데요. 다시 말하면 조이스의 경우는 언어가 부담할 수 없는 것까지를 언어가 할 수 있다는 생각을 하고서 한 것같이 느껴지는데요. 제 연극에 있어서는 현재까지 조이스나 베게트와 비교해서 보수적이라 할 만큼 그런 위험은 크지 않으면서 소설의 언어에서 가지고 있던 문제의식 같은 걸 생산적으로 문제를 풀 수 있지 않았나 생각해요.

한 그런데 「옛날 옛적에 훠어이 훠이」에서 말더듬이가 나오고 「봄이 오면 산에 들에」에서도 말을 더듬는데 말을 더듬는다는 것은 마치 처음에 탄생할 때의 말을 하는 상태 같아요. 그런 형태가 「봄이 오면 산에 들에」에서 동작 자체를 세분화 혹은 미분화시켜서 동작이 한 번에 연결되는 게 아니라 하나의 동작이 몇 개의 단계로 나눠지고 있어요. 그러한 두 개의 관계와 작품 속에서 의도하고 있는 의미와 연관성이랄까, 어떻게 생각하시는지요.

최 말 더듬는다고 하는 것은 말이 유창하지 못하다는 건데 생리적인 의미를 넘어서서 희곡이나 연극 속에서의 미학적인 의미라면 명확한 어떤 비전을 세계에 대해서 가지고 있지 못할 때 말을 더듬을 것이란 말이죠. 자기 의견이 기계적으로 나올 만큼 머릿속에 뭔가 있지 않았을 때 더듬는 것이란 거죠. 또는 우리가 지금 해가 동쪽에서 뜬다든가 저기서 뭘 이리 가져오라는 등 상당히 안정된 고전적인 객체 세계를 가지고 있다고 생각할 때 그렇게 자신 있게 말하는 건데 시간적으로나 공간적으로나 자기 자신을 포함한 이 우주에 대한 뉴턴적인 분명한 세계상을 못 가지고 있을 때는 그게 잘 안 된다는 거예요. 그때마다 뭔가 대상의 위치나 시간을 규정해야 되는, 과장해서 말하자면요, 마치 원시인들이 세계를 처음 봤을 때 유창하게 자기 앞에 벌어지는 간단한 자연 현상조차도 설명할 수 있겠느냐 말이죠. 그런 것은 세계에 대한 대단히 빈약한 비전을 가지고 있는 의식의 상태라 할 수 있는데요. 상징적으로 말하면 이미 가지고 있는 비전에 대해서 그것을 그렇게까지 유창하게 말할 신념이 흔들렸을 때, 가지고 있는 것이라곤 다만 대단히 기초적인 거의 생물학적인이라고 할 그런 상태에밖에 안 돼 있어서 역설적으로 그것의 더 깊은 성실성, 더 깊은 통찰력을 표현하기 위한 무엇이 없겠는가, 겉보기에는 대단히 불안정한, 겉보기에는 대단히 빈약한 그러한 의식 상태를 세계에 대한 비전의 표현으로서 의미를 줄 수는 없겠는가 생각했고, 행동이 지둔하고 단절되고 세분화되는 것도 말더듬이와 마찬가지 입장이라고 생각했어요.

한 유아가 세상에 태어나서 처음으로 세상을 인식하는 상태, 그런 상태가 작품의 전체적인 주된 의미와는 어떤 관계에 있을까요?

최 인간사에서 발생할 수 있는 그 이상의 것, 생각하기조차 어려운 사건이라 할 수 있겠는데 자기가 생산한 것을 자기 손으로 파괴하는 사건이 벌어지고 있다는 것, 아이를 낳은 부모가 아이를 살해한다는 것은 우리가 생각할 수 있는 주제로서 최고의 문제점을 가지고 있는 인간 행동의 하나라고 할 수 있는데요. 친족 살해 중에서도 부모에 의한 자子의 살해는 근친상간이라는 주제와 같은 위치에 놓을 만한 행동이라 아니할 수 없어요. 그런 의미에서 기본적인 원초적인 몇 가지 인간 행동 패턴의 하나가 될 텐데 그런 행동일수록 이것이 옳으냐 적당하냐, 적당치 못하냐, 파생적인, 2차적 3차적 문제를 재단하기보다 훨씬 어렵다는 게 사실 아니겠느냐 말이죠. 인간의 문제가 기본적이고 원초적인 것에 가까워갈수록 쉽사리 좋은 사람, 나쁜 사람, 좋은 행동, 나쁜 행동, 이렇게 안 된단 말예요. 당연히 생리적인 물리적인 결론은 뭐가 되는고 하니까 상당히 어렵게 처리될 수밖에 없다는 말이죠. 처리되는 과정이 매끄럽다든지 일사천리여서는 안 되고 오히려 지둔한, 망설이는, 헷갈리는 그런 것이 돼야 하지 않겠는가 하는 생각이에요. 그 속에 말더듬이라든지 행동의 단절을 의식적으로 자꾸만 있게끔 하는 극적인 구조가 극의 주제와 상관성이 있다고 말할 수 있겠죠.

한 말을 더듬을 때 또는 행동이 단절될 때 이쪽에서 느껴지는 것은 굉장한 고통이에요. 고통이 다른 어떤 형태보다 강한 격정을 안고 나타내지거든요. 그 고통이란 것이 어느 의미에선 인간의 삶의 원초적인 고통 아닌가 생각돼요. 인간은 태어날 때 행복하도록 태어났을 텐데 결국은 처음부터 고통·수난 이런 것으로부터 절대로 벗어날 수 없다, 피하려야 피할 수 없다는 인식과 연결되는 게 아니겠어요. 최 선생님의 인생에 대한 어떤 직관적 인식이랄까 하는 것과 연관이 되지 않을까 생각되는데요.

문화와 상상력

최 우리가 지금 시간과 공간을 많이 정복했다 생각하는데 우리만 하더라도 서울 부산간을 빨리 다니니까 그런 생각을 하는데요.

그런 경우에 편리해서 좋다는 것 대신 큰 대가를 치르고 있는데 진리가 너무 육체에서 떨어져버리는 감이 있어요. 수십만 년을 통해서 축적된 어떤 결과를 향락하는 사람이 별다른 능력 없는 사람도 향락이 가능하게끔 만드는데요. 능력이야 어쨌건 간에 전차 한번 탈 적마다 인류의 수십만 년에 걸친 노동의 결과에 대해서 종교적인 전율을 느끼면서 기도를 올린 다음에 그 좌석을 잡을 수 있게 한다는 건 불가능하다는 거예요. 그러다 보니 사실은 그런 어마어마한, 원시인들이 와서 보면 신의 기적이나 귀신의 조화라고 할 만한 엄청난 물건에 대해서 놀라움 없이 올라타고 돌아다니는 게 현대 문명인인데 이를테면 도매금으로 그걸, 인간 행동의 모든 걸 당연한 것으로 받아들인다는 거죠. 인류가 달에까지 갔으니까 위대한 것은 사실인데 그것을 향유하고 있는 현대의 우리 개개인, 인간 자체가 위대하다고는 말하기가 상당히 어렵지 않느냐, 그러나 인류란 키를 가지고 사는 거니까 거기에 걸맞은 가치를 가지고 살려면 뭣인가 50만 년의 경험을 적어도 몇십 분 동안이나 몇 분 동안에 상당히 경제적인 방법으로나마 요약해서 체험해서 자기 자신을 인간의 위대함의 높이에다 순간적으로나마 퍼뜩퍼뜩 올려보는 그런 순간을 현대인이 가져야 되지 않겠느냐, 그렇지 못하다면 위대한 문명의 축적 위에 앉은 파리나 모기 같은 개별적으로는 하잘것없는 존재고 인간의 문화 자체는 새로운, 인간의 개인 밖에선 거대한 어떤 괴물일 수밖에 없는 게 아니냐는 거죠. 가령 어떤 나쁜 사람들이 그것을 한 손에 독점한다면 몇 사람의 인간이 수십만 년 동안의 인간의 축적물을 가지고 수십억의 개인적으로 볼 때

파리나 모기와 다를 바 없는 그런 존재들을 마음대로 조작할 수 있는 그런 환상까지도 가질 수 있는 위기를 보자면 볼 수 있지 않은가 생각해요. 그런 경우 개인이 자기 위험을 가지고 위대한 상속자로서의 합당한 권리나 의무를 행사할 수 있자면 이른바 상상력이라고 하는 주어진 물건을 적절히 사용해서 노력 여하에 따라서 거인적인 축적에 해당하는 문명을 개체 발생시킬 수 있다고 보는데 그것이 곧 예술의 정의가 아닐까 생각합니다.

이를테면 한 수십만 년 동안의 일체의 금기의 체계라든지 일체의 세계관을 한 주일 동안의 불합리하기는 하나 심정적으로는 완전히 본질적인 행사를 치름으로써 50만 년 동안의 우리 족속의 모든 지혜와 슬기를 획득했다는, 공리적으로 효용이 있는지 없는지를 상당히 의심스러운 일이나 심정적으로는 완전히 타당한 특별한 기간을 둠으로써 어떤 성원의 성립을 인정하는 식으로 그렇게 비유해서 말할 수 있는 순간을 가져야 하는데요. 그래야만 현대인이 어떤 진화의 정점에 있는 존재다운 삶을 그나마 누릴 수 있지 천 원이면 고속버스표를 살 수 있고 한 천오백 불이면 지구의 끝으로 가는 왕복표를 살 수 있어서 몇 시간이면 갈 수 있다 생각한다면 문명의 메커니즘 속에 자동 기계처럼 올라앉았다 내리는 것뿐이지 원시인들이 토끼 한 마리를 잡기 위해서 소비했던 충실하고 긴장된 인간적인 시간, 태고의 어느 하루에 지냈던 원시인의 정신적인 내용에 비할 적에 그건 종이보다도 얇은 생애를 살게 되는 거라는 거죠. 예술은 다 그런 거라고 생각하는데 특히 연극의 경우에는 그 장르 형식 자체가 거의 원시적인 폭력을 그대로 유지하고 있는 장르라고 보이기 때문에 인류 문명의 진화사를 한 한 시간 동안의 막이 올랐다가 내려가는 사이에 환상의 세계에서 재구성하고 자각해서 10만 년을 한 10분 정도로 압축해서 살게 해주는 것이 아닌가 해요. 그런 경우에는 뭔가 대가로서 희생을 과감하게 하는 것이 있을 때 오히려 장르의 본질에 가까운 형태가 되지 않을까 하는데 그런 얘기를 맘대로 해보고 싶어요.

한 전체적으로 볼 때 최 선생님의 톤은 상당히 비극적입니다.

최 그렇게 볼 수 있겠죠. 제 경우 한때는 불교에 흥미를 많이 가지고 생각해본 적이 있었는데, 생각해봐야 별거 아니었겠지만, 불교에 책임이 있는 게 아니라 불교가 너무나 체계화되고 가지를 많이 치다 보니까 그것 자체가 새로운, 사람을 집중시키지 못하는 새로운 방황의 체계로밖에는 나에게 인식이 안 됐어요. 오히려 우리 자신의 기층문화들 속에 다 설명하지 않고 다 논리화하지 않았기 때문에 반대로 하나도 잃지 않고 그대로 저장돼 있는 방대한 축적, 거기서 적당한 급소만 찔러주면 다른 것들이 연쇄 반응이랄까 혹은 핵융합 같은 형태로서 뭔가 거대한 에너지가 나올 수 있는 세계를 생각해보고 있는 거지요.

한 아까 인간의 가장 원초적인 행동, 최초의 행동 가운데 부모가 자식을 살해하는 것과 근친상간 얘기를 하셨는데 「둥둥 낙랑樂浪둥」도 근친상간의 얘기죠. 어느 의미에선 인간의 상당히 미화된 근친상간의 얘긴데 그러나 근친상간도 역시 그런 문맥 속에서 파악될 수 있는 게 아닐까요? 대개 최 선생님의 작품은 죽음으로 끝이 나지요?

최 아니죠. 「봄이 오면 산에 들에」 같은 건 아니고 「달아 달아 밝은 달아」도 죽음은 아니라고 봐야 하겠고 주인공을 비롯해서 모든 사람이 다 생존해 있으니까요.

한 그러니까 무대 위에서 죽음을 당하지 않으면 「봄이 오면 산에 들에」와 같은 십장생도가 나타내는 이상적인 세계, 또는 「옛날 옛적에 훠어이 훠이」같이 신마神馬를 타고 하늘로 올라가는, 결국 결말은 두 가지로 나타나요. 심청도 환하게 웃으면서 끝을 맺고 있는데 그것도 그 나름대로 속세에서의 해결은 아닌, 보다 높은 해결을 얻은 사람 아니에요? 그런데 그 두 가지 세계가 하나의 세계입니까 별개의 세계입니까?

최 네, 하나의 세계 같군요. 형식적으로 다른 듯이 보이는데 아까 말한 것처럼 파스칼—크리스차니티라 하면 나한테 크리스차니티에 해당하는 뭐가 있다면 엄연히 다른 세계죠. 하난 어디까지나 신비적인 상상, 신비주의랄까 또는 상상력에 있어서의 구제 고 또 하나 하늘에 올라가고 하는 것은 엄연한 반드시 개인적인, 주관적인 근대주의적인 의미의 상상이 아니라 어떤 실재를 나타내는 것이니까 하나님의 세계라 할 수 있겠지요. 하나 하늘이니 백마니 했지만 결국 개인 위에 초월한 어떤 실재라고 생각하는 것보다 심청의, 마지막에 웃는 것이나 다름없는 심청의 머릿속에 그때 있는 어떤 이미지를 가령 무대 위에 가시화시킨다면 그렇게 될 거다 하는 의미에서 한 거죠. 관객이 심청의 얼굴만 보고서 상상하는 것과 또 한쪽에선 연출상 머릿속에 있는 것을 실제로 만들어서 보여주는 것하고의 차이가 있는 거지 실질적으로 두 가지 세계로 분리돼 있는 건 아니겠죠. 결국엔 갈라지지 않고 한 가지로 돌아오지 않겠느냐. 그 한 가지란 이를테면 인간에게 돌아오는 것이 아니겠느냐. 또 백마·장수, 전체가 개인이 꾼 꿈이든 민족이 꾼 꿈이든 결국 인간이 만들어낸 꿈의 세계라는 거죠. 그 꿈의 세계를 지금 저의 좁은 소견이랄까 지금 계산으로서는 그것보다 더 크게 믿고 싶은 대안을 저는 갖지 못했어요. 소극적인 의미에서 제출하는 게 아니고 상당히 중시하고 최후적으로 그것을 믿는다는 것 외에 더 권위 있는 말을 할 수 있는지를 우리 문명의 지금 와 있는 자리에서 어떤 지평이 보이는지, 혹은 다른 조짐이라도 있는지, 삶의 테두리 속에서는 해결할 수 없으나, 결국 살아 있는 사람의 꿈이니까 삶으로 다시 돌아와야 하겠죠. 자꾸 나보고 관념, 관념 하고 얘기하는 분들이 있는데 내가 당황한 것은 관념이란 걸 상당히 크게 보지 않는 모양이구나 하는 생각이 들어요. '관념'이란 말을 할 때 관념보다 더 좋은 '현실'이란 것과 상관해서 하는 말 같은데 관념이라는 것도 '관념이란 이름'의 '현실'이란 거죠. 관념이 우리와 상관없이 저기 뚝 떨어져 있다면 아무 소용 없는 거죠. 관념이란 인간이 가지고 있는 가장 강력한 무기 중의 하나란 생각이에요. 거기서 이른바 도매에서 소매까지 오려면 여러 가지 과정을 거쳐야 하지만 이런 꿈의 회로를 직결시킬 수는 없으나 거의 우리가 연결할 수 없는 정도까지의 섬세한 형태를 통해서 얻는 꿈이라면 그 큰 꿈은 큰 생활에 방해가 되지 않을 뿐 아니라 큰 꿈이 없을 때의 생활이란 엄밀한 의미에서 인간의 생활이라 할 수 없죠. 비행기 타고서 몇 시간 걸려 우주의 끝에 가는 동안 주간지나 뒤집어보고 하품이나 하다가 잠이나 자다가 내리는 그런 경험은 대단한 게 아니라는 거죠. 여객들이 그때마다 뭘 할 순 없지만 그렇게 해서 실질적으로 문명의 축적에 어울리지 않는다는 거죠.

해외 공연에의 기대

인간을 내적으로 문명의 키에 어울릴 만한 내적인 질을 가지는 존재로 만드는 몫을 하는 것이 예술이 아닌가 생각해요. 이를테면 인간을 문명만 한 키, 문명만 한 표정, 거기에 어울리는 경험을 시켜주는 것. 얘기를 더 가까이 끌어당긴다면 현대 한국인의 육체를 가지고, 한국어를 가지고, 일상에서 흔히 깔보게 되는 한국, 피차에 서로 깔보임을 받고 하는 왜소하고 무력한 한국인과는 다른, 한국인의 육체 그와 다른 한국말, 무대 위에서 거인이 된 한국인과 우레 비슷한 목소리를 가진 한국어의 음영, 그런 것을 만들어 보는 것에 있다 할까요.

한 제가 작년 말에 희랍 비극을 새로 번역하면서 다시 한 번 꼼꼼하게 읽을 기회가 있었는데요. 거듭거듭 감격하고 스스로 전율 같은 걸 느끼거든요. 현대 사회가 인간을 자꾸 왜소화시켜가는데 인간이라는 게 아까 말씀한 것처럼 파리다 모기다 이런 식으로 인간이란 게 왜소화돼가지고 단순한 문명에 의해서 만들어진 편의에 편승해가는 그런 존재밖에 안 되고 인간으로서의 위엄이랄까 인간으로서의 크기랄까 인간의 위대성에 대한 인식이 점점 없어져간단 말이에요. 희랍 비극을 보고 희랍 사람은 인간의 키를 하늘의 키만큼 세워줬구나, 인간이 왜소하고 보잘것없는 존재로 타락해가고 있는데 그야말로 희랍 비극이 필요한 시대로구나 하고 절실하게 느꼈는데요. 인간이란 얼마나 훌륭하고 위대하고 높은지 내 스스로 전율 같은 걸 느꼈는데 그러한 예술가로서의 느낌 같은 건 현대 사회에서도 굉장히 중요하다고 봐요.

최 이제 그 말을 끝맺음의 말로 대신하고 싶군요.

한 마지막으로 이번 미국에서의 공연에 대해 다시 한 번 거론하면서 이야기를 끝맺을까요?

최 이번 미국에서의 공연에 대해서는 직접적인 계기가 된「옛날 옛적에 훠어이 훠이」에서 한국적인 것을 다뤘음에도 불구하고 그 사람들에게 뭔가가 전달된 모양이죠. 그런 의미에서도 우리 혼자만…… 글쎄, 어느 정도 성과라기보다는 뭐 앞으로의 기대, 한국 연극의 보다 나은 미래, 앞서 해외 공연을 가졌던 연극도 있지만 그런 문제, 그런 의미에서 어떤 연극의 새로운 활로를 여는 계기가 되지 않을까 생각됩니다.

한 소재 자체가 아주 한국적인 것인데 그러한 소재가 미국 사람들에게 매력을 줬다, 자극을 줬다, 하면 그것 자체가 개별성을 떠나서, 보편적인 차원으로 얘기되고 있는 게 아닌가 그렇게도 생각되겠죠. 그 사람들이 어떻게 공연할지 궁금하군요.

최 참 궁금하군요. 어떻게 할는지……

소설과 희곡

사람마다 자기 앞에 오는 삶의 과제를 처리하면서 살아가는데 이런 시간이 쌓여서 생애를 이루고 역사를 이룬다.

그런데 그것이 생애든, 역사든, 또는 하루의 삶이든 어떤 기준에서는 모두 같은 뜻을 지니고 있다. 그 기준이란 무엇인가 하면 '전체' 혹은 '무한'이란 것이 될 것이다. 다시 말하면 사람의 삶은 '무한'이나 '전체'의 입장에서 보면 '부분적'인 것이란 말이다. 이런 '부분'을 살아갈 때 우리는 그 나머지의 '부분'들을 잊어버리고 살아간다. 흔히 사람은 잊어버림으로써 기억을 정리한다고 하지만, 기억 이전의 삶의 현장부터가 그 현장 아닌 다른 것을 잊어버리는 데서만 처리할 수 있도록 되어 있다. 모든 것을 한꺼번에 한다는 것은 기술적으로 불가능한 것이다. 그래서 우리 행동은 선조성일 수밖에 없게 된다. 이것—즉 부분적이란 것이 일상생활의 첫째 성격이 된다.

다음에 일상생활의 본질적 형식이 되는 것으로는 의식의 단절성을 들 수 있을 것이다. 사람은 목적을 가지고 행동하는 존재지만, 실상 모든 행동이 목적을 의식하면서 이루어지는 것은 아니다. 무의식이라든지, 습관이라든지 하는 약화된 의식의 형태를 비롯해서, 강요된 행동 같은 데서는, 의식의 개입이 배제된 상태에서 행동이 이루어지기까지 한다. 이런 경우에 행동은 자연물의 운동 비슷한 것이 되어서 의식의 주체는 잠들거나, 깨어 있어도 작용할 수 없게 된다. 행동은 있는데 의식이 비어 있는 상태가 생기게 된다. 인간의 모든 행동이 의식의 통제하에 있지는 못하는 것이 일상생활의 성격이 된다. 의식과 행동과의 분리는 또 다른 모습으로도 나타난다. 우리가 일상에서 처리하는 일들은 한 가지 종류가 아니기 때문에 종류가 바뀔 때마다 그때까지의 의식은 거기서 끊어진다. 즉 앞뒤의 의식이 서로 질서를 달리하는 것이기 때문에 연결이 없어지는 것이다. 가령 하루에 백 가지 행동을 한다면 그 백 가지 사이에 어떤 조정이든지 비교 같은 것을 철저히 한 끝에 이루어지는 것이 아니라 닥치는 데 따라 치러나간다는 것이 일상의 행동의 현실이다. 하루에 일어날 일을 미리 내다볼 수도 없는 일이고, 하루의 끝에 가서 그것들의 뜻을 종합해서 가치를 비교하고 미래에 끼칠 무게를 계산한다는 일 또한 불가능하다. 왜냐하면 미래라는 것은 예측할 수 없는데 어떻게 미래의 잣대로 현재를 재어볼 수 있겠는가? 경제 계획 같은 것에서부터 개인의 살림에 이르기까지 이 사정은 원칙적으로 마찬가지다.

이렇게 생각한다면 인간의 생활이란 것은 부분적인 현실에 대해서 부분적인 의식의 통제만으로 대응하면서 처리되는 불규칙한 행동의 궤적이 되는 셈이다. 환경의 전모는 우리 앞에 나타나는 법이 없고, 따라서 그에 대처한 완벽한 의식이란 이루어질 수 없으며, 끝으로 완전한 행동이란 일상생활에서는 기술적으로 불가능하다. 이것은 물론 의식의 통제란 면에서 바라본 요약이기 때문에 그럼에도 불구하고 모순되는 것은 아니다. 다만 그것이 우리(즉 의식) 밖에서 이루어진다는 것만이 강조되면 족한 것이다. 이 의식의 밖에서 연결되는 무의 부분에 대해서는 우리들의 의식은 소외되어 있다고 보아도 좋을 것이다. 우리 행동이면서 그것들의 주인은 우리의 의식이 아닌 것들——개인은 언제나 패배하지만 자신은 언제나 승리하는 역사라든지, 사람들의 슬픔 속에서도 꽃을 피우는 자연이라든지, 자기만의 계획에 따라 착한 사람도 벌하는 신이라든지 하는 것들의 차지가 되고 마는 것이다.

의식의 지배 밖에 있는 부분들을 인간 행위가 가지게 된다는 사실은 인간에게 큰 부담을 지운다. 그 부담이란 불안·공포·무기력·초조 등이다. 의식의 빛이 적으면 적을수록 이 부담은 크다. 마치 밤의 한가운데 있는 짐승 같은 것이다. 인간의 역사가 있어온 이래 사람들은 이런 밤길을 걸어왔다. 그들이 불을 발견하여 이 어둠을 조금씩 정복해온 것이 사실이지만 불이 밝으면 밝을수록 어둠도 짙어진다. 반딧불 벌레가 보는 어둠보다 인간이 보는 어둠은 더 크다. 가진 조명과 어둠의 크기는 비례하는 것이 이 세계의 법칙이다. 불의 밝기를 불림으로써 어둠을 이기자는 노력은 아킬레스와 거북의 경주에 대한 궤변학파의 논증처럼 언제나 어둠

(거북)의 승리가 되고 만다.

사람들은 불에 대한 신앙을 세계 도처에서 실천해왔다. 밝은 세상에 대한 갈망이다. 어둠을 모두 살라먹은 불에 대한 꿈이다. 의식에 의해서 완전히 정복된 존재에 대한 꿈이다. 모든 종교의 뿌리는 인간의 밝음에 대한 꿈에서 비롯된다.

종교가 힘을 잃고 신이 차지했던 자리에 오히려 검은 회의의 어둠만이 우주의 구멍처럼 남았을 때 새 태양── 빛이 등장한다. 우리는 그것을 과학이라고 불러도 좋을 것이다. 그리고 현재 우리는 과학의 세계에 살고 있다. 그러나 과학은 과학인 이상, 종교처럼 이 세계를 모두 밝혔다고 자처하지 않는다. 밝힐 수 있는 테두리를 더 밝게 밝힌다는 것뿐이며, 그 너머에 있는 어둠에 대해서는 말하지 못하는 것이 과학의 원칙이다. 과학이 종교에 미치지 못하는 것은 빛의 양에서만이 아니다. 과학이란 것은 원리상 인간의 존재를 필요로 하지 않는다. 즉 과학은 인간이 없는 세계도 대상으로 삼을 수 있다. 종교가 세계까지를 의인화한 데 대해서 과학은 인간까지를 사물화한다는 성격을 지닌다.

여기서 우리는 여태껏 써온 '의식'이란 말을 다시 뜯어볼 필요가 생긴다. 왜냐하면 종교를 말할 때 쓰인 '의식'이란 말과 '과학'을 말할 때 쓰인 '의식'이란 말이 다르게 보이기 때문이다. 우리는 $1+1=2$라는 식을 의식하면서 특별히 환희작약하지 않으며, $1-1=0$이란 식을 의식하면서 비탄에 빠지지는 않는다. 그러나 이 세상에 1, 2, 0이란 사물이 있는 것은 아니며 그것들은 반드시 어떤 구체적 존재── 즉 사람 하나, 사과 한 알, 남자 하나 등등으로서만 존재한다. 그래서 우리는 한 남자가 한 여자와 맺어졌을 때 (1+1=2) 기뻐하며, 한 인간이 자기 자신을 죽였을 때(1-1=0) 슬퍼하게 된다. 즉 과학의 세계에는 기쁨과 슬픔이 없고, 과학할 때의 '의식'은 살아 있는 의식의 부분이며 그 자체로서는 인간의 온전한 의식과 성질을 달리한다.

문명의 양이 증대되면 이 같은 성질의 의식이 일상생활 속에서 차지하는 양이 따라서 증대한다. 자동차 운전사는 말 타는 기수가 말에게 하듯 자기 자동차를 받아들일 수는 없게 되는 것이다. 결과적으로 문명이란 것은 슬퍼하고 기뻐하는 동물인 인간의 본질에 대해서 두꺼운 절연체의 역할을 하게 된다. 그리고 이 문명이 두꺼워지면 질수록 웬만한 개인의 노력으로서는 이 문명의 양을 자기의식 속에서 자기 것으로 만들고 그 벽에 감정의 그물을 통하게 한다는 것은 어렵게 된다. 이것이 문명의 공포다. 과학의 발전이 연속적으로 토착화된 곳인 서구 사회에서는 이 공포가 예술 속에 일찍부터 표현되어왔다. 인간이 만든 기계에서 인간이 부림을 당하게 된다는 공포가 그것이다.

예술이 이러한 공포—의식의 주체인 인간이 그 의식(문명)이 축적된 의식의 노예가 되어간다는 데 대해서 예술이 날카로운 문제의식을 가지게 된 데에는 몇 가지 까닭이 있다. 첫째로 이 같은 상황을 극복하는 데 있어서 기성 종교가 무력해졌다는 것, 그 해결책으로 종교로 돌아가는 것이 생산적이 못 될 것 같다는 판단이 예술로 하여금 위기의식을 가지게 하였다. 둘째로 과학이란 이름의 의식의 성격에 대한 사람들의 인식론적 착오가 많은 예술가들에게 우려를 자아내게 하였다. 즉 과학은 그 자신의 긍정적 의미를 실천하자면 인간의 전인격적 의식의 상태에서 스스로를 분리해야 하기 때문에 과학이 만들어내는 문제를 과학 자신이 풀 수는 없다는 사실을 사람들이 잘 통찰하지 못하는 현상에 대한 불안을 예술가들은 가지게 되었다. 셋째로는 과학의 이 같은 부작용이 미치는 피해가 인간 집단 속에서 불균등하게 작용한다는 점이다. 즉 과학을 상대적으로 보다 의식적으로 통제할 수 있는 사람들과 그렇지 못한 사람들로 나누어지며 이 후자에게 문제의 비극성이 집중적으로 쏟아지게 된다는 판단에서 예술가들은 당대에서의 예술의 고유한 효용을 보았던 것이다.

원시 사회의 각 구성원 간에서는 본질적으로 능력의 차이가 대단치 않았을 것이다. 현대 사회에서는 이 차이는 심각하다. 그 사이에 축적된 의식을 계승하고 못 하고에 따라서 동시대인이라고 부르는 것이 정확히 따지자면 불가능할 정도의 격차가 사실상 존재한다. 나라와 나라 사이, 개인과 개인 사이에서 모두 이런 격차가 벌어진다.

따라서 현대 예술의 창작 동기에는 보편적인 면과 시대적인 면이라는 두 측면이 있다. 인간이 자기 행동의 모두를 의식의 조명 밑에 둘 수 없다는 보편적인 면과, 그러한 보편적인 면이 현대인의 경우에는 개인 간에 큰 격차를 가지고 존재한다는 것이 그 시대적 측면이다. 이 시대적 측면에 의해서 나오는 현상이 예술의 분화라는 현상이다. 문명이라는 큰 짐이 불균형하게 분배되어 있기 때문에 그 짐을 벗는 데 소모되는 노력도 다를 수밖에 없기 때문이다.

이 점에서 특히 소설이라는 형식은 가장 큰 문제를 지니고 있다. 소설은 문명의 증대량에 비례하면서 자기의 관심을 넓혀온 예술 형식이다. 여기서 소설 형식의 뛰어난 당대 감각과 당대인에 대한 호소력이 생기기 때문이다. 그런 반면에 소설은 그만한 대가를 치러야 했다. 대가란 무엇이었을까? 소설 속에서 여러 종류의 인물들을 다루면서 그 인물들의 특수성에 대한 관심을 충실하게 따라간 것은 옳은 일이었으나, 모든 인간이 특수하게밖에는 살지 못한다는 이 사실에 가려서 그 인물의 특수성의 밖에 있는 것들, 즉 다른 특수성들과 비교할 수 있는 보편적 척도를 마련하지 못하게 되는 경우가 너무 많다는 것이 소설사의 현실이었다. 이런 마련이 없는 소설은 시야가 좁고 길이가 모자라는 의식밖에는 만족시키지 못한다. 예술은 인간이 잃어버린 것——자기의 주인으로서의 본질을 되찾는 일일진대 이 되찾기는 있는 문제를 잘라버림으로써 이루어지는 것이 아니라, 있는 문제를 모두 받아들이면서 그것을 넘어서는 데서 찾아지지 않으면 안 된다. 음악이나 미술에서는 사람들은 그것(음악 작품, 미술품)이 그 어떤 다른 것의 대리물이 아니라 표현에 의해서 처음 존재하게 되는 또 하나의 현실인 것을 인정하고 거기서 현실에 이르는 직접의 길은 비유에 의하지 않는 한 존재하지 않는 것을 인정하는 데 인색하지 않다. 그런데 문학예술에서만은 좀체 같은 원리를 인정하려 들지 않는다. 문학에서 생활로 이르는 직접적인 길이 열려 있다고 생각하는 것이다. 그 까닭은 아마도 인간 존재의 일회성에 대한 인식 부족에서 오는 것이다. 인간적 현상의 구체적 경우들을 관찰하여 얻어지는 어떤 법칙, 구조 같은 것이 있음은 사실이다. 그러나 이러한 법칙, 구조 단위는 사고에 의한 논리적 개념에 지나지 않는다. 어떤 인간도 1로서 존재하는 것이 아니라 어떤 구체적 개인으로서만 존재한다. 한 편의 소설을 읽고 거기서 어떤 교훈을 얻는 것은 물론 가능하다. 그러나 이 교훈이 문학 그것은 아니다. 문학은 감상자가 자신의 상상력 속에서 실지로 산 그 작품의 작중 현실 그 자체이다. 음악은 음악 자체이지 그 해설이 아닌 것처럼, 교훈을 운운할 때는 그는 벌써 상상력의 주체(즉 문학예술의 공간 속의 주체)로서가 아니라 거기서 빠져나온 현실의 세계의 관찰자로서 말하고 있는 것이다. 문학예술이란, 현실적 인간으로서의 온갖 경험이 소재가 되어—아니 그 인간의 현실적 존재로서는 죽었다가 그 죽음이 매개물이 되어 '작중 현실' 속에서 다시 살아나는 부활의 의식이다. 예술의 시민이 된다는 것은 그 순간 현실의 인간으로서는 죽는다는 것을 말한다. 이것은 논리적으로 자명하다. 왜냐하면 사람은 한꺼번에 두 가지 삶을 살 수는 없기 때문이다. 예술은 경험의 환기가 아니라 경험을 소재로 삼은 창조인 것이다. 이와 같은 창조의 능력은 우리가 모두 지니고 있는 상상력이라는 의식의 능력으로 가능해진다. 우리는 물론 일상생활에서 이 능력을 사용한다. 그러나 일상생활에서의 상상력은 형식적으로는 예술에서의 상상력과 같지만 여기에는 중요한 내용상의 다름이 있다. 일상생활에서의 상상력은 현실 의식의 통제를 받는다. 그리고 최종적으로 현실 의식에 의해서 가치가 매겨진다. 그러나 예술에서의 상상력은 자기 자신의 필요에 따라 운동한다. 일상에서의 상상력은 결국 현실 의식의 간섭 때문에 자기 자신의 정점에 이르지 못하고 단절되고 이어지고 하는 일상생활의 궤적을 따르지만, 예술의 상상력은 일상생활의 필요에 간섭받음이 없이 그 자신이 만족할 수 있는 가장 완전한 전개와 충분한 지속이 보장된다. 이렇게 되어 소설 속의 현실은 그것의 표면적 유사성과는 달리 현실의 인간 생활에서는 있을 수 없는 완전한 정합성과 순수한 지속 속에서 진행된다. 소설이 시작될 때 끝은 이미 마련되어 있고(정합성), 그러면서 매 순간마다 예측을 불허하는 자연스러운 우연과 모험의 형식으로 진행된다. 현실에서는 양립할 수 없는 모순이 허용되는 것이다. 물론 이것은 작가의 손에 의해 계획된다. 작자는 어디서 이런 초능력을 가져오는가? 영감인가? 뮤즈의 도움인가? 옛날 같으면 그렇게 말했을 것이지만 우리는 달리 설명하지 않으면 안 된다. 설명은 간단하다. 우리는 '약속'에 의해서 이러한 세계를 창조하고, 이러한 세계에 들어온다. 물론 이런 약속을 위한 계약서가 주고받아지지는 않는다. 그러나 예술을 창조하면 감상자들이 기꺼이 그것을 받아들인다는 사실이 이러한 약속이 논리적으로 성립되어 있음을 말해준다. 이러한 약속에는 조건이 있다. 문학에서 다루어지는 소재에 대한 작가의 의식적 통제는 사실로서의 책임이 물어져서는 안 되며 작가는 현실 경험을 재료로 하여 인생의 환상을 불러내는 것으로 족하다는 약속이다. 그렇게 하지 않으면 사실에 대한 실증적 고증의 무한 지옥에서 벗어날 수 없기 때문이다. 엄밀하게 말해서 작가는 어떤 말이든 예술의 울타리 안에서는 말할 수 있다. 그러나 근대 이후의 소설은 이 환상이 될수록 현실 의식의 저항을 일으키지 않도록 노력해왔다. 그래서 우리는 소설이 마치 일상생활의 차원에 있는 착각까지를 가지기에 이르고 있다. 그러나 여기에 근대형 소설의 위기가 있다. 현실 의식의 검열을 의식한 나머지 작가가 일상생활에서의 수준에서 소설 내용에 책임을 지려고 하는 위험이다. 이것은 어처구니없는 미망이자 교만함이기까지 하다. 인간으로서 불가능한 일을 하고자 하기 때문이며 예술의 본질에서 벗어난 욕심이기 때문이다. 문학예술의 정체성 위기identity crisis에 이른 것이다. 어떤 사물이 자기 아닌 것이 되려고 할 때 우리는 그 사물이 정체성 위기에 놓여 있다고 불러도 좋을 것이다.

어떤 개인도 1로서 존재하지 않고 구체적 한 사람으로서 존재한다. 구체적 개인을 완전히 인식하는 것은 그 개인이 되는 길밖에는 없다. 우리는 소설 속에서 그 개인이 되는 것이다. 우리들 자신의 존재를 잠시(감상하는 동안) 중단하고 소설 속의 인물이 되는 것이다. 상상력의 힘에 의해서. 구체적 개인이건 구체적 사물이건 구체적 존재라는 것은 그러한 조건과 꼭 같은 것은 존재하지 않기 때문에, 그 사물에 관련된 교훈을 얻어낸다는 것은 불가능하다. 즉 그러한 사물은 두 번 다시 없을 것이기 때문이다. 가령 어떤 교훈을 이끌어냈다손 치더라도, 다른 사물에 적용할 때에는 그 교훈을 조정하지 않으면 안 되고 우리가 정확성을 원한다면, 그 '조정'은 무한대한 것이 될 것이다. 그런데 본질적 사고라는 것은 엄격하다는 것을 의미한다.

그렇다면 작품의 정합성이라든지, 순수한 지속이라는 것은 대체 무엇을 말하는 것인가? 그것은 작가의 시점이 작품의 모든 부분에서 균질함을 말한다. 가능하다면 이 작가의 시점 혹은 창작 의식은 질이 높은 것이 요구된다. 질이 높다는 것은 만일 작가가 사실적인 양식을 택했을 때, 현실 의식의 관점에서 일어나는 시시한 트집을 능히 막아낼 수 있을 만한 높은 양식이 기대된다는 뜻이며 그 이상도 이하도 아니다. 그러나 이것은 여전히 문학예술의 본질적 조건은 아니다. 설령 작가의 의식이 작품 속에서 비균질적으로 실천되었다고 하더라도 그것은 그 작품의 우열의 판단 기준은 될 망정 그것이 문학예술이냐 아니냐의 기준은 되지 않는다. 표현으로서의 문학예술의 본질은 그것을 다른 표현과 다르게 하는 갈림점에서 찾지 않으면 안 된다. 그것은 다름이 아닌, 살아 있는 현실 자체의 느낌을 줘야 한다는 성격이다. 살아 있는 현실 자체를 표현한다는 것은 어떤 다른 표현(일상 표현, 과학적 표현)도 하지 못한다. 일상 표현은 그 부분성 때문에, 과학 표현은 그 추상성 때문에, 모두 현실 그대로를 나타내지 못한다. 문학예술만이 상상력의 공간에서일망정 현실을 남김없이 표현한다. 그리고 여기서 문제되고 있는 문학의 본질인 현실의 느낌이 가능해지는 열쇠는 그것이 태어나서 살다가 죽는 어떤 구체적인 개인의 입장이 배제되지 않는다는 데 있다. 모든 표현은 살아 있는 개인이 하는 표현이라는 ── 표현에 대한 인식론적 반성이 본질적 성격이 되어 있는 표현이 예술적 표현이다. 예술에서의 표현은 마음의 밖에 있는 물건을 날라다가 놓음으로써 이루어지는 것이 아니라 표현만의 힘에 의해서 존재하게 되는 의식의 구축물이며, 그것은 온전히 작가의 의식의 내용에만 의존한다. 가령 현실 세계에 확실히 존재하는 것을 작가가 소재로 삼았다 할지라도, 예술로서는 그것이(외계에 확실히 존재한다는 사실) 작품으로서의 보장이 되지 못한다. 작품이 되자면, 그 소재는 의식의 힘으로 자립하지 않으면 안 된다. 자립한다는 것은 무슨 말인가? 그 소재가 '작중' 인물에게 '대해서' 어떤 사물로 존재해야지, 작품 밖의 인물에 대해 가지는 사물의 권위나 가치를 가지고 작품 속에서 통용되어서는 안 된다는 것을 말하다. 즉 작가와 감상자가 모두 예술 표현의 나라에 들어올 때는 다른 자기로 바꾸어 태어나지 않으면 안 됨을 말한다. 몽유병자의 경우처럼 같은 몸에 두 마음이 사는 것인데 예술에서는 일부러 그러는 것이며 알면서 그러는 것이다. 일상의 상상에서는 상상력은 현실에 매여 있고, 과학 표현에서는 처음부터 인생의 전모라든지, 인생의 환상이라든지를 의도하지 않는다. 자립한다는 것은 이 단절을 의미한다. 나와 너의 삶은 논리적 비교에서만 같은 것으로(1+1, 혹은 '인간' 혹은 '개인' 등) 다루어진다. 실지의 나와 너는 서로 바꿀 수 없는 절대의 존재다. 마찬가지로 소설 속의 세계는 ─ '나'가 '너'와 비슷하지만 '나'가 '너'를 대신할 수 없는 것처럼 ─, 동형의 타인 사이다. 그런데 동형이란 상상 속의 현실이, 현실 속의 현실과 동형이라는 말임에도 불구하고, '현실에 대한 해석'(일상의 표현, 과학적 표현)과 동형인 것처럼 혼동하는 데서 사실주의 계열 예술의 정체성 위기가 생긴다. 만일에 현실의 모방이란 말을 '현실에 대한 해석'과 일치하는 것으로 생각한다면, 형식을 달리할 뿐이지 문학예술은 과학과 같은 것이 되고 만다. 문학은 아직 해석하지 못하는 부분까지를, 말하자면, 모방한다. 이것은 논리적으로 모순이다. 왜냐하면 모방하자면 대상을 알아야 하기 때문이다. 그러나 문학이 현실을 모방한다고 할 때는, 현실의 밖에서 현실을 모방하는 것이 아니라, 문학 자신이 현실이 되기 때문에 이 문제(모르는 것을 안다는)는 해결된다. 과학과 일상의 세계에서는 알지 못하는 부분은 아직도 소유하지 못한 부분, 정복해야 할 부분, 따라서 아직 자기(과학) 체계에 속하지 않은 부분이다. 그러나 문학 예술 속에 있는 알지 못하는 부분은 '알지 못하고 있다'는 자격으로서 작중 현실을 이루고 있기 때문에 문학은 자기 자신의 무지(현실에 대한)의 부분까지도 소유하고, 이미 정복하고 따라서 자기(문학) 체계에 들여놓고 있는 것이 된다. 이 사정은 종교 의식의 움직임과 거의 같다. 이 세계를 논증하려는 태도에 머무는 동안에는 신과 만날 수가 없다. 신의 나라에 들어가는 회심의 순간은 어떤 비약, 어떤 결단의 순간을 거쳐야 한다. 그때 그는 자기 앎까지도 신의 은총이며, 자기의 모름까지도 부끄러움이 아니라는 가치의 뒤바꿈을 겪는다. 그는 자기 자신을 비우고 신의 그릇이 된다. 여태껏 알고 있었던 일이 그대로 수수께끼가 되고 우리는 수십만 년 전에 어느 들판에서 아침 해가 솟아오르는 것을 바라보는 원시인이 되게 하는 것이 문학예술의 본질이다. 아니, 이런 태양이 바로 우리가 매일 아침 만나는 태양임을 알게 한다. 인간은 우주에서 무한히 자기를 소외시키고 그 증대된 소외를 문명이라는 이름으로 부른다. 종교적 회심은 이 소외를 돌이키고 신의 나라에 들어가는 것을 말한다. 그가 신을 받아들이는 순간에 그 사람은 자기 자신이 원래 있어야 할 데에 있음을 깨닫는다.

일상 의식의 세계에서 상상 의식의 세계에 들어올 때에도 이와 마찬가지의 일이 생긴다. 우리는 문학 작품을 읽으면서 우리가 아닌 세계를 아무 이의 없이 받아들인다. 우리는 나무가 되고 물고기가 되고 새가 되기도 한다. 그러면서 우리는 여전히 우리로 남는다. 일상 의식의 세계에서는 미친 사람이 아니면 주장하지 않거나, 그렇게 될 수 있는 원인을 모두 검토한 끝에야 결정하는 일들을 문학의 세계에서는 무조건 받아들인다. 이렇게 되는 원인은 간단하다. 우리가 예술의 약속에 동의하기 때문이다. 사실주의적 문학은 이 동의에 너무 많은 그럴듯한 조건을 요구하고, 더 치명적인 것은 그 조건을 어느새 일상 의식의 입장에서 요구하게 된다. 이렇게 되면 문학은 그 자신의 고유한 기능인 세계와의 화해, 의식과 행동의 완전한 일치라는 성격을 잃어버리게 된다. 물론 이 화해, 이 일치는 환상의 화해, 환상의 일치이다. 우리는 예술 감상의 다음 순간에 다시 상식의 세계로 돌아와야 한다. 이것은 처음부터 약속되어 있던 사항인 것이다. '결국 거짓말이 아닌가?' 하고 말하는 사람처럼 예술과 먼 사람은 없다. 그렇다. 거짓말을 하기로 약속하고 우리는 예술에 관계하는 것이다. 밥을 먹어도 또 배고프지 않은가라든지, 술은 깨는 것인데 마시면 뭘 하느냐라든지, 하고 말한다면 우리는 그 사람은 밥과 인연 없는 사람, 술과 인연 없는 사람이라 부를 것이다. 예술도 마찬가지다. 문명의 두꺼운 보호막을 마음에 지니게 된 문명인은 이 막을 뛰어넘고 인간의 문명을 직관하게 하기 위해서 유지하고 있는 예술에 대해서 예술 자신의 고유한 법칙에 따라 접근하려 하지 않고 일상생활을 처리하기 위한 수단인 다른 제도(과학, 또는 그 부분 형태인 일상 의식)에 따라 접근하려고 든다. 그럴 때 예술의 문은 열리지 않고 사람들은 예술이 아닌 형태로 구해야 할 욕망을 예술 속에서 만족시키려고 한다. 아마 이런 현상은 우리가 살고 있는 현실과 관계가 있을 것이다. 우리는 문명 세계의 일상생활의 차원에서 이루어져야 할 일들이 웬만한 수준에서도 이루어지지 못하고 있다. 그래서 예술가들 자신도 시민으로서의 양식을 자기 예술 안에서 매번 증명해야 할 객관적 이유와 주관적 강박을 느끼게 된다. 그러나 이유야 이렇듯 근거가 있을망정 이런 전前예술적 군더더기가 예술의 핵심적이며 고유한 노력에 들여야 할 정력을 낭비하게 한다는 건 확실한 일이다.

필자가 보기에 소설이라는 양식에 이러한 낭비가 가장 많고, 같은 문학 속에서도 희곡에서는 이 낭비를 줄일 수 있다. 그 까닭은 희곡의 형식적 엄격성과, 공연이라는 형태의 테스트를 견뎌야 한다는 객관성 때문이다. 이러한 외적 계약이라는 것은 다른 말로 하면 전통과 집단의 압력이 연극 예술의 양식과 감상 조건에 제도적으로 내재해 있다는 말이 되겠다. 필자는 소설 창작의 처음부터 소설이라는 이 장르가 지니고 있는 인식론적 의미를—즉 소설은 무엇을 어떻게 나타내는 것이 옳은가를 의식적으로 관심의 중심에 두고 일해오다 보니 이 양식이 지닌 위험성이 잘 보이게 되었다. 물론 이 위험성 역시 소설 속에서 극복되는 것이 이상론이지만, 그것이 쉽지 않은 여러 가지 문학적 조건이 여럿 있다. 어떤 작가가 이러한 상황에 도달하면 그에 대처하는 예술의 자기 상실에서 벗어나기 위한 방법으로서, 보다 명확한 형식과 보다 강제적인 전통이 지배하는 장르에 자신을 구속해보는 길이 생각될 수 있다. 이것이 필자가 근래에 희곡을 써오는 까닭이다. 희곡에서는 무대 위에서 공연될 때에 배역될 배우의 존재를 의식하게 되기 때문에 쓰고 있는 희곡은 언제나 배우에 의해 연기되리라는 인식을 자동적으로 가지게 된다. 즉 희곡의 내용이란——일상 의식과 현실의 육체를 가진 배우가, 자기 자신을 연기자로 파악한다는 회심의 순간을 통해서, 그 속에 들어와서 창조해야 할, 상상 의식과 상상의 육체를 위한 그릇이며 악보라는 사실이 더할 수 없이 뚜렷이 의식되면서 만들어지게 된다. 이러한 자각의 유지는 소설의 경우 훨씬 어렵고, 애매하고 끊임없이 일상 의식과 상상 의식의 혼동이 저질러지며, 더욱 위험한 것은 독서라는 무대는 극장이라는 무대보다 훨씬 이 점에서는 주관적인 수용에 좌우될 바탕을 가지고 있다. 그 바탕이란 개인적으로 감상한다는 조건 때문에 일상 의식의 기록을 읽으면서 소설이거니 생각하고 넘어가는 일이 교정될 기회가 적다는 사정을 말한다. 극장의 무대에서는 이러한 결함은 훨씬 치명적이다. 집단을 이룬 관람자들의 반응은 훨씬 분명하고 관람자들은 개인 수준 이상의 정확한 판단에 도달할 수 있다. 집단 속에 있다는 것은 남의 힘을 이용하고, 남의 경험을 이용하면서 그것이 동시에 자기 자신의 소유일 수도 있기 때문이다.

해설

말멀미에 이기기 위하여
── 최인훈 평론에 대하여

김주연
(문학평론가)

　문학비평을 하는 방법에는 여러 가지가 있겠으나, 서구라파의 경우처럼 그것이 잘 분화되지 않고 있는 우리 형편에서는 그것을 시시콜콜히 나누어 따져본다는 것 자체가 자칫 말장난이나 호사 취미의 인상을 던지기 쉽다. 그러나 그렇다고 해서 현재 우리나라에서 행해지고 있는 비평의 성격이 그저 주먹구구식으로 행해지고 있다고 이야기될 수는 없을 것이다. 몇 년 전, 나는 속칭 순수와 참여의 공식으로만 나누어지고 있는 것 같은 현대 한국 문학비평의 계보를 사회비판론·시민문학론·분석주의 등의 이름으로 한번 정리해본 일이 있는데, 그때 나는 아무 망설임 없이 최인훈을 분석주의 비평가의 훈장으로 지칭하고, 그의 분석주의를 내 나름대로 분석해보았던 기억이 난다. 글쎄, 그때 무엇이 나를 주저 없이 그를 그렇게 부르도록 했을까. 물론 그에게는, 그의 방대한 소설의 양에는 미칠 정도가 못 되지만, 대단한 분량의 평론이 있다.

그러나 그 당시 나는 그의 평론 모두를 통독한 처지도 아니었고, 더구나 그의 평론이 갖고 있는 성격을 다른 이들의 그것과 세밀히 대조한 형편도 아니었다. 그런데도 나는 그만 그를 소리 높여 분석주의 비평가로 불러보는 성급함을 저질렀던 것이다.

지금 나는 나의 성급함을 물론 후회하고 있는 것이 아니다. 다시 생각나는 것은, '분석적인 평론'이라는 부분에 이르렀을 때, 그의 얼굴이 자연스럽게 떠올랐다는 사실이다. 10여 년이 훨씬 넘는 시간 그와 알아오면서 그렇게 자주 세밀한 만남의 기회를 가졌던 편은 못 되지만, 그가 나에게 심어준 가장 강렬한 그의 모습은 분석적이라는 말과 아무래도 떨어지지 않는다. 적어도 그는 나에게 그런 자리 속에 앉아 있다. 참으로 그는 따지기를 좋아한다. 분석이라는 것이 필경 따지는 일이라면, 그의 따지기 좋아하기야말로 분석 비평가로서의 그를 찬란하게 드러내주는 대목이다. 그는 따진다. 오늘 우리의 삶이 왜 이토록 우울한가 따진다. 그러면 자연히 삶이란 무엇이냐는 것이 따져지고, 도대체 우울하다는 우리의 정서는 무엇이냐는 것이 다시 따져진다. 다시 우리의 삶을 우울하게 만드는 내적인 요소와 외적인 그것과의 구별이 행해지고, 혹시 삶이란 것이 애당초 그렇게 생겨먹은 것은 아닌가 하는 것까지 들여다보려고 한다. 그러나 따지는 일에 어느 결론이 만족하겠는가. 그 일은 그런 식으로 반복되고, 그 순환의 회로 속에서 그는 흡사 외계를 나는 인공위성이라도 움직이는 컴퓨터 조작사처럼 그 일을 즐긴다. 남 보기에는 그저 따분하기 짝이 없어 보이는 그 일을 적어도 즐기는 것처럼 보인다. 그도 그럴 것이 그는 그것이 지식인의 운명이며, 문화인의 소명이라고 믿고 있으니까. 그 가운데 어느 단추 하나라도 소홀하게 다룬다면 문화라는 거대한 추상은 일순 아무짝에도 쓸모없는 거추장스러운 인류의 저주가 되어버린다고 그는 생각한다. 그리하여 그는 한 번의 웃음, 한 번의 노래, 한 번의 악수에서부터 동양과 서양, 역사와 의식, 개인과 전체, 사랑과 논리 등 그의 관심이 미치는 삶의 모든 촉각에 분석의 날을 예리하게 갈아 세운다. 실제로 그는 우리들이 아무 의미 없이 떠들어 흘려버리는 농담, 허겁지겁 마셔대는 비천한 술자리, 혹은 하염없이 부족해하는 그리움 따위의 감정 짓거리나 습관적 일상에도 그 나름의 이름을 붙이기 좋아한다. 말하자면 자신의 객관화랄까. 제 모습 하나 제대로 볼 줄 모르고, 그저 천방지축 들떠 살고 있는 나로서는, 그의 이 철저한 따짐 버릇이 때로는 참을 수 없는 억압처럼 느껴져 이따금 짐짓 그를 피해다니면서 술을 마시고, 음담을 지껄이고, 황당무계한 말수작을 해오고 있음을 여기서 고백하기로 한다.

  나도 포함되겠지만, 우리나라 사람은 대체로 따지는 것을 싫어하는 것 같다. 아마 의식이 덜 분화된 탓일 것이다. 모든 것이 대개 그게 그것이라는 식이며, 모두 그런 것이라는 생각에 쉽게 지배당하는 것 같다. 일일이 따지는 일은 소인배들이나 할 일이지, 대인의 풍모가 못 된다는 오랜 인습의 의식이 숨어 있는 것인가. 일상생활에서는 말할 나위조차 없는 일이며, 심지어는 따지는 일이 어쩔 수 없는 기능이어야 할 문화의 영역에서조차, 그것은 심한 경우 금기시된다. 그리하여 무엇이 어떤 방식으로 어떻게 행해짐으로써 어떤 결과와 만나게 되는가 하는 차분한 논리의 세계 대신, 표방하는 이념의 크기와 육성의 높낮이에 따라 그 일의 가치가 결정되는 것 같은 폭력의 세계를 아주 쉽게 만나게 된다. 최인훈이 돋보이는 것은, 그의 따지기가 때로 불편하게까지 느껴지는 까닭은 이 같은 현실로부터 상대적으로 유래하는 것이기도 하다. 말을 바꾸면, 최인훈 문학의 특징적 성격은 아직도 방법과 의식을 문화의 범주 속에서 고려하지 못하고 있는 우리 현실에서 그 중요성을 자각하고, 그것을 몸으로 체험하려고 하는 선구자적 안목에 있는 것이다. 이것은 그의 문학이 비단 평론을 통해서만 이런 분석 정신을 과시하고 있는 것이 아니라 그의 소설 작품 거의 전부에 편재해 있는 특징이다. 특히 소설「구운몽」『회색인』『서유기』등은 재래의 소설적 구도를 무시하면서까지 한국의 역사적 구조를 파헤치려는 그의 놀라운 분석 정신이 유감없이 발휘된 작품들로서 웬만한 다른 평론들을 압도할 지경이다. 그런 의미에서 그가 직접 이른바 평론적 서술을 보여주고 있는 에세이들은 그의 일련의 문학적 기도라는 문맥 속에서는 차라리 사족에 가까운 것들이 될는지도 모른다. 작가와 현실과의 관계에 대하여, 언어에 대하여, 현대인의 특징에 대하여, 그리고 자기 자신의 소설 방법에 대하여 지나치다고 하리만큼 소상하게 말하고 있으나, 그것들은 한 치의 틈도 허락함이 없이 그의 소설 내지 희곡 문학의 보완적 설명이기 때문이다.

그러나 작가로서의 그의 세계 전체에서 사족으로서 구실하는 그의 평론은 놀랍게도 그것 자체만으로도 우리 평단의 유니크한 독자적 둘레를 만든다. 그는 작가이자 비평가인 셈인데, 이런 사회적 분류란 어쩌면 그에겐 처음부터 무의미한 것이었을 것이다. "문학 작품을 쓴다는 것은 작가의 의식과 언어와의 싸움이라는 형식을 통해 작가가 자기가 살고 있는 사회에 대하여 비평을 행하는 것"(「문학과 현실」)이라는 말에서 나타나듯 그는 문학의 선험적인 장르 나누기에 별다른 흥미가 없어 보인다. 그러므로 소설이든 희곡이든 근본적으로 그것들 역시 평론이라는 생각을 그는 갖고 있는 것이다. 이렇듯 문학의 운명을 사회에 대한 비평으로 생각하고 있는 그가 사회 비판론이나 시민문학론의 범주에서가 아니라, 분석주의와 연관되어 관찰된다는 것은 그 나름대로 주목할 만한 일일 것이다. 대저 분석주의라고 하면 사회적 현실이나 역사에 대해서는 별 관심 없이 하찮은 말놀이에만 시종하는 것으로 생각되는 분위기가 완전히 가시지 않은 계제라면 그것은 더욱 흥미의 대상이 될 것이다. 그러나 최인훈으로서는 바로 그렇기 때문에 분석 정신이 더욱더 절실하다고 생각할 것이다. 한편으로 역사와 사회를 말하면서, 다른 한편으로 그것을 한 몸에 지니고 있는 말의 참된 모습을 모르고 있는 것이 오늘의 문학적 현실이기 때문에 이것을 분명히 해야 한다는 것이 그의 의도이며, 그의 분석이다.

바른 뜻을 옳게 이끌어내기 위한 순결을 위해서 말을 닦는 것이지요. 안개와 바람과 그런 속에서 자기 배의 모습을 확실히 보기 위해서지요. (「말에 대하여」에서)

분석의 첫 대상이 언어가 되는 것은 그로서는 지극히 자연스러운 일이다. 언어는 문학 그것 자체가 바로 그것을 통하여 존재하는 그릇이자, 언어를 통해 문학이 거꾸로 형성되어나가는 이중의 기능을 갖고 있다는 점에 그는 일찍이 완강하게 기울어져 있다. 그에 의하면 문학은 "말의 마을"이며 "말의 배"다. 이 같은 분석 논리가 역겨워 멀미를 일으키는 경우가 있다 하더라도, 그것은 감수 인내되어야 한다. "멀미에 견뎌야죠. 말의 바다를 두려워하고 땅에 집착하면 우린 집니다. 말멀미에 센 사람들이 늘 이깁니다. 말의 바다에서 말의 폭풍과 싸우면서 말의 항구를 찾아가는 말의 배"—— 그것이 바로 문학이다. 더 자세히 말하면, "말의 레이더에 세계를 비추는 일"이 문학이라고 그는 말한다.
　최인훈의 분석 논리에서 잘 드러나고 있듯이, 분석이 거두고 있는 구체적인 방법은 분류·유형화·일반화 등등이 될 것이다. 그의 글을 읽어보면 어떤 것이든지 논리 정연, 수미일관이다. 어떤 개념을 그 나름대로 맞히기 위하여 역사적인 고찰을 하고, 적절한 비유나 예를 들고, 그런 다음 집중된 관심 속에서 필요한 것과 그렇지 않은 것을 가려내고, 다시 종류를 나누고, 그 성격을 일반화하고 자기의 결론을 마침내 이끌어낸다. 빈 구석이나 군더더기라고는 거의 없어 보인다. 이것은 그가 문학에 대한 강한 신념을 갖고 있기 때문에 가능하겠지만, 역사와 현실에 대한 풍성한 지식은 그에게 있어 과연 신념이란 지식의 아들이라는 것을 실감케 한다. 그의 소설이 흔히 관념적이라는 평을 듣는다면, 아마도 그의 풍성한 지식 때문에 상대적으로 주어지는 인상도 적지 않을 것이다.

그만큼 그는 다방면에, 특히 역사에 해박한 지식을 갖고 있으며, 이것이 논리적 사고의 훈련에 크게 기여한 것으로 판단된다. 물론 분류·유형화·일반화 따위의 방법은 그것이 지나칠 때 현학적인 느낌을 줌으로써 이야기는 옳게 들리면서도 어딘가 비현실적인 같은 생각을 읽는 이로 하여금 갖게 하기 쉽다. 실제로 이런 것 때문에 우선은 최인훈이 손해 보는 부분도 없지 않을 것이다. 가령 통일과 화해, 완성의 방법으로서 '사랑'을 외치면서도 막상 그 사랑이 건조하게 울리는 까닭은, 비논리적 세계, 불합리한 세계, 모순의 세계까지는 사랑할 수 없는 그의 기본적인 시점 때문에 어쩔 수 없는 일이라 하겠다.

최인훈이 분석을 통해 문학과 만남으로써 얻고자 하는 궁극의 땅은 '문화'라는 낙토이다. 그는 끈질기게 인간과 동물 그리고 신의 차원을 구분한다. 그의 글에 역사에 대한 언급이 많듯이, 그는 또한 생물학, 특히 진화론에 적잖은 관심을 나타내는데, 이것은 모두 동물과 인간의 구별을 보다 세밀하게 함으로써 인간의 조건에 보다 더 정확을 기하려는 그의 야심만만한 저의 때문에 생겨난다. 예컨대「문학과 이데올로기」와 같은 글에서 자칫 소설가로서의 그 자신의 이데올로기적 기호를 규명하기 쉬운 함정을 뛰어넘고 생물의 진화와 인간 역사의 발전을 어낼러지함으로써 이데올로기의 역사적 변모를 리뷰하고 있는 것은, 그가 동물, 혹은 덜 발달되었던 상태에서의 발달 과정이라는 '과거'를 통해 보다 '정신'이 충만한 '문화'의 미래를 노리고 있다는 증거일 수 있다. 그는 동물계와 인간 역사를 연결하는 날카로운 비유와 상상력을 통해서 인간의 인간다운 몫이 결국은 언어이며 그것의 절묘한 사용법이 문학이므로 그것 자체가 이데올로기일 수 있다는 인식에 매달린다. 그렇게 함으로써 그는 문학의 문화적 운명을 확인할 수 있기 때문이다. 쉽게 말해서 사람이 사람답게 살 수 있는 땅이 바로 문화의 낙토인 것이다. 그곳은 문학의 언어가 질서 있게 운용되고, 예술의 샘이 마르지 않고 흐르는 땅이다. 그 반대는 무질서·폭력(비합법적이라는 뜻에서)이 난무하는 야만의 땅이다. 그리하여 그는 과연 오늘 우리의 문학이 얼마나 문화적이냐는 문제에 세차게 도전한다. 그의 도전은 자연히 한국 문화 전반에 확대되고, 역사를 소급해 질문함으로써 한국 문화가 과연 문화적이냐는 근원적인 자세를 취하게 된다. 「영화 「한恨」의 안팎」과 같은 짧은 단상에서도 이런 그의 열망은 어쩔 수 없이 드러나, '죄' 대신 '한'이 지배하는 문화의 부정직성을 그는 아쉬워하는 것이다. 왜 그는 그렇게 생각하는가.

인간의 선과 악이 팽팽하게 긴장을 유지하고 있는 세계, 어느 한쪽이 우세해진 외모를 가진 경우에도 그 반대의 요소가 숨어 있는 것을 느끼게 하는 배려가 있는 세계—그것을 우리는 인간적 세계라 부르고 예술의 세계라 부른다. 예술은 인간과 자연이 대화하는 세계이지 자연에 말려들어간 세계가 아니기 때문이다. 자기를 빼어버린 리얼리즘은 반드시 야만 속으로 떨어질 수밖에 없다.

이런 최인훈의 사고방식은 당연히 서구의 그것을 연상시킨다.

그러나 그의 이런 태도는 서구식 연상이기 때문에 중요한 것이 아니라, 매몰되어 있는 인간성으로부터 각성이라는 점에서 귀중하게 받아들여진다. 오랫동안 '인간'을 잊고 두루뭉수리로 살아온 우리들에게 그가 자기 자신에 대한 표현이라도 되듯, 이것을 "세상을 과학적으로 볼 수 있는 부드러운 마음"이라고 말하는 것은 퍽 충격적이다. 나도 최인훈처럼 '부드러운 마음'을 가져 그의 분석 정신을 불편함으로 느끼지 않고 자유스러움으로 받아들이게 되기를 바란다. 최인훈은 분석을 통해 사태를 밝히고 그렇게 함으로써 오히려 억압에서 벗어날 수 있다는 것을 나에게 가르쳐준 한국 문단의 몇 안 되는 조언자이다. 그에게 고마움을 전한다.

해설

문학은 어떤 일을 하는가
― 최인훈의 문학론

김태환
(문학평론가)

1

일반적으로 인간의 사회적 활동은 개인이 아닌 집단의 차원에서 그 의미, 기능, 목표가 미리 규정되어 개개인에게 주어지게 마련이다. 예컨대 택시 운전사는 승객을 원하는 목적지에 태워다 주어야 하고, 의사는 환자의 병을 고쳐주어야 하며, 투수는 실점을 최소화하기 위해 노력해야 한다. 어떤 택시 운전사도, 어떤 의사도, 어떤 투수도 이 점을 의심할 수는 없을 것이다. 그들의 활동은 언제나 사회적으로 규정된 목표의 틀 안에 갇혀 있다. 그들에게 고민할 것이 있다면 목표에 도달하는 길을 선택하는 문제뿐이다. 때때로 택시 운전사는 어느 코스로 가야 길이 막히지 않을지 생각할 것이고, 의사는 몇 가지 치료 방법 가운데 하나를 선택해야 하고, 투수는 커브를 던질 것인지 직구를 던질 것인지 고민할 것이다. 하지만 그들은 자신의 일이 가지는 사회적 의의에 대해 반성할 필요가 없다. 또한 자기 나름의 개인적 결단에 따라 활동 목표를 새롭게 정립할 수 있는 것도 아니다.

2

인간의 활동 가운데 사회적 성격을 띠면서도 그 의의가 사회적으로 분명히 규정되지 않는 것이 있을까? 그리고 그렇게 의미가 불분명한 활동이 심지어 직업의 하나로까지 인정되는 경우를 상상할 수 있을까? 오늘날처럼 고도로 분업화되고 기능화된 사회에서, 모든 것이 수요(사회적 필요)와 공급의 원칙에 따라 움직이는 시장 체제 속에서 무엇에 소용되는지도 분명치 않은 일을 직업으로 삼는 사람들이 있을까? 답은 '그렇다'이다. 문학이라는 활동과 작가라는 직업이 바로 이런 예외적인 경우에 해당된다. 문학이란 무엇인가? 문학은 왜 하는가? 왜, 무엇을 위해서 글을 쓰는가? 이런 질문들에 대해 모두가 인정하고 합의할 만한 명백한 대답은 존재하지 않는다. 작가는 무엇을 수행해야 한다는 사회적 요구에 부응하기 위하여 글을 쓰는 것이 아니다.

3

현대 자본주의 사회에서는 수요와 공급의 법칙에 따라 움직이는 시장이 문학의 환경을 이루고 있으며, 작가와 독자의 관계는 다른 모든 상품 생산자와 소비자 사이의 관계와 크게 다르지 않은 것처럼 보인다. 다시 택시 운전사와 승객의 관계에 대해 생각해보자. 택시를 타려는 승객이 줄어들면 택시 운전사의 생존도 따라서 어려워진다. 이와 마찬가지로 문학 독자의 감소는 작가의 존재 기반을 위태롭게 만들 것이다. 하지만 의사소통이라는 관점에서 본다면 택시 운전사/승객의 관계는 작가/독자의 관계와 근본적으로 구별된다는 사실이 드러난다. 택시 운전사는 승객이 원하는 바(행선지)를 정확히 알고 있어야 하며, 그런 한에서 승객에게 적절한 서비스를 제공할 수 있다. 그의 활동이 지니는 의의는 승객의 요구를 충족시키는 데 있다. 생산자의 의도는 소비자의 의도로 환원된다. 생산자와 소비자의 관계는 완전한 의사소통의 성공을 전제로 하여 성립하는 것이다. 반면에 작가가 작품을 팔고 독자가 그 작품을 산다고 해도 그것이 곧 작가와 독자 사이에 완벽한 의사소통이 이루어졌음을 의미하지는 않는다. 작가의 창작 행위의 의의는 독자가 작품을 사서 읽는 동기나, 거기서 얻어내는 효용 속에 소진되지 않는다. 같은 작품을 사서 읽는 독자들도 동기나 목표가 다 제각각일 수 있고, 그 모든 것이 작가의 의도와 어긋나 있을 수도 있다. 문학이 상품이라면, 효용이 불투명한 상품이며, 어떤 의미에서는 바로 그러한 불투명성 자체를 효용으로 하는 상품이라고 말할 수도 있을 것이다. 무엇에 소용되는 것인지가 미정인 상품, 작품마다, 또는 독자마다 그 효용이 가변적인 특수한 상품이 문학인 것이다. 작가는 소비자들의 요구에 따라, 또는 소비자들이 어떤 욕구를 지니는지를 파악하여(시장 조사) 그것에 알맞게 작품을 제작하는 것이 아니라, 자기 자신의 표현 욕구에 따라 작품을 만들어내고 그것을 시장에 내놓을 뿐이다. 거기서 무언가를 얻어내는 것은 독자의 몫이다.

4

　문학이 상품으로서 가지는 특수성, 즉 문학의 효용이 불투명하다는 사실 때문에, 어떤 비평가들은 문학의 무용성 속에 문학의 궁극적 가치가 있다는 입장을 취하기도 한다. 우리는 문학이 유용하지 않기 때문에 억압하지 않는다는 김현의 명제나, 문학이 의사소통적 언어, 즉 도구화된 언어로 환원되기를 거부함으로써 자본주의적 상품 사회에 대한 비판을 가능케 하는 최후의 거점이 된다는 아도르노의 명제에서 바로 이러한 인식을 확인할 수 있다. 하지만 그런 주장조차 문학의 사회적 의의를 규정하는 하나의 가능한 입장에 지나지 않는다. 문학이 다른 상품과 같은 의미에서 유용하지 않다는 사실에서 곧바로 문학은 유용하지 않다는 결론이 도출될 수 있는 것은 아니다. 오히려 문학이라는 상품의 특수성은 그것이 유용한지 무용한지, 만일 유용하다면 도대체 무엇에 유용한 것인지가 불투명하다는 데 있다. 따라서 문학이 무용하다는 테제는 모든 작가나 독자를 구속할 수 있는 일반적 규정이 될 수는 없으며, 문학의 사회적 효용성을 굳게 믿는 작가나 독자의 목소리를 완전히 잠재울 수도 없는 것이다. 지금까지 문학의 의의와 기능에 관해 무수하게 많은 이론이 만들어져왔지만, 아직 이 문제에 관해 사회적으로 합의된 최종적 정의는 존재하지 않는다. 문학을 정치적 도구로 보는 입장, 진리의 표현으로 보는 입장, 유희와 오락거리에 가까운 것으로 보는 입장, 그 어떤 도구적 가치와도 무관한 자기 목적적 구성물로 보는 입장 등, 상충하는 관점들이 공존하고 있을 따름이다. 오늘날 문학이론의 분야가 문학의 본질에 관한 근본적 물음을 만족스럽게 해결하지 못한 채 다양한 입장의 각축장으로 남아 있다면, 그 근본적 이유는 문학 자체의 모호성에서 찾아야 할 것이다.

5

문학의 모호성은 인간의 삶 자체의 모호성에 비견될 만하다. 문학의 의미와 마찬가지로 삶의 의미 역시 뚜렷하게 규정될 수 있는 것이 아니며, 그 때문에 사람마다 이 문제에 대한 해답을 찾기 위해 노력하게 된다. 산다는 말 속에는 삶의 의미를 알기 위해 애쓴다, 왜 사느냐에 대한 해답을 찾아내려고 시도한다는 뜻까지도 포함되어 있는 것이다. 똑같은 논리가 작가의 글쓰기에 대해서도 적용된다. 글을 쓰는 작가의 활동 속에는 자신이 왜 글을 쓰는지 알아내고자 하는 욕망과 노고가 포함되어 있다. 만일 처음부터 창작의 의미가 명백히 주어져 있고, 완성된 작품이 그것의 실현에 지나지 않는다면, 그런 작품이 높은 문학적 가치를 지니기는 어려울 것이다. 글쓰기의 과정은 글쓰기의 의미에 관한 탐색 과정이기도 하다. 문학과 삶은 이런 의미에서 닮은꼴이다.

6

문학이라는 상품의 특수성은 문학이 삶과 특수한 관계를 맺고 있다는 점에서 찾아볼 수 있다. 일반적으로 자본주의 사회에서 가치 있는 상품이 되기 위한 하나의 필요조건은 삶에 대한 유용성이다. 이처럼 삶이 가치를 규정하는 기준점이 된다면, 삶 자체는 어떤 기준점에 의해 가치를 지닐 수 있는 것일까? 왜 삶은 의미 있는가? 왜 삶은 살아야 하는가? 다양한 종교와 이데올로기가 삶에 관해 이야기하지만, 우리는 그 어디에서도 의문의 여지없이 삶의 의미를 밝혀주는 목소리를 들을 수 없다. 삶의 의미가 불투명하고 이 문제에 대한 보편타당한 해답이 존재하지 않는다는 것, 그것이 곧 현대적 삶의 근본 조건이다. 문학은 삶과의 관계가 불투명하기 때문에 흔히 그 존재 가치를 의심받는다(문학이 사는 데 무슨 필요가 있는가?). 그런데 역설적이게도 바로 그러한 이유에서 문학의 구조는 삶 자체의 구조에 접근하게 된다. 문학과 삶은 절대적인 가치의 기준점을 가지지 못한다는 점에서 상동적이다.

7

문학의 사회적 가치가 불확정적이기 때문에, 작가는 스스로 그것을 규정하여야 한다. 즉 자신이 수행하는 창작 활동의 근거와 정당성을 스스로 마련하여야 하는 것이다. 설사 그가 이를 위해 기존의 문학이론에 의지한다고 하더라도, 여기에는 여전히 다양한 입장들 사이에서 특정한 입장을 선택한다는 주체적 계기가 작용하고 있는 것이다. 작가는 외적으로 주어진 규정에 안주할 수 없다는 점에서 의사 같은 일반적 직업인과는 다른 입장에 처해 있다. 작가의 특수한 입장은 긍정적인 의미에서 자율적이라고 규정할 수 있을 것이다. 타율적으로 규정된 일을 수행하는 의사와는 달리, 작가는 자기 행위의 의미와 지향점을 결정할 수 있는 자유를 누리고 있는 것이다. 하지만 이러한 자유는 동시에 작가의 곤경이기도 하다. 왜냐하면 도대체 문학이란 무엇을 하는 것이냐는 세상의 의혹 어린 시선을 향해 자기 행위의 정당성을 주장하고 문학의 존재 가치를 사람들에게 납득시켜야 하기 때문이다. 이런 점에서 작가라는 직업은 누구나 그 존재 의의와 사회적 필요성을 수긍하지 않을 수 없는 의사만큼 편안한 것이 못 된다. 의사는 치료 행위를 하거나 치료에 필요한 연구를 수행하는 것으로 자신의 과업을 충분히 수행하고 있는 것이고, 왜 병을 고쳐야 하는가 하는 문제에 대해 따로 생각할 필요는 없다. 그러나 작가는 항상 왜 문학인가 하는 질문 앞에 직면해 있고, 그런 까닭에 글쓰기에 대한 반성은 글쓰기의 본질적 조건이 된다. 작가가 단순히 작품만을 쓰지 않고 종종 문학이론적 차원의 논의를 펼치는 것은 이런 사정 때문이다.

8

문학에 관한 작가의 논의는 문학이론가들의 논의와 유사하면서도 중요한 점에서 그 성격을 달리한다. 문학이론가에게 문학이 단지 인식의 대상으로서만 나타난다면, 작가의 문학론에서는 그 대상이 작가 자신의 실존적 근거인 것이다. 따라서 작가가 문학의 사회적 의미와 가치를 이야기할 때, 그것은 곧 그 자신의 문학이 추구하는 바에 관한 이야기가 된다. 작가의 문학론이 문학 일반을 대상으로 삼고 있더라도, 우리는 그것의 의미를 문학 전체에 대한 보편적 적용 가능성이라는 기준만으로 평가할 수 없다. 작가의 문학론은 무엇보다도 그 작가의 고유한 문학 세계로 들어가는 열쇠를 제공한다는 점에서 흥미로운 것이다. 그것은 한편으로 이론적이고, 일반적이며, 대상 지향적이면서도, 다른 한편으로 실천적이고, 특수하며, 주체적이기도 하다. 작가의 문학론에서 이론과 실천, 대상과 주체, 보편성과 특수성은 서로 긴밀하게 연관되어 있다.

9

최인훈의 문학은 글쓰기가 곧 글쓰기에 대한 치열한 반성의 과정이기도 하다는 것을 웅변적으로 보여준다. 『문학과 이데올로기』의 에세이들에 개진된 최인훈의 문학론은 문학에 관한 최고 수준의 이론적 성찰의 결과이면서, 최인훈 자신이 추구해온, 혹은 추구해갈 문학에 대한 철저한 관찰과 반성이고, 결국은 그것 자체가 최인훈의 작품 세계 속에 포섭된다. 최인훈의 문학론은 결국 그의 필생의 대작 『화두』로 수렴된다.

10

최인훈이 생각하는 문명의 발전은 열차나 비행기의 전진 같은 이미지가 아니다. 달리는 열차는 앞과 뒤가 함께 앞으로 나아간다. 하지만 문명의 경우는 첨단만이 앞으로 나아가고 후미는 제자리에 머물러 있다. 문명은 과거를 깨끗이 지워버리는 것이 아니라 과거에 새로운 것을 덧붙이는 방식으로 진보를 이루어가기 때문이다. 문명이 발전할수록 첨단과 후미 사이의 간극은 점점 더 벌어진다. 그래서 문명의 전진은 꼬리를 길게 남기는 혜성과 같은 모양으로 상상될 수 있다. 문명의 전모는 혜성 자체만이 아니라 혜성이 남긴 궤적까지를 포괄한다. 문명의 본질은 문명의 생성·발전의 역사와 일치하는 것이다.

11

자연적 진화 역시 첨단과 후미의 간극이 점점 더 벌어져가는 과정으로 이해할 수 있다. 그리하여 자연계에는 생명의 최초 형태인 원생생물에서 최고의 진화 단계를 구현한 인간에 이르기까지 다양한 진화 단계의 생명체들이 공존하고 있는 것이다. 마치 오늘날의 세계에 구석기 시대에서 더 이상 발전하지 않은 듯이 보이는 부족 사회가 첨단의 도시 문명과 나란히 존재하듯이. 그런 점에서 자연의 진화와 문명의 진보는 유사한 양상을 보인다.

12

최인훈은 '개체 발생은 계통 발생을 재현한다'라는 헤켈의 명제를 통해 문명에 대한 통합적 이해를 시도한다. "DNA가 자기 속에 계통 발생의 단계를 기억으로서 지니고, 그 기억의 되풀이에 의해서만 개체를 발생시킬 수 있는 것처럼, 문명 유전정보라고 할 (DNA)′도 그 자신 속에 역사적 진화의 기억을 지니고 있다." 그래서 인간의 몸속에 가장 초보적인 생명체의 메커니즘이 여전히 작동하고 있듯이, 달로켓을 쏘아 올리는 우주 기지 요원의 (DNA)′ 속에는 원시인이 나뭇가지를 비벼 만들어낸 최초의 불에 대한 기억이 담겨 있으며, 영국의 의회 민주주의 속에는 법치의 확립과 왕권의 점진적인 제한의 역사가 들어 있는 것이다.

13

최인훈에 의하면 인간은 자연적 존재로서는 닫혀 있고, 문명적 존재로서는 열려 있다. 과학 기술이나 사회 제도의 발전에서 확인할 수 있듯이, 문명은 부단히 스스로를 부정하면서 새로운 경지를 개척해간다. 하지만 생물학적 관점에서 인간은 이미 5만 년 전에 살았던 크로마뇽인과 다르지 않다. 만일 아기가 혼자 숲에 내버려져서 기적적으로 살아난다면, 그는 언어 구사조차 하지 못하는 짐승 같은 존재로 자라나게 될 것이다(늑대 소년). 언어가 아무리 인간의 고유한 도구이고 인간과 떼려야 뗄 수 없는 관계에 있는 것처럼 보인다 하더라도, 자연적으로 완전한 개체이면서 언어를 전혀 구사하지 못하는 인간이 존재할 수 있는 것이다. 인간과 언어의 관계는 사자와 사자의 이빨, 혹은 거북이와 거북이 등딱지의 관계만큼 단단하지 못하다.

14

문명의 발전은 인간 존재를 점점 더 고양시킨다. 하지만 개개인은 언제나 문명이 이룩한 높이에 도달하기 위해 가장 낮은 곳에서, 즉 자연적 존재로서의 지점에서 출발하여 첨단의 높이까지 뛰어오르지 않으면 안 된다. 집에서 말을 배우고, 학교에서 읽기와 쓰기를 배우고, 문학과 역사 등 다양한 책을 읽고 수학과 과학과 기술을 배우면서 문명이 수만 년 동안 이룩해낸 진화의 궤적을 밟아서 올라와야 하는 것이다. 아이가 처음으로 문자를 배우는 순간은, 인류가 처음으로 문자를 발명한 순간을 재현한다.

15

최인훈은 이런 맥락에서 생물학적 유전정보와 문명의 유전정보 사이에는 근본적인 차이가 있음을 지적한다. 생물학적 존재로서 인간의 몸속에는 진화의 전 과정에 대한 정보를 축적해놓은 DNA가 들어 있다. 즉 인간의 몸 자체가 진화의 역사를 구현한다. 그러나 (DNA)′는 인간의 몸 바깥에 기호로서 기록되어 있으며, 인간은 사회적 환경이 주는 정신적 자극에 반응하는 과정을 통해서 비로소 문명의 유전 정보를 자기 것으로 만들 수 있다. 즉 문명화된 존재가 될 수 있다. 생물학적 개체는 잉태에서 탄생에 이르기까지 하나의 개체로 완성되는 과정에서 필연적으로 계통 발생을 체험하게 되지만, 문명적 개체는 의식적·무의식적 노력을 통해서 비로소 문명의 계통 발생을 이해하고 그 문명에 소속된 존재로서 형성될 수 있는 것이다. 문명적 차원에서 개체 발생은 곧 학습, 또는 독일 문학 전통에서 이야기하는 교양Bildung을 통해 이루어진다.

16

문명은 자신의 유전정보 (DNA)′를 개인들에게 전수한다. 문명은 오직 그러한 개인들을 통해서만 존속하고 성장할 수 있기 때문이다. 문명의 전수는 근대 이전의 사회에서 종교에 의해 이루어졌다. "종교는 근대 이전의 세계에서는 인간의 경험과 능력과 학습의 수준을 가장 공평하고 완전하게 기록하는 부기 체계였다는 말이다." 종교는 문명의 유전정보 전체를 관장했고, 인간은 오직 종교를 통해서만 그것을 전유할 수 있었다. 종교는 개인을 문명적 주체로서 형성시키는 학교, 즉 문명적 차원의 개체 발생이 일어나는 공간이었다.

17

근대 사회의 분화는 (DNA)′의 급격한 변화와 팽창을 가져오고 종교라는 부기 체계는 한계에 부딪히게 된다. 이런 상황에서 문명의 총체적 전수, 계통 발생의 재현을 통한 완전한 문명적 개체의 발생은 도달하기 힘든 이상이 되고, (DNA)′의 부분적인 전유가 일어난다. 즉 전문화의 시대가 온 것이다. 예컨대 휴대폰이 어떻게 작동하는지 전혀 알지 못한 채 휴대폰을 일상적으로 사용하는 한국 근대 경제사의 전문가, 또는 세계사에 대해 완전히 무지한 첨단 통신 기술의 전문가를 우리는 어렵지 않게 상상할 수 있다. 최인훈은 오늘날 전문가와 비전문가 사이에 50만 년의 시간 격차가 있다고까지 단언한다. 이렇게 문명의 유전정보가 개개인에게 부분적으로 불균등하게 배분되는 시대에 어떻게 문명 전체에 대한 비전을 지닌 개인, 완전한 문명적 주체로서의 개인이 형성될 수 있겠는가? 서양 문명은 특히 르네상스 이후 모든 학문과 예술에 정통한 교양인의 이상, 즉 문명의 유전정보를 총체적으로 전유한 개인의 이상을 발전시켜왔다. 르네상스적 보편인, 인문주의자의 이상은 괴테와 실러의 독일 고전주의 정신으로 이어졌고, 이는 다시 마르크스와 그의 뒤를 이은 루카치의 자본주의 비판에 중요한 토대를 제공했다. 자본주의는 완전히 교양된 인간, 즉 문명의 유전정보를 전유한 개인의 형성을 불가능하게 하기 때문에 비판되어야 한다. 교양인의 몰락과 전문인의 부상이라는 막스 베버의 시대 진단, 객관적 문명과 주관적 문명의 괴리에 관한 게오르크 짐멜의 테제도 모두 동일한 사정을 가리키고 있다. 이로써 인간은 문명에서 소외된다. 문명의 주체로서의 인간의 지위는 의심스러워진다.

18

한국처럼 식민지 시대를 경험한 세계 문명의 주변부에는 또 하나의 악조건이 추가된다. 한국인은 근대 문명에 노예로서 편입되었으니, 노예에게 유전정보가 제대로 전수될 리가 없다. 설사 정치적 식민지 상태에서 벗어난다 하더라도 상황은 크게 나아지지 않는다. 예컨대 서구적 민주주의 제도가 처음으로 한국에 도입되었을 때, 이 제도 속에 축적되어 있는 수백 년 동안의 역사적 경험은 함께 들어오지 못했다. 그것은 민주주의의 유전정보를 해독할 수 있는 시민적 주체가 형성되어 있지 않았기 때문이다. 발전된 문명의 이식은 생각처럼 간단한 문제가 아니다. 식민주의자들은 본국의 발전된 문명을 원형 그대로 식민지에 가지고 들어온다. 하지만 그것은 식민지 지배자들을 위한 것이지 식민지의 원주민들, 즉 노예들을 위한 것이 아니다. 반면 식민지가 아닌 주변부에서 자발적으로 발전된 문명을 수용할 경우, 그러한 노력은 원본의 유전정보가 많이 손상된 조잡하고 기형적인 모조품으로 귀결되고 만다. 어떤 경우에도 온전한 문명적 주체는 형성되지 못한다.

19

최인훈은 외부 문명의 이식 가능성에 대해 회의적이다. "유럽적 (DNA)´라는 것은 그것을 알기 위해서는 엄격히 말하면, 유럽이 되는 수밖에 없다. 〔……〕 말 그대로 그것(영국 문명 — 인용자)은 기침 소리며, 걸음걸이며, 안개며 하는 것들까지가 참여하고 있는 살아 있는 호메오스타시스를 말한다. 이런 것을 어떻게 옮겨 온다든지, 옮겨간다든지 할 수 있다는 말일까?"(p.400) "자동차를 발명하지 않은 사람도 자동차를 몰 수는 있다. 같은 까닭으로 자생하지 않은 어떤 (DNA)´도 그 마지막 모습, 과실로서의, 즉 계통 발생의 사다리의 마지막 모습만은 사람이면 누구나 누리고, 부리고, 흉내 낼 수 있다는 일이 생긴다. 이것은 생물의 개체 발생에서는 될 수 없는 일이다. 문명 개체의 발생에서는 이것이 된다. 계통 발생을 되풀이함이 없이 개체가 발생하는 것이다. 그런데 제대로 된 말의 뜻을 가지고 따질 때 이런 개체를 과연 개체라 할 수 있겠으며, 한걸음 나아가 과연 개체가 발생했다는 객관적 사실조차도 인정할 수가 있을까? 〔……〕 그렇다면 눈앞에 보이는 물리적으로 그 종의 외형을 지니고 그 종에 특유한 습성을 외견상 틀림없이 내보이고 있는 그 존재는 대체 무엇일까? 우리는 다행스럽게 그러한 존재를 부를 이름을 가지고 있다. 그것은 로봇이다." (p.397) 선진 문명의 주변부로의 이식은 노예 아니면 로봇을 낳는다. 그렇다면 주변부에서는 어떻게 진정한 문명 개체, 문명의 주체가 형성될 수 있을까?

20

'살아 있는 호메오스타시스'로서의 문명의 유전정보는 언어로 기록됨으로써 누구에게나 전달 가능한 형태가 된다. 이 때문에 설사 문명의 외부에 있는 주변부 인간이라 해도 그것을 학습함으로써 전유할 수 있다고 믿게 된다. 하지만 동일한 언어를 해독함에 있어서도 문명 속에서 성장하여 문명의 '살아 있는 호메오스타시스'를 직접 호흡해본 사람과 그렇지 못한 사람 사이에는 큰 차이가 있다. 문명의 유전정보는 의식적인 학습과 무의식적인 호흡을 통해서만 온전하게 전유될 수 있는 것이다.

21

언어를 통한 전달의 한계에 대해 최인훈은 다음과 같이 지적한다. "다른 문명과 만났을 때의 가장 큰 함정은 그 문명을 배울 수 있는 가능성의 바탕인 이 '언어'라는 수단이 바로 환상의 바탕이 된다는 모순 때문에 만들어진다. 언어는 (DNA)′의 (DNA)′로서 사람의 경험을 정리하고 분류하는 방법이기는 하지만, 그것은 엄밀하게는 DNA처럼 자체가 완전한 자립적 정보라는 것과는 달리, 경험의 쌓임에서 추상되어진 보다 근원적 기억의 기호 체계이기 때문에 자기의 창고인 원물과의 끊임없는 맞춰보기라는 재고 조사를 게을리 할 때는 곧 빈 딱지가 되고 만다. 그렇다면, 기침 소리나 걸음걸이까지가 들어 있는 그 창고를 근본적으로 약식의 장부에 지나지 않는 언어를 통해서 어떻게 가질 수가, 즉 자기 의식 속에 지닐 수가 있겠는가?"(p.401) 언어와 세계. 재고 목록과 창고. 번역을 통해 학습되어 주변부에 옮겨진 중심부의 문명은 세계가 없는 언어, 창고가 없는 재고 목록과 같다. 문제는 창고를 건설하고 그 속에 물품을 채우는 것이다. 중심부에서는 창고가 생기고 재고 목록이 만들어진다. 그런데 주변부에서는 순서가 역전된다. 재고 목록이 수입되고, 그다음에 창고가 만들어진다. 재고 목록의 수입이 온전한 창고의 건설을 보장해주는 것은 아니다.

22

'꽃'이라는 말은 단순히 꽃이라는 자연계의 대상을 지시하는 데 그치지 않는다. 그것은 '꽃'이라는 말을 만들어내고 사용해온 세계의 모든 문화적 기억을 함축하고 있다. '꽃'은 그것이 생겨난 이래 축적해온 문화적 의미들의 총합이다. 한국어를 모국어로 성장한 사람은 꽃이라는 말에서 이 기억을 떠올린다. 그리고 그것은 동일한 지시 대상을 지니는 외국어 단어, 예컨대 'flower'의 문화적 의미와는 구별된다. 이 때문에 언어를 모국어로서 배운 사람과 외국어로서 배운 사람 사이에는 큰 차이가 발생하는 것이다. 인간은 자신의 모국어를 그것이 생성되고 사용되는 세계 속에서, 이 세계와의 지적, 정서적, 감각적 교섭 속에서 습득한다. 모국어는 외국어처럼 제한된 매체를 통해서 지적으로 학습되는 것이 아니라, 총체적으로 흡수되는 것이다. 즉 최인훈의 비유에 의하면 "원물과의 끊임없는 맞춰보기" 속에서 전수되는 것이 모국어이다. 이런 의미에서 언어는 추상화된 약식 장부가 아니라 '기침 소리와 걸음걸이까지 참여하고 있는 살아 있는 호메오스타시스'를 함축하고 있다. 그것은 문명의 유전정보 전체를 환기한다.

23

언어 예술로서 문학은 언어 속에 함축된 문명의 유전 정보 전체를 겨냥한다. 문학의 기능은 언어를 추상적인 기호나 약식 장부로서가 아니라 '살아 있는 호메오스타시스'를 환기하도록 운용하는 데 있다. "예술의 한 분야인 문학에서 '꽃'이라고 기호가 표현되었을 때는 그것은 들에 있는 꽃을 꺾어오라는 이야기가 아니다. 그것은 우리 의식 속에 있는 꽃이라는 정보, 꽃이라는 $(DNA)'$를 환기한다."(p.408) "문학에 어떤 낱말 하나를 쓸 때, 그것은 언제나 존재하는 낱말 모두를 잡아끌기 위한 고리와 같이 그렇게 사용된다는 말이다. '꽃'이라고 썼다면 그것은 '꽃이라는, 말의 우주의 그 부분을 튕겨서 말의 우주 모두를 공명시키기 위해서 쓴 것이지 우주 속에서 꽃을 집어내기 위해서 쓴 것이 아니다."(p.412) 그것은 문학을 포함한 예술이 부분이 아니라 완전한 전체를, 특수가 아니라 보편을 추구하기 때문이다. "예술은 그 형식상의 대소를 막론하고 그것이 환기하고자 하는 것은 현재까지에 쌓인 $(DNA)'$의 전량이다."(p.412) 근대 사회에서 종교는 하나의 통일성 있는 세계관 속에 문명의 유전 정보 전체를 기록하는 부기 체계로서의 기능을 상실하고 말았다. 그리고 그것을 대체하려고 한 계몽주의 철학이나 헤겔 철학의 시도 역시 실패로 돌아갔다. "DNA가 벌써 그런 것처럼 (DNA)′도 다른 어떤 예거적 수단을 가지고도 그 총량을 기호화하지 못한다. 예술은 이 문제를 일거에 풀려고 한다. (DNA)′의 사다리를 하나하나 끄집어내려는 길을 버리고, 자체를 전체로써 충격하는 것이다."(pp.412~13) 왜 그렇게 하는가? 무엇을 위해서? "인간이 유로서 도달한 에누리 없는 높이에 자각적으로 서서 우주의 전량과 맞서보는 시간을 갖기 위해서, 문명인의 개체 발생의 이상형을 가지기 위해서, (DNA)′의 모든 사다리를 활성화해서 (DNA)′의 전량을 직관하기 위해서다."(p.411) "왜냐하면 그렇게 함으로써만 문명인이라는 개체생을 완전하게 발생시킬 수 있기 때문이다."(p.412)

24

최인훈에게 예술은, 그중에서도 특히 문학은, 말할 수 없이 복잡하게 분화되고 전문화된 세계, 상충되는 이해관계에 의해 분열된 세계에서 여전히 전체를 아우르는 형식이고, 인간이 거대한 문명에서 소외되지 않고 문명화된 주체로서 문명이 이룩한 까마득히 높은 첨단 위에 설 수 있게 해주는 형식이다. 최인훈이 말하는 문명인은 근대 사회의 분화라는 맥락에서는 파편화된 제한적 지식만이 주입된 전문인과 대립되는 개념이고, 식민지적 또는 후식민지적 상황이라는 문맥에서는 식민 모국의 (DNA)′의 조잡한 복제를 통해 탄생하는 노예적 지식인과 대립되는 개념이다. "문학은 [……] 언어에 의해 환기되는 (DNA)′가 로봇의 머리에 심어진 입력량이 아니라, 무한한 존재를 무한성을 줄임이 없이 복제해서 공명할 수 있는 존재의 상사형이라는 것을 직관하고자 한다. 사람이 로봇이 아니며 로봇처럼 되는 것을 막는 일을 언어라고 하는 인간의 중요한 기호의 고유한 사용에 의해서 달성하려는 인간 행위가 문학이다."(p.413)

25

근대 사회에서는 문학 역시 분화의 메커니즘에서 자유로울 수 없다. "지난날에 문학이 맡고 있던 기능은 모두 분업적으로 나누어진 듯이 보이며 문학에 고유한 기능을 순수하게 찾은 결과로 우리는 상징파의 시나 앙티로망에까지 이른 문학의 모습에 이르고 있다."(p.243) 최인훈 역시 이 문제와 관련하여 시를 위한 시, 예술을 위한 예술이라는 유미주의적·형식주의적 결론을 내리고 있는 것처럼 보인다. 이제 "문학은 목가일 수도, 엘레지일 수도 또는 선전물일 수도 없다. 이상적으로 말한다면 그것은 현실의(과거이든 현재이든 미래이든) 찬가이려 할 것이 아니라, 문학 자신이 찬가가 되도록 애쓰는 것이 옳다."(p.250) 또 다른 대목에서 그는 다음과 같이 말한다. "그(문학자—인용자)가 할 일은 어지러워진 말을 위해서 말을 닦는 일이다. 말을 닦는다는 것이 문학의 전부다. 그리고 이 닦는다는 말이 무한한 뜻을 지닌다. 헝겊이나 들고 말을 문지르고 앉아 있는 것에서 비롯해서, 말에다 먹칠을 하려는 패거리, 말을 휘둘러 살인을 하려는 작자들에게서 말을 지키는 것, 그것이 정 어려울 때는 말을 위해 죽는 것까지도 '닦는다'는 말 속에는 들어간다. 〔……〕 그것을 전문으로 맡아보는 것이 문학자다."(pp. 248~49) 결국 문학도 전문 영역의 하나이며, 문학이 전문으로 삼는 것은 말을 닦는 것이고 이때 말은 목적이 된다. 과학이나 언론과 같은 분야도 모두 말을 다루지만, 거기서 말은 전달의 수단일 뿐이다. 하지만 최인훈에게 말이 형식주의나 유미주의의 의미에서 자기 목적이 되는 것은 아니다. 말을 닦는다는 것은 창고가 텅 비어 있는 껍데기 같은 말을 없애는 것, 말의 울림을 강화하여 문명의 유전정보에 대한 환기력을 풍부하게 하는 것을 의미한다. 그리하여 문학은 과거에 종교가 수행한 보편적 기능, 즉 전체를 추구하는 기능을 자기 나름의 방식으로 이어가게 된다. 역설적이게도 문학의 특수한 기능은 보편성을 관장하는 데 있는 것이다. 그리고 그것은 진정한 주체가 되기 위한 유일한 길이다.

26

문학의 기능에 대한 최인훈의 관념은 그 자신의 문학 세계에 대한 자기 이해이기도 하다. 식민지 시대에 태어나 식민 지배자들의 언어로 중심부 문명의 세례를 받은 최인훈은 해방 이후에는 민족 해방을 기치로 하는 소비에트 체제에서 청소년기를 보낸 뒤, 전쟁 통에 월남하여 '모든 좋은 것은 미국에서 온다'는 분위기에 젖은 남한 사회에 적응해야 했다. 그는 그 누구보다도 중심부 문명의 위대함이 주변부인을 정신적 노예 상태로 타락시킬 수 있음을 잘 알고 있었고, 반대로 중심부 문명에 대한 배타적 태도는 비현실적인 자기 학대와 통제, 불구화로 이어진다는 것도 뼈저리게 경험한 바였다. 그의 지상 목표는 타자를 받아들이면서도 노예 상태에 빠지지 않는 것, 그리하여 진정한 주체가 되는 것이었다. 그는 문학을 통해서 그렇게 되고자 했고, 문학이 유일한 길이라고 믿었다. 『화두』는 문학을 통한 주체 되기라는 그의 평생의 신념이 집약된 최인훈 문학의 결정판이다. 예술가 소설이자 교양소설인 이 작품에서 조명희의 『낙동강』을 읽고 작가의 꿈을 지니게 된 소년의 에피소드는 인류 문명의 유전정보 전체를 공명시키고 상기하게 하는 작은 단서가 된다. 『화두』를 통해서 최인훈이라는 개인의 고유한 체험, 좀더 크게는 분단 속의 근대화라는 한민족의 특수한 경험은 문명사적 보편성을 획득하고, 한국 문학은 세계문학사적 의의를 지니는 한 편의 장편소설을 가지게 되었다.

〔2009〕